Les vrais paradis sont les paradis qu'on a perdus.
Les années heureuses sont les années perdues, on attend une souffrance pour travailler.

MARCEL PROUST

À LA RECHERCHE DU TEMPS PERDU

Sodome et Gomorrhe

追忆似水年华

第四卷　所多玛与蛾摩拉

[法国] 马塞尔·普鲁斯特 著
许钧 杨松河 译

译林出版社

SODOME ET GOMORRHE

目 录

第四卷
所多玛与蛾摩拉

女人拥有蛾摩拉城；
男人拥有所多玛城。

阿尔弗雷德·德·维尼

SODOME ET GOMORRHE

第一部

前往拜访公爵夫妇的那天（德·盖尔芒特亲王夫人举行晚会的那天）的情况，我刚才已经做了介绍，诸位知道，早在这天前，我就窥视过公爵与夫人回府的情景，不料偷看时发现了一个秘密，虽然只与德·夏吕斯先生相关，但事情本身非同小可，以至于我一直拖到现在，有了能如愿给它以应有的位置和篇幅的时刻，才做一叙述。在府邸的顶楼，我曾设置了一个极为舒坦美妙的观察点，从那儿望去，通往布雷吉尼府邸的坡道一览无余，山坡起伏不平，被德·弗雷古侯爵家那幢翻新的公馆呈玫瑰色的装饰小塔装点得赏心悦目，一派意大利风格，可是，我上面已经说过，我放弃了那个观察点。想到公爵夫妇即刻就要回府，我觉得倒不如守在楼梯上窥视更为方便。放弃那个高高在上的居留点，我真有点儿惋惜。不过，当时正值午餐过后，惋惜的心情倒减少了几分，因为若在上午，我准没机会看到布雷吉尼府邸的听差手执鸡毛掸，在透明闪亮的宽阔的云母石间穿行，慢悠悠地攀登陡坡；远远望去，他们一个个微缩成了油画上的人物，那云母石被红色的山梁分支衬托得格外悦目。虽然我缺少地质学家的观察力，可我至少能像植物学家那样静静观察，透过楼梯上方的百叶窗，凝望着公爵夫人那丛娇小的灌木和那株珍贵的花木，人们非把它们放在院子里不可，就像逼着即将成婚的年轻恋人赶紧出门。我暗自思忖会有哪只昆虫赶上机会，凑巧前来光顾这簇自我奉献却遭人遗弃的雌蕊。好奇心渐渐壮了我的胆子，我索性下楼来到底楼的窗户前，窗扉大敞，窗叶半闭着。耳边清楚地传来了絮比安准备出门的响动，他肯定发现不了我，我藏在窗帘后，一动不动，直到后来担心被德·夏吕斯先生瞧见，才猛地侧闪过身子，只见德·夏吕斯先生大腹便便，头发花白，白昼里显得苍老多了，正慢吞吞地穿过院子，去德·维尔巴里西斯夫人家。夫人身体很不舒服（完全是挂念德·菲埃布瓦侯爵的病痛造成的，而德·夏吕斯与侯爵结怨甚深，成了冤家死对头），德·夏吕斯先生才开了先例，也许是平生第一次在这个时间去探望她。原因很明显，盖尔芒特家族的人与众不同，从不恪守社交生活的习俗，而是按照个人的习惯，随意加以改变（他们认为，这些习惯不是社交生活的习惯，在个人习惯面前，那种玩意儿——社交毫无价值，比如德·马桑特夫人就是这样，没有什么会客日，每天上午十时至十二时都忙于接待她的女友）。这个时段，男爵总用来阅读书籍，找找古玩什么的，他从来都是在下午四时至六时出门造访。一到六点钟，他便去赛马场或去树林间散步。我在窗边待了片刻，又朝后退了一步，以免被絮比安发现；他很快就要出门做活，等到用晚餐时才会回家，近一个星期来，他侄女带着手下的那些女学徒到乡下的一位顾客家缝制一条衣裙去了，他甚至也不每晚都回府了。想到谁也不可能发现我，于是我决意不再东躲西藏，倘若奇迹真的发生，万一哪只昆虫能克服重重障碍，不怕山高路远，战胜困难与风险，作为使者从遥远的地方来探望那朵一等再等、尚未受粉的雌花，那我岂能错过这一千载难逢的时机。我知道雌花的这般苦苦等待并不比雄蕊花朵消极，雄蕊每每自动转移方向，以便昆虫能轻而易举地光顾，同样，这儿的这朵雌花，倘若昆虫光临，准会卖弄风情地弓起“花柱”，为了得其爱慕，会像一位虚伪但炽烈的妙龄女郎悄悄地向它靠近。植物世界的法则本身受到越来越高级的法则的控制。倘若昆虫的来访，亦即从另一朵花带来花粉，一般来说是异花传粉的必要条件，那是因为自花授粉，自我繁殖，会像一个家族内的连续近亲结婚一样，导致退化、不育，而昆虫授粉则会给同类的后代带来前辈所不具备的活力。不过，这种遗传变异的飞跃会过于迅猛，导致花类发展失控，于是某一特殊的自花授粉行为会适时发生，对这种活力加以压抑，控制，使畸形发育的花朵趋于正常，犹如抗霉素防治疾病，甲状腺控制发胖，失败惩治骄傲，困倦压抑行乐，睡眠驱走疲乏。我的思路如何发展，下面当再描述，不过，我已经从花朵明显的狡黠行为中对文学作品中意识不到的那一部分做出了一个结论，恰在这时，我看到了德·夏吕斯先生从侯爵夫人家走了出来。他进去才几分钟，莫非他从那位年迈的亲戚或哪位家仆那儿得知了德·维尔巴里西斯太太只不过稍有不适，现已大大好转，抑或已经彻底康复。此时，德·夏吕斯先生以为无人看着他，迎着阳光眯起眼睛，脸上因热烈的交谈和意志的力量而维持的那股紧张劲儿松弛了，那种强装的活力消失了。他脸色如同大理石般苍白，大大的鼻子，匀称的脸部轮廓再也不因故意的挑剔目光而显出异样的表情，并损害那雕像般的美。他仿佛不再仅仅是盖尔芒特的一员，而成了帕拉墨得斯[1]十五世，已经在贡布雷小教堂立了雕像。他整个家族的人的五官虽然普普通通，但一到德·夏吕斯先生的脸上，便显出了超凡脱俗的秀美，显得尤为温柔。我真为他感到遗憾，平时为什么总是装得那么粗暴，那么古怪，令人讨厌，为什么总是那样大吵大闹，冷酷无情，动辄发怒，不可一世，为什么总是披着野蛮的伪装，深藏起和蔼与善良，而刚才从德·维尔巴里西斯夫人家出来时，我明明看见他和颜悦色，毫不矫揉造作。阳光下，他眨动着双眼，近乎眉开眼笑，从这副看似平静、自然的脸庞上，我发现了某种东西，它多么深情，多么温柔，我禁不住思忖，倘若他发现被人这样细细打量，该会多么生气。殊不知这位男子汉无比珍惜男子气概，为自己的男子气概而无比骄傲，在他的眼里，所有男人似乎都有讨厌的女人气，然而他身上一时出现的神态、表情、微笑使我蓦然想到的是，他恰恰酷似一位女人。

为了不被他发现，我正要再挪个地方，可已经来不及，也没有必要了。我看到了什么事情哟！在这院子里，他们在这之前肯定未曾相遇过（德·夏吕斯先生都是在下午絮比安去做活的时候上盖尔芒特府），此时，男爵突然睁大半眯的眼睛，出神地盯着迎面站在自家店铺门槛上的那位昔日做背心的裁缝，絮比安猛地立在原地，一动不动地面对德·夏吕斯先生，像棵生了根的树，神情惊讶地打量着渐渐衰老的男爵那发福的身子。令人更为诧异的

[1] 希腊传说中的优波亚国王瑙普利俄斯的儿子，特洛伊战斗中的英雄。

是，德·夏吕斯先生早已一改方才的神态，刹那间，絮比安也仿佛在奥妙的艺术规律的作用下，马上做出了与之和谐一致的姿态。男爵想方设法掩饰自己的激动表情，尽管他显得多么满不在乎，但似乎恋恋不舍，来回踱着步子，茫然地凝望着，自以为可以尽量显示出自己的明眸之美，好一副自命不凡、漫不经心而又滑稽可笑的神态。絮比安呢，我平素十分熟悉的那副谦逊、善良的样子瞬间荡然无存——与男爵完美对应——抬起了脑袋，给自己平添了一种自负的姿态，怪诞不经地握拳叉腰，翘起屁股，装腔作势，那副摆弄架子的模样，好似兰花卖俏，引诱碰巧飞来的熊蜂。我真不知道他竟会有这么一副令人生厌的面孔。可我也未曾想到，在这出两位哑巴扮演的哑剧中，他能临场胜任自己的角色（尽管他是平生第一次与德·夏吕斯先生迎面相遇），这场哑剧仿佛排练已久；那炉火纯青、自然娴熟的演技，只有身处异邦，与同胞相逢时，才能有这般何必曾相识的默契，借以传达情感的媒介完全一致，犹如事先安排妥当的一幕。

不过，这一幕并不真正滑稽可笑，其中还含有怪诞的成分，如果愿意，或者可以说其中含有真实自然的东西，自有美不胜收之处。德·夏吕斯先生纵然摆出满不在乎的神态，心不在焉地垂下眼帘，但他还是不时抬起眼睛，朝絮比安投去一束出神的目光。（也许他想到，在此种场合，这样一出哑剧不能无休止地演下去，或许出于某种下面就可明白的原因，或许是出于对世间万物转瞬即逝的感叹，促使人们希望弹无虚发，一举中的，致使一切爱恋的表演都变得无比动人心弦。）德·夏吕斯先生每瞅絮比安一眼，都要设法让自己的目光伴随着一声话语，与平常人们投向不太熟悉或素昧平生的人的目光迥异。他望着絮比安，那直勾勾的奇特的眼神分明在说：“恕我冒昧，可您后背挂着一根长长的白线。”或对他说：“我可能不会搞错，您大概也是苏黎世人吧，我好像在古玩商店常遇到您。”就这样，每过两分钟，德·夏吕斯先生的媚眼秋波好似强烈地向絮比安提出同一问题，犹如贝多芬探询的短句，按同一间隔，反复出现——配以过分华丽的前奏曲——用以引出新的动机、变调和“主题再现”曲。然而，与之恰恰相反，德·夏吕斯先生和絮比安的目光美就美在它们似乎并不意欲达到某种目的，至少暂时如此。我平生第一回看到男爵和絮比安表现出这种惊人之美。在彼此的眼睛里，浮现的不是苏黎世的蓝天，而是某一我尚不知其名的东方都市的熹微晨光。无论是哪一点有力地吸引住了德·夏吕斯先生和裁缝，他们似乎早已达成协议，那多余的对视不过是礼仪的前奏曲，就好比成婚前的订婚宴。更为接近自然的是——这一连串比拟本身就十分自然，何况会出现这样的情况，同一位男子，若细细打量他几分钟，他会先后变成一个普通人，一只人鸟，一条人鱼，一只人虫——眼前仿佛出现了两只鸟，一只雄的，一只雌的，雄鸟设法往前凑，可雌鸟——絮比安，他对此类把戏无动于衷，只顾梳理自己的羽毛，毫不惊奇地望着新朋友，眼神发呆，漫不经心，既然雄鸟先主动迈了几步，那么大概唯有这种目光最能奏效，更能勾魂。最后，絮比安觉得保持漠然之态已远远不够，从确信已征服对方到诱其追逐、爱慕，只有一步之远，絮比安当即决定立刻出门做活，走出了可通行车马的大门。不过，他扭头张望了两三次之后，才匆匆到了街上，男爵见失去了对方的行踪，气得浑身哆嗦（但仍然摆出自命不凡的神态，打着呼哨，没忘朝门房喊声“再见”，门房已喝得半醉，正在厨房边的小屋里忙着招待来客，根本没有听见），顾不了许多，撒腿朝街上奔去，想赶上絮比安。正当德·夏吕斯先生活像一只大熊蜂，嗡嗡嗡地飞出大门，另一只真正的熊蜂飞进了院子。谁知是不是那朵兰花企盼已久的昆虫，给她送来了稀世花粉？如没有这花粉，她恐怕就要终身空守香闺了。不过，我没有专心致志细看昆虫寻花作乐，因为几分钟后，絮比安竟又折了回来，身后跟着男爵，越加吸引了我的注意力（也许德·夏吕斯先生突然出现，絮比安一时激动，或由于别的更自然的原因，忘了带走一包什么东西，才又折回来取）。男爵打定了主意，决定加速事情的进展，便开口问裁缝借火，可又马上抱歉道：“瞧，我向您借火，可我发现自己忘了带烟。”热情好客的礼仪战胜了假献殷勤的客套。“请进屋，您需要什么，都能满足。”裁缝说道，一脸鄙夷神色骤变为满面欢笑。小铺的门在他们身后关上了，我再也听不清什么。那只熊蜂早已不知去向，不知它是否就是兰花迫切需要的昆虫，不过，一只十分难得的昆虫与一朵身不由己的鲜花终能奇迹般地结合，对此可能性，我已深信不疑。就说德·夏吕斯先生吧（权作一简单比较，仅是某种意外的巧合而已，但不管是何种巧合，把植物学的某些规律与人们有时妄称为同性恋的事情相提并论，并无冒充科学的企图），多少年来，他总是在絮比安在外时进这座府邸，可这次，恰逢德·维尔巴里西斯夫人凤体欠安，无意中碰到了裁缝，通过他，交上了本就属于男爵之类的红运，后面可以看到，世上有不少人可能远比絮比安年轻、英俊，但助男爵交上红运的却是这样一位男子，这是专为使男爵之流得以在尘世间享受自己那份淫乐而造就的人物：一个专爱老先生的男人。

刚刚说的这一切，连我自己过了数分钟后方才恍然大悟，无形存在的诸多特性与现实交织在一起，待出现某个机遇，才能从它们之中把现实理出个头绪来。反正眼下，我再也听不清裁缝和男爵到底在说些什么，感到无比懊恼。恰在此时，我发现了那家出租的铺子，与絮比安家只隔着薄薄一堵墙。若要潜入那家铺子，只需上楼到我们家的套房，穿过厨房，顺家仆专用的楼梯进入地窖，通过地窖即可穿越整个院子，来到地下室的那个地方，数月前，木工曾在那儿堆放过细木护壁板，絮比安本来也打算在那儿存放木炭，接着，再登上几级台阶，便可进入铺子。这样，我的整条通道都是隐蔽的，任何人都发现不了我。这办法是再谨慎不过了。可是，我并未这样做，而是顺着围墙，露天绕过院子，尽量注意不被人瞧见。果然，谁也没有发现，不过我想，与其说我有多精明，不如说又碰了个巧。顺着地窖过去本来万无一失，可我偏偏做出那么不慎的决定，究其原因，也许有三条，假设至少有一条。第一是因为我迫不及待。第二大概是回想起在蒙舒凡藏在凡德伊小姐窗前经历的那一幕，我心有余悸，隐约有些后怕。确实，我所经历的类似情景，发生时往往都具备极为不慎、难以置信的特征，虽然每次行动都很隐秘，但总是充满风险，对此类举动，仿佛后怕就是酬谢。第三个原因说来有些像儿戏，我简直羞于启齿，但我心里十分清楚，这一因素在下意识中起着关键性的决定作用。为了领会——也为了揭穿——圣卢的军事原则，我曾密切关注布尔人战争的情况，此后，我不知不觉地重温起古时探险、游历故事来。我读得如痴如醉，竟然在日常生活中模仿起来，给自己壮胆。每当发病，闹得我一连几天几夜不仅睡不着，而且躺不下，甚至不吃也不喝，全身衰竭，疼痛难忍，心想再也无望得救，这时我便会想起某个游客，错吃了毒草，瘫在沙滩上，裹着被海水浸得湿透的衣服，发着高烧，浑身哆嗦，可两天过后，竟然好转，继续盲目赶路，寻觅人迹，说不定会撞到食人族手里，他们给我树立了榜样，使我增添了勇气，获得了希望，为自己一时气馁感到羞愧。布尔人面对英国大军，毫不畏惧，需向前冲锋时绝不后退，冒着枪林弹雨，争夺矮林，在毫无防御工事的困境中，决一死战，一想起他们，我不由得思忖："我倒要看看自己怎么会这么怯懦，那战场不就是自家的这个院子嘛，德雷福斯事件那阵子，我几次参加决斗，都没有丝毫的畏惧，现在，我唯一担心的冷箭，只不过是邻居的目光，况且他们另有其事，无暇在院里乱瞧。"

进了小铺子，我尽量避免碰击地板发出吱吱声响，同时意识到，絮比安的铺子里一有动静，我这边就能听个一清二楚，心想絮比安和德·夏吕斯先生有多冒失，又多幸运！

我不敢动弹一下。盖尔芒特家的马夫趁主人外出，曾把一架梯子搬进我正躲着的这家铺子，紧挨工具间。若登上梯子，我准能打开气窗，一切都能听得清清楚楚，如同待在絮比安家。可我担心弄出声响。再说，也无此必要。虽然多花了几分钟才潜进这铺子，但我也并不后悔。我开始从絮比安屋子听到的仅仅是些不连贯的声音，据此可做出判断，他们并没有多说话。那声音煞是可怖，若不是每次声响都伴着一声高八度的呻吟，我准会以为有人在隔壁杀人，事毕，凶手和复活的受害者齐力清洗犯罪痕迹。后来，我才知道，世间能像痛苦一样令人声嘶力竭乱喊乱叫的，那便是痛快，尤其是痛快中平添——比如平添某种恐惧，害怕怀上孩子，不过，《圣徒传》中有过类似不可信的例子，眼下绝不可能有这回事——几分忧虑，唯恐弄出污秽。约莫半个小时后（在此期间，我蹑手蹑脚爬上梯子，透过我未打开的气窗往里瞧），双方开始了交谈。絮比安硬是不接德·夏吕斯先生意欲给他的钱。

又过了半个小时，德·夏吕斯先生走出门来。“您下巴怎么剃得这么光溜溜的？”絮比安以温存的口吻问男爵，“留着漂亮的小胡子，多美呀！”“呸！多恶心哪！”男爵回了一句。

不过，男爵站在门口迟迟不走，向絮比安打听居民区的情况。“您对街头那个卖栗子的一点都不了解？不是左边的那位，那家伙讨厌死了，是右边的那个乐呵呵的黑大个。还有街对面的那个药店老板，雇了个骑车的，客客气气的，为他送药。”这一连串的提问，絮比安听了准有些不耐烦，只见他像个专爱卖弄风情的女人，被抛弃后满腹怨恨，挺起身子，答道：“我看您呀，总是朝三暮四。”这声责备带着痛苦、冷酷而又嗔怪的口气，无疑令德·夏吕斯先生动了心，为了消除因好奇打听造成的不良印象，他低声乞求絮比安，声音低得我无法听清他到底说了些什么，大概是希望他们再在铺子里待一会儿，裁缝为之感动，脸部的痛楚神情遂烟消云散，只见他细细端详着男爵满头灰发下那张丰腴、通红的脸，露出惊喜的神色，像是自尊心得到了深深的满足，拿定主意，准备答应德·夏吕斯先生向他提出的要求，不过，应允前还是说了几句有伤大雅的话："您呀，真会折腾！"他眉开眼笑，显得激动，傲慢而又充满感激之情，对男爵说："行，走吧，大小子！"

"我之所以又打听有轨电车司机的事，"德·夏吕斯先生又固执地开口说道，"是因为不管怎样，这对我回家有些用处。我有时确实会屈尊俯就，遇到哪个体态使我感兴趣的难得可爱的人儿，就会跟在她后面跑，就像哈里发[1]混作一个普普通通的商贩，在巴格达城到处转悠。"对此，我对贝戈特持相同的看法。即使哪一天不得不出庭自辩，他说的话也不会用以说服法官，而仍然会凭自己特殊的文学气质的自然驱使，凭自己兴趣所至，满嘴贝戈特特有的言辞。德·夏吕斯先生与裁缝交谈，用的语言与他同上流圈子的人物打交道时用的一模一样，其怪僻甚至表现得更有过之而无不及，或许因为他本欲极力克服内心的怯懦，不料显得过分傲慢，抑或因为内心胆怯，难以自已（在不是同一阶层的人面前往往会更发窘），致使他自我暴露，把自己的秉性暴露无遗，拿德·盖尔芒特夫人的话说，他确实生性傲慢，且带有几分疯狂。

[1] 穆罕默德的继承者，伊斯兰国家的领袖。

“为不失去她的踪迹，”他继续说道，“我就像个小教书的，又好比一位年轻英俊的大夫，跟着那位小人儿，跳上同一辆有轨电车。我们用‘她’来称呼，不过是为了遵守惯例（比如人们谈起哪位王子，会问：殿下身体安乎？）。若她换车，我马上就掏出那张叫作‘转车票’的怪玩意儿，签个号，也许票上布满了瘟疫的细菌，车票尽管还给我，可编号并不每次都是第一号！就这样，我有时要换三四次‘车’。有时，到了深夜十一点，我一人耽搁在奥尔良车站，可怎么也得回府呀！只要离开奥尔良站就行！譬如有一回，由于一直没有搭上腔，我跟着来到了奥尔良，上了一节讨厌的车厢，在工艺三角，即所谓的‘行李网架’之间，贴着交通网内主要建筑艺术杰作的照片。车厢里只有一个空位，我对面的历史古迹，是奥尔良大教堂的‘一景’，这座教堂是法国最丑陋的一座了，可我迫不得已，看得煞是累眼睛，就好比有人强迫我两眼死死盯着一根根光学笔杆玻璃饰球的线条，弄得眼睛发炎。我在奥布莱跟我那位年轻的人儿下了车，可惜，她家人（我想象她一身缺点，可没料到她竟有个家）在站台等候着！我一面等着可以把我带回巴黎的车子，满腹懊恼只有靠迪安娜·德·普瓦提埃之家来排遣。尽管此处曾吸引了我在王宫执事的一位祖宗，可我更喜欢的还是有血有肉的大美人。为消除独自回家的令人厌倦的滋味，我很想结识一位卧铺车厢的服务员或一位电车司机。不过，您不要反感，”男爵下结论道，“这不过是个趣味问题。如同大家所说的那样，就上流社会的年轻公子而言，我并不希望占有他们的肉体，可是，我非得触及他们方能心安，我不是说触及他们的肉体，而是触动他们的心弦。只要哪位年轻人不再对我的去信无动于衷，而是有信必回，那他就已完全被我的灵魂所占有，我内心也就获得了安宁，或者说，若不很快又被另一位搅得心绪不宁，我心底至少是平静的。这挺怪，是吗？噢，那些常来这儿的上流社会的公子哥儿，您不认识几位？”“不认识，我的宝贝。噢，不，有个棕头发的，个子很高，戴单片眼镜，总是笑眯眯的，为人多变。”“我不明白您想指哪一位。”絮比安补充描绘了一番，德·夏吕斯先生还是不知所云，他确实不知道这位裁缝见了不太熟悉的人，过后连头发什么颜色都记不清，这类贵人看来比人们想象的要多。不过，我了解絮比安的这一短处，他说的是棕发，可我想准是金发，看来那人的相貌与德·夏特勒罗公爵完全吻合。“还是谈谈那些并非平民百姓出身的公子哥吧，”男爵继续说道，“眼下，我的心思全用到了一位怪小子身上，那是个聪明伶俐的小布尔乔亚，待我无礼透顶。他根本意识不到我是个非同凡响的大人物，而他只是个微不足道的毛小子。反正，不管怎么说，那头小蠢驴可以冲着我这身尊贵的主教袍，随心所欲地瞎嚷嚷。”“主教啊！”絮比安惊叫了一声。他根本没有听明白德·夏吕斯先生的最后几句话，一听到“主教”两字，便惊呆了。“涉及宗教，可不是随便闹着玩的。”他喃喃地说。“我家出过三位教皇，”德·夏吕斯先生解释道，“有一个红衣主教的封号，所以我有权披红袍，因为我外叔公是红衣主教，他侄女给我祖父带来了公爵封号，被替代继承下来了。我看您对这些暗示一窍不通，对法兰西历史无动于衷。此外，”他又添了一句，与其说是就此下结论，毋宁说是提醒对方，“那些年轻人对我很有诱惑力，可他们却躲着我，准是因为害怕，才敬而远之，不敢大声张扬对我的爱。他们的这种诱惑力，首先就要求他们具有显赫的社会地位。再说，他们假装冷漠，也许会适得其反，产生完全相反的效果。他们愚蠢得很，时间一长，就会倒我胃口。就从您较为熟悉的阶层举个例子，我家宅邸整修时，为了避免公爵夫人们争风吃醋，日后好荣幸地向我表示曾接待过我，我到大家所说的‘旅馆’去住了几天。有位楼层招待跟我熟了，我看上了他，让他当猎奇的小‘服务员’，负责为我关门帘，可他对我的建议一直置之不理。后来，我实在气极了，为了向他证明我的意图是纯洁的，便差人给他送去一笔高得出奇的款子，只求他上我房间来交谈五分钟。可我白白等了他半天。从此，我对他讨厌极了，连出门都走仆人专用道，不愿看到那小混蛋的丑面孔。后来，我才得知他从未收到我的信，信全给半道截走了，第一封被一位嫉妒他的楼层招待截去，第二封被值白班的那位秉性正直的门房拦截，第三封又被值夜班的门房取走了，这个门房爱那位服务员，当月亮女神狄安娜起来时，就跟他睡觉。可是，我对他的厌恶并未因此而减退，即使像托着银盘送野味那样把那个服务员奉献给我，我也会一手推开，恶心得要吐。噢，真不该，我们谈起正经事来了，关于我向往的事，我们之间现在算是了结了。不过，您可以助我一臂之力，可以做个中间人，噢，不，一想到这事，我就兴奋，我觉得，一切并未了结。”

这部剧刚一启幕，在我这双擦亮的眼睛看来，在德·夏吕斯先生身上便进行了一场彻底而迅猛的革命，仿佛他已被魔杖所触动。在此之前，我一直都不明白，也未曾目睹过。罪恶（为语言方便起见，众人都这么说）这精灵，只要无视它的存在，它就会在无形中悄悄地伴随着您，无一例外。仁慈、奸诈也好，名声、上流社会交往也罢，这一切从不随意暴露，人们总保持其隐秘性。连奥德修斯一开始也没有认出雅典娜。不过，神与神之间很快就可相互看穿，同类人彼此也可一眼识破，如德·夏吕斯先生就被絮比安一眼看透。迄今，面对德·夏吕斯先生，我就像个漫不经心的人，面前站着一位孕妇，却没注意她那笨重的身子，当她微微一笑，再次对他说“对，我现在有点儿累”，他还不知趣地刨根问底：“您到底哪儿不舒服？”一旦有人给他点破“她有身孕”的事实，他才猛然发现她腆着肚子，两只眼睛便盯着不放。确实，理智打开眼睛，悟错增加眼力。

有些人不愿把德·夏吕斯先生之流当作实例来证明这一规律，都是熟人熟面，长期未曾加以怀疑，直至有一天，在一个与他人无异的家伙的平淡无奇的外表上，那用密写墨水书写的、至今不露真迹的古希腊人珍爱的性格谜底暴露出来了，他们只要回想在生活中，有多少次险些做出蠢事，就完全会明白，他们周围的世界，一开始就赤裸裸地暴露在眼前，把千百种伪装一一剥掉，而人愈有教养，便愈善于掩饰。比如有那么一个男人，在他那张毫无个性的脸上，人们根本就看不出他就是某女人的兄弟、未婚夫或者情人，正要张口骂“好一个蛮横的人！”时，万幸的是，旁边有人给他们咕哝了一句，他们咽回了已溜到嘴边的那个倒霉字眼。

于是，就像粉墙上显现出 Mané, Thécel, Pharès[1] 的字样，立即出现这样的议论：他就是那个女人的兄弟、未婚夫或情人什么的，不该当面说他是“蛮横的人”。单就这一新的观念便会引起一系列的重新组合，过去对她家其他成员的看法有的会取消，有的会收回，从此得到全面的调整补充。德·夏吕斯先生身上尽管附着另一个人，使他与众不同，就像那个半人半马的神，那个与男爵合二为一的人，我却一直没有发现。现在，抽象的东西具体化了，他一旦被识破，便马上丧失了隐身能力，德·夏吕斯先生摇身一变，来了个脱胎换骨，变得面目全非，以至于不仅他那富于变化的音容，而且过去与我时起时伏的交往，总之，至此我一直闹不明白的一切，一下子全都被看得一清二楚，就好比有一行文字，若把字母拆开打乱，不能说明任何意思，可如按正常词序重新排列，便表达出某种思想，再也不易忘却。

此外，我现在终于明白了，刚才见德·夏吕斯先生从德·维尔巴里西斯夫人家出来时，我为何觉得他酷似女人：真是个十足的女人！他这类人，不像看上去那么矛盾，他们的理想是富有男子气概，原因就在于他们天生的女人气质，在生活中，他们只是在外表上与其他男子没有差别；每人的眸子表面都凹雕着一个身影，绝无例外，它铭刻在人们借以观察宇宙万物的眼睛里，可在他们那一类人的眼睛里，铭刻的不是仙女的倩影，而是美男的形

[1] 据《圣经》记载，巴比伦伽勒底国国王伯沙撒一日大宴群臣，饮酒时，忽见有人手指显现出来，在粉墙上书写了这几个词，经请预言家但以理解释，那文字讲巴比伦国末日已到，全国将分裂给玛代人和波斯人。

象。他们这些人始终处于诅咒的重负之下，不得不靠自欺欺人和背信弃义过日子，因为他们也清楚，他们的那种欲望实在可耻，会受到惩罚，因此不可告人，然而正是这一矛盾给人创造了最为甜蜜的生活乐趣；他们不得不背弃自己的上帝，因为即使是基督徒，一旦他们出庭受审，便沦为被告，而面对着基督，且以基督的名义，他们必须为自己的一生几乎都受到诽谤而极力辩解；他们是失去母亲的孤儿，一生中，他们不得不对自己的母亲撒谎，甚至直到为母亲合上双眼的最后一刻；他们是无情无义的朋友，虽然他们的魅力往往得到普遍承认，触动了不少人的情感，虽然他们的心底常常是善良的，赢得了不少人的好感，然而，那种借助谎言得以苟延残喘的关系称得上友情吗？一旦内心萌发出信赖与真诚的冲动，便会厌恶地唾弃这种关系，除非有幸碰上一个为人公道，甚至富于同情心的人，但是，这种人往往会被习惯心理引入歧途，甚至把公开的罪恶视作情爱，虽然这种情爱与他格格不入，就像有的法官，出于原罪和种族本性所造成的种种原因，比较容易怀疑、指控同性恋者杀人、犹太人叛逆。但是——我刚才概述了第一种观点，诸位可以看到，这一观点后面将得到修正，而且如果不为那些耽于幻想，凭想象看待一切的人揭穿其中的矛盾，这一观点定会令他们勃然大怒，至少根据这一观点看，情况如此——他们虽是情人，可情爱的可能性几乎拒他们于门外，爱恋的希望给他们以力量，使他们面对形形色色的风险，忍受各式各样的孤寂，因为他们的情之所钟恰是个男人，而这个男人毫无女人的特征，不可能性欲倒错，因此也不可能对他们产生爱情。

倘若他们用金钱买不来真正的男子汉，倘若他们不被幻想所驱使，把出卖肉体的同性恋者错当作真正的男子汉，那结果必然就是他们的欲望永远得不到满足。他们的名声岌岌可危，他们的自由如烟云过眼，一旦罪恶暴露，便会一无所有，那风雨飘摇的地位，就好比一位诗人，前一天晚上还备受各家沙龙的青睐，博得伦敦各剧院的掌声，可第二天便被赶出寓所，飘零无寄，找不到睡枕垫头，像参孙[1]推着石磨，发出同样的感叹：

两性必将各自消亡

在遭受巨大不幸的日子里，受害者会得到大多数人的同情，就好比犹太人全都倒向德雷福斯，但一旦不再倒霉，他们甚至再也得不到一丝怜悯——有时被社会所不容——遂被同类所唾弃，暴露无遗的真实面目引起他人的厌恶，在明镜中原形毕露，镜子反照出的不再是美化他们真相的形象，而是把他们打心眼里不愿看到的各种丑态暴露无遗，最终使他们醒悟，他们所称为“爱”的玩意儿（他们玩弄字眼，在社会意义上把诗歌、绘画、音乐、马术、禁欲等一切可以扯上的东西全称为自己所爱）并非产生于他们认定的美的理想，而是祸出于一种不治之症；他们酷似犹太人（唯有少数几位只愿与同种族的人结交，嘴边总是挂着通用的礼貌用语和习惯的戏谑之言），相互躲避，追逐与他们最势不两立，拒绝

---

[1] 《圣经》中的人物，是位力大无比的勇士。

与他们为伍的人，宽恕这些人的无礼举动，为他们的殷勤讨好所陶醉；但是，一旦遭到排斥，蒙受耻辱，他们便会与同类结成一伙，经历了类似以色列遭受到的迫害之后，他们最终会形成同类所特有的体格与精神个性，这些个性偶尔也惹人高兴，但往往令人讨厌，他们在与同类的交往中精神得以松弛（有的人在性情上与敌对种族更为贴近，更有相通之处，相比较而言，表面看去最没有同性恋之嫌，尽管这种人尽情嘲讽在同性恋中越陷越深的人们），甚至依赖于相互的存在，因而，他们一方面矢口否认同属一伙（该词本身就是莫大的侮辱），而另一方面，当有的人好不容易隐瞒了自己的本来面目，他们却主动揭开别人的假面具，与其说是为了加害于人（这种行为为他们所憎恶），倒不如说是为了表示歉意，像大夫诊断阑尾炎那样刨根问底，追寻同性恋的历史，津津乐道于告诉别人苏格拉底是他们中的一员，就好比犹太人标榜耶稣为犹太人，却不想一想，如果连同性恋也是正常的事，那么世间也就不存在不正常的东西了，无异于基督降生之前，绝不存在反基督徒；他们也未曾想过，唯有耻辱会酿成罪恶，正因为它只容许那些无视一切说教，无视一切典范，无视一切惩罚的人存在，依仗的是一种天生的德行，与他人格格不入（尽管也可能兼有某些高尚的道德品质），其令人作呕的程度远甚于某些罪恶，如偷盗、暴行、不义等，这些罪恶反而更能得到理解，因此便更容易得到普通人原谅；他们秘密结社，与共济会相比，其范围更广，效率更高，更不易受到怀疑，因其赖以支撑的基础是趣味、需求与习惯的一致，他们所面临的风险，最初的尝试，掌握的学识，进行的交易，乃至运用的语言都完全统一，在他们这个社会中，不希望相互结识的成员凭着对方一个自然的或习惯的，有意的或无意的动作，就可立即识别同类，告诉乞丐，他正为其关车门的是位大贵人；告诉做父亲的，那人正是他爱女的未婚夫；告诉想求医、忏悔或为自己辩护的人谁是医生，谁是牧师，谁又是他曾上门找过的律师；他们都不得不保守秘密，然而却都了解他人的某些隐私，而世上圈外的人对他们从无丝毫的狐疑，在他们看来，再难以置信的历险小说都真实可信；因为在这种不符合时代精神的传奇般的生活中，大使与苦役犯为友，而亲王，虽然时而自然表现出贵族教育所养成的翩翩风度，非颤颤巍巍的小市民所能相比，但一旦迈出公爵夫人的府邸，便与流氓大盗密谋；这伙人为人类群体所不齿，但举足轻重，受怀疑时他们却不在场，不受猜疑时，他们则耀武扬威，肆无忌惮，受不到惩罚；他们到处都有同伙，无论在平民阶层，在军队，还是在神殿、监狱，甚至在御座，无一例外；他们，至少大多数都与非同类的人亲密相处，既甜蜜，又危险，挑逗对方，与他们笑谈自己的恶习，仿佛与己无关，由于他人的盲目或虚伪，这种游戏玩得轻而易举，且可持续多年，直至丑闻暴露，驯化者自食恶果，被人吞噬；在此之前，他们不得不矫饰自己的生活，欲注目不得不转移视线，欲转移视线却又不得不注目，言谈中不得不为许多形容对象易性，这种社会压力与他们承受的心灵压力相比显得微不足道，确实，他们的恶习，或恶习一词难以达意的行为，迫使他们对自己，而不再是对他人，施加巨大的心理压力，以便这种行为在自己的眼里不再构成什么恶习，然而，有的人更讲究实际，处事更性急，他们无暇去搞交易，顾不上简化生活，争取通过合作赢得时间，于是便分道扬镳，形成了两伙，第二伙完全由与他们清一色的人组成。

这确实令来自外省的穷人感到震惊，他们举目无亲，一无所有，唯奢望有朝一日当上名医、名律师，他们头脑还缺乏见解，举手投足尚欠缺风度，但希望尽快养成，以装点门面，就像他们为装饰自己在拉丁区的小房间购置家具摆设，效仿的是他们在一些“暴发户”府上看到的式样，这些“暴发户”从事的是有利可图而又正经的职业，他们多么希望跻身其间，一举成名；对这些人来说，他们无意中养成的特殊情趣，好比对绘画、音乐的盲目热爱，也许是他们唯一的独特之处，且根深蒂固，不容取代，使得他们在某晚错过了事关他们前程的有益聚会，而他们所要模仿的恰是聚会者的言谈举止，及其思维、穿戴、打扮方式。在他们的居住区，他们几乎只与同窗、师长或某个已功成名就、成为他人靠山的同乡交往，可他们很快发现另一些年轻人，在共同的特殊情趣的驱使下，他们彼此贴近了，犹如在一座小城镇，由于对室内乐和中世纪象牙艺术品有着共同爱好，助理教师与公证人结成了友谊；由于他们以同一的功利主义天性，以指导他们事业的共同职业思想看待消遣对象，于是在禁止外行人涉足的场合不期而遇，这里，聚集了古鼻烟盒、日本铜版画和奇花异卉的爱好者，因为这里有着相互学习的乐趣、互通有无的实惠，当然也有对竞争的恐惧，就像在邮票市场，行家之间的深深默契与收藏家之间的疯狂争夺兼而有之，再说，即使那些在咖啡馆设有专座的人，也不知道店里聚集的到底是谁，闹不清是钓鱼协会，还是编辑学会，抑或是安德尔子弟协会，他们一个个衣冠楚楚，神态持重冷漠，对数米之外那些竞相炫耀自己情妇的时髦的纨绔子弟、“花花公子”，只敢偷偷地瞅上一眼，有的人对这帮公子哥虽然仰慕不已，却没有胆量抬头去看，待二十年后，当有的即将跻身某个学会，有的业已成为某个圈子的老前辈时，他们方才得知当初最富于魅力的那位就是如今大腹便便、满头白发的夏吕斯，他与他们如出一辙，只不过身处另一个社会，具有别样的外部标记，异样的外表特征，其独特之处使他们无法摸清他的底细。不过，如今的社团多少有所发展，比如“左派同盟”就不同于“社会主义联盟”，门德尔松音乐协会也有别于圣乐学院，因此，在晚上聚会时，有时另一张餐桌上会聚集着一帮激进分子，他们衣袖下套着手镯，脖根处挂着项链，故意把眼睛瞪得鼓鼓的，嬉笑打闹，相互抚摸，迫使在场的中学生们赶紧躲开溜走，为他们服务的咖啡店招待虽然义愤填膺，但也只得以礼相待，其心情恰似在晚上招待德雷福斯分子，若无小费揣兜，早就主动去找警察了。

不受世俗之见约束的人正是把孤僻者的情趣与这些专业社团对立起来，从一方面看，其中并无多少奥妙，因为这些人结社只不过模仿了孤僻者的行为，孤僻者们认为，他们心目中不被理解的爱情与有组织的邪恶毫无共同之处；而从另一方面看，也确实有着某种奥妙，因为这些不同的阶层正符合各种不同的生理类型，同时也适应病理或仅仅社会演变的各个不同阶段。事实上，孤僻者们有朝一日总不免要融入这些社团之中，有时纯粹是因为厌倦，有时则是为了图个方便（比如那些敢持敌对态度的人最终也不得不在家中安上电话，接待耶拿家族的人或去博丹商店购物）。一般来说，他们在这些社会中不太受欢迎，因为在他们较为清白的生活中，他们一方面缺乏经验，另一方面又过分耽于幻想而难以自拔，因而在他们身上烙上了更深刻的女性化的特殊性格印记，而那些行家里手却想尽办法消除这种种印记。必须承认，在这些新来乍到的人身上，那种女子气并不仅仅集中在内心深处，而是显而易见，令人厌恶，一有风吹草动，他们便胆战心惊，像歇斯底里大发作，听到一声尖笑，也会吓得手脚乱抽，不像人样，活像眼圈浓黑、目光忧郁、长着悬钩爪的猴子，然而他们却身穿无尾常礼服，系着黑色大领带；凡此种种，致使这些新成员反被那些远不如他们清白的家伙怀疑来路不明，难以被接纳。不过，他们最终还是被接受了，于是享受到了种种便利，商业、大企业正是借此改变了个体的生活，使他们得以获取在此之前过分昂贵，甚至难以寻觅的物品，过去，他们独自在稠人广众之中难以发现的东西，现在却泛滥成灾，把他们淹没了。

然而，尽管摆脱困境的门道数不胜数，但是对有的人来说，社会压力还是太沉重了，这些人往往尚未给自己造成精神上的压力，他们仍误以为他们的爱情方式颇为难得。这里，暂且不谈那些因其习性的特殊本质而自以为高女人一筹、鄙视她们、把同性恋视作伟大天才和光辉时代特有产物的人，当他们试图让自己的情趣得到赞许时，他们所寻求的目标并不是他们认为生就有此禀性者，如吗啡瘾者天生就爱吗啡，而是他们认为无愧于此情趣的人，那高涨的热情像是在布道，犹如别人鼓吹犹太复国主义，宣扬拒绝服兵役，宣传圣西门主义、素食主义或无政府主义。有的人入睡后，如果谁早晨突然闯进房里，那准会发现他们露着一个令人赞叹的女人脑袋，其神态极能说明问题，极具女性特征，头发本身就给予证实，卷曲时多么富于女性化，展开时，又多么自然地形成发辫，披散在脸颊上，人们不禁为之惊叹，这位少妇，这个少女，加拉大[1]，她刚刚无意识地从囚禁自身的男体中苏醒过来，她未求教于任何人，全凭自己的机敏，多么善于利用牢笼的微小出口，获取其生命必需的一切。毫无疑问，这位容貌可人的年轻小伙子不会承认："我是个女人。"即使——出于种种可能因素——跟哪位女人一起生活，他也会对她矢口否认自己是个女性，向她发誓自己绝未跟男人发生过关系。可她只要看到方才显示在我们面前的情景，见他身穿睡衣躺在床上，双臂裸露，乌发下露出脖颈，那么，那睡衣顿时会变成一件女人的内衣，那脑袋也活脱脱成了一位漂亮的西班牙女郎的脑袋。女主人定会为显现在她眼前的内情惊恐不已，这情景比话语、比行为本身更真实可信，尽管从未有过表露，但行为本身不可能不很快被证实，因为任何人都会按自己的爱欲行事，倘若此人尚不过分邪恶的话，定会到异性中去寻欢作乐。对同性恋者来说，邪恶并非始于结交（因为

[1] 希腊神话中的海中女神，海神涅柔斯和他的姐妹多里斯生的女儿。

各种不同因素都可制约结交)，而是始于他与众多女人作乐。我们方才试图描述的那位年轻小伙子是位女性，那是多么显而易见，以至于曾经充满欲望凝望着他的女人（除非有特殊的情趣）无不大失所望，如同莎士比亚喜剧中的女人被一位乔装打扮成英俊少年的年轻姑娘弄得心情沮丧。这同样也是欺骗行为，同性恋者对此也很清楚，他隐隐约约感觉到，自己的伪装一旦扒去，妻子将经受的是何等的失望，这一对性别的认识错误是幻想派诗歌多么丰富的创造源泉啊。再说，对那位要求苛刻的女主人，他纵然拒不承认（她如果不是一位蛾摩拉女人）“我是个女人”也无济于事，他体内那个虽无意识但显而易见的女人是多么狡猾，多么伶俐，又像攀缘植物般多么执着地寻觅男性器官！只需看一看那披落在洁白的睡枕上的鬈发，就不难明白，如果这位年轻小伙子不顾父母的吩咐，情不自禁地悄悄溜出父母的掌心，那他绝不是去寻找女人。女主人可以惩罚他，把他关起来，可第二天，这位阴阳人照旧能有办法爱上一个男人，就像牵牛花总是把卷须伸到摆着铁镐或铁耙的地方。我们赞叹这位男子的脸上那令人动情的娇媚和男人们所不具备的丽姿以及那温柔的天性，然而，当我们得知这位小伙子去寻找的是拳击手时，我们何以会为之惋惜呢？这是同一个现实的不同方面。令我们厌恶的人也会是最为动人的人，其动人之处远甚于世间的千娇百媚，因为他代表着令人叹为观止的无意识的天性力量；尽管有着性的诱惑，但他自己对性的确认表现了他未言明的心迹，他向往的是由于社会最初造成的过错而使他难以企及的境地。对有的人来说，尤其是对那些在儿时极为羞怯的人来说，他们几乎从不考虑他们所获得的享受由何种肉体成分所组成，只要能把这种享受与男性的容貌联系起来即可。然而，另一种人则要给他们的肉体享受严格定位，其感觉无疑更为强烈，这类人也许会因其直言不讳而引起普通人反感。他们也许不同于前一类人，仅仅生活在土星的卫星之下，因为对他们来说，女人不像在前一类人眼里那样，被完全排斥在外，对前一类人，女人要是不闲聊，不卖弄风情，没有精神爱恋，就不称其为女人。可是，后一类人却追逐喜爱女色的女人，她们可为他们提供年轻的小伙子，激发他们与小伙子在一起时所感受的乐趣；更有甚者，他们可以以同一种方式在她们身上获取从男人身上享受到的同样乐趣。由此而产生的结果便是，对那些钟爱前一类人的人来说，唯有与男人做爱所享受的乐趣方能激起其嫉妒心，仅此乐趣才能构成不忠行为，因为他们从不主动去爱女人，只是由于习俗的原因勉强为之，为的是给自己保留结婚的可能性，可他们很少想象男欢女爱所能带来的乐趣，因而容不得他们心爱的男人去品尝此种乐趣；后一类人却往往因与女人做爱而引起前者的嫉妒。原因是在他们与女人的关系中，他们为爱女色的女人扮演了另一个女人的角色，而与此同时，女人也差不多给他们提供了他们从男人身上获得的乐趣，以至于妒火中烧的男友，一想到他情之所钟的男子竟与在他看来活脱脱是个男人的女人结合，心中好不痛苦，他同时感到心爱的男友就要摆脱他，因为对那些女人来说，这男子有点味儿，有点女人的味儿，不过他自己却意识不到。我们暂且也不提那些疯狂少年，他们孩子气十足，故意戏弄朋友，冒犯父母，几近疯狂地热衷于选择裙袍之类的服装，抹口红，画眼睛；这些人姑且不提，因为末了遇到的往往是这种人，他们无论有多冷酷，都再也难以忍受自我作践带来的痛苦，于是便会一辈子规规矩矩，俨然成了新教徒，试图纠正过去一时中邪铸成的过错，但所做努力纯属枉然，就像圣日耳曼区的妙龄女郎走火入魔，过上了臭名远扬的可耻生活，与习俗决裂，嘲弄自己的家庭，直至有一天，她们重又开始攀登人生之坡，虽然不屈不挠，却毫无结果，想当初走下坡路时，她们觉得多么有趣，或许她们当时已经无法控制下滑。最后，我们也暂且不谈那些与蛾摩拉缔结了条约的人。待德·夏吕斯先生与他们结识时，我们再做介绍。总之，凡有机会登场的形形色色的人物，这里都免做交代，为结束此开场白，只谈谈我们方才已开始介绍的那些孤僻者。他们自以为特殊，少有恶习，可不知不觉中身上早已孕育着恶癖，只不过隐蔽的时间较之别人更长罢了，一旦发现自身的恶癖，他们便远离尘嚣，独自生活。确实，不管他们是诗人、雅士，还是恶棍，开始谁都不知道自己是同性恋者。好比某个中学生，读了爱情诗或看了诲淫画，不禁紧紧依偎着一位同窗，想象着通过同学宣泄他对女人的欲望。当他阅读德·拉法耶特夫人、拉辛、波德莱尔、沃尔特·司各特等人的作品，虽然清楚地意识到了自己的感受的实质所在，却少有能力自我观察，体味不到自己掺进的成分，感悟不到情感同一，但对象有别的道理，意识不到他渴望得到的是罗布·布依，而不是迪安娜·维尔农，处于这种阶段，他怎能觉得自己会与众不同呢？在众多人的家中，处于更为清醒的理智前哨的本能谨慎设防，卧室里的镜子和四壁都饰有彩石水印画，画中都是女演员；他们作诗曰：

> 世间，我只爱克洛埃，
> 她满头金发，仙女般美，
> 我的心儿漾溢着爱。

人生伊始，有必要为此而寄托情之所系吗？说不定若干年之后，在他们身上再也找不到一丝痕迹，就好比这些孩童，如今满头金发，以后说不定会长出一头典型的棕发。谁知道那些女人的照片是不是伪善的开始，且对另一些同性恋者来说，是不是恐惧的开始呢？然而，孤僻者正是这样的人，伪善让他们感到痛苦。也许取另一个移民地的犹太人作为例子，还不足以解释清楚，教育对他们所起的作用是何等微不足道，他们又是如何巧妙地故技重演，兴许还不至于再干类似自杀那种纯粹残忍的傻事（不管人们如何提防，疯鬼们总是会再度自杀，投河之后刚被人救起，又去服毒，弄一支手枪……），而是回到自己过去的生活中去，其中少不了乐趣，非同类的人们不仅理解不了，想象不到，甚至会感到憎恶，而且这种生活险情不断，屈辱终生，令人们感到恐怖。若要为他们画像，且不必把他们设想为未驯化的野兽，倒可联想一下所谓驯服的幼狮，虽已驯服，但它们毕竟还是狮子，至少有必要联想一下那些黑人，他们对白人安逸的生活大失所望，因为他们更爱原始生活的风险及其不可思议的欢乐。一俟哪天发现后不能欺人，也不能自欺，他们便退避三舍，隐居乡间，因恐惧变态或害怕引诱而躲避同类（他们以为同类很少），又因羞耻而不敢见人。他们永远都无法真正成熟起来，陷入郁郁寡欢的境地，偶尔在某个星期日的月黑之夜，沿着一条小径独自漫步，不料在一个十字路口，住在附近城堡的一位孩提时代的朋友事先没有打声招呼，在等候着他们。于是，他们在茫茫黑夜，二话没说，便玩起旧时把戏。平日里，他们你来我往，谈天说地，从不触及过去发生的一切，仿佛他们过去什么事也没干过，也不应再干任何勾当，不同的是，在他们的相互交往中，增添了几分冷酷、几分嘲弄、几分懊恼和几分怨恨，时而也夹杂着几分仇恨。接着，邻居骑上马，牵上骡，踏上了艰险的旅程，攀登险峰，露宿雪地；他朋友把自己的恶习归咎于性格的软弱，深居简出，怯于结交，明白了行为放荡的友人现已置身于海拔数千米的山间，恶习再也不可能在他身上存在了。果然，对方结了婚。然而，被遗弃者并未根除恶习（尽管也可看到同性恋可治愈的例子）。早上，他要求在厨房亲自从送牛奶的小伙计手中接过新鲜奶油，晚间，难忍的欲火，搅得他坐立不安。一时失去理智，竟然落到指点酒鬼走路，帮盲人整理衣衫的地步，不错，有的同性恋者生活有时会发生变化，他的恶习（人们都这么说）再也不会在其生活习性中表现出来；但是天地不灭，万物不失；隐藏的珠宝终究可以再发现。病人小便次数少了，无疑是因为他出汗多了，怎么也得排泄出去。有一天，这位同性恋者失去了一位年轻的表兄弟，从他那难以慰藉的痛苦中，您就可明白他的欲望正是通过这份爱得到了宣泄，这份爱也许比较纯洁，只求精神上的器重，不求肉体上的占有，总之，这好比一项预算，总额分厘不变，但有的开支转划到其他项目中去了。出于同样道理，就像有的病人得了荨麻疹，平日的病痛反而一时消失了，同性恋者由于对一位年轻的亲戚产生了纯洁的情爱，感情得到转移，会暂时取代过去的某些习性，但禀性难移，终将有一天会旧病复发，重又染上一时被取代、治愈的恶习。

不过，孤僻者那位成婚的邻居又回来了；朋友不得不邀请他们夫妇前来一聚，面对年轻妻子的花容月貌和丈夫对妻子的脉脉温情，他为过去感到耻辱。妻子已经有喜，不得不早早退席，留下丈夫；待丈夫该回家时，他请朋友送他一程，开始，朋友没起丝毫疑心，可到了十字路口，突然被那位就要做父亲的邻人闷声不响地掀翻在地。于是，两人重又你来我往，直至有一天，少妇的一位表兄弟搬到了离他们不远的地方住下，从此，做丈夫的便天天与他一起散步。若被遗弃的那位前来看望，试图亲近他，他总是怒气冲冲，将其拒之门外，气对方竟然觉察不到自己已经令他讨厌。不过，有一天，一位陌生人受那位不忠的邻居的指派，找上门来，可被遗弃的那位忙得不可开交，无暇接待，事后才体味到这位外人找上门来的目的所在。

从此，孤僻者郁郁寡欢，意志消沉。他唯一的乐趣就是去附近的海滨浴场，向一位铁路职员打听情况。可是，这位职员得到了晋升，到法国的另一端供职去了；孤僻者再也不能去向他打听列车时刻，了解一等车厢的票价，每次回到自己的小楼去想入非非之前，总像格里塞利迪斯[1]，在海滩迟迟不走，犹如古怪的安德洛墨达[2]，没有阿耳戈英雄[3]前来搭救，又似一个不育的水母，在沙滩慢慢枯死，或者，他在火车离站之前，无精打采地待在月台，不时向熙熙攘攘的旅客投去一瞥，这目光在非同类的人看来，好似冷淡、傲慢或漫不经心，然而，它如同某些昆虫为吸引同类闪烁的光亮，又像某些花卉为引诱昆虫授粉而奉献的花蜜，骗不了那耽于怪诞的乐趣、天下几乎难觅的爱好者，这乐趣他们正求之不得，现在竟主动送上门来，就像我们的专家寻到了同行，终可以讲一讲奇特的语言，对这种语言，月台上那个衣衫褴褛的家伙不过装出一点兴趣，旨在获得一点物质利益，好比有的人跑到法兰西公学院，尽管梵语先生授课的教室里没有一个听众，他们照样进去，为的是在里面暖暖身子。水母！兰花！当我顺乎自己的本能时，巴尔贝克的水母令我恶心；可倘若我像米什莱，善于用自然史和美学的眼光去观察，显现在我眼前的便是芳香四溢的蓝色花簇。它们浑身透明的柔绒宛如花瓣，它不就是淡紫色的海兰花？它与动物和植物世界的众多造物一样，与生产香料的香草并无差别，只是它身上的雄性器官被雌性器官的一层厚膜隔开，若没有蜂鸟或某些小蜜蜂在花间传带花粉，若不进行人工授精，它就永远不能生育，德·夏吕斯先生就是这样（这里的授精一词应取其精神意义，因为从物质意义看，男性与男性结合是不育

[1] 薄伽丘《十日谈》中的人物，为忠贞、贤惠的妻子的象征。

[2][3] 均为希腊神话人物，传说埃塞俄比亚国王为免除王国祸难，将女儿安德洛墨达公主绑在海边岩石上，公主被阿耳戈英雄珀尔修斯救出，免遭海怪吞噬。

的，但不容忽视的是，那唯一能感受到的乐趣，有人恰能得到，且“世间任何生命”都可以将“自己的声音、激情或芬芳”传给他人），他正是那种堪称异常的人物，因为尽管他们为数甚众，但性欲的满足对别人来说轻而易举，而对他们来说，机会实在太难得了，取决于众多因素的巧合。对德·夏吕斯先生之流来说（除了一时将就的情况，这种情况渐渐表露出来，人们已有所觉察，这是因为性欲强烈所致，不得不半推半就），相互之爱，除了普通人那里遇到的，有时是不可克服的困难外，又给他们增添了极为特殊的困难，以至于对常人难得的东西，到了他们这儿简直就不可能了，而且，倘若他们果真巧遇良缘，或天赐良缘，那么，他们的幸福就远非正常恋人的幸福可比拟，而是含有某种异乎寻常的、百里挑一的、如饥似渴的东西。一位裁缝师傅正准备规规矩矩去做活，不料大喜过望，撞见了一位大腹便便、年过半百的先生，在此之前，曾有过形形色色的障碍，种种特殊的排斥力，凯普莱特和蒙太古家族[1]的深仇大恨与此相比也微不足道，但障碍一个个被克服了，排斥力也被异乎寻常的天赐偶合所抵消，最终导致了爱；这位罗密欧和这位朱丽叶完全有充分的理由认为，他们的爱情并非一时冲动的产物，而是他们气质的和谐所注定的前世姻缘，且不仅仅是他俩自己的气质，而且是他们前辈的气质，他们的始祖遗传的气质，因此，与他们结合的人早在

---

[1] 莎士比亚名剧《罗密欧与朱丽叶》中维罗纳城两个世代为仇的家族。男女主角因家仇不能结合，终成悲剧。

降生之前就已属于他们，吸引了他们，其引力可与操纵大千世界的力量相比，在那里，我们度过了前世生活。德·夏吕斯先生分散了我的注意力，使我无法细细观察熊蜂是否带来了兰花盼望已久的花粉，多亏巧遇，兰花才有幸受粉，这种巧合多么偶然，可称其为一种神迹。可我方才目击的也是一种神迹，差不多属于一个类型，其神奇的成分毫不逊色于前者。一旦我从这一视角观察这次奇遇，在我的眼里，一切似乎都呈现出美。为迫使昆虫保证花卉授粉，大自然创造了令人叹为观止的花招，没有昆虫，花就无法授粉，因雄花与雌花相隔甚远；若风必须保证授粉，那么大自然的巧妙安排便使花粉可较为轻易地从雄蕊中飘散出来，使雌花可以不费吹灰之力，趁机获得花粉，从而免得分泌花蜜，这自然也再无必要，既然已经用不着引诱昆虫光顾，甚至也不必盛开花冠，吸引飞虫；大自然还巧妙设计，保证花朵只受其必需的花粉，唯它必需的花粉才能育花结果，促其分泌出对其他花粉有免疫功能的液体；这形形色色的花招在我看来并不比这一性恋附类的存在更为神奇，这一附类受命保证日渐衰老的同性恋者的性享受：他们并不会被所有的男人所吸引，而只被比他们年迈的男人吸引——由于某种感应或协调现象所致，此现象可与支配三体异柱花，如千屈菜授粉的现象相比。絮比安刚刚为我提供了这一附类的一个范例，然而它却不如其他附类易于把握，其他附类，尽管甚为罕见，但任何人道的植物标本采集者，任何道德的植物学家都可观察得出，可是，这一附类展现在他们面前的却是一位孱弱的年轻男子，盼望着一位身强力壮、大腹便便的五旬汉子主动接近他，而对年轻人的亲近举动却无动于衷，恰似报春花科的短柱雌雄同株花，除非由同属短柱的报春花授粉，不然就不会结果，然而它们却兴高采烈地迎接长柱报春花粉的光顾。至于德·夏吕斯先生，我事后体会到，对他来说，有着种种不同的结合，其中某种结合次数之多，瞬时性之不明显，尤其是两位角色之间接触之少，使人们不禁想到花园里的花卉，它们由附近的花授粉，却永远触碰不到附近的花。确实，对他来说，只要把有的人召到他府上来，让他们洗耳恭听他几个小时的讲话，他在某次偶遇中燃起的欲火就可熄灭。通过再简单不过的话语，便轻而易举达成了结合，就像纤毛虫纲随意就可聚合。类似我遇到的情况，他大概偶尔也有过经历，那天晚上，盖尔芒特府的晚宴散席后，我被男爵召去，男爵对来客迎面一顿猛烈的训斥，因此而心满意足，犹如有的花卉借助突发的力量，远距离把花蜜喷射到一只昆虫身上，昆虫一时失控，无意中成了同谋。德·夏吕斯先生由被统治者上升为统治者，感到心头的不安解除了，获得了宁静，于是打发走很快失去了吸引力的来客。最后，同性恋的产生，原因在于男同性恋者与女人过分近似，无法与女人发生有益的关系，由此而服从一条更为高级的规律，即自我交配不育规律，正是这一规律的存在，造成了多少雌雄同株花卉不得结果。确实，寻觅男性的同性恋者往往满足于和他们一样女子气十足的同性，只要他们不属于女性就行，他们身上虽然带有女性的胚胎，却无法使用，有多少雌雄同株的花卉，甚至某些雌雄同体的动物，如蜗牛，也不例外，它们无法自我授粉或授胎，但与另一些雌雄两性的动、植物结合却可成功。因此，同性恋者乐意把自己与古代东方或古希腊的黄金时代联系起来，他们甚至可以追溯到更为遥远的时代，追溯到雌雄异柱花卉和单性动物尚不存在的试验时代，追溯到雌雄同体的原始时代，女性人体中的某些男性器官痕迹和男性人体中的某些女性器官痕迹似乎还保留着原始的雌雄同体的特性。絮比安和德·夏吕斯先生的手势，我开始时理解不了，觉得有趣极了，就像那些称为菊科的花卉向昆虫做出引诱性的举动，据达尔文介绍，这些菊科花卉翘起头状花序上的半花叶，以便在更远的地方都能发现，犹如某种异柱花倒转雄蕊，使其弯曲，为昆虫打开通道，或为昆虫奉上蜜雾，就像此时院中的鲜花正释放花蜜的芬芳，张开花冠，引诱昆虫。从这天开始，德·夏吕斯先生必定更改去拜访德·维尔巴里西斯夫人的时间，并非他无法在更适当的时间到别处看到絮比安，而是因为下午的太阳和小灌木丛中的花朵已经与他们的记忆结合在一起，正如他们已经深深印入我的脑海。再说，他并不只限于向德·维尔巴里西斯夫人、德·盖尔芒特公爵夫人以及众多声名显赫的主顾举荐絮比安店中的人，可这些主顾反倒更主张用年轻的绣花女，原因是有几位太太顶住不用絮比安或仅仅怠慢了他，男爵便对她们采取了可怖的报复手段，或许是拿她们开刀，以儆效尤，或许是她们激怒了他，与他的统治分庭抗礼。他使絮比安所处的位置越来越有利可图，直到最后用他做了秘书，为他确立了地位，其地位到底如何，我们后面可以看到。“啊！絮比安这人真有福气。”弗朗索瓦丝常这样说，她往往根据某人对她好还是对别人好，来贬低或抬高他的善行。再说对这件事，她没有必要夸大其词或感到嫉妒，因她真心实意喜欢絮比安。“啊！男爵真是个大善人！”她又添上一句，“他多好，心多诚，多得体！要是我有个女儿待嫁，也是豪门出身，那准闭着眼睛把她嫁给男爵。”“可是，弗朗索瓦丝，”我母亲心平气和地说，“这个女儿啊，该会有多少丈夫哪。记得您已经把她许给了絮比安。”“啊！太太，”弗朗索瓦丝答道，“这是因为这又是一个好男人，可以让妻子生活美满。天下分成富人和穷人，其实是白搭，穷与富对人的天性没有影响。男爵和絮比安，是一个类型的人。”

不过，对这首次发现，我大大夸大了其择优取精、珠联璧合的选择性。诚然，任何一个类似德·夏吕斯先生的人都是个非凡的创造物，因为如果他不向生活的可能性妥协，他便会倾其精力去追求非同类的男子，即爱女人的男子的爱情（但此男子必定不会爱他）；我刚才在院子里发现絮比安像兰花招惹的熊蜂，围着德·夏吕斯先生转，与我方才产生的看法相反，实际上，这些常被人们抱怨的异常人物为数众多，在本书中，诸位自可看到，其原因在本书结尾处方有交代，就连他们自己也抱怨为数过多，而不是太少。因为《创世记》说，两位天使奉命守卫在所多玛城门，以了解城中居民是否都干了那种勾当，那闹腾的声响曾经惊动了上帝，令人们深感欣慰的是，上帝错选了两位天使，当初只要把任务交给一位所多玛人就行了。即使此人连连推托说“我有六个孩子，两个情妇……”，他也绝不可能感动上帝放下熠熠闪光的利剑，从轻处罚。上帝也许会驳回：“对，如果这样，那你妻子必定深受嫉妒折磨。可要是这些女人没有在蛾摩拉被你选中，你定会跟希布伦的某个牧男过夜。”说罢，上帝即刻令其返回那座将被硫黄火雨摧毁的城市。可事与愿违，所有可耻的所多玛人都被放跑了，哪怕他们像罗得的女人，一见年轻男子就扭头细看，也不会因此像那女人变成盐柱。其结果是他们后裔众多，且保留了习惯动作，好比那些浪女，装模作样，像是在观看橱窗里展出的鞋，可一有大学生走来，便向他扭过头去。所多玛城居民的这些后裔为数如此之多，以至于可用《创世记》中的另一节文字加以描述：“如果有人能数清尘埃的数量，那便可清点这些后裔的人数。”他们分散居住在地球各地，谋取了各种职位，轻而易举进入了最难以跻身的俱乐部。以至于如有一位所多玛城的后裔未被接纳，那举黑球反对的肯定大多是所多玛城的后代，他们继承了使他们祖先得以逃离被诅咒的城市的谎言，不得不注意谴责同性恋。他们迟早有一天会返回所多玛，这很有可能。诚然，他们在世界各国都组织了素有修养、精通音乐又善于诽谤的东方式群体，集令人欣喜的品质与难以忍受的缺陷于一身。在本书的后面各章中，人们可以更为深入地观察他们，可眼下，众人都希望预防致命的差错，即避免有人像鼓励犹太复国主义那样，最终导致展开一个所多玛后裔运动，重建所多玛城。然而，所多玛后裔每每刚抵达一个城市，便急于离去，以免被看作该城的居民，他们娶妻成婚，到别的城市与情妇往来，并在那儿获得种种适当的娱乐。非得到了万不得已的时日，等他们的城市空无一人，饥饿将恶狼逼出树林的时刻，他们才会去所多玛城。这就是说，这里发生的一切，几乎与在伦敦、柏林、罗马、彼得格勒或巴黎发生的没有差别。

总而言之，那天在我去拜访公爵夫人前，我并未考虑得这么远，当时只顾集中精力注意絮比安与夏吕斯的结合，也许错过了目睹熊蜂为花授粉的情景，为此感到遗憾。

第二部

第一章

我说不准是否受到邀请，并不急于前往参加盖尔芒特府上的晚会，于是独自在外闲逛，可是，夏日的白昼似乎并不比我更着急离开。尽管已经九点多了，但它还在协和广场流连忘返，给鲁克尔索方尖碑罩上一层玫瑰果仁糖的外表。接着，它又改变了方尖碑的色彩，将之转变为另一种物质，其金属感之强，致使方尖碑变得不仅更珍贵，而且显得更细薄，更柔软。人们想象着也许可把这一瑰宝扭弯，或许早已有人把它微微弯曲了。月亮已悬挂在空中，宛如一瓣小心剥净的橘子，尽管表面稍有点儿损伤。再过数小时，它也许就会变成一弯铮铮金钩。一颗可怜的小星星孤零零地蜷缩其后，独自陪伴这轮寂寞的冷月，然而，月亮更富于勇气，一面保护着自己的朋友，一面向前行进，仿佛手持势不可当的武器，高擎着东方的象征，挥动着自己那把奇妙的金钩大刀。

在盖尔芒特亲王夫人府邸门前，我遇到了德·夏特勒罗公爵；我不再记得，半小时前，自己还一直惶惶不安，担心——它不久又要困扰着我——不请自来。人们往往会有这类担心，可有时一时分心，把危险丢诸脑后，事后很久才回想起当时的惶恐心境。我向年轻的公爵道了安，钻进了府邸。可这里，我必须先交代一点情况，虽然微不足道，却有助于理解不久就要发生的事情。

这天晚上，有个人一如既往，深深思念着德·夏特勒罗公爵，却不知公爵到底是何许人。此人就是德·盖尔芒特亲王夫人的门子（当时称“传呼”）。德·夏特勒罗先生远谈不上是亲王夫人的至爱亲朋——仅仅是一位表兄弟而已——他平生第一次受到她沙龙的接待。十年来，公爵的双亲与她一直不和，最近半个月才重归于好，这天晚上，他们有事不得不离开巴黎，所以派儿子代表他们夫妇赴会。可是，几天前，亲王夫人的门子在香榭丽舍大街与一个年轻人相遇，觉得他长相迷人，虽想方设法，却未能弄清其身份。这倒不是因为那位年轻公子不客气大方。门子挖空心思对这位年纪轻轻的先生阿谀逢迎，他反都一一领受了。但是，德·夏特勒罗先生既冒冒失失，也谨小慎微；他愈弄不清打交道的人是谁，便愈不肯公开自己的身份；倘若他知道了对方的底细，也许会更害怕，尽管这种恐惧并无道理，他始终不露真相，只让对方把自己视作英国人，但他待门子如此大方，深得门子的欢心，门子渴望与他再次相会，满怀激情，追根问底，可公爵对他的种种提问，只答了一句话：“I do not speak French。”[1] 就这样，两人一直走完了加布里埃尔大街。

虽然德·盖尔芒特公爵因为亲王夫人的表兄弟的母系之故，似乎在德·盖尔芒特-巴维埃尔亲王夫人的沙龙里找到了点古弗瓦西埃府的陈迹，但是，这个沙龙的安排，在社交圈里可谓独此一家，令人耳目一新，据此，大家普遍认为这位夫人具有独创精神，

---

[1] 英语，意为我不会讲法语。

聪慧过人。晚宴后，不管随后进行的交际晚会场面多大，德·盖尔芒特亲王夫人的府上，座位安排总是别具一格，来宾被分成若干小圈子，需要时，自可转过身来。亲王夫人走去带头就座，仿佛有选择地坐入其中的一个小圈子，以显示此举的社会意义。而且，她大胆地指名道姓，把另一小圈子的成员吸引过来。比如，若要提醒德达伊先生注意——他自然高兴——另一圈子的德·维尔米夫人，她坐的位置正好让人看到她的后背，她的脖颈儿有多漂亮，亲王夫人便毫不犹豫地提高嗓门："德·维尔米夫人，德达伊先生正在欣赏您的脖颈儿呢，他可是个大画家呀。"德·维尔米夫人心领神会，这分明是直接邀她参加交谈，于是便以其平素骑马养成的灵巧动作，丝毫不打扰身旁的宾客，慢悠悠地把座椅转动四分之三圈，几乎正对着亲王夫人。

"您不认识德达伊先生？"女主人问道。对她来说，对方听她招呼，灵巧而又难为情地转动座位还不够。"我不认识，可我熟悉他的作品。"德·维尔米夫人回答道，毕恭毕敬，姿态动人，显得十分得体，令众人羡慕不已，同时，她向那位虽打了招呼但并未被正式介绍给她的著名画家悄悄地致以敬意。"来，德达伊先生，"亲王夫人说，"我来把您介绍给德·维尔米夫人。"于是，德·维尔米夫人像方才向他转过身那样，动作灵敏地给《梦》的作者让座。这时，亲王夫人便将另一把座椅拉到自己面前；确实，她喊德·维尔米夫人不过是找个借口，以便离开第一个小圈子，她在此已度过十分钟的规定时间，接着再到第二个圈子露个面，同样赐给十分钟。只用三刻钟，所有小圈子便都受到她的光顾，每一次似乎都是即兴生情，欣然而至，可真正的目的则是想充分显示出“一位贵妇人”是多么自然地“善于待人接物”，可眼下，晚会的宾客才开始陆续到来，女主人坐在离入口不远的地方，上身笔直，神态傲然，近乎皇家气派，两只眼睛以其炽烈的光芒熠熠闪亮，身旁，一边是两位容貌并不俊俏的殿下，另一边是西班牙大使夫人。

我在几位比我早到一步的客人后排着队。对面就是亲王夫人，毫无疑问，她的花容玉貌并非是我对这次晚会记忆犹新的唯一因素，值得回忆的东西何其多。可女主人的这张脸庞是多么完美无瑕，仿佛是轧制而就的一枚纪念章，美丽绝伦，为我保留了永恒的纪念价值。若在晚会的前几天遇到她邀请的客人，亲王夫人总是说：“您一定来，是吧？”似乎她非常渴望与他们交谈。但恰恰相反，一旦客人来到她的面前，她对他们却无话可说，也不起身欢迎，只是一时中断与两位殿下及大使夫人的闲聊，表示感谢：“您来了，太好了。”这并不是她真的认为客人前来赴会是表示一番心意，而是为了进一步表现她的盛情；谢罢，就把来宾打发到客流中去，补充道：“德·盖尔芒特先生就在花园进口处，您去吧。”让来客自行参观，不再打搅她。对有的宾客，她甚至没有一句话，只给他们露出两只令人赞叹的缟玛瑙眼睛，仿佛他们只是来参观宝石展览似的。

在我前面第一个进府的是德·夏特勒罗公爵。

已在客厅的宾客对他笑脸相迎，竞相握手问候，公爵忙着一一还礼，却没有发现门子。但门子一眼便认出了他。此人的身份，门子曾多么渴望有所了解，过一会儿，他就要弄个一清二楚了。门子请问两天前遇到的“英国人”尊姓大名，以便禀报，内心感到的不仅是激动，而是怨恨自己冒昧、失礼。他似乎觉得自己就要向众人（然而人们却觉察不出异常）公开一个秘密，可如此唐突，要当众揭露，真是罪过。一听见来宾回答是“德·夏特勒罗公爵”，他感到骄傲极了，紧张得一时说不出话来。公爵看了看，认出了对方，但觉得丢尽了面子，可家奴却恢复了镇静，对他的徽章图案了解得八九不离十，急忙主动补充对方过分自谦的身份，大声通报：“德·夏特勒罗公爵殿下到！”声音中既有职业门子的铿锵有力，又有至爱亲朋的柔情蜜意。可现在，轮到通报我了。我只顾细细打量女主人，可她还没有看见我，我没有多考虑眼前这位门子的职权，对我来说，此人的职权着实可怕——尽管害怕的原因与德·夏特勒罗先生的不一样——门子全身披黑，活像个狱卒，身边簇拥着一帮奴仆，身着最为悦目的号衣，一个个身强力壮，时刻准备擒拿擅自闯入府邸的外人，把他轰出去。他问了我的姓名，我像个任人捆绑在砧木上的死刑犯，不由自主地告诉了他。他立刻威严地扬起脑袋，不等我开口央求他小声点儿——以便万一我真的未受邀请，可以保住面子，若是应邀而来，也不失德·盖尔芒特亲王夫人的体面——他早已用足以震塌屋顶的力量，唱出了那几个令人心悸的音节。

杰出的赫胥黎（其侄儿目前在英国文学界占有至尊的地位）说过这么一件事，他手下的一个女病人怎么也不敢再去上流社会，因为就在人们彬彬有礼请她入席的座位上，她往往发现已经坐着一位老先生。她心里清楚，不是那引她入席的动作，就是那席上坐着的老先生，两者必有一个是幻影，因为别人绝不可能指给她一个已被占用的席位。可是，为了治好她的病，赫胥黎硬要她再去参加晚会，她一时犹豫不决，觉得受不了，心里嘀咕开了，不知人们对她亲热的表示是否确有其事，或是自己受虚无的幻觉的指引，在众目睽睽之下坐到一位有血有肉的老先生膝上去。她一时拿不定主意，内心痛苦万分。但是，比起我此刻的苦恼，也许就逊色多了。一听到我的姓名轰响——仿佛一场灭顶之灾的先声，为了显出我内心笃定，没有半点犯疑，我不得不摆出一副坚定的神态，向亲王夫人走去。

当我行至距她几步之遥的地方，她便发现了我，这征兆使我的担心化为乌有，不再害怕自己是一次阴谋诡计的迫害对象，她不像见到其他宾客时那样，坐着一动不动，而是站起身子，向我迎来。瞬息间，我终于像赫胥黎的病人，舒心地叹了口气——当她打定主意坐到座椅上之后，发现席位是空的，终于明白了那位老先生是个幻影。亲王夫人笑容可掬，上前与我握手。她一时站立着，赐我以殊荣，恰如马莱伯一节诗的最后一句所云：

天使起立，向他们示以敬意。

她为公爵夫人尚未抵达表示歉意，仿佛她不在场，我会感到无聊。为了向我道这声日安，她竟握着我的手，风度翩翩地围着我旋转一周，我顿时感到被她掀起的那股旋风裹挟而去。我简直以为，她当即要对我大开恩典，如同一位领舞女郎，赠我象牙头手杖或一只手表。可实际上，她什么也没有给我，仿佛她方才不像在跳波士顿舞，而像是听了贝多芬的一段至圣的四重奏，担心打乱了那雄壮的乐声，顿时停止了交谈，或不如说压根儿就没有开始谈过，看到我进来后仍然容光焕发，只告诉我亲王在什么地方。

我离开了她，再也不敢接近，感到她对我绝对无话可说，这位身材颀长、美貌绝伦的妇人像多少傲然走上断头台的贵妇人一样高尚，不敢献给我蜜里萨酒[1]，只是诚心诚意地重复已经对我说过两遍的话："亲王就在花园，您去吧。"可是，若到亲王身边去，这就意味着内心的疑虑将以另一种方式重新困扰着我。

不管怎样，应该找人引荐我。耳边传来德·夏吕斯先生的滔滔不绝的高谈阔论，压倒了众人的交谈声，他正在与刚刚结识的德·西多尼亚公爵闲聊。人们往往可从对方的公开主张摸透其心思，而德·夏吕斯先生和德·西多尼亚先生则从各自的恶习中很快嗅出了对方的怪癖，对他俩来说，一到交际场合，共同的癖好就是口若悬河，乃至不容对方插话。正如一首著名的十四行诗所云，他们很快判断出这毛病不可救药，于是拿定主意，当然不是偃旗息鼓，停止高论，而是各唱各的调，丝毫不理会对方说些什么。就这样，组成了这混乱的声响，像在莫里哀的剧中，几个人同时在讲述不同的事情，嘈杂一片。男爵嗓门洪亮，成竹在胸，肯定

[1] 一种药酒，对医治眩晕症有特效。

自己能占据上风，盖过德 · 西多尼亚先生有气无力的声音，可后者并不因此而气馁，一旦德 · 夏吕斯先生停下喘口气，这间歇马上便充斥着那位西班牙大贵人我行我素、呜噜噜持续不断的低声细语。我本来很想请求德 · 夏吕斯先生把我引荐给德 · 盖尔芒特亲王，可我担心（有诸多理由）他会生我的气。我对他的所作所为真太忘恩负义了，一来我再次使他的殷勤落空，二来自从那晚他亲亲热热送我回家以来，我对他一直没有丝毫表示。何况我并无先见之明，不能把下午我刚刚目击的絮比安与他之间发生的那个场面当作不写信的托词。我那时对此并无丝毫的怀疑。确实，前不久，我父母责备我手懒，迟迟没有动笔给德 · 夏吕斯先生写几句话，以表感激之情，我反倒大发雷霆，怪他们逼我接受有损体面的主张。不过，只是因为我怒不可遏，想说句最不中听的话，才报以如此谎言。事实上，当时我丝毫没有怀疑男爵大献殷勤会隐藏着任何肉欲的甚或情感的企图。我那样向父母撒谎完全是发疯。然而，有时未来就居留在我们身上，我们却不知道，我们原以为是撒谎的戏言切中了即将出现的现实。

我对德 · 夏吕斯先生缺少感激之情，他对此或许会宽大为怀。可令他恼火的，是我今晚竟出现在德 · 盖尔芒特夫人府上，犹如最近在他表姊妹家频频露面一样，我的出现似乎在无声地嘲弄他的庄严宣告：“唯有通过我，方可跻身这些沙龙。”这是个严重的过失，也许还是个不可补赎的罪过，我竟不遵从等级制度。德 · 夏吕斯先生深知，他的雷鸣般的嗓门，专用以对付不对他言听计从或他恨之入骨的人，可在许多人眼里，已经开始变作纸板做的雷了，再也无力将任何人驱逐出任何地方。可是，也许他还以为，他的能量虽已减弱，仍不失其威力，在我这等涉世不深的青年眼里，雄风犹在。因此，选择他在这次盛会上为我帮忙，我觉得很不适宜，因为仅仅我在场似乎就构成了对他自命不凡的架势的讽刺与否定。

这时，我被一个相当俗气的人拦住了，此人就是E教授。他在盖尔芒特府中看见我，感到大为诧异。我见他在场，也很奇怪，亲王夫人府上竟见到他这类人物，可谓空前绝后。他不久前刚为亲王治愈了传染性肺炎，其实亲王早已用过药，出于对他的感激之情，德·盖尔芒特夫人打破惯例，邀请他赴会。他在沙龙里绝对不认识任何人，总不能像个死神的使者，孤零零地在客厅里游来荡去，所以一眼认出我之后，就平生第一次觉得有无数的事情要对我倾诉，这使他得以保持镇静，也正出于这一原因，才向我走来。此外，还有另一个原因。他这人特别注意任何时候都不得误诊。然而，他信函太多，致使他为一位病人初诊之后，弄不清病情是否朝他诊断的方向发展。诸位也许还未忘记，当初我外祖母老毛病发作，当晚我就把她领到他家诊治，而他却正忙于为虚荣心而谋求社会关系。时过境迁，他再也记不清我们曾差人给他送过讣告。“您外祖母大人已不在人世，对吧？”他对我说，话中带有八九分的把握，也就不在乎尚存的一二分疑虑了。“啊！果然这样！想当初，从我见到她的第一分钟起，我对她的诊断就完全灰了心，我记得清清楚楚。”

就这样，E教授得知或再次得知了我外祖母谢世的消息，我也许应该为他歌功颂德，为整个医学界歌功颂德，然而，我却没有任何满意的表示，也许压根儿就没有满意的感觉。医生的过失屡见不鲜。他们往往对摄生疗法持乐观态度，但对最终的疗效则表示悲观，因而犯下过错。“葡萄酒吗？限量喝一点对您不会有什么坏处，这可以说是一种健身剂……房事吗？不管怎么说，这是人正常的欲望。我同意，但不能过分，请听清我的话。凡事物极必反，过分就是毛病。”这一下子，对病人是多大的诱惑！这诱惑着病人放弃两种起死回生之妙药：饮水和禁欲。然而，若病人心脏出了毛病，患了蛋白尿等病，那他的日子就屈指可数了。一旦出现严重障碍，尽管是功能性的，也往往单凭想象，将之归结为癌症了事。对于不治之症，再治疗也无济于事，自然没有必要继续给病人看病。于是，病人自己挣扎，为自己规定了严格的进食制度，身体渐渐康复了，总算活了下来，大夫原以为他早已进了拉雪兹神甫公墓，不料却在歌剧院大街与他相遇，对方向他脱帽致意，他却视之为大不敬的奚落行为，其愤慨程度比刑事法庭庭长有过之而无不及，两年前，他明明宣判了一位四处游荡的流浪汉死刑，那家伙似乎毫不惧怕，如今竟又在他鼻子底下溜达。医生们（当然不指全部，我们思想中并不排斥非凡的例外）自然会为自己的诊断得以证实感到欣喜，但一般来说，更为自己的判决宣布无效感到恼火、愤怒。正是由于这一原因，虽然 E 教授见自己没出差错，内心无疑感到满足，但不论他有多得意，他还很善于逢场作戏，显出一副悲伤的模样，跟我谈起我们所遭受的不幸。他并不打算敷衍几句了事，因为谈话给他提供了保持镇静的机会和继续待在客厅的理由。他跟我谈起近日天气炎热，尽管他素有文化修养，完全可以使用纯正的法语表达思想，可他却这样对我说："这样高烧，您不难受吗？"究其原委，原来是自莫里哀时代以来，医学在其知识领域略有进步，可在术语方面却毫无起色。我的对话者紧接着添上一句："眼下，必须避免发汗，这么个天，尤其在过热的客厅里更容易引起发汗。等您回家，想喝点什么，您可以以热攻热。"（这意思显然是说喝点热饮料。）

由于我外祖母死的方式有些特殊，我对这一问题颇感兴趣，最近，我在一位大学者的一部著作中读到，出汗对肾有害，因为正常情况下通过别的渠道分泌的却通过皮肤排掉了。我为这酷暑感到遗憾，我外祖母就是在热天病逝的，我几乎就要指控这鬼天气坑人了。可是，我并未跟 E 教授谈起这些，倒是他主动对我说："这种大热天，会出大量的汗，其好处就是可以同时减轻肾的负担。"看来，医学不是准确的科学。

E 教授死缠着我，唯一的要求就是不离开我。可我刚刚发现了德·福古贝侯爵，只见他朝后退了一步，向德·盖尔芒特亲王夫人毕恭毕敬，一左一右行了两个屈膝礼。德·诺布瓦先生最近才引见我与他结识，现在，我倒希望能通过他把我介绍给男主人。因本书篇幅有限，不允许我在此细细解释由于年轻时发生了何种事故，德·福古贝先生才与德·夏吕斯先生过从甚密，拿所多玛人的话说，他与德·夏吕斯先生是"心腹之交"，在上流社会，像德·福古贝先生这样的为数甚少（也许就独他一人）。不过，倘若说我们这位在戴奥多尔国王身边的公使也有着男爵身上某些同样的缺陷的话，那也只是小巫见大巫，相比之下，黯然失色。他对人往往一时怀有好感，一时又充满仇恨，其表现形式也只是情感上的，极其温和，也很笨拙，男爵正是钻其感情多变的空子，一会儿激起诱惑的欲望，一会儿又使其惶惶不安——也是想象的结果——不是害怕受到鄙视，至少也是担心暴露自己的企图。由于他心地纯洁，坚持“柏拉图式的精神恋爱”（他这人雄心勃勃，自达到参加会考的年龄之后，为雄心壮志牺牲了一切乐趣），尤其因为他智力低下，他此一时彼一时的多变性情，暴露无遗，显得滑稽可笑。可是，德·夏吕斯先生恭维起人来毫无节制，滔滔不绝，充分表现出其雄辩的才华，同时连讽刺带挖苦，手段妙不可言，语气刻薄至极，让人铭心刻骨，终生难忘；而德·福古贝先生却与他相反，表白好感时，那语气像是个末等社会的小人，又像是个上流社会的贵人，也像是位官场的老爷，总之平庸无奇；若是骂起人来（和男爵一样，往往是彻头彻尾的无事生非），则一副恶狠狠的模样，没完没了，毫无幽默感，与公使先生六个月前亲口所说的往往大相径庭，叫人格外生厌，可说不定过不了多久，他又会旧话重提：变化中不乏常规，倒给德·福古贝先生的不同生活阶段增添了一种天体运行的诗意，若无此诗意，他岂能胜人一筹，与天体试比高低。

他问候我的这声晚安就丝毫没有德·夏吕斯先生问好的韵味。举止百般造作，他却自以为是上流社会和外交场合的翩翩风度，此外，德·福古贝先生还伴以放肆、洒脱的姿态，笑容可掬，一方面为了显得生活如意——可他内心却为自己得不到擢升、时刻受到革职退休威胁而有难言的苦衷——另一方面则为了显出年轻，充满男子气概，富于魅力，然而在镜中，他却看到自己那张多么希望保持迷人风采的脸庞四周已经刻上道道皱纹，甚至再也没有勇气去照一照。这并非他真的希望征服别人，只要往这方面想一想，他也会胆战心惊，因为流言蜚语、丑闻、讹诈着实可怕。本来，他几乎像个孩子似的放浪形骸，可自从他想到奥赛码头，希望获得远大前程的那天起，便转而绝对禁欲，这一变，使他活像笼中困兽，总是东张西望，露出惊恐、贪婪而愚蠢的目光。他愚蠢至极，甚至都不想一想，他年轻时的那帮二流子早已不是小淘气包了，若有个报童冲他喊一声“卖报！”，他会吓得不由自主地浑身哆嗦，以为被对方认出，露出了马脚。

德·福古贝先生为忘恩负义的奥赛码头牺牲了所有享受，可正因为缺少享受，他——也正因为这一点，他兴许还希望惹人喜欢——内心有时会突然冲动。天知道他一封接一封给外交部呈了多少信函，私下里要了多少阴谋诡计，动用了他夫人多少信誉（由于德·福古贝夫人出身高贵，长得又膘肥体壮，一副男子相，再加上她丈夫平庸无能，人们都以为她具有杰出才能，是她在行使真正的公使职权了），不明不白地把一个一无长处的小伙子拉进了公使团成员之列。确实，数月或数年之后，尽管这位无足轻重的随员毫无坏心眼，但只要对上司哪怕有一点冷漠的表示，上司就以为受到蔑视或被出卖，再也不像过去那样对他关怀备至，而是歇斯底里地狠加惩治。上司闹得天翻地覆，要人把他召回去，于是，政务司司长每天都能收到这样一封来函：“您还等什么？还不赶快给我把这刁滑的家伙调走？为了他好，教训他一番吧。他需要的是过一过穷光蛋的日子。”由于这一原因，派驻到戴奥多尔国王身边的专员职务并不令人愉快。不过，在其他方面，因为他完全具备上流人士的常识，所以，德·福古贝先生仍是法国政府派驻国外的最优秀的外交人员之一。后来，一位所谓上层的无所不知的雅各宾党人取代了他，法国与这个国王统治的那个国家之间很快爆发了战争。

德·福古贝先生和德·夏吕斯先生有个共同之处，就是不喜欢先向人问好。他们宁可“还礼”，因为他们总是担心，自上次分手后，也许对方听到了别人说他们的闲话，不然，他们说不定早已主动向对方伸出手去。对我，德·福古贝先生不必费神顾虑这一问题，我很主动地上前向他致意，哪怕只是由于年龄差别的缘故。他向我回了礼，惊叹而又欣喜，两只眼睛继续转个不停，仿佛两旁长着禁食的嫩苜蓿。我暗自思忖，觉得在求他带我去见亲王之前，还是先请他把我介绍给德·福古贝夫人更合乎礼仪，至于见亲王的事，我准备等会儿再提。一听我想结识他夫人，他似乎为自己也为夫人感到欣喜，毫不迟疑地举步领我向侯爵夫人走去。到她面前后，他连手势加目光指着我，尽可能表示出敬意，然而却一声不吭，数秒钟后，仿佛坐立不安地独自离去了，撂下我一人与他夫人待在一起。她连忙向我伸出手来，却不知这一亲切的举动的对象是谁，我这才恍然大悟，德·福古贝先生忘了我叫什么，甚或根本就没有认出我来，只不过出于礼貌，不想向我挑明，结果把引见演成了一出十足的哑剧。因此，我的行动并无更大的进展；怎能让一位连我的姓名都不知晓的妇人把我介绍给男主人呢？再说，我也不得不跟德·福古贝夫人交谈一会儿。这使我心烦，原因有二。其一，我并不打算在晚会待很长时间，因我已与阿尔贝蒂娜说妥（我给她订了一个包厢看《淮德拉》），让她在稍早于子夜时来看我。当然，我对她毫无依恋之情，我让她今晚来，只是顺应了一种纯粹的肉欲，尽管在这一年的三伏天，解放了的肉欲更乐于拜访味觉器官，尤其喜欢寻觅清凉。除了少女的吻，它更渴望喝杯橘子饮料，游个泳，或者静静观赏那轮替天解渴的明月，月亮像只剥净的水果，鲜汁欲滴，不过，我想待在阿尔贝蒂娜身边——她使我想到了波浪的凉爽，却要把那许许多多迷人的脸蛋（因为亲王夫人举办的不仅仅是夫人的晚会，也是少女们的聚会）留在身后，这将不可避免地令我惋惜。其二，威严的德·福古贝夫人长着波旁家人的嘴脸，郁郁寡欢，没有丝毫的魅力。

在外交部，人们并无恶意地说，这一家子是丈夫穿裙子，妻子穿短裤。不错，这话里的真实性超出了人们的想象。德·福古贝夫人，简直是个男子汉。她生来就是这副样子，还是后天才变得如我看到的这副模样？这倒无关紧要，因为不管是先天所生还是后天所变，反正都是大自然创造的最动人心弦的奇迹之一，尤其是后天的变化，如此奇迹造成了人类与花卉彼此不分。倘若第一种假设——后来的德·福古贝夫人天生就是这副笨拙的男子相——能够成立，那么便是天性在耍花招，它既慈悲，又狠毒，给少女披上一副假小子的伪装。不喜欢女色但又想改邪归正的少年欣然找到了一个未婚妻，她壮实得像菜市场上的搬运工。倘若相反，这女人并非天生男人性格，那么便是她自己为讨夫君的欢心，甚或毫无意识地通过拟态，渐渐养成，就像有的花在拟态性作用下，给自己披上类似它意欲引诱的昆虫的外衣。她恨自己得不到爱，恨自己不是男人，于是便渐渐男性化了。除我们所关心的这一情况外，谁没发现有多少再正常不过的夫妻最终都变得性格相似，有时甚至互换了一副性格？从前有一位德国首相叫比洛夫亲王，他娶了一位意大利女人为妻。时间一长，在亲王身上，人们发现这位作为丈夫的日耳曼人渐渐养成了意大利人典型的精明，而亲王夫人却慢慢染上了德国人的粗鲁。姑且不提我们所描绘的这些规律的特殊例子，谁都知道有那么一位杰出的法国外交官，他是在东方最享有盛誉的伟人之一，唯有其姓氏表明其籍贯所在。随着他日渐成熟，衰老，一个东方人竟在他身上脱颖而出，绝没有谁怀疑这位东方人，谁见到他，都会为他头上少戴了顶土耳其帽而遗憾。

还是言归正传，谈谈那位公使的陌生风尚吧，我们方才提及他那遗传变异而拙笨了的形象。不管是后天养成，还是先天造就，反正德·福古贝夫人成了一个典型的男人化身，其不朽形象就是德·巴拉蒂娜亲王夫人，她总是身着马服，不仅仅从丈夫身上汲取了男子气概，而且还从不爱女人的男子身上沾染了一些恶习，在一封封说三道四的信中，揭露路易十四宫廷中那些贵族大老爷之间的勾当。造成德·福古贝夫人这一类女人身上出现男子气的另一个原因，就是她们遭受丈夫的遗弃，为此感到耻辱，致使身上所有的女性特征渐渐消失。她们最终养成了丈夫所不具备的优点和毛病。随着丈夫日渐轻佻，愈来愈有女子气，愈来愈不知趣，她们活像毫无魅力的雕像，变得男子气十足，而这种阳刚之气本应由丈夫来表现的。

耻辱、厌倦、愤懑的印记使德·福古贝夫人端端正正的脸庞黯然失色。糟糕，我感到她正饶有兴味且好奇地打量着我，简直像个讨德·福古贝先生欢心的年轻小伙子，既然渐渐衰老的丈夫如今更爱青春年少，她也就恨不得成为翩翩少年。她目不转睛地盯着我看，犹如外省人对着时新服饰用品商店的商品目录册，聚精会神地描着漂亮的画中人大小正合适的套头连衣裙（实际上，每一页画的都是同一个人，只不过由于变换服饰与姿态，造成错觉，看起来像是许多各不相同的人）。花诱蜂的引力如此之大，推动着德·福古贝夫人向我靠近，她居然一把抓住我的胳膊，让我陪她去喝杯橘子饮料。可我连忙脱身，推托说我马上要走，可还没有见到男主人。

男主人正在花园门口与几位来客交谈，我离那儿并不太远。可这段距离令我生畏，简直比赴汤蹈火还要可怕。

花园里站着许多妇人，我觉得可通过她们引见一下，她们一个个装模作样，惊叹不已，实际上茫然不知所措。举办此类盛会，一般都是形式在前，待到第二天方能成为现实，因为第二天才会引起未受邀请之人的关注。诸多文人都有一种愚蠢的虚荣心，一位名副其实的作家却无比虚荣，要是阅读一位对他向来推崇备至的批评家的文章，发现文中不见自己的名字，提的尽是些平平庸庸的作者，尽管文章可能不乏惊人之笔，他也不会有闲心再读下去，因为有作品需要他去创造。同样，一位上流社会的女人闲极无聊，无所事事，一旦在《费加罗报》上看到“昨日，盖尔芒特亲王夫妇举行了盛大晚会……”便会惊叫起来：“怎么搞的！三天前我跟玛丽-希尔贝整整交谈了一个钟头，她竟然对我只字未提！”于是，她绞尽脑汁，想弄清自己到底有什么地方对不起盖尔芒特家。必须承认，亲王夫人的盛会有所不同，不仅使未受邀请之人感到惊讶，有时，受邀请的客人也同样觉得奇怪。因为她的晚会往往出人意料，爆出冷门，邀请一些被德·盖尔芒特夫人冷落了数年的客人。而几乎所有上流人士都是那么浅薄，每个人对待同类仅以亲疏论是非，被邀请了的亲亲热热，没被邀请的耿耿于怀。对这些人来说，尽管都是亲王夫人的朋友，但若真的没有得到邀请，这往往是因为亲王夫人害怕引起“帕拉墨得斯”不满，因他早已把他们逐出教门。据此，我完全可以断定，她没有跟德·夏吕斯先生提起我，不然，我就不可能在场。德·夏吕斯先生正站在德国大使身旁，倚着花园门前通往宫邸的主楼梯的栏杆，尽管男爵身边围了三四个崇拜他的女人，几乎挡住了他，但来宾都得上前向他问好。他一一作答，直呼其姓。只听得一连串的问候声：“晚上好，迪·阿塞先生，晚上好，德·拉都·迪品-维尔克洛兹夫人，晚上好，德·拉都·迪品-古维尔纳夫人，晚上好，菲利贝，晚上好，我亲爱的大使夫人……”连续的尖声问候不时被德·夏吕斯先生履行公务般的嘱托与询问（他根本不听回答）所打断，这时，他的声音变得温和起来，假惺惺的，既表示冷漠，也稍带几分亲善："注意别让小姑娘受凉了，花园嘛，总有点儿潮气。晚上好，德·布朗特夫人。晚上好，德·梅克伦堡夫人。姑娘来了吗？她穿上那件迷人的玫瑰色连衣裙了吗？晚上好，圣谢朗。"当然，他这副姿态含着傲气。德·夏吕斯先生知道自己是盖尔芒特家族的一员，在这次盛会中举足轻重，比他人优越。但是，也不仅仅含有傲气，对具有审美情趣的人来说，倘若这盛会不是在上流人士府邸举行，而是出现在卡帕契奥[1]或委罗内塞[2]的油画中，那么，盛会这个词本身就会引起奢华感、好奇感。更有甚者，德·夏吕斯先生这位德国亲王可能会想象着这场盛会正在汤豪泽[3]的诗篇中举行，他俨然以玛格拉弗自居，站立在瓦尔堡的进口，降贵纡尊向每位来宾问候一声，来宾鱼贯进入城堡或花园，迎接他们的是百奏不厌的著名"进行曲"的长长的短句乐章。

可是，我怎么也得拿定主意。我清楚地认出了树下的几位女子，我跟她们多少有些交往，可她们仿佛个个变了模样，因为她们此时是在亲王府，而不是在她们的哪位表姊妹家，而且我也看到，她们此刻并不是面对撒克逊餐盘，而是坐在一棵栗树的树荫下。环境的优雅并不起任何作用。即使在"奥丽阿娜"府中，环境逊色百倍，我心中照旧会混乱不堪。若在我们所处的客厅里，电灯突然熄灭，不得已换上油灯，那在我们眼里，一切便会变样。我被德·苏夫雷夫人引出了犹豫不决、进退两难的境地。"晚上

[1] 卡帕契奥（1455—1525）：意大利文艺复兴早期威尼斯画派最伟大的叙事体画家。
[2] 委罗内塞（1528—1588）：16 世纪威尼斯画派的代表画家和著名色彩大师。
[3] 汤豪泽（约 1200—约 1270）：德国抒情诗人。

好，”她边说边向我走来，“您是否很久没见到德·盖尔芒特公爵夫人了？”说此类话时，她尽量拿出一副腔调，表示自己并不像他人，纯粹是闲极无聊，无话找话，明明不知该谈些什么，却偏要提起两人都认识的哪位熟人，但往往又弄不清对方是谁，一而再，再而三，没完没了地跟你搭腔。与众不同的是，她的目光里延伸着一条细细的导线，分明在说：“别以为我没有认出您来。您这位年轻小伙子，我在德·盖尔芒特公爵夫人府上见过。我记忆犹新。”可是，这句话看似愚蠢但用心良苦，它在我头顶张开的保护网极不牢靠，我刚欲利用，它便倏然消失，荡然无存。若要到一位有权有势的人物面前为某人去求情，德·苏夫雷夫人往往表现不凡，在求情者的眼里，她像在抬举他，可在权贵看来，却又不像在抬举求情者，以至于这一具有双重意义的姿态既能使后者对她感恩戴德，也不至于使自己欠下前者的人情债。见这位夫人对我怀有好感，我斗胆求她把我介绍给德·盖尔芒特亲王，她利用男主人的目光尚未转向我们的当儿，慈母般地抓着我的双肩，虽然亲王脑袋扭了过去，根本看不着她，她还是对着他微微而笑，推着我向他走去，那动作虽说是在保护我，却存心不成全，我还未及迈步，她就撂下我不管了。上流社会的人就是这样卑怯。

一位夫人直呼我的家姓，上前向我问候，显得更为卑怯。我一边搭腔，一边极力回忆她的姓名；我清清楚楚地记得曾和她共进过晚餐，她对我说过的话有些还没有遗忘。可是，尽管我把注意力伸向记忆残存的深处，却怎么也想不起她的芳名。然而，这姓名就存在于我的脑中。我的思想与它像玩起了游戏，企图先确定其范围，回想其起首的第一个字母，最后再整个儿弄个水落石出。然而这是枉费心机，我差不多感觉到它的存在与分量，可每当我想象它的形式，与蜷缩在我黑暗的记忆深潭中忧郁的囚犯对号入座时，便立即否认了自己："这不对。"毋庸置疑，我的思维可创造出最难以记忆的姓名。可是，这里并不需要创造，而是要再现。倘若不受真实性所控制，任何思维活动都不费吹灰之力。而此处，我必须受其约束。可突然，整个姓氏出现了："德·阿巴雄夫人。"我不该说它出现了，因为我觉得它并非自动浮现在我的脑海。有关这位夫人，尚存许多模糊的记忆，我虽然不懈地求助于它们（比如激发自己的记忆，对自己这样说："噢，这位夫人就是德·苏夫雷夫人的好友，她对维克多·雨果佩服得五体投地，那么纯真幼稚，又那么诚惶诚恐。"），可我也并不认为，这些在我和她的姓名之间跳跃不定的记忆，为促使它的浮现起到了什么作用。当人们搜索枯肠，回忆某人的姓名，在记忆中大肆玩起"捉迷藏"游戏时，用不着采用一系列逐层近似估算法。开始，什么都模糊不清，可突然，准确的姓名出现了，与自以为猜准的姓名风马牛不相及。但它并不是自行出现在我们脑中的。不，我还是认为，随着我们的生活一天天过去，我们度过的时光使我们渐渐远离了那姓名清晰可辨的区域，而通过激发自己的意志和注意力，透视心灵的敏锐度增强了，我才蓦然穿透了昏暗层，豁然开朗。总而言之，即使在遗忘和记忆中间存在着过渡界线，这种过渡也是下意识的。因为在搜索到准确的名字之前，我们逐步猜想的名字其实都是错误的，弄得我们步步扑空。更有甚者，那些猜想的名字根本不成其为什么名字，往往只是几个简单的辅音，与搜索枯肠所得的姓名格格不入。不过，从虚无到真实的思维运动是多么神秘，也许不管怎么说，这些错误的辅音有可能就是探路的拐杖，在前面笨拙地摸索，帮助我们捕捉准确的名字。诸位读者也许会说：“所有这些，与告诉我们这位夫人如何缺乏善心毫无关系嘛；既然您作了长篇大论，作者先生，请允许我再浪费您一分钟时间，我要告诉您，像您这样年纪轻轻（或者像您笔下的主人公那么年轻，如果主人公不是您本人的话），您就如此健忘，连一位极熟悉的女士的姓都记不起来，岂不令人恼火。”读者先生，这确实令人恼火。甚至比您想象的还更惨，待您感到，这样的时刻已经来临，姓名、词汇将通通从清晰的思维区消失，对自己最熟悉的人也最终喊不出姓名。这的确令人恼火，年纪轻轻，回忆熟人的名字，就得这么费劲。可反过来说，倘若只涉及一些颇为耳生、自然而然忘却的名字，一时记不起来，也不想费心去回忆，那这种缺陷倒不无好处。“什么好处，请您谈一谈。”哎，先生，须知唯有疾病本身才能教人去发现、了解并分析其机制，不然，永远都不可能得知它的奥秘。试想一个人像僵尸一样往床上一倒，迷迷糊糊睡到第二天才醒来，起床，他还会想到对睡眠进行重大探索，哪怕进行小小的一番思考吗？也许他都不太清楚自己是否在睡觉。稍微有点失眠，并非无益，它可品尝睡眠的滋味，在茫茫黑夜中放射出一点光芒。长盛不衰的记忆力并不是功率很强的推动研究记忆现象的继电器。“可德·阿巴雄夫人到底把您介绍给亲王没有？”没有，请安静，容我继续往下叙述。

德·阿巴雄夫人比德·苏夫雷夫人更怯懦，但她的怯懦情有可原。她自知在社交上威信不高。她与德·盖尔芒特公爵曾经有过的那段私情使她本来就不高的声望大大降低，等到公爵把她一脚踢开，她干脆就名声扫地了。我请求她把我介绍给亲王，勾起了她的不快，造成她一时沉默不语。自以为这样沉默可以装作没有听见我说的话，也未免太幼稚了吧。她恐怕都未察觉到自己气得紧皱眉头。也许恰恰相反，她已经有所察觉，对荒谬的请求不屑一顾，并据此给我上了一堂行事审慎课，却又不显得过分粗暴，我是说这是一堂无声的教训，并不比慷慨陈词缺乏说服力。

再说，德·阿巴雄夫人确实窝火：众多的目光不约而同地投向一个文艺复兴风格的阳台，阳台角上，并不见风行一时的纪念雕像，却探出了美貌非凡的德·絮希-勒迪克公爵夫人，其优美的丰姿并不比雕像有丝毫逊色，就是她不久前取代了德·阿巴雄夫人，成了巴赞·德·盖尔芒特的心上人。透过抵御夜寒的白色薄罗纱裙，可见她那胜似胜利女神的柔美的飘然身姿。

我只有求助于德·夏吕斯先生了，他已经走进底层的一个房间，可通往花园。此时，他装作在全神贯注地打一局模拟的惠斯特牌，这样他便可避免给人造成对他人视而不见的印象，我趁机尽情欣赏他那以简为美的燕尾服，上面略有点缀，兴许唯有裁缝师傅才能识货，大有惠斯勒黑白的和谐风格，其实不如说是黑、白、红的和谐，因为德·夏吕斯先生在一条宽宽的衣襟饰带上佩戴着一枚马尔特宗教骑士团黑白红三色珐琅十字勋章。这时，男爵玩牌的把戏被德·加拉东夫人打断了，她领着侄子德·古弗瓦西埃子爵，那年轻人长着漂亮的脸蛋，一副放肆的模样。“我的好兄弟，”德·加拉东夫人说道，“请允许我向您介绍我侄儿阿达尔贝。阿达尔贝，你知道吧，这就是你常听说的赫赫有名的帕拉墨得斯叔叔。”“晚上好，德·加拉东夫人。”德·夏吕斯先生作答道。接着，他又添了一句“晚上好，先生”，眼睛看也没看年轻人一眼，态度粗暴，声音生硬得很不礼貌，在场的人不禁为之瞠目。也许，德·夏吕斯先生知道德·加拉东夫人对他的习性存有疑心，禁不住想含沙射影开开心，于是，他干脆先堵住她的嘴，免得对她侄子接待亲热，会引起她添油加醋大肆渲染，同时，他也故作姿态，公然表示他对年轻小伙子不感兴趣；也许他本来就不认为，那位阿达尔贝会毕恭毕敬地回报婶母的介绍；抑或他渴望日后能与这位令人如此愉快的朋友共闯深宫，不妨先来个下马威，就像君主们在采取外交行动之前，往往用军事行动来配合。

让德·夏吕斯先生接受我的请求，同意引见，这并不如我想象的那么难办。一方面，近二十年间，这位堂吉诃德曾与多少架风车（往往是他认为对他不敬的亲戚）激战，又多少次挡驾，把“不受欢迎的人”排斥在盖尔芒特家族这一家或那一家的大门之外，以至于盖尔芒特家族的人都开始害怕会与他们所喜欢的朋友全闹翻，至死也不能与某些让他们感到好奇的新人交往，而这仅仅是因为一位内弟或堂兄的毫无道理的深仇大恨，这位内弟或堂兄也许恨不得大家都为他而抛弃自己的妻子、兄弟、儿女。德·夏吕斯家族的其他人要更精明，发现人们对他排斥他人的苛求已经不放在心上，而他设想一下未来，真担心最终被抛弃的是他自己，于是开始做出部分牺牲，像俗话所说，开始“掉价”。另一方面倘若说他有能力，使得哪位讨厌的家伙一连几个月，甚至几年过着单一的生活——谁要向这人发出邀请，他都绝不容忍，甚至会不自量力，敢像个搬运夫那样赤膊上阵，与王后作对，根本不在乎对方的身份对他不利——那么相反，因他动不动就大发雷霆，因此骂人的火药就不可能不四散无力。“蠢蛋，混账家伙！得教训教训他，把他扫到臭水沟里去，哎，这家伙，即使扫进了臭水沟，对城市卫生也会有害。”他常常这样破口大骂，甚至有时一人在家，读到自以为对他大不敬的来信或想起别人传给他的一句闲话，也会大骂一通。不过，一旦他对第二个混蛋发起火来，对第一个的怒气就烟消云散，只要此人对他有恭敬的表示，先前引起的危机还来不及怀恨结仇，便很快被他忘得一干二净。因此，尽管他对我抱有怨气，我求他引我去见亲王，也许本来是可以成功的，可我偏偏出了一念之差，为了避免他以为我是冒冒失失混进府来，求他说情，让我留下做客，我煞有介事地多说了一句：“您知道，我与他们很熟，亲王夫人对我十分客气。”“那好，既然您跟他们熟，还用得着我替您介绍吗？”他冷冷地回答我，立即转过身去，继续装作和教廷大使、德国大使及一位我素不相识的人物打惠斯特牌。

这时，从德·埃吉伊翁公爵昔日放养稀有动物的花园深处，透过敞开的大门，传来了一阵深呼吸的声音，仿佛恨不得一口气吸进满园春色。那声音渐渐靠近，我循声走去，不料耳边又响起了德·布雷奥代先生低低的一声“晚安”，这声音不像磨刀霍霍声，更不像糟蹋庄稼地的野猪崽的嗷嗷乱叫，而像是一位救星救急时的慰问。他不如德·苏夫雷夫人有权有势，也不像她那样生性不乐于效劳，比起德·阿巴雄夫人，他和亲王的关系也要随便得多，也许，他对我在德·盖尔芒特家族所处的地位存有幻想，或许他比我自己还更了解我的地位举足轻重，可开始几秒钟，我难以吸引他的注意力，只见他鼻翼不停抽搐，鼻孔大张，左顾右盼，单片眼镜后的眼睛瞪得滚圆，煞是好奇，仿佛面前有五百个奇观。不过，听清我的请求后，他欣然接受，领着我向亲王走去，一副美滋滋、郑重其事却又俗不可耐的样子，把我介绍给亲王，仿佛向他奉上一碟花式糕点，同时略加举荐。德·盖尔芒特公爵一高兴起来，待人有多和蔼、友好、随和、充满情谊，那么在我看来，亲王待人就有多刻板、正经、傲慢。他对我勉强一笑，严肃地叫了我一声："先生。"我常听公爵讥笑他表兄弟傲慢不逊。可是，亲王刚开始和我说了几句，那冷峻、严肃的语气与巴赞和蔼可亲的话语形成了极为强烈的对照，我马上便明白了，真正目中无人的正是一见面就与你"称兄道弟"的公爵，这两个表兄弟中，真正谦逊的倒是亲王。从他审慎的举止中，我看到了一种更为高尚的情感，我不是说平等相待，因为这对他是不可想象的，但至少是对下属应有的尊重，这就像在所有等级森严的圈子里，比如在法院、医学院，总检察长或"院长"深知自己身居要职，表面都显出一副传统的傲慢气派，可内心里比起那些佯装亲热的新派人物来，实际上要更真诚，若与他们相处熟了，就会觉得他们为人更善良，待人更友好。"您是否打算继承令尊先生的事业？”他问我，神态冷淡，但又不乏兴趣。我猜想他这样问我只是出于礼貌，于是我简明扼要给予回答，随即离开了他，让他接待新到的来宾。

我一眼瞥见了斯万，想和他攀谈几句，可恰在这时，我发现德·盖尔芒特亲王没有站在原地接受奥黛特丈夫的问候，一见面，就像抽水泵那样猛地把他拖到了花园深处，有人传说，甚至“要把他撵出门外”。

上流社会的人都是那么心不在焉，直到第三天，我才从报上得知一个捷克乐团两天前演了整整一个夜场，同时了解到孟加拉战火在不断燃烧，眼下，我又集中了几分注意力，想去观赏一下著名的于贝尔·罗贝尔喷泉。

喷泉位于林间空地的一侧，周围树木环绕，树木美不胜收，不少树与喷泉一样古老。远远望去，喷泉细长的一股，静止不动，仿佛凝固了一般，微风吹拂，才见淡雅、摇曳的薄纱悠悠飘落，更为轻盈。十八世纪赋予了它尽善尽美的纤纤身段，可喷泉的风格一旦固定，便似乎断绝了它的生命。从此处看去，人们感觉到的与其说是水，毋宁说是艺术品。喷泉顶端永远氤氲着一团水雾，保持着当年的风采，一如凡尔赛宫上空经久不散的云雾。走近一看，才发现喷泉犹如古代宫殿的石建筑，严格遵循原先的设计，同时，不断更新的泉水喷射而出，本欲悉听建筑师的指挥，然而行动的结果恰似违背了他的意愿，只见千万股水柱纷纷喷溅，唯有在远处，才能给人以同一股水柱向上喷发的感觉。实际上，这一喷射的水柱常被纷乱的落水截断，然而若站在远处，我觉得那水柱永不弯曲，稠密无隙，连续不断。可稍靠近观望，这永不中断的水柱表面形成一股，可实为四处喷涌的水，哪里有可能拦腰截断，哪里就有水接替而上，第一根水柱断了，旁边的水柱紧接着向上喷射，一俟第二根水柱升至更高处，再也无力向上时，便由第三根水柱接替上升。附近，无力的水珠从水柱上洒落下来，途中与喷涌而上的姊妹相遇，时而被撞个粉碎，卷入被永不停歇的喷水搅乱了的空气涡流之中，在空中飘忽，最终翻落池中。犹犹豫豫、反向而行的水珠与坚挺有力的水柱形成鲜明对比，柔弱的水雾使水柱周围一片迷蒙，水珠顶端有一朵椭圆形的云彩，云彩由千万朵水花组成，可表面像镀了一层永不褪色的褐金，它升腾着，牢不可破地抱成一团，迅猛冲天而上，与行云打成一片。不幸的是，只要一阵风吹来，就足以把它倾倾斜斜地打回地面；有时，甚至会有一股不驯的小水柱闯到外面，若观众不保持适当距离，而是冒冒失失、看得入神，那准会被溅个浑身透湿。

这类意外的小插曲一般都在刮风时发生，其中有一次弄得相当不快。有人告诉德·阿巴雄夫人，说德·盖尔芒特公爵——实际上还未到——正和德·絮希夫人在玫瑰大理石画廊，去画廊，需经过耸立在喷池栏旁的双排空心列柱廊。德·阿巴雄夫人信以为真，可正当她要走进其中一个柱廊的时候，一股强烈的热风刮弯了水柱，把美丽的夫人浇得浑身湿透，水从袒露的低领流进了她的裙服，她像被人投进水池一般。这时，离她不远的地方，响起节奏分明的哞叫声，这声音大得浩荡的大军都能听见，但却拖成一段段，似乎并不是向整个大军，而是依次向一支支小部队发出的；原来是符拉季米尔大公看见德·阿巴雄夫人被淋，正在纵声大笑，事后，他常说，这真是最开心的一件事，一辈子也看不够。几个好心人提醒这位莫斯科人，该说句表示抚慰的话，她听了准会高兴，可这位妇人虽然已经年满四旬，却不向任何人求救，她一边用披巾揩着身上的流水，任由那落水像恶作剧似的打湿了喷池的护栏，独自离去。大公心地还算善良，觉得确实应该抚慰一番，头一阵威震全军的大笑刚刚平息下来，便又响起比第一次更有过之而无不及的号叫声。“了不起，老太婆！”他像在剧院一样，击掌高喊。德·阿巴雄夫人不在乎别人牺牲她的青春以夸奖她的灵活。有人正在同她说话，却被喷泉的水声冲淡了，然而，大公大人的雷声又压倒了水声：“我以为亲王殿下跟您说了点什么。”“不！是跟德·苏夫雷夫人说的。”她应声答道。

我穿过花园，又登楼梯，由于亲王不在场，不知和斯万到哪儿去了，楼梯上围着德·夏吕斯先生的来宾越来越多，就像路易十四一旦不在凡尔赛宫，王弟殿下宫中的来客就多了起来。我上楼时被男爵喊住，而此时在我的身后，又有两位夫人和一位年轻公子挤过来想向他道安。

“在这儿见到您，真可爱！”他一边向我伸过手来，一边说，“晚上好，德·拉特雷默伊耶夫人，晚上好，我亲爱的埃米尼。”他无疑想起了刚刚以盖尔芒特府邸主人的身份与我说过话，于是又顿生一念，想摆出一点姿态，对本来令他不悦的事表露出几分满意，可他生就一副大老爷的放肆气派，闹腾起来简直像个歇斯底里病患者，话中不由自主地带上了过分挖苦的口气。“真可爱，”

他继续说道，“可也特别滑稽。”说罢，他朗声大笑，似乎一方面表示他心情欢悦，另一方面又表示人类语言难以传达其欢快心情。这时，有的人看透了这家伙，知道他难打交道，而且十分放肆，出口伤人，本来都好奇地和他套近乎，结果却几乎丢了体面，不由得抬腿就走。“噢，别生气了，”他轻轻地拍着我的肩膀对我说，“您知道，我很喜欢您。晚上好，昂迪奥施，晚上好，路易-勒内。您去看过喷泉了吧？”那口气与其说是在询问，倒不如说是在证实。“很美，是吧？真是妙极了。本来还可以再好些，当然，有的玩意儿要是去掉，那它在法国就无与伦比了。不过，就现在这样子，就已经属于最佳之列。布雷奥代肯定会对您说，不该挂上灯，这无非是想让人忘记当初出那馊主意的就是他自己。不过，总的来说，还好，只是被他弄得稍微丑了点。要改造一件杰作比创造一件难多了。再说，我们心中多少都有点儿数，布雷奥代不如于贝尔·罗贝尔有能耐。”

我又加入了来宾行列，客人们正一一步入宫邸。“您和我那可爱的弟媳奥丽阿娜已经很久没见面了吧？”亲王夫人问我道，她刚刚离开了进口处那把座椅，我与她一起回到了客厅。“她今晚会来的，我今天下午见到了她，”女主人继续说道，“她答应我要来的。此外，我想星期四您要和我们俩一起去大使馆参加意大利王后的晚宴。到时能出场的王亲国戚都会赴宴，场面肯定很吓人。”任何王亲国戚都吓不倒德·盖尔芒特亲王夫人，她沙龙里聚集过的何其多。当她称呼“我的小科布格”，那简直就像在呼叫“我的小狗”。因此，德·盖尔芒特亲王夫人嘴上说“场面肯定很吓人”，那纯粹是蠢话，在上流社会的人身上，相比虚荣心，愚蠢还是占上风。有关她的家谱，她自己知道的还不如一位普通的历史教师多。至于她所结识的人，她尽量显得连别人送给他们的绰号也掌握得一清二楚。亲王夫人问我下星期是否要去参加常被称为“波姆苹果”的德·拉波姆利埃侯爵夫人举办的晚宴，听我给以否定的回答，一时说不上话来。后来，无疑是情不自禁，想炫耀一番自己见多识广，结果反倒暴露了她平平庸庸，与常人无异，她又添了一句：“那只‘波姆苹果’，可是个相当令人愉快的女人！”

正在亲王夫人与我闲聊的当儿，德·盖尔芒特公爵和夫人走了进来。可我无法抽身上前迎接他们，因为土耳其大使夫人在路上拉住了我，她向我指着刚刚离开的女主人，紧握着我的胳膊，连声赞叹：“啊！亲王夫人，多美的女人啊！盖世无双！我觉得，若我是个男人，”她带着几分东方式的粗俗和淫荡又添了一句，“我定将把自己的一生献给这位绝代佳人。”我回答说，她确实迷人，可我和她的弟媳公爵夫人更熟。“可这毫无关系，”大使夫人对我说，“奥丽阿娜是个上流社会风流女子，继承了麦麦和巴巴尔的性情，而玛丽-希尔贝，则是个人物。”

我生就讨厌别人这样不由分说，教训我该对我的熟人持怎样的看法。再说，关于德·盖尔芒特公爵夫人的价值，土耳其大使夫人的看法没有任何理由会比我的更可信。另一方面，我对大使夫人如此恼火，那是因为一个普通熟人乃至一位好友的恶习，对我们来说简直就是货真价实的毒品，幸亏我们都“服了人工耐毒剂”。这里，用不着搬出任何科学比较的仪器，奢谈什么抗原过敏性，暂且这么说吧，在我们友好的或纯粹社交性的关系中，总存在着某种暂时治愈的敌意，可弄不好就会复发。平时，只要人还是“自然的”，那就很少受这些毒品之苦。土耳其大使夫人只要用“巴巴尔”“麦麦”来指她不熟悉的人，便马上会使“人工耐毒剂”失效，可平时，全仗了这些玩意儿，我才觉得她勉强可以容忍。她惹我生气，实际上这更不应该，因为她跟我那样说话，其目的并非想让人觉得她是“麦麦”的好友，而是因为学得太匆忙，以为这是当地习惯，居然用绰号称呼起贵族老爷来。她呀，不过只上了几个月的课，并没有循序渐进地学。

可我仔细想想，我不乐意待在大使夫人身旁，还有另一原因。不久前在“奥丽阿娜”府中，也是这位外交人物神情严肃、煞有介事地亲口对我说，德·盖尔芒特亲王夫人实在让她反感。我觉得还是不必细究她态度骤变的原因为好：只不过是今晚的盛会邀请了她。大使夫人赞不绝口，对我称道德·盖尔芒特亲王夫人是位绝代佳人，这完全是她的肺腑之言。这是她一贯的想法。不过，在这之前，她从未受邀到亲王夫人府上做客，因此，她认为对这类不受邀请的冷落，原则上应表示故意的克制。既然如今受到了邀请，且从此可能成为惯例，她当然可以自由表达自己的好感了。要解释对他人的看法，有四分之三的原因根本无须从情场失意、政坛受挫这方面去寻找。品头论足本无定评：接受或拒绝邀请却可一锤定音。再说，按照正与我一道视察沙龙的德·盖尔芒特公爵夫人的说法，土耳其大使夫人“干得很出色”，尤其是她特别派得上用场。上流社会名副其实的明星已经倦于露面。渴望见其一面的人往往不得不漂洋过海，到另一个半球去，那些明星在那儿几乎孑然一身，无人相伴。然而，像土耳其大使夫人这样刚刚跻身上流社会的女人，会不失时机到处大出风头。对此类称作晚会、交际会的社交场合，她们可派上用场，她们哪怕像个垂死的人似的在里面任人摆布，也不愿失去露面的良机。她们兴头十足，从不错过一个晚会，是任何人都可信赖的配角。那些愚蠢的公子哥不知这些假明星的底细，把她们奉为社交皇后，真该给他们上堂课，向他们解释解释为何远离上流社会、洁身自好、不为他们所知的斯当迪许夫人至少可与德·杜尔维尔公爵夫人媲美，也是一位贵妇人。

在平常的日子里，德·盖尔芒特公爵夫人的两只眼睛总是茫然若失，含有几分忧郁，只有当她不得已要向某个朋友问好，才闪现出一道机智的光芒，仿佛友人仅是一句妙语，一股魅力，一道无可挑剔的佳肴，品尝之后，行家顿时喜形于色，美滋滋的。可是，在盛大晚会上，需要问好的人太多，她觉得每问候一次，机智的光亮便要熄灭一回，这未免太烦人。于是，就好比一位文艺鉴赏家，每次去剧院观看哪位戏剧大师的新作，为了表示肯定不会白过一个晚上，待他把衣帽交给女引座员后，便调整好嘴唇的部位，擦亮眼睛，时刻准备报以机敏的微笑，投之狡黠的赞许目光；公爵夫人正是这样，她一到，便为整个晚会生辉。她脱下礼服外套——一件提埃坡罗[1]风格的华丽的红色大衣，露出红宝石

[1] 提埃坡罗（1696—1770）：意大利画家，18世纪最优秀的大型装饰画家之一。

项链，真像一副枷锁套在脖子上，然后，奥丽阿娜这位上流社会的女子，用女裁缝似的目光，迅速而又仔细地从头到脚看了自己的裙服一眼，继而又检查一番，确保自己的双眸像身上的其他珠宝一样熠熠闪光。几位“饶舌”之徒，比如德·儒维尔，冲上前去，试图挡住公爵，不让他进府：“难道您不知道可怜的马马已经生命垂危了？刚刚给他用了药。”“我知道，我知道。”德·盖尔芒特公爵边说边推开讨厌的家伙往里走。“临终圣体起了起死回生的妙用。”一想到亲王晚会后的舞会，他暗暗打定主意决不错过，不禁高兴得微微一笑，又补充了这么一句。“我们可不乐意别人知道我们已经回来了。”公爵夫人对我说。她万万没有料想到亲王夫人已经告诉过我，说她刚刚见了弟媳的面，弟媳答应她一定来，从而宣告了她说的这番话无效。公爵瞪起眼睛，盯了他妻子整整五分钟，叫她真受不了：“我已经把您的疑虑都告诉奥丽阿娜了。”既然现在她已经明白种种疑虑都不成立，更用不着采取什么步骤加以消除，于是，她便大谈特谈这些疑虑如何荒唐，取笑了我好一阵子。“总是疑心您没有受到邀请！可哪一次都请了！再说，还有我呢。您以为我没有能耐让人邀请您到我嫂子家做客吗？”我必须提一句，她后来确实经常为我做一些比这还要棘手的事；不过，我当时只是把她这番话理解为我办事过分谨小慎微。我开始领悟到贵族表示亲热的有声或无声语言的真正价值，甜言蜜语的亲热给自感卑贱的人们一帖安慰剂，却又不彻底消除他们的自卑，因为一旦消除了他们的自卑感，也许就没有理由表示亲热了。“可您跟我是平等的，要不更强。”盖尔芒特家族的人以自己的所作所为，似乎这样宣告；而且他们好话说尽，令人难以想象，其目的完全是为了得到爱戴，得到赞美，并不是为了让人相信。倘若能识破这种亲热的虚假性质，那便是他们所称的素有修养；倘若信以为真，那便是教养不良。就在不久前，我在这方面有过一次教训，最终使我精确至极地学到了贵族表示亲热的某些形式及其适用范围和界限。那是在德·蒙莫朗西公爵夫人为英国女王举行的一次午后聚会上；去餐厅时，大家主动排起一个不长的行列，走在队首的是女王，胳膊挽着德·盖尔芒特公爵。我恰在这时赶到。公爵虽然离我至少有四十米，但仍然用那只空着的手对我极尽招呼与友好的表示，那样子像是在告诉我不必害怕，可以靠近一些，不会被人当作夹着柴郡干酪的三明治吃了。但是我，在宫廷语言的掌握方面已经开始老练起来，连一步也没有向前靠，就在距他四十米的地方深深鞠了一躬，但没有笑容，仿佛是面对一位似曾相识的人行礼，接着朝相反的方向继续走自己的路。对我的这一致意方式，盖尔芒特家族的人倍加赏识，即使我有能耐写出一部杰作，也未必得此殊荣。它不仅没有逃出公爵的眼睛——尽管这一天他不得不向五百余人还礼——而且也没有躲过公爵夫人的目光，她遇到我母亲后，把事情的经过一五一十全告诉了我母亲，但就是只字不提我那样行事不对，也没说我应该上跟前去。她对我母亲说，她丈夫对我这样致意赞叹不已，说再也没有比那更得体的了。人们不停地为这一鞠躬寻找各种各样的优点，可就是无人提起明显是最为珍贵的一点，即举止审慎；人们也对我赞不绝口，我明白了这种种赞誉之词与其说是对过去的奖赏，毋宁说是对将来的一种引导，就像出自某一教育学校校长之口的微妙之词：“别忘了，我亲爱的孩子们，这些奖品是奖给你们的，但更是奖给你们父母的，为的是让他们在下一学年再送你们来上学。”德·马桑特夫人就是这样，当外社团的某个人踏入她的圈子，她每每要在此人面前大吹特吹那些举止审慎的人，说“需要找他们的时候，准能找到他们，不需要找他们的时候，他们让人放心”，这简直就像在间接地告诫一位浑身臭烘烘的家伙，洗澡对身体健康有百利而无一害。

就在德·盖尔芒特夫人离开门厅前，我与她闲聊时，我听到了一种嗓音，从此之后，这嗓音我怎么都能辨别清楚，绝不可能出任何差错。这是德·福古贝先生和德·夏吕斯先生在特殊场合的窃窃私语声。一位临床医生根本用不着候诊的病人掀起衬衣，也无须听诊他的呼吸，只要听听其嗓音，就足以确诊。后来，我在沙龙里曾多少次听到某个人的声调或笑声，往往为之感到诧异，他虽然极力模仿自己的职业语言或所在圈子里的人的举止风度，故作庄重高雅的姿态，或装出一副粗俗随便的模样，但凭我这双训练有素，像调音师的定音笛般灵敏的耳朵，从那虚假的声音中，足可分辨出“这是一个夏吕斯式的人物”！这时，一家使馆的全体人员走了过来，向德·夏吕斯先生致意。尽管我发现上面提及的此类病态仅仅是当天的事（当我发现德·夏吕斯先生和絮比安的时候），但要做出诊断，也无须提问，无须听诊。不过，与德·夏吕斯先生交谈的德·福古贝先生显得捉摸不定。可是，经历了少年时代似懂非懂的阶段之后，他早该明白自己是在与什么打交道了。同性恋者往往以为世上唯有自己以这种方式作乐，可后来又误以为——又是一个极端——唯有正常人例外。但是，野心勃勃而又胆小怕事的德·福古贝先生沉湎于这种于他也许是种享受的乐趣，时间并不很久。外交生涯对他的生活产生了影响，使他规规矩矩。加之在政治科学学校寒窗苦读，从二十岁开始，他就不得不一直过着基督徒似的清白生活。殊不知任何感官一旦不用，就会失其功能和活力，渐渐萎缩，德·福古贝先生正是这样，如同文明人再也不能施展洞穴人的体力和敏锐的听力，他丧失了德·夏吕斯先生身上所具备的那种很少发生故障的特殊洞察力。在正式宴席上，无论在巴黎还是在外国，这位全权公使甚至再也不敢相信那些身着制服、衣冠楚楚的人物实际上与他同属一类。德·夏吕斯先生喜欢对他人指名道姓，可一旦有人抬举他的嗜好，他便怒气冲冲，他点了几个人的名字，使德·福古贝先生惊喜交加。这并非因为经历了漫长的岁月之后，他想入非非，试图利用天赐良机。而是这三言两语的指点，确实渐渐改变了某公使团或外交部某部门的面貌，想起来像耶路撒冷圣殿或苏萨的御殿一般神秘，恰似在拉辛的悲剧中，指点阿达莉弄清了若亚斯与大卫是同一种族，告诉阿布纳“身居王后之位”的以斯帖有“犹太种族”的血亲。见大使馆的年轻成员纷纷上前与德·夏吕斯先生握手，德·福古贝先生看样子感慨万千，犹如《以斯帖》[1]一剧中的埃莉丝在惊叹：

---

[1] 拉辛的三幕悲剧。

天哪！这么众多天真无邪的英姿佳丽，
四面八方蜂飞蝶舞在我眼前成群结队！
多么可爱的羞色在她们脸上尽情描绘！

接着，他渴望再了解一点“内情”，微笑着向德·夏吕斯先生投去狡黠的一瞥，既在探询，又充满欲念。“噢，瞧您，当然的事。”德·夏吕斯先生一副博学者无不通晓的神气，像是在对一个毫无学识的蠢货说话。可德·福古贝先生两只眼睛再也不离开那些年轻的秘书，使德·夏吕斯先生大为恼火，驻法某使馆的大使是位老手，这些秘书当然不是他随随便便挑来的。德·福古贝先生一声不吭，我只观察着他的目光。可我从小就习惯用古典戏剧的语言，甚至可让无声之物来表达，于是，我指使德·福古贝的眼睛说起话来，这是以斯帖向埃莉丝解释马多谢出于对自己信仰的虔诚，坚持在王后身边只安排与他宗教信仰同一的姑娘的那段诗句：

然而他对我们民族的爱恋，
让锡永的姑娘云集在宫殿，
柔嫩的鲜花被命运之风摇曳，
像我一样被移栽头顶一天异色，
在一个与世俗隔绝的地方，
他（大使阁下）精心管教把她们培养。

德·福古贝先生终于不再用自己的目光，而是开口说话了。

“谁知道，”他忧伤地说，“在我所驻的国度，是否也存在这种事？”“很可能。”德·夏吕斯先生回答道，“是狄奥多西国王开的头，尽管我对他的实情毫无所知。”“啊，绝对不可能！”“那么，他就不该摆出那么一副样子。他总是装模作样。‘嗲声嗲气’，我最讨厌那副样子。要我跟他上街，我都不敢。再说，您应该很了解他是个什么人，他可像只一身白毛的狼，赫赫有名。”“您完全错看了他。不过，他确实挺有魅力。与法国签署协约那一天，国王还拥吻了我。我从来没有那么激动过。”“那正是时机，跟他倾诉一番您心中的欲望。”“啊！主啊，多可怕，要是他稍有疑心，那还了得！不过，我在这方面没什么害怕的。”我离得不太远，这些话听得一清二楚，不禁在心头默默地咏诵起来：

国王直至今日尚不知我是谁，
这一秘密始终紧锁着我的嘴。

这场半无声半有声的对话只持续了片刻，我与德·盖尔芒特公爵夫人在客厅也才走了几步，公爵夫人便被一位美貌绝伦、身材娇小的棕发夫人拦住了：“我很想见到您。邓南遮从一个包厢里瞧见了您，他给T亲王夫人写了一封信，说他从未见过如此美丽的尤物。只要能与您交谈十分钟，他死了也心甘。总之，即便您不能或不愿与他见面，那信就在我手中，您无论如何要给我确定个约会时间。有些秘密的事儿，我在这里不能说。我看得出您没有认出我来，”她朝我添了一句，“我是在帕尔马公主府中（可我从未去过）认识您的。俄国大帝希望您父亲能被派到彼得堡去。要是您星期二能来，伊斯沃尔斯基正好也在，他会跟您谈此事的。我有份礼物要赠送给您，亲爱的，”她又朝公爵夫人转过身子，继续说道，“这份礼物，除了您，我谁都不送。这是易卜生三部戏剧的手稿，是他让他的老看护给我送来的。我留下一部，另两部送给您。”

德·盖尔芒特公爵并没有对这份厚礼感到欣喜。他弄不清易卜生或邓南遮是死人还是活人，反正看到不少小说家、剧作家前来拜访他的夫人，把她写到各自的作品中去。上流社会人士总是喜欢把书看成一种立方体，揭开一面，让作家迫不及待地把认识的人“装进去”。这显然是不正当的，而且只不过是些小人而已。当然，“顺便”见见他们也并无不可，因为多亏他们，若有暇读书或看文章，就可以看清其中“底牌”，“揭开面具”。不管怎么说，最明智的还是与已经谢世的作家打交道。德·盖尔芒特先生认为，唯有《高卢人报》上专书悼亡的那位先生“最最得体”。若公爵报名参加葬礼，那位先生无论如何得把德·盖尔芒特先生的大名登在参加葬礼的“要人”名单的榜首，但仅此而已。如果公爵不大愿意列名，他也就不报名参加殡仪，只给死者亲属寄去一封唁函，请他们接受他最深切的哀悼。要是死者亲属在报上发表了“来信表示悼念的有德·盖尔芒特公爵等等”这一消息，那绝不是社会新闻栏编辑的过错，而是死者的儿女、兄弟、父亲的罪过，公爵称他们是些不择手段往上爬的家伙，下决心从此不再与他们来往（拿他的话说，不与他们“发生纠葛”，可见他没有掌握熟语的确切含义)。不过，一听到易卜生和邓南遮的名字，加之对他们是死者还是活人还不清楚，公爵不禁眉头紧皱，他离我们并不太远，不可能没有听到蒂蒙莱昂·德·阿蒙古夫人五花八门的甜言蜜语。这是一位迷人的女子，才貌双全，动人魂魄，无论是才还是貌，择其之一就足以令人倾倒。可是，她并不是出身于她如今生活的这个圈子，想当初一心只向往文学沙龙，只与大作家结交，先后做过每一位大文豪的女友——绝不是情人，她品行极为端正——大文豪们都把自己的手稿赠送给她，为她著书立说，是偶然的机会把她引入圣日耳曼区，当然，这些文学方面的特权也为她提供了诸多方便。如今，她地位不凡，用不着去讨人喜欢，只要她一露面，就可博得青睐。可是，她已经习惯于周旋、耍手腕，为人效劳，如今尽管已无必要，但仍然一如既往。她常有国家机密要向你透露，总有权贵要介绍你结识，不断有大手笔的水彩画要赠送给你。在所有这些毫无必要的诱惑之中，确有几分虚假，但却将她的一生书写成一部错综复杂、闪闪发光的喜剧，她确实有能耐促成众多省长和将军的任命。

德·盖尔芒特公爵夫人在我身边走着，一任她那天蓝色的目光在前方波动，但波光茫茫，以避开她不愿结交的人们，远远望去，她不时隐约地感到，他们兴许是充满危险的暗礁。我们俩在来宾的人墙中间向前走去，他们明知永远不可能结识“奥丽阿娜”，却如获至宝，无论如何要把她指给自己的妻子瞧瞧：“厄休尔，快，快，快来看德·盖尔芒特夫人，她正同那位年轻人谈话呢。”只觉得他们恨不得登上座椅，好看个清楚，仿佛在观看七月十四日的阅兵仪式或大奖颁发仪式。这并非因为德·盖尔芒特夫人的沙龙比她堂弟媳的更有贵族气派，而是因为前者的常客，后者从不愿邀请，尤其是她丈夫的缘故。德·拉特雷默伊耶夫人和德·萨冈夫人的知己阿尔丰斯·德·罗特希尔德夫人，她就绝不会接待，虽说奥丽阿娜自己常去德·萨冈府中。对德·希施男爵也是如此，德·威尔士亲王常领他去公爵夫人府上，而不带他去见亲王夫人，因为他十有八九会让她不悦；还有几位波拿巴派，甚或共和派的名流，公爵夫人对他们很感兴趣，可亲王这位坚定的保皇党人就恪守原则，不愿接待他们。他的反犹太主义立场也是出于原则，再有盛名的名流雅士都休想使之屈服。他之所以接待斯万，而且一直视其为朋友，盖尔芒特家族中也唯有他这么称呼斯万，而不是叫他夏尔，是因为他知道斯万的祖母原本是位新教徒，后嫁给了一位犹太人，曾是德·贝里公爵的情妇，这样一来，他常常说服自己相信斯万的父亲是亲王的私生子这一传说。倘若这一假设成立——实际上纯属无稽之谈——斯万身上就只有基督徒的纯血统了，其父是天主教徒，而其父本身则是波旁王族的一位男人与一位女天主教徒所生。

“怎么，您没有见过这等富丽堂皇？”公爵夫人跟我谈起我们所在的府邸时这样问我。可大大赞美了一番她嫂子的“宫殿”之后，她又迫不及待地补充说，她宁愿待在“自己那个简陋的小窝里”，比这里要强千百倍。“这里参观参观确实可观，可这卧室里，曾发生过多少历史悲剧，让我睡在里面，非抑郁致死不可。那情景就好似软禁在布卢瓦堡、枫丹白露或卢浮宫，被世人遗忘了，排忧解愁的唯一办法就是自言自语，庆幸自己住在莫纳代契惨遭暗杀的房间里。一杯甘菊茶，怎么能解忧伤。瞧，德·圣德费尔特夫人来了。我们刚刚在她府上用过晚餐。她明天要举办每年一次的盛大聚会，我以为她早上床休息了呢。她不肯错过一次晚会。若晚会在乡间举行，她也会登上马车赶去，而不愿错过机会。”

实际上，德·圣德费尔特夫人今晚赴宴，与其说是为了不错过他人府上举办的聚会，毋宁说是为了确保自己盛会的成功，搜罗最后一批志愿赴会者，同时也是以某种方式在最后时刻检阅一下次日将光临她游园会的人马。的确，不少年来，圣德费尔特家聚会的宾客早已今非昔比。想当年，盖尔芒特圈子里的显贵女人并不算多，但由于受到女主人的热情款待，她们渐渐领来了各自的女友。与此同时，德·圣德费尔特夫人府上朝相反的方向慢慢发展，风雅社会的朋友人数逐年减少。这一次，这位不见了，接着，另一位又不再露面。像“烤面包”一样，一批又一批走了，不消多长时间，这儿的聚会便无声无息了，可恰是多亏了这一点，可以放心邀请那些被排斥的圈外人来此共享欢乐，用不着费神去请体面的人士。他们又有什么可以抱怨的呢？在这儿，他们不是可以享受“panem et circenses”[1]、花式糕点和优美的音乐节目吗？前后几乎形成鲜明对比，圣德费尔特沙龙当初开张时，是两位流亡的公爵夫人，犹如两根女像柱，支撑着摇摇欲坠的沙龙大梁，可最近几年，只见两位极不得体的人物混杂在上流社会中：年迈

[1] 拉丁语，意为面包与娱乐。

的德 · 康布尔梅夫人和一位建筑师的妻子，这位女子声音甜美，人们往往忍不住邀她歌唱几曲。她俩在德 · 圣德费尔特夫人府中再也没有一个熟人，为自己的女伴一个个不见踪影而悲戚，觉得自己碍手碍脚，看样子像两只未能及时迁徙的燕子，时刻可能被冻死。来年，她们便没有受到邀请。德 · 弗朗克多夫人设法为她那位酷爱音乐的表姐求情。可她未能得到更为明确的答复，只有短短的这么一句回话："要是您觉得音乐有趣，谁都可以进来听嘛，这又不犯罪！"德 · 康布尔梅夫人觉得这种邀请不够热切，也就作罢了。

德 · 圣德费尔特夫人苦心经营，把一个麻风病院般的沙龙变成了一个贵妇人的沙龙——最新时式，看上去极为美妙——可人们也许感到奇怪，她第二天就要举办本季最引人注目的盛会，难道还有必要在前夕来向她的人马发出最高号令？原因是圣德费尔特沙龙的显赫地位只被一帮人所承认，他们从不参加任何聚会，唯一的交际生活就是阅读《高卢人报》或《费加罗报》上对白天聚会或晚间聚会的盛况报道。对这些仅通过报纸观看大千世界的"上流社会人士"来说，只要报上提一提英国、奥地利等国的大使，提一提于塞斯、德 · 拉特雷默伊耶公爵夫人等等，就会以为圣德费尔特沙龙为巴黎沙龙之最，而实际上它只不过是个末流沙龙。这并非因为报上发表的是欺世之言。上面列举的人士确实大多出席了聚会。不过，他们都是经过对方再三恳求，一再表示好意、提供方便后才参加聚会的，每个人都觉得自己的到来可为德 · 圣德费尔特夫人增添无限荣光。这类沙龙，不要说主动登门，就是躲还来不及呢，可以这么说，人们是不得已去帮个忙，这只能蒙骗《社交新闻栏》的女读者，使她们产生错觉。但一次真正的雅会却从她们眼皮底下溜过去，女主人本可以请来所有公爵夫人，而且她们也恨不能“被选中”，然而女主人却只择请两三位。更有甚者，这类女主人毫不了解或干脆蔑视今日的广告力量，不在报上刊登来宾的姓名，因此，她们在西班牙王后眼里风度优雅，却鲜为众人所知，因为西班牙王后了解她们的身份，而大众并不知她们的底细。

德·圣德费尔特夫人不属于此类女主人，作为采蜜老手，她为第二天的聚会前来采摘、网罗宾客。德·夏吕斯先生不在采集之列，他一向拒绝登她的家门。不过，同他闹翻的人不计其数，德·圣德费尔特夫人可以将他拒不赴会归咎于性格不合。

当然，倘若事关奥丽阿娜一人，德·圣德费尔特夫人很可能不会亲自出马，因为邀请之声切切，而接受者却故作姿态翩翩，在此类表演中，最为出色的首推那些院士，候选人走出他们府邸时总不免感激涕零，坚信可以得到他们的一票。可涉及的不仅仅是她一人。德·阿格里让特亲王会来吗？还有德·迪福夫人？为防不测风云，德·圣德费尔特夫人觉得还是亲自走一趟更为稳妥。对有的人，她来软的，好言相劝，对有的人则动硬的，厉声强求，但对其他所有人，她都隐言相告，等待着他们的将是难以想象的乐趣，机不可失，时不再来，并保证每一位都可以在她家遇到各自渴望或急需结识的人物。她一年一度——犹如古代社会的某些法官——行使的这种职权，作为第二天就要举办本季最引人注目的游园聚会的人物的这种职权，赋予她一种暂时的权威。她的名单已经拟定，封死，她慢步走遍了亲王夫人的每间客厅，先后凑近每位宾客的耳朵，往里灌一句："您明天不要忘了我。"与此同时，要是瞥见了哪位必须回避的丑八怪或乡绅，她就趾高气扬地扭过头去，但满脸却继续堆笑，这种乡绅往往是有人出于同窗之情，让他们进入"希尔贝"府中，然而却不会为她的游园会增添任何光彩。对这类人物，她喜欢暂不搭理，以便事后可以解释："我是口头邀请宾客的，可惜没有遇到您。"就这样，这位头脑简单的圣德费尔特用她那双四处搜寻的眼睛在参加亲王夫人晚会的成员中"挑三拣四"。她自以为这样一来，便成了一位名副其实的德·盖尔芒特公爵夫人。

必须交代一句，德·盖尔芒特公爵夫人也并非人们以为的那样，轻易向人问候，时时笑容可掬的。对部分人来说，当她拒绝问候，拒绝微笑，恐怕是存心的："她让我讨厌，"她常说，"难道非得白白浪费一小时，跟她唠叨她的那个晚会不成？"[1] 可在许多人看来，是因为她生性胆怯，害怕惹丈夫大发脾气，因为他实在

[1] 只见走过一位公爵夫人，长得黑乎乎的，又丑又笨，品行也不那么端正，虽没有被赶出上流社会，却已被几位风雅人士排斥在社交圈子之外。"啊！这儿竟接待这种玩意儿！"德·盖尔芒特夫人低声道，那目光就像个行家，一眼看透了让她过目的珠宝是冒牌货。一见这位太太是个半残废，满脸尽是一撮一撮的黑毛，德·盖尔芒特夫人便断定这次晚会不很体面。她从前对这位太太倒是以礼相待，但后来断绝了一切往来；对方向她致意，她只点点头，再冷淡不过。"我不明白，"她对我说，似乎在表示歉意，"玛丽-希尔贝怎么请我们跟这帮渣滓在一起。可以说，三教九流都全了。梅拉尼·布达莱斯家安排得也要强多了。若她乐意，她尽可召集东正教最高会议，开设拉托利会教堂，可她至少不会在这种日子让我们来。"——作者注

不愿让她接待搞艺术的（玛丽-希尔贝保护着众多艺术家，必须小心谨慎，切勿让某个著名的德国女歌唱家跟她搭上腔）；也是因为她恐惧民族主义，她像德·夏吕斯先生一样，满脑子盖尔芒特家族的思想，从上流社会的观点出发，对民族主义嗤之以鼻（为了吹捧参谋部，现在人们竟然让一个平民出身的将军走在某些公爵前面），但由于她深知自己思想并不正统，又往往对民族主义思想做出很大让步，弄得自己在这个反犹太主义的圈子里，担心不得已要向斯万伸出问候之手。不过，她得知亲王未让斯万进门，与他发生了“某种争执”，便很快放下心来。她用不着冒险，在大庭广众之下违心地与“可怜的夏尔”交谈，她喜欢的是在私下对他表示依恋之情。

“这个女人又是谁呀？”德·盖尔芒特夫人看见一位身材矮小的女士和她的丈夫彬彬有礼地向她致意，失声问道。这位夫人样子有点古怪，身着黑裙，简朴得像个穷人。德·盖尔芒特夫人没有认出对方来，傲慢地扬起脑袋，像被冒犯了似的，瞪着眼睛，拒不回礼：“这个女人是谁，巴赞？”她神色惊恐地问道。这时，德·盖尔芒特先生为了补救奥丽阿娜的失礼举止，连忙向那位夫人致意，与她丈夫握手，一边对妻子说道：“这可是德·肖斯比埃尔夫人呀，您太失礼了。”“我不知道什么肖斯比埃尔。”“是尚利福老太太的侄儿。”“我全不认识。这位夫人是谁，她为何要向我致意？”“您呀，就知道问，这位是德·夏勒瓦尔夫人的女儿，亨利埃利·蒙莫朗西。”“噢！我与她母亲是老相识，她长得妩媚动人，机智风趣。她怎么嫁给了这帮子我根本不认识的人？您说她叫德·肖斯比埃尔夫人？”她说这个姓氏时，一副询问的神色，仿佛害怕搞错了似的。公爵狠狠瞪了她一眼。“叫肖斯比埃尔，这没有什么滑稽的，瞧您这副大惊小怪的样子！肖斯比埃尔老人是我刚才提到的德·夏勒瓦尔夫人、德·塞纳古夫人和梅勒罗子爵夫人的兄弟。都是体面人。”“噢！够了。”公爵夫人大声嚷道，像一位驯兽女郎，从来不愿露出惊恐的神色，让人以为被野兽凶狠的目光吓破了胆。“巴赞，您真让我高兴。我真不知道您从哪儿翻出了这些姓氏，可我得向您表示恭贺。我虽然不知道肖斯比埃尔，可我读过巴尔扎克的书，世上并非就您一个人读过，我还读过拉比什的东西。我欣赏尚利福，也不厌恶夏勒瓦尔，可我承认杜·梅勒罗的名声更响亮。再说，我们也得承认肖斯比埃尔这姓氏也不赖。您搜罗了这么些姓氏，真不可思议。若您想写一部书，”她对我说，“得记住夏勒瓦尔和杜·梅勒罗这两个姓。您不可能找到更棒的。”“这样一来，他保准要吃官司，进监狱，亏您给他出这种馊主意，奥丽阿娜。”“要是他想请人帮他出馊主意，尤其想照坏点子去行事，我倒希望他手下有一帮更年轻的人。可他只想写部书，别无他图！”离我们相当远的地方，一位美妙、自豪的年轻女子冷不防脱颖而出，只见她身着洁白的裙袍，珠光宝气，罗纱生风。德·盖尔芒特公爵夫人看着她在说话，面前围着的一群人都被她那磁铁一般的优雅风姿所吸引。

“您的妹妹走到哪里都是最漂亮的，她今晚可真是迷人。”公爵夫人一边往椅子上坐，一边对从身边走过的德·希梅亲王说。德·弗罗贝维尔上校（同姓的那位将军是他叔父）和德·布雷奥代先生来到我们身边坐下，而德·福古贝先生摇摇晃晃（他过分讲究礼貌，甚至在打网球时亦如此，击球前总要征求尊贵的对手同意，因此不可避免要输球），又转到了德·夏吕斯先生身旁（在这之前，他几乎被德·莫莱伯爵夫人宽大的裙子裹着走，在所有的女人中间，他唯独对她公开表示仰慕之情），而恰在这时，又一个驻巴黎外交使团的许多成员前来向男爵致意。德·福古贝先生一眼看到了一位外貌尤为精明的年轻秘书，于是朝德·夏吕斯先生咧嘴一笑，笑中显然包含着那唯一的提问。德·夏吕斯先生或许存心想连累某人，然而突然感到自己受到了他人这一笑的连累，这一笑只能有一种含义，使他恼羞成怒。“我可什么都不知道，请您把您的好奇心留着自己用吧。您如此好奇，令我不寒而栗。再说，如果真遇到特殊情况，您岂不干出头号大蠢事。我觉得这位小伙子绝对不是那种人。”德·夏吕斯先生为被一位蠢货看透了心思而恼火，他的这番话中并无真言。倘若男爵说的是真话，那么这位秘书准是这一使馆中独一无二的人物。确实，使馆由形形色色的人物组成，有不少人极为庸俗，以至于人们一旦追究为何偏偏选中这批庸人的因由，便不会不发现同性恋这一因素。正是这一小小的所多玛外交王国，为首的大使偏偏不爱男色爱女色，像串演活报剧一样虚张声势，滑稽可笑，却指挥着手下这窝同性恋者按章办事，人们似乎是遵循相反相成的法则。尽管事情就发生在他眼皮底下，但他却不相信会有同性恋。他很快进行检验，把亲妹妹嫁给了一位代办，误以为此人是追逐女人的好手。这样一来，他就有点碍手碍脚了，不久便被取而代之，新的大使阁下的到来，保证了全使馆人员的一致性。其他使馆企图与之比试高低，但怎么都无法夺走桂冠（就像在中学优等生会考中，夺魁的总是某一所中学），直到十余年后，一些情趣相异的随员打入了这一协调一致的整体，另一个使馆才终于从它手中夺走了败坏名声之勋章，走在了最前头。

德·盖尔芒特夫人心中的石头落了地，知道再也不用担心要与斯万交谈，便对斯万与男主人之间发生争执一事产生了好奇。“您知道是为了什么事情？”公爵向德·布雷奥代先生打听。“我听说是为作家贝戈特让人在他们府上演出一部独幕剧的事。”德·布雷奥代回答道，“那部剧本妙极了。可听说演员化装成希尔贝，贝戈特先生的本意确实也是想把希尔贝表现一番。”“嗬，要是看到希尔贝变得面目全非，该多有趣啊。”公爵夫人微微一笑，想入非非地说。“正是因为这次演出的事，希尔贝要求斯万做出解释，”德·布雷奥代先生伸出那副啮齿动物似的尖下巴，继续说道，“斯万没有多加解释，回答的话大家都觉得很风趣：‘可是，那跟您丝毫不像，您要比那滑稽多了！’再说，据传那部短剧确实精彩。莫莱夫人去看过演出，看得乐极了。”“怎么，莫莱夫人也去了？”公爵夫人惊诧地问，“啊！准是麦麦一手策划的。遇到这等事，总少不了他。总有那么一天，众人都去了，就我坚持原则，自甘寂寞，独自待在自己的那方天地里。”打从德·布雷奥代先生跟他们谈及此事开始，德·盖尔芒特公爵夫人便明显有了新的看法（若不是与斯万的沙龙有关，至少与等一会儿同斯万见面的设想有关）。“您跟我们讲的这一切纯属捏造，”德·弗罗贝维尔上校对德·布雷奥代先生说，“我了解情况，原因就不说了。毫不夸张，亲王确实破口怒骂了斯万一顿，用我们父辈的话说，警告他从此不要再登他的家门，这纯粹是因为斯万固执己见的缘故。依我之见，我叔父希尔贝一点没错，不仅骂得在理，而且早在半年前就该与那位死心塌地的德雷福斯分子分道扬镳了。”

可怜的德·福古贝先生这一次不仅仅是位总慢半拍的网球手，而且简直成了只有气无力的网球，任人无情击打，被抛到了德·盖尔芒特公爵夫人面前，向她表示敬意。可他得到的却是相当无礼的对待，因为奥丽阿娜固执己见，总是以为她圈子里的所有外交官或政客都是些傻瓜。

最近一段时间以来，上流社会对军人有些宠爱，德·弗罗贝维尔先生无疑沾了光。不幸的是，他娶的妻子虽然确确实实是盖尔芒特家族的亲戚，却穷得不能再穷了，且他自己也家境败落，无依无靠，遇到哪房亲戚的红白喜事，也往往是登不了大雅之堂，被人冷落在一边。他们于是到了沦为上流社会普通信徒的地步，好比名义上的天主教徒，一年只有一次挨近圣餐台。若不是德·圣德费尔特夫人一如既往，看在已故的德·弗罗贝维尔将军的情分上，给他们两个年幼的女儿送穿的、供玩的，尽力帮助这对夫妇，他们两口子的物质生活可就很悲惨了。上校虽被认为是个善良的小伙子，却没有一副感恩戴德的好心肠。他羡慕恩人的荣华富贵，却嫉妒她奢侈无度，大摆阔气。一年一度的游园会对他、对他妻子和他们的孩子来说都是一件美妙无比的开心事，千金难买，无论如何也不愿错过，可一想到德·圣德费尔特夫人从中渔利而得意扬扬，一脸兴致顿时变酸发臭。各家报刊竞相宣布游园会的消息，不厌其烦地大做介绍之后，往往又卖关子，添上一句："有关这一美妙的盛会，我们将陆续报道。"于是，接连几天，报纸上连篇累牍地对衣着服饰进行补充介绍，这一切，弗罗贝维尔一家看了实在不堪忍受，他们本来缺乏乐趣，也知道在游园会上可以尽情欢乐，但每年一到这个时候，竟然指望天不作美，把游园会搅黄了才好，于是死守着晴雨表，幸灾乐祸，恨不得暴风雨早点来临，好让盛会吹台。

"我不跟您讨论政治，弗罗贝维尔，"德·盖尔芒特公爵说，"可是关于斯万，我可以直言不讳地说他对我们的所作所为是卑劣的。他过去在上流社会，靠的是我们，是德·夏尔特尔公爵的保护，如今我听说他是个公开的德雷福斯分子。我未曾想到他竟是如此小人，我总以为他是一个精明的美食家，一个讲究实利的人，一个收藏家，一个古书迷，作为赛马俱乐部的会员，又是一个德高望重的人，一个地方通，给我们送来上品波特葡萄酒，可以喝个痛快，还以为他是个文学迷，是个一家之主。啊！我被骗得不浅。我不是说我自己，我反正已是老朽，别人怎么议论都没有什么，我差不多已是个老叫花子了，别的不说，单就为了奥丽阿娜，他也不该那样行事，而应该公开谴责犹太人和那位罪犯的忠实信徒们。

"是呀，我妻子对他一直友好。"公爵继续说道，他显然以为，不管人们内心对德雷福斯是否有罪持何种看法，都应当判他叛国罪，这对他们在圣日耳曼区得到的款待是种回报。"他本该与他们势不两立的。不信，您问问奥丽阿娜，她对他真的十分友好。”公爵夫人觉得天真与平静的声调会给自己的话语平添几分悲剧和真切的效果，于是用小学生的口吻说道，仿佛嘴里吐出来的句句是真话，只是让两只眼睛露出几丝忧伤：“可这是真的，我没有任何理由要隐瞒我对夏尔的一片真情！”“瞧，不是我逼她说的吧。这还不算，他还如此忘恩负义，竟然成了德雷福斯分子！”

“说到德雷福斯分子，”我开口道，“据说冯亲王就是一位。”“啊！您跟我提起了他，正好。”德·盖尔芒特先生大声道，“我差点忘了他请我星期一去用晚餐。不过，管他是不是德雷福斯分子，对我都是一码事，因为他是外国人。我对这才不在乎呢。但作为一个法国人来说，那就是另一回事了。斯万是个犹太人，这不假。可是，直到现在——请原谅我，弗罗贝维尔——我还是老毛病不改，认为一个犹太人也可以成为法国人，我是说一个令人尊敬的犹太人，一个上流社会的人。而斯万本来是当之无愧的。哎！他现在却逼得我承认我错了，因为他已经公然支持那个德雷福斯（不管他是否有罪，他根本就不是斯万圈子里的，斯万也许跟他都没有一面之交），那家伙恩将仇报，竟然反对收养过他、待他如亲人的社会。别提了，我们过去都是斯万的保护人，甚至可以担保他是爱国的，就像担保自己是爱国的一样。啊！太可恶了，他竟然这样回报我们。我承认未曾料到他会变成如此德行。我抬举他了。他富有才智（当然指的是他的那种才智）。我心里明白，当初他坚持那桩不体面的婚事，实际上已经丧失理智了。噢，您知道斯万的婚事让谁最伤心吗？让我妻子。奥丽阿娜如我所说的那样，虽然表面经常显得无动于衷，但在她的内心，感觉却异常强烈。”德·盖尔芒特夫人为自己的性格得到如此剖析感到欣喜，洗耳恭听，不插一句话，一方面是因为对溢美之词受之有愧，但更主要的是怕打断他的话。德·盖尔芒特先生即使就此谈上一个钟头，她也会耐心听着，就是别人为她演奏音乐，她也没这么一动不动。“噢，我还记得，当她得知斯万的婚事，她生气了；她觉得，我们对他那么友好，可这人也太不像话了。她原本很爱斯万，心里十分难过。奥丽阿娜，是不是？”丈夫直截了当，一语道破，使德·盖尔芒特夫人得以不露声色地证实她的感觉，丈夫的溢美之词已经穷尽，她觉得应该做出回答。她尽量摆出一副“真诚”的样子，因而显得更富有教养，声音腼腆而纯朴，温柔中又含着几分持重，说道：“是的，巴赞没有说错。”“不过，这又不是一码子事。您能怎么办？爱情就是爱情，虽然我以为，爱情应该有个界限。若对方是个年轻小伙子，是个不谙事理的毛孩子，那他如此想入非非，心血来潮，我尚能原谅。可斯万是个聪明人，老练，敏感，对绘画艺术十分内行，又是德·夏尔特尔公爵和希尔贝本人的常客！”说此番话时，德·盖尔芒特先生口气十分友善，丝毫没有他平素常常表露的俗气。他说得悲切而又略带愤懑，同时显得和蔼而又严肃，令人想起伦勃朗笔下的人物。如西克斯市长，具有大家气度，别有动人心弦的魅力。人们感觉到，对公爵来说，问题根本不在于斯万在此事中的所作所为是否道德，因为这是毋庸置疑的事；他内心感到痛苦，就像父亲看着自己的孩子辜负了他呕心沥血对他的一番培育，存心毁掉为他创造的美好前程，做出了家规族俗所不容的荒唐行径，败坏了受人敬重的家族的名声。当初得知圣卢是个德雷福斯分子时，德·盖尔芒特先生确实没有像现在这样表现得如此惊愕和痛苦。首先，是因为他看透了他的侄子是个误入歧途的年轻人，除非改邪归正，不然做出什么坏事都不足为怪，而斯万，拿德·盖尔芒特先生的话说，是个“持重的人，占有第一流的地位”。其次，从事发到如今，已经过了相当长的一段时间，在此期间，如果用历史观点看，事件的发生似乎已经部分证明了德雷福斯分子观点正确的话，那么，反德雷福斯力量也倍加凶猛了，并从初期的纯政治力量发展成为一股社会力量。现在，已经是军国主义和爱国主义的斗争，社会中掀起的怒涛渐渐爆发出风暴乍起时所不具备的强大力量。

“您瞧，”德·盖尔芒特先生继续说，“即使按照他那些可爱的犹太人的观点，他不是绝对支持那些观点嘛，斯万也是干了一件后患无穷的蠢事。他证明了他们都是秘密结合的，几乎身不由己，不得不支持与他们同属一个人种的人，哪怕同这人素昧平生。这是个社会公害。我们显然过分宽容了，正因为斯万受人尊敬，甚至普遍被人接受，差不多是大家唯一熟悉的一位犹太人，所以他干的蠢事反响就更大。大家会暗自思量：Ab uno disce omnes[1]。”在记忆中适时找到一句如此恰当的格言，由此产生的自我满足使痛心的老爷脸上掠过一丝骄傲的微笑，满脸的忧楚顿时烟消云散。

我十分渴望了解亲王和斯万之间到底发生了什么事，倘若斯

[1] 拉丁语，意为知其一便知其百。

万尚未离去，我真想在晚会上见他一面。我把内心的想法吐露给了公爵夫人，她回答我说："我告诉您吧，我倒不特别想见他，因为刚刚在德·圣德费尔特夫人家，有人对我说，他死前似乎有个心愿要了结，那就是他希望我认识一下他的妻子和女儿。我的主啊，要是他因此而病了，我该多么痛苦啊。不过，我首先希望事情不要严重到这个地步。再说，这也根本不是什么理由，因为这事轻而易举就可办到。一位毫无才华的作家岂不可以这样说：'投我进学士院的票吧，因为我妻子就要死了，我希望能给她这最后的快乐。'要是非得去认识所有垂死的人，那就再也不可能有什么沙龙了。我的马夫也许就会来求我：'我女儿病很重，请帮我一把，让帕尔马公主接见接见我吧。'我钟爱夏尔，若我拒绝他，我会十分难过，正是因为这一点，我更希望能避免出现他向我提出这一请求的局面。我衷心希望他不至于像他自己说的那样，已经濒临死亡，但倘若果真死了，那对我来说，也绝不是去认识那两个女人的时候，她们在整整十五年间剥夺了我最可爱的朋友，而他很可能把她们留给我照顾，可我却无法因此而见上他一面，因为他说不定都已死了！"

德·布雷奥代先生对德·弗罗贝维尔上校揭穿了他的老底耿耿于怀，一直在盘算着予以反击。

"我不怀疑您说的这一切的正确性，我亲爱的朋友，"他说道，"可我的消息源自可靠渠道。是拉都·德·奥弗涅亲王告诉我的。"

"像您这样一位学识渊博的人，竟然还说什么拉都·德·奥弗涅，我感到奇怪。"德·盖尔芒特先生打断了他的话说，"您知道他根本不是什么亲王。这个家族唯独剩下一位成员，那就是奥丽阿娜的叔父，德·布永公爵。”

“就是德·维尔巴里西斯夫人的兄弟？”我想起这位夫人当姑娘时也姓德·布永，便开口问道。

“正是。奥丽阿娜，德·朗勃尔萨克夫人向您问好。”

果然，只见德·朗勃尔萨克公爵夫人不时莞尔一笑，向她认出的某个熟人致意，但紧接着笑脸便像流星一般倏然消逝。这一微笑并不明确表示某种确认，也不具体化成某种无声但明白易懂的语言，而是几乎瞬息即逝，陷入某种心醉神迷的理想佳境，似是而非，不置可否；与此同时，她的头轻轻一点，像是怡然自得地为人祝福，令人想起哪位有些软弱无力的主教大人向领圣体的人群微微点头的动作。但德·朗勃尔萨克夫人无论如何成不了主教。不过，对此种早已过时的特殊致意方式，我已有所领教。在贡布雷和巴黎，我外祖母的女友无一例外都习惯于这种致意方式，即使在社交场合，也好似在教堂举行举扬圣体或葬礼仪式，与熟人相遇，也是一副天使般的庄严神态，有气无力地道一声日安，尾声化作祈祷声。这时，德·盖尔芒特先生开了口，完全证实了我刚才的提问。“可您已经见过德·布永公爵了。”德·盖尔芒特先生对我说，“今天下午您进我书房的时候，他正好出门，就是那位矮个子、一身白的先生。”原来，就是被我当作贡布雷小市民的那一位，现在细细回想起来，我发现他和德·维尔巴里西斯夫人确实相像。德·朗勃尔萨克夫人和我外祖母女友们的致意方式如出一辙，尽管渐趋消亡，我却开始对此产生了兴趣，因为它向我表明了在狭隘、封闭的圈子里，无论是小市民圈还是贵族圈，旧规矩顽固地存在着，使我们得以像考古学家那样发现德·阿兰古子爵和德·洛伊萨·比谢时代的教育状况及其反映的精神风貌，尤其是现在，德·布永公爵与贡布雷一位年龄相仿的小市民举止外观相似至极（记得以前在一张达格雷照片[1]上看到圣卢的外祖父德·拉罗什富科公爵，我大吃一惊，怎么他的服饰、神态和风度都与我的外叔祖父如出一辙），令我领悟到，社会乃至个人的差异是相同时代不同时期造成的。其实，服饰的入时和时代精神的表露在一个人的心目中占有极其重要的位置，甚至超过了自己的等级地位，等级地位只在当事人的自尊心和他人的想象中举足轻重罢了，人们无须看遍卢浮宫的画廊便可明白，路易·菲力浦时代的贵族与同时代的资产者之间的差别，比起路易·菲力浦时代与路易十五时代贵族与贵族之间的差别来，就是小巫见大巫了。

这时，受德·盖尔芒特亲王夫人保护的一位巴伐利亚长发乐师向奥丽阿娜致意。奥丽阿娜点了点头，表示还礼，此人形容古怪，公爵并不认识他，可认定此人声名狼藉，然而自己的妻子却问候这种人，不禁怒火中烧，猛地朝妻子转过身子，神色凌厉，似乎在发问："这个野蛮家伙到底是什么人？"可怜的德·盖尔芒特夫人处境相当尴尬，倘若乐师对这位受丈夫虐待的妻子有所怜悯的话，那他早该尽快离去了。可是，周围尽是公爵小圈子的老朋友，说不定正是他们在场促使他默然点头致意呢，在他们中间，

[1] 按早期达格雷照相法摄成的照片。

他也许不想过分计较公爵对他的公开侮辱，以证明他与德·盖尔芒特夫人并非素昧平生，向她致意合情合理；抑或在这本应服从理智的时刻，他为内心一股不可抵挡、难以名状的愚昧力量所驱使，一丝不苟地按礼仪常规行事，只见这位乐师向德·盖尔芒特夫人靠得更近，对她说道："公爵夫人，我请求您赏光将我介绍给公爵。"德·盖尔芒特夫人无地自容。可是，尽管她是蒙受欺骗的妻室，但毕竟还是德·盖尔芒特夫人，不能表露自己已被剥夺了向夫君介绍熟人的权利。"巴赞，"她说道，"请允许我向您介绍德·埃威克先生。"

"我不是向您打听您明天是否去德·圣德费尔特夫人府上。"德·弗罗贝维尔上校对德·盖尔芒特夫人说道，以消除德·埃威克先生不合时宜的请求造成的难堪氛围，"不过，全巴黎的头面人物都将赴会。"

然而，德·盖尔芒特公爵像死板一块，猛地一下向不知趣的乐师转过身子，与他迎面相对，公爵俨然似个庞然大物，一声不吭，怒气冲冲，犹如电闪雷鸣的朱庇特，就这样一动不动地站立了数秒钟，双眼喷射出愤怒和惊诧的火焰，怒火像火山爆发，把头发都烧得卷曲了。这副挑战的架势似乎向全体在场的人表明他不认识这位巴伐利亚乐师，但瞬刻之后，他仿佛内心突然涌起一阵冲动，给了他足够的力量去履行向他提出的礼貌之举，只见他戴着白色手套的双手反剪背后，身子向前一倾，猛地向乐师鞠了一躬，腰弯得那么深，含着几多惊愕和愤懑，动作是那么突然而又猛烈，吓得乐师浑身战栗，遂弯腰向后退却，以免对方的脑袋狠狠地撞上自己的肚皮。

“可我明天恰巧不在巴黎，”公爵夫人回答德·弗罗贝维尔说，“我本不该说的，可我得老实告诉您，我活到现在这个岁数，还没有见过蒙福尔-拉莫利教堂的彩绘大玻璃。说来真不好意思，但事实如此。为了补救这一无知的罪过，我已打算明天去见识见识。”

德·布雷奥代先生暗自好笑。他确已明白，如果公爵夫人活到如今还没有见过蒙福尔-拉莫利教堂的彩绘大玻璃，那么这次艺术参观就不具备“急救”行动的迫切性，既然可以推迟二十五载之久，那就完全可以再后延二十四小时，并无后顾之忧，不会有什么危险。公爵夫人所采取的这一计划岂不是以盖尔芒特家族的方式公开宣布，德·圣德费尔特沙龙绝不是一个正经的殿堂，邀请您不过是想利用您在《高卢人报》作报道时装个门面，似乎揭开了贴在这一个个或起码这一个殿堂（如果仅此一个的话）门上的“大雅”的印封，人们岂能在那里看到这样的“大雅”之堂。德·布雷奥代先生感到妙不可言的开心，并和所有上流社会人士一样，看到德·盖尔芒特夫人做出了他们那不怎么显赫的地位无论如何无法效法的事情，内心便倍添诗一般的畅快，就像束缚在自己土地上的农民，看到比他们更自由、更富有的人们从自己头顶上踩过去，不禁哑然失笑。不过，德·布雷奥代先生内心的这种难言之乐与德·弗罗贝维尔先生油然而生的快乐劲头毫无关系，后者虽然也有所掩饰，但却到了欣喜若狂的地步。

德·弗罗贝维尔先生强压住自己的笑声，以免让人听见，结果憋得满脸通红，活像只公鸡，即便如此，他也没止住咯咯的嬉笑声，同时用故作怜悯的口吻，断断续续地大声道：“啊！可怜的圣德费尔特婶母，她准会伤心得病倒！不！可悲的妇人明天见不到公爵夫人，该受到多大的打击啊！这不是要她的命吗！”他笑得直不起腰来。在狂喜之中，他情不自禁地又跺脚又搓手。德·盖尔芒特夫人欣赏的是德·弗罗贝维尔先生和善的用心，而不是他那令人生厌的烦扰，她动用了一只眼睛和一边嘴角，朝他淡然一笑，最后决定立即离他而去。“听我说，我只好祝您晚安告辞了。”她一副迫不得已的忧郁神情，站起身子对他说道，仿佛这对她来说是件不幸的事。她那双蓝色的眼睛似乎念念有词，她那嗓音犹如音乐般甜美，令人想起哪位仙女诗一般的哀怨泣诉。“巴赞要我去看看玛丽。”

实际上，她已经听够了弗罗贝维尔的唠叨，他不厌其烦地怂恿她去蒙福尔-拉莫利，而她心里明白，他是第一次听说那儿的彩绘大玻璃，而且他无论如何也不会放弃圣德费尔特的游园会。“再会，可我才刚刚跟您谈了几句，上流社会就是这样，相互间谁也看不透谁，想说的不说；再说，生活中处处如此。但愿死后能安排得好一些。至少再也用不着去袒胸露肩了。可谁知道呢？也许有人会在盛宴上炫耀自己的骨肉和肠虫。为什么就不行呢？噢，瞧瞧朗比荣老太太，您觉得她这副样子与那具套着开口裙的骨架有什么大的区别吗？她拥有各种各样的权利，这不假，因为她至少已过百岁。我刚刚涉足上流社会的时候，她就已经老得像个丑八怪，令人恶心，我拒绝向这种人鞠躬。我以为她早就死了呢。她来这里，简直是让我们看她的热闹，不然，就没有别的解释了。

真是壮观，简直像做礼拜。好一派‘圣地景象’！”公爵夫人离开了弗罗贝维尔，他又挨了过去：“我想最后跟您说一句话。”她有些气恼，傲慢地问道：“还有什么话？”他担心她临行前突然改变主意，不去蒙福尔-拉莫利：“由于德·圣德费尔特的缘故，也为了不让她伤心，我才没有斗胆跟您提这件事，可既然您已经准备不去她府上，那我可以告诉您，我为您感到高兴，因她府上流行麻疹！”“啊！我的主啊！”奥丽阿娜大声喊道，她平时就害怕得病，“可对我来说，这病根本没有关系，我已经得过一次了。一个人一生不可能出两次麻疹。”“那是医生的话，可我见过有人甚至得过四次麻疹。反正，您现在已经知道内情。”至于他自己，别说这麻疹纯系捏造，就是真的染上此病，卧床不起，他也绝不甘心错过等待已久的圣德费尔特盛会。他将为在盛会上看到众多风雅之士而欣喜！但更大的乐趣是亲眼看看游园会办糟的景况，尤其痛快的，是可以大大自我炫耀一番，吹嘘自己如何与上流雅士交往，同时又夸大其词或者凭空捏造，哀叹游园会办得糟糕不堪。

我利用公爵夫人换座的机会，站起身子，想去吸烟室打听斯万的消息。“巴巴尔跟我讲的这些话，您一句也不要信。”她对我说，“小莫莱绝不会去那儿凑热闹的。他们跟我们扯这些事，只不过是为了吸引我们。他们不接待任何来访，也从没有得到哪方邀请。连他自己也承认：‘我们俩孤单地待在自己家中。’他老爱说我们[1]，不像国王称孤道寡，而是包括他的妻子，我不用多问。可

[1] 法语“nous”为第一人称复数，但表示谦称时则可取代第一人称单数。

我了解得一清二楚。”公爵夫人添了一句。我和她迎面遇到了两位年轻人，他们相貌英俊，但又不完全相像，可继承的却是同一位妇人的美。这是德·盖尔芒特公爵的新欢德·絮希夫人的两个儿子。他们身上都闪烁着母亲绝伦之美的光辉，但每个人继承的美却不相同。德·絮希夫人把自己庄重的丰姿遗传给了其中一位，富有男性气概的躯体，配以优美的线条，母子俩都长着大理石般光洁的双颊，白里透红的肌肤近乎橙红色，富有珍珠的光泽；而另一个则继承了希腊人的天庭、线条优美的鼻子、雕像般的脖颈和秋波无际的眼睛。就这样，由女神平分两份的礼物塑造了他俩迥异的堂堂仪表，发人深思，引人畅想，究其美貌的原因，却在他们身外，据说是他们母亲的主要表征化成了两具不同的躯体：一具是她的身段和肤色，另一具是她的目光，就像玛尔斯和维纳斯只不过是朱庇特力量和美貌的化身。他们兄弟俩对德·盖尔芒特先生无比敬重，称他为“我们父母的一位好友”，不过，长兄还是认为不向公爵夫人致意为妥，他知道公爵夫人对他母亲抱有敌意，至于何种原因，也许并不清楚，因此一见我们，他便把头轻轻扭了过去。做弟弟的总是效法长兄的举止，因他生来愚笨，而且眼睛近视，不敢有个人主见，于是按照哥哥的扭头角度，丝毫不差地歪过头去，兄弟俩一前一后，悄然无声地向娱乐室溜去，活脱脱两个寓意画中的人物。

我刚走到娱乐室，便被德·西特里侯爵夫人拦住，她虽然风韵犹存，但差不多已是启齿露沫的人了。她出身相当高贵，东寻西觅终于如愿以偿，与德·西特里先生结成了引人注目的姻缘，西特里的曾祖母就是奥马尔-洛林。可是她生就一副容不得人的性格，心满意足没有多久，便讨厌起上流社会的人来，但又不绝对排斥交际生活。在晚会上，她不仅对所有人都冷嘲热讽，而且一奚落起人来总是那么粗野，连高声大笑也不足以解嘲，往往免不了从嗓子眼里发出嘘叫。“啊！”她指着德·盖尔芒特夫人对我说（德·盖尔芒特夫人刚刚离开我，但走得已经相当远），“她竟然会过着这种生活，我感到震惊。”说这话的是位为异教徒不能自觉服从真理而震惊、愤慨的女圣人，还是一位巴不得杀人的无政府主义分子？反正这种斥责横竖都不在理。首先，德·盖尔芒特夫人“过的生活”与德·西特里夫人相差无几（除愤怒之外）。德·西特里夫人惊诧的是公爵夫人竟然能做出如此牺牲：参加玛丽-希尔贝的晚会。必须承认，在特殊场合，德·西特里夫人十分喜欢亲王夫人，再说亲王夫人也确实善良，她也善于讨亲王夫人的欢心，参加她的晚会。为了参加今天的晚会，她取消了与一位女舞蹈演员的约会，她认为这位演员富有天赋，本来约好来向她传授俄罗斯舞蹈的奥秘的。德·西特里夫人看见奥丽阿娜向这位或那位宾客道安，肺都快气炸了，她这样并无道理，其另一原因是德·盖尔芒特夫人身上显出了同样摧残着德·西特里夫人的疾病的征兆，尽管病情要轻得多。再说，大家都知道她生来就落下了这种病根。最后，德·盖尔芒特夫人比德·西特里夫人更聪慧，本来更有权利表现这种不容他人的虚无主义（不仅仅限于上流社会），然而确实不假，人的有些品质往往有助于容忍他人的缺点，而不自视甚高，拿他人的缺陷作笑柄；一个真正人智人勇的人通常比一个傻瓜还更不注意他人蠢不蠢。对公爵夫人的才智，我们已经做了相当详细的描绘，大家足以相信，即使谈不上聪明过人，但也至少可以说不乏才智，能灵活运用（像个翻译家）不同的句法形式。然而，德·西特里夫人似乎一无这方面的长处，毫无资格去鄙视与她素养相差无几的人们。她总觉得他人都蠢，但在她的言谈和书信中，与那些被她如此藐视的人相比，她反而显得才智低下了。此外，她具有无比强烈的破坏欲，在她几乎断绝与上流社会交往的那段时间，她自己寻觅的那种种乐趣无一例外地遭受到她那可怕力量的摧残。她离开了晚会去参加音乐会时会说："您喜爱听这种玩意儿，听这种音乐？啊！我的主，这要因时而论。可这该是多么烦人！啊！贝多芬，讨厌的老胡子！"对瓦格纳、弗朗克、德彪西，她甚至都不屑说一声"老胡子"，而只是像剃须匠，轻蔑地用手往脸上一刮，表示不屑一顾。顿时，讨厌一事成了讨厌一切。"漂亮的东西都是那么讨厌！啊！那些油画，简直让您发疯……您说的在理，写信是多么烦人啊！"末了，她会向您宣称，生活本身就是像刮胡子一样烦人的玩意儿，真弄不清她从哪儿找来这种比喻。

娱乐室或吸烟室里，地面饰有彩色图案，摆着三脚座椅，神像和动物像凝视着您，斯芬克斯静蹲在座椅扶手上，尤其是那张大理石或瓷釉桌面的大桌子饰满富有象征意义的符号，多少有点模仿伊特鲁立亚和埃及艺术的风格，我第一次去德·盖尔芒特公爵夫人府上用晚餐时，公爵夫人曾跟我谈起这间屋子，不知是否是她那番话起了作用，反正这间屋子给我留下了巫术室的印象。

靠近那张光芒闪烁的占卜桌旁的一把座椅上，端坐着德·夏吕斯先生，他不触摸任何牌，对周围发生的一切无动于衷，自然也没有发现我刚刚进了屋，看他那副神态，恰似一位巫师，正集中所有意志力量和一切推理能力在占卜。他不仅酷似阿波罗神殿里高坐在三脚座椅上的女祭司，两只眼睛几乎从脸上鼓了出来，而且他的神机妙算工程要求他停止一切最简单的动作，为了不受任何干扰，他（如同一位不解开难题誓不罢休的计算家）把刚刚叼在嘴上的雪茄烟搁在身旁，再也没有多余的心思去抽一口。看到他对面座椅扶手上静蹲着的两位神祇，人们也许会以为男爵正在试图解开斯芬克斯之谜，要不就是在解一位年轻的俄狄浦斯之谜，这位活着的俄狄浦斯正坐在那把座椅上玩牌。不过，德·夏吕斯先生如此聚精会神试图解开的，实际上并不是人们平常钻研的摩尔几何图形，而是由年轻的德·絮希侯爵的脸部线条组合而成的图案。德·夏吕斯先生面对这个图案是多么专心致志，它简直像个菱形词，像个谜语，抑或像道代数难题，而他殚精竭虑，竭力争取解开谜底或列出公式。在他面前，雕刻在十诫板上的那些难解的符号和图案犹如一部巫书，即刻就要给老巫师以灵感，占卜出那位年轻人的命运向何方向发展。突然，他发现我正打量着他，便抬起脑袋对我微微一笑，仿佛从梦中醒来满脸涨得通红。这时，德·絮希夫人的另一个儿子来到那位正在玩牌的兄弟身旁，看他打牌。当德·夏吕斯先生从我嘴里得知他俩是亲兄弟时，他对同一家庭却创造了如此辉煌、迥然而异的杰作赞叹不已，喜形于色，难以掩饰。倘若男爵获悉德·絮希-勒迪克夫人的这对儿子不仅同母，而且同父，他准会欣喜若狂。朱庇特的子女各不相似，这是因为他最先娶了墨提斯为妻，本该与她生育智子贤童，然而先后又与忒弥斯、欧律诺墨、谟涅摩叙涅和勒托结为夫妻，最后又与朱诺成婚。可是，德·絮希夫人的两个儿子却有同一位生父，又继承了母亲的美貌，但两人的美却各不相同。

我终于看到斯万走进了屋子，心中一阵高兴，屋子很大，所以他一开始并没有发现我。我欣喜中又交织着忧伤，也许别的宾客感受不到这种忧伤的滋味，但是在他们的内心深处一种类似惊愕的感觉油然而生，因死亡逼近而造成的种种料想不到的古怪模样把他们吓呆了，拿俗话说，死神已经在斯万的脸上出现。在场的人们惊惧得几乎到了失礼的地步，惊愕中又掺杂着好奇和残酷，既坦然又不安地反躬自省（同时含着 suave mari magno[1] 与 memento quia pulvis[2]，罗贝也许会这么说），就这样，所有目光霍地全都投向他的那张脸，只见他两颊被病魔折磨、摧残得深深凹陷下去，好似正在亏损的下弦月，除了某一角度——无疑是斯万自我审视的那一角度——之外，无论从哪个角度看，他的面颊都瘦得皮包骨头，唯因视觉之误才给人造成丰实的假象。也许是因为他双颊消失，再也不能缩小鼻子的比例，或许是因为动脉硬化症这一毒蛇像酗酒一样造成他鼻子通红，或像服吗啡后使之扭曲变形，反正斯万那只丑陋的鼻子在过去那张讨人喜欢的脸上还不怎么显眼，

[1] 拉丁语，意为即使你在风平浪静的海上。
[2] 拉丁语，意为别忘了你不过是尘埃。

如今却显得奇大，鼓鼓的，红红的，看那鼻子，与其说是位好奇的瓦鲁尔人，毋宁说是个希伯来老人。再说，也许在这弥留人世的最后日子里，种族的因素使他身上出现了更为明显的种族生理特征，同时也增强了与其他犹太人团结一致的道德感，斯万似乎在自己整整的一生中，忘却了这一团结精神，但是，致命的痼疾，德雷福斯事件，反犹太人宣传，接二连三的打击，最终唤醒了他的团结精神。有不少犹太人，虽然都很精明，而且也都是上流社会的贵人，但在他们身上却同时潜藏着两个人，一位是蛮者，一位是先知，如同生活在剧中，等待着适应自己生活的某一特定时刻，适时亮相。斯万已经迈入先知之年。诚然，由于备受病魔的折磨，他脸上已经失去了整块整块的组织，好似一块正在融化的冰团，大块大块的碎冰跌落下来，他整个儿模样已经“大变”。但是，与我相比，他的变化确实太大了，令我不胜惊讶。这位堂堂的男子汉，不同凡响，且又素有教养，我过去与他相逢，绝对没有产生过丝毫的厌恶感，如今我怎么也不明白，当初为何会把他看得如此神秘，以至于他在香榭丽舍大街一露面，我便紧张得心脏怦怦乱跳，不好意思挨近他那件丝绸内里的披风；每次来到他这位大人物生活的房间门口，举手叩门时，我内心都不可避免地感到极度混乱与恐惧。然而，这一切不仅从他的住所，而且也从他身上统统消失了，与他交谈的念头也许会令我欢悦或使我感到厌恶，但无论如何再也影响不了我的神经系统。

从这天下午——总共才过了几个钟头——我在德·盖尔芒特公爵的书房见到他之后，他的变化多么大啊！他莫非真的与亲王发生了争执，受了惊？这种假设大可不必。对一个病情极为严重的病人来说，只要让他稍出点力，就会使他感到过分劳累。他本来就浑身无力，一遇到晚会上这么个闷热劲，他的面孔就变得不成样子，宛如熟透的梨子或开始变质的牛奶，用不了一天，颜色便发青。此外，斯万的头发已经稀疏，拿德·盖尔芒特夫人的话说，该请皮毛加工师傅来整修一番，那头发看上去像用樟脑油浸过一般，而且浸得糟糕极了。我正要穿过吸烟室找斯万说话，可不巧，一只手恰在这时在我肩头拍了一下："你好，我的小宝贝，我在巴黎逗留了四十八小时。我上你家去了，他们告诉我你在这儿，我舅妈有幸看到我参加她的晚会，还多亏你呢。"原来是圣卢。我向他大大赞美了一番这座宫邸如何如何漂亮。"对，堪称历史名胜，可我觉得待在这里让人心烦。我们不要到我舅舅帕拉墨得斯身旁去，不然，我们会被缠住的。莫莱夫人（眼下正得宠）刚刚走了，他现在肯定心神不宁。听说简直是一出好戏，他寸步不离，一直把她送上车，才与她分手。我并不埋怨我舅舅，只不过觉得可笑，我的那帮子家庭监护顾问，平时对我严加管教，可说到制造爆炸性新闻，首屈一指的还是我舅舅夏吕斯，他是我的监督监护人，可他玩起女人来可与唐璜比高低，到了这把年纪，还不罢休。有段时间他们议论要给我指定一位司法顾问。我寻思要是让所有这帮老色鬼凑到一起讨论我的问题，对我进行道德教育，责备我伤了母亲的心，那他们非相视而笑不可。你仔细注意一下这些当顾问的都是些什么人，好像专门挑了一群最会撩女人石榴裙的色鬼。"

德·夏吕斯先生如何，这暂且不论，不过在我看来，我朋友对他大惊小怪并没有更多的道理，但由于其他的原因，罗贝认为让过去荒唐、现在仍旧愚蠢的亲戚来给年轻后辈上道德课未免离奇，他这样想实在是大错特错了，况且我觉得那些原因以后准会不断变化。只要与返祖现象和家族遗传相关，那负责教训外甥的舅舅十有八九与外甥有同样的毛病。舅舅在这一点上实际上也并不虚伪，他和大家一样都犯有认识错误，一旦环境发生了新的变化，便认为“不是一回事了”，因此他们屡犯艺术、政治等错误，他们对某一绘画流派大加谴责，或自恃有理，对某一政治事件厌恶至极，可哪曾想到，十年前他们对这一画派或这一事件所持的观点被自己奉为真理，虽然一时改变了主张，但只要再稍加掩饰，他们便又认识不清，重又表示赞同。此外，即使舅舅的毛病与外甥的有别，遗传规律也仍然在一定程度上起到作用，殊不知后果未必都与前因一致，就像复制品并不都酷似原件，更有甚者，哪怕舅舅的毛病更坏，他也有可能自认为没那么严重。

不久前，德·夏吕斯先生怒斥罗贝，那时，罗贝并不了解舅舅的真正癖好，但即使当时男爵痛斥的也正是自己的恶癖，他教训罗贝也完全可能是诚心诚意的，并坚持上流社会人士的观点，认定罗贝比他自己要有罪得多。他舅舅受命教训他时，罗贝不是险些被逐出他所在的圈子吗？他不是差一点被赶出赛马俱乐部吗？他不是因为挥霍无度，把钱花在一位下贱女人身上，因为与作家、演员、犹太人等那帮不属于上流社会的人交上朋友，因为他的观点与卖国贼的观点毫无二致，因为他造成了所有亲人的痛苦而成了众人的笑柄吗？他过的是这等可耻的生活，在哪方面能与德·夏吕斯先生的生活有可比之处呢？迄今为止，德·夏吕斯先生不仅善于维护，而且善于提高他在盖尔芒特家族的地位，在上流社会中绝对享有特权地位，深受欢迎，为最杰出的上流社会人士所称颂；他娶了一位金枝玉叶、波旁王族的公主为妻，善于使她幸福，在她的脑子里造成一种更虔诚、更一丝不苟的崇拜，这在上流社会里一般是做不到的，因而赢得了贤夫孝子的好名声。

“可你肯定德·夏吕斯先生有过那么多情妇？”我问道，这并非因为我居心不良，想把我无意中发现的秘密透露给罗贝，而是因为听他如此肯定而自信地坚持错误说法，我感到气恼。他准以为我的提问未免幼稚，只耸了耸肩，表示回答。“不过，我并不谴责他的此种行为，我觉得他完全在理。”接着，他向我吹起一套理论来，若在巴尔贝克，这套理论连他自己也会感到厌恶（在巴尔贝克，他痛斥色诱者还不足解心头之恨，在他看来，只有死刑才是对这种罪恶唯一合适的惩罚）。原因嘛，是他那时候自作多情，而且好嫉妒。他竟然向我颂扬起妓院来：“只有在那里，才能找到合脚的鞋，我们当兵那阵子，都管那叫合尺寸的鞋。”他再也不像过去在巴尔贝克那样，只要我暗示这种场所，他便感到反感，可现在听他这么一说，我便告诉他布洛克曾领我去那种地方开过眼界，没想到他回答我说，布洛克去的地方肯定“十分洁净，是穷人的天堂”。“这不一定，不管怎么说，那是什么场所？”我含糊其词，因为我回想起罗贝倾心相爱的拉谢尔正是在那里卖身，一次一枚金路易。“我无论如何要让你去见识一下更高级的地方，那地方连美貌惊人的佳丽也常去。”我渴望他尽快领我去他熟悉的那些场所，那儿准比布洛克给我展示的妓院高级得多，听我口气如此迫切，他为这次不能满足我的欲望深表歉意，因为他第二天就要走。“下次我来，一定办到。”他说，“到时你瞧吧，甚至还有二八佳丽。”他神色诡秘地添了一句，“有一位可爱的姑娘，我记得姓德·奥士维尔，确切的名字，到时再告诉你，这姑娘的父母都很体面，她母亲多少有点贵族血统，反正都是上等人家，如果没错的话，甚至与我舅妈奥丽阿娜还沾点亲呢。再说，只要见了那位姑娘，就可感觉到是位体面人家的闺女（我感到随着罗贝的话声，一时显现了德·盖尔芒特家族精灵的影子，宛若一团云彩在高空飘过，没有滞留）。我觉得是桩美事。她父母一直患病，无法照管她，天哪，那姑娘在找开心，我就指望你了，设法给这孩子排忧解闷吧。”“啊！你什么时候再来？”“不知道。如果你不是非要公爵夫人不可（对贵族来说，公爵夫人这一称号是代表极为显赫的地位的唯一称呼，就像平民百姓所说的公主），那倒有另一类型的女子，就是普特布斯太太的贴身女仆。”

这时，德·絮希夫人走进娱乐室找她儿子。一见她，德·夏吕斯先生便亲热地迎上前去，侯爵夫人原以为男爵对她一定冷若冰霜，这下更是受宠若惊了。男爵向来以奥丽阿娜的保护人自居，全家唯有他铁面无私，把兄弟的情妇拒之门外——由于遗产的继承问题，也出于对公爵夫人的嫉妒，他家往往对公爵过分迁就。男爵即使对她态度粗暴，德·絮希夫人也完全可以理解个中的原因，但让她始料未及的是自己反而受到了欢迎，对方到底是出于什么意图，她没有多加怀疑。男爵赞不绝口地跟她谈起了雅盖过去为她画的肖像。他愈说愈激动，最后竟到了狂热崇拜的地步，尽管他有几分意思，不让侯爵夫人离开他，以便“牵制她”，但或许是出于诚意，那样子就像罗贝谈及敌军时所说，要迫使敌军在某一据点继续交战。既然谁都兴味盎然，对她两个儿子身上表现出的王后般的丰姿和酷似母亲的那双眼睛赞不绝口，那么男爵便可以反其道而行之，为发现集中在儿子的母亲身上的种种魅力而欣喜，那种种魅力仿佛集中在一幅肖像上，肖像本身激不起人们的欲望，但它所产生的美感，却孕育、激发起人们的种种欲念。这种种欲念反过来又赋予了雅盖亲自作的肖像一种富于肉感的诱惑力，此时此刻，男爵恨不得把这幅肖像弄到手，通过它对絮希家那两位公子的生理系谱进行一番研究。

“你看见了吧，我并没有夸大其词。”罗贝对我说，“瞧瞧我舅舅在德·絮希夫人身旁的那个殷勤劲儿。我真感到奇怪。要是奥丽阿娜知道了，准会恼羞成怒。说句实话，女人多着哩，何必只冲这么一位女人呢。”他又添了一句。世上的人并非都多情，所以他总以为别人都是经过深思熟虑，根据各种不同的品质与礼仪挑选各自的心上人。此外，罗贝不仅误以为舅舅沉湎于女色，而且由于对德·夏吕斯先生耿耿于怀，谈起他来，出言往往过分轻率。当人家的外甥，不可能永远不受到影响。一种遗传性的习性迟早会通过中介因素遗传下来。人们完全可以建造一个人物画廊，就以德国的一部喜剧的名字为名：《舅舅与外甥》，里面那位舅舅虽然并不心甘情愿，但却小心看管，唯恐外甥最后不像自己。窃以为倘若不列上那些与外甥并无真正血统关系的舅舅，即那些外甥媳妇的舅舅，那么这一人物画廊就不完全。确实，德·夏吕斯这类先生自信至极，自以为是世上独一无二的真正的好丈夫，也唯有对他们女人才不嫉妒，以至于在通常情况下，他们出于对外甥女的爱，也让她嫁给一位夏吕斯式的人物。有时，对外甥女的爱也掺杂着对她未婚夫的爱。此类婚姻并不罕见，而且还往往被人称为美满姻缘。

“我们刚才讲什么来着？噢！说的是那位身材高大的金发女郎，普特布斯太太的贴身女仆。她也爱女人，可我想这对你没关系；我对你可以实话实说，我可从来没有见过那么漂亮的造物。”“我想她像乔尔乔涅画中人吧？”“与乔尔乔涅画中美人像极了！啊！要是我有闲暇在巴黎逗留，有多少美妙的事情可以做呀！然后再换一个。你知道，爱情这玩意儿简直是开玩笑的事，我算是彻底醒悟了。”

我很快惊诧地发现，他对文学所持的否定态度也没有多少保留，可我上一次与他见面时，我觉得他看透的只是部分文人（“简直是一帮无赖、群氓。”他曾对我这么说），这一点，可由他对拉谢尔的某些好友的正当仇恨得到解释。那些朋友确曾说服拉谢尔，如果容忍“另一个种族的家伙”罗贝对她施加影响，那她绝不可能表现出聪明才智，他们甚至与她沆瀣一气，在他为他们举行的晚宴上，当面奚落他。不过，罗贝对文学的爱好实际上也并不很深，也并非听任自己的真正天性使然，只不过是他对拉谢尔的爱产生的一种副产品，一旦他抹去了对拉谢尔的爱，那他对吃喝玩乐之徒的厌恶感以及对女性道德修行顶礼膜拜般的敬重之情也就随即荡然无存了。

“那两位年轻人的模样多怪啊！瞧他们玩得多带劲，侯爵夫人。”德·夏吕斯先生指着德·絮希夫人的两个儿子，对她说道，仿佛他根本不知他们是何许人。“可能是两个东方人，他们有些特殊的相貌特征，也许是土耳其人。”他又添了一句，旨在进一步证实他纯粹假装出来的无知，同时也为了显示出几分含混的反感的情绪，一旦事后由反感转为亲热，那这种反感情绪便可说明他之所以对他们表示亲热，是因为他们是德·絮希夫人之子，也可说明男爵得知他们是何许人后，才开始表现出亲切和蔼的态度。德·夏吕斯先生天生傲慢不逊，并乐于表现此种禀性，也许他假装不知该如何称呼那两位公子，并充分利用这一时机，拿德·絮希夫人开心，极尽习以为常的讽刺挖苦之能事，就像司卡潘抓住主人乔装打扮这一机会，狠狠地让他吃了一顿棍棒。

“他们是我的儿子。”德·絮希夫人满脸通红地说道，若她处事精明，城府更深，那她准会不动声色。她自然也就可看透，德·夏吕斯先生对年轻小伙子那副绝对无动于衷或大加奚落的样子并非出自真心，他表面上对女性的那股爱慕之情也同样不是真诚的表露。他可以对一位女性极尽吹捧之能事，可她要是发现他一边恭维她，一边瞟一个男人，可又装着没有看他，那她准会妒忌的。因为德·夏吕斯先生的这种目光与他射向女性的目光迥然不同；这是一种发自内心的特殊目光，即使在晚会上，也会不由自主、自然而然投向年轻小伙子，犹如一个裁缝师傅，看到服装就会目不转睛，把自己的职业暴露无遗。

“啊！多怪啊。”德·夏吕斯先生不无傲慢地答道，装出一副样子，仿佛思想绕了一个大弯，好不容易才看清了现实，这现实与他开始故意认定的大相径庭。“可我与他们素昧平生。”他又补充了一句，担心反感情绪表现得太过分，从而打破了侯爵夫人有意介绍他与他俩结识的念头。“您是否允许我把他们介绍给您？”德·絮希夫人怯生生地问道。“噢，天哪！那当然，当然允许，可我这人也许对他们这么年轻的人来说没有多少乐趣。”德·夏吕斯先生简直像在朗诵，神态犹豫而又冷漠，仿佛出于无奈才表示一点礼貌。

“阿尼勒夫，维克图尼安，快过来。”德·絮希夫人喊道。维克图尼安应声而起。阿尼勒夫眼睛只看着他哥哥，乖乖地跟随其后。

“这下轮到儿子了。”罗贝对我说，“真笑死人。他准会竭力讨好，不惜去当一只看家狗。我舅舅向来讨厌爱打趣的人，这下就更滑稽可笑了。瞧他听他们说话时那副一本正经的模样。如果是我把他们介绍给他，他准会让我滚蛋。听我说，我得去向奥丽阿娜问个好才是。我在巴黎待的时间很短，我想在这儿该见的都见个面，不然，还得给他们寄明信片。”

“他俩外表多有教养，举止多么文雅。”德·夏吕斯先生正在说道。

“您觉得是吗？”德·絮希夫人欣喜地回问了一句。

斯万瞥见了我，走到圣卢和我身旁。他虽然不失犹太人的戏谑天性，但更表现出上流社会人士插科打诨时的机智风趣。“晚上好。”他向我们问候道，“我的天哪！我们三人碰到了一起，别人以为我们是在开工会会议呢。人家就差没去找会计了！”他没有发现德·博泽弗耶先生就站在他的身后，他的戏言全灌进了将军的耳朵。将军不由得皱了皱眉头。德·夏吕斯先生离我们很近，我们听见他在说：“怎么？您叫维克图尼安，与《古物陈列室》书中一个人的名字十分相似。”男爵岔开话题，想延长与两位年轻公子交谈的时间。“对，是巴尔扎克的书。”絮希家的老大答道，他从未读过这位小说家的一行字，可不久前，他的老师告诉他，他的名字与德·埃斯格里尼翁的名字颇为近似。德·絮希夫人看到儿子才华出众，连德·夏吕斯先生都为他如此博学而倾倒，不禁心花怒放。

“据十分可靠的渠道，听说卢贝[1]对我们完全赞同。”斯万对圣卢道，这一次声音轻了许多，以免被将军听到，自从德雷福斯事件成了斯万关心的重点以来，他妻子结识的那些共和派的关系愈益能派上用场了。“我跟您谈此事，是因为我知道您跟我们走的完全是一条道。”

“可还不至于到这么彻底的地步；您完全错了。”罗贝答道，“这件事搞得很糟糕，我为自己陷了进去感到十分遗憾。本来与我毫不相干。若再出此等事，我一定退避三舍。我是个当兵的，当然首先拥护军队。如果你还要与斯万先生待一会儿，我等会儿再

[1] 埃弥尔·卢贝（1838—1929）：曾任法国总统，坚定的德雷福斯支持者。

来找你，我要到我舅妈身边去一下。”

可是，我发现他走过去明明是与德·昂布勒萨克小姐交谈，一想到他以前矢口否认他俩有可能定亲，对我撒谎，我不禁感到气恼。可当我得知半小时前他才由德·马桑特夫人介绍给德·昂布勒萨克小姐，她希望促成这门婚事，因为昂布勒萨克家十分富有，我的气便全消了。

“我终于发现了一位素有文化修养的年轻人，”德·夏吕斯先生对德·絮希夫人说道，“他读过书，知道巴尔扎克为何许人。在我的同辈和‘我们的亲友’中，像他这般富有学识的简直找不出一位，今日与他相遇，令我倍感高兴。”他又补充道，特别强调了“我们的亲友”这几个字。尽管盖尔芒特家族的人表面上装得对所有人都一视同仁，在盛大场合与他们意欲奉承又可以奉承的“名门望族”，特别是与那些“出身”不甚高贵的人相聚一堂，但一有机会，德·夏吕斯先生便毫不犹豫地抖出家族老底。“过去，”男爵继续道，“贵族指的是在智慧和品性方面都出类拔萃的人。可是，我今日才发现第一个知道维克图尼安·德·埃斯格里尼翁是谁的人。我不该说第一个。还有一位叫波利尼亚克和一位叫蒙代斯吉乌的也知道。”德·夏吕斯先生又补充道，他知道把这两位与她儿子相提并论，只能叫侯爵夫人听了心醉神迷。“再说，令郎到底出身高贵，他们的外祖父收藏的一套十八世纪珍品闻名遐迩。若您愿意赏光，哪日来我家共进午餐，我把我珍藏的那一套给您看看。”他对年轻的维克图尼安说，“我让您看看《古物陈列室》的一个珍奇版本，上面有巴尔扎克修改的手迹。把两位维克图尼安当面做一比较，我将无比高兴。”

我怎么都狠不下心撇下斯万。他衰弱到了这个程度，病体像只蒸馏甑，里面的化学反应可观察得一清二楚。他脸上布满铁青色的小斑点，看上去不像是张活人的脸，散发出一股异味，就像在中学做罢“实验”后弥漫的那股气味，难闻极了，使人不愿在“科学实验室”再待下去。我问他是否与德·盖尔芒特亲王进行了一次长谈，是否愿意跟我谈谈他们之间到底说了些什么。

“好吧。”他回答我说，“不过，您先到德·夏吕斯先生和德·絮希夫人身边去待一会儿，我在这儿等您。”

原来，德·夏吕斯先生嫌屋子过分闷热，建议德·絮希夫人离开这儿，到另一间屋子去坐坐，可他没有请她的两个儿子随母亲一块儿去，而是向我发出了请求。这样一来，他造成了一种假象，似乎把那两位年轻人引上钩后，便再也不对他们抱有兴趣。由于德·絮希－勒迪克夫人相当不受欢迎，他便顺水推舟，借此给我送个人情。

不巧，我们在一个挤得没有一点空当的门洞刚刚坐了下来，德·圣德费尔特夫人，男爵嘲弄的目标，走了过来。或许为了掩饰她对德·夏吕斯先生的反感情绪，抑或为了公开表示对此不屑一顾，甚或为了显示她与这位与他交谈如此随便的夫人关系亲密，德·圣德费尔特夫人既傲慢又讨好地向这位出名的美人道了声“日安”，美人马上还礼，面带讥笑，用眼角瞟了一眼德·夏吕斯先生。我们身后的德·圣德费尔特夫人想继续为第二天搜罗宾客，可门洞狭窄，她进退两难，难以脱身。德·夏吕斯先生渴望当着那两位年轻公子的母亲的面，显示一番他冷嘲热讽、放肆攻击的本领，这样宝贵的时机，他岂能轻易放过。我无意中向他提了一个愚蠢的问题，正好给他提供了大吹大擂、得意扬扬的机会，可怜的德·圣德费尔特夫人挤在我们身后，几乎动弹不得，只得一字不漏，听他大肆嘲弄。

“您信不信，这位冒失的年轻人，”他指着我向德·絮希夫人说，“他冒冒失失，竟问我是否要去德·圣德费尔特夫人家，一点也不注意，这类需要应该有所掩饰，我想，他这样岂不等于问我，是否要拉肚子。我呀，无论如何得设法找一个更舒服的地方去放松放松，反正得比去那一个人家强，如果我记忆力不错的话，我刚要出世，那人就庆祝百岁大寿了。坦率地说，我才不去她家呢。不过，听起来，谁能比她更有意思？多少历史回忆，耳闻目睹，亲身经历，有第一帝国的，也有复辟时期的，还有多少秘史隐私，自然没什么‘神圣’可言，倒可以说是‘青’得酸溜溜的，如果您相信百岁老人活蹦乱跳，大腿还轻巧着呢！我不去打听那些令人神往的时代，那是因为我嗅觉器官灵敏。老太太在身边一站就够了。我一下子想说：‘哟！我的天，谁砸了我的粪坑。’其实是侯爵夫人为了请客，刚把嘴巴打开的缘故。您明白吧，我上她家可就倒霉了，粪坑可就扩张成洋洋大观的排粪池子了。可是，她偏有一个神秘的姓氏，总引起我‘金婚’大喜般的联想，尽管她早就度过了‘金婚’喜庆，我联想起那首所谓‘堕落’的愚蠢的诗：‘啊！青青！那天我的灵魂多青青……’但我需要的是一种更有自己特色的青翠。有人告诉我，那位不知疲倦的女人四处奔波，要举办‘游园会’，我管它叫‘请到阴沟一游’。难道您要去溅上一身臭水？”他问德·絮希夫人，这一回，她实在尴尬。因为，当着男爵的面，她想装出不去的样子，但她心里明白，即使自己少活几天，也不可错过圣德费尔特游园会，于是她采取了折中的办法，就是说，不置可否，以摆脱窘境。这种模棱两可的态度，形同愚不可及的艺术爱好者，又像专爱斤斤计较的裁缝，以至于德·夏吕斯先生虽然还想讨好她，但却毫无顾忌，不怕冒犯她，哈哈大笑起来，以便向她表明“我才不信呢”。

“我向来钦佩办事计划周到的人，”她说，“可我往往在临走时刻取消约会。为了一条夏季裙子的小事，我都可以改变主意。全凭我到时的兴致如何而定。”

就我而言，我对德·夏吕斯先生刚才那番可恶的嘲讽感到愤愤不平。我多想对那位举办游园会的妇人大加称颂。不幸的是，在上流社会如同在政界一样，受害者总是那么胆小怕事，对迫害他们的人不会耿耿于怀。德·圣德费尔特夫人终于挤出被我们挡住了进口的门洞，经过时，无意中轻轻碰了男爵一下，遂顺水推舟暗附风雅，顿时打消内心的一切愤懑，甚或指望能以此搭上腔，看来这也不是首次试验了：“啊！对不起，德·夏吕斯先生，但愿没有把您碰坏。”她大声连赔不是，仿佛跪倒在主人面前。可德·夏吕斯先生只是报以一阵含讥带讽的大笑，末了惠予一声“晚安”，然而那模样像是等候爵夫人向他问候之后，才发现她的存在似的，因此，这声“晚安”不啻又是一种侮辱，最后，德·圣德费尔特夫人庸俗不堪地走到我的身旁，把我拉到一边，对我耳语道："可是，我到底做了什么对不起德·夏吕斯先生的事？据说在他看来，他觉得我不太美。"她边说，边纵声大笑，我真为她感到痛苦。可是，我仍然保持一副严肃的神态。一方面，我觉得她总是摆出那副神气，自以为天下谁也不如她美，或总是设法让人觉得世上就数她美，这未免太蠢。另一方面，这明明并不可笑，可有些人对自己说的却总笑得那么开心，这样一来，哄笑的事情全由他们独自包揽了，自然也就省了我们去张嘴。

"另一些人说他生气是因为我不邀请他。可是，他很难能让我有这股勇气。他像是在和我赌气（我觉得这样说还太轻）。请您设法把事情弄个明白，明天来告诉我。如果他感到内疚，想陪您来的话，那就带他一道来。对任何罪恶都要不失仁慈之心。为这件事，德·絮希夫人很烦恼，要是他来，我还是相当高兴的。我把决定权交给您了。您对这类事情嗅觉最灵敏，我不想给人一副死皮赖脸乞求宾客上门的样子。不管怎么说，对您，我绝对放心。"

我想起斯万等我一定等累了。再说，由于阿尔贝蒂娜的事，我不想回家太晚，于是，我向德·絮希夫人和德·夏吕斯先生告辞，到娱乐室找到了我那位病夫。我询问他在花园里与亲王交谈的事情是否真的如德·布雷奥代先生（可我没有把具体名字告诉他）对我们所说，与贝戈特的一部短剧有关。他朗声大笑起来："没有一个字是真的，绝对没有，纯属凭空捏造，编造得也着实愚蠢。这一代年轻人，信口雌黄，真是出奇。我不问您是谁告诉您的，可在我们这么一个有限的范围内，一步步追根究底，弄清这到底是怎么编造出笼的，这恐怕挺有趣。亲王跟我说了些什么，怎么会使那么多人感兴趣呢？这些人真是好奇。可我从来都不好奇，除非动了真情或起了醋意。这事可让我眼界大开！您好嫉妒吗？”我告诉斯万，我从不感到嫉妒，甚至不知何为嫉妒，“那好！我恭喜您。稍有点妒心，还不算讨厌。原因有二：一是可让那些不爱打听闲事的人关心一下他人的生活，或至少关心一下另一个人的生活。二是一旦有了妒心，能较真切地感受到拥有一位女性，与她一道乘车，不让她孤身出门所带来的乐趣。不过，只有在妒心初发或可完全治愈的情况下，才可享用此等益处。一旦超越这一极限，便是最为可怕的折磨。再说，我虽然刚才跟您提起那两种乐趣，但应该告诉您，我本人也很少有过这种体会。就第一种乐趣而言，是我性情的过错，我生就不能深思熟虑；就第二种乐趣而言，是因为环境，因为女人的缘故，我指的是许多女人，我曾嫉妒过她们。可这无关紧要。过去爱过的东西，即使现在不再爱了，人们也绝不会对过去的爱恋无动于衷，因为这总有这样或那样的道理，只不过不为他人重视罢了。往昔那些情感的记忆，我们感到就在我们心中；我们也必须回到自己的心田，方能目睹这一记忆。请您不要嘲笑这句唯心主义者的行话，我想要说明的，是我过去酷爱生活，酷爱艺术。唉！如今我已相当疲倦，无法再与他人共同生活，我昔日有过的那些纯属我个人的情感，我觉得无比珍贵，所有收藏家都有此等癖好吧。我向自己敞开心扉，犹如打开橱窗看一看，一件件，有多少爱，别人是无论如何感受不到的。如今，我更珍惜这一珍藏的情感，别的东西就逊色多了，我与爱书如命的马扎兰颇有几分相似之处，我扪心自问，要是失去了这一切，将会多么烦恼。还是言归正传，谈谈与亲王交谈之事吧，此事我只告诉一个人，而这个人，就是您。”可是，我听他说话受到了干扰，德·夏吕斯先生又回到了娱乐室，正在离我们很近处喋喋不休地神吹海聊。“您也读书吗？您有什么爱好？”他问德·阿尼勒夫伯爵，可伯爵连巴尔扎克的名字也不知晓。然而，正因为在他那双近视眼里，一切都极为渺小，这反而使他形成假象，似乎看得很远，犹如一尊希腊神像，给人以罕见的诗情画意，两只眸子里仿佛星光闪烁，遥远而又神秘。

“我们去花园散散步好吗，先生？”我对斯万说，与此同时，德·阿尼勒夫伯爵舌头像短了一截似的，仿佛在表明至少他的智力还没有彻底发育成熟，正讨好而又幼稚地准确回答德·夏吕斯先生的提问：“噢！我呀，我倒喜欢高尔夫球、网球，我爱打球，爱跑步，尤其爱马球。”这恰似密涅瓦[1]，化身之后，便不再为城市的智慧女神，而把自己躯体的一部分化为纯体育，纯马术运动的保护神，成为“马术雅典娜”[2]。她还去圣莫利茨滑雪，因为帕拉斯[3]常登高山，追赶骑士。“哈！”德·夏吕斯先生报之一笑，俨然似一位博学的智者，露出超验的微笑，甚至不屑掩饰其讥讽的

---

[1][2][3] 密涅瓦，罗马神话中的智慧女神，即希腊神话中的雅典娜。雅典娜为雅典城的保护神。她无意中杀死了特里同的女儿帕拉斯，为纪念帕拉斯，雅典娜改名为帕拉斯，并自称帕拉斯·雅典娜。

神情，且自以为远比他人聪慧，根本不把那些最不愚笨的人的才智放在眼里，只有当这些人以另一种方式还可能给他带来愉悦的时候，才勉强将他们与最愚蠢者区别开来。德·夏吕斯先生觉得自己与阿尼勒夫交谈，无疑赋予了他一种人人都该羡慕和承认的优越地位。“不，”斯万回答我说，“我太累了，走不动，我们还是到一边坐坐吧，我再也站不住了。”这是实情，可交谈刚一开始，便使他重新恢复了几分活力。这是因为对神经质的人来说，即使处在最真实的疲惫状态，也往往有一部分精力取决于注意力，仅仅存在于记忆之中。一旦害怕疲倦，他们马上便感到疲乏不堪，要想消除疲劳，只需将疲劳忘却。诚然，斯万并不完全是那种不倦的衰弱者，抵达时满脸倦容，精疲力竭，再也支撑不住，可一交谈起来，便宛若见了清水的鲜花，立即神采焕发，可以一连几个钟头侃侃而谈，从自己的话语中汲取力量，遗憾的是，他们却无法将此力量传输给倾听其说话的人们，随着说话者越来越觉得神清气爽，听话者则显得愈来愈疲惫不堪。可是斯万属于那坚强的犹太种族，具有强盛的生命力，虽然命运不济，似乎注定要灭亡，但却拼命抗争。正因为他们这个种族深受迫害，所以，他们每人都身染特殊的疾病，临终前一次又一次地进行可怕的挣扎，只见满脸先知般的乱胡子，只露出一只硕大的鼻子，翕动着吸进最后几口气，眼看着就要照例举行祈祷仪式，远房亲戚们准时开始列队，仿佛行走在亚述的起绒粗呢地毯上，动作机械地向前移动，然而，即使到了这种时刻，他们还能继续挣扎下去，拖延的时间之长令人难以置信。

我们去找座位，可离开德·夏吕斯先生、两位年轻的絮希公子和他俩的母亲组成的那个小圈子时，斯万不由自主地朝那位母亲的上身投去品味的目光，像行家似的睁大眼睛久久注视着，充满淫欲。他甚至拿起单柄眼镜，以便看得更加清楚，就这样，他一边跟我说话，一边不时地朝那位夫人的方向瞟去一眼。

“我下面说的一字不差，”待我们坐定，斯万对我说，“就是我和亲王的谈话，若您还记得我方才对您说的，您马上就可明白我为何要选择您为知己。当然，还有别的原因，您迟早有一天会弄清的。‘我亲爱的斯万，’德·盖尔芒特亲王对我说，‘如果您觉得我近来好像回避您的话，那请您原谅（因为我身体有病，自己也回避大家，所以对此毫无觉察）。首先，我听人说，我本人当然也早有预料，您对那桩使国家遭受分裂的不幸事件，持有与我完全对立的观点。若您当着我的面大加宣扬，准会使我痛苦不已。我神经极其过敏，两年前，夫人听她妹夫赫斯大公说德雷福斯是无辜的，她奋起反驳，但她怕惹我生气，始终没有跟我提起这件事。几乎在同一时期，瑞典亲王来巴黎，他可能对欧仁妮皇后是德雷福斯分子有所耳闻，可他把皇后与我夫人混淆了（竟然把我夫人这样尊贵的女子与那个西班牙女人弄混了，您说怪不怪，那个女人的出身远不如人们传说的那般高贵，也只不过嫁给了一个普普通通的波拿巴为妻），对我夫人说：“亲王夫人，我见到您感到双重的高兴，因为我知道您对德雷福斯事件的观点与我的一致，对此，我并不觉得奇怪，因为殿下是巴伐利亚人。”此话给亲王招惹了如下的答复：“殿下，我现在身为一位地地道道的法国亲王夫人，我的想法与我所有的同胞一致。” 然而，我亲爱的斯万，约在一年半前，我与德·博泽弗耶将军的一次交谈使我产生了疑虑，那桩案件虽然谈不上冤假错案，但处理之中确有过不公的做法。’”

我们的谈话（斯万不愿让他人听到他所讲的）被德·夏吕斯先生打断了，再说，德·夏吕斯先生根本不把我们放在眼里，他又领着德·絮希夫人转了过来，停下脚步，想方设法再挽留她一会，这或许是由于她两个儿子的缘故，抑或是因为盖尔芒特家族的人向来有那么一种欲望，不愿眼睁睁看着现时的分分秒秒白白流逝，这一欲望使他们陷入了一种骚动不安而又坐等时机的消极状态之中。不久后，斯万把与此有关的一件事透露给了我，使我消除了过去对絮希-勒迪克这一姓氏所产生的一切诗情画意的联想。德·絮希-勒迪克侯爵夫人与她的那位表兄，可怜巴巴地在封地里生活的德·絮希公爵相比，在上流社会的地位要高得多，所结交的关系要体面得多，但是，姓氏结尾的“勒迪克”[1] 三个字并不具备我赋予它的那种渊源关系，过去，凭我想象，我一直把这三个字与“布尔拉贝”[2]、“布瓦勒鲁瓦”[3] 等姓氏联系在一起。可实际上再也普通不过，只不过有一位称为德·絮希的伯爵在王朝复辟时期娶了一位工业巨富的千金为妻，此巨头叫勒迪克或勒·迪克先生，其父是一位化学产品制造商，法兰西的首富，身为法

[1]　法语，意为公爵。
[2]　法语，意为修道院院长之镇。
[3]　法语，意为国王之林。

兰西贵族院议员。国王查理十世为这桩姻缘带来的孩子新封了德·絮希-勒迪克侯爵爵位，因为家族中已有德·絮希侯爵爵位。这一姓氏中虽然附有资产者的姓，但并没有阻碍这一拥有巨产的豪富家族支系与王国最为显赫的家族联姻。现在的这位德·絮希-勒迪克侯爵夫人出身高贵，本可获取第一流的地位。然而，恶魔把她引入歧途，诱使她对现成的地位不屑一顾，有意摆脱家庭生活，这引起了纷纷议论。想当初，她芳龄二十，拜倒在她脚下的上流社会受尽了她的蔑视，如今到了而立之年，上流社会却弃她而去，她感到极度痛苦，十年过去了，除了极少数几位忠实的女友，无人再向她致意，于是，她开始努力，一点一滴，艰苦地重新获取她一降生于世便拥有的一切（如此反复，不足为奇）。

对她的那些亲属大老爷，她过去是六亲不认，概不来往，如今轮到他们不认她的时候了，她本可通过向他们唤起童年的往事，诱使他们与她重归于好，可她却表示不愿以此获取欢乐。为了掩饰故作高雅的姿态，她如此表白时，也许是在撒谎，但并不像她自己想象的那样。在巴赞终于属于她的那个日子，她感慨万千："巴赞，那可是我的全部青春年华！"此番感慨中确实含有几分真情。但是，她选中巴赞做情人，实在走错了一着。为了这件事，德·盖尔芒特公爵的那帮女友一致支持公爵夫人，德·絮希夫人历尽艰辛，好不容易爬上高坡，再一次从上面滑了下来。"嗳！"德·夏吕斯先生想尽点子延长交谈时间，此时正对她说，"请代我向那幅美丽的肖像表示敬意。它怎么样了？有何变化吗？""可是，"德·絮希夫人答道，"您知道它已不在我那里了：我丈夫一点也不喜欢。”“不喜欢！那可是一幅当代的杰作，可与纳基埃的《德·夏多卢公爵夫人》媲美，再说，就是纳基埃也并不想将一个逊色的杀人不见血的富丽女神定在画面上！啊！那小蓝领子！维米尔可从来没有画出比这技艺更高的画，噢，我们声音别太高了，免得斯万听见又攻击我们，为他最喜爱的画师德·德勒弗复仇。”侯爵夫人转过身子，朝起身向她致意的斯万莞尔一笑，伸出手去。但是，或许上了年纪，对舆论的无动于衷，使他丧失了道德意识，抑或欲望强烈得令掩饰内心欲望的力量被削弱，使他失去了自制的能力，斯万与侯爵夫人握手时贴得极近，从上往下看到了她的酥胸，便无所顾忌地向紧身胸衣深处投去专心、严肃、全神贯注，且又近乎焦躁不安的目光，被女性的芬芳所陶醉的鼻孔抽动起来，宛若一只粉蝶，刚发现一朵鲜花，正准备飞落上去。突然，他猛地从一时心醉神迷的状态中挣脱出来，而德·絮希夫人虽然感到尴尬，但欲望的感染力有时极为强烈，她也一时屏住了深深的呼吸。“画家一气之下，”她对德·夏吕斯先生说，“把画拿了回去。据说这幅肖像现在在迪安娜·德·圣德费尔特府上。”男爵听罢回了一句：“一幅杰作竟会如此没味，我绝不相信。”

“他在跟她吹她的那幅肖像，我完全可以跟夏吕斯吹得一样神乎其神。”斯万对我说，故意拿出慢条斯理的无赖腔调，目光须臾不离那远去的一男一女。“而这给我带来的乐趣肯定要比夏吕斯的多。”他又补充了一句。

我问斯万，人们对德·夏吕斯先生的纷纷议论是否确有其事，我这一问本身就是双重撒谎，因为如果说我不知道人们对他有何议论，那么相反，下午以来，我已完全明白，我欲一吐为快的那些事都是真实发生过的。斯万耸耸肩膀，仿佛我一派胡言乱语。

“换句话说，那是一个令人愉悦的朋友。可是，我有必要补充一句，他纯粹是柏拉图式的。他只不过较之别人更易动情，仅此而已；不过，他对女人从不过分，这反倒给您意欲弄清的那些荒诞不经的飞短流长提供了某种口实。夏吕斯也许确实很爱他的那些男朋友，可请您相信，那种爱从来只保留在他的脑海和心田。噢，这下，我们恐怕可以安静两秒钟了。对了，德·盖尔芒特亲王后来又接着说：‘我得向您承认，您知道，我向来崇敬军队，正是为了这一点，一想到办案中有过不公行为，我感到痛苦极了；我后来又跟将军谈及此事，唉，如今我对此已无半点疑问。照实对您说吧，这一切，我甚至从未想过，一个清白无辜的人，竟会遭受极不光彩的辱刑。可办案中有过不公行为这一念头一直折磨着我，我开始研究我原来不想阅读的材料，这一回，不仅对“不公”产生疑问，而且对“无辜”也顿生疑团。我觉得不该把这种种疑团告诉夫人。上帝知道她已经成为像我一样地地道道的法国人，不管怎么说，自我娶她为妻的那天起，我就向她展现了我们法兰西的绚丽丰姿，向她展现了在我看来法兰西最辉煌的业绩——军队，我的心是多么殷诚，虽然内心的疑虑确只涉及几名军官，但要告诉夫人，我于心不忍，着实大为痛苦。可是，我出身军人世家，不愿相信军官会混淆是非。我再次向博泽弗耶谈了我内心的疑虑，他向我承认，确实有人暗中策划阴谋，应当受到谴责，那份情报也许不是德雷福斯提供的，但他有罪，证据确凿。

所谓证据，就是亨利的人证。但几天后，得知他提供的纯属伪证。从那时起，我就回避夫人，开始阅读《世纪报》《震旦报》，一天不落；不久，我的疑团一个个解开了，我再也无法安睡。我向我们的好友，修道院院长普瓦雷倾吐了精神上的痛苦，我诧异地发现，他和我一样，确信德雷福斯清白无辜，我请求他为德雷福斯、为他不幸的妻子儿女做弥撒。在此期间，一天上午，我去夫人卧室，发现侍女手里有件东西，一见我便慌忙藏起来。我笑着问她是什么东西，她脸霍地涨得通红，不愿以实情相告。我对妻子向来无比信任，此事使我极为不安（妻子也肯定心绪不宁，她的侍女无疑将此事告诉了她），事后进午餐时，我亲爱的玛丽几乎没有和我说话。这天，我问普瓦雷院长能否在次日为我给德雷福斯做弥撒。'哎，好了！"斯万压低声音，惊叫起来，打住了话头。

我抬头一看，发现德·盖尔芒特公爵正向我们走来。"对不起，打扰你们了，我的孩子们。我的小宝贝，"他朝我说道，"我受奥丽阿娜之托前来找您。玛丽-希尔贝请她留下与他们一起吃点夜宵，总共就五六个人：德·赫斯亲王夫人、德·利尼夫人、德·塔兰托夫人、德·谢弗勒丝夫人，还有德·阿朗贝公爵夫人。可惜，我们不能留下来，因为我们还要去参加一个小小的宴会。"我洗耳恭听，可每当我们在一特定时刻有事需办时，便会委派我们心中某个惯于此类差役的小厮注意时间，及时向我们禀报。内心的这一仆人按我数小时前的吩咐，这时向我提醒，此刻在我脑海深处的阿尔贝蒂娜，看完戏该很快来我家了吧。我也谢绝留下吃夜宵的邀请。这并非我在德·盖尔芒特亲王夫人府中不开心。

人们可以有多种乐趣。而真正的乐趣是为了它能牺牲另一种乐趣。但是，倘若这后一种乐趣显而易见，甚或唯独它惹人注目的话，那它便可能遮掩了前一种乐趣，让妒心十足的人内心趋于平静，摆脱其嫉妒之心，诱使上流社会做出错误评价。然而，几分幸福或几分痛苦就足以使我们为了一种乐趣而牺牲另一种乐趣。偶尔，还会潜藏第三种乐趣，它虽然更为深沉，但也必不可少，尽管在我们眼中还不存在，但已深藏在我们身上，偶露峥嵘，引起遗憾、气馁。然而，我们日后追求的正是这种乐趣。这里附带举个例子，在和平时期，一个军人会为爱情牺牲交际生活，但战争一爆发（甚至无须求助爱国之责任感），他便会转而为更加强烈的战斗热情而牺牲爱情。尽管斯万说他向我吐露了其遭遇，感到畅快，但我明显觉得，由于时间已晚，又因他身体极不舒服，与我交谈实际上是在受累，就像那些身体衰弱的人，他们心中完全清楚，若一再熬夜，劳累过度，简直是在玩命，因此回家时，每每感到绝望与悔恨，其心情恰似钱财挥霍一空而归的浪子，虽然悔恨不已，但却无法自控，第二天照旧把钱往窗外扔，大肆挥霍。无论年迈还是得病所致，反正只要身体衰弱到一定程度，任何不顾起居习惯，打乱生活规律，牺牲睡眠而获得的乐趣都会转而成为一种烦恼。这位谈锋极健之人出于礼貌，也因为兴致使然，继续侃侃而谈，但是，他心中清楚入眠的时刻已过，随之而来的失眠和疲惫会令他后悔不迭。再说，即使一时的乐趣得到了满足，但由于体力和精力消耗过分，虽然在对话者看来也是某种消遣，却无力欣然享受。这就好比有一天正要外出或者搬家，客人的来访成了负担，人坐在行李箱上接待来客，而两只眼睛却死盯着挂钟。

“终于又只剩下我们俩了。”斯万对我说，“我忘了讲到哪儿了。我刚才跟您讲到，亲王问普瓦雷院长能否为他给德雷福斯做场弥撒，是吧。‘“不行，”修道院院长回答我说（“我跟您讲‘我’，”斯万对我说，“因为是亲王亲口对我说的，您明白吧？”），“因为明晨已经有人请我为他做弥撒。”“怎么，”我对他说，“还有一个天主教徒跟我一样确信他无罪？”“的确如此。”“可是，那位信徒确信他无罪的时间不如我久。”“可那位信徒已经让我为他做了好几场弥撒了，那时您还认为德雷福斯有罪呢。”“啊！我明白了，那人肯定不是我们圈子里的。”“恰恰相反！”“真的，我们中间真的有德雷福斯分子？您让我吃了一惊。我真希望与他交交心，要是我认识他，这只珍禽。”“您认识。”“他叫什么名字？”“德·盖尔芒特亲王夫人。”我担心挫伤我爱妻的民族主义观点和法兰西民族信念，而她也害怕动摇我的宗教信仰和爱国情感。就她那方面来说，她的想法与我一致，尽管她考虑得比我还早。她侍女在她卧室掩藏的东西，正是侍女每天为她去买的《震旦报》。我亲爱的斯万，打从那时起，我就想我会让您高兴，告诉您我的思想在这一点上与您的是多么相似；请原谅我没有更早告诉您。倘若您想一想我对夫人所持的沉默态度，您就不会感到奇怪：正是与您的想法一致，我才回避您，若与您思想有别，兴许还不至于那样躲着您。因为要开口谈那件事，我无比痛苦。我愈坚信这是一件冤假错案，其中甚至有过犯罪行为，我热爱军队的心便愈流血不止。前不久的一天，有人告诉我，您强烈谴责对军队的侮辱，坚决反对德雷福斯分子与侮辱军队的家伙结成同盟，那时，我本应该想到，即使您持有与我类似的看法，也绝不会给您造成与我同样的痛苦。那件事促使我下了决心，我承认，向您倾吐我对某些军官的看法，这于我是种痛苦，幸亏这类军官为数不多，可从此我再也用不着回避您，尤其您从此彻底明白了，我当初之所以会坚持不同的看法，那是因为我当时对判决的依据没有丝毫的怀疑，这对我来说又是一种宽慰。我这人一旦有了疑问，所希望的便只是一件事：纠正错误。’我老实向您承认，德·盖尔芒特亲王的这席话使我深受感动。如果您与我一样，对他颇为了解，知道他下如此决心要付出多大勇气，那您定会对他肃然起敬，他也受之无愧。再说，对他的思想观点，我并不大惊小怪，他那人的禀性是多么耿直！”

斯万忘了就在这天下午，他对我说过与之相反的话，他说对德雷福斯这一事件所持的观点通常受到传统意识的制约。只不过他认为聪明才智应另当别论，因为在圣卢身上，正是聪明才智战胜了传统意识，使他成了德雷福斯派的一员。然而他刚才已经看到这一胜利是短暂的，圣卢又转入了另一阵营。因此，他现在认为起作用的是心灵的正直，而不是他不久前以为的聪明才智。实际上，我们事后总会发现，我们的对手坚持自己的立场自有一定道理，并非因为他们那样行事可能正确，同样，有人之所以与我们持相同的观点，那是因为聪明才智或正直禀性起了推动作用，若他们品质低下，不足以起到作用，那便是聪明才智促成的结果，若他们缺乏洞察力，那便是正直的禀性起了作用。

现在，斯万不加任何区别，凡观点与他一致者，他一律都认为是聪明人，如他的老朋友德·盖尔芒特亲王和我的同窗布洛克，在此之前，他一直把布洛克撇在一边，如今居然又邀请他共进午餐。斯万把德·盖尔芒特亲王是德雷福斯一派的事透露给了布洛克，引起了他极大兴趣。“应该要求他在我们为比卡尔请愿的名单上签名；签上他那般显赫的姓氏，准会产生巨大影响。”但是，斯万的内心深处除了拥有犹太人特有的强烈信念之外，还掺有上流社会人士的圆滑与稳重，这在他身上已经根深蒂固，如今要摆脱为时已晚，他拒不允许布洛克给亲王寄请愿书，哪怕是装出自发寄去的。“他绝不会签名的，切勿强人所难。”斯万重复道，“他绕了千万里，好不容易向我们靠拢，多可喜呀。他对我们可以大有用处。如果他在您的请愿书上签名，那他在他的那帮亲朋好友中的信誉势必受到影响，会因我们受到惩罚，这样一来，他也许还会后悔吐露了真情，以后再也不说知心话了。”而且，斯万自己也拒绝签名，他认为这未免太希伯来化了，免不了会造成不良后果。再者，即使他支持案件重新审理的有关行动，他也绝不愿意参与反军国主义的运动。他胸佩在此之前从未佩戴过的勋章，这枚勋章是他在一八七〇年作为血气方刚的国民别动队员荣获的，他还在遗嘱上追加了一条，与他先前的遗嘱条文相悖，要求逝世后向他的荣誉勋位团骑士勋位衔致以军礼。此举招来了一大群骑士勋位获得者，把贡布雷教堂的周围挤得水泄不通，想当初，一想到战争的前景，弗朗索瓦丝每每为他们的前途伤心落泪。总而言之，斯万拒绝在布洛克的请愿书上签名，所以尽管许多人把他看作一位狂热的德雷福斯分子，但我的同窗却认为他热情不高，受民族主义思想毒害甚深，是个民族主义分子。

斯万没跟我握手就走了，因为在客厅里，他的朋友太多了，不想一一握手告辞，可他对我说：“您该来看望一下您的女友希尔贝特。她真的长大了，变了，您兴许都认不出她了。她该会多么高兴啊！”我已经不再爱希尔贝特了。对我来说，她犹如一位死者，对她久久哀悼之后，便把她遗忘了，即使她死而复生，也再不能在一个人生活中占有位置，因为这个人的生命已不再属于她了。我再无欲望去看望她，甚至再也不愿向她表明我并不是非要见她不可，想当初我爱她之时，我曾每日暗暗发誓，一旦不再爱她，就对她明言相告。

为此，对希尔贝特，我只得装模作样，似乎恨不能与她见面，只因意外情况，“不以我的意志为转移”，把我拖住了，确实，至少造成了某种后果，一旦我无意去摆脱意外情况，却偏偏出现意外，我非但没有对斯万的邀请持慎重态度，反而坚持让斯万应允把情况原原本本地向他女儿解释清楚，是因为意外情况缠住了我，使我无法脱身去看她，以后恐怕还不能去看望她。我执意强求，直到斯万答应后，才放他离去。“此外，我等会儿一回家就给她写信。”我补充说，“可您得向她讲明白，这封信准会让她大吃一惊，一两个月后，我就可腾出身来，到那时，她肯定会吓得浑身哆嗦，因为我要经常去您府上，甚至跟以前一样频繁。”

让斯万走之前，我又提醒他保重身体。“噢，不，还没有糟到这个程度。”他回答我说，“不过，正如我告诉您的，我已经相当疲乏，我已做好思想准备，一切听天由命。只是我得承认，若要死在德雷福斯案件了结之前，实在难以瞑目。那帮混账无赖个个诡计多端。我毫不怀疑，他们最终会被打败，可他们势力很强，处处有后台。事情往往会功败垂成啊。我多么想多活几天，看到德雷福斯恢复名誉，与比卡尔上校见上一面。”

斯万走后，我又回到大客厅，德·盖尔芒特亲王夫人就在里边，那时，我还真没意识到我有一天会与她如此难舍难分。开始，她对德·夏吕斯先生的爱恋之情尚未被我察觉。我只发现男爵对德·盖尔芒特亲王夫人不抱任何敌意（而他的敌意不足为怪），对她一如既往，也许比以往还更添几分亲热，可打从某个时期起，每当有人谈及亲王夫人，他总满脸阴云，显得闷闷不乐。在他希望一起聚餐的好友名单上，再也不提她的名字。

在此之前，我确实听上流社会一个心怀恶意之徒说过，亲王夫人与以前判若两人，爱上了德·夏吕斯先生，可我认为这纯属荒唐的诽谤，感到气愤。我诧异地发现，当我谈及和自己有关的事时，如果中间提到德·夏吕斯先生，亲王夫人的注意力便会绷得更紧，好比一位病人，听我们谈论自己的事时，自然心不在焉，无精打采，可突然听到他所患的那种疾病，就产生了兴趣，甚至听得兴致勃勃。亲王夫人就是这样，一旦我对她说“正好，德·夏吕斯先生告诉我……”，她便立即将放松了的注意力缰绳重新拉紧。有一次，我当着她的面说德·夏吕斯先生眼下对某某女性情意正浓，我惊奇地发现亲王夫人的眼里迸射出异样的光芒，在眸子里忽闪一下，瞬息即逝，仿佛划过一道精神突然失常的印迹，因为我们的谈话不知不觉打动了对方的心思，那秘而不宣的心绪不用言语加以表述，而是从被我们搅乱了的心灵之海底上升到瞬息即变的目光水面。倘若说我的话激起了亲王夫人的感情涟漪，那我的确没有考虑到起作用的是何种方式。

况且不久之后，她主动和我谈起德·夏吕斯先生，而且几乎毫不隐讳。她虽然也提到极个别人对男爵的风言风语，但被她一概视为无中生有，恶意中伤。不过，她还说："我认为，一个女人，要是爱上了帕拉墨得斯那样的大才子，那需要有相当远大的目光，足够的献身精神，才能忍受，理解，顺其自然，尊重其自由、爱好，一心一意为他排忧解难。"然而，德·盖尔芒特夫人尽管如此闪烁其词，却天机毕露，暴露了她极力粉饰的到底是什么，其手段与德·夏吕斯先生不时使用的伎俩如出一辙。眼下，有的人尚弄不清有关传闻对夏吕斯是否纯属污蔑，我曾多次听见夏吕斯向这些人表白："我呀，一生坎坎坷坷，无论是盗贼还是国王，各种各样的人都见识过，形形色色的美，我也都追求过，应该承认，相比之下，我对盗贼还偏爱一些……"通过这番他自以为巧妙的话，对无人怀疑确曾流传过的风言风语予以否定（抑或出于兴趣，出于利弊的权衡，出于真实性的考虑，想为真理做出一份只有他认为微薄的贡献），他消除了一些人对他的最后几分怀疑，但也使另一些尚未产生怀疑的人对他打上了最初几个问号。殊不知窝藏罪中最为危险的莫过于罪犯思想中的窝藏过失本身。由于他心里总惦记着有这种过失，所以，他难以设想过失本身往往鲜为人知，难以设想纯粹的谣言多么容易被人轻信；反过来，他也难以明白，在他自以为无可指摘的讲话中，在他人看来，不打自招出何等程度的真相。再说，他若千方百计守口如瓶，那他不管怎样，都是大错特错了，因为在上流社会中，没有得不到支持、纵容的恶癖，曾有过这样的事：一旦知道两姊妹相爱并非出于姊妹之情，那城堡里就忙乱一番，重新安排，以便不让两姊妹同床共枕。不过，使我突然察觉到亲王夫人私情的，是一桩特殊的小事，在此不想多说，因为此事与另一个传闻有关，听说，德·夏吕斯先生宁可得罪王后，也不肯失约于理发师，理发师得给他做头烫发，是给一位公共汽车检票员看的，在此人面前，德·夏吕斯先生乱了方寸，六神无主。不过，为了讲清亲王夫人的私情，还是谈一谈是哪桩小事擦亮了我的眼睛。那一天，我独自与亲王夫人坐在马车上。经过一家邮局时，她让车子停下。这天出门，她没有带贴身仆人。只见她半遮半掩地从手笼中掏出一封信，动身下车，想把信丢进信筒。我想阻拦她，可她微微躲闪了一下，这时，我们俩便马上全都明白了，她动身下车前的举动明显是在保护秘密，不料反倒泄露了天机，而我竟加以阻拦，有碍于她保守秘密，实在不太知趣。她首先恢复了镇静。但是，她还是满脸绯红，把信递给我，我不敢不接，可往信筒丢信时，无意中瞥见此信是写给德·夏吕斯先生的。

现在再回过头来，继续谈首次赴亲王夫人府上参加晚会时的情况。盖尔芒特公爵夫妇领着我，急于离去，我便去向亲王夫人告辞。不过，德·盖尔芒特公爵还是想亲自与兄弟告别。德·絮希夫人站在一扇门前，不失时机地告诉公爵，说德·夏吕斯先生对她和她儿子和蔼可亲。兄弟如此亲热待人，实属平生第一回，这使巴赞深受感动，唤醒了那沉睡的难以持久的骨肉之情。我们向亲王夫人话别时，巴赞虽没有特意向德·夏吕斯先生致谢，但执意向他表露了内心的一片深情，或许是实在难以自已，抑或是希望男爵牢记，像此晚的这种姿态，兄弟自然不会熟视无睹，就好比有人用糖果奖赏用后腿直立逗人的小狗，让狗牢牢记住，只要用后腿直立，就可得到这种甜头。“哎！小弟，”公爵拦住德·夏吕斯先生，深情地拥抱着他，说道，“从大哥面前走过，怎么也不打声招呼。我见不到你了嘛，麦麦，你不知道这让我多挂念。我翻看过去的一些家信，一下子就找到了可怜妈妈的信，那一封封信对你多么溺爱啊。”“谢谢，巴赞。”德·夏吕斯先生回答道，声音哽咽，只要提到母亲，他每每抑制不住内心的激动之情。“你该下决心，允许我在盖尔芒特为你置幢房屋。”公爵继续说。“看见兄弟俩这样亲热，真高兴。”亲王夫人对奥丽阿娜说。“啊！我觉得世上像这样的兄弟找不出几对。我日后一定邀请您和他来做客，”奥丽阿娜向我许诺道，“您和他相处不错吧？……唉，他们到底能有什么说不完的话。”她声音不安地添了一句，因为她实在听不清他们在说些什么。每每看到德·盖尔芒特先生与兄弟谈论过去时的那份高兴劲头，她总不免产生几分醋意，原因是只要涉及往昔的事情，德·盖尔芒特先生往往有意避开妻子一点。她感到，当兄弟俩高高兴兴挨在一起，她再也难以抑制内心的好奇，迫不及待凑到他们身边去时，他们对她的到来并不满意。可这天夜晚，除了这一习惯产生的醋意之外，还平添了另一分妒心。原来，德·絮希夫人将实情告知了德·盖尔芒特先生，说他兄弟如何如何亲切，希望他向兄弟致谢，同时，盖尔芒特夫妇的忠实好友也认为应该把情况通报公爵夫人，说他们看见她丈夫的情妇与她丈夫的小弟单独待在一起，这使德·盖尔芒特夫人感到苦恼。“想一想过去我们在盖尔芒特是多么幸福，”公爵继续对德·夏吕斯先生说，“要是你夏季来玩，我们又可以像过去一样，快乐地生活。你还记得古弗老爹吗？”“帕斯卡尔为什么搅得人心慌意乱？因为他被搅得心……心慌……意乱，”德·夏吕斯先生背诵道，仿佛还在回答老师的提问，“那帕斯卡尔为什么被搅得心慌意乱？因为他搅得人心……心慌……意乱。”“‘很好，您肯定会通过，准能得到好评，公爵夫人还会奖给您一部《汉语词典》。’我还记得清清楚楚，我的小麦麦！我还记得埃尔费·德·圣当给你带回了一只古色古香的大瓷花瓶，那情景至今历历在目。你对中国是那么热爱，吓唬我们要到那个国度去生活一辈子；那时，你就已经喜欢出门闯荡。啊！你这人非同一般。可以说无论对什么东西，你的情趣向来与众不同……”公爵最后这几句话刚一出口，整个脸便顿时涨得像红彤彤的太阳，因为他对兄弟的德行，至少对兄弟的名声了若指掌。他过去从来没有对兄弟提及这方面的事，现在不慎失言，似乎还与兄弟的名声有关，就更感到尴尬了，而且愈是显得尴尬，也就真的更为尴尬了。沉默片刻之后，公爵为了抹去最后那几句话，说道：“谁知道，你过去也许爱着哪位中国女子，后来又爱上了一个个白皮肤女郎，惹她们喜欢，比如有那么一位夫人，你今晚与她一起交谈，让她满心喜悦。她对你心都醉了。”公爵本来打算不提德·絮希夫人，可刚才不慎说了不合时宜的话，弄得脑子混乱一片，慌忙中张口就拿近在眼前的女子为例，然而，不管她怎么让他动心，恰恰就不该在谈话中提她。德·夏吕斯先生察觉到兄长满脸通红。谁都知道，要是罪犯听到别人当面提及并不认为是他们所犯的罪行，他们总是力戒显出局促不安的样子，即使有可能引火烧身，也还是觉得继续交谈为妥。“我对此感到非常高兴。”德·夏吕斯先生回答公爵说，“可我还是想回过头来谈谈你方才说的那句话，我觉得你的话中肯极了。你说我的思想向来与众不同，说得何其正确啊！你说我情趣特殊……”“不对。”德·盖尔芒特先生否认道，他确实没有说过这几个字，或许也不相信弟弟会干出这几个字所意味的事情。抑或公爵自以为有权提一提男爵的古怪行为，让他心里不好受？不管怎么说，男爵的那些古怪行为尚相当隐秘，说不清楚，绝不会危及他目前的显赫地位。再说，公爵感到弟弟的这一地位对他的情妇们也许有益，心想也该有所回报，表示几分宽容；即使现在已经洞悉弟弟某一“非同一般”的私情，但由于希望获得弟弟的支持，且这一希望又交织着对往昔虔诚的回忆，德·盖尔芒特先生也会熟视无睹，不予追究，需要时甚至会助其一臂之力。“瞧您，巴赞；晚安，帕拉墨得斯。”公爵夫人又恼火，又好奇，实在再也憋不住了，开口说道，“要是您已经决定在此过夜，那我们最好还是留下吃夜宵。您都让玛丽和我整整站了半个小时了。”公爵意味深长地拥抱了弟弟之后，离开了他，我们三人一起走下亲王夫人宫邸宽大的台阶。

最上的几级台阶上，两侧立着一对对夫妇，等着马车前来迎接。公爵夫人身体笔直，独自站到台阶的左侧，身旁是她丈夫和我。她已经裹上提埃坡罗式外套，领子紧扣着宝石扣环，周围的男男女女贪婪地盯着她看，企图出其不意，探察出她举止优雅、美妙的奥秘所在。在德·盖尔芒特夫人所处的同一级台阶的另一侧，德·加拉东夫人在等候着马车。她早已绝望，恐怕永远盼不到表妹主动来访，因此一见德·盖尔芒特夫人就转过身去，装着没有看见，以免留下笑柄，说表妹对她根本就不理睬。跟她站在一道的几位先生自以为是，觉得应该跟她谈谈奥丽阿娜，德·加拉东夫人好不恼火："我一点也不愿见她。"她回答他们说，"况且，我刚才已经看见了她，她开始变老了；看样子她也无能为力。巴赞亲口这样说过。哎呀！我呀，对此完全理解，她人不聪明，坏得全身流脓，举止又粗俗不堪，她自己心里明白，一旦人老珠黄，就再也没有任何资本了。"

我早早把外套穿到了身上，德·盖尔芒特先生与我一起下台阶时，好生教训了我一番，虽然当时天气较热，但他担心等会儿天会转凉。或多或少都受过迪邦卢大人教育的那一代王公贵族法语都讲得十分糟糕（卡斯特兰一家例外），公爵竟以这样的语言表达其思想："外出前，最好别穿衣，至少，一般论点如此。"那天出门时的整个情景至今历历在目，我仿佛又看到了德·萨冈亲王，若无不可的话，我像是把他的肖像从画框中搬到了这个台阶上，那一回似乎是亲王的最后一次上流社会聚会，我又清楚地看到了他脱帽向公爵夫人致意的姿态，他手戴洁白的手套，与饰孔上装饰的栀子花相映成趣，只见他旋舞着手中的那顶大礼帽，动作十分夸张，旁人不胜惊讶，以为那准是一顶旧制度时流行的羽毛毡帽，在这位贵族的脸上，祖宗的容貌得到了恰如其分的再现。他在公爵夫人身旁虽然只停留了片刻，然而即使瞬息即逝，他的这番姿态也足以组成一幅活生生的画卷，犹如一个历史性的镜头。况且，他不久后就谢世了，在他生前，我就见过他这么一面，对我来说，他已经完完全全成了一位历史人物，至少是交际历史的人物，因此，有时想起我认识的那一女一男竟是他的妹妹和侄子，真感到有点儿惊讶。

我们下台阶时，一位妇人正往上面走，她一脸得体的倦态，看上去只有四十来岁，尽管实际年龄要大些。此人是德·奥尔维里埃亲王夫人，传说是德·帕尔马公爵的私生女，她声音甜美，稍带刚劲有力的奥地利口音。她拾级而上，高大的身躯向前弯曲，只见她身着白底印花丝裙，颈挂沉甸甸的珠宝项链，任凭那撩人的胸脯疲乏无力地起伏晃荡。她活像一匹国王的良种牝马，摇着脑袋——也许是那串价值连城、重不堪负的珍珠项链像笼头一样套得她好不自在——左顾右盼，投去温馨、诱人的目光，那蓝蓝的色彩因渐渐变淡而愈显其柔美，每遇到离去的宾客，她差不多都友好地点头致意。“您来的可真是好时候，波莱特！”公爵夫人道。“唉，我遗憾极了！可实在没有办法脱身。”德·奥尔维里埃亲王夫人回答道，类似的答话，是她从德·盖尔芒特公爵夫人那儿学来的，不过说起来声音温柔，其中又含有一点铿锵的条顿口音，平添了几分自然的温文尔雅和真挚动人的神韵。她像是在暗示生活之错综复杂，一言难尽，而不是显得那么庸俗，张口便提晚会的事，尽管她此时刚刚连续赶了几场聚会。不过，她并非因为参加聚会而无法脱身，被迫姗姗来迟。多少年里，德·盖尔芒特亲王曾禁止夫人邀请德·奥尔维里埃夫人做客，禁令解除后，德·奥尔维里埃夫人处事审慎，对亲王府的邀请，只是差人送去名片，表示谢忱，以免给人造成迫不及待想去赴会的印象。以如此手段周旋了两三年后，她才亲自登门，但去得都很迟，像是刚刚看完戏才赶去赴会。这样一来，她给自己披上了伪装，似乎对晚会并不在乎，也不愿抛头露面，只不过来拜访一下亲王夫妇，而且仅仅出于好感，等到来客大都走后，才来看望他俩，她也由此"可以更好地享受与他俩相聚的乐趣"。"奥丽阿娜可真是堕落到了极点。"德·加拉东夫人嘟嘟囔囔抱怨道，"我简直不理解巴赞竟让她跟德·奥尔维里埃夫人搭腔。德·加拉东先生绝不会允许我干这等事。"可是，我却认出了德·奥尔维里埃夫人，她就是那位女子，在盖尔芒特府邸附近向我投来迟缓、倦怠的目光，继而转过身去，在商店的玻璃橱窗前流连忘返。德·盖尔芒特夫人给我做了介绍，德·奥尔维里埃夫人妩媚动人，既不过分亲热，又不那么冷漠。她像对所有人一样，用那双温柔的眼睛看了看我……然而，日后若能与她重逢，我恐怕再也得不到她这种分明在主动接近的表示。一个年轻人绝对领会不了某些女子——也包括某些男士——那种表示已经认出你来的特殊目光，非得到与你熟悉了，知道你也是他结识之人的朋友时，才能有所领悟。

有人禀报马车已上前恭候。德·盖尔芒特夫人提起红裙，像是要下台阶去登车，可是，或许出于一时内疚，抑或想给人一点快乐，尤其是因为她意欲去做的那件事情很烦人，她想趁眼下这一实在无法拖延的短暂时刻敷衍一下，只见她看了看德 · 加拉东夫人；接着，仿佛像是刚刚发现她，灵机一动，下去前穿过了整级台阶，来到喜出望外的表姐面前，向她伸出手去。“多久没见面了！”公爵夫人向她感叹道，紧接着神色慌张地朝公爵扭过身去，以免进一步解释这声感喟中似乎包含的种种遗憾以及正当理由。公爵已经与我下了台阶，正向马车走去，却发现妻子朝德 · 加拉东夫人那边走，弄得其他马车无法正常往前靠，气得大发雷霆。“奥丽阿娜还是那么漂亮啊！”德 · 加拉东夫人道，“有人说我们俩关系疏远，我听了觉得可笑；出于某些我们没有必要让外人过问的原因，我们可以一连数年互不见面，可我们有着多少共同的记忆，永远不可能疏远，她心里完全清楚，她爱我远胜于爱那许许多多她天天见面，但毫无血缘关系的人。”德 · 加拉东夫人确实如同那些遭人蔑视的情郎，试图尽一切可能让人相信，他们获得的爱比那些受自己心上人疼爱的夫君要深。接着，德 · 加拉东夫人（她对德 · 盖尔芒特公爵夫人倍加称赞，却不想想与不久前自己所说的话自相矛盾）含蓄地表明，德 · 盖尔芒特公爵夫人已经彻底掌握人之行为准则，这些准则将引导她成为一位尊贵风雅的女性，但是眼下，她那身令人惊叹的打扮虽然令人赞美，但也惹人妒羡，作为尊贵风雅的女性，确实应该善于表现，穿过整个台阶，一步步平息他人的妒心。（天刚刚下过一场小雷阵雨）“至少得留点神，别湿了您的鞋。”公爵大声道，他等得好不耐烦，还在气头上。

回府的路上，由于轿式马车狭小，德·盖尔芒特夫人脚上穿的那双红鞋与我的脚必然挨得很近，她竟然担心碰上我的脚，对公爵说：“我记不得哪张漫画了，这位年轻人不得不像漫画中那样提醒我：‘夫人，您就说您爱着我就是了，可千万别这样在我脚上踩。’”不过，此时此刻，我的思绪与德·盖尔芒特夫人相去甚远。自从圣卢跟我提起那位沦为娼妓的名门闺秀和普特布斯男爵夫人那位侍女以来，每天，我那被众多美女激起的欲望便整个儿集中在她俩身上，美女一般分属于两个阶层，一个是地位卑微，但容貌不凡、端庄秀丽的豪门侍女，她们往往神气十足，谈起公爵夫人来满口“我们，我们”；另一个是如花似玉的少女，即使没有目睹过她们坐车或徒步经过时的风采，但只要在哪个报道舞会的消息上看到她们的芳名，就足以令我充满爱慕之情，在她们消夏避暑的城堡名册中认真查询一番之后（往往混淆了相似的城堡名），遂想入非非，漫游西部平原、北部沙丘、南部松林。但是，纵然融尽世间最为美妙的人体，我也难以按照圣卢向我描绘的理想，塑造出那位轻佻可爱的少女和普特布斯太太那位贴身女仆，只要我一天未睹她们的芳容，我这两位可以占有的佳丽就将一天缺少我至今尚不了解的东西：个性。在我对少女燃起欲火的日日月月里，我不得不绞尽脑汁，极力想象圣卢给我提起的那位姑娘容貌到底如何，她到底是何许人；每当我倾心于某个贴身女仆，我就一连数月，挖空心思，企图捕捉普特布斯太太的侍女的容貌与个性，然而，一切纯属枉然。我爱过的娇女何其多，然而她们如过眼云烟，我甚至都不知她们的姓名，说到底，要再见她们一面极为困难，要了解她们就难上加难，要征服她们也许断断不能，难平的欲火无休无止地折磨着我，而今，我终于从所有这些隐姓埋名、走马灯似的一闪而过的形形色色的美女中，选中了两个珍贵的典型，她们各自都拥有了体貌特征卡，我至少可以肯定，一旦需要，她们的特征卡唾手可得，这使我的心灵得到了莫大的平静！我如同推迟享受工作的乐趣，一再推延消受这一双重乐趣的时刻，而由于我胸有成竹，需要时，这种乐趣轻易可得，便几乎用不着我去享受了，就好比催眠药，只要伸手可及，也就没有必要服用，便可入睡。从此，在这大千世界中，我一心只想着那两位女子，虽然确实想象不出她们的容颜，但圣卢已把她们的芳名告诉了我，并保证她们一定百般柔顺。为此，圣卢刚才的那番话给我的想象力制造了难题，但反过来也使我的意志得到了愉悦的松弛，获得了长久的休息。

“哎！”公爵夫人对我说道，“除了舞会，我还能助您一臂之力吗？您是否找准了哪家沙龙，希望我给您引见一下？”我回答说就想去一家沙龙，但害怕她觉得这家沙龙太不风雅。“哪一家？”她声音单调、沙哑地问道，几乎没有张嘴。“普特布斯男爵夫人家。”这一下，她假装一副真动肝火的样子：“啊！不行，唉，我想您是在讥笑我吧。我甚至都不明白我怎么凑巧记住了那个悍妇的姓。那可是社会渣滓。您好比在要求我把您介绍给我的服饰女仆。噢，不，我的女仆还长得楚楚动人呢。您简直有点儿疯了，我可怜的小宝贝。不管怎么说，我求求您，与我介绍给您的人交往要有礼貌，先给他们送上名片，然后再登门拜访，不要向他们提起普特布斯男爵夫人，他们不知道她是何许人。”我问起德·奥尔维里埃夫人是否有点儿轻佻。“啊！一点也不轻佻，您准是搞错了，她为人倒是一本正经。是不是，巴赞？”“是的，反正我不相信对她有任何可以说三道四的地方。”公爵回答道。

“您不愿意跟我们一道去参加化装舞会？”公爵问我道，“我可以借给您一件威尼斯外套，我知道这会让谁开心一场。首先当然是奥丽阿娜，这用不着说；我说的是帕尔马公主。她一直在夸您，总是用您来起誓。您运气真棒——因为她已经有点成熟了——碰到了她这位绝对有羞耻心的姑娘。不然，她准会把您用作‘侍从骑士’，我年轻时人们都这么说，把您当作一个专门侍候她的骑士。”

我不想去化装舞会，无论如何不能和阿尔贝蒂娜失约。我谢绝了。马车停了下来，听差上前让人把院子的大门打开，几匹马好不耐烦地直蹬前蹄，直到大门敞开方才罢休。车子进了院子。“再会。”公爵向我道别。“我和玛丽待在一起，弄得那么亲热，有时总感到后悔。”公爵夫人对我说，“因为，如果说我很喜欢她的话：我倒有那么点不乐意见到她。不过，我从来没有像今晚那么后悔与她在一起，因为这使我在您身边的时间太少了。”“噢，奥丽阿娜，别多说了。”公爵夫人本想让我到他们府上稍坐一会。可听说我不能去，有位年轻姑娘正要上我家来看我，公爵夫人大笑不止，公爵也跟着大笑。“您真是，找这么个怪时间接待客人。”她取笑我说。“噢，小宝贝，动作快点吧。”德·盖尔芒特先生对夫人道，“都已经十二点欠一刻了，我们还得化装呢。”他没有想到竟在自己的房门前碰了钉子，两位手持登山杖的太太冷冷地守住房门。她俩不怕天黑路陡，从山上赶来，以阻止一桩丑闻的发生。“巴赞，我们怎么也得事先跟您说一声，怕您在今晚的化装舞会上被人发现：可怜的阿马尼安一个小时前死了。”公爵一时慌了手脚。这两个讨厌的山里人不早不晚，偏在这个节骨眼里把德·奥斯蒙先生去世的消息告诉他，他眼睁睁看着这场非同一般的化装舞会要化为泡影。不过，他很快恢复了镇静，朝他那两位堂妹大声道：“他死了！不，不，言过其实，言过其实！”这番话既表达了他绝不放弃乐趣的决心，也暴露了他实在没有正确运用法兰西语言特有的表达方式的能力。说罢，他再也不理会那两位手持铁头登山杖的亲戚，任她们连夜登山赶回家，自己则迫不及待地问随身男仆：“我的盔形大帽送来了吗？”“送来了，公爵大人。”“上面是否有透气的小孔？我可不愿被活活憋死，哼！”“有，公爵大人。”“啊！真见鬼，今晚真多灾多难。奥丽阿娜，我忘了问巴巴尔这双翘头鞋您穿是否合适！”“别急，小宝贝，喜剧院的服装师不是在嘛，他会告诉我们的。不过，您这副马刺，我看不见得就合适。”“找服装师去，”公爵道，“等会儿见，我的小宝贝，不，我还是请您跟我们一道进屋为好，我们试衣的样子，可以让您好好开开心。不过，我们以后再细谈吧，就要到子夜了，我们无论如何不能迟到，以保证盛会能圆满进行。”

我也心急如焚，想尽快离开德·盖尔芒特夫妇。《淮德拉》约十一点半钟结束。加上路上的时间，阿尔贝蒂娜该已经到了。我径直向弗朗索瓦丝走去：“阿尔贝蒂娜小姐在吗？”“谁也没来过。”

惠斯勒
《黑与金的和谐》

我的天哪，这是否意味着谁也不会再来？我焦急不安，阿尔贝蒂娜是否来访愈说不准，我就愈希望她来。

弗朗索瓦丝也觉得倒霉，但起因完全不同。她刚刚把女儿在餐桌上安顿好，让她享用鲜美的夜宵。可听我回府，她要撤下菜肴，摆上针线，装模作样地做针线活，而不是准备吃夜宵，看来已经来不及了，于是对我说："她刚喝了一口汤，我硬要她吃点骨头。"就这样，她把女儿吃的夜宵说得再简单也不过，仿佛丰盛一点是罪过似的。即使用午餐或晚餐时，若我不巧闯入厨房，弗朗索瓦丝也会装模作样，像是大家都已经用完餐，有时甚至辩白道，"我刚才想吃一块"或"吃一口"。不过，只要瞧一瞧满桌子杯盘狼藉的样子，也就不用担心她会饿肚子了，我突然闯进厨房，弗朗索瓦丝措手不及，自然来不及像罪犯似的把桌上的杯盘藏起来，再说她也不是什么坏人。接着，她又添了一句："哎哟，你睡觉去吧，你今天干活已经够累了（言外之意是她女儿节衣缩食，不仅用不着我们花费什么，而且还拼命给我们做活）。你在厨房简直碍手碍脚，尤其碍先生的事，他在等候客人哩。快，上楼去。"她继续不停地说，仿佛不得不动用当妈妈的权威，撵女儿去睡觉，实际上，既然夜宵已经吃不成，她在这儿待着只不过是做个样子，要是我再留五分钟，她自己也会溜走的。弗朗索瓦丝朝我转过身子，用带有一点她特有的风格的漂亮俗语说道："先生没瞧见她困得脸都割下来了。"我暗自庆幸用不着与她女儿费口舌了。

我已做过介绍，弗朗索瓦丝出生在一个乡村小镇，离她母亲的故里很近，但无论是水土、庄稼，还是方言，两个地方都有不同，居民的某些风俗更是迥异。因此，“肉店老板娘”和弗朗索瓦丝的外甥女处得很不融洽，不过两人倒有一点共同之处，那就是每当她们出门买东西，总要上“姊妹”或“表姊妹”家串门，一耽搁就是几个钟头，只要一打开话匣子，就再也难以自已，连出门办何事都忘到了脑后，等她们回到家里，若先生问起来：“喂，德·诺布瓦侯爵先生六点一刻是否接待客人？”她们甚至都不会拍拍脑门说一声“啊！我给忘了”，而是自我辩解道：“啊！先生要我问的是这事，我没有听明白，我认为只是去向他问声好呢。”如果说对一个小时前吩咐的事，她们可以这样“没头没脑”的话，那么，姊妹或表姊妹跟她们说的话，只要听上一遍，就休想从她们脑袋瓜里抹掉。比如，肉店女老板听说英国人在一八七〇年与普鲁士人同时向我们开战，尽管我多次解释这不是历史事实，但仍是白费口舌，她每隔三个星期，就要在一次闲聊中对我啰唆一遍：“这完全是一八七〇年英国人和普鲁士人同时跟我们打的那一仗造成的。”“可我都跟您说过上百遍了，您弄错了。”可她回答说：“不管怎样，这也不该成为怨恨他们的理由。一八七〇年以来，桥下已经淌过了多少水……”这说明她确信无疑，观念毫未动摇。另有一次，她在宣扬与英国人打仗，我当面反对，她说：“当然，最好还是别打仗；可既然不得不打，最好还是马上就上阵去打。正如姊妹刚才解释的那样，自从一八七〇年英国人跟我们打了那一仗之后，签订的贸易协定把我们都给毁了。等把他们打败后，就再也不让一个英国佬到我们法国来，除非付三百法郎入境费，我们现在到英国去不就是这样嘛。”

这个乡村小镇居民不足五百,四周栗树成荫，柳树环绕，田野里种着土豆和甜菜，镇里的居民待人真挚自不待言，不过一说起话来，有一股子绝不容忍他人打断的固执劲儿，若有人打断他们二十次，他们会二十次旧话重提，最终竟使得他们讲话像巴赫的赋格曲一样不可置疑，颠扑不破，小镇居民的性格由此可见一斑。

弗朗索瓦丝的女儿恰恰相反，她自以为是当代妇女，已经走出了过分古老的乡野小道，张口尽是巴黎黑话，一有机会，便少不了逗乐打趣。听弗朗索瓦丝说我刚从一位亲王夫人府上回来，她马上打趣说："啊！亲王夫人准是一个不中用的椰子蛋。"见我在等候客人，她故意把我的名字说成"夏尔"，我很幼稚，忙说不是，这恰又给她提供了逗乐的机会："啊！我以为呢！我还在思忖'夏尔在等'[1]客人呢。"这种玩笑的情趣实在不太高雅。见阿尔贝蒂娜迟迟不到，她对我说了一番类似安慰的话："我想，您可以这样死死等着她。她不会再来的。啊！我们今天这帮子小白脸！"这话，我听了自然就不会那么无动于衷了。

就这样，她的话语与她母亲的迥然不同；可更为奇怪的是，她母亲说的话与她外祖母的又有区别，但她外祖母就出生在巴约勒-潘，与弗朗索瓦丝的家乡近在咫尺。然而，两地的风光略有差别，两地的方言也不尽相似。弗朗索瓦丝的老家顺山势而下，延至一山谷，柳树成荫。恰恰相反，法国境内离此地很远的一个小地方，那里的方言却与梅塞格利丝人讲的几乎完全相同。是我首

[1] 法语中，"夏尔在等"（Charles attend）与"江湖骗子"（charlatan）同音。

先发现了这一情况，但发现的同时，我感到十分讨厌。事情是这样的：有一天，我看见弗朗索瓦丝跟家里的一位女仆聊得很痛快，这位女仆就是那地方的人，讲着一口地方话。她俩相互之间几乎全能听懂，可我却不知所云，一个字也听不明白，她们明明知道我听不懂，却仍然喋喋不休，以为两地相距虽然遥远，但觅到了乡音，不胜欢喜，总可以得到主人原谅，于是当着我的面叽里咕噜，不停地说着那外地的土话，仿佛存心不让人听懂似的。每个星期里，此类语言地理和女仆友情的生动研究在厨房间继续深入进行，可我从中却得不到任何乐趣。

每次院子的大门一开，女门房照例按动电钮，揿亮楼梯灯；院里居住的人们无一例外，也都早已回府，我很快离开厨房，回到候见厅坐下，一边窥视着门外。屋子里，由于门帘稍窄，没有完全遮住屋子的玻璃门，放进了一道垂直的微光，在楼梯口那若明若暗的光线作用下，昏幽幽的一片。如果这道微光突然变作金黄色，那说明阿尔贝蒂娜已从下面进来，两分钟后便可出现在我的身旁；夜已经这么深，别人绝不可能来访。我等待着，两只眼睛怎么也离不开那道光线，可那道微光一成不变，总是暗暗的，我整个儿倾着身子，以保证看得清楚；然而，纵然我目不转睛也无济于事，若发现那道垂直、幽暗的光线骤然中了魔法，化作一条含意深远的金灿灿的光柱，我定会喜出望外，心荡神驰，可那道黑光全然不顾我强烈的欲望，不施与我这份欢悦。毫无疑问，这是对阿尔贝蒂娜的焦虑之情，然而在盖尔芒特的整个晚会上，我想念她的时间总共不到三分钟！普普通通的肉体享受有可能得不到满足，这激起了我昔日等待别的少女，尤其是迟迟不见人影的希尔贝特时体味到的那股翘首企盼的滋味，同时又造成了我精神上的莫大痛苦。

我无奈只得回到卧室去，弗朗索瓦丝随我进了门。她觉得我既然已从晚会归来，没有必要再保留上衣饰孔上插着的那朵玫瑰花，上前就要动手去取。她的这一举动向我暗示了阿尔贝蒂娜再也不可能到来，我也不得不承认，确实是为了她，我才希望把自己修饰得漂亮潇洒一点，弗朗索瓦丝这一伸手，惹得我好不气恼，我一抽身，把花整个儿给弄皱了，加上她又对我说“最好还是让我取下来，免得这样碰坏了”，我更是火上加火。再说，只要她开口，说什么我都会恼火。在等待时，人们为求之不得而痛苦不堪，岂能忍受他人插手。

弗朗索瓦丝走出卧室，我想，如果早知道今日精心打扮，为的是向阿尔贝蒂娜大献殷勤，当初那些夜晚，当我让她来我府上，一再互表温存时，就不该那样对待她，想当初我曾多少次留着数日不修的胡子，脸也不刮就接待她。我感觉到她压根儿不把我放在心上，让我孤零零无人相伴。若阿尔贝蒂娜还来——这对我来说是最为美妙的事情之一——为了把房间布置得再优美一点，我多少年来第一次在靠近床榻的小桌上摆上了这个嵌着绿松石的小包，这是希尔贝特特意请人给我制作，专用来存放贝戈特的那枚小纪念章的，长久以来，当我睡觉时，我总执意把它和那只玛瑙弹子一起摆在枕边。阿尔贝蒂娜始终不见人影，此时她肯定待在一个她认为更为惬意的“地方”，可我却找不到，尽管不到一个小时前，我还对斯万表白过我这人不会嫉妒，但这回却弄得我不是滋味，痛苦的程度也许不亚于阿尔贝蒂娜本人给我造成的烦恼，要是比较经常看到我的女友，那难受的心情也许早就化作迫切的需要，非弄清她在何处与谁一起消磨时光不可。时间太晚了，我不敢差人去阿尔贝蒂娜的住处，可我心中尚存一线希望，也许她正在某家咖啡店与女友们吃夜宵，她会想起给我打电话的，于是我扭动交换机，接通我卧室的电话，切断了平日这个时候取邮处与门房相通的线路。倘若在弗朗索瓦丝房间对面的小过道上装部接话机，或许更为简单，也不那么碍事，但却可能于事无补。文明的进步使每个人都得以表现不容置疑的优良品质，使他们在友人眼里显得更加可贵，然而也可能暴露出他们新的恶癖，使朋友对他们更加难以容忍。就是这样，爱迪生的发明致使弗朗索瓦丝又养成了一个毛病，就是不管事情有多迫切，有多紧急，她就是不使用电话。每当别人教她打电话，她总能像别人在种牛痘时那样，设法逃之夭夭。电话因此装到了我的房间，为了不打扰父母，电话铃改装成一个普通的转盘。我担心听不到转动声，于是身子一动也不动。我屏声静气，以至于数月以来，我第一次注意到了挂钟的嘀嗒嘀嗒声。弗朗索瓦丝进门整理东西。她跟我聊天，可我讨厌与她交谈，随着平庸、单调的闲谈没完没了地继续下去，我的内心无时无刻不在变化，由担心转为不安，又由不安变得彻底绝望。我不得已，只好跟她说几句含糊不清、表示满意的话，但言不由衷，我感到自己脸上显得何其忧伤，我一方面装得无动于衷，另一方面又露出这般痛苦的神情，这两者是多么不协调，于是，我只得佯称风湿病又犯了，支吾搪塞过去；弗朗索瓦丝虽然轻声说话（并不是因为阿尔贝蒂娜的缘故，她认为阿尔贝蒂娜可能来访的时间早已过了），可我还是担心她说话声碍了我的事，听不到那也许不会再响起的救星般的呼唤声。弗朗索瓦丝终于要去睡觉了；我软硬兼施把她送出门外，为的是她离去的声响别淹没了电话声。接着，我继续开始静候，开始经受折磨；在我们期待的时刻，从耳朵捕捉声音，到大脑做出选择与分析，再由心灵传达分析结果，这循环往复的运动是如此神速，我们几乎难以觉察到时间的流逝，似乎我们是直接用心灵去倾听。

我备受折磨，惴惴不安地盼望迟迟不响的电话发出呼唤，但愈是渴望，愈是失望。正当我被绞在孤寂、焦虑的螺线中痛苦地旋转，到达极点的刹那间，人如潮涌的夜巴黎猛然与我贴近，在它的深处，在我书桌的附近，我突然听到了一记美妙的机械声，宛如《特里斯坦》中披巾的晃动声，或若牧童的芦笛声，这是电话的转盘声。我跃身扑去，正是阿尔贝蒂娜。“这个时候给您打电话不打扰您吧？”“噢，不……”我抑制住内心的欢乐回答道，她说时间不妥，无疑是想为等一刻到来表示歉意，尽管已经深更半夜，她并不会不来。“您来吗？”我用无所谓的口吻问道。“噢……如果您并不是非要我不可的话，就不来了。”

我身体的一部分已经属于阿尔贝蒂娜，另一部分迫切需要与它结成一体。无论如何得让她来，可我开始时并未明言相告；既然我们俩已经通上了电话，我心想总可以在最后时刻逼她就范，要么让她上我这儿来，要么让我到她家中去。“对，我这儿离我家很近,”她说,“可离您的家太远了;我没有仔细读您的短笺。我刚看到,怕您等急了。”我感到她在撒谎,我现在正在火头上,虽然想见她,但更想搅一搅她,怎么也得逼她跑一趟。可是,我一开始就拒绝了片刻之后可以尽量获取的东西。她到底在何处?她的话声中夹杂着其他声响:一个骑自行车人的按喇叭声,一位妇人的歌唱声,还有远处一个乐队的奏乐声,乐声与她那可爱的声音一样清晰可辨,仿佛向我表明,这确是阿尔贝蒂娜,她此时所处的地方离我很近,但她身不由己,就好比人们拔秧苗,连根带泥一块儿被带走了。我听到的那些嘈杂声同时干扰着她的耳朵,致使她难以集中注意力:这些真实细节虽与主旨无关,本身也毫无价值,但为我们弄清节外生枝的真相,尤为不可缺少;巴黎某街道数笔迷人的素描,一个无名晚会一针见血的冷峻勾画,皆是《淮德拉》散场之后,阿尔贝蒂娜不能来我家的原因所在。“我把话先跟您说清楚,我并不是非要您来,到这个时候,您来了只会给我造成很大不便……”我对她说,“我困死了。况且,说到底,事情千头万绪复杂得很。不过,我必须告诉您,我信中不可能有什么误会。您也回复说一言为定。若您没有看懂,那么,这话是什么意思?”“我是说过一言为定,只不过定下的事情,我记不太清楚了。可是,我看您生气了,这使我很不安。我真后悔去看《淮德拉》。要是我当初知道会惹出这么多麻烦……”她又添了一句,就像那么一些人,明明做错了一件事,却故意以为别人责怪他们的是另一件事。“我生气,这与《淮德拉》无关,还不是我让您去看的戏嘛。”“唉,您责怪我吧,糟糕,今天夜里太晚了，不然我准到您那儿去，不过，为了请求原谅，我明后天一定去。”“噢！不，阿尔贝蒂娜，我求求您了，您让我整整浪费了一个晚上，在以后的日子里，至少得让我安宁一下。这两三个星期内，我没有空。听我说，要是我们老像这样怄气，这使您心感不安，而且实际上，您也许有理，那么，既然我已经等您等到这个时候，您嘛，也还在外面，就算以疲劳换疲劳，我更希望您马上就到我这儿来，我这就去喝点咖啡，提提精神。”“推到明天再说，不行吗？因为有难处呀……”一听到她这番托词，仿佛她不会来了，我感觉又燃起了一种迥然不同的情感，它痛苦挣扎，试图与我心中的欲望交织在一起，我向往重新看到那张光滑的脸庞，想当初在巴尔贝克，这一欲望没有一天不驱动着我追求那一幸福的时刻：面前是九月淡紫色的大海，身旁是那朵玫瑰色的鲜花。这一迥然不同的情欲是对某个生命的极度需要，在贡布雷时，我已经从母亲身上有所体验，有所领悟，它如此强烈，以至于她若让弗朗索瓦丝告诉我她不能上楼来，我真恨不得去死。昔日的这一情感竭尽全力，试图与新近产生的另一情感融合，结成统一体，然而，它所渴求的给人以快感的物体充其量不过是那色彩绚丽的海面和海滩之花那玫瑰红的色泽，且它努力的结果往往也只不过把这两者化合（纯化学意义）成一种新的物质，其存在的时间也仅在瞬刻之间。可是这天夜晚，这两种情感成分至少一直保持着分离状态，而且还能持续相当长一段时间。但是，从电话中一听到这最后数言，我恍然大悟，阿尔贝蒂娜的生命距离（无疑不是具体的距离）我之遥远，致使我不得不永不停歇地进行耗人心血的探索，方能控制住它，况且它组织严密，俨如战斗堡垒，为更安全计，甚至伪装得如同后来大家习惯所称的“地堡”一般隐蔽。此外，阿尔贝蒂娜虽然身处上流社会的较高层，但却属于这么一种人，好比一位女门房满口答应你的送信人，等主人一回府，就差人把信交给她，直至有一天，你发现这人就是你在外相遇的并应允给她写信的那个女子，也就是那位女门房。她把她的住址——其实就住在门房——告诉你，而她确实也住在那里（再说，那是一个小小的低级妓院，女门房本人就是鸨母）。不过，有关她的生活情况，只草草写上五六行字，结果呢，等到想见她一面或对她有所了解，却怎么也摸不到她的家门，不是太靠左了，就是太靠右了，要么就是太靠前了，或太靠后了，纵然找上数月，甚或数年，也还是一无所获。对阿尔贝蒂娜，我感到将永远了解不清她的任何情况，众多的细节和事实交织在一起，真真假假，如同一堆乱麻，永远也理不出个头绪来。事情将永远如此继续下去，除非把她投进监狱（可还可能越狱），了却她的一生。这天夜晚，虽然这种可怕念头只不过在我心中引起了忧虑之感，但忧虑中我感到战栗，仿佛这是日后将长期经受煎熬的先兆。

“噢，不，”我回答说，“我已经跟您说过，这三个星期我没有空，明天不行，另找一天也不行。”“那好，那么……我这就赶紧过来……真恼人……我是在一位女友家里……（我感到她还没有确信我已经接受了她来我家的请求，可见这一请求不真诚，我想置之不理）”“您的女友跟我又有什么关系？来还是不来，这是您的事，又不是我求您的，是您自己提出来的。”“别生气，我立即叫一辆出租马车赶来，十分钟后就到您那里。”

就这样，从巴黎那夜幕笼罩的深处传来了无形的音讯，一直传至我的卧室，测定了一个遥远的生命的活动半径。这第一个信号预示之后，即刻就要显形、出现的，是阿尔贝蒂娜。想当初，我在巴尔贝克的天穹下与她结识，“大旅社”的男侍为客人摆上餐具，夕阳的余晖刺得他们眼睛发花；饭店的窗玻璃全都敞着，黄昏那细微的气息自由自在地从海滩进入宽敞的餐厅。海滩上，最后的漫游者们流连忘返，餐厅里，最先一批前来用餐的客人还没有就座，摆置在柜台后的镜子里，掠过船体红色的反光，回映着驰向里夫贝尔末班船排出的烟雾那灰不溜秋的颜色。我不再追究阿尔贝蒂娜姗姗来迟的原因，弗朗索瓦丝走进我的卧室向我禀报：“阿尔贝蒂娜来了。”“阿尔贝蒂娜小姐怎么来得这么晚？”如果说我连头都没有抬一下，那纯粹是为了装模作样。但是，当我朝弗朗索瓦丝抬起眼睛，仿佛出于好奇心，想捕捉她的反应，对我提问时那表面的诚意予以证实时，我猛然间钦佩而又愤懑地发现，弗朗索瓦丝艺术高超，可以让毫无生命的服饰生机盎然，叫五官的线条启齿说话，其技艺之高超堪与拉贝玛本人媲美，她深谙此道，善于摆弄她的紧身胸衣和头发，只见她把最白的几绺全都梳到了表面，仿佛当作出生证明书来出示，那脖颈由于劳累和恭顺而乖乖地弯曲着。这头发、这脖颈在为她鸣不平，她这么大年纪，深更半夜的，竟把她从睡眠中吵醒，从温暖的被窝里拖起来，逼得她没命似地匆匆穿上衣服，冒着染上胸部炎症的危险。我担心露出了对阿尔贝蒂娜的晚到表示抱歉的神色，忙说：“不管怎么说，她来了，真叫我高兴，这下好了。”说着，不由得心花怒放。但是，这一完美的喜悦心情没有持续多久，因为我没料到弗朗索瓦丝竟那样回答。她没有抱怨一声，甚至极力装出强忍咳嗽，身上只披着一条披巾，似乎感觉到寒冷，她首先一五一十地向我禀报她对阿尔贝蒂娜说的话，就连询问她舅妈安好的话也没有漏掉。“我正是这么说的，先生恐怕担心小姐不会再来了，因为已经不是来访的时间，很快就要天亮了。她肯定在什么地方玩得很开心，因为她不仅仅对我说，让先生久等，她心里也不好受，而且还一副瞧不起人的神态回答我说：‘迟来总比不来强吧！’”说罢，弗朗索瓦丝又添了几句，让我听了好不伤心，“她这样说，不就把自己给卖了嘛。她兴许恨不能想找个地方藏起来呢，可是……”

我对此没有感到大惊小怪。我刚刚说过，在交给她办的事情中，弗朗索瓦丝很少说得清楚，连她自己说了些什么也讲不清，可却很喜欢添油加醋，更别提希望得到的回话了。但是，如果有那么一次例外，她向我们转达朋友的回话，那不管话有多简短，她往往想方设法，需要时不惜借助神态、声调，还口口声声保证他们说话时就是这副装腔作势的模样，总之必定要添加一点伤人的东西。有一次，我们让她到一个店家去，她蒙受了侮辱，算是勉强忍了，况且，这种侮辱十有八九是她自己想象的，既然她是我们的代表，以我们的名义讲话，就武断地认为这番侮骂之词虽说是冲着她，但转弯抹角骂的是我们。无奈只得回她一句，说她理解错了，得了被迫害妄想症，并非所有做买卖的都串通一气跟她作对。再说，那些商人感情如何对我无关紧要。而阿尔贝蒂娜的情感对我就非同小可了。弗朗索瓦丝对我又重复了一遍“迟来总比不来强”这句挖苦人的话，很快令我想到了与阿尔贝蒂娜聚会的那些朋友，在他们那个小圈子中间，阿尔贝蒂娜度过了一个美妙的夜晚，肯定比在我这儿过夜要开心。“她真滑稽，头上戴着一顶扁乎乎的小帽，两只眼睛大大的，显得怪模怪样，尤其是身上的那件外套，被虫子都蛀光了，早该送到‘破衣店’去补补了。我看她真好笑。”她补充说道，似乎在讥笑阿尔贝蒂娜，她很少赞同我的想法，但我觉得有必要亮一亮自己的看法。她这一笑分明是在蔑视与嘲弄，可我对此不屑一顾，连领会的样子也没有装一装；相反，我虽然并不知道她说的那顶小帽子，但对弗朗索瓦丝反唇相讥道：“您说的那顶‘扁乎乎的小帽’可是件货真价实的迷人东西……”“也就是说一文不值。”这一回，弗朗索瓦丝直言不讳，公开表示嗤之以鼻。这时，我冲她说了几句尖酸刻薄的话，但声调温和、舒缓，尽量显得我这番虚情假意句句见真情，而不是什么气话，同时避免白费唇舌，以免阿尔贝蒂娜久等。“您真善良，”我甜言蜜语，对弗朗索瓦丝说，“您真可爱，您有百好千好，可您还是停留在您初到巴黎的那一天的水平上，无论是您对服饰这类事情的懂行程度，还是对法语发音的熟悉程度，或是对于如何避免联诵错误来说，都是如此。”这番责备着实愚蠢，殊不知我们以发音纯正而引以为豪的法语词，实际上本身是高卢人的嘴巴误读拉丁语或撒克逊语造成的“误音词”，因为我们的整个语言也只不过是由其他几门语言不合标准的发音混合而成的。现阶段的语言特征，法语的未来与过去，也许就是这些问题引起了我对弗朗索瓦丝发音错误的兴趣。把“补衣店”说成“破衣店”，这难道不和远古时代幸存下来的动物，如鲸鱼、长颈鹿一样令人好奇吗？这些动物给我们展示了动物生命所经历的各个阶段。

“既然您这么多年来都没能学会，”我继续说道，“那您就永远学不会了。您完全可以放宽心，这并不妨碍您做一个十分正直善良的人，也不妨碍您做美味的冻汁牛肉和其他形形色色的事情。那一顶您以为普普通通的帽子是按照德·盖尔芒特亲王夫人的一顶帽子式样特意制作的，花费了五百法郎呢。再说，我还准备送一顶更漂亮的给阿尔贝蒂娜小姐。”我知道，最能惹弗朗索瓦丝恼火的，是我把钱花到她不喜欢的人身上。她抢白了我几句，突然，她喘起气来，嘴里到底说了些什么听不太清楚。后来，当我得知她犯有心脏病，真为自己总这样抢白她，从来不愿放弃这种残酷但无味的乐趣，感到无比内疚！此外，弗朗索瓦丝讨厌阿尔贝蒂娜，因为可怜的阿尔贝蒂娜并无助于提高我在弗朗索瓦丝眼里的那种优越地位。我每次受到德·维尔巴里西斯夫人的邀请，弗朗索瓦丝总是露出善意的笑脸。相反，她对阿尔贝蒂娜从不回请感到气愤。我不得不编造说阿尔贝蒂娜送了我什么什么礼物，而弗朗索瓦丝对到底是否真有什么礼物从不产生疑心。这种有去无回的无礼交往，使弗朗索瓦丝大为不快，尤其是涉及吃的方面。若我们没有收到邦当夫人的邀请（她有一半时间不在巴黎，因为她丈夫在部里待够了，便像以往那样到处“兼职”），而阿尔贝蒂娜接受我妈妈的邀请来家里吃饭，她便觉得我女朋友俗不可耐，背起贡布雷流行的一段顺口溜，转弯抹角地人加侮辱：

吃我自己的面包，
我要吃个浑饱，
要我吃你的面包，
我肚子就不饿了。

我故意装出不得不动笔写信的样子。“您是在给谁写信？”阿尔贝蒂娜进门问道。“给我的一位漂亮的女友，希尔贝特·斯万。您不认识她吧？”“不。”我放弃了原来的念头，没有追问阿尔贝蒂娜晚上的事，我感到若再责怪她，夜已经这么深，我们就没有足够的时间和解，然后接吻、爱抚了。况且打从第一分钟起，我就蠢蠢欲动。此外，倘若说我内心已经有几分宁静的话，那是因为我并不感到幸福。虽然期待中的人儿已经到来，但等待时刻那种特有的茫茫然不知东南西北的心情依然存在，搅得我们内心不得安宁，妨碍了我们品尝意中人到来的欢乐，唯有在心情平静之时，我们才把这想象得多么幸福。阿尔贝蒂娜就在眼前，我的神经却不知所措，仍在继续紧张地活动，还在期待着她。“我想好好地亲您一下，阿尔贝蒂娜。”“随您怎么亲。”她十分亲切地对我说。我从来没有见过她这么美丽。“再来一个？”她问道。“您知道，这使我多么、多么幸福啊。”“我比您还高兴一千倍。”她回答我说。“啊！您这儿的一个小包真漂亮！”“您拿着吧，我赠给您留作纪念。”“您太可爱了……”

如果愿意，人们尽可彻底克服浪漫的习性，只要想想您心爱的女人，尽量体验一下日后不再钟爱她时您将面临的处境。希尔贝特送的小包、玛瑙弹子，所有这一切昔日之所以贵重，纯粹是由接受者当时的内心状态决定的，而现在对我来说，小包就是小包，弹子就是弹子。

我问阿尔贝蒂娜是否想喝点什么。“我似乎在这儿看到了橘子和水，这美妙极了。”她对我说。经她这么一说，我竟能从她的亲吻中品尝到了清凉，觉得比在德·盖尔芒特亲王夫人府上接吻更为凉爽。我喝着，那挤入水中的橘汁仿佛向我奉献出她那成熟的隐秘的生命，对人体的某种状态产生了妙不可言的作用，身体已归属于一个迥然不同的世界，弄得我浑身酥软失去了活力，不过反过来，也为我提供了浇花灌草的戏法，这种种戏法，可以对身体有利，因为水果已经为我的感觉，而绝不是为我的理智揭开了百般奥秘。

阿尔贝蒂娜一走，我想起曾答应斯万给希尔贝特写信，觉得还是立即动笔为好。然而，我却毫无激情，像是写上烦人的课堂作业的最后一行字，在信封上写下了希尔贝特·斯万这一姓名，往日，我在练习本上涂满了她的芳名，想入非非，给自己制造与她书信来往的幻觉。究其原因，倘若说昔日书写这一姓名的是我本人，那么今日，这一任务已被习惯的力量移交给某位秘书，习惯的力量常为自身造就众多的秘书。它最近就在我的体内委派了一位，为我效劳，正因为此秘书与希尔贝特素昧平生，只听我提起过她，仅仅知道那是位我昔日曾经钟情的少女，无法将希尔贝特这几个字与具体现实联系起来，所以他提笔书写希尔贝特的姓名时，心底可以更为坦然平静。

我不能责怪她冷酷无情，如今正视希尔贝特的我，是了解她过去为人如何的精心挑选的“见证”。小包、玛瑙弹子转送给了阿尔贝蒂娜，阿尔贝蒂娜在我心目中的分量就是当初希尔贝特在我心目中的分量，只要不赋予它们内心情感火焰的反光，在任何人心目中大抵都会有这一分量。可是现在，我内心出现了新的混乱，削弱了事物与话语所拥有的真实的力量。阿尔贝蒂娜再次对我表示谢意：“我多么喜欢绿松石啊！”我当即回答她说：“千万别让它们死去！”就这样，把我们友情的美好前程像托付给了宝石一样，嘱托给了绿松石，然而却难以激起阿尔贝蒂娜的情感，就像它无法保留住昔日将我与希尔贝特维系在一起的情感一样。

在这一时期，发生了一桩怪事，之所以值得一提，其原因是此类怪事在历史的各个重要阶段反复出现。就在我给希尔贝特写信的同时，德·盖尔芒特先生从化装舞会回府，脸上还戴着面具，他突然想起第二天将不得不正式服丧，于是决定提前一个星期去进行他本应接受的温泉疗养。三个星期后，等他从温泉回来（我提前说一说，现在我只不过刚刚给希尔贝特写完信），公爵的那些朋友当初明明看他作壁上观，继而眼看他成为狂热的反德雷福斯派，现在听了他的话（仿佛温泉不仅仅对膀胱起了治疗作用），不禁惊得哑口无言。“噢，案件必将重新审理，他必定被宣告无罪。”公爵回答他们说，“岂能平白无故判一个人的罪。您见过弗罗贝维尔那样的老蠢货吗？一个逼着法国人去屠杀（是指战争）的丘八！怪年头！”在疗养期间，德·盖尔芒特公爵在温泉结识了三位迷人的女士（一位意大利公主和她的两个姑子）。公爵只听她们就自己所读的书和在娱乐场上演的一出戏议论了几句，便感到与他打交道的这几位女子才智超人，正如他自己所说，他根本不是她们的对手。正因为如此，公主请他去打桥牌，他倍感幸福。可到她的下榻处不久，他首先笼而统之对她讲了几句对反德雷福斯派有利的话："怎么！再也没有人跟我们提那个了不得的德雷福斯重新审判的事了吧。"没料到公主和她的两个姑子回答说："此事已迫在眉睫。谁也不能把一个清白无辜的人总关在牢里。"他一听，惊得目瞪口呆。"啊？啊？"公爵一开始就张口结舌，仿佛发现了一个怪诞的绰号，在这府上专门用来取笑一位他至今还以为机智敏捷的人。就好像在府上常听到有人朝一位伟大的艺术家喊叫："嗨！喂！儒儒特。"几天之后，由于怯懦和模仿的惰性使然，大家也都不明不白地跟着乱喊，情况就是这样，尽管公爵还很不习惯新的习俗，但已经改口说："是呀，要是他真的无可指控！"三位迷人的女士觉得他转变还不甚快速，便对他稍加斥责："说实在的，任何聪明人都不会认为他有什么罪。"后来，每当发生"无法招架"的事件，于德雷福斯不利，公爵便立即前来向她们宣布，满以为这下终可以改变那三位诱人的女士的观点，可她们听了却朗声大笑，以极其精辟的辩证观点，轻而易举地向他阐明了那类观点毫无价值，纯属无稽之谈。就这样，等公爵回到巴黎时，他已经成了一位狂热的德雷福斯分子。诚然，我们不能断言三位可爱的女士在此事中没有起到真理传播者的作用。但应该看到，每过十年，总有那么一位充满真正的信念的男子，与一对智慧的夫妇偶尔相遇，或有一位娇媚动人的女子进入他的圈子，要不了几个月的时间，便可引导他持完全相反的观点。关于这一点，确有许多国家像这位真挚的男子一样行事，本来对某国人民充满敌意，可六个月后，一改旧的观点，推翻昔日的同盟。

有一段时间里，我一直没有再见阿尔贝蒂娜的面，加上德·盖尔芒特夫人也不能像从前那样与我的想象力对话，我便继续去看望其他一些天仙美人，去光顾她们的洞府，仙人与仙府不可分，犹如软体动物长出了珠贝或珐琅壳，或螺形贝壳塔，却又躲在里面，深居简出。我实在不知如何将这些太太归类，不过，这问题微不足道，且不说难以解决，而且也不值一提。说仙女之前，得先谈谈仙府。说来有那么一位夫人，每逢夏季，总在午餐后接待来访者；骄阳似火，我往往不等抵达她的府中，便已被烤得放下马车的帘子，此番滋味铭心刻骨，难以忘怀。我以为自己出门是去“皇后林荫大道”[1]；然而却是参加聚会，对这种聚会，一个讲究实惠的人也许会不屑一顾，但实际上，还未参加聚会，我已心花怒放，犹如在周游意大利的途中，心旷神怡，那府邸从此便深深根植于我的记忆之中。此外，由于正值盛夏，且又在午时，天气炎热，那位夫人把沙龙的百叶窗全都关得严严实实的，她接待来客一般都在底楼那些宽敞的长方形客厅里。一踏进客厅，我开始时难以辨清女主人和她的仆佣，甚至连声音嘶哑、招呼我坐到她身旁去的德·盖尔芒特公爵夫人也看不清楚，她就坐在一把博韦产的安乐椅上，椅子上饰有“欧罗巴被劫持”的图案。接着，

[1] 巴黎塞纳河畔的著名漫步胜地，自协和广场至加拿大广场。

我渐渐看清了墙上那十八世纪的巨幅挂毯，一艘艘桅船，一朵朵蜀葵，赫然入目，我身处桅船之下，仿佛不是置身于塞纳河畔的宫邸，而是亲临茫茫海河之滨的海神殿，德·盖尔芒特公爵夫人宛如殿中的一位水神。与此有别的客厅不胜枚举，若要一一加以形容，恐怕难以止笔。这一例子足以表明，在我对上流社会的评判之中，往往掺入充满诗情画意的感觉因素，但在做总体估价时，却又绝对将其排斥在外，致使对某一沙龙的过人之处做出最终评价时，我打的分数没有一次做到准确无误。

诚然，导致评判失误的原因远不止于此，但在我出发去巴尔贝克之前（我不幸再次去巴尔贝克逗留，也是我最后一次去那儿了），我无暇动笔描绘上流社会的情景，不过后面自会有其位置。这里暂且做一说明，我给希尔贝特写信，这似乎表明了我重又爱上了斯万家的人，个中的原因，除了那一站不住脚的理由（我生活相当轻浮，令人想起上流社会的那种男欢女爱）之外，奥黛特也可以添上一条，但同样毫无依据。迄今为止，我只基于上流社会静止不变的假设来设想上流社会对同一个人的不同观点：同一位夫人，昔日与谁都不熟悉，如今到谁的府上都畅通无阻，另一位夫人，过去地位举足轻重，现在却遭众人冷落，这种大起大落，人们往往倾向于将之看成纯粹个人的升降沉浮，恰似交易所的投机不时导致同一圈子里的人或彻底破产，舆论哗然；或突然暴发，出人意料。然而，情况并非仅仅如此。从一定程度来说，上流社会的活动——与艺术活动、政治危机等左右公众情趣或思想的运动相比，要低级得多，公众的情趣一会儿被引向意象剧，一会儿又被导向印象主义绘画，继而又转向错综复杂的德国音乐，进而又迷上简单明了的俄国音乐；公众的思想亦然，一会儿被引向社会主义，一会儿又转向正义思潮，忽而是宗教力量的反响，忽而又是爱国主义的猛然觉醒——是艺术活动和政治危机等运动的反映，而这种反映是深远的、零碎的、非确定性的，它模糊不清，而且变幻莫测。其结果是，哪怕是沙龙，也难以用静止不变的观点进行描绘，尽管这种静止的观点迄今还一直适用于特征的研究，而实际上，种种特征本身也似乎卷入近乎历史的运动中去。追求新奇的情趣驱使着那些或多或少带有几分诚意，渴望了解思想变化的上流社会人士经常涉足可紧跟思想变化潮流的场所，促使他们自然而然地喜爱上某个迄今为止尚默默无闻的女主人，她体现了高级的精神风貌，是其崭新的希望的化身，而那些长期以来一直行使社交活动权力的女子给人的希望已经宛如枯萎不堪的花朵，十分陈旧。既然她们的长处短处已被他们摸得一清二楚，那么，她们自然也就不再适应他们的幻想天地。就这样，每一个时代都体现在一些新的女性身上，体现在一个新的女性群体之中，她们与激发新奇心理的东西紧密相连，似乎只在特定的时刻粉墨登场，仿佛是从最近一次洪水中降生于世的前所未有的品类，成为任何一个新的执政府，新的督政府的勾魂夺魄的美女。然而，这些新的女主人往往是些不为社交界所知的妇人，因为找不到更为合适的宾客，长期以来将就着接待几位“难得的知己”，犹如某些国务活动家，虽是开国元勋，但四十年来敲遍各家之门，却没有一家的大门为他们敞开。诚然，情形并非总是如此，当俄罗斯芭蕾舞轰动至极，蔚为奇观，巴克斯特、尼仁斯基、伯努瓦和斯特拉文斯基相继亮相之时，所有这些伟人的女护主尤贝尔季也夫亲王夫人露了面，头上戴着一顶硕大的羽饰帽，晃晃荡荡，巴黎的女子从未见过这种帽子，竞相效仿，看她那样子，人们都以为这个绝代美女像是俄罗斯舞蹈家们的稀世珍宝，随其不计其数的行装一起运来的；但是，每次“俄罗斯人”演出，我们都在她的包厢里发现，有一位真正的仙女伴随在她的身旁，这位仙女迄今尚不为贵族阶层所知，那就是维尔迪兰夫人，上流社会人士自然认为维尔迪兰夫人与贾吉列夫剧团一道，不久前才抵达，可我们可以告诉他们，这位太太其实早已存在，她经历过各个不同时期，经受过风风雨雨，不同的是，这次经历首次导致了转机，她的地位从此稳固进而又愈来愈迅速地上升，最终迎来了成功，而这正是女主人久久等待但一直没有如愿的。至于斯万夫人，确实，她所体现的新奇并不具备同一特征。她的沙龙凝聚在一位男子，一位濒临死亡的男子周围，在其才华枯竭之时，他几乎突然间由默默无闻变得声名显赫。多少人迷上了贝戈特的作品。整个白天里，他都待在斯万夫人府上，被当作炫耀的对象。斯万夫人常在某某要人耳边嘀咕一句：“我跟他谈谈，他准会为您写篇文章。”再说，他确实富于这方面的才华，甚至还专为斯万夫人写过一部短剧。他离死神更近了，然而比起他前来询问我外祖母消息那阵子，病情却稍有好转。这是因为巨大的肉体痛苦迫使他对自己的饮食进行了严格控制。疾病是人们对之最俯首帖耳的良医：对于善心，对于学问，人们往往只许以诺言，而对于痛苦，人们却总是乖乖地受其摆布。

斯万夫人的沙龙稍许带有一点民族主义色彩，它首先以贝戈特为中心，更多的还是具有文学味，诚然，从目前来看，维尔迪兰的小圈子与斯万夫人的沙龙相比，具有更为现实的益处。这个小圈子事实上构成了左右那场激烈发展到了顶峰状态的长时间的政治危机的活动中心：德雷福斯派中心。但是，上流社会人士大都是反对案件重新审理的强硬分子，在他们眼里，一个德雷福斯派沙龙就像另一时期的巴黎公社沙龙一样，似乎根本没有市场。加普拉罗拉公主在她组织的一次大型展览会上与维尔迪兰夫人相识，此后亲自登门拜访，在维尔迪兰夫人府上逗留多时，希望引诱几位小圈子中令人瞩目的人物，到自己的沙龙中去，然而在拜访之中，公主（对盖尔芒特家族的公爵夫人们耍了小动作）反而接受了对方的观点，公然宣称自己小圈子里的人根本是蠢货，据此，维尔迪兰夫人认定公主具有非凡的胆略。但是，她后来不该勇敢到那么一个程度：竟斗胆在那些民族主义派的太太烈焰般的目光下，向来巴尔贝克游览的维尔迪兰夫人致意。至于斯万夫人，反德雷福斯派的成员恰恰相反，对她“坚持正统观念”深表敬意，更何况她嫁的是一位犹太人，这使她赢得了双重的功德。不过，从未到她府上去过的人们总是想象，她接待的只有几位卑微无名的犹太人和贝戈特的数位弟子。人们就这样把一些比斯万夫人还更有地位的女性列入社会阶梯的最低一级，或许是她们出身的缘故，或许因为她们不爱城中的聚餐或晚会，人们从不见她们露面，便误以为她们未受邀请；或许她们从不提及自己在上流社会的朋友，仅仅谈论文学艺术；抑或人们去她们府上时总是掩人耳目，也可能因为她们不想冒犯他人，往往悄悄地接待来客，总而言之，出于种种原因，她们中的这位或那位成了某些人心目中不受欢迎的女人。奥黛特的遭遇就是这样。德·埃比诺瓦夫人一次意欲赞助《法兰西之国》，为此不得不去看看奥黛特，她简直就像是要踏进专门为她供应服饰用品的商人家，心想到奥黛特家见到的一定都是些陌生的面孔，令人不屑一顾，然而门一开，她惊得在原地一动不动，像被钉子钉住似的，那打开的并不是她设想的那种沙龙，而是一个神奇的殿堂，里面，只见一个个令人炫目的角色，有的半卧在长沙发上，有的闲坐在扶手椅里，亲切地招呼着女主人，仿佛多亏仙境的情景变幻，她终于认出了这原来都是些公主殿下，公爵夫人，连她埃比诺瓦公主本人也很难把她们引到自己宫中，此时，德·迪洛侯爵、德·路易·德·蒂雷纳伯爵、德·博盖士亲王和德·埃斯特雷公爵正在奥黛特亲切的目光下，充当宫廷面包总管和司酒官。埃比诺瓦公主无意中发现了这些人内心世界的社交品质，不得不改变对斯万夫人原有形象的看法，重又将她视作一位雍容大雅的女性。有的女子从不在报刊上披露自己的生活，由于人们对她们的真实生活不了解，这就给她们的某些境况（由此而有助于沙龙的多样化）笼罩上了一张神秘的网。就奥黛特而言，一开始，上流社会的几位男子好奇心十足，渴望结识贝戈特，于是到她府上做客，彼此交往亲密。不久前，她学会了掌握分寸，对此也就没有多加张扬；在这里，他们亲密相处——也许是对小圈子的怀念，自分裂以来，奥黛特保持了小圈子的习俗……奥黛特领着他们和贝戈特一起看戏，正是那饶有兴味的首场演出，最终把贝戈特给拖垮了。他们跟圈内几位可能对如此新奇之事产生兴趣的女人谈起了奥黛特。她们认定奥黛特是贝戈特的知己，或多或少为他的作品创作出谋划策过，认为她比圣日耳曼区最为出色的女子要聪明千倍，出于同样道理，她们在政治上寄希望于几位忠心耿耿的共和党人，例如杜梅先生和德沙涅尔先生，她们明白，如果法兰西被交给君主主义分子，那必定坠入深渊，可是，她们却常在夏雷特、杜多维尔等人府上招待这些人用餐。奥黛特地位的变化与她处事审慎是分不开的，这使她的地位愈加稳固，上升也更为快速，但却不让《高卢人报》的读者有任何察觉，这些人往往习惯于凭该报的社交专栏，了解某某沙龙的兴衰。结果有一天，在一家典雅至极的剧场，为贝戈特的一部剧作举行义演性彩排，人们发现德·马桑特夫人和莫莱夫人走进对面的剧作家的包厢，坐到斯万夫人身旁，这时，剧院里出现了名副其实的戏剧性变化，殊不知德·莫莱伯爵夫人正渐渐取代德·盖尔芒特公爵夫人（她已厌倦荣华富贵，谁稍做努力，就可将她击垮），成为当时的女中豪杰与王后。“我们没有料到她已经开始上升，”人们纷纷议论奥黛特，“可在发现德·莫莱伯爵夫人踏进她包厢的那刻，她便越过了最后一个梯级。”

这样一来，斯万夫人有可能会认为我又与她女儿套近乎，纯粹是为了附庸风雅。

尽管身旁坐着两位闪光的女友，奥黛特仍然全神贯注，极为专心地听着戏，仿佛她在这儿只是为了听戏，就像昔日她在林间漫步，仅仅为了保健，为了锻炼身体。一些过去并不那么殷勤地围着她转的男人顾不得打扰他人，来到楼厅包厢，紧拉着她的手不放，企图接近以她为中心的那个威严的圈子。她嘴上挂着一丝微笑，带有三分揶揄，七分和蔼，耐心地回答他们的提问，显得比人们想象的更为冷静，也许这副镇定自若的样子是真诚所致，因为这种公开的表情举止不过是平素亲密相处的写照，只是这一亲密的关系对此审慎地加以掩饰，迟迟没有公开罢了。在这三位吸引了众人目光的夫人身后，是贝戈特，他周围拥簇着德·阿格里让特亲王，德·路易·德·蒂雷纳伯爵和德·布雷奥代侯爵。人们不难理解，对那些处处受到款待，只有靠猎奇方能进一步抬高身价的男人来说，他们心甘情愿为一位聪慧过人的女主人所吸引，希冀在她身边与所有时髦的剧作家、小说家结识，坚信只有这样才能显示自身的价值，这种自我炫耀的方式比在德·盖尔芒特亲王夫人府上举行的晚会自然更刺激，更生动。那些晚会既无新鲜的内容，又无新奇的魅力，多少年来，晚会接二连三，频频举行，但与我们不厌其详描绘过的大同小异。在盖尔芒特家族这个上流社会里，人们对它的兴趣已经有所转移，新颖的精神生活方式没有体现在合乎他们形象的娱乐之中，不像贝戈特为斯万夫人所写的短小精悍的作品，也不像维尔迪兰夫人府上那种名副其实的公安委员会似的会晤（倘若人们能对德雷福斯事件产生兴趣的话），在那里，聚集着比卡尔、克雷蒙梭、左拉、雷纳克及拉博里等人。

希尔贝特也为提高母亲的地位效了力，因为斯万的一位叔父不久前给姑娘留下了近八千万的遗产，使得圣日耳曼区的人开始打起她的主意来。不过，凡事总有反面，不利的是斯万虽然已到风烛残年，却持有德雷福斯派的观点，但是，这也无害于他的夫人，反而给她效了犬马之劳。之所以说于她无害，因为人们常常这样议论："他年老糊涂了，是个蠢家伙，谁也不理会他了，他府上只有夫人说话算数，她也真迷人。"斯万的德雷福斯派观点甚至给奥黛特帮了大忙。若由她放任自流，她也许会自然而然地主动接近那些时髦女郎，断送了自己。然而，在奥黛特夫妇去圣日耳曼区做客的那些晚上，斯万总是虎视眈眈地蜷在一角，每当发现奥黛特被人引见给某位民族主义派的太太，便毫不客气地高声训斥："瞧您，奥黛特，您疯了，请安静一会儿。让人把您介绍给仇视犹太人的家伙，岂不庸俗过分。我不许您干这等事。"人人追逐的那些上流社会人士怎么也无法习惯如此自命不凡、缺少教养的举动。他们平生第一次看见有人自视比他们"更高"。人们纷纷传说斯万的类似抱怨、斥责，于是折角请柬像雪片般飞到奥黛特府中，当她去德·阿巴雄夫人府上拜访时，简直掀起了一股热烈、友好的好奇之风。"我把她介绍给您，没有惹您讨厌吧，"德·阿巴雄夫人逢人就说，"她很可爱。是玛丽·德·马桑特介绍我与她结识的。""噢，恰恰相反，听说她聪慧过人，长得娇媚动人。我正想见她一面；请告诉我她住在何处。"德·阿巴雄夫人对斯万夫人说，两天前在她府上过得十分惬意，还说她非常高兴为了她而甩掉了德·圣德费尔特夫人。这确有其事，因为更喜爱斯万夫人，是聪明的一种表示，就像去音乐会而不去茶馆一样。但是，当德·圣德费尔特夫人与奥黛特同时光临德·阿巴雄府邸时，虽说德·圣德费尔特夫人极为时髦，且德·阿巴雄夫人虽然待她相当傲慢，但又十分看重她府上的盛会，却没有把奥黛特介绍给她，为的是不让她弄清奥黛特其人。侯爵夫人心想这可能是位深居简出的公主，才从未见过她的面，于是拖延拜访的时间，转弯抹角地跟奥黛特搭腔，可德·阿巴雄夫人死不松口。德·圣德费尔特夫人吃了败仗，待她离去后，女主人对奥黛特说："我之所以没有介绍您，是因为大家都很不乐意去她家做客，她逢人就请；要不您很可能摆脱不了纠缠。""噢，没关系。"奥黛特说道，虽然话中含有几分惋惜，但心里已经牢牢刻上了大家不爱去德·圣德费尔特夫人家这一印象，这在一定程度上看确实不假，据此，她得出结论，自己所处的地位要比德·圣德费尔特夫人优越得多，尽管德·圣德费尔特夫人地位已经十分显赫，而她奥黛特尚未有任何地位可言。

然而，奥黛特对此却没有意识到，尽管德·盖尔芒特夫人的女友们与德·阿巴雄夫人都过从甚密，可当德·阿巴雄夫人向斯万夫人发出邀请时，奥黛特却一副顾虑重重的神态说道："我要是去德·阿巴雄夫人家，你们准会以为我是个过时的人物；由于德·盖尔芒特夫人（她其实并不认识）的缘故，要我去确实很违心。"尊贵的男士们心里想，斯万夫人与上流社会人士结识不多，其原因在于她恐怕是一位非凡女性，说不定是位大音乐家，若去她府上拜访，那简直是一种极其时髦的称号，就好比一位公爵被授予理学博士学位。一无长处的女人们被奥黛特所吸引则出于截然相反的原因；听说奥黛特常去科洛纳指挥的音乐会，自称为瓦格纳迷，她们便断定这可能是一位“轻浮女人”，于是心急如焚，迫不及待想与她结识。但是，她们自己的地位尚不稳固，担心显出与奥黛特有来往，在大庭广众之下危及自己的名声，倘若在某次义演性音乐会上瞥见斯万夫人，她们便扭过头去，认为断断不能在德·罗什舒阿夫人的眼皮子底下，向一位竟然能去拜罗伊特，亦即放荡不羁的女人致意。

任何一个人都会因拜访的主人不同而改换不同的面目，更不消说在仙女洞府的万般奇妙变化了，德·布雷奥代先生一置身于斯万夫人的沙龙，便身价猛增，一是因为身边不再拥簇着平素那帮人，为置身于此而露出心满意足的神态，犹如平日没有外出参加盛会，戴上圆框眼镜，闭门阅读《两个世界评论》那般开心，二是因为自己亲自登门探望奥黛特，似乎完成了神秘的仪式，由于这种种原因，他自感焕然一新。我本可不惜笔墨，让诸位看一看德·蒙莫朗西-卢森堡公爵夫人在一个崭新的圈子里经受了哪般异样的变化。她属于那类任何时候都不得把奥黛特介绍给她的女人。可是，德·蒙莫朗西夫人对待奥丽阿娜要比奥丽阿娜待她宽厚得多，有一次，她谈到德·盖尔芒特夫人时对我说了一番话，令我十分诧异，她说：“她认识不少富有才智的人，大家都喜欢她；我觉得，如果她要再有点恒心，完全可以为自己搞个沙龙。问题是她对此毫不珍惜，她自有道理，这样，谁都找她，她倒过得自由自在。”倘若说连德·盖尔芒特夫人都没有一个“沙龙”，那到底何为沙龙？她这番话令我震惊，但是，当我告诉德·盖尔芒特夫人，我很想去德·蒙莫朗西夫人府上，德·盖尔芒特夫人更是大吃一惊。奥丽阿娜简直认为德·蒙莫朗西夫人是个老糊涂虫。“我就别提了，”奥丽阿娜说道，“我是迫不得已才去，那是我姑母；可您竟然要去！她甚至都不知道吸引令人愉悦的人。”德·盖尔芒特夫人有所不知，对那些令人愉悦的人，我向来无动于衷，她一提起“阿巴雄沙龙”，我眼前便浮现出一只黄色蝴蝶，若谈到“斯万沙龙”（在冬季，斯万夫人在六点到七点钟之间从来闭门不出），我看到的便是一只双翅沾满白雪的黑色蝴蝶。在她看来，连斯万沙龙也谈不上什么沙龙，尽管她自己不涉足，但她觉得那儿有一些“富有才智之士”，我去还算情有可原。而德·蒙莫朗西夫人何足挂齿！要是我业已“制造”了某件惹人注目的事情，她会断言也许才华之中掺杂了几分时髦。就这样，我让她失望至极；我对她直言不讳，告诉她我并没有去德·蒙莫朗西夫人府上“做笔记”，“搞研究”（而她却这样认为）。德·盖尔芒特夫人说来也没有弄错，就像那些时髦的小说家，对某个假充时髦或故作高雅之人的言谈举止，总是从外表进行冷酷无情的分析，但总不触及其内心，其实，在那想象的天地里，却是一个百花盛开的社交之春。至于我，当我试图体味出去德·蒙莫朗西夫人府上感受到的是何等欢乐时，总不免产生几分失望。她居住在圣日耳曼区一座古老的府宅里，里面亭台楼阁，间以小巧玲珑的花园。天穹下，耸立着一尊剔透的雕像，据说出自法贡内之手，象征着泉之神，神像确也终年潮气蒙蒙，渗水欲滴。稍远处，是女门房，两只眼睛总是红红的，不是因为心里多愁，就是因为神经衰弱，要不就是因为犯偏头疼，或者因为患了感冒，反正她从不搭理你，只茫茫然给你打个手势，告诉你公爵夫人就在那边，继而从眼皮里挤出几滴泪水，朝一只小碗的方向落去，碗里积满了多少“勿忘我”。观赏那尊雕像，我感到欢悦，因为它使我想起了贡布雷一家花园里一尊小小的园丁石膏塑像，但是，那犹如古代某些浴室潮湿、宽阔、回声洪亮的台阶，那会客厅里栽着瓜叶菊的花坛——蓝上加蓝——那门铃当当悦耳的声响，更令我心旷神怡，相比之下，观赏雕像带来的乐趣微不足道，更何况那当当的声响恰是欧拉莉卧室的门铃声。那铃声令我欣喜至极，然而，在我看来似乎又过分微小，难以向德·蒙莫朗西夫人做一解释，结果，这位夫人总见我一副心醉神迷的样子，但永远猜不透个中的原因。

心脏搏动之间歇

我第二次抵达巴尔贝克与初次情况大不相同。经理亲临古勒夫桥迎候，一再表白他如何如何看重被封以爵位的主顾，这使我不禁担心，他如此给我大封爵位，恐怕非要我最终明白，在他那混沌一片的语法记忆中，“封以爵位”纯粹意味着“委以头衔”。再说，随着他不断学习新的语言，过去学的讲得越来越糟。他向我宣布，把我安置在旅社的最高层。“我希望，”他说道，“希望您不要把这视作没有失礼，我为给了您一间配不上您的客房而感到诚惶诚恐，不过，我将它与噪声做了权衡，因为这样，您头上就无人吵得您鼓膜（指耳膜）嗡嗡作响了。请放心，我定会吩咐人关严门窗，决不让它们乱晃。在这一点上，我是容忍不得的（此话没有表达出他的思想，他的意思是，在这方面，大家可能都觉得他很严厉，也许各楼层的仆佣就是这么想的）。”其实，那些房间就是我初次逗留时住过的。房间并未降格，但在经理看来，我的身价却有了提高。如果乐意，我可差人生火（因遵医嘱，我过完复活节就出门了），不过他害怕天花板有“吸缝”。“千万要等第一把柴火用完（想说“燃尽”）后，再生第二把。因为至关重要的是要避免不要烧着了壁炉，更何况为了有所点缀，我让人在上面放了一大束古时中国用的假胡须，火有可能会搞坏的。”

他不胜悲哀，将瑟堡首席律师去世的噩耗告诉我：“那可是个一贯循规蹈矩的人。”他说道（十有八九是想说“刁钻奸猾的人”），并向我暗示了首席律师是因为生活中屡受挫折而过早谢世，所谓“屡受挫折”，分明是想说“放荡不羁”。“不久前，我就发现他一吃完晚饭，便在客厅里蹲着（无疑想指“昏昏入睡”）。最后那几天，他变化如此之大，若不知道那就是他本人，那见到他，他几乎认不出来（肯定想说“几乎认不出他来”）。”

万幸的补偿：卡昂法院首席院长不久前刚刚荣膺了法国荣誉勋位三级“搜带”（想说“绶带”）。“他富有才华，这是肯定的，不用说的，但听说授他勋位，主要是因为他非常‘无能’。”再说，对这次授勋，前一天的《巴黎回声报》做了报道，但经理才只读了“第一条”（想指“第一段”）。加约先生的政策在文章中被猛批了一顿。“我也觉得他们在理，”他说，“他总是让我们处在德国的配制（想说“控制”）之下，太过分了。”此类问题由一位旅馆经理加以论述，实在令我生厌，于是我干脆闭耳不听。我想起了促使我下决心再次来巴尔贝克的种种景观。它们与昔日的景象截然不同。往日的景象多么迷蒙，而我前来寻觅的景观却多么辉煌；然而，这些景观却无法因此而减轻我失望的感觉。由记忆选择的景象与想象力所创造及现实所粉碎的图景如出一辙，是任意的，有限的，不可捕捉的。没有理由非要在我们身外，有个实在的地方拥有记忆中的图景，而不是梦幻中的图景。再者，新的现实也许会使我们忘却，甚至厌恶促动我们外出的种种欲望。

促使我前来巴尔贝克的部分原因在于维尔迪兰家邀请了普特布斯夫人。维尔迪兰家（我从未利用过他们邀请之便，不过，我若去乡下，为在巴黎从未抽空拜访他们表示歉意，他们肯定会很高兴接待我）知道有数位“信徒”要来这一带海滨度假，因此为整个夏季租下了德·康布尔梅先生的一座城堡（拉斯普利埃），并邀请了普特布斯夫人前来做客。获悉这一消息的那天晚上（在巴黎），我像疯了似的，立即派我家的那位年轻跟班去打听那位夫人是否要把她侍女带到巴尔贝克去。已是晚上十一点钟了。门房磨蹭了好一阵子才打开了大门，但出乎意料，没有撵我那位探风的仆人，也没让人去喊警察，只是待他很不客气，但还是把需要的消息给了他。门房说夫人的贴身侍女确实要随女主人一起去，先去德国进行温泉疗养，然后去比亚里茨，最后一站是维尔迪兰家。这一下，我才放下心来，台板上放着这块面包，心里乐滋滋的。我可以不用再到街上追逐女子了，在街头与美女相遇，我就少这样的引荐书，如今书信在手，说不定与其女主人在维尔迪兰家用过晚餐的当晚，就可被引到那个“乔尔乔涅画中人”的身旁。再说，倘若她知道我不仅认识租住拉斯普利埃城堡的那些布尔乔亚，而且与主人也相识，尤其与圣卢很熟，兴许她对我的看法会更美妙些，圣卢自然不可能打那么老远把我推荐给那位贴身侍女（她不知道罗贝的名字），于是为我给康布尔梅夫妇写了封热情洋溢的推荐信。圣卢觉得他们家可为我提供种种方便，此外，德·康布尔梅夫人若与我交谈，准会引起我的兴趣，她是从勒格朗丹家娶来的媳妇。“那是一位聪慧的女子，”他向我保证说，“她不会跟你说一些一锤定音的事（在罗贝的语汇里，“一锤定音的”事指代的是“美妙的”事，他每过五六年就要改换一些他最喜欢用的词汇，同时保留下主要部分），但她生性质朴，富于个性，直觉灵敏，说起话来总是脱口而出，恰到好处。她不时也会惹人恼怒，抛出几句蠢话，附庸风雅，说来天下再也没有比康布尔梅家更不风雅的人啦，因此，那就显得更为滑稽，反正，她并不总是很入时，但归根结蒂，她还是属于那些可以交往、最可容忍之人的行列。”

一收到罗贝的推荐信，康布尔梅夫妇立即回复了一封长信，请我住在他们家中，若我还喜欢行动更自由点，那他们可主动为我安排下榻处，这或许是附庸风雅，促使他们想间接地向圣卢表示友好，或许是对圣卢照顾他们在东锡埃尔的一位侄子深表谢忱，更可能是出于善意和热情好客的传统。当圣卢告诉他们我将下榻巴尔贝克“大旅社”，他们回信说，希望我抵达后便到他们府上玩玩，这是最起码的了，若我迟迟不去，他们少不了要登门求我，敬请光临他们的游园会。

无疑，普特布斯夫人的贴身女侍与巴尔贝克地区之间并无任何本质的联系；对我来说，她在巴尔贝克不可能与那位村姑相提并论，当初我独自一人踯躅在梅塞格利丝的路上，曾多少次如饥似渴地拼命呼唤那位村姑，却是徒劳。不过，我早就放弃了像求未知数的平方根那样，煞费苦心去追求一个女人，尽管那陌生人的未知数并不经常抗拒普通的介绍。巴尔贝克，我已经久违了，至少在那里，由于那一地区与那位侍女之间缺乏必要的联系，我可以获得这样的益处，即对我来说，去巴尔贝克不会像在巴黎一样，因习惯的力量而使现实感荡然无存，在巴黎，无论在自己家中，还是在一间熟悉的房间，由于四周全是习以为常的东西，守在某位女子身边而产生的乐趣断然不能令我一时想入非非，幻想那乐趣正在给我打开通往新生活的道路。（因为习惯为第二天性，它阻止我们洞悉第一天性，它既无第一天性的残酷，也无第一天性的奇妙。）然而，在那块新的土地上，我脑中也许可以产生如此幻想，面对一线阳光，感觉会重新萌发，我渴望的那位女子也许最终将在那儿激发起我的感情：可是，诸位自可看到，由于情况有变，不仅致使那位女子没有来巴尔贝克，而且弄得我自己惶惶不可终日，最怕她来此地，结果，我这次旅行的主要目的没有达到，甚至都未去追求。

诚然，普特布斯夫人在温泉疗养季节不可能这么早就去维尔迪兰家；但是，倘若人们选择的这种种乐趣必定可得，且在期待之际，人们可趁这段时间一无所求，懒得去惹人喜欢，省得产生爱慕之情，那么，这种种乐趣就可能会显得遥遥无期。况且，我此次巴尔贝克之行，脑中并不像初次来时那样充满诗情画意；在纯想象力的天地里，私心总要比在记忆中少几分；而我也完全明白此行正是为了亲临陌生美女云集之处；一个海滨浴场展示的美女并不比一次舞会少；我的心儿早已先飞，在旅社前，在海堤上漫游，此时悠悠的欢乐心境一如德·盖尔芒特夫人给我带来的快慰：她并不让人邀我参加引人注目的晚宴，而往往把我的名字提供给主办舞会的女主人，列在陪伴贵妇人的男士名单上。在巴尔贝克结识女性，这在昔日于我是那般艰难，如今却轻而易举，因为我现在已在此地拥有了诸多关系与支持者，而初次逗留时，我人地两疏，无依无靠。

经理的话声把我从遐想中惊醒，对他政治上的高谈阔论，我是听而不闻。他换了话题，告诉我首席院长得知我光临巴尔贝克，不胜高兴，想当晚来我房间看望。一想到他要来访，我内心感到百般恐惧，因我已感周身疲乏，为此央求经理设置障碍，阻止来访（他应允了我的请求），为更保险起见，我还请他在第一夜派手下的店员在我所在的楼层设岗。看来，他并不喜欢那帮店员。“我每时每刻，都不得不跟在他们身后催促，他们实在太富于惰性了。要是我不在，他们索性一动不动。我派值班的电梯司机守住您的房门吧。”我问此人到底是否当上了“服务员领班”。“他在旅社里年纪还不算太大，”他回答我说，“年纪比他大的服务员有不少，要他当领班，别人该抱怨了。不管什么事物，都得有小的细粒为基础。我承认他开电梯的能力（是指“态度”）很强。但要他担任那 职位，还嫩了点。别人资历比他老得多，那样会太显眼。还缺那么一点稳劲，这可是最原始的素质（无疑是说首要的素质，至关重要的素质）。他翅膀（我的对话者想说“脑子里”）必须要沉住点气。再说，他只管相信我好了。对这种事，我是内行。在升任‘大旅社’的经理职务之前，我在巴伊亚先生手下初试过刀枪（指第一次工作）。”这一现身说法给我印象颇深，我对经理亲临古勒夫桥表示感谢。“噢！不值一提。这只不过费了我无边无际的（想说“微不足道”）一点时间。”况且，我们已经到了旅馆。

我心力交瘁，整个儿全乱了套。第一夜，便累得心脏病发作，我极力忍住疼痛，小心地慢慢弯腰去脱鞋。可刚一碰到高帮皮鞋的第一只扣子，我的胸膛便猛地鼓胀起来，一个神圣、陌生的人出现并充满了我的心田，我浑身一震，啜泣起来，眼泪像溪水一般夺眶而出。这位前来搭救我，助我摆脱精神干涸的人，就是数年前，在一个我处于同样孤寂、同样绝望的时刻，在一个我心中空空无我的时刻，潜入我的心扉，把我还给了我自己的那一位，因为这人就是我，但又超越了我（容器大于内容，又给我带来内容）。我在记忆中刚刚发现了外祖母那张不安、失望、慈祥的面庞，对我的疲惫倾尽疼爱，我来此的第一个夜晚，外祖母就是这副形象；这并不是我那位徒留其名的外祖母的面孔，我对她很少怀念，连自己也感到吃惊，并为此而责备自己；这是我那位名副其实的外祖母的脸庞，自从她在香榭丽舍大街发病以来，我第一次从一个无意但却完整的记忆中重又看到了外祖母活生生的现实形象。对我们来说，这种现实形象只有通过我们思维的再创造才可能存在（不然，凡是经历过大规模战斗的人个个都可成为伟大的史诗诗人）；就这样，我狂热地渴望投入她的怀抱，而只有在此刻——她已经安葬一年多了，原因在于年月确定有误，此类错误屡屡出现，致使事件日历与情感日历往往不一致——我才刚刚得知她已经离开了人世。打从这一时刻起，我常常谈起她，也常常念及她，但在我这个忘恩负义、自私自利、冷酷无情的年轻人的言语与思想中，过去从未有过任何与我外祖母相像的东西，因为我生性轻浮、贪图享乐，她生病，我竟视若家常便饭，心中保留的对她过去的记忆仅处于潜在状态。无论在何时审视我们的心灵，它整个儿只有一种近乎虚假的价值，尽管它有洋洋大观的财富清单，因为时而这一些，时而那一些财富皆是无权处理——无论是实在的财富，还是想象的财富——就以我为例吧，盖尔芒特家族古老的姓氏也罢，对我外祖母的真实回忆也罢，两种财富概莫能外，而后一类财富要重要得多。因为心脏搏动的间歇是与记忆的混乱密切相关的。对我们来说，我们的躯体就像一个坛子，里面禁闭着我们的精神，无疑是我们躯体的存在才诱使我们做出如此假设，我们内心的财富，我们往昔的欢乐和我们的一切痛苦都永远归我们所有。如果认为这些财富消失了或重现了，这也许同样不准确。无论怎样，倘若说它们存在于我们体内，那么大部分时间则都隐藏在一个陌生的区域，对我们起不到任何作用，甚至最常用的财富也往往受性质不同的记忆所抑制，在意识中排斥了与它们同时产生的任何可能性。但是，如果把存贮财富的感觉范围重新控制在手，那么它们自己也便拥有同样的能力，驱逐与它们水火不相容的一切，独自在我们身上安置下感受了它们存在的我。

然而，正因为方才骤然重现的那个“我”，打从我抵达巴尔贝克后外祖母为我脱衣的那个久远的夜晚以来，一直未曾存在，所以自然而然，刚才我介入的外祖母朝我俯身的那一分钟，不是发生在“我”不知晓的现实日子之后，而是——仿佛时间具有各不相同而又并行不悖的时刻——不经接续，紧接往昔的那第一个夜晚。当时的那个“我”，它早已失之天涯，如今却再一次近在咫尺，以至于我似乎还清晰地听到了在此之前刚刚脱口，但倏然已经成梦的那番话语，犹如一位似醒非醒之人，仿佛听到了梦境的响声，而梦却已消逝。我只不过是这样一个人，试图躲进外祖母的怀抱，吻她，亲她，以此抚平她痛楚的伤痕，一段时间以来，不同的“我”像走马灯似的在我心头显现，当我属于其中这个或那个“我”时，我曾迫切需要回想这个人物，然而谈何容易，犹如现在我白费心思，试图重新感受某个“我”的快意与欢乐，至少是一度吧，当然，我已经不再是那个“我”了。我渐渐记起，在外祖母身着晨衣，朝我的皮靴俯下身子的一个小时前，我在闷热的马路上游荡，在那位糕点师傅面前，我多么想亲亲我外祖母，心想这一小时她不在我身边，我无论如何也等不了。现在，同样的需要重又萌生，我知道我可以几个小时又几个小时地永久等下去，也知道她再也不可能依偎在我的身旁，而我只不过发现了这一需要，因为我平生第一次感觉到活生生的、真实的外祖母，她把我的心都要胀裂了，我终于又见到了她，然而，却在这时，我得知自己已经永远失去了她。永远失去了；我简直无法理解，于是，我试着承受这一矛盾带来的痛苦：一方面，正如我所感受到的那样，这是在我心中幸存的一个生命，一份慈爱，也就是说这是生就为我准备的，这是一份爱，在这份爱里，一切都在我心间臻于完善，达成目的，认准其始终不渝的方向，爱之所至简直无所不灵，以至于在我外祖母看来，伟人们的天才，自创世以来可能存在的一切聪明才智，简直不如我的一个小小的缺点；而另一方面，我一旦重温了像现在这样的至福，便确确实实感受到了它的来临，感到它像一种旧病复发的痛苦，从子虚乌有飞跃而出，虚无曾抹尽了我保留的这种慈爱的形象，摧毁了这一存在，在回首往事时，取消了我们相互注定的命运，在我仿佛在镜子里重新见到我的外祖母的时刻，将她变成一个普普通通的外人，只是一个偶然的原因，使她得以在我身边生活了若干年，就像这一切也可以在任何人身边发生一样，但在这另外一个人看来，我过去不过是子虚，将来也只能是乌有。近来我享受过的欢乐烟消云散，此时此刻我唯一可以品尝的欢悦，似乎就是粉饰过去，减少我外祖母昔日经受的痛苦。然而，我回想起她，这不仅仅在于她穿着晨衣，这一特定的服装，几乎成了一种象征，象征着疲惫，无疑是身体不健康的疲惫，但她在我眼里却是和蔼可亲的疲惫；渐渐地，我回想起我抓住的一切机会，让她目睹我的苦痛，需要时不惜向她夸大事实，造成她内心的难过，想象着再用我的亲吻将它抹去，仿佛我的撒娇可以带来她的慈爱，我的幸福也可以引起她的欢乐；比这更糟的是，我，我现在已别无幸福可言，只能从我的回忆里，从这张脸庞因和颜悦色而突出、倾斜的各个部位上，重新觅回幸福，在昔日，我曾疯狂地极力从中搜刮幸福，甚至连蛛丝马迹的欢乐也不放过，比如在圣卢为我外祖母拍照的那天，外祖母头戴宽檐帽，在不明不暗、强弱适中的光线中，慢悠悠地摆出卖弄风情的姿态，显得幼稚，近乎可笑，我实在按捺不住，要向她挑明这一点，失口嘀咕了几句不耐烦且又伤人的话，从她脸上那一阵抽搐，我感觉到我说的话已经传至她的耳朵，伤害了她的心；其实，这些话撕碎的正是我自己，因为现在亲吻的抚慰是万万不可能了。

但是，我再也不可能抹去她脸上的那阵抽搐，再也无法忘却她内心，毋宁说我内心的痛苦；因为死者只存在于我们心中，当我们固执地一味回忆我们曾给予他们的种种打击时，我们不停鞭挞的正是我们自己。这痛苦，虽然撕心裂肺，我却紧紧抓住不放，因为我深切地感到它是我对外祖母怀念的作用所致，是这一怀念之情真正存在于我心头的具体证据。我感到真的只有通过痛苦才回想起她来，我多么希望那维系着对她怀念之情的钉子在我心间扎得更深，更牢。我并不试图通过对她的照片（圣卢为她拍摄的那一张，我一直带在身边）低语、祈祷而减轻痛苦，美化这种痛苦，自欺欺人，似乎外祖母只是出门在外，暂时不得见面而已，就像我们朝着一个远离我们的人儿低语、祈祷，他虽然孑然一身，但却熟悉我们，永远永远与我们融为一体。但是，我从未这样做过，因为我所坚持的不仅仅是忍受痛苦，而且要尊重我痛苦的独特面貌，尊重我无意中突然遭受的那种苦痛，每当与交织在我心头的存在与虚无格格不入的那阵抽搐重又浮现眼前，我便心甘情愿地遵循那一痛苦的规律，继续经受痛苦的煎熬。在那当时有着切肤之痛，如今却无法理解的感觉中，我确实并不知道日后哪一天会有可能悟出几分真情，但我知道，哪怕从中可以得出一分真情，那它也只能源于那一感觉，那感觉是多么别具一格，多么自然而然地产生，它既没有由我的理智划定运行轨迹，也没有因为我的怯懦而减弱，而是死亡本身，死亡的突然发现，犹如雷击，按照一个超自然的、非人类的曲线图，在我心间铭刻下的标记，仿佛留下了一条双重神秘的印迹。（迄今，我一直处于对外祖母的遗忘状态，若要借此悟出真情，我连想也不曾想过；殊不知遗忘本身，说到底是一种否认，是思维能力的减弱，无法再现生活中的真实时刻，不得已用风马牛不相及的惯常形象取而代之。）然而，兴许自我防卫的本能，免受痛苦的机敏才智早已在黑烟未消的废墟奠定了其有益但也有害的事业的基石，我因此而过分地品尝了回忆心爱的人做出这样或那样的评价时所感受到的甜蜜，仿佛这份甜蜜能够带来种种评价，仿佛它始终存在，我为了它而继续生存。但是，一旦我入睡，在这一更为真实的时刻，我双眼紧闭，外界的万物一概不见，五脏六腑被神奇地照得彻亮，在这骤然间变得半透明的有机的内心深处，残存与虚无终于结成一体，睡眠的世界（在其门口，暂时瘫痪的智慧与意志再也不能与严酷的真情实感一起争夺我）便反映、折射出这一痛苦的混合体。在这个睡眠的世界里，为我们身体器官的紊乱所驾驭的内知觉加速了心脏或呼吸的节奏，因为同一程度的恐惧、悲切或悔恨，一旦注入我们的血管，便会以百倍的力量掀起狂澜；当我们被卷入自身血液的黑色波涛，犹如被投入九泉之下蜿蜒曲折的忘川河[1]，踏遍内心秘城的大街小巷，一张张庄严、伟大的脸庞便立即浮现在我们眼前，向我们靠近，继而离我们而去，任我们泪水涟涟。我来到幽暗的大门前，迫不及待地寻觅外祖母的面孔，但白费气力；然而，我明明知道她依然活着，只不过生命力已经衰弱，像记忆中的她一样苍白；黑色愈来愈浓，风越刮越烈；父亲本应把我领到她身边去，可他却迟迟不见。突然，我透不过气来，感到心脏像凝固了一般，我这才想起已经好几个星期忘了给外祖母写信了。她该会对我怎么想呢？“我的主啊，”我心想，“她待在那间为她租用的小房间里该是多么凄惨，那房间就像以前女仆住的一样窄小，她孤零零的，身边只安排了一个人照看她，在房间里一步也不能挪动，因为她身子一直有点瘫痪，一次也不曾想起起床！她该会以为她死后，我早已把她忘得一干二净；她该会感到多么孤独，感到被人遗弃！啊！我必须赶紧跑去看望她；我不能再耽搁一分钟，不能等父亲来了再去；可是，她身在何方？我怎能忘了她的住址呢？但愿她还能认得我！我怎能几个月都没有想起她呢？天漆黑一团，我无处可寻，狂风吹得我迈不开步子；可我父亲不就在我面前徜徉吗？我朝他高喊：‘外婆在哪里？把她住址告诉我？她身体好吗？她肯定什么都不缺吗？’父亲回答我说：‘啥也不缺，你完全可以放宽心。守护她的人办事有条有理。我们还不时给她汇去一小笔款子，给她购买生活必需品，生活用品她向来用得不多。有几次，她询问你在做些什么。大家连

[1] 地狱河流，亡灵饮其水，便忘却过去。

你准备写书的事都告诉她了。她脸上显出喜色，拭去了一滴泪水。'”此时，我似乎回想起，外祖母谢世不久，曾像一个被逐出门外的年迈女仆，像一个陌生的老太婆，神态卑贱地哭泣着对我说：“一定允许我，以后怎么也得再见你几面，千万别一过就是多少年都不来看我。请你想想，你好赖做过我的外孙，做外婆的是不会忘了的。”再次看到她当时那副如此顺从、如此悲切、如此温柔的面孔，我恨不得立即跑上前去，向她倾吐我当时本该回答她的那番话语：“外婆，你要想见我，一定会见到我，世间，我唯独只有你，我永远不再离开你。”多少个日月以来，她孤零零躺在那里，我却不在她的身旁，无声无息，这该让她多么难过，该会使她伤心泪落！她心里会怎么想呢？于是，我也呜咽着央求父亲：“快，快告诉我她的住址，带我去吧。”没料到他回答说：“噢，因为……因为我不知道你是否一定能见到她。再说，你也晓得，她身体十分虚弱，极其衰弱，她再也不是从前的她了，我想你见了她反而会很难过。我也记不得那条大街的确切门牌号码。”“你还是告诉我吧，你知道，死去的人便不再活在人世，这不是真的。尽管众人都这么说，可总不是真的，因为外祖母分明还活着。”我父亲凄楚地一笑：“啊！不懂事呀，你太不谙事理了。我以为你还是不去为好。她什么也不缺。一切都已给她安排妥帖。”“可是，她不是孤零零一人吗？”“是的，可这样对她反而更好些。她不想事，这更好，否则，只会给她增添不幸。想事往往是痛苦的，再者，你知道，她已经十分虚弱了。我把准确的方向告诉你，你可以去那儿；不过，我看不出你去那儿会有什么用处，我也不认为那位守护人会放你进去看望她。”“然而，你完全清楚，我将永远生活在她身旁，鹿，鹿，弗朗西斯·詹姆斯，餐叉。”但是，我已经渡过幽暗曲折的忘川河，浮到了水面，眼前展现了一个生者的世界：即使我仍然重复着“弗朗西斯·詹姆斯，鹿，鹿”这几个字，下面的话再也无法向我提供其清晰的含义，而就在刚才那一瞬间，其意义表达得何等自然，可现在我再也想不起来了。我甚至再也不明白父亲刚刚对我说的“Aias”一词怎么会直接表示“当心别着凉”，这怎么可能呢？我忘了关上百叶窗，无疑是明亮的日光把我照醒了。但是，我无法忍受眼前的滚滚海涛，可昔日，外祖母却可以静静地观潮，一看就是几个小时，波浪泰然自若，这优美的新图景立即使我产生了这样的念头，外祖母是看不到这景象了；我多么想堵上耳朵，不再听那滚滚的涛声，因为此时此刻，海滩上金光耀眼，在我心间拓开了一片空虚；过去，我还是个孩子时，曾在一个公园里与外祖母走散了，此时，这儿的一切犹如那座公园的小径与草坪，仿佛都在对我说：“我们没有见到她。”在苍茫、神奇的穹窿下，我好像被罩在一只巨大的灰蓝色钟形罩里，感到透不过气来，钟形罩遮住了一角视野，我的外祖母已经不在了。一眼望去，四周皆空，我转头面壁，不幸的是，挡住我视野的正是昔日充当我们俩之间报晨使者的那堵墙壁，它宛若提琴一般乖巧，把一种情感精妙入微的色彩表达得淋漓尽致，把我内心的惧怕准确无误地传达给外祖母：我既害怕把她惊醒，而若她已经醒来，我又担心她没有听到，怕她不敢走动；紧接着，它像第二种乐器发出回声，向我通报她正走过来，请我尽量放心。

这堵隔墙，我不敢向它靠近，仿佛这是一架钢琴，外祖母兴许弹奏过，至今余音不绝。我知道现在它可以任我敲击，敲得再有劲些也无妨，再也不可能把她吵醒，我再也收不到任何回音，外祖母再也不会过来。倘若天堂真的存在，我别无他求，只请上帝能在这堵隔墙上轻轻地敲击三声，外祖母准会从千万种声响中立即辨清，回击三声，意思是说："别焦急，小耗子，我明白你等不及了，可我这就过来。"然后，祈求上帝让我跟外祖母永生永世在一起，对我们俩来说，永生永世在一起，也不嫌长。

经理前来问我是否想下楼。不管怎么说，他为我在餐厅悉心安排了"座次"。由于没见我露面，他担心我气喘的老毛病又犯了。他希望这不过是种微不足道的"喉咙病"，并向我担保，听说可用一种被他叫作"咔里普图斯"的药，止住这种毛病。

他向我转交了阿尔贝蒂娜的一封短笺。今年，她本不打算来巴尔贝克，可改变了计划，三天前来到了附近的一个疗养胜地，虽然不是到巴尔贝克，但两地相距只有十分钟的火车路程。她怕我旅途劳顿，第一个晚上没敢登门打扰，只遣人前来询问我能否接待她。我问她本人是否亲临，倒不是想见她一面，恰恰相反，为的是设法避而不见。"她亲自来了，"经理回答我说，"她希望尽快见面，除非您有不到的理由。瞧，"他下结论道，"总而言之，这儿的人谁都渴望见您一面。"可是我呢，我谁都不愿见。

然而在前一天，我刚刚抵达，便感到自己重又为海浴疗养那怡然自得的生活魅力所诱惑。以前的那位电梯司机默默无声地启动了电梯，这一次并非出于蔑视，而是表示恭敬，只见他喜形于色，红光满面。我顺着立管徐徐上升，重又穿越了昔日被我视为陌生旅馆奥秘所在的中心。当一个无依无靠、默默无名的旅人初来乍到时，无论是回自己房间去的旅馆常客、下楼用餐的年轻姑娘、从饰有奇怪条纹的楼道经过的女仆，还是来自美洲，由女伴陪着下楼进餐的千金小姐，一个个朝他投去的都是清一色的目光，从中见不到人们所期待的任何神采。然而此次截然相反，我感受到了在一家熟悉的旅馆上楼时极为闲适畅快的心情，觉得就像在自己家里，再一次完成了这种周而复始的运动，这并非眨眼工夫那么短暂、轻易，它赋予事物以令我们感到亲切的灵魂，而不是令我们惊恐的幽灵。我没料到等待着我的，竟会是灵魂的突然变化，心中不由得思忖，现在莫非有必要换去别的旅馆下榻，在各家旅馆里，我将总是首次进餐；在各家旅馆，在各道楼层，面对各扇房门，习惯也许还没有把那凶神恶煞的龙杀掉，它似乎正监视着一个快活的生命；在各家旅馆里，我也许有必要接近那些陌生女郎，豪华大饭店、娱乐场和海滩，以大珊瑚骨骼聚集的方式，让她们集结在一起，生活在一起。

令人生厌的首席院长如此迫不及待，急于见我，竟然也使我感受到了几分欢悦；第一天，我观望着滚滚波涛，有蔚蓝色的起伏山峦，有冰川，有瀑布，其高雅、庄严、逍遥的景观尽收眼底——我洗手时，一闻到“大旅社”那芬芳浓烈的香皂的特殊气味，此情油然而生，许久以来，我第一次闻到这一特殊的香味——它仿佛既属于现在这一时刻，又属于往昔逗留的时光，宛如一种特殊生活的真正魅力，在现在与昔日之间飘忽，所谓特殊生活，就像人们回家只不过为了换一条领带那样随便。床单太细、太轻、太大、塞不紧、盖不实，裹在毯子外面，总是鼓鼓囊囊的，犹如游移不定的涡状物，若在昔日，准会使我黯然神伤。不过，这酷似船帆、总不舒坦、鼓鼓囊囊的床单晃动着第一个清晨充满希望的辉煌的太阳。但是，旭日尚未来得及升起。还在当天夜里，那一残忍而又神奇的影子似的人物便又复活了。我央求经理走开，请求任何人都别进屋。我告诉他，我将一直卧在床上，并谢绝他遣人去药店取那种万灵的麻醉剂。他见我一口谢绝，暗自庆幸，因为他害怕旅客闻到“咔里普图斯”的气味会感到不舒服。我有幸受到了称道：“您言之有意。”（他想说“言之有理”）并吩咐我道：“注意别在门上把您弄脏了，因门锁太紧，我差人在门上‘灌’了油；要是哪位服务员冒昧敲您房间，他定会受到‘滚打’。众人得牢牢记清，我向来不爱‘反复’（显然是指：我有事向来不喜欢说两遍）。不过，您是否想喝点陈酒提提精神？我楼下有满满一‘堂’（无疑说“满满一坛”）。我可不把酒放在银盘上，像托着伊奥纳当的脑袋似的端给您，我先跟您说明白，那不是拉菲特城堡酒，但也差不多模棱两可（想说“八九不离十”）。若量还太少，可以让人再给您做一条油炸‘小鳎芋’。”我一概谢绝，但感到惊诧的是，在一个一生中该点了不知多少遍这种菜肴的人嘴里，竟然“鱼”“芋”不分，把“鱼”说成“芋”。

尽管经理满口应承，片刻之后，还是有人给我送上了德·康布尔梅侯爵夫人的折角名片。这位年迈的夫人前来看望，差人打听我是否在此下榻，当她获悉我昨日才到，且身体不适，便未强求，坐进那辆套着两匹骏马、年代已久的四轮八簧敞篷马车，返回费代纳（十有八九在药店或服饰店门前停了停，跟班跳下车座，进店结账或买东西）。在巴尔贝克和处于巴尔贝克与费代纳城之间的几个海滨小镇的街道上，人们常可听到这辆马车的滚动声，对那豪华的排场赞叹不已。到这家或那家小店稍停片刻，并非驱车出游的目的所在，而是某个乡绅或财主家中举行了什么点心聚餐会或游园会，对侯爵夫人来说，这些乡绅或财主本来是极不体面的。可是，尽管侯爵夫人出身尊贵，家资巨万，远在附近的乡绅贵族之上，但她生性善良，为人淳朴，若有人邀她做客，唯恐让对方失望，因此，附近哪怕举行再微不足道的社交聚会，她也欣然赴会。诚然，一路风尘，赶到哪家令人窒息的小沙龙，在闷热之中听哪位通常没有才华的歌女歌唱，且她作为本地区的贵妇人和闻名遐迩的音乐家，听罢又不得不夸大其词，表示祝贺，相比之下德·康布尔梅夫人更喜爱在费代纳花园漫步或静憩，花园下方，小海湾花影沉碧，风平浪静，风景优美如画。她知道，自己往往人未到，消息已被主人四下传开，无论主人家是梅恩维尔-拉-坦杜利埃尔或夏通古尔-洛戈约的贵族还是禀性豪爽的布尔乔亚。然而，倘若德·康布尔梅夫人这天出门，未去盛会露面，而来自海滨小浴场的这位或那位宾客有可能听到了侯爵夫人的马车声，见到了她的马车，那么，她无暇脱身离开费代纳的托词便站不住脚了。此外，这些主人家经常看见德·康布尔梅夫人去参加某些人举办的音乐会，尽管认为那不是她应该出入的地方，在他们看来，侯爵夫人过分仁慈，这样做有损于她的地位，但是，一旦轮到他们接待侯爵夫人，便立即闭口不谈什么有失身份，他们一个个焦急不安，自问能否有幸请到她大驾光临点心聚餐会。如果主人家的千金或哪位正在此地度假的音乐爱好者刚刚唱完一曲，有来宾通报（侯爵夫人必定前来参加音乐会的先兆）亲眼看见拉着那辆著名马车的骏马停在钟表店或药店门前，那多少天来主人局促不安的心情便立即得到莫大的安慰！于是，在这些主人的眼里，德·康布尔梅夫人（她果然很快驾到，身后跟随着她的儿媳和当时在她府中的宾客，她请求允许把他们一起领来，主人欣然允诺）重又光彩照人。对他们来说，她终于大驾光临，使他们如愿以偿，也许这正是一个月前促致他们做出决定的不可明言的关键原因：不惜遭人议论，耗费钱财，举办一个日场音乐会。看见侯爵夫人光临，他们想到的便不再是她如何乐于参加他们认为很不体面的邻居家的聚会，而是夫人家族之古老城堡之豪华，以及侯爵夫人从勒格朗丹家娶来的儿媳举止之无礼，儿媳傲慢不逊，与她婆婆近乎乏味的谦恭平和形成鲜明对照。此时，他们仿佛已经在《高卢人报》的社交生活栏中读到了自家炮制的新闻："在布列塔尼恬静之隅，众人纵情欢乐，日场音乐会之来宾悉经精心挑选；直至主人许诺音乐会不日将再次举办，宾客方才离去。"每一天，他们都在等候着报纸，为在报上尚未看到他们音乐会的消息而惶惶不可终日，唯恐请到了德·康布尔梅夫人只有来宾知道，而众多的读者却一无所知。幸福的日子终于来临："今年的巴尔贝克，夏季格外迷人。午后的小型音乐会风靡一时……"感谢上帝，德·康布尔梅夫人的姓名白纸黑字，赫然入目，虽然"顺笔提及”，但确居首位。于是，又得扮出假象，对报纸之不慎，有可能引起与未被邀请之人的纠纷，显得忧心忡忡，并当着德·康布尔梅夫人的面，假惺惺地探听谁竟然心怀叵测，风传这种反应，然而，侯爵夫人不愧为贵妇人，往往和蔼可亲地说：“这造成您烦恼，我理解，但对我来说，众人皆知我去您府上做客，这只会让我感到非常幸福。”

送给我的请柬上，德·康布尔梅夫人草就一帖，说她后天午后举办一次音乐会。诚然，若在两天前，不管我对社交生活有多厌倦，但能欣赏一番移植到花园中举行的音乐会，对我来说确也是一种快事，费代纳阳光充足，花园里花红树翠，满目无花果树，棕榈树，遍地蔷薇花，一直延伸到海边，海面常常水波不兴，蔚蓝一色，宛如地中海的景观。主人家小巧玲珑的游艇在海上航行，盛会之前，驶往海湾彼岸的海滩，迎来最为尊贵的宾客；等客人到齐，游艇便迎着太阳张开遮篷，作为客人们用点心的餐厅；黄昏时分，再送走迎来的宾客。奢华的排场确实诱人，但开销极大，为了部分填补此项花费，德·康布尔梅夫人想方设法增加收入，尤其是生平第一次出租她家拥有的一处住宅：拉斯普利埃城堡，城堡的风格与费代纳迥然而异。真的，在一个崭新的环境中举办一次这样的音乐会，素昧平生的乡绅贵族济济一堂，若在两天前，也许我已经变换了巴黎“上流生活”的口味！然而现在，任何乐趣于我都毫无意义。我于是回复德·康布尔梅夫人，向她深表歉意，恰如一小时前，我让人打发走了阿尔贝蒂娜：悲戚之情使我内心产生欲望的可能性荡然无存，如同高烧不退，彻底伤了胃口……我母亲该于翌日抵达。我仿佛感到在她身边生活，已不像过去那样于心有愧了，我对她也更理解了，如今我已经告别了过去离奇、堕落的生活，取而代之的是不断涌现的回忆，往事令人心如刀割，为我和母亲的灵魂戴上了荆棘之冠，使我们的灵魂净化得更加高尚。我心里就是这么认为的；但实际上，有名副其实的悲伤，如妈妈的——一旦失去心爱的人，内心的悲哀便会彻底剥夺你长久的，有时甚至永久的生活乐趣——也有其他形式的悲伤，如我的，不管怎么说，此类悲切之情只是短暂的，来得迟，去得快，只能等事过许久之后，方才产生，因为需要“理解”事件本身，才能有所感受；这两种悲切之情有所差别；多少人真切感受到的悲哀与此时此刻折磨着我的悲哀，其差别只在于这种无意中往事突然涌现的方式。

至于像我母亲那样的揪心痛苦，我总有一天也会有亲身体会，诸位在后面的叙述中自可看到，但此时尚无体会，也不像我想象的那番滋味。正如一个陪同主角排练台词的演员，本该早早就位熟悉自己的角色，但直到最后一刻才匆匆赶到，需提的台词仅仅读过一遍，该他道尾白时，倒相当机灵，且善掩饰，任何人都看不出他姗姗来迟，正是这样，待我母亲到来时，我这种刚刚体味过的悲切之情反给我提供了机会，向母亲表白我心中如何悲伤。她只觉得准是我看到了与外祖母共同待过的地方（并非如此），触景生情，陡然悲哀。与母亲相比，我所感受到的悲痛微不足道，但却让我睁开了眼睛，我平生第一次惶恐不安地体悟到了母亲所承受的巨大痛苦。我也第一次明白了为何外祖母去世后，母亲一直目光呆滞，没有一滴泪水（弗朗索瓦丝因此而很少向她抱怨），她的这种目光正死死盯着回忆与虚无这对难解的矛盾。此外，尽管母亲总是不离黑面纱，但在这个新地方，她愈是这样穿戴，我愈是惊心动魄，惊诧于她内心发生的变化。说她失却了一切欢乐，这远不足于表达，她简直像彻底熔化了一般，被铸成了一尊塑像，在苦苦哀乞，唯恐动作太猛，声音过响，冒犯了与她形影相吊的痛苦之人。但是，尤为令我吃惊的是，一见她全身披黑踏进屋来，我旋即发现——而在巴黎从未注意到——眼前不是母亲，而是外祖母。就像在王族里，王侯将相一死，王孙公子便因袭其位，于是德·奥尔良公爵，德·塔兰托亲王和德·洛姆亲王便分别成为法兰西国王，德·拉特雷默伊耶公爵和德·盖尔芒特公爵，而生者也往往通过性质不同，但原因更为深刻的继承方式，继承死者的财产为己有，成为死者的后继替身，把业已中断的生命继续下去。对妈妈这样的闺女来说，母亲的去世造成的巨大悲痛也许只是提早咬破蛹壳，加速了心爱的人的变化和出现，倘若没有这一危机，加速发展进程，一下子跳越几个发展阶段，心爱的人的出现必将迟缓一些。在对故人的哀悼中，也许存在着某种启示，最终使我们的性格特征出现了相似之处，再说，它们就潜藏在我们身上；哀悼中，特别是我们的能动性一时中止——这种能动性主要是个人的（如我母亲的通情达理以及从她父亲身上继承下来的含讥带讽的快乐天性），只要心爱的人还活在世上，我们就不顾忌发挥自己的能动性，哪怕有损于心爱之人的利益，从而与我们从心爱之人身上继承下来的特殊性格互为抵消。一旦心爱的人不在人世，我们便会为与以前判若两人而顾虑重重，欣赏的将只是过去的她，只是业已成为历史，但却与其他事物交织在一起的自身，只是从今之后将保持完整的自我的自身。正是在这一意义上（绝非人们通常所指的那种极为含糊、虚假的意义），可以说死亡并非无益，人死后仍然会给我们施加影响。死者起的作用甚至超过生者，其原因在于真正的现实唯有通过理智才能显示出来，是理智活动的客体，因此，我们对不得不通过思维再创造的一切，对每日生活向我们掩盖的一切，并不真正了解……总之，在对故人深切的悼念之中，我们对故人所热爱的一切无不视为崇拜的偶像。我母亲不仅舍不得我外祖母的手提包，这小包已变得比蓝宝石、比钻石还珍贵，舍不得我外祖母的袖套，舍不得所有那些使她俩外表显得格外相似的衣着服饰，而且我外祖母一直爱不释手的德·塞维尼夫人的几部作品，我母亲也怎么都舍不得拿去交换，哪怕与名作家的手稿交换。过去，她常取笑外祖母，说外祖母哪次给她写信都少不了要录上德·塞维尼夫人或德·博泽让夫人的一句话。而在母亲抵达巴尔贝克之前给我写的三封信中，每一封都针对我引用了德·塞维尼夫人的话，仿佛这书信不是她写给我，而是我外祖母写给她的。她执意要下堤坝去亲眼看看我外祖母信中每次都向她提起的那片海滩。我看着她手执她母亲的晴雨两用伞，全身披黑，迈着虔诚、怯生生的步履，从窗边向前走去，踏着在她之前亲人双脚踏过的细沙，那神态仿佛是在寻觅一位死去的亲人，那亲人也许会被海浪冲回岸边。为了避免她孤零零一人用餐，我不得不陪她一起下楼。法院首席院长和首席律师的遗孀一起被介绍给了母亲。母亲对与我外祖母有关的一切都是那么饱含深情，以至于听了首席院长对她说的一席话，心情无比激动，并感激不尽，将永远铭刻心怀，而首席律师的遗孀没有任何表示，未说一句悼念去世的外祖母的话，这又使母亲感到愤恨、痛心。一位言语激动，另一位沉默不语，尽管我母亲认为这两者相去甚远，但只不过是表达死者令我们产生的冷漠之情的方式不同而已。不过，我觉得，母亲往往从我无意中渗进几分痛楚的话语中获得些许温暖。正如保证我外祖母永远活在我们心间的所有一切东西，我的痛苦只会给妈妈带来幸福（尽管她对我百般抚爱），后来，我母亲每日都下楼去海滩上坐着，完全效仿她母亲的所作所为，阅读的也是她母亲最喜爱的两部书：《德·博泽让夫人回忆录》和德·塞维尼夫人的《书信集》。她跟我们中的任何人都一样，绝对不能容忍别人称德·塞维尼夫人为“才智横溢的侯爵夫人”，正如不容别人称呼拉封丹为“老好先生”一样。但是，当她在书信中读到“我的女儿”这几个字，每每觉得听到了她母亲对她的说话声。

在这朝圣般的活动期间，她本不愿受到任何打扰，可运气不佳，偏偏有一回在沙滩上遇到了从贡布雷来的一位太太，身后跟着她的几个女儿。我想她叫普桑夫人。可我们私下总是戏称她为“有你好瞧的”，因为她警告女儿们当心闯祸时，张口闭口总是这句话，比如她冲着一个总揉眼睛的女儿喊道：“等你眼睛发炎，有你好瞧的。”她从老远见到我妈妈，就声泪俱下，没完没了地问候起来，可看那派头，不像是表示慰问，而是像教训人。她生活在贡布雷的一座深宅大院里，几乎与世隔绝，觉得世上什么东西都不够温柔，甚至连法语词和人地名都要软化一番。她认为将斟饮料的银具叫作“居伊尔”过分生硬，于是便称之为“戈伊”；她唯恐直呼“费纳龙”而对《忒勒玛科斯历险记》和蔼可亲的作者有所不恭——我自己也一样，心甘情愿地把最聪慧、最温和、最忠厚的贝特朗·德·费纳龙当作最亲爱的朋友，凡与他相识的人，都永远忘不了他——从来都称呼他“费内龙”，觉得“内”这个音增添了几分柔和。这位普桑夫人的女婿就不那么温和了，我忘了他叫什么名字，他原是贡布雷的一位证人，提着银箱一走了之，让我姑父损失了偌大一笔财产。但是，贡布雷的大部分居民与他家的其他成员相处还很和睦，并未因此造成关系紧张，大家倒对普桑夫人表示同情。她从不接待客人，但大家每次打从她家栅栏门前经过，都少不了留步驻足，对花园的浓荫翠绿欣赏一番，却看不清里面别的东西。在巴尔贝克，她并不怎么碍我们的事，我也只遇到她一次，当时她正训斥在咬指甲的女儿：“等到你手指流脓，有你好瞧的。”

妈妈在海滩读书时，我便独自待在房间。我回想起外祖母一生中的最后时刻以及与之相关的一切，回想起她最后一次出外漫步，我们陪伴她一起走过的楼梯门，这扇门一直保持原样，始终大敞着。与此形成鲜明对照的是，世间的其他东西仿佛并不真实存在，我内心的痛苦像毒剂一般，将它们全都毒死了。后来，我母亲硬要我出门走走。当初的第一个夜晚，我等候着外祖母到来，曾独自沿街走到迪盖-特鲁安纪念碑，然而，如今在这条街上，我每次举步，娱乐场某一早已忘却的情景便像一阵难以阻拦的逆风，阻拦着我向前迈进；我垂下眼帘，不看任何东西。等我恢复了几分体力，便反身向旅社走去，我心里清楚，不论我等待多久，从此再也不可能在旅社与外祖母重逢，想当初我抵达的第一天夜里便与外祖母相见了。由于我到旅社后才初次出门，有许多我尚未见过面的陌生仆人好奇地盯着我看。一位年轻的服务员站立在旅社门口，摘下帽子向我致意，继而又很快戴到头上，动作灵巧利索。我想准是埃梅有过吩咐，拿他的话说，早已“下令”，对我要倍加敬重。可就在这同一时刻，我发现服务员又向另一位进门的客人脱帽致意。事实是，这位年轻小伙子在生活中只知脱帽，戴帽，动作无懈可击。一旦明白了自己别无能耐，唯在这方面出类拔萃，他每天便忠于职守，尽量多多脱帽，为此赢得了客人不便表露但却普遍存在的好感，也令门房特别喜欢他，门房负有雇用服务员的重任，迄今为止，除了这位难得的小伙子，还未能找到一位适应的，谁来干不了一星期，准被撵走，埃梅对此大惑不解，吃惊地说：“可是，干这等差事，只要让他们有礼貌就行，不该这么难呀。”经理也严格要求他们务必“到职到位”，意思是要他们必须待在岗位上，说不定是想要他们保持“堂堂仪表”，只是不会运用这一词语而已。旅社后面那片开阔的草坪，旧貌已经改观，新修了几个花坛，鲜花盛开，但原先的一丛异域小灌木被移走了，连第一年守着草坪入口处的那位小厮也不见了踪影，他曾以柔如幼茎的身躯、颜色稀奇的秀发，在外观上为入口处增添了光彩。他终于效法两位哥哥和一位当打字员的姐姐，跟波兰的一个伯爵夫人走了，当了她的私人秘书，他哥哥和姐姐都是因为魅力不凡，在旅社被来自不同国度的男女名流迷上后挖走的。他们走后，只有小弟弟孤单单一人留在旅社，因为他斜眼，谁也不想要他。适逢那位波兰的伯爵夫人和他两个哥哥的保护人来到巴尔贝克，在旅社下榻，小住一段时间，他喜气洋洋。尽管他打心眼里嫉妒两位哥哥，但也爱着他俩，尽可好好利用这几个星期，培养培养骨肉之情。丰特弗洛尔特女修道院院长不是这样经常离开修女们，去分享路易十四对她胞妹莫特马尔的盛情招待吗？女修道院院长的胞妹是德·蒙代斯邦夫人，是路易十四的情妇。那时，小伙子到巴尔贝克才不到一年，对我尚不熟悉，可听到比他老一些的服务员招呼我时在先生两字之前加上我的姓氏，便立即模仿他们的样子，第一次称呼我时就一副心满意足的神态，或许是因为向一位他认定的知名人士显示了自己的学识，或许是因为遵循了五分钟前尚不知晓，但在他看来无论如何不得违反的惯用礼节。这家大旅社对某些人可能会产生诱惑力，对此我完全明白。它就像是一个高高搭起的大舞台，众多的角色纷纷登场，甚至连布景处也热闹非凡。虽然旅客只不过是某种观众，但无时无刻不加入表演中去，仿佛观众的生活展现在舞台豪华的场景中，而不像在剧院，只有演员在台上演戏。打网球的尽可身着白色法兰绒上装回旅社，门房却非要穿上绣有银饰带的蓝色制服才能把信交给他。倘若这位打网球的不愿爬楼，那也仍然离不开演员，身边就有那么一位衣着同样华丽的司机开电梯。楼层的走廊掩护着贴身侍女与报信女仆，躲避纠缠，在海上时，她们就像雅典娜女神节舞台上的帷幕一般美丽，热衷于与漂亮的女仆厮混的人总是七弯八拐，神不知鬼不觉地摸到她们的小房间来，楼下，占统治地位的是男性，由于有那一帮子无所事事、年纪过小的男仆，整个旅社活脱脱像一部已经成形、永远重复演出的犹太基督教悲剧。因此，一见到他们，我往往情不自禁地在心底默诵起拉辛的诗句，这一回，不再是在德·盖尔芒特亲王夫人府邸，德·福古贝盯着向德·夏吕斯先生致意的大使馆秘书时，浮现在我脑际的《以斯帖》剧中那几句话，而是《阿达莉》剧中的诗行，因为一踏进在十七世纪被称为门厅的大厅，便见熙熙攘攘立着“一大群”年轻服务员，尤其在用点心的时刻，活像拉辛剧中合唱队的年轻的犹太人。当阿达莉问小王子“您到底做何事”时，如果若阿斯虽含糊其词，但总算也做了回答的话，我可不相信这帮服务员中有谁能够作答，因为他们实在无所事事。若有人像年迈的王后询问他们中的任何一位：

“所有关闭在这个场所的人，
一个个到底在忙些什么事情？”

他最多只能回答：

“我在观看礼仪的豪华场面，
同时，我也在为此做点奉献。”

有时，年轻的演员中走出一位漂亮的小伙子，向更为重要的某个人物迎去，继又回到合唱队中，除非在静思松弛的时刻，不然，一个个无不在共同变换着各种姿态，显得毕恭毕敬，日复一日地在装扮门面，但纯属徒劳无益。除“假日”外，他们对“上流社会总是敬而远之”，从不踏入教堂广场一步，平时，过的是苦行僧般的日子，与《阿达莉》中的利未人别无二致。看着这“一群忠实的年轻人”披着华丽的毯子踢踏起舞，我不禁自问踏入的是巴尔贝克大旅社还是所罗门殿堂。

我径自上楼回到房间。像往常一样，我的思绪从外祖母身染重病、弥留人间的日子，从我重新经受、不断加剧的痛苦中挣脱了出来。之所以说不断加剧，是因为当我们以为仅仅在再现一位亲人的痛苦时，实际上，我们的怜悯心已经夸大了这份痛苦；但是，也许真正可靠的正是这种恻隐之心，它比经受痛苦的人们对痛苦的意识更为可靠，因为他们一直被蒙在鼓里，看不见自己的生活之苦，而恻隐之心却看得一清二楚，为他们的凄苦而悲痛绝望。然而，如果我当时就清楚长时间来我一直不了解的一切，知道外祖母在临终前夕，神志完全清醒，在确信我不在场的时刻，曾握住妈妈的手，贴上自己滚烫的双唇，对她说：“永别了，我的女儿，永别了。”那么，一时冲动之下，我的怜悯之心准会超脱外祖母的悲痛。我母亲从不松懈，一直死死盯着不放的也许正是这段往事。于是，我脑中浮现出愉快的记忆。她是我外祖母，我是她外孙。她脸庞的神情仿佛用专为我创造的语言写成；她是我生活中的一切，其他任何人只是与她相比较而存在，只是根据她传授给我的对他们的是非判断而存在；然而，不，我们的关系昙花一现，不可能不是偶然结成的。她再也认不出我了。我将永远见不到她。我们并不是相依为命，互为创造的，她是一个陌路人。我正在看圣卢为她这位陌路人拍摄的照片。妈妈与阿尔贝蒂娜见面后，坚持要我去看看她，因为阿尔贝蒂娜娓娓道来，跟她谈起了许多有关外祖母，有关我的往事。我与阿尔贝蒂娜约定了时间。我事先通知经理，让她在客厅等候。经理回答我说，他早就认识阿尔贝蒂娜及其女友，那时，她们还远远不足“贞洁的年岁”，对她们议论旅社的闲言乱语，他至今耿耿于怀。她们除非“无闻”，才会如此恶言恶语。要么有谁恶意中伤了她们。我不难理解，“贞洁”指的是“青春期”。可是“无闻”两字，就让我大惑不解了。也许与“无文化”混淆了，而“无文化”又有可能与“有文化”混为一谈。我一边等着与阿尔贝蒂娜会面的时刻，一边目不转睛地看着圣卢拍的照片，似乎因为双眼直盯着不放，最后竟一点也看不见眼前的相片，正在这时，我猛又想到：“这是我外祖母，我是她外孙。”犹如一位健忘症患者突然想起了自己的名字，又恰似一位病人倏然改变了性格。弗朗索瓦丝进屋向我禀报阿尔贝蒂娜已在楼下，她一眼看见了照片，说道：“可怜的太太，就是她，连她脸颊上的美人痣都一模一样；侯爵给她拍照的那一天，她病得很重，有两次感到疼痛难忍。她吩咐我说：‘弗朗索瓦丝，千万别让我外孙知道。’她一直瞒着大家，聚会时，总是乐呵呵的。只有我发现她头脑有时有点儿迟钝。可那一下就消失了。后来，她对我这样说：‘万一我出了什么事，怎么也得留下我一幅像。我还从来没有单独照过相呢。’说罢，她派我去找侯爵先生，问他能否给她照张相，并关照他千万不要告诉先生是她自己提出照相的。可是，等我回家禀报她可以拍照时，她却又死活不肯，因为她觉得自己脸色太难看了。她对我说：‘要是留不下影，就更糟了。’她本来就不笨，最后还是好好修饰了一番，戴上了一顶大大的垂边帽，平时不遇到大晴天，那帽子一般是不戴的。她对自己的相片十分满意，她对我说，她不相信还能从巴尔贝克活着回去。尽管我对她直说：‘老太太，不该这样讲，我不喜欢听到老太太说这种话。’可白搭，她就是这个死念头。天哪！她连饭都吃不进了，一连就是好几天。正是这个原因，她才催促先生离得远远的，去跟侯爵先生一起用餐。她自己不上餐桌，装着在看书，可侯爵的马车一走，便上楼去睡觉。可后来，她害怕事前什么也没有跟太太说，会惊坏了她。‘还是让她跟丈夫待在一起为好，弗朗索瓦丝，对吧。’”弗朗索瓦丝看了看我，突然问我是否“不舒服”。我回答她说“不”，她连忙说：“您把我拴在这儿，尽跟您闲扯。拜访您的人也许早就到了。我得下楼去。那可不是个会待在这里的人。像她那样来去匆匆的，恐怕已经走了。她可不喜欢久等。啊！如今，阿尔贝蒂娜小姐可是个人物。”“弗朗索瓦丝，您错了，她相当好，好得这儿都不匹配了。您这就去通知她！我今天不能见她。”

要是弗朗索瓦丝看见我潸然泪下，说不定会引起她好一场怜悯、哀叹！我小心掩盖。不然，我会得到她的同情！可是，我却给她以同情。对这些可怜的女仆的好心，我们往往不怎么理会，她们总见不得我们落泪，仿佛落泪会伤了我们的身子；也许这对她们有害无益，记得我小时候，弗朗索瓦丝常对我说：“别这样哭，我不喜欢见你这样哭。”我们不好夸夸其谈，不爱广征博引，这是我们的过错，我们因此而关闭了心扉，容纳不了感人的乡野之情，对因行窃而被解雇的可怜女仆传奇般的辩白无动于衷，也许她蒙受了不白之冤呢，苍白的脸色，倏然变得倍加谦卑，仿佛蒙受指责是个罪孽，表白父亲如何诚实，母亲如何规矩，祖母又如何教她为人。诚然，正是这些不忍心看见我们神伤落泪的仆人无所忌惮，害得我们染上肺炎，因为楼下那位女仆喜欢穿堂风，断绝风口未免失礼。因为，要说像弗朗索瓦丝这样本来有理的人做错了，除非把正义女神变成怪物。但是，女仆们哪怕再微不足道的乐趣也会引起主人的反对或奚落。原因是她们的娱乐虽然不足挂齿，但总是含有愚昧无知的感情因素，有害于身心健康。她们因此而有可能表示不满：“怎么，我一年就提这么点要求，还不同意。”然而，主人们可能施与的却要多得多，这对她们来说并不是傻事，也没有害处——或许也是为了他们自己。当然，看到可怜的女仆浑身哆嗦，就要承认并未做过的错事，张口说“如果非要我走，那我今晚就走吧”，那副忍辱负重的可怜样，叫谁都不可能狠下心来。但是，如果碰上一位上了年纪的厨娘，神气活现，得意扬扬，手握扫把如执权杖，老娘天下第一，常常哭闹着甩手不干，干起来又威风凛凛，面对这种人，尽管她说起话来小题大做，咄咄逼人，尽管她自恃是母亲身边来的，也是“小圈子”的尊严，你也要善于对她做出反应，切勿无动于衷。这一天，我回想起，或者想象出类似的场景，一五一十全跟我们家那位上了年纪的女仆说了，打这之后，尽管她对阿尔贝蒂娜百般刁难，我对弗朗索瓦丝一直情深意切，虽然有起有伏，这不假，但却赋予她最强烈的爱，是以恻隐之心为基础的爱。

我面对外祖母的照片，整整一天痛苦不堪。相片在折磨着我。但是，比起经理晚间的来访，却要轻些。我跟他谈起外祖母，他马上再次对我表示慰问，只听得他对我说（他喜欢使用他发不准音的词）："您外祖母大人晕雀（厥）的那一天，我本想告诉您的，可考虑到旅社这些客人，对吧，也许这会损害了旅社的利益。她当晚就离开最好不过了。可她求我不要声张，向我保证她再也不会晕雀过去，一旦再犯病，便马上离去。那一楼层的领班却向我报告说她后来又晕了一次。可是，噢，你们是老主顾了，我们想把你们照顾周全还来不及呢，既然谁也不抱怨……"我外祖母常常昏厥，却这样瞒着我。莫非那时候，我对她最不体贴，她虽然受痛苦的煎熬，却迫不得已，尽量注意显得心情愉快，免得惹我生气，也尽可能装出身体健康的样子，避免被赶出旅社大门。我简直想象不出，昏厥一词竟会被说成"晕雀"，若是涉及其他的事情，也许我会觉得滑稽可笑，然而它音响新奇而怪诞，犹如一个别具一格的不协和音程，久久回荡，足以勾起我心中最为痛楚的感觉。

翌日，为满足妈妈的要求，我到海滩上，毋宁说是在沙丘上躺了一会儿，身子隐藏在高低起伏的沙丘中间，心里想阿尔贝蒂娜及其女友再也不可能找到我。我低垂着眼帘，只透进一道光线，玫瑰般红艳，那是眼睛内壁的感光。接着，眼帘紧紧闭上了。

这时，外祖母浮现在我的脑际，她静坐在一把扶手椅上。她身体那么虚弱，好像活着的是另一个人。然而，我却清楚地听到她在呼吸；时而出现某种迹象，表明她已明白父亲与我的谈话。但是，纵然我热烈拥抱她，怎么也无法从她的双眼中激发出一束爱的光芒，无法使她的双颊露出几分色彩。她对自身毫无意识，对我也似乎丝毫不爱，仿佛与我素昧平生，也许根本就看不见我。她如此漠然、沮丧、幽愤，我再也摸不透个中奥秘之所在。我忙把父亲拉到一边。“你总也看到了吧，”我对他说，“不用说，世上的事情，她都已看得一清二楚。这完全是对生命的幻想。要是让你表兄来看看就好了，他不是断言死者没有生命吗！她去世已经一年多了，可说到底，她还一直活着。但是，她为何不愿亲我呀？”“瞧，她可怜的脑袋又垂下来了。”“那是她想马上去香榭丽舍大街。”“简直不可思议！”“你真的认为这会害了她，她会再死去吗？她再也不爱我，这不可能。我这样拥抱她，难道就没有用？难道她从此就再也不对我笑一笑？”“你要我怎么办，死人就是死人呗。”

几天后，圣卢拍的那幅照片在我眼里是何其美妙；它没有勾起弗朗索瓦丝对我说的那番话，因为对那番话的记忆再也没有在我脑海消失，我对它已经习以为常。但是，在那天，外祖母的身体状况在我看来是那么糟糕，她是那么痛苦，可由于她要了些小花招，头上戴了一顶帽子，稍稍地把脸遮去了一点，尽管我早已识破破绽，却照样成功地欺骗了我，相比较之下，拍摄出来的这幅相片上，她显得是这般优雅标致，这般无忧无虑，不如我想象的那么痛苦，又比我想象的要更健康。可是，她万万没有意识到，她的两只眼睛具有异样的神情，那是一种浑浊、惊恐的神情，就像一头已被挑定、末日来临的牲畜射出的目光，她那副惨样，像是个被判了死刑的囚犯，无意中流露出阴郁的神色，惨不忍睹，虽然逃过了我的眼睛，却因此而使我母亲从不忍心瞅照片一眼，在她看来，这与其说是她母亲的照片，毋宁说是她母亲疾病的缩影，是病魔猛地给我外祖母一记耳光，在她脸上刻下的侮辱的印记。

接着有一天，我终于决定差人告诉阿尔贝蒂娜，近日要接待她。那是在一个炎热早临的上午，孩子们的玩耍嬉闹声，游泳的人的取笑逗乐声，卖报人的吆喝叫卖声，这千万种声音化作道道火花，簇簇火花，为我描绘出火热的海滩，海波涟涟，一排排冲刷着沙滩，送来阵阵清凉；这时，交响音乐会开始了，乐声中交织着哗哗的水声，琴声悠悠回荡，仿佛一大群蜜蜂迷失在海上，嗡嗡作响，我旋即充满欲望，渴望重新听到阿尔贝蒂娜的笑声，看到她的那些女友，那些少女清晰地显现在浪峰上，深深地印在我的记忆中，是与巴尔贝克不可分割的魅力所在，是巴尔贝克特有的花神；我打定了主意，要派弗朗索瓦丝给阿尔贝蒂娜捎信，约她下星期见面，与此同时，大海缓缓上涨，随着阵阵海潮涌起，晶莹的海水一次次淹没悦耳的旋律，一个个乐句显得断断续续，宛如一个个弦乐天使在意大利教堂顶部袅袅升起，在斑岩蓝或碧玉翠的屋顶间若隐若现。但是，阿尔贝蒂娜来访的那一天，天气重又变坏、转凉，再说，我也感到扫兴，听不到她的笑声；她情绪极为恶劣。“今年，巴尔贝克真叫人厌倦。”她对我说，“我尽量不要待得太长。您知道自复活节后我一直在这儿，已经一个多月了。一个人也见不着。您想这是不是没趣极了。”尽管刚刚下过雨，天气说变就变，我陪阿尔贝蒂娜一直到了埃普勒维尔，拿她自己的话说，她常在邦当太太别墅所在的小海滩与安加维尔之间“来往穿梭”，在安加维尔，她“寄住”在罗斯蒙德亲戚家中；到了埃普勒维尔后，我独自一个人朝大路方向信步而去，当初与外祖母一起出游时，德·维尔巴里西斯夫人的马车走的就是那条路；路面上坑坑洼洼，闪耀的太阳也未晒干坑内的积水，看上去就像一块沼泽地，我想起了外祖母，昔日，她走不了两步，身上准就沾满了污泥。可是，我刚一踏上那条路，便眼花缭乱。八月间，我和外祖母看见那地方只有纷纷落叶，像是个苹果园，如今苹果树一眼望不到边，花儿盛开，色彩缤纷，蔚为奇观，我双脚踩在污泥中，身上穿着舞会盛装，顾不上小心照顾自己，一心只想到别弄污了这粉红色的花缎，红日下，花缎流光溢彩，奇妙至极，令人叹为观止；浩瀚的海面映衬着苹果树，宛如日本石印画的背景，倘若我举首仰望花间晴空，那把天空衬托得分外静谧，蓝得几乎呈现出紫罗兰色的花朵仿佛立即闪开，敞露出那天堂的深处。蓝天下，微风徐徐，但冷飕飕的，红艳的繁花轻轻摇曳。蓝色的山雀飞落在枝杈上，在花簇间跳跃，花儿任其纵情欢跳，仿佛是哪一位酷爱异国风光与色彩的能人巧夺天工，创造了这片生机勃勃的美丽景色。它拨动着人的心弦，令人热泪盈眶，不管它有多浓的雕琢的艺术效果，仍给人以自然天成的感觉，这些苹果树就生长在旷野上，就如农夫在法兰西的大道上行走。接着，阳光骤然消失，大雨倾泻；整个天际布满道道斑纹，排排苹果树被笼罩在昏暗之中。但是，尽管大雨淋漓，风也变得凛冽，苹果树仍然华美纷呈，粉红的花朵嫣然如故：这是早春的一天。

第二章

我担心这次独自漫游获得的乐趣淡化了我心中对外祖母的记忆，于是想方设法，通过回想外祖母经受的巨大精神痛苦，激发怀念之情。在我的召唤下，这一痛苦试图在我心中安营扎寨，竖起一根根巨大的柱石。无疑，我的心对它来说实在太窄小了，我无力承受如此巨大的痛苦，在痛苦全部复现的刹那间，我走了神，即将合拢的拱穹顷刻坍塌，犹如浪峰尚未尽善，大浪便一落千丈。然而，当我昏昏入睡时，只要通过睡梦，我就可得知外祖母去世给我造成的悲痛正在渐渐减弱，因为在梦境中，她不像我对她的幻境想象的那样受尽压抑；我看她还是生着病，但已在慢慢康复；我觉得她好些了。只要她一暗示她感到难受，我马上用亲吻堵上她的嘴巴，让她相信病已彻底痊愈。我多么想让悲观论者看到死亡确确实实是一种疾病，可以治愈。不过，我再也看不到外祖母像往日那样丰富的自发性。她的言语仅仅是一种衰弱、顺从的答话，几乎是我讲话的简单回声，充其量不过是我的思想的反映。

我仍然无法重新激起肉欲，但阿尔贝蒂娜却又开始唤起我对幸福的向往。某些共享柔情的春梦总在我们脑际浮现，往往由于一种情投意合，自然而然地与对某个我们与之有过欢爱的女性的回忆（条件是这一回忆已变得模糊不清）联系在一起。这一情感令我回想起阿尔贝蒂娜脸蛋的模样，那模样较之有可能激起我肉欲的脸蛋多几分温柔，少几分愉悦，两者相去甚远；由于这一情感要求与肉体的欲望一样，并不迫切，我情愿等到冬日再去享受，在阿尔贝蒂娜离开巴尔贝克之前，不想再设法与她会面。但是，即使仍处在极度悲伤之际，肉欲也会死灰复燃。在人们让我每日久卧静养的床榻上，我渴望阿尔贝蒂娜前来同我旧戏重演。君不见在那间孩子夭折的卧室里，夫妻很快又搂抱在一起，给死去的婴儿再添个弟弟？我走到窗台，凝望着这天的大海，试图摆脱这一欲念。与初次来的那一年一样，大海变幻无穷，一天一个景象，少有雷同。再说，这大海与那年看到的相去甚远，或许，时值春季，经常风雨大作；或许，即使我与上次同期到达，但由于气候不同，更为多变，致使这一带海滨失去了懒洋洋、雾蒙蒙、弱不禁风的海面，炎夏之日，我曾目睹大海在沙滩上沉睡，微微搏动的灰蓝色胸脯一起一伏，几乎难以觉察；或许更因为我的双眼遵照埃尔斯蒂尔的教诲，捕捉住的恰是往日我故意排斥的成分，久久地凝望着第一年不善欣赏的景观。我与德·维尔巴里西斯夫人一起漫游的乡野与附近那变幻无常、难以接近、神话般的永恒汪洋形成鲜明对照，这在当初曾令我那样惊诧，如今却已不复存在。有的日子里，大海一反常态，在我眼前似乎变成了广阔的原野。在难得的风和日丽的日子里，炎热的天气仿佛在田野上一样，在海面开辟了一条尘土飞扬的白色通道，一条渔船孤帆远影，宛如乡村钟楼在海路上脱颖而出；一艘拖轮，唯见其烟囱，在远处冒着青烟，犹如一座偏僻的工厂；而在天际，只见一个鼓起的白色四方体，无疑是一艘帆船的远影，但看上去似乎结结实实，如同石灰岩，令人想起某座孤零零的建筑的向阳角，那或许是家医院，抑或是座学校。遇到刮风多云的日子，风起云涌，且不说会让人判断完全失误，至少让人第一眼会产生错觉，触发想象力的联想幻景。色彩对比鲜明的空间的交替出现，比如田野里因不同作物远近而呈现的分明色彩，高低不平，泛着黄色，仿佛布满污泥的海面，挡住视野中的某条小船，以及使得船上一队灵巧的水手看似在收获的堤坝与斜坡上，所有这一切在暴风雨大作的日子里，令海洋面目全非，变得如同昔日我迫不及待出游的那条可通行马车的泥路一般多变，结实，崎岖，拥挤。有一次，我再也无法抵挡自己的欲望，起床后没有再躺下，穿好衣服，出发去安加维尔找阿尔贝蒂娜。我打算求她一直陪我到多维尔，然后，我再从那儿去费代纳和拉斯普利埃分别拜访德·康布尔梅夫人和维尔迪兰夫人。在我拜访这段时间，阿尔贝蒂娜在海滩待着等我，待到夜里，我们俩再一起返回。我乘上了地方经营的小火车，我曾听过阿尔贝蒂娜及其女友介绍，对该地区小火车的所有绰号了如指掌：有叫它弯道车的，因为车道弯弯曲曲；有叫它老爷车的，因为车子慢吞吞不见朝前开；有的称它横渡大西洋巨轮，因为它鸣起汽笛来呜呜不停，紧催行人避开，令人胆战心惊；有的称它缆索车或狭轨车，实际上根本不是缆索车，只不过车子行驶在高高的悬崖峭壁间，说它是狭轨车也不确切，但车轨倒确实只有六十厘米宽；也有的喊它巴－昂－格，因为火车自巴尔贝克经昂热维尔至格拉勒瓦斯特；还有的称它为摩电车和诺南电气火车，因为这条铁道属诺曼底南部电气火车线的一部分。我在一节车厢坐了下来，整节车厢就我一个人；烈日杲杲，车子里令人窒息；我拉下蓝色窗帘，只透进一线阳光。转瞬间，我又看到了外祖母，她还是那副模样，坐在我们离开巴黎去巴尔贝克的那列火车上，当时，她见我喝起啤酒，很是生气，实在看不下去，索性闭上眼睛，假装睡觉。过去，外祖父饮白兰地酒，我外祖母就很痛心，我看了都于心不忍，可此刻，我自己却让她为我痛心，不仅当着她的面，接受他人邀请，喝起她认为对我致命的饮料来，而且还硬要她让我喝个痛快；更有甚者，我还借酒发火，借胸闷发作，非要她为我助兴不可，非让她为我劝酒不可，她那副无奈屈从的形象历历在目，只见她默不作声，悲观绝望，目不忍睹。这一痛苦的回忆犹如魔杖一挥，重又把近来正丧失的灵魂归还给我；当我极度渴望拥抱一位死者，双唇因此而颤抖的时刻，我能怎样对待罗斯蒙德呢？当我外祖母经受的痛苦时刻都可能出现在我的心头，我的心脏因此而如此猛烈跳动的时刻，我能对康布尔梅和维尔迪兰家的人说些什么呢？我不能再待在这车厢里了。火车在梅恩维尔-拉-坦杜利埃尔刚停下来，我就放弃了原计划，立即下了车。近来，梅恩维尔赢得了举足轻重的地位和非同一般的特殊名声，因为一位经营数家娱乐场，人称福利老板的经理在离梅恩维尔不远的地方，修建了一座情趣低下但装饰豪华，堪与大旅社竞争的大楼，对这座大楼，下面还要介绍，实话说吧，它是有人在法兰西海岸修建的、旨在给雅士们提供玩乐的第一家妓院。也确实仅此一家，别无分店。当然，任何一座海港都有妓院，但光顾的只是海员和寻花问柳之徒，看起来煞是有趣，就在古教堂附近，鸨母老脸皮厚，却又令人肃然起敬，可与古教堂长满青苔的门面相比，只见她站在声名狼藉的庭院门前，翘首等待渔船归来。

尽管居民向市长提出抗议，但无济于事，那座令人眼花缭乱的“娱乐”楼高高耸立，不可一世，我避开它，回到悬崖间，沿着崎岖的小道，朝巴尔贝克方向走去。耳边响起山楂花的呼唤，我没有回应。山楂花与苹果花颇为相似，但不像苹果花那样花团锦簇，山楂花嫌苹果花过分沉甸甸，但也承认这些盛产苹果酒的大户那粉红色的花瓣宛如少女的肌肤般艳丽。山楂花深知自己没有似锦繁花，但也知道，人们却因此而更喜欢它们，那皱皱的一身白色，足以惹人怜爱。

回到旅社时，门房交给我一封讣告，上面有德·戈纳维尔侯爵夫妇、德·昂弗勒维尔子爵夫妇、德·贝维纳尔伯爵夫妇、德·格兰古尔侯爵夫妇、德·阿默农古伯爵、德·梅恩维尔伯爵夫人、德·弗朗克多伯爵夫妇、埃格勒维家出生的德·夏费尼伯爵夫人等人的名字，等我认出了杜·麦斯尼尔·拉吉夏尔家出生的德·康布尔梅侯爵夫人和德·康布尔梅侯爵夫妇的姓名，看清了死者是康布尔梅家的一位堂姊妹，名叫埃莱奥诺-欧弗拉齐-昂贝尔蒂娜·德·康布尔梅的德·克里克多伯爵夫人，我才好不容易明白了为何寄给我这份讣告。在整个这一外省大家族中，列举的名字密密麻麻，那蝇头小字足足占了好几行，没有一个平民百姓，但也不见一个显赫的爵位，可是，整个地区大小贵族的姓氏——实为该地区所有引人注目的地名——无不以维尔、古等声音响亮的字眼结尾，偶尔也有声音较为沉浊的字眼（如“多”字）。他们的城堡铺上石板瓦，教堂涂上粗灰泥，摇摇晃晃的屋顶勉强高出建筑拱顶或主体一截，为的是饰上诺曼底灯笼式天窗或圆锥形墙筋柱顶塔，这样一来，他们便自鸣得意，似乎向排列或分散在方圆五十古里地区的所有漂亮村舍吹响了集合号角，把它们组成密集的队形，不留任何空隙，不容外人介入，全部集中在标有黑框的贵族姓氏密密麻麻的长方形讣告盘上。

母亲上楼回到了她的房间，一直思考着德·塞维尼夫人的一句话“我看不透想为我解闷的任何一个人的心思；他们说话遮遮掩掩，为的是不让我想念您，这让我恼火”，之所以思考这句话，是因为法院首席院长劝她该解闷。首席院长对我低语道：“这是帕尔马公主。”等我看清法官指给我瞧的那位女子与公主殿下毫不相干，内心的恐惧便烟消云散了。由于公主曾预订了一个房间，准备从德·卢森堡夫人府上回来后在此过夜，消息传开，弄得许多人把新来乍到的女士都当作帕尔马公主——而我得到消息，则赶紧上楼躲进顶楼，闭门不出。

我本不想孤单单独自待在屋里。时间还不到四点。我打发弗朗索瓦丝去找阿尔贝蒂娜，让她上这儿来，与我共同消受黄昏后这段时间。

我以为，倘若说阿尔贝蒂娜已开始引起我永远无法打消的、痛苦的不信任感，尤其是这一怀疑已具有特殊的，特别是戈摩尔人的性质，那我是在撒谎。诚然，打从这天起——并非是第一天——当我等待时，心里总有一点儿焦虑不安。弗朗索瓦丝一走，耽搁的时间那么长，等得我顿时感到绝望。我没有把灯打开。天色已经不早了。风刮得娱乐场的旗帜呼呼作响。大海在涨潮，沙滩上寂静无声，搁在旅社前面的一架蛮族小管风琴奏着维也纳圆舞曲，在静谧中更显得有气无力，仿佛一个声音在表现、拓展这一躁动不安的非真实时刻刺激神经的空间。弗朗索瓦丝终于回来了，可就她一人。“我尽快赶回来，可她不愿马上来，因为她觉得头还没梳好。要是她不用上一个钟头涂脂抹粉，那她不用五分钟就来了。这里呀，等会儿可就是一个名副其实的香料厂喽。她要来的，还在我后面，还在镜子前摆弄呢。我想她准还在照镜子。”又过了很长时间，阿尔贝蒂娜才姗姗到来。不过，她这一次表现得欢快，温柔，驱散了我内心的悲伤。她告诉我（与她前几天说的相反），她整个季节都将待在这里，问我能否像第一年那样天天见面。我回答她说，眼下，我心情过分悲哀，最好还是像在巴黎那样，需要时，我会经常遣人去找她来的。“万一您感到难过，心里想见我，那别犹豫，”她对我说，“派人来找我好了，我一定很快赶来，要是您不怕会在旅馆引起议论，您愿意让我待多长时间，我都乐意。”弗朗索瓦丝把她领来时，喜形于色，每次她为我效了力，好不容易终于让我开心了，她总是显出这副高兴劲儿。可是，她高兴，阿尔贝蒂娜本身却沾不到一点边，一到第二天，弗朗索瓦丝准会对我说如下一番语重心长的话：“先生不该见那位小姐。她那种脾气，我看得透透的，只会使您伤心。”送阿尔贝蒂娜时，我透过灯光明亮的餐厅，看见了帕尔马公主。我只瞅了她一眼，而且尽量注意不被发现。可我承认，在王宫礼节中，我发现了几分崇高，而在盖尔芒特府中，礼节则常令我忍俊不禁。君主们在自己的领地上无处不是主人，这是一条定律，但繁文缛节使这条定律变成毫无价值的僵死习俗，比如这儿有一个习俗，王子驾到时，要求主人在自己的住所应手执礼帽，表示不在自己家中，而是王子宫中的客人。然而，这种观念，帕尔马公主也许没有公开流露，但在她脑中却是根深蒂固，以至于她时刻随着场合的变化，自然而然地调整自己的言谈举止。她的言行表明了这一观念的存在。她用餐后起身时，把一份丰厚的小费赐给了埃梅，仿佛埃梅在此是专门侍候她的，也似乎她在离开城堡之际，酬谢特遣来为她效劳的领班。她并不只给小费，而且怡然一笑，对他说了一通母亲教给我的那种客套的恭维话。再客气一点，兴许还会说旅社生意兴隆，诺曼底繁荣昌盛，在世界各国中，她最喜欢的是法兰西。又一块硬币从公主手中悄悄地递给了她差人唤来的饮料总管，她俨如一位刚刚检阅过部队的将军，坚持要对他表示满意。这时，电梯司机正过来回她的话；他照例也得到了一句好话，一个笑脸，一份小费，所有这一切都夹杂着口气谦卑、表示勉励的话，用以向他们表示她只不过是他们中间的一员。面对一个对他们笑容可掬的人，埃梅、饮料总管、电梯司机和其他人都觉得，如果不报之笑脸，把嘴一直咧到耳根，那就未免失礼了，这一来，她身边马上簇拥着一大群侍从，她与他们亲切交谈；因为在豪华的大旅社，这种姿态不同寻常，打从广场上经过的人们，不知道她的大名，还以为他们见到的只是巴尔贝克的一位常客呢，这人不是出身卑贱，就是出于职业利益考虑（也许是位香槟酒推销员的妻子），才与仆人们不分什么界限，不像是真正风雅的顾客。可是，我却想到了帕尔马的宫殿，想到了给这位公主提出的半宗教、半政治性的种种建议，公主正在与平民百姓一起活动，仿佛不得不争取人民的支持，以便有朝一日登基执政；如果已经执政，那就更需要支持了。

我又上楼回到自己房间，可在里面，我并不孤独。我听到有人在柔和地弹奏舒曼的曲子。诚然，人们，甚至我们最心爱的人，偶尔会因为我们的缘故，心间充满悲哀或闷闷不乐。然而，世间却有一件东西拥有凡人永远不具备的加剧痛苦的能力：这就是钢琴。

阿尔贝蒂娜让我记下了她可能外出到女友家小住几天的具体日期，并让我录下了她们的住址，万一我哪天夜晚渴望见到她，她们住的都不甚远，可以去找。这样一来，为了找到她，从一个少女家到另一个少女家，自然而然就围绕着她连成一片鲜花芳草地。我有胆量招认，她女友中有好几位——我当时还不爱她——曾在这个或那个海滩上给了我欢乐的时光。我仿佛记得，这些好心肠的年轻女友为数不是很多。可最近，我又想起了她们，脑中浮现出她们的芳名。我数了数，仅在那季节，就有十二位向我做出了她们脆弱的爱的表示。接着，我又回想起一个名字，总共有十三位。这时，我像个孩子，残忍地紧紧抓住这个数字不放。哎，我想起把第一位给忘了，那是阿尔贝蒂娜，她不再排行第一，而成了第十四号了。

还是继续按照叙述的脉络往下讲吧，我记下了阿尔贝蒂娜女友们的姓名与地址，当她不在安加维尔的时候，我可以在她这些女友家找到她，可我本想利用这些日子去维尔迪兰家。再说，对不同的女人，我们的欲望并不总是同样强烈。在某个夜晚，我们也许怎么也离不开某个女人，可事后一两个月时间里，她却很少能撩得我们心绪不宁。此外，极度的肉体疲乏过后，通常的交替因素（这里不便深入研究）往往导致这样的情形，有的女人虽然在我们短暂的衰弱时刻纠缠着我们不放，但她不过只值得我们亲亲她额头而已。至于阿尔贝蒂娜，我很少与她见面，即使见面也只是在晚间，间隔时间也相当长，可那些夜晚，则是我没有她便无法生活的时光。若我一时产生了欲望，可她离巴尔贝克太远，弗朗索瓦丝去不了，我便请电梯司机早点把事做完，派他去埃格勒维尔、拉索尼或圣弗里舒。他走进我的房间，可却让房门大敞着，因为尽管他干起“活儿”来一丝不苟，但活计十分繁重，打从清晨五点钟开始，每日不知要清理多少次，累得实在下不了决心费点力气把门关上，要是向他指出门还敞着，他便会返回去，做出最大努力，轻轻地推一推门。他具有自由职业者所不具备的独特的民主自豪感，为数不甚多的律师、医生、作家等自由职业者只以“同行”相称，而他却以充分的理由，与我提及一位有一半工作日充当电梯司机的服务员时，用的是只限于极少数团体之间，如科学院人士之间的相互称谓：“我去看看，让我的同人来代一下班。”为了能提高他所称的薪金，他虽然具备这种自豪感，却不会因此而拉不下面子，谢绝跑差的酬劳，弗朗索瓦丝为酬劳的事对他极为反感：“对，第一次见他，就看得出是个不知忏悔的伪君子，可后来有几天，他客气得简直令人作呕。这种人，全是贪小利的小人。”她以前张口闭口，常骂欧拉莉是此等小人，不知将来会骂出什么灾祸来，反正她已把阿尔贝蒂娜也归入此类，因她常见我向妈妈讨些小玩意儿、小饰物，赠给我那位不怎么有钱的女友，对此，弗朗索瓦丝觉得不可饶恕，邦当太太不就有那么一位什么家务事都包下来的女仆嘛。电梯司机很快脱下他说的那身制服，可叫我说，那明明是身号衣，接着戴上草帽，拿起手杖，走路时注意昂首挺胸，因为他母亲经常嘱咐他，千万不要养成“工人”或“服务员”的举止。由于有了书籍，科学属于每一个做工的，下班之后，工人便不再为工人，同样，多亏狭边草帽与手套，晚间停止运送客人的电梯司机因此而有可能摇身一变，风度翩翩，自以为像一位脱下白大褂的年轻外科大夫或换下军服的中士圣卢，成了地地道道的上流人士。再说，他也并非一无雄心，二无才干，开不了电梯，把您丢在两个楼层之间。但是，他的语言实在糟糕。他明明受门房管理，却称之为“我的门房”，就像在巴黎拥有服务员所说的“私人旅馆”的富翁唤看门人一模一样，听那口气，我真以为他雄心勃勃呢。至于电梯司机的常用语言，一个每天至少听见房客喊上五十次“电梯”的人，自己却偏说成“天梯”，实在莫名其妙。这个开电梯的，有的事真让人恼羞成怒：无论我对他说什么，他总是一口一个“当然如此”或“当然啰”打断我的话，仿佛我所讲的再明白不过，路人皆知，抑或想显示他水平不凡，似乎是他引起了我在这方面的注意。我谈的事情，他明明毫未觉察，可平均两分钟就从嘴里冒出一个“当然如此”或“当然啰”，而且如此铿锵有力，气得我转而改口，提出完全相悖的论点，向他表明他一窍不通。可是，我的第二个论点与开始说的虽然绝不是一码事，他却仍会接过话茬，来个“当然如此”或“当然啰！”，仿佛这话非说不可。对他使用某些行话，我也难以原谅，正因为是行话，如果用的是本义，那肯定恰到好处，无懈可击，只是一旦涉及转义，便给它们添上一种相当愚蠢的主观意义，比如“踏”这个动词。他骑自行车外出办事，从来不用这一词。可要是徒步赶去办事，没有误点的话，他准会说：“您知道我踏得多快哟。”以表示他行走如何迅速。这位电梯司机应该说个子矮矮的，五短身材，长得相当丑。可每当有人跟他提及某个身体颀长、身姿矫健的小伙子，他总不免要说：“噢，对，我知道，那人跟我正好一般高。”有一天，我正等着他回话，听到有人上了楼梯，脚步声渐渐靠近，我迫不及待打开自己的房门，发现一位服务员长得像恩底弥翁一般英俊，容貌不凡，来为一位我素不相识的夫人服务。等电梯司机来后，我对他说我多么焦急地等他回话，同时告诉他我刚才以为是他上楼呢，原来是诺曼底来的那位旅社服务员。“噢！对，我知道，”他对我说，“这里就那么一位诺曼底人，小伙子个子跟我一般高。相貌长得也很像我，像得两个人会弄混，他呀，简直像我兄弟。”总之，从第一秒钟起，他就想显得全都已明白，这样一来，只要托他做什么事，他便回答：“对，对，对，对，我完全明白。”说得直截了当，听那口吻，真是机敏灵巧，有时弄得我也对他抱有幻想；可是，渐渐熟悉以后，人们往往就像一块金属，掉入了促使质变的混合物中，眼看着一点点失去优良品质（时而也改变其缺陷）。我把事情向他做了交代之后，发现他让门大敞着不关，遂提醒他注意，当心有人听到我们的谈话，他纡尊降贵，满足我的愿望，把大敞的房门稍稍关上一点，然后又转过身来。“这只是为了让您高兴高兴。这楼上，就我们俩，没有别人。”话音刚落，我就听见了一个人的声音，接着第二个，第三个。他如此冒昧，而且我看他根本不在乎，门外也一直有人来来往往，我感到气恼。“噢，是隔壁的女佣去取衣物什么的。噢，没关系，是饮料总管在重新装配钥匙。没啥，没什么关系，您只管讲好了，是我的同人要值班了。”尽管他们每人走动各有原因，可我的不安丝毫没有减弱，仍然担心有人窃听了我们的谈话，直到我正式下了命令，他才又去关门，可还是没有把门关严，只是又推了推，要他把门关严，那简直是难乎其难，就像是一位一心想要“摩托车”的自行车手，无力再骑自行车了。“这样，我们就绝对放心了。”我们是放心了，可放心得竟然有位美国女人闯进门来，一边抱歉认错了房间，匆匆退去。“您去给我把那位年轻姑娘接来，”我竭尽全力，咣当一声，自己动手把门关严，对他说，“您记牢：她叫阿尔贝蒂娜·西莫内。这信封上也写着。您只要对她说是我叫送来的就行了。”为了给他打气，自己又不至于太掉价，我紧接着添了一句：“她一定会很乐意来的。”“当然如此！”“噢，不，她肯定不会打心眼里情愿来。从贝纳维尔到这里，太不方便了。”“我明白！”“您让她跟您一起来。”“对，对，对，对，我完全明白。”他回答道，口气还是那么斩钉截铁，精明强干，可这早就不能给我什么“好印象”了，因为已给我看透，这差不多是个木头人在说话，直截了当的外表下掩盖了几多糊涂与愚蠢。“您什么时候能回到这里？”“我甭会耽搁多久，”电梯司机答道，他简直把贝里兹规定的关于避免重复否定的规则运用到了极端的地步，一概用“甭”代替“不”。“我现在完全可以脱身走了。刚才，任何人都不许外出了，因为中午有个沙龙聚会，二十个人用餐。今天下午，本该轮到我外出的。可现在只能傍晚时出去一会。我骑自行车去。这样，来去就快了。”一个小时后，他回来向我禀报：“先生等了很久吧，可那位小姐没跟我上来，她现在在楼下。”“啊！谢谢，门房不会生我的气吧？”“保尔先生？他连我到哪儿去了都甭知道。掌门的头也都一声没吭。”可有一次，我关照他说：“您无论如何要把她接来。”他微笑着对我答道：“您知道，我没有找着她。她甭在那儿。我又甭能多耽搁时间；我害怕像我那位同人一样，被旅社‘派走了’（envoyé）。”［实际上是指“辞去了”（renvoyé），因为电梯司机说“回去了”（rentrer），实际上是指“进去了”（entrer），说“我可要回班去了”，指的是初次上班，来回互补，若是涉及自己，则是为了粉饰，若是针对别人，恐怕就是含沙射影，别有用心了。“我知道他被‘派走了’（envoyé）”，故意取消“r”，实际上是指被“辞去了”（renvoyé）。］他微笑并非出于恶意，而是由于不好意思。他以为开个玩笑，就可以减轻过错。出于同样原因，要是他说“您知道，我没有找着她”，并不是他认为我真的已经知道。相反，他料定我还不知道，所以特别害怕。因此，他说“您知道”这话，为的只是避免他开口向我禀报时自己将经受的极度痛苦。对那些被我们抓住了过错便张嘴傻笑的人，谁也不会大动肝火。他们如此举动，并不是他们在嘲弄什么，而是担心我们不满意。让我们对所有那些傻笑的人大发慈悲，平心静气吧。电梯司机局促不安，好似真的疾病发作，不仅脸憋得通红，像中了风，而且说话也愈发糟糕，猝然变得俗不可耐。他最后终于开口，向我解释阿尔贝蒂娜不在埃格勒维尔，要到九点钟才回来，要是她“有时”（意思是说“万一”）早点回来的话，那可给她捎个口信，她无论如何会在凌晨一点之前赶到我房间。

应当承认，这天晚上，我那冷酷的疑心尚未彻底形成。噢，不，还是马上挑明了说吧，尽管事情几个星期后才发生，可戈达尔的一句话却引起了我满腹狐疑。那一天，阿尔贝蒂娜和她的女友本想拉我去安加维尔的娱乐场，说来也巧，电气火车恰在安加维尔出了故障，修复需要一段时间，我在那儿耽搁住了，要不，还不会在娱乐场与她们相遇呢（我本欲去拜访维尔迪兰夫人，她已多次邀请我）。我等着排除故障，不耐烦地来回踱步，突然迎面撞见了来安加维尔巡诊的戈达尔大夫。我一时犹豫，不愿启齿向他问候，因为我给他去过信，他从未回复过。不过，表示友好的方式，每个人不尽相同。戈达尔没被上流社会人士一成不变的处世之道的教育所束缚，心地很善良，但不为世人所知，尽遭非议，直到有一天机会来临，才得以表露。他深表歉意，说我的去信全已收悉，并把我来此地的消息告诉了维尔迪兰夫妇，他们十分渴望与我见面，同时，他也请我去他们家看看。他甚至当晚就想领我去，因他将乘地方经营的小火车到维尔迪兰家用晚餐。由于我一时拿不定主意，且故障需要相当长一段时间才能排除，他也还要等一会儿才乘车，所以，我拉他进了一个小娱乐场，记得初次抵达此地的那个晚上，这些小娱乐场在我眼里显得多么凄凉，如今里面热闹非凡，因为男伴少，少女们干脆自己结伴而舞，正在纵情欢跳。安德烈滑步来到我的身边，我打算等会儿随戈达尔去维尔迪兰家，可我正要张口谢绝安德烈的邀请时，心间突然涌起极为强烈的欲望，想留下和阿尔贝蒂娜在一起。原因是我刚刚听到了她的朗笑声。这声朗笑旋即令人联想到粉红的双唇，芳香的口腔，从那里摩擦发出的笑声，散发出像老鹳草一样浓烈、性感、直露的香气，似乎带着若干个可掂出分量、富于刺激性的神秘粒子。

我素昧平生的少女中有一位弹奏起钢琴，安德烈请阿贝尔蒂娜与她跳舞。置身这个小巧玲珑的娱乐场，我想到要留下与这些少女待在一起，心中乐滋滋的，我让戈达尔注意，看她们跳得多么优美。可是，他却从医生的特有观点出发，一副缺乏教养的模样，虽然肯定看见我问候了这些年轻姑娘，可根本不在乎我与她们是老相识，对我回答道："是的，可做父母的让女儿们染上这种习惯，太轻率了。反正我决不会让自己的女儿涉足这等场所。她们一个个长得至少都漂亮吧？我看不清她们的容貌。噢，瞧，"他向我指着紧紧搂抱在一起，翩翩跳着华尔兹舞的阿尔贝蒂娜和安德烈，继续说道："我忘了戴眼镜，看不太清楚，可她俩肯定兴致勃勃。人们都不太了解，女人们主要是通过乳房感受快乐的。瞧，她俩的乳房整个儿都碰在一起了。"果然，安德烈和阿尔贝蒂娜的乳房之间一直未停止接触。我不知她们是否听到了什么或揣摩出戈达尔的想法，只见她们彼此稍稍分开一点，但仍继续跳舞。这时，安德烈对阿尔贝蒂娜说了句话，阿尔贝蒂娜报以一笑，与我方才听到的那声朗笑同样强烈而又深沉。然而，这一次的笑声给我带来的纷乱思绪，于我是残酷的；阿尔贝蒂娜仿佛用这笑声向她表示并让她领略到其中某种淫荡而神秘的震颤。它仿佛一次盛况空前的聚会前奏或尾声的和弦，不绝于耳。我与戈达尔走开了，一路与他交谈，分散了自己的注意力，只是偶尔想起刚刚目睹的一幕。这并非因为戈达尔的谈话引人入胜。恰恰相反，此时此刻，他的话变得甚至有点儿刺耳，原来我们刚刚看见了迪·布尔邦大夫，可他没有发现我们。迪·布尔邦大夫是从巴尔贝克海湾彼岸来此逗留一段时日的，他在那一带，找他看病的人为数众多。然而，尽管戈达尔一贯声称假期不行医，可打心眼里希望在这片海滨招徕一批尊贵的顾客，而迪·布尔邦对此是个障碍。当然，巴尔贝克的医生不可能碍戈达尔的事。只不过，这位大夫极为尽心尽责，无所不通，凡求医上门，哪怕为的是皮肤发痒之类的区区小病，他也必定不厌其烦，当即对症下药，嘱托你用药膏、洗剂还是搽剂。拿玛丽·希内斯特的漂亮话来说，他呀，都能使伤口、疮口“陶醉”。不过，他并无显赫名声。他也确实给戈达尔惹过一次小麻烦。自从决计用教授职位换取一个专事医疗的职位之后，戈达尔专攻毒剂科。毒剂，危险的医学发明，倒帮了药剂师的大忙，标签得以翻新，凡药品一概标以无毒，一反类似毒品的功效，甚至还标以解毒字样。时髦的广告而已；标签下方勉勉强强印上一行文字，劝君放心，药品业经仔细消毒，然而字迹模糊难辨，仿佛是原先的使用说明尚未抹净留下的微痕。毒剂还用于给病人吃定心丸，病人得知自己全身瘫痪只不过是中毒反应所致，岂不非常高兴。然而，有一位大公，来巴尔贝克过了几天，一只眼睛肿得不成样子，他差人请来戈达尔。为了换取几张面值一百法郎的钞票（若是数量少，教授就不多费神了），戈达尔把炎症的原因归结于中毒，开了解毒药。眼睛却没有消肿，大公不得已找了巴尔贝克那位普通大夫，大夫没过五分钟，从他眼里取出了一粒沙子。第二天，眼睛就全消肿了。还有一位更为危险的对手，此人专治神经的疾病，名声响当当。他脸膛红润，性格开朗，尽管常与神经不正常者打交道，但身心仍不失健康，他总是爽朗大笑，向病人道声“日安”或说声“再见”，以让病人放下心来，需要时也不惜动用那双强健有力的手臂，给病人强行套上紧身病服。然而，一旦在交际场合与他交谈，无论议论政治还是漫谈文学，他总是和蔼可亲，聚精会神地洗耳恭听，那神态仿佛在问：“到底是怎么回事？”从不匆忙下结论，似乎是在诊病。但是，无论他医术有多高明，充其量不过是位专科医生。因此，戈达尔的气全都冲着迪·布尔邦身上撒去。过了片刻，我急着回去，便离开了维尔迪兰的教授朋友，答应下一次一定去看望他们。

他对阿尔贝蒂娜和安德烈的那番议论给我造成的痛苦是巨大的，但这极度的痛苦，我当时并未立即感受到，就像是毒品，要等到一定时间才会起作用。

电梯司机去找阿尔贝蒂娜的那天晚上，尽管他又是保证又是发誓，她还是没有来。诚然，在爱情方面，一个人的魅力所起的作用往往不及类似“不，今晚我没有空”这样的话。若与朋友打交道，谁也不在意这种话；整个晚会上，一直都高高兴兴的，某个影像早已丢诸脑后。可就在此刻，这张影像浸泡在必不可少的混合液里；一回家，便看到了底片，底片业已冲洗，极为清晰。于是，人们发现，今日的人生再也不同于昨夜，可白白弃绝，因为即使还像往日一样，死亡并不可怕，但离别却想也不敢再想。

再说，凌晨一点（电梯司机规定的时间）已过，从三点钟起，我再也不像往日那样，因感到她露面的可能性减少而痛苦。我确信她再也不会来了，这反倒给我心头带来了彻底的安宁，送来了凉爽；这一夜不过是普普通通的一夜，以往有过多少夜晚，我不是也没见她面嘛，我借以自我解脱的，正是这一想法。于是，第二天或别的日子再与她相见的念头清晰地显现在这一业已被接受的虚无之上，变得温馨甜蜜。在那等待的夜晚，焦急的心情有时实际上是服下的某片药所起的作用造成的，然而，经受痛苦的人却误以为心绪不宁，是因为她迟迟不来所致。在这种情况下，情爱的萌生恰如某些神经疾病，往往由于对某人病痛的错误解释而造成。既然解释出了差错，纠正也无济于事，至少对爱情来说是如此，因为这一情感（不管什么原因）永远都是错误的。

翌日，阿尔贝蒂娜给我来信，说她刚回埃格勒维尔，自然没有及时看到我的便信，并说如我允许，晚上就来看我，可从她来信的字里行间，就像有一次她在电话中对我所说的话背后，我似乎感觉到隐藏着她的种种乐趣，藏匿着她爱之甚于爱我的人儿。

我再一次充满了痛苦的好奇，心神不安，急于了解清楚她究竟干了些什么，同时，内心始终怀有的潜在的情爱扰得我心潮难平；我一时险些以为这一爱心将把我和阿尔贝蒂娜联结在一起，然而它只满足于在原地震荡，直到震荡彻底消失，尚未启动。

初次在巴尔贝克逗留期间，我看错了——也许安德烈和我一样——阿尔贝蒂娜的性格。我以为她性格轻浮，可却不知纵然再三恳求，也难以挽留住她，让她放弃某次游园会、某次骑驴漫游或某次野餐。第二次来巴尔贝克后，我怀疑轻浮只是表象而已，游园会也不过是个借口，要不，纯属编造。形形色色的伪装后面，发生了下文将要叙述的事情（我耳闻了在玻璃窗这一边目睹的一切，可玻璃模糊不清，我怎么也弄不明白那边到底发生了什么）。阿尔贝蒂娜口口声声向我保证，说对我充满最为炽热的情爱。此时，她正看着时间，因为她该去拜访一位夫人了，据说这位夫人每天都于五点钟在安弗尔维尔接待来访者。我受疑虑的折磨，再说身体也确实感到不舒服，于是要求、恳求阿尔贝蒂娜留在我身边。继续留下，这绝对不行（她甚至只能待五分钟），因为这会惹那位夫人生气的，那位夫人生来不太好客，容易动气，拿阿尔贝蒂娜的话说，还令人厌倦。“可是，错过一次拜访，完全可以嘛。”“不行，我姨妈教我为人首先要讲究礼节。”“可我却常见您失礼。”“这呀，可不是一码事，那位夫人会责怪我的，会弄得我和姨妈闹别扭。我跟她的关系已经不那么和谐了。她坚持要我去看望那位夫人一次。”“可她不是天天都接待客人嘛。”这一次，阿尔贝蒂娜感到自己“前言不搭后语”，马上改变了理由。“她每天接待，这不错。可今天，我约了一些女友上她家去。人多了不会感到怎么厌倦。”“阿尔贝蒂娜，为了避免单独去拜访会感到厌倦，您都忍心看着我生病、痛苦，把我孤零零一人抛下，既然如此，看来您喜欢的不是我，而是那位夫人和您的女友？”“拜访令人厌不厌烦，我无所谓。可我是出于对她们的忠诚。我要用我的马车把她们接回来。不然，她们就没有别的交通工具了。”我提醒阿尔贝蒂娜，安弗尔维尔一直到晚上十点都有火车。“这是真的，可是，您知道，主人有可能会留我们吃晚饭。她十分好客。”“那您就谢绝好了。”“我这还会惹我姨妈生气的。”“要不，您可以吃晚饭，可也别误了十点钟的火车。”“时间太赶了。”“照这么说，我绝对不可能到城里吃晚饭，然后再乘火车回来啰。噢，阿尔贝蒂娜，我们就简简单单的，干脆两全其美：我觉得新鲜空气对我身体有益；您嘛，又无论如何舍不下那位夫人，那我就陪您到安弗尔维尔。什么也别担心，我不会闯进伊丽莎白塔（那位夫人的别墅），我既不见那位夫人，也不见您的好友。”阿尔贝蒂娜脸色骤变，仿佛被狠狠揍了一下，说话结结巴巴。她说海水浴对她身体不起效果。“我陪您走一趟，让您烦吗？”“您怎么能说这种话呢，您完全清楚，跟您外出，是我莫大的快乐。”终于猛地来了个一百八十度的大转弯。“既然我们一起漫步，”她对我说，“为何不去巴尔贝克海湾的对岸走走呢，我们俩一起吃晚饭。那该多美呀！其实，那边海岸景色要优美得多。我对安弗尔维尔及其一切已经开始感到厌倦，这一个个偏僻的小地方，千篇一律，总是一片墨绿色。”“可要是您不去看望她，您姨妈的那位朋友会生气的。”“嗳，她的气总会消的。”“不，不该惹人生气。”“可是，她可能都意识不到，她天天接待来客；无论我明天去，后天去，还是一个星期后去，或半个月后去，都不碍事。”“那您的那些女友呢？”“她们甩我甩得够多了。这回轮到我了。”“可您建议我到对岸去，那边九点钟后就没有火车了。”“嗳，多了不起的困难哟！九点钟，正合适不过。再说，什么时候都不该让返回的问题难住了。到时总会找到马车、自行车什么的，实在没有，还有两只脚呢。”“既然您去，肯定会找到的，阿尔贝蒂娜！安弗尔维尔这一带，小树林疗养地一片紧挨一片，真的。可那……那一带，就不是一回事了。”“即使到那一带去，我也保准能把您平平安安领回来。”我感觉到阿尔贝蒂娜为我而放弃了原先安排妥当的事，只是不愿对我明说而已，这准会造成某个人跟我刚才那般痛苦。眼看她本想做的事情无法如愿以偿，因为我坚持要陪着她，所以，她干脆放弃。她知道事情并非无可挽回。因为正如所有在生活中拥有多种现实的女人，她掌握着永不动摇的基础：疑心与嫉妒。诚然，她并不想方设法激起疑心与嫉妒，事实上，恰恰相反。可恋人往往那么多疑，很快嗅出了谎言。正因为如此，并不比别的女人更正派的阿尔贝蒂娜也凭经验知道（却毫未觉察到这是嫉妒心的功绩）准能再与某晚被她抛下的人重逢。她为了我而甩掉的人会因此而悲痛，也会因此而更加爱她（阿尔贝蒂娜并不知道是为此原因），而且为了避免继续经受痛苦，那人会像我一样，主动与她重修旧好。可是，我既不愿造成他人痛苦，也不愿自寻烦恼，更不愿踏上那条四处探听、不择手段、没完没了地监视他人的可怕道路。“不，阿尔贝蒂娜，我不愿扫您的兴，到安弗尔维尔您那位夫人那儿去吧，或者干脆到那个假借其名的人家里去，我都无所谓。我不与您一起去，其真正的原因，是您打心眼里不乐意我去，是您并非心甘情愿想跟我一起漫游，证据便是您说话自相矛盾，足有五次之多，却丝毫也没有意识到。”可怜的阿尔贝蒂娜担心她自己尚未觉察到的那些自相矛盾的话比较严重。她实在弄不清楚到底撒了什么谎：“我说话自相矛盾，这很可能。海风夺走了我的一切神志，我脑子糊里糊涂的。我总是混淆别人的名字，把这个人说成那个人。”此刻（这向我表明了她现在已无必要说些中听的话，以让我相信她），我听着这番自供词，感觉到某个伤口在作痛，实际上，她自供的那件事情我只不过略有猜测而已。“那好，得了，我走。”她声调凄惨地说，但并没有忘了看看表，以便弄清楚去看望那一位时间是否迟了，因为我现在已经给她提供了不留下与我共同消受夜晚时光的借口。“您太坏了。我改变了整个计划，为的是能和您度过一个美妙的夜晚，明明是您自己不乐意，却谴责我撒谎。我至今还从来没见过您这么心狠。大海会给我收尸的。我从今往后再也不见您了。（尽管我肯定她第二天会再来，而且她也确实来了，可听了这番话，我的心还是怦怦直跳。）我葬身大海，我投海去。”“像萨福一样。”“还侮辱我；您不仅怀疑我说的，而且对我做的也起疑心。”“可是，我的小宝贝，我不是存心的，我向您发誓，您知道萨福确实投过海。”“是存心的，肯定是，您对我一点也不信任。”她见座钟上离整点只差二十分钟了，担心误事，便选择了最为简短的告别方式（第二天来看我时，她对此表示歉意；这天，那人十有八九没有空暇），一边高喊着“永别了”，快步跑去，一副悲痛欲绝的神态。也许她真的感到悲痛呢。尽管她知道此时表演得比我出色，相比较而言，她对自己要比我对她更为严厉，同时也更宽容，但她说不定确实担心她以如此方式离我而去，我从今往后会再也不愿接待她。然而，我相信她依恋的是我，气得另一个人比我更嫉妒。

几天后在巴尔贝克，我们正在娱乐场的舞厅，布洛克的妹妹和表妹走了进来，她俩都已出落得很漂亮，可由于我那些女友的关系，我跟她俩见面已经从不打招呼，其原因大家都知道，年纪较轻的那位表妹一直与在我初次逗留期间她结识的那位女演员一起生活。安德烈对此含沙射影，低声对我说：“噢！关于这事呀，我与阿尔贝蒂娜看法一致，再也没有比这种事更让我们俩厌恶的了。”至于阿尔贝蒂娜，她当时与我坐在长沙发上，正要开口与我交谈，一见那两位伤风败俗的姑娘，马上扭过身去。可是，我却觉察到，在布洛克小姐与她表妹出现之时，当我的女友还未转身之前，她的双眼里闪过了那种猛烈而又深沉的关注的目光，这目光往往给爱恶作剧的少女脸上平添严肃甚至凝重的神色，转而显得忧伤楚楚。不过，阿尔贝蒂娜旋即向我投来目光，那目光仍然直勾勾的，一片迷惘。布洛克小姐与她表妹咯咯大笑，继又不甚适宜地怪喊怪叫了一阵之后，终于离去了，我问阿尔贝蒂娜那位金发少女（女演员的朋友）是不是前一天在花车赛中获奖的那一位。“啊！我不知道，”阿尔贝蒂娜回答道，“有一位头发是金色的？我告诉您吧，我对她们不太感兴趣，我从来就没看她俩一眼。真有一位头发是金色的?”她以探询而又超脱的神态问她的三位女友。阿尔贝蒂娜每天在海堤不管与何人相遇,总要细细打量一番,现在却显得如此无知,实在太过分,不可能不是装的。“她们好像也不多瞧我们。”我对阿尔贝蒂娜说。我说这话,也许是出于假设,不过当时并非有意识这样设想,如果阿尔贝蒂娜喜爱女人,那我的目的在于消除她的一切遗憾,向她指明她丝毫没有引起那两个女人的注意,因此按一般情理来说,即使是邪恶至极的女人,也不该打素不相识的年轻姑娘的主意。“她们也没瞧我们?”她漫不经心地反问道,“可她们是一个劲地瞧。”“您不可能知道,”我对她说,“您背着她们呢。”“嗳,还有这呢?”她回答我说,向我指了指嵌在我们对面墙上的一面大镜子,在这之前,我确实没有发现,通过这面镜子,我现在终于明白了我女友与我说话时,为何总是不停地凝起她那两只惶惑不安的漂亮眼睛。

自从戈达尔与我踏进安加维尔小娱乐场的那天起,尽管我并不赞同他发表的高见,可在我眼里,阿尔贝蒂娜再也不是从前的那个阿尔贝蒂娜了;我一看到她,心里就来火。我自己也完全变了样,就像她在我看来也已经变得判若两人。我不再真心实意希望她好;我当着她的面奚落她,出言不逊伤害她,即使她不在场,只要可能传到她的耳朵,我也不放过。不过,也有休战的时候。有一天,我获悉阿尔贝蒂娜和安德烈双双接受了埃尔斯蒂尔家的邀请。我出其不意,赶到埃尔斯蒂尔府上,可万万没有想到,她们是为了在返回的路上,可以像放学归来的学生那样,肆无忌惮地以作践行为不端的少女取乐，从中获得少女们那令我痛心、不可明言的乐趣，才事先没有跟我透风，生怕我碍了她们的事，剥夺了阿尔贝蒂娜指望得到的欢乐。在埃尔斯蒂尔家，我只找到了安德烈。原来阿尔贝蒂娜选定的是另一个日子，那一天，她姨妈有可能也要去埃尔斯蒂尔府上。于是，我在琢磨，戈达尔十有八九错了；只有安德烈一人在场，女友并不在身边，这促使我产生了良好的印象，并不断加深，心中对阿尔贝蒂娜抱有较为温馨的情思。然而，好感并没有持续多久，就像身体娇弱的人，体质很虚，健康的日子长久不了，一有个头疼脑热，便又马上病倒。阿尔贝蒂娜总唆使安德烈去参加一些社交场中的游戏，虽然并不特别过分，但也许并非完全无伤大雅；我对此总是犯疑，心里感到痛苦，最后总算消除了疑心。可刚刚平静下来，疑心病遂又以另一种形式复发了。我刚发现安德烈以其独特的翩翩风姿，温情脉脉地把脑袋倚在阿尔贝蒂娜肩头，半闭着双眼，吻着她的颈脖；疑心病的复发，有时还因为她俩暗送秋波；或因为有人亲眼看见她俩双双去海上游泳，无意中说了句什么，这些说来都是鸡毛蒜皮的小事，就像平常在周围空气中飘忽的无数细菌，人们每天大都在吸收，可无害于健康，性情也不会因此而变坏，然而对天生易受感染的人来说，就是致病的因素，导致痛苦的渊薮。有时，哪怕我没有见到阿尔贝蒂娜，也无人跟我提及她，我记忆中也常常浮现出阿尔贝蒂娜倚靠在希塞尔身旁的姿态，那时，我觉得这姿态天真无邪；可现在，它足以扰乱我内心得以恢复的平静，我甚至再也没有必要到户外去呼吸有害的病菌，就可以像戈达尔所说的那样，自我中毒。于是，我想起了我所听到的有关斯万对奥黛特的爱，以及他一生中如何一直被玩弄的种种情况。说实在的，如果说我心甘情愿回想这些事，那是因为回忆，因为单凭他人的介绍，我对斯万夫人的脾性形成的固执看法，造成了种种假设，使我渐渐地组合起阿尔贝蒂娜的整个性格，对我无法全部驾驭的那人的一生的各个阶段做出痛苦的解释。别人的种种传闻起了推波助澜的作用，致使我在以后的日子里，想象力总被假设占了上风，猜度阿尔贝蒂娜并不是个好姑娘，可能跟从前的娼妓没有区别，不讲道德，惯于欺骗，同时，我也常常设想万一我真的钟情于她，等待着我的命运将是何等痛苦。

一天，我们在大旅社前面的海堤上聚会，我冲着阿尔贝蒂娜说了一通话，特别严厉，也特别伤人，罗斯蒙德听罢，马上说道："啊！您对她都变了，以前，一切全都是为了她，她牵着您走，可现在，她扔给狗吃都不配了。"当时，为了更加突出我对阿尔贝蒂娜的态度，我对安德烈百般讨好，千般殷勤，即使她也染有同一恶癖，那在我看来也比较容易宽恕一些，因为当我们发现两匹骏马拉着德·康布尔梅夫人的四轮马车，疾步出现在与我们所在的海堤拐弯处成直角的马路上时，安德烈的神情显得痛苦而又忧郁。此刻，法院首席院长正朝我们走来，可一认出马车，旋即跳闪开去，以免我们这圈子人看见他；接着，当他觉得侯爵夫人的目光差不多要与他相遇的瞬间，摘下了帽子，毕恭毕敬地鞠了一躬。可是，马车并不像开始那架势，继续朝"海街"行驶，而是消失在旅社的大门后。足足过了十分钟，电梯司机气喘吁吁，赶来向我禀报："是德·卡芒贝尔[1]侯爵夫人来这里看望先生。我上楼到您房间，又到阅览室找，没有找着先生。幸亏我多了个心眼，朝海滩上瞧了瞧。"他话音刚落，侯爵夫人便朝我款款而来，身后跟着她儿媳和一位十分拘泥虚礼的先生，她十有八九是在附近观看了一场日戏或参加了某个茶会后顺便来看看，只见她弓着腰，虽是衰老的重负所致，更是身上压着数不胜数的奢华饰物的缘故，她自以为这样浑身琳琅满目，更显可爱，更符合自己身份，既然来看望人家，就要尽可能显得"穿戴"不凡。总之，康布尔梅家里的人往往这样"突如其来"，出现在旅社，从前，我外祖母对此害怕极了，总执意不要让勒格朗丹知道我们可能要去巴尔贝克。妈妈每每嘲笑这种不必要的担心，认为不可能会出什么了不起的事。可是，偏偏出了麻烦，不过是通过其他途径，勒格朗丹与此毫无瓜葛。"要是我不打扰您的话，我能留下吗？"阿尔贝蒂娜问我道（由于我刚才冲她说了一通刻薄的话，她眼里还噙着几滴泪水，我却视而不见，但并非幸灾乐祸），"我有点事要跟您谈谈。"一顶顶端别着蓝宝石饰针的羽毛帽随意顶在德·康布尔梅夫人的那头假发上，宛如一种象征，炫耀必不可少，但却显得自命不凡，至于放置在什么地方，并不重要，总而言之，其风雅之举，纯系习俗要求，不过那顶帽子顶在那儿一动不动，也实在多此一举。尽管天气闷热，这位和蔼可亲的太太仍身披一件黑如

[1] 原文为 camembert，为一奶酪名，电梯司机发音极糟，与 cambremer（康布尔梅）相混淆。

煤玉的短斗篷，外加一条白鼬皮长披肩，这副装束似乎并不是与天气冷热相适应，而是为了合乎礼仪特征。德·康布尔梅夫人胸前还佩戴着一枚男爵夫人纹章，用一根饰链连着，看似胸前挂着的十字架。那位先生是巴黎的一位名律师，出身于名门望族，来康布尔梅府上小住三日。他是这类人，职业上是行家里手，以至于对自己的职业都有些瞧不起，比如他们会说："我知道我辩护得很好，可正因为如此，我觉得辩护再也无味。"或者会说："干这事，我已经毫无兴趣；我知道自己干得很好。"他们天生聪慧，富有艺术鉴赏力，年富力强，功成名就，腰缠万贯，看到自己浑身闪烁着"聪明"的天性和"艺术家"的气质，且得到同行的承认，这种天性与气质同时也赋予了他们一定的情趣和鉴赏力。他们酷爱绘画作品，但爱的并不是真正伟大的艺术家的杰作，而是众人瞩目的艺术家的作品，他们不惜花费从业所得的巨额收入，重金购买后者的画作。勒西达内就是康布尔梅的这位好友中意的艺术家，再说，此人也很让人愉悦。他谈起书来滔滔不绝，可谈的并非名副其实的大师名作，而是自封大师者的著作。这位爱书者唯有一个让人讨厌的缺陷，那就是常常运用某些现成的套话，如"就大多数而言"等等，这就给他意欲表达的事物造成大而不全的印象。德·康布尔梅夫人对我说，她是趁朋友们在巴尔贝克附近举办日场音乐会的机会来看望我的，以兑现给罗贝·德·圣卢许过的诺言。"您知道，他肯定很快就要来此地逗留数日。他舅舅夏吕斯现正在堂妹德·卢森堡公爵夫人府上度假，德·圣卢先生准会趁机去向姨母问个好，同时去看看他从前所在的部队，在团队时，他很受人喜爱，备受敬重。我们常常接待军官，他们跟我们谈起他时，总是赞不绝口。要是你们俩能来费代纳为我们助兴，那该多好呀。”我向她介绍了阿尔贝蒂娜和她的女友。德·康布尔梅夫人把我们的姓名一一告诉了她儿媳。小媳妇对费代纳周围那些不得不常打交道的小贵族们向来冷若冰霜，唯恐与他们在一起丢脸，但对我却一反常态，笑盈盈地朝我伸过手来，仿佛面对罗贝·德·圣卢的朋友，她就心里踏实，高兴；似乎精于社交之道但藏而不露的德·圣卢早已向她透露过，我与盖尔芒特家族的人过从甚密。就这样，德·康布尔梅夫人与她婆婆相反，为人有两套天地之别的礼仪。若通过她兄弟勒格朗丹与她结识，那对我持有前一种态度已经绰绰有余了，冷冰冰的，叫人无法忍受；可对盖尔芒特家族的亲朋好友，她唯恐微笑得还不够。旅社里用于接待来访者的场所，最合适的莫过于阅览室，这场所往日是那么可怕，如今，我每日出入有十次之多，来去自由，如主人一般，就像那些病情还不甚严重的疯人，在疯人院关得日子长了，久而久之，医生就把大门的钥匙交给了他们掌管。为此，我向德·康布尔梅夫人表示愿意领她到阅览室坐坐。由于这地方再也不会引起我的胆怯，所以对我来说，其魅力也已荡然无存，物换星移，如同人面多变，我向她提出这一建议时，可谓心安理得。可是，她一口谢绝了，宁愿待在外面，于是，我们全都坐在旅社的露天平台上。我在平台上发现了一本德·塞维尼夫人的书，小心收了起来，这书，准是妈妈听说有人前来拜访我，便匆匆躲避，没有来得及拿走的。妈妈与我外祖母一样，对外人如此蜂拥而至感到惧怕，担心身陷重围，再也无法脱身，往往仓皇溜之大吉，逗得我父亲和我对她大加嘲笑。德·康布尔梅夫人手执阳伞把，伞把上挂着好几个绣花小包，一个是杂物袋，另一个是饰金钱包，垂挂着缕缕石榴红线，还有一块手绢。我觉得她还是把这些玩意儿搁在椅子上更稳妥；可我又感到，若请她放弃进行乡村巡视和神圣的社交活动时随身携带的这些饰物，恐怕有失礼仪，也白费气力。我们凝望着平静的大海，海面上海鸥飞翔，密密麻麻的，宛如白色的花冠。由于社交闲谈和取悦于人的愿望把我们降低到普普通通的“中音区”水平，我们往往不是凭借我们自己意识不到的优秀品质让人喜欢，而是自以为应当受到身边人的赏识，以此讨人喜欢，就这样，我自然而然地与勒格朗丹家出生的德·康布尔梅夫人交谈起来，说话的方式可能与她兄弟如出一辙。我谈到海鸥时说：“它们一动不动，洁白洁白的，宛若睡莲。”确实，海鸥仿佛为涟涟海波提供了一个毫无生气的目标，任其摆布，以至于海波倒在连续不断的起伏中，与海鸥形成鲜明对照，似乎在某个意愿的推动下，获得了勃勃生机。享有亡夫遗产的侯爵夫人不知疲倦地赞美我们在巴尔贝克所享受的美丽的大海景观，对我羡慕不已，说她在拉斯普利埃（可她这一年并未在那儿居住），唯极目远眺，才看得见海浪。她有两个与众不同的习惯，这既与她酷爱艺术（尤其对音乐）有关，也与她缺牙少齿有关。每当她谈起美学，她的唾液腺就像某些发情期的动物，遂进入分泌旺盛期，恰如没牙老太太，长着微微细须的唇角边落下滴滴口水，实在落得不是地方。她很快长嘘一声，重又吞下唾液，像是在继续呼吸。如果谈及异常美妙的音乐，她会狂喜得举起双臂，大声评判几句，抑扬顿挫，铿锵有力，需要时不时借助于嗡嗡鼻音。然而，我做梦也未曾想到，平淡无奇的巴尔贝克海滩果真能提供一方“海景”，德·康布尔梅夫人普普通通几句话，竟改变了我在这方面的看法。我反过来对她说，我常听人赞叹拉斯普利埃那碧海尽收眼底的盖世无双的景观，拉斯普利埃城堡坐落在山顶，在一个设有两座壁炉的宽敞的大沙龙里，透过整个一排玻璃窗，可见花园尽头绿枝掩映中的大海，极目远眺，连巴尔贝克海滩也尽收眼帘，而另一排窗玻璃则与山谷遥遥相望。“您过奖了，说得好极了：绿枝掩映中的大海。真迷人啊，看上去……像一把扇子。”从她那目的在于吞下唾液、吸干唇须的深呼吸中，我感觉到她的恭维是由衷之言。可勒格朗丹家出生的侯爵夫人始终冷冷的，并不是对我所言表示蔑视，而是对她婆婆的话嗤之以鼻。再说，她不仅对她婆婆的精明予以鄙视，而且对她的殷勤表示遗憾，总是担心别人对康布尔梅家的人没有足够的认识。“地名多漂亮啊，”我说，“多希望了解所有这些地名的来龙去脉。”“关于拉斯普利埃，我可以跟您说说，”老太太温和地回答我道，“那是祖上的一座住宅，是我祖母阿拉施贝家的，她的家族并不显赫，但却是外省一个历史悠久、体面的家族。”“怎么，并不显赫？”她的儿媳妇生硬地打断了她的话，“贝叶大教堂有一大块玻璃整个都绘着这个家族的族徽，阿弗朗什的中心教堂也陈列着他们的纪念物。要是您对这些古名感兴趣，”她接着说，“可惜您迟来了一年。尽管要改划一个教区困难重重，可我们还是争取在克利克多木堂区任命了一位教长，在那位教长的所在地区，我本人置有地产，那是在贡布雷，离此地很远，教长在克利克多待得神经都慢慢变得衰弱了。可惜，他年事已高，大海的空气起不到作用；他的神经衰弱症愈来愈严重，最后还是回到了贡布雷。不过，他当我们邻居的那段时间，他常去查阅古老契据、证书，无所不阅，自得其乐，后来就这一带地名的来龙去脉写了一本奇特的小册子。再说，这事让他着了迷，据说他最后几年专心致志，潜心撰写一部有关贡布雷及毗邻地区的巨著。有关费代纳地区的那本小册子，我回去就给您寄来。那可真是含辛茹苦、潜心钻研的成果。那上面，您可读到有关我们拉斯普利埃古宅的一些很有趣味的事情，我婆婆讲得太谦虚了。”“可不管怎么说，今年呀，”享有亡夫遗产的德·康布尔梅夫人回答道，“拉斯普利埃可不再是我们家的了，不属于我所有了。感觉得出来，您富有绘画天赋，您该画画，我是多么希望让您一睹费代纳的景色，它比拉斯普利埃美多了。”原因很清楚，自从康布尔梅家把拉斯普利埃租给维尔迪兰家之后，拉斯普利埃城堡居高临下的地势便骤然失去了在他们心目中多少年来所占有的位置，不再拥有当地绝无仅有的优势——大海、山谷同时尽收眼帘，突然间——出租后——反倒给他们造成了麻烦，要进出拉斯普利埃，总得上山下山，极为不便。简言之，似乎德·康布尔梅夫人出租拉斯普利埃不是为了增加收益，只是想让她的马儿歇歇脚。她忘了从前曾在费代纳住过两个月，常常感叹长久以来非得爬到山顶才能望见大海，而且看上去像是活动画景似的，如今终于到了费代纳，大海近在眼边，可以尽情观赏，心里好不高兴。“我到这把年纪才发现了大海，”她常说，“心里多欢畅哟！这对我身体大有益处！为了迫使自己住在费代纳不走，我都愿意白白出租拉斯普利埃。”

“还是谈些有趣点的事吧，”勒格朗丹的妹妹接过话茬道，她开始来时叫老侯爵夫人“我婆婆”，可时间一长，对她的态度变得放肆起来，“您刚才提到睡莲：我想您肯定知道克洛德·莫奈画的睡莲。真是个天才！我对此格外感兴趣，因为在贡布雷附近，就是我刚才对您说过我置有地产的那个地方……”可她欲言又止，还是不多讲贡布雷为好。“啊！肯定是当代最伟大的画师埃尔斯蒂尔跟我们说过的那组画。”一直闭口未言的阿尔贝蒂娜惊叹道。德·康布尔梅夫人深深吸了一口气，又吞下了一口唾液，大声道：“啊！看得出，小姐酷爱艺术。”律师一副行家的神气，笑容可掬地说道：“小姐，与埃尔斯蒂尔相比较而言，请您允许我更偏爱勒西达内。”说罢，他似乎从前曾欣赏或见人赏识过埃尔斯蒂尔某些“大胆的尝试”，接着说道：“埃尔斯蒂尔富有天赋，他甚至可以说是先锋派的，可我委实不知他为何半途而废了，他呀，把一生都给糟蹋了。”关于埃尔斯蒂尔，德·康布尔梅夫人觉得律师言之有理，但她把莫奈与勒西达内相提并论，让她这位客人心里好不难过。说她愚蠢吧，实在不能；可她精明过分，我感到这对我来说根本用不着。此时，太阳西沉，海鸥浑身披着黄色，恰如莫奈同一组画中另一幅油画的睡莲。我说我对这幅画很熟悉（我继续模仿那位兄弟的语言，迄今我还不敢说出他的大名），并添了一句，说真不巧，她怎么前一天就没想到来这儿，不然在同一时辰，她准有幸欣赏到普桑笔下的光彩。倘若她面前站着的是个盖尔芒特家族根本不熟悉的诺曼底乡绅，且这位乡绅又明言相告，说她该在前一天来此，那德·康布尔梅-勒格朗丹夫人准会勃然大怒。可是，即使我再放肆，她也是甘甜如蜜，易溶可口；在这美妙的黄昏暖烘烘的氛围之中，我可以随心所欲，在德·康布尔梅夫人如此难得奉献的这块蜜汁大蛋糕中采集蜜糖，她这块糕点正好代替了我未曾想到送上招待来客的精致小蛋糕。然而，普桑这一名字虽然没有伤了这位上流女士的彬彬礼仪，可却激起了这位酷爱绘画艺术的夫人的抗议。一听到这一名字，她几乎一无间歇，用舌头顶着嘴唇连咂了六次，那咂嘴声本是专用于警告孩子的，一方面向孩子示意他正在做蠢事，另一方面表示她在指责孩子的所作所为，严禁再犯。“天哪，在莫奈这样堪称天才的绘画大师之列，可别提像普桑那类毫无才华的老古董。我对您毫不掩饰，我认为他是个俗不可耐的讨厌家伙。不管您怎么说，我反正不能把那玩意儿叫作画。莫奈、德加、马奈，对，这些才是画家呢！真怪极了，”她继续说道，探询而又欣喜的目光直勾勾地盯着空中某一点，似乎在那儿瞥见了自己的思想，“真怪极了，过去，我更喜欢马奈。可现在，我虽然还欣赏马奈，这自然不错，可我觉得也许还更喜爱莫奈一些。啊！那大教堂啊！”她既毫无顾忌，又殷勤讨好地向我介绍了她情趣发展的过程。可以感觉得到，她审美情趣发展的几个过程的重要性，在她自己看来，并不亚于莫奈本人不同绘画风格的演变。不过，我并不因为她向我披露了她的赞赏对象而感到值得夸耀，因为即使在一个头脑迟钝透顶的外省女人面前，她待不了五分钟，就会按捺不住内心的欲望，向对方和盘托出。阿弗朗什有位贵妇人，连莫扎特和瓦格纳都辨不清，当着德·康布尔梅夫人的面说："我们在巴黎逗留期间，没有遇到什么有趣的新鲜事，我们只到喜歌剧院去了一趟，演的是《佩利亚斯与梅莉桑德》，糟糕极了。"德·康布尔梅夫人一听，心里直冒火，憋不住大声嚷道："恰恰相反，那可是一部小小的杰作。"紧接着便"争论"开来。这也许是一种贡布雷的习惯，是从我外祖母姊妹们身上学来的，她们美其名曰"为美好的事业而战斗"，她们还特别喜欢参加聚餐，因为她们知道在聚餐时，每个星期都少不了要为捍卫自己的上帝与毫无文艺修养的庸俗小人做斗争。德·康布尔梅夫人正是这样，好"激动"，常为艺术问题"争个面红耳赤"，就像别的人为政治问题争论不休。她要是为德彪西辩护起来，那劲头简直就像在为一位行为遭人指责的女朋友辩白。但是，她完全应该明白，话一出口——"噢，不，那可是一部小小的杰作"，那在她为之恢复了名誉的女友家里，便无法再信口开河，大谈特谈艺术文化的整个发展过程，不然，她俩根本用不着争论，便可对此达成一致意见。"必须让我去问问勒西达内，他对普桑持何种看法。"律师对我说，"那人性格内向，沉默寡言，可我准能巧妙地套出他的心里话。"

"此外，"德·康布尔梅夫人继续说，"我讨厌落日，那是浪漫玩意儿，戏剧色彩太浓。正因为如此，我才厌恶我婆婆的住宅，讨厌那些南方的草木。到时候您瞧吧，那简直像是个蒙特卡洛的花园。也正因为如此，我才更喜欢您这边。这边比较幽暗，也比较真实；那边有一条小径，路上望不到大海。碰到下雨天，遍地泥泞，糟糕透了。就像在威尼斯，我不喜欢大运河；我觉得天下再也没有比小河流水更让人心醉的了。再说，这是个环境问题。”

“可是，”我感到恢复普桑在德·康布尔梅夫人心目中的地位，唯一的办法就是告诉她普桑又风行起来了，于是对她说，“德加先生断言世上再也没有比普桑在尚蒂伊的那些画更美的了。”“是吗？我对他在尚蒂伊的那些画不是内行，”德·康布尔梅夫人回答我说，她并不想持与德加相反的观点，“可我可以说他在卢浮宫展出的那些画，全是失败之作。”“对那些画，德加也极为赞赏。”“得让我再看看那些画。时间久了，脑子里印象不深了。”她沉默片刻后，回答我说，仿佛她不久肯定就要赞赏普桑，而此观点的改变不该取决于我刚刚告诉她的这一消息，而应该立足于她打算对卢浮宫收藏的普桑的画进行一番严格的、此次属于结论性的补充鉴别，以便最后有资格修正自己的看法。

虽然她尚未对普桑表示赞赏，但话题已被延至下次再讨论，可见这已是退缩的开端，我没有得寸进尺，为避免无休止地折磨她，我对她婆婆说人们总向我赞叹费代纳的花卉如何如何美。她口吻谦逊，谈起了她房后本堂神甫的那个小巧玲珑的花园，清晨，她身着晨衣，推门步入花园，给孔雀喂食，寻觅生下的蛋儿，采摘百日草花或玫瑰花，用来给奶油蛋或油炸菜肴的四周点缀成一道花栅，放置在狭长的桌布上，令人想起花园里的通幽曲径。“确实，我们有的是玫瑰花，”她对我说，“我们家的玫瑰花圃靠住宅都有点儿太近了，有些天，花熏得我脑袋发痛。在拉斯普利埃的露天平台上比较惬意。随风飘来阵阵芳香，但不那么叫人头晕。”我朝她媳妇转过身子，为满足她现代派的情趣，对她说道：“真是一部名副其实的《佩利亚斯》，那玫瑰花香飘至楼座。乐曲中弥漫的芳香是那么浓烈，我本来就对花粉和玫瑰过敏，每当我听到这场戏，就呛得我直打喷嚏。”“《佩利亚斯》，多么伟大的杰作！”德·康布尔梅夫人高声赞叹，“我对它如痴如醉。”说罢，她向我靠近，手舞足蹈，俨然一位野女人想对我大献媚态，舞弄着十指，想捕捉住臆想中的音符，并哼起什么玩意儿来，我猜想恐怕就是她想象的佩利亚斯告别的那段唱吧，她一直往下唱，感情始终那么热烈奔放，仿佛此时此刻，德·康布尔梅夫人勾起了我对这场戏的回忆，这举足轻重，或许更是为了向我显示她对此记忆犹新。“我觉得这部剧比《帕西法尔》还更美，”她又添了一句，“因为《帕西法尔》中，极为精彩的美妙乐章交织着某种朦朦胧胧的旋律性短句，正因为是旋律性的，所以过时了。”我转而对老太太说：“我知道您是位伟大的音乐家，夫人，我多么希望听听您的高见。”德·康布尔梅-勒格朗丹夫人看着大海，故意避开对话。她认为婆婆喜爱的并非音乐，婆婆那受到普遍赞誉、事实上也出类拔萃的音乐才华，依她看只不过是所谓的才华而已，是毫无实际意义的卖弄技巧。确实，肖邦的弟子就她一人还活在人世了，她有充足的理由断言，通过她，大师的演奏技巧及“情感”只传达给了德·康布尔梅夫人；可是，对勒格朗丹的妹妹来说，演奏酷似肖邦，这远不成其为一种证据，因为她本人最蔑视的莫过于这位波兰音乐家了。“噢！它们飞起来了。”阿尔贝蒂娜向我指着海鸥，大声嚷叫，海鸥一时摆脱了它们花的隐蔽身份，一齐冲太阳飞去。“它们的巨翼阻碍了它们飞行。”德·康布尔梅夫人说道，显然把海鸥与信天翁混为一谈了。“我十分喜爱它们，我在阿姆斯特丹常见到海鸥。”阿尔贝蒂娜说，“它们对大海的气味感觉灵敏，甚至透过街上的路石都闻得出来。”“啊！您去过荷兰，您熟悉维米尔家族吗？”德·康布尔梅夫人冲动地问道，那腔调仿佛在问：“您熟悉盖尔芒特家族吗？”因为附庸风雅，往往是换了对象而不换腔调。阿尔贝蒂娜说不认识：她准以为那些人还健在，可表面没有流露出来。“我要是为您弹奏音乐，将非常高兴。”德·康布尔梅夫人对我说，“可您知道，我弹奏的尽是你们这一代再也不感兴趣的东西。我上学时肖邦可受崇拜了。”说这句话时，她放低了声音，因为她害怕媳妇，知道儿媳认为肖邦算不上什么音乐家，所以其作品演奏得好坏都毫无意义。儿媳承认婆婆不乏演奏技巧，经过音群弹奏得均匀而清晰。“可永远别想让我说出她是一个音乐家。”德·康布尔梅-勒格朗丹夫人一锤定音道。原因是她自以为“先进”，而且（唯在艺术方面）“从不过左”，她不仅设想音乐在发展，而且觉得它只是顺着一条线发展，德彪西在某种意义上说是个“超瓦格纳”，比瓦格纳更先进一些。她意识不到，如果说德彪西并不像她几年后可能会认为的那样，独立于瓦格纳，因为不管怎样，人们总要利用已到手的武器，以最终摆脱暂时失败的境地，那么，当人们对那些无所不包、淋漓尽致的作品开始腻烦之后，他便会想方设法，以满足相反的需要。当然，有的理论暂时为这种反应提供依据，就像某些政治理论，以法律为依托，反对宗教团体，反对东方的战争（反自然教育、黄祸等等）。人们常说，简练的艺术适应于高速发展的时代，就好比人们常说，未来的战争不可能持续半个月，或者随着铁道的发展，靠公共马车沟通联系的穷乡僻壤将受冷落，需要汽车致力于这些地区的振兴云云。人们常常提醒，不要搞疲了专注的听众，仿佛我们没有广泛的兴趣，全仰仗艺术家来启发最高度的注意力。殊不知有些人读一篇平庸的文章，不到十行就累得打哈欠，但每年却要去拜罗伊特，听四联剧。再说，迟早有一天人们会宣告，德彪西的地位与马斯内[1]一样岌岌可危，《梅莉桑德》引起的震动也将烟消云散，沦落到《曼侬》同样的地步。因为各种学派就像细菌与血球，自相残杀，以斗争来保证自己生命的持续。不过，这一天尚未到来。

犹如在证券交易所，上涨趋势一发生，所有持票人都想趁机捞一把，同样，部分受人蔑视的作者利用逆反心理，因祸得福，或许因为他们本来就不该受到歧视，抑或很简单，是他们存心招惹鄙视——宣扬这些人，可以说是一种新鲜事儿。人们甚至不惜在某段孤立的历史中，寻觅若干不循规蹈矩、富有才华的艺术家，现时的发展趋势对其声誉似乎不会有多少影响，但总有那么一位大师顺带提起他们的名字，表示赞许。遇到此类情形，十有八九是因为这位大师，不管他是何人，也不管他的学派如何唯我独尊，总是以自己独特的情感做出判断，唯才是爱，给予富有才智的人才以正确的评价，即使才气不足，只要他过去曾尝过甜头，与他

[1] 马斯内（1842—1912）：法国歌剧作曲家，《曼侬》为其代表作。

青少年时代一段爱好有关，他也照样给予好评。此外，便是因为某些属于另一个时代的艺术家，在一首普通的乐曲中，道破了与大师不谋而合的某种极相似的东西，大师渐渐领悟到了。于是乎，大师便将古人视作先驱，来一个彻底的改头换面，喜欢在自己的作品中做出与前人一时一地亲如手足的努力。正因为如此，普桑的作品竟有透纳的手笔，孟德斯鸠的著作会有福楼拜的词句。偶尔，大师偏爱的议论是一种将错就错，人们弄不清此错源于何处，但却传播到学派中来了。被列举的名字因此挂上了这一学派的招牌，适时处于其保护伞之下，因为在选择大师方面，即使有某种自由的、真正的鉴赏力，但学派本身只接受理论的指导。正是这样，思维惯于按偏离方向发展，忽而转向一个方向，忽而又转向相反的方向，将上天的光芒洒向某一数量的作品，也许出于正确评价的需要，也可能为了标新立异，或许其审美情趣起了作用，也可能因为一时心血来潮，德彪西在这些作品中掺入了肖邦的成分。这些作品一旦受到绝对令人信赖的鉴赏家的推崇，赢得了《佩利亚斯》带来的普遍赞誉，便重放异彩，那些尚未重听的人，一个个多么渴望能喜欢上这些作品，以至于身不由己地再次去听，尽管给人以心甘情愿的假象。但是，德·康布尔梅-勒格朗丹夫人一年中有一部分时间待在外省。即使在巴黎，因身体有病，也往往闭门不出。确实，由此而造成了某些麻烦，明显表现在德·康布尔梅夫人选择用语上，她自认为自己说得很时髦，可实际上她所选择的用语更适合于书面运用，两者的细微差异，她体味不出，因为这些用语往往是她阅读偶得，而不是从交谈中学到的。不过，交谈对准确了解人们的主张和时兴的用语而言，其必要性并不相同。然而，《夜曲》异彩焕发，对此，评论界尚未公开宣告。其消息仅通过“年轻人”的闲谈传播开来。德·康布尔梅-勒格朗丹对此一无所知。我以向她传播消息为乐事，但却对着她婆婆说话，就像玩台球，要想击中球，得借助台边的弹力，为此，我告诉她婆婆，肖邦不仅远远没有过时，反而是德彪西宠爱的音乐家。“嗨，真有趣。”媳妇妙不可言地微微一笑，对我说道，仿佛这不过是《佩利亚斯》的作者推出的反常现象。不过，现在完全可以断定，从此之后，她将对肖邦的作品洗耳恭听，甚至满怀愉悦。因此，我刚才这番话为老太太吹响了解放的号角，她的脸庞上重新反映出对我表示感激的表情，尤其是欣喜的神情。她的双眼闪闪发亮，犹如名为《拉迪德》或《三十五载囚徒生活》一剧中的拉迪德；她敞开胸脯，深深地呼吸大海的空气，好似在《菲德利奥》一剧中，当囚徒们终于呼吸到“富有生机的空气”的时刻，那胸脯扩张的形象，贝多芬表现得惟妙惟肖。我以为她就要把长有细须的嘴唇贴到我的脸颊上。“怎么，您喜欢肖邦？嘀，他喜欢肖邦，他喜欢肖邦。”她高声嚷叫起来，激动得直齉鼻子，那语气就像在询问：“怎么，您也熟悉德·弗朗克多夫人？”所不同的是，我和德·弗朗克多夫人的关系与她可能毫不相干，可我对肖邦的了解却把她抛入如痴如狂的艺术境界。唾液的超量分泌也不足以表达。她甚至没有费心体会一下德彪西对肖邦的再创造所起的作用，只是感觉到我做出的是赞许的评价。音乐的激情左右了她。“埃洛迪！埃洛迪！他喜欢肖邦。”她胸脯高高鼓起，双臂在空中乱舞。“啊！我早就感觉到您富有音乐天赋。”她赞叹道，“我完全明白，像，像您这样一位艺术家，肯定喜爱音乐。多美妙啊！”她声音中仿佛夹杂着沙砾，沙沙作响，似乎为了效仿德谟斯梯尼，向我表达她对肖邦的强烈感情，不惜用满滩卵石填装自己的嘴巴。潮水一直冲到了她未及时保护的短面纱，面纱湿了，潮水也终于落了，侯爵夫人这才用绣花手绢揩净了白花花的唾沫，刚才由于回忆起肖邦，那唾沫浸透了她满唇浓密的汗毛。

“我的上帝，”德·康布尔梅-勒格朗丹夫人对我说，“我觉得我婆婆耽搁得太久了点，她忘了我们还要到我叔父德谢·努维尔家用晚餐呢。再说，康康不喜欢久等。”康康把我弄糊涂了，我还以为是只狗呢。可对德谢·努维尔的亲朋好友来说，自然不成问题。随着年龄的增大，年轻的侯爵夫人以如此音调称呼他们尊贵的姓氏的乐趣减少了。不过，当初正是为了品尝个中的乐趣，她才下决心成了这门婚事，在其他社交圈子里，若提及德·谢努维尔家族，习惯上往往（除非贵族姓氏的表示词“德”前面为元音结尾的词，因为在相反情况下，必须将重音落在“德”字上，语言中不允许不加停顿，出现类似德谢努维尔夫人的称呼法）牺牲“德”字后面的停顿。人们常称呼：“德谢努维尔先生。”在康布尔梅家族，遵循的是相反的传统，但同样不可违反。被取消的是“德”与谢努维尔之间的停顿。无论姓氏前涉及的是我表兄还是我表妹的名字，也总是称德谢·努维尔，而从不叫德·谢努维尔。（对谢努维尔家族的长者，人们常称“我们的叔父”，因为在费代纳，大家还没有时髦到像盖尔芒特家族那样称“叔子”的程度，盖尔芒特家族的人称呼别人时存心含糊不清，不是省了这个音，就是吃了这个音，外国人的姓名一律本国化，与古法语或现代方言一样令人莫名其妙。）凡进入这一家族的人，在德谢·努维尔这一称呼方式上，都马上会得到提醒，而勒格朗丹-康布尔梅小姐却用不着谁来提醒。有一天，她去做客，听到一位少女说“我姨妈德·于塞”“我叔父德·罗安”什么的，当时没有很快明白过来这原来是些显赫的姓氏，平常，她把这两个姓的音习惯发成：于塞斯和罗昂。她为此感到惊诧、尴尬和羞耻，就好像有人发现面前的餐桌上摆着一件新发明的器具，不知如何使用，迟迟不敢动手用餐。可是，第二天夜里和后来的日子里，她便鹦鹉学舌，欣喜地喊叫“我姨妈德·于塞”，把结尾的“斯”字给吃掉了，而这正是她在前一天感到惊诧不已的，可现在，若连这也不了解，那在她看来又该多俗气，以至于当她的一位女友跟她谈及德·于塞斯公爵夫人的半身雕像时，勒格朗丹小姐马上沉下脸来，声调傲慢地冲着对方道：“您起码总可以把音发准吧：德·于塞夫人。”此后，她茅塞顿开，明白了无论是将实实在在的物质转化为愈来愈微妙的元素，还是她体体面面从父亲那儿继承下来的万贯家财，或是她在索邦刻苦攻读，在加罗的课上也好，师从布吕纳蒂埃也罢，在拉穆勒音乐会上也同样，始终勤奋治学，从而获得的全面教育，凡此种种，终将消失，从日后哪一天喊一声“我姨妈德·于塞”而感受到的乐趣中得到升华。她脑中始终缠绕着这个念头，至少在新婚燕尔的那段时光，决心要继续多与人交往，当然不是与她喜欢的女友，不是与她心甘情愿为之做出牺牲的女友，而是与那些她不喜欢的人，她所希冀的仅仅是能对这些人说一声（既然这是她这桩婚事的目的所在）：“我这就把您引见给我姨妈德·于塞。”当她发现这一联姻难以实现时，便改口说：“我把您介绍给我姨妈德谢·努维尔”或“我一定设法安排您和于塞家族的人聚餐。”与德·康布尔梅结成夫妻，这给勒格朗丹小姐提供了夸口许诺的机会，但能夸口的仅仅是前半句，而后半句却未能如愿以偿，因她婆婆经常涉足的并非她本人当初想象、如今仍然幻想结交的上流圈子。为此，与我“道完”圣卢后（特意借用罗贝的用语，因为我与她交谈时，若借用勒格朗丹的惯用语，那她准会通过反向联想，用罗贝的土语与我对话，而她又不知道罗贝的土语恰是从拉谢尔那儿借用的），她拇指与食指一并，半合起双眼，仿佛在凝视某件精巧无比的物品，好不容易终于将它捕抓在眼：“他的思想品质多可爱呀。”她对圣卢大唱赞歌，其炽热之情，不禁令人以为她在热恋着他（人们确也断言过去在东锡埃尔时，罗贝曾是她的情人），可实际上，只不过想让我接过她的话再重复一遍，以便给她机会最终说上一句：“您与德·盖尔芒特公爵夫人关系极为亲密，我有病在身，很少出门，我也知道她深居简出，活动只限于上等友人的圈子，我觉得这很好，可对她本人了解甚少，不过，我知道她是一个绝对出类拔萃的女性。”得知德·康布尔梅夫人与德·盖尔芒特公爵夫人几乎不认识，为显得我与她同样渺小，我对此话题一带而过，回答她说，我与她兄弟勒格朗丹先生更为熟悉。一听到这个姓氏，她也摆出避而不谈的神态，与我方才的姿态如出一辙，只不过其中掺杂了一种不快的神情，以为我口出此言，并非自谦的表示，而是存心对她的羞辱。莫非她为自己出生在勒格朗丹家而感到绝望、苦恼？至少她丈夫的姐妹、姑嫂们是这么认为的，这些外省的贵妇人什么人也不认识，什么事也不知晓，对德·康布尔梅夫人的聪慧、教养、家财，甚至对她得病前的床笫之欢都深为嫉妒。“她一心只想这种事，就是这种事要了她的命。”这些恶毒的外省女人只要议论德·康布尔梅夫人，对谁都少不了说这句话，不过更乐意对平民百姓宣扬，因为如果对方自命不凡而又愚蠢透顶，那么，她们便借此断言平民百姓如何卑鄙龌龊，从而显示出她们对对方是多么和蔼可亲；若对方看似羞怯，但却工于心计，有话放在心里，那么，她们表面上便装出礼貌周全，而实际上却转弯抹角，对对方大肆嘲弄。但是，倘若这些太太自以为切中了她们这位亲戚的要害，那她们完全错了。德·康布尔梅夫人早就忘了自己是勒格朗丹家出生的，自然就更谈不上为自己的出身感到痛苦了。她为我勾起了她的回忆而恼火，一声不吭，仿佛没有明白我的话，觉得没必要加以补充或证实。

“我们来访仓促，主要原因并非我们要去看望亲眷。”德·康布尔梅老太太对我解释道，比起儿媳来，她对称呼“谢·努维尔”的乐趣无疑更为厌倦。“主要嘛，是为了免得这么多人打扰您，让您受累，先生都没有敢把妻儿一起带来。”她指着律师说，“母子俩现在都在沙滩上散步，还等着我们呢，他们也许都等得不耐烦了。”我让他们一一指给我看，紧接着跑去找他们娘儿俩。妻子圆圆的脸蛋，状若毛茛科的某些花卉，眼角带有甚为明显的植物状标志。人的性格特征代代相传，恰如植物一般，铭刻在母亲脸上的那一标记在儿子的眼角更为显目，有助于人们把他们分门别类。我对他妻儿的热情态度感动了律师。“您该有点儿身置异邦的感觉吧，这儿大多是外国人。”他两只眼睛看着我，一边对我说，他生来不喜欢外国人，尽管他的主顾中为数不少，为此，他想看看我对他的排外态度是否抱有敌意，倘若如此，他便可让步：“当然，某太太……可能是位迷人的女性。这是个评判准则的问题。”由于我当时对外国人一无定见，所以对他的态度并未表示异议，但他心里感到踏实了。最后，他甚至邀我择日去巴黎到他府上做客，见见他收藏的勒西达内的画，并请我与康布尔梅家人同行，他显然以为我与他们关系亲密。“我邀请勒西达内一起做客。”他对我说道，坚信我此后必将一心期待着这一幸福时日的到来。“您到时可以亲眼见到，那人多么风雅。他的绘画作品，您看了定会心醉神迷。当然，我不能与那些大收藏家相比，可我相信，他自己的爱作，我拥有的数量最多。更能令您产生兴趣的，是您刚刚在巴尔贝克度过假，而那些画都是海景，至少大部分是海景。”带有植物状标志的妻儿虔诚地静听着。人们感觉到，他们在巴黎的住宅仿佛是一座勒西达内的殿堂。这种殿堂并非多余。当神祇对自身产生怀疑时，这些献身于他创造的作品的人便适时提供毋庸置疑的证据，神祇便可借此轻松地填补自我评价的裂缝。

见媳妇一示意，德·康布尔梅夫人马上就要起身，对我说道：“既然您不愿去费代纳住，也就罢了，可您至少也该在这个星期找一天来吃顿午餐，比如明天，您不愿意吗？”说罢，她摆出一副和蔼可亲的神态，为了让我自己决定，又添上了一句："您到时定能再见到德·克里丝诺瓦伯爵。"此人与我素不相识，根本谈不上再次见面。她正欲用别的欲望对我进行引诱，希望我的双眼闪现出欣喜的光芒，可却戛然而止。原来法院首席院长回府时得知她在旅社，暗地到处寻找，接着又在家等着她上门，然后又装着与她碰巧相遇的样子，前来向她致意。我明白德·康布尔梅夫人不愿将方才向我发出的邀请扩展到他的头上。然而，他们结识的时间比我要久得多，多少年来，他一直是费代纳日场音乐会的常客，我初次到巴尔贝克逗留时，对这些常客曾经羡慕不已。可是，结识的时间长短对上流社会人士来说，并非决定一切的因素。他们往往更乐意邀请新朋友共进午餐，因为新朋友还能激起他们的好奇心，尤其在其露面之前，已经有人做了令人心动、热情洋溢的介绍，比如圣卢的举荐。德·康布尔梅夫人估计首席院长没有听到她对我说了些什么，但为了消除内疚的心情，对他甜言蜜语，亲切得不能再亲切了。灿烂的阳光下，平日望不见的里夫贝尔海岸金灿灿一片，隐约地呈现在天边，耳边传来费代纳附近悠悠的三经钟声，小巧玲珑的经钟露出水面，与闪烁的蓝天几乎难解难分，有玫瑰色的，也有银白色的，难以细辨。"这景观就更像《佩利亚斯》了，"我提醒德·康布尔梅-勒格朗丹夫人说，"您知道我想指的是哪一场。""我想我是知道的。"可是，她那与任何记忆都不相吻合的声音、脸庞和毫无依托的空泛的微笑却在宣布："我一无所知。"老太太久久沉醉在传至此处的悠悠钟声之中，一想到时间不早，这才站起身来。"确实，"我说道，"平日里从巴尔贝克望不见那边海岸，也听不见那边的钟声。除非时间发生了变更，天际也扩展了一倍，不然，那钟声就是专门前来寻找你们的，我听得出它们是在催促你们动身；对你们来说，这是用晚餐的钟声。”首席院长对钟声很不敏感，偷偷地扫了海堤几眼，看到今晚游人寥寥无几，不禁黯然神伤。“您真是一位诗人。”德·康布尔梅夫人对我说，“感觉得出您很敏锐，富有艺术天性；来吧，我一定给您演奏几曲肖邦。”她一副如痴如醉的神态，双臂伸向空中，又加了一句，声音沙哑，仿佛在挪动卵石发出的声响。紧接着，便吞咽唾液，老太太自然而然地用手绢揩了揩美国人所谓的细毛刷子，那满嘴的浓密汗毛。首席院长无意中帮了我一个大忙，紧扶着侯爵夫人的胳膊，送她上车，换了别人，准会对承担此等义务犹豫不决。支配如此行动，需要有一定分量的媚俗、胆量，而且要爱出风头，而这在上流社会是极讨喜的。再说，这是他多少年来养成的习惯，比我要自然。我打心眼里感激他，可却没有胆量效法他，只是跟在德·康布尔梅-勒格朗丹夫人身边，她见我手中拿着一本书，想看看。一见德·塞维尼夫人的署名，她不禁噘了噘嘴，用了一个准是在某些“先锋派”报纸上看到的词，这词一经女性化，尤其是用以形容一位十七世纪的女作家，产生了奇特的效果，只听得她向我问道：“您难道真的觉得她才华横溢吗？”侯爵夫人把一位糕点师傅的地址给了跟班的，老太太要先到那儿走一趟，然后再启程回府，大路上晚尘飞扬，呈现出一片玫瑰色，层层悬崖在暮色苍茫中状若起伏的峰峦。她问老车夫那匹生就畏寒的马身子是否够暖和了，另一匹马的铁掌是否紧得它难受了。“我一定给您写信，把该定的事定妥。”她低声对我说道，“我看见您在与我儿媳谈论文学呢，她真惹人喜爱。”她又添上一句，尽管并非肺腑之言，可她早就养成——并因性善而保留着——这一习惯，以免给生人造成一种印象，似乎她儿子是贪财才结的婚。“再说，”她激动得难以自已，最后又结结巴巴地说了一句，“她是……是……那……那么……富有艺……艺术鉴……鉴赏力！”说罢，她登上马车，一边摇晃着脑袋，手执阳伞把，身着超重的圣职般的服饰，犹如一位巡回施坚振礼的年迈主教，又踏上巴尔贝克的街道。

“她邀请您去吃午餐了。”等马车远去，我和女友们回旅社时，首席院长神情严肃地对我说，“我跟她关系正冷着呢。她觉得我冷落了她。嗳，我这人最容易相处。不管谁用着我，我总是应声而起：‘到。’可是，他们硬要死死缠着我不放。啊！这样一来，”他一副微妙的神态，又添了一句，翘起手指，像是在分辨、推理，“我就不答应了。这是对我假日自由的侵犯。我不得不发出警告：‘就此止步吧！’看来，您与她友情甚笃。等您到了我这个年纪，您将会明白，上流社会无足轻重，您终会为如此看重这些毫无意义的东西而遗憾。噢，吃晚饭前，我再去转转。再见了，孩子们。”他向众人大声喊道，仿佛已在五十步之外。

当我与罗斯蒙德和希塞尔告别时，她俩发现阿尔贝蒂娜还待着，不随她们一起走，对此感到奇怪。“嗳，阿尔贝蒂娜，你还待着干啥，你知道几点钟了？”“你们回去吧，”她以权威的口吻对她们说道，“我有事要跟他谈。”她一副乖顺的神态，指了指我，添上一句。罗斯蒙德和希塞尔看了看我，陡然对我增添了一分新的敬意。我心里乐滋滋的，感到至少在这一刹那间，在罗斯蒙德和希塞尔眼里，较之回家的时刻，较之她的女友，我要重要得多，而且与她之间有着重大秘密，他人不得介入。“今晚我们就不见面了？”“我不知道，这要看看今晚的情况。反正明天可以见。”“上我房间去吧。”等她女友走远，我对阿尔贝蒂娜说。我们进了电梯；她在电梯司机面前一直沉默不语。“雇员们”（电梯司机就这么称呼仆人）为了了解主子们，了解这些只顾自己交谈，从不与下人啰唆的怪人的闲事，不得不依靠自己察言观色，演绎推理，慢慢养成了习惯，从而大大提高了他们的预见能力，为“老板们”所不及。人体器官往往根据人们对它们扩大或缩小的需要，或增强，或萎缩。自从有了铁道之后，免误火车的必要性使我们学会了重视每一分钟，而在古罗马时代，不仅天文知识很粗浅，而且生活也不那么紧张，人们不仅没有分的概念，甚至连固定的时的概念也不明确。因此，电梯司机看透了我们的心理，并准备讲给他的同事们听，说阿尔贝蒂娜和我忧心忡忡。可是，电梯司机却跟我们唠叨个不停，实在不知分寸。不过，我发现他平时为我开电梯时脸上显露的那种友好、欢乐的表情不见了，取而代之的是极为沮丧、惶惶不安的神态。我不知个中原因，尽管我更挂虑着阿尔贝蒂娜，可为了给他排忧解愁，我告诉他刚刚走的那位夫人叫德·康布尔梅侯爵夫人，而不是叫卡芒贝尔。这时，在我们正经过的楼层走廊上，我看见一位丑陋的女服务员，扛着一个长枕头，毕恭毕敬地向我致意，希望我行前给点小费。我真想弄个清楚，初次抵达巴尔贝克的那个夜晚，我万分渴望得到的是否就是她，可我怎么也无法肯定。电梯司机带着做伪证的人那种真诚的语气，向我发誓，那位侯爵夫人让他通报的就是卡芒贝尔这个姓，可脸上那副绝望的神情始终没有消失。说实在的，他先入为主，听见的是他早已知道的名字，这是很自然的事。再说，有许多人，即使不是电梯司机，对贵族身份以及借以形成爵位的名称的性质认识模糊，似懂非懂，那么在他看来，卡芒贝尔这一姓氏是很有可能的，况且卡芒贝尔干酪举世闻名，借如此荣耀之声誉，赐侯爵爵位一个名称，这不足为怪，除非相反，是侯爵爵位的荣光使这一干酪得以名扬天下。不过，他见我不愿表示是自己错了，而且也深知主人即使为最微不足道的事一时心血来潮，也喜欢下人唯命是从，即使说的通篇是显而易见的谎言，也喜欢别人接受，于是，他像个忠实的仆人，答应我从此之后一定称呼康布尔梅。确实，无论在城内还是市郊，康布尔梅其人其名无人不知，任何一个城里的店主或郊区的农夫都绝对不可能犯电梯司机这种错误。可是，巴尔贝克大旅社的服务人员没有一个是当地人。他们连同旅馆的一切设施，统统来自比亚里茨、尼斯和蒙特卡洛等地。这些地方的人兵分三路，一路去了多维尔，另一路到了迪纳尔，剩下的一路来到了巴尔贝克。

但是，电梯司机焦躁不安的痛苦心情有增无减。平常，他总是满脸堆笑，对我显得忠心耿耿，可现在他连这也给忘了，准是发生了什么不幸。也许他被“派走”了。倘若果真如此，我答应一定设法让他留下做事，关于旅社的人员问题，经理曾许诺在先，不管我有什么决定，他都照办不误。“您愿意怎么办，都随您的意，我事先认可了。”我刚步出电梯，才猛然醒悟电梯司机为何一副绝望而又惊愕的神情。原来是因为阿尔贝蒂娜在场，我平常上电梯时都自然而然施给他一百个苏，可这次却没有给。这个傻瓜，他非但没有明白我是不愿当着第三者的面施与小费，反而认为这下算是彻底完了，我从此之后再也不会施舍他任何东西了，不由得浑身哆嗦起来。他想象我已经落到了“手头拮据”（像德·盖尔芒特公爵所说的那样）的地步，可如此设想远远没有激起他对我的任何恻隐之心，反而使他陡生了一种可怕的自私的失望心理。我暗中思忖，我并不像母亲认为的那么不理智，记得有一天，面对对方那种焦躁不安的等待心情，我不能不又掏出一份过高的小费，就在前一天，我还过分地施舍过。在此之前，我一直没有丝毫的疑心，总把平常那种欢快的神情欣然视为忠诚的表示，如今在我看来，赋予如此意义，显然是自己辨别力不怎么可靠。眼看电梯司机就要在绝望之中准备投下六楼，看他那副样子，我扪心自问，如果爆发一场革命，我们的社会地位相互起了变化，电梯司机摇身一变成了资产者，不要说客客气气为我开电梯，只要不把我从电梯上推下去，就算万幸了；我心里揣摩，在某些平民百姓阶层，是否比上流社会还更伪善，确实，在上流社会，我们一旦不在场，就会有人说三道四，但要是我们真成了落难之人，还不至于再凌辱我们吧。

但是，万万不能据此断言，在巴尔贝克大旅社，最计较个人得失的是电梯司机。就这点而言，服务人员可分为两类：一类是那些对顾客有所区分的人，相比之下，他们对一位年迈的贵族老爷（他竟能避开他们二十八天，把他们推给德·博特雷耶将军）合情合理施与的小费更为感激，而对来路不明的外国阔佬随意的慷慨赠予却不以为然，因为阔佬的这等举动正好暴露出一种失礼，只是当着阔佬的面，他们才道谢称善而已。而另一类人，在他们眼里，什么贵族身份，聪明才智，什么名望地位，风度举止，全都不存在，他们看得见的仅是数目的大小。对后一类人来说，唯有一个等级，这就是拥有多少金钱，或干脆能给多少。尽管埃梅自诩具备丰富的社交常识，因为他在很多旅馆当过差，但也许他本人就属于这后一类。比如谈起卢森堡公主，他会这样发问："这里面钱多吗？"（打这个问号，为的是了解清楚或彻底核查他所获悉的内情，以便决定给某某顾客提供一位巴黎"高厨"，或保证安排一张处在进口左侧的雅座，可尽览巴尔贝克海景。）进行类似的掂量时，他至多附上一种社会性的色彩，像是在了解对方家族的老底。尽管如此，虽然内心在斤斤计较，但他表面上却没有丝毫的显露，不像电梯司机那样愚笨，一脸绝望的神色。说起来，电梯司机如此幼稚，也许事情还更简单些呢。一座大旅店，类似过去拉谢尔所在的妓院，其方便之处就在于无须借助任何中间人，尽管某位男雇员或哪位女服务员一直绷着冷冰冰的脸，但只要看见一张一百法郎的钞票，一千法郎当然更好，哪怕这一次是施与他人，也准会笑逐颜开，主动效劳。恰恰相反，在政治领域，或在情人的相互关系中，在金钱与顺从这两者之间，还有着形形色色的名堂。其名堂之多，致使那些说到底总是见钱眼开的小人却往往难以沿着通达他们心灵深处的路线发展，而是自以为更微妙，实际上也确实如此。再说，类似“我知道我还该做些什么，明天呀，就该到太平间找我去了”这种谈话，并不失礼貌，而且听得也清楚。正因为如此，在礼仪周全的上流社会，很少遇到小说家、诗人和所有那些不该说却偏偏要说的高尚的人。

我们身边没有旁人，刚步入走廊，阿尔贝蒂娜便迫不及待地问我：“您到底和我有什么过不去的？”我对她态度生硬，是否自食其果，给自己造成痛苦？莫非我这种生硬的态度仅仅是一种无意识的花招，目的在于迫使女朋友在我面前摆出一种恐惧和请求的姿态，我借此可以对她进行盘问，也许最终可以弄清我长期以来对她的两种假设到底哪一种是正确的。不管怎么说，听她这么一问，我顿时感到乐滋滋的，仿佛终于达到了某个企盼已久的目标。我没有马上回答，一直把她领到房门前。门打开了，玫瑰色的阳光涌了进来，照彻了整个房间，黄昏时分拉上的白色平纹细布窗帘由此变成了金黄色的锦缎。我走到窗前；海鸥又停歇在浪尖，眼下浑身披着粉红的色彩。我让阿尔贝蒂娜细心观看。“别转移话题。”她冲我说，“请跟我一样，开诚布公。”我撒了谎。我向她声明，她首先该好好听一听我的交代，近来，我对安德烈感情炽烈，向阿尔贝蒂娜做如此交代时，我直截了当，毫无隐讳，堪与舞台上的场面相比，但在实际生活中，要做到这一点，除非旧情已经忘却。在我初次逗留巴尔贝克之前，我对希尔贝特也曾这样撒谎，这次故技重演，手法略有变换，目的在于使她倍加听信我的话，当我向她说明对她已经不爱时，我甚至和盘托出，说我过去差点爱上了她，但时过境迁，如今她对我来说只是一位好友，即使我愿意，也不可能重又对她产生更为热烈的感情。所有过分怀疑自己，既不相信哪位女人会爱上他们，也不相信他们自己会真的爱上哪位女人的男人无一例外，他们在爱情上往往采取二拍节奏，而我当着阿尔贝蒂娜的面，故意对她冷酷无情，实际上——由于某个环境所致，并针对某个特殊的目的——恰恰突出了这种二拍节奏，使节奏表现得更为铿锵有力。这种男人颇有自知之明，他们了解自己，即使对那些趣味迥异的女人，也会燃起同样的希望，产生同样的焦虑，编造同样离奇的故事，倾吐同样动听的话语，以最终意识到自己的情感及行为与那位心爱的女性并无密切、必然的联系，只是从她身旁掠过，犹如冲击悬崖峭壁的潮水，溅她一身水，始终迷惑着她，与此同时，他们本身那摇摆不定的情感又陡添了满腹狐疑，疑心那位女人并不爱他们，而他们却是多么希望得到她的爱。既然是她在我们欲望迸发之时偶然出现在我们面前，那偶然的因素为何却会致使我们成了她泄欲的目标？我们一方面需要向她倾诉衷肠，这爱的感情是多么特殊，与邻人使我们产生的普通的人情味迥然不同，可我们刚刚迈出一步，向心爱的女子倾诉了衷肠，表白了希望，遂又忧心忡忡，担心惹她生厌，心里乱七八糟，觉得对她使用的语言没有特意为她加工过，只是我们在过去和将来与人交往时为我们服务的普通语言，感到若她不爱恋我们，就不可能理解我们，而同时又觉得自我表白时缺少情趣，像卖弄学问之徒那样厚颜无耻，不看对象，在愚昧无知者面前故弄玄虚。正是这种担心，这种耻辱感引起了反节奏，导致了逆流，而最终又产生了需要，哪怕开始时退却，猛地收回先前公开表露的好感，最终也还是需要重新发起进攻，重新赢得尊敬，获得统治；在同一种恋情的不同发展阶段，在与类似的恋情相关的各个时期，在所有那些自我解剖，颇有自知之明，从不自视甚高的人心间，这种双重节奏清晰可辨。倘若在我刚刚向阿尔贝蒂娜做的坦诚交代中，这一节奏比往常略有加重的话，那么，其目的仅仅在于使我得以更迅速有力地转向那一截然相反的，由我的柔情所标明的节奏。

由于时隔已久，我再也不可能重新爱上她，对我这番话，阿尔贝蒂娜似乎难以相信，于是，我用了诸多实例来证明被我称为性格古怪的东西，这些实例全都引自我所结交的女人，无论是她们的过错还是我自己的过错，反正我错过了爱上她们的时机，事后不管我有多渴望，再也难以重新获得那一时光。就这样，我既像是在对她表示歉意，仿佛请她原谅一种无礼举动，宽恕我无法重新开始爱她，同时又在想方设法，试图让她明白这一举动的心理原因，似乎它们是我特殊心理的产物。我如此自我表白，对希尔贝特这一实例大加发挥，确实，就希尔贝特而言，我说的全是实话，可一旦用以说明阿尔贝蒂娜，真实的成分却变得微乎其微，我无可奈何，只能尽量证明我的论点尚合情理，而表面又装出一副样子，自认为这些说法难以接受。我感觉到阿尔贝蒂娜已经认为我“开诚布公”，对此表示赏识，并承认我推理清晰、明确，这时，我遂对自己直言不讳表示歉意，对她说，我清楚说实话会惹人不高兴，况且对我的这番实话，她可能会觉得莫名其妙。恰恰相反，她对我的坦诚表示谢意，并补充说，她对这种极为常见、非常自然的精神状态心领神会，十分理解。

对安德烈的所谓感情以及对阿尔贝蒂娜的冷漠态度，我向阿尔贝蒂娜做了一番交代之后，为了显示出这番话纯粹是肺腑之言，并未夸大事实，我还附带做了保证，让她对我的态度不要过分当真，这样一来，我便无须担心阿尔贝蒂娜会把此视作恋情，终于可以对她甜言蜜语，很久以来，我一直避免这样做，而现在我感到这是多么美妙。我差不多在抚爱我的知心女友；当我谈起我心里爱着的她的那位女友，我不禁热泪盈眶。可一涉及具体事实，我最终又对她说，她知道何为爱情，知道爱是敏感的、痛苦的；我还对她说，作为我过去的女朋友，她也许会心甘情愿，解除给我造成的巨大痛苦，如果我敢再重复一遍而不至于惹她生气，那么她既然已不为我所爱，自然就不可能直接地，而应该间接地采取伤害我对安德烈的爱这种方法，为我解除痛苦。我突然打住话头，望着一只孤独、匆忙的巨鸟，并指点阿尔贝蒂娜观看，那只巨鸟在遥远的前方，搏击长空，富有节奏地拍动着两片羽翼，在海滩上方飞速向前。海滩上，光斑点点，犹如撕碎的小红纸片，巨鸟没有放慢速度，没有分散注意力，也没有偏离自己的路线，径直飞过海滩，俨然似一位使者，肩负使命，要把一份紧急而又重要的书信送往远方。“它呀，至少是径直飞往目标！”阿尔贝蒂娜一副怪嗔的神态，对我说。“您对我这样说话，是因为您不了解我想说的心里话。多么难以启齿啊，我情愿不说。要是说出口，肯定会惹您生气；最终也只能导致这样的结果：一来与我心爱的人不可能有任何幸福而言，二来又要失去一位好朋友。”“可我不是向您发誓了吗，我绝不会生气。”她的神情是多么温柔，顺从中含着几多悲切，仿佛期待从我身上获取她的幸福，我不禁难以自已，憋不住要去亲吻——简直就像亲吻我母亲那样高兴——这副新面孔，它不再是过去那张活泼、绯红的脸，像一只淘气、爱恶作剧的小猫咪，翘着玫瑰色的小鼻子，反而像满腔的悲伤浇铸在善良的模子里，熔开了，压扁了，垂下来了。撇开我的爱情不谈，就像不考虑与她毫不相干的持久的爱一样，设身处地为她想一想，面对这位诚实的姑娘，我不禁动了怜悯之心，她向来只习惯于别人待她亲切、正直，满以为我是她的挚友，没想到几个星期以来，我一直折磨着她，简直到了无可复加的地步。我之所以对阿尔贝蒂娜产生了深深的恻隐之心，是因为我站在纯粹人道的立场上，这种立场超脱于我们两者之外，我的嫉妒的爱心便因此而荡然无存，倘若我爱着她的话，也许还不至于对她深表同情。在这一由爱的表白到产生不和（要通过连续不断的逆向运动，打成一个无法松解的死结，把我们紧紧地系在某人身上，这种办法最可靠、最有效，也最危险）的有节奏的摇摆之中，在构成两个节奏要素之一的退缩运动之中，还有何必要区分人类同情心的逆流呢？这股股逆流与爱情主流，尽管在无意中有可能产生于同一的原因，但产生的岂不也是同样的效果？当事后回首一下对某位女子的所作所为，人们往往意识到，表露自己的爱，追求他人的爱以及争取获得垂青的种种欲望并不比因人道需要而产生的愿望占有更多的位置，人们常出于普普通通的道德义务，向自己倾心相爱的人赔礼道歉，似乎对她无爱情可言。“可我到底能怎么办呢？”阿尔贝蒂娜问我。有人敲门，是电梯司机。原来阿尔贝蒂娜的姨妈从旅社经过，顺便下车看看她是否在，以便接她回府。阿尔贝蒂娜差人回话，说她走不开，也拿不准何时回去，让他们先吃晚饭，别等她了。“可您姨妈会生气的？”“哪儿的话！她一定会十分理解。”就这样——至少在眼下这一时刻，也许它永不再来——由于种种情况，在阿尔贝蒂娜的眼里，与我交谈终于变得举足轻重，而且如此显而易见，当务之急，必须首先办妥此事，我的女友无疑自然而然地参照了家庭的裁决惯例，在事关邦当先生的前程的情况下，当然不会计较一次出游，只要列举此情况，她坚信为这等大事而牺牲用晚餐的时间，姨妈准会觉得再也自然不过了。她本要离开我，在远处与亲人消受这一时光，但阿尔贝蒂娜却让它悄然无声地流至我的身旁，并赠予了我；我尽可纵情享用。我终于壮了胆子，向她披露了别人就她的生活方式跟我说过的话，并对她说，尽管女人们也沾染了那种恶癖，让我极为厌恶，但我对别人说的还是没当一回事，以至于别人都把我视作她的同谋，况且我目前又深深地爱着安德烈，她自然不难理解我对此会有多痛苦。如果再附加一句，说别人还跟我提及了其他女人，不过，我对她们根本无所谓，这样说也许还更巧妙。可是，戈达尔向我透露的那些突然发生而又可怕的事情一股脑儿全都涌进我的心田，撕裂了我的心，但与当时的情形相同，并未增添更多的痛苦。如果戈达尔没有提醒我注意她与安德烈跳舞的姿态，那我自己绝不会设想阿尔贝蒂娜爱着安德烈，或至少与她卿卿我我，同样，我也绝不可能从这一想法进而产生另一个与之相去甚远的念头，猜度阿尔贝蒂娜也许除了安德烈，与别的女人也有关系，而且这种关系不是借口友情就能解释清楚的。阿尔贝蒂娜与所有被告知对他们有如此议论的人一样，还不等向我赌咒这不是真的，便表示出愤怒与悲伤，至于对那位素昧平生的诽谤者，她怒不可遏，急切地想弄清到底是谁，恨不得立即与他对质，让他下不了台。不过，她让我放心，至少对我并不责怪。“如果确有其事，我早就向您招认了。可安德烈和我，我们俩对这等丑事都厌恶极了。我们都长这么大了，并不是没有见过您说的那种留着短头发，言谈举止一副男子相的女人，天下再也没有比那种人更让我们恶心了。”阿尔贝蒂娜给我的不过是一番空话，虽说得斩钉截铁，但没有佐以事实根据。然而，恰恰是这等空话最能让我冷静下来，最能抚慰我内心的嫉妒，这种妒心属疑心病科，有根有据的证明反比看似真实的断言更能引起狐疑。再说，怀疑一位心爱的女性总比去爱另一位女子要来得快，对女人矢口否认、自我辩解的话，也往往更容易相信，这种变得多疑、轻信的性情恰恰又是爱情的特征。去爱时须当心世上女子并非个个正派，亦即要做到心中有数；同时也应充满希望，也就是说要坚信世上确有正派女性。自寻痛苦，继而自我解脱本是人之常情。对可望获得成功的主张，我们往往轻易地信以为真，对有效的镇静剂，人们一般并不多加挑剔。此外，我们所爱的人不论有多复杂，但归根结蒂都可能向我们表现出两种基本性格，根据其表现而定，判定是我们的贴心人，还是另有新欢。第一种品性具有特殊的力量，阻碍着我们相信还会存在第二种品性，同时隐藏着特异的奥秘，可以缓解第二种品性给我们造成的痛苦。心爱之人既是痛苦的渊源，又是缓解痛苦或加深痛苦的药剂。可能斯万这个前车之鉴长期以来对我的想象力以及好激动的性格起着潜移默化的作用，我已形成习惯，往往把担心视为真实，而把希望当作空想。正因为如此，阿尔贝蒂娜斩钉截铁的答话带来的些许温馨，险些化为乌有，我脑中即刻浮现出奥黛特的往事。可我暗自思忖，为了理解斯万的痛楚，我尽可能设身处地为他着想，把奥黛特视作天下最邪恶的女人，这也许合情合理，但如今事关自己，即使像事关他人那样企图弄清事实真相，也不应该对自己如此绝情，一味固执己见，硬要把某种猜测误看作比别的更为可靠，就像一位士兵，选择的不是最为有利的位置，而往往是危险最大的岗位，正因为这一点，我的猜测也是最痛苦的猜测。阿尔贝蒂娜出身于一个相当正直的资产者家庭，正值豆蔻年华，而奥黛特小时被母亲卖给他人，生性轻佻，她俩之间难道就不隔着一条鸿沟吗？再说，阿尔贝蒂娜对我撒谎与奥黛特向斯万说假话，两者的利害关系也不一样。况且阿尔贝蒂娜刚刚矢口否认的，奥黛特对斯万却供认不讳。看来，我有可能犯了严重的推理错误——尽管是反推——仅仅因为某种假设与别的相比，不怎么令我痛苦，我便置事实存在的地位差别于不顾，听任自己的猜想习惯，仅凭对奥黛特实际生活的一点耳闻，想当然地编造阿尔贝蒂娜的生活真相。此时，我面临的是一个全新的阿尔贝蒂娜，确实，早在我初次来巴尔贝克逗留的最后几天，就多次隐隐约约地感觉到这是位坦诚、善良的姑娘，现在，她出于对我的爱，不仅对我的满腹狐疑表示宽恕，而且还想方设法消除我的疑心。她让我坐到床上，紧紧挨着她。我对她跟我说的一切表示感激，并请她放心，我们已经重归于好，从今以后，我再也不对她冷漠无情。我劝阿尔贝蒂娜怎么也得回去吃晚饭。可她反问我是否觉得两人这样待着没有意思。说罢，她搂过我的脑袋，温柔地抚摸着，至此之前，她还从未这样抚摸过我，我猜想也许是我们刚刚结束这场争吵的缘故吧，然后，她把舌头轻轻地贴在我的双唇上，试图将我的双唇撬开。可开始时，我紧抿着死不松开。“您真是个大坏蛋！”她对我说道。

我本该在那天夜晚遽然离去，再也不与她相见。那时，我便预感到，在并非相互的爱情中——也就是说在爱情中，因为对许多人来说，并不存在相互之爱——人们所能品尝的幸福仅仅是一种虚假的幸福而已，它所给予我们的也正是幸福的假象，偶尔也有这样的时刻，某位女子出于善心，或一时心血来潮，或由于偶然的因素，造成极妙的巧合，将其一贯的言语和行为作用于我们的欲望，仿佛我们得到的是真正的爱。若聪明的话，那应该好奇地珍视这微乎其微的一点幸福，快快乐乐地享受一番，要是连这么丁点儿幸福都不存在，恐怕人生在世，连幸福对那些并不怎么挑剔或较为幸运的人到底意味着什么，也不甚了解；应该假设它正是无限而又永久的幸福的一部分，而仅仅在这一时刻，幸福才在我心中油然而生；同时，为了使这一虚假的幸福在第二天不至于原形毕露，还应该想方设法，从得益于偶然时刻的人为因素而产生的幸福中多索取一分恩惠。我本该离开巴尔贝克，离群索居，在孤独之中与我一时善于以假乱真的爱之余音保持和谐的共振，我别无他求，只求别对我多言；唯恐多说一句话会节外生枝，以不协和音程冲破感觉的休止符号，而正是在这一感觉的休止中，音犹未尽，福音才得以在我心头久久回荡。

向阿尔贝蒂娜道清原委之后，我心头获得了平静，于是我又尽可能多地在母亲身边生活。她总爱充满柔情地跟我谈起外祖母还年轻时的那段时光。在外祖母弥留之际，我曾给她的末日蒙上一层层悲切的阴影，母亲担心我为此而内疚，往往主动地回忆我上学时给外祖母带来的欢乐岁月，而在此之前，他们一直向我隐瞒这些欢悦的往事。我们又谈了贡布雷。母亲对我说，至少在贡布雷那段时间，我常常读书，并说在巴尔贝克，若我不工作，也该读书才是。我回答道，正是为了使自己脑中经常浮现出贡布雷的往事，让自己的身旁置放着美丽的彩绘小碟，我乐意重读《一千零一夜》。像当初在贡布雷时那样，我每次过生日，母亲总送书给我，但为了让我喜出望外，她往往悄悄地送上书来，这一次也一样，她秘密地给我弄来了《一千零一夜》的两个法译本，一个是加朗的，另一个出于马德吕斯之笔。母亲看了看两个版本，希望我多读加朗的，但又害怕影响了我，一来因为她向来尊重思想自由，担心弄巧成拙，干涉了我的思想活动，二来她总抱有这么一种想法，觉得作为一个女人，她既缺乏必要的文学修养，也不该单凭自己对某种读物的好恶臆断一位年轻人该阅读什么书。有时偶尔读到有的故事，主题伤风败俗，表达佶屈聱牙，会令她十分反感。但究其原委，主要原因在于她不仅把外祖母生前用过的首饰别针、晴雨两用伞、外套、德·塞维尼夫人的书等视为圣物，还把外祖母的思维方式和语言习惯当作圣物珍藏起来，不管遇到何种情况，她总要思索一番，想想我外祖母该会发表什么观点，看来，她毫不怀疑，外祖母准会对马德吕斯的译本加以谴责。她回想起在贡布雷，有次去梅塞格利丝那一边漫步之前，我在阅读奥古斯丁·梯也里的书，平常，外祖母无论对我散步，还是对我读书都甚为满意，可看到这本书名与“继而墨洛温统治”那半句诗有关，好不恼火，所谓墨洛温[1]（Mérovée），叫“墨洛维格”（Merowig），她从不说“加洛林王朝人”（Carolingiens），而叫“加尔洛王朝人”（Carlovingiens），并坚持不渝。最后，我跟母亲谈起了外祖母对布洛克为荷马史诗中的神祇取的希腊名字的种种看法，据勒贡特·德·利尔说，哪怕最普通不过的玩意儿，布洛克也一律采用希腊语拼写，将之视作一项神圣的义务，并认为这是文学才华之体现。比如，若在一封书信中需要提及来宾在他府上饮的是名副其实的仙露（nectar），这“仙露”一词，他绝不会按法文拼写，而准会把词中的“c”改成“k”，写作（nektar），并借机对拉马丁的姓名取笑一番。然而，既然对她来说，不见“奥德修斯”和“密涅瓦”原名的《奥德赛》不成其为《奥德赛》，那么，当她在《一千零一夜》的封面上看到书名已经面目全非，外祖母该会说些什么呢？译本的封面上，再也看不到与她习惯拼读一致的、永远为世人熟知的Shererazade（山鲁佐德）和Dinarzade（迪

[1] 墨洛温（415—458）：萨利克法兰克人国王，墨洛温王朝因其而得名。

纳萨德）等字样，书中，一经更名，如果敢冒昧将“更名”一词用于穆斯林故事的话，富有魅力的哈里发（Calife）和强大的诸神（Génies）便几乎认不出其本来面目，因其原名分别为“Khalifat”与“Gennis”。不过，母亲还是把两个译本都给了我，我告诉她，等我累到懒得出门散步的时候，我就读这两本书。

但是，这样的日子并不多见。阿尔贝蒂娜及其女友常常与我“结帮”而行，像过去那样到悬崖顶或去玛丽-安托瓦内特庄园一起品尝点心。不过，阿尔贝蒂娜有时也给我莫大的乐趣，对我说：“今天，我想单独和您待一会儿，两人在一起一定更美。”遇到这种时刻，她每每表白她要做的事何其多，当然也无须一一汇报，并说那些朋友用不着老跟着我们，可以自己去漫游、聚餐，为避免她们再找着我们，我们俩可以像情人那样，双双去巴加代尔或欧朗十字架农庄，那伙人绝想不起到那儿去找我们，她们也从来不去那儿，准会死待在玛丽-安托瓦内特，希望我们出现。我记得当时天气闷热，农庄的小伙子们冒着太阳在劳作，额头上不时落下一颗晶莹的汗珠，犹如蓄水池中的滴水，而毗邻的“果园”里，熟透的果子也从树上往下掉，汗水在洒，果子也在落。这些日子隐藏着一位不曾露面的女子的奥秘，直至今日仍不失为我有幸获得的爱情中最为实在的一部分。那是一位别人跟我偶然提起，我万万没有想到的女子，她隐居在一家偏僻的农庄，我得去那儿见她，如果碰巧那个星期天气温暖，我定会打乱整个星期的约会，欣然前往，与她结识。我虽然知道如此的气候与约会并非她所安排，仅仅是诱饵而已，而且对我来说也不是什么新鲜玩意儿，但我却心甘情愿上钩，而它也确实有足够的力量把我紧紧钩住。我深知，若在城里与这位女子相遇，且又碰上个冷飕飕的天气，我很可能渴望得到她，但却不会伴有浪漫的情思，不可能萌发恋情；可是，由于环境的变化，爱恋之情一旦占据了我的心，那它绝不会失却其炽烈的成分——只是更令人心酸，就好似我们在生活中渐渐发现我们心爱的人占有的位置愈来愈小，那新的爱情，我们本希冀它能天长日久，但却随着我们生命本身的缩短而缩短，最终消失，这时，我们对她们的情感就会变得忧伤。

巴尔贝克游人还很稀少，年轻的姑娘寥寥无几。有时，我偶尔发现这位或那位少女在海滩上迟迟不归，但没有丝毫的吸引力，然而多少巧合的因素仿佛在证实，正是这位少女方才与女友们一起从骑马场或体操学校出来，我曾想接触，但很失望，未能接近她。倘若确实是同一位姑娘（我一直避免对阿尔贝蒂娜说），那么，那位我本以为令人心醉的少女根本就不存在。不过，我怎么都无法下定论，因为这些年轻姑娘的脸蛋儿在海滩上看得不怎么清楚，也未呈现出稳定不变的形状，而是随着我内心的期待，欲望的骚动或自足的安逸，根据她们穿戴的不同，行走的快慢或干脆静止不动，时而缩小，时而放大，变化无穷。可一到近处，有那么两三位少女，我看倒是挺可爱的。每当我见到这样的姑娘，便不禁想领她去塔玛利大街，或领她去沙丘，或带她上海边的悬崖。但是，尽管与无动于衷相比较而言，这一欲望中已经渗入了勇气，即使是单方的，但总归已构成现实努力的第一步，可说到底，从欲望到行动，其间存在着整个一段“空白”，藏匿着无穷的畏缩与胆怯。于是，我孤身一人，独自钻进糕点饮料铺，一口气喝下七八杯波特葡萄酒。欲望与行动之间无法填补的空白旋即消失，酒精的作用开辟了一条路线，将两者连接了起来。犹豫或惧怕的位置不复存在。我仿佛感到年轻姑娘就要飘然而至，来到我的身旁。我向她走去，脱口说道："我想跟您一块儿散散步。您不愿去悬崖上一起走走吗？那边无人打扰，背靠小树林，林中的活动小屋现在无人居住，风也吹不着，全被小树林挡住了。"生活中的艰难险阻一扫而光，再也没有任何障碍可以阻挡我们两个躯体紧紧搂抱在一起。至少对我来说，已无障碍而言。因为，她没有喝酒，因此对她来说，困难未能变为气体，化为乌有。若她喝了酒，那么世界在她眼里就会丧失某种实在性，她长久以来一直珍藏在心田的梦幻在她看来突然间会显得可以实现，不过，她所梦寐以求的，也许完全不是扑进我的怀抱。

年轻的姑娘不仅为数甚少，而且眼下尚未到"海浴"季节，她们逗留的时间都极为短暂。我记得有一位姑娘，棕色的肌肤，碧绿的眼睛，绯红的两颊，嫩脸展开双翅，宛如带有翼瓣的树籽。我真不明白是哪阵风把她吹到巴尔贝克，又是哪阵风把她刮走的。她来去匆匆，弄得我一连数天郁郁寡欢，当我最终明白了她早已远走高飞，一去不复返时，才壮了胆子，向阿尔贝蒂娜袒露了内心的痛楚。

必须承认，年轻姑娘中，有不少我素不相识，也有不少数年未见。与她们幽会之前，我往往先给她们写信。一旦从她们的回复中看到有爱的希望，那多令人开心啊！在向一位女子倾吐衷情的初期，哪怕此情也许最终难以如愿，但开始阶段收到的封封书信，怎么也舍不得搁置一旁。人们总乐意带在身边，犹如收到朵朵美丽的鲜花，依然那般艳丽，令人百看不厌，忍不住贴近去闻花的芳香时，才一时停止观赏。那熟记在心的话语，重读起来别有一番滋味，那并非字字照搬的语句，我多想从中分辨出如此表达蕴涵着几分柔情。她是否写了“您可爱的来信”这样的话？要是这样，那她表示的温馨中往往会带来几分失望，其原因不是来信读得太匆忙，就是姑娘的笔迹难以辨认。不，她并没有写“您亲爱的来信”，而是“看到您的来信”。除此之外，信中的一切是那么温情脉脉。啊！但愿明天还送上这样的鲜花！久而久之，这一切再也满足不了，书写的字句需要与目光、嗓音对质。于是便约会——她也许还未变化——根据他人的描绘或个人的回忆，本以为相会的是维维安娜仙女，可见到的却是只穿靴子的猫[1]。不管怎样，又约对方于翌日相见，因为对方总归是她，而人们渴望得到的，也正是她。然而，人们对一位女子梦寐以求，对她产生种种欲望，这并不绝对要求对方非要具备确切的花容玉貌不可。那仅仅是对人本身的欲望而已；它们就像芬芳一样虚无缥缈，好比安息香是普罗迪拉亚的欲望所在，藏红花香为太空所爱，赫拉喜欢一切植物性芳香，而没药香为云彩之芬芳，尼凯渴望梣甘露，大海则喜爱乳香。可是，俄耳甫斯圣歌所赞颂的这些芳香与其钟

[1] 出自贝洛童话。一位磨坊主的儿子只继承了一只猫，多亏这只穿靴子的动物精心安排，磨坊主之子当上了驸马。

爱的神祇相比，为数甚少。没药既是云彩的芳香，又是普罗多戈诺斯，尼普顿，涅柔斯，勒托的芬芳；乳香为大海的芳香，又为美丽的狄刻，忒弥斯，喀耳刻，九缪斯；以及厄俄斯，摩涅莫绪涅，日神，迪加约絮内的芬芳。至于安息香，楞甘露和植物性香味，喜欢的神祇数不胜数，难以一一列举。昂菲埃代斯除乳香之外，其他的香味无不酷爱，而该亚讨厌的仅仅是蚕豆花香与植物性芳香。我心中对年轻姑娘的欲望也是如此。与少女的数量相比，我的欲望要少得多，于是转而变成种种失望与悲伤，彼此甚为相似。我向来不喜欢没药的香味。我把它专门留给了絮比安和德·盖尔芒特亲王夫人，因为没药香是“两性普罗多戈诺斯的欲望，含有公牛的吼叫，难忘，怪诞，自上而下，令人欢快，在一次次酒神节上，供女祭司献祭所用”。

海浴季节很快迎来高潮；每日都有新人来到，我平日着迷似的阅读《一千零一夜》，现在却突然频频外出漫步，其原因非但不包含任何享受的因素，反而破坏了所有乐趣。海滩上，年轻的姑娘比比皆是，戈达尔向我暗示的那一念头虽然没有引起我新的疑虑，但却使我在这方面变得敏感而脆弱，我小心翼翼，力戒在心头再形成此种想法，因此，一旦哪位年轻女子抵达巴尔贝克，我便浑身上下不自在，建议阿尔贝蒂娜外出游览，走得越远越好，以免她与新来的女子结识，如果有可能，甚至不让她看见新来乍到的姑娘。对那些看去行为不端或臭名远扬的女人，我自然怕上加怕。我表面上想方设法，企图说服女友，让她相信这所谓的臭名声毫无根据，纯属流言蜚语，可我却感到莫名的恐惧，也许还不敢承认这样的现实：她正要尽花招，企图与那位堕落的女人勾搭；也许我碍手碍脚，弄得她无法与之接近，她为此感到遗憾；甚或她根据不胜枚举的先例，认为这种恶癖司空见惯，何必横加谴责。为每个罪人开脱，我何不干脆一味认定，女子同性恋不存在。阿尔贝蒂娜利用我的这种不轻信的态度，为这位或那位女子的恶癖辩解："不，我认为，这不过是她故意装模作样罢了，只是故作姿态而已。"这时，我简直后悔莫及，刚才真不该为无辜辩护，阿尔贝蒂娜过去那么正经，如今竟认为这种"模样"是一种相当讨人喜欢，甚至相当优越的东西，无此嗜好的女人往往故意给人这种假象，这实在惹我气恼。我恨不得再没有任何女人到巴尔贝克来；当时，普特布斯夫人差不多快到维尔迪兰家了，一想到圣卢对我毫不掩饰他对那位侍女的爱慕之情，而这位侍女很可能哪一天会到海滩游玩，若碰巧我不在阿尔贝蒂娜身边，她准会企图腐化阿尔贝蒂娜，我禁不住浑身战栗。戈达尔曾向我透露，维尔迪兰一家十分看重我，拿他的话说，他们表面上虽然并不跟在我身边转，可实际上却不惜花大本钱，以便我能光临他们府上，既然如此，我不由得思忖，当初曾许下诺言，要把世间所有盖尔芒特家族的人都给他们领到巴黎去，那我何不找个借口，征得维尔迪兰夫人同意，让她通知普特布斯夫人，说无法再接待她，让她尽快走。

尽管脑中胡思乱想，但由于最令我惶惶不安的是安德烈的存在，所以阿尔贝蒂娜的那番话给我心头带来的宁静尚能持续一段时间；再说，我知道当大批游人拥来之际，安德烈、罗斯蒙德以及希塞尔差不多就该走了，在阿尔贝蒂娜身边最多还能待个把两个星期，这样一来，不久以后，我也就不需要什么心头的平静了。不过在这段时间里，阿尔贝蒂娜仿佛在精心设计她的一言一行，为的是消除我的疑心，假如我内心尚存有狐疑的话，那她的目的便在于阻止其死灰复燃。她统筹安排，决不单独与安德烈待在一起，每当我们返回住处，她总坚持再三，让我一直陪她到房门；我们需要外出时，她也每每求我到她房间去找她。与此同时，安德烈也在做同样的努力，似乎在极力避免与阿尔贝蒂娜见面。她们之间这种显而易见的默契并非唯一的迹象，有种种迹象表明阿尔贝蒂娜有可能把我们俩交谈的情况透露给了她的女友，并请她行行好，帮助平息我那些荒唐的疑虑。

大约就在这一时期，巴尔贝克大旅社发生了一件丑闻，但并未因此而改变了我爱自我折磨的癖性。最近一段时间来，布洛克的妹妹与过去的一位女戏子一直保持着隐秘的关系，可不久以后，她们对这种关系总感到不过瘾。让众人都看个一清二楚，她们觉得这可增添几分邪恶的乐趣，于是顿生邪念，要在众目睽睽之下进行她们那种有伤风化的嬉戏勾当。开始时，只是限于在娱乐室的纸牌桌旁相互抚摸，不管怎么说，还可以将此举动归结于亲密无间的友情表示。可后来，她们胆子愈来愈大。最后，有一天夜晚，在一个大舞厅的一角，灯光并不怎么昏暗，可她俩竟在一张长沙发上肆无忌惮地作乐，仿佛在自己的床上一样。当时，有两位军官及其夫人离她俩待的地方不远，见状向经理告了一状。人们原以为他们的抗议会起到什么作用。可他们却处于不利地位，因为他们家住纳特奥尔姆，只不过来巴尔贝克消受个把夜晚，因此对经理来说无利可图。而对布洛克小姐来说，无论经理对她如何指责，纳西姆·贝尔纳先生无形中一直在保护着她，尽管连她自己都不知道。这里必须交代一个有关原因。纳西姆·贝尔纳先生奉行家德。他每年都要为他侄女在巴尔贝克租一座豪华的别墅，不管到谁家做客，他非要回他自己的家用晚餐不可，实际上，这是他们叔侄两人的家。可是，他却从不回自己家吃午餐。每天中午，他都在大旅社。原来，有人偷养着巴黎歌剧院舞蹈班的某个年轻学员，他也如法炮制，供养了一位“伙计”，此人与我们上面介绍过的那种服务员颇为相似，往往令我们想起《以斯帖》和《阿达莉》剧中年轻的犹太小伙子。说实在的，纳西姆·贝尔纳先生与那位年少的伙伴相差足足四十岁，这本可使其幸免于不太愉快的接触。可是，正如拉辛在同一的合唱曲中如此睿智地指出的那样：

> 我的上帝，但愿一种新生的道德
> 在危难四伏中蹒跚着脚步前进！
> 但愿有一个幽灵，寻找你而存心无邪
> 找到障碍，阻止其企图最终得逞！

年轻的伙计虽然身在巴尔贝克“殿堂—大旅社”，远离“富有教养的上流社会”，可惜未听从若阿斯的规劝：

> 万万不能把根基建立在财富和黄金之上。

他也许为自己寻找了理由，说什么“罪人遍地”。不管怎么说，纳西姆·贝尔纳先生大喜过望，没想到需要的时间如此之短，打从第一天便开始：

或许还心有余悸，或许对他表示抚爱，
他感到那纯洁的双臂把他紧搂在胸怀。

打从第二天以后，纳西姆·贝尔纳先生便领着伙计闲逛，“传染性的接触破坏了纯洁”。从此，少年的生活彻底改变了。尽管听从上司吩咐，还是照旧做送面包、送食盐的活计，但他满面春风，歌唱道：

从鲜花到鲜花，从欢娱到欢娱
让我们畅游所欲……
我们岁月的过客难说能有几年匆匆！
让我们今朝及时行乐享受人生！……
荣誉和职务
需付出盲从和温顺的代价。
谁愿大声说话
对待可怜的无辜？

从这天起，纳西姆·贝尔纳先生每日必定来此用午餐，从不间断（就好似某个供养着一位女配角的人，每场必到，这位女配角极具个性，只不过还期望她心目中的德加来扶植罢了）。纳西姆·贝尔纳先生兴致勃勃，在餐厅里注视着那位少年的一举一动，视线一直跟随着他射向远处的景象，那儿，棕榈树下，高高地端坐着女出纳。少年殷勤地忙上忙下，为众人效劳，但自从纳西姆·贝尔纳先生偷养他以来，他对纳西姆·贝尔纳先生反倒服侍得不那么亲热了，也许这位侍童认为，对一位他觉得已受到其充分爱慕的人，没有必要像对其他人一样大献殷勤，或许这种爱慕之情使他恼火，或许他担心事情一旦败露，会因此而丧失其他机会。但是，这种冷冰冰的态度倒赢得了纳西姆·贝尔纳的欢心，因为其中的蕴涵意味深长。可能由于希伯来人的祖传意识的作用，抑或由于对基督教情感的亵渎，他对拉辛剧中的宗教仪式，无论是犹太教还是天主教仪式，尤为酷爱。倘若经历的是《以斯帖》或《阿达莉》的演出场面，他总后悔自己生不逢时，因相隔数个世纪，无法与作者让·拉辛结识，不能为他的宠儿谋得一个更为重要的角色。但是，任何一个作家的笔下都未出现过午餐仪式，他只得满足于与经理及埃梅亲密相处，以便那位“年轻的犹太人”能如愿以偿，得以荣升，当个半拉子领班，或当个真正的领班。他们给他封了个饮料总管的位子。可是贝尔纳先生却强迫他谢绝这个职位，因为那样一来，他就再也不能每天来看着这位小伙子在绿色餐厅奔忙，也不能被他当作外人侍候了。贝尔纳先生从中感受到的乐趣是那么浓烈，以至于他每年必来巴尔贝克，且从来不在自己寓所用午餐。对于前一习惯，布洛克认为这只是因为他偏爱这带海岸，对它明媚的阳光，西沉的落日有着诗情画意般的情趣罢了，而后一种习惯，则是一位孤单老翁积习甚深的痼癖。

纳西姆·贝尔纳的亲朋好友们全错了，贝尔纳先生年年必到巴尔贝克，而且拿学究气十足的布洛克夫人的话说，他总爱出外野餐，对其中真正的原因，他们毫无觉察，但说实在的，他们的这种错误有着更为深刻的但属于第二位的真实性。因为，纳西姆·贝尔纳先生自己也不知道他的留恋和怪癖会渗入什么名堂，他留恋巴尔贝克的海滨，留恋餐厅观海，又养成种种怪癖，以收养另一种类型的年轻舞蹈学员为乐趣，可这类学舞的小耗子，却缺一个德加式的角色，即少一个男仆，可惜侍者们，还都是些姑娘。巴尔贝克旅社就是一座剧院，他与这座剧院的经理和导演兼舞台监督埃梅——在整个事态中，担任此类角色，职责并不十分明确——维持着极好的关系。他们总有一天要密谋，篡夺一个重要的角色，也许是一个侍应部领班的位置。在此期间，尽管纳西姆·贝尔纳先生的情趣那么富有诗情画意，尽管他那么沉着冷静地耽于冥想，但其中确有几分那种嗲里嗲气的男人所具有的特征，这种男人心中有数——比如昔日的斯万——一旦回到上流社会，必与情妇相会。纳西姆·贝尔纳刚一就座，就可看到意中人手端装着水果或雪茄的托盘，出现在舞台上。就这样，每天上午，他先是亲一亲侄女，询问一下我好友布洛克的创作情况，继而将糖放在手掌上，一块块喂给马儿吃，然后便迫不及待，心急如焚地赶至大旅社用那顿午餐。即使家中失火，侄女遭劫，他说不定也照走不误。为此，他生怕伤风感冒，就像怕瘟疫，担心因此卧床不起——因他患有疑病——不得不差人请埃梅在用餐之前，派那位年轻的朋友到他府上来。

再说，他也留恋巴尔贝克旅社中那胜似迷宫的甬道、密室、沙龙、衣帽间、食品储藏间和游廊。由于东方人祖传旧习的影响，他犹爱后宫，每近黄昏出旅社时，他总是偷偷摸摸地把旅社四周的角角落落探查个遍。

纳西姆·贝尔纳先生甚至不惜闯到地下室去探头探脑，并想尽种种办法，避免被人发现，引起丑闻，这种四处寻觅利未[1]小伙子的举动，不禁令人想起《犹太女人》中的诗句：

> 啊，我们父辈的上帝，
> 降临到我们的中间，
> 请保护我们的奥秘，
> 切勿被恶鬼们发现！

此时，我却反其道而行之，上楼来到两姐妹的房间，她俩是作为侍女，陪伴一位年迈的外国太太来巴尔贝克的。拿旅社的行话说，她们叫使者，而弗朗索瓦丝满以为使者不外是干跑腿差事的，于是称她俩为“跑差”。旅馆的说法比较典型，还处于歌唱“这是外交使者”的时代。

尽管旅客与女使者之间相互登门拜访困难重重，可我还是很快与这两位年轻姑娘建立了友情，虽然十分纯洁，却也情意灼

[1] 以色列人的一族。

灼。她俩一个叫玛丽·希内斯特小姐，另一个叫塞莱斯特·阿尔巴莱小姐，出生在法国中部，巍巍高山脚下，小溪湍流飞瀑（水流就从她们的住宅下穿过，那儿有一架水车常年转动，但因河水泛滥，曾多次被毁坏），仿佛造就了她们自然的天性。玛丽·希内斯特尤为突出，她性急，欠稳；塞莱斯特·阿尔巴莱胆怯，懒散，就像一泓湖水，但冲动起来，煞是可怖，那勃然大怒令人想起洪水，漩涡，卷走一切，摧毁一切。她们常常一清早，当我还躺在床上的时候来看望我。我还从未见过她们这种固执而又无知的人，她们在学校肯定未学到什么知识，但说起话来却带着那般浓重的文学味，若没有那副自然流露的近乎野蛮的腔调，人们准会误以为她们故意这么说话呢。她们言语粗俗，我在此不拟修饰，那话中似乎赞扬与批评兼而有之（并非赞扬我，而是赞颂塞莱斯特的奇才），虽然都不符合事实，但感情十分真挚，见我用牛奶泡羊角面包，塞莱斯特对我说："啊！小黑魔王，满头松鸦毛似的头发，噢，多精明狡猾啊！我不知道您从娘胎里出来的时候，您母亲怎么想的，您呀，活脱脱一只鸟。瞧，玛丽，看他这样子，捋毛，扭脖，谁见了都会说他灵活透了！他动作那么轻盈，就像是在学飞翔。啊！您真有福气，造就了您的人把您生在了富人窝；不然，像您这样挥金如土，该会落到什么地步？瞧，这只羊角面包只碰了一下床，他就扔了。哎哟，他又把牛奶洒了，等一等，我来给您系块餐巾，您呀，连餐巾都不会用，我从未见过您这样又蠢又笨的人。"这时，往往会听到玛丽·希内斯特那较为正常的、湍急的激流声，她怒冲冲地训斥妹妹："得了，塞莱斯特，还不闭嘴？跟先生这样说话，你疯了不是？”塞莱斯特报之一笑；而我向来讨厌别人给我系餐巾，没想到她竟说：“不，玛丽，瞧他这样，嗬，他身子都气直了，就像一条直立的蛇。一条毒蛇，我告诉你。”接着，她还乱用动物做比喻，照她说来，别人弄不清我何时睡觉，我彻夜像只蝴蝶，不停地飞；而到了白昼，我动作迅捷，像松鼠。“你知道，玛丽，就像我们家乡见到的，那么灵活，连眼睛都跟不上。”“可是，塞莱斯特，你明明知道他吃饭时不喜欢用餐巾。”“并不是他不喜欢，说穿了是别人不能改变他的意志。他是位老爷，他想摆摆老爷架子。要是需要，床单每天换上十次都可以，但要他让步可不行。昨天，床单一床接着一床地换，今天，床单刚刚才换上，可又得换了。啊！我说得不错，他生来就不是受苦的命。瞧，他气得头发都竖起来了，乱七八糟的，像只鸟的羽毛。可怜的毛掸子！”听到这话，不仅玛丽不乐意，连我也不答应了，因为我根本就不觉得自己是什么老爷。可是，我如此这般自谦，塞莱斯特从不相信是真诚实意，打断了我的话：“啊！滑头，啊！甜言蜜语，啊！阴险毒辣！狡猾透顶，恶毒至极！啊！莫里哀？”（她唯一就知道这个作家的名字，用到了我的头上，想借此来表示既会写戏又会演戏的人。）“塞莱斯特！”玛丽口气蛮横地喊了一声，她不知莫里哀的姓名，担心这又是什么侮辱人的话。塞莱斯特又淡然一笑：“你难道就没有看见抽屉里他那张小时的照片？他总想让我们相信他穿着一向普普通通。可照片上，他拿着一根小手杖，浑身毛皮、花边，连王子也望尘莫及。可与王子无比的尊严和温厚的仁慈相比，实在不足挂齿。”“噢，”激流般的玛丽大声斥责道，“你现在竟然翻起他的抽屉来了。”为了平息玛丽内心的恐慌，我问她对纳西姆·贝尔纳先生的所作所为有何看法。“啊！先生，以前，我根本就不信世上怎么会有那种事，直到来了这儿才明白。”说罢，她又将了塞莱斯特一下，说了一句更为高深莫测的话：“啊！先生，谁也弄不清一辈子会遇到什么事。”我又改换话题，跟她谈起了我父亲的生活，他一辈子总是没日没夜地做事。“啊！先生，这样生活，自己得不到任何东西，没有一分钟的闲暇，没有一丁点儿享受；所有一切都是为别人做出牺牲，真是白活一辈子……瞧，塞莱斯特，别的不说，就说把手放在桌布上，拿羊角面包的样子吧，多与众不同！即使最不起眼的小事，也会讲究出名堂来，好像他的一举一动，都在调动法兰西整个贵族派头，就连比利牛斯山区的高雅也不放过。”

我被勾画得如此走样，弄得我无地自容，竟说不出话来；塞莱斯特以为我又是在耍什么花招：“啊！脑门看似那么纯洁，可脑袋壳里隐藏着多少东西，面孔和蔼又精神饱满，就好似一颗打开的巴旦杏，纤细柔滑的小手，毛茸茸的，指甲却像爪子一样锋利……瞧，玛丽，看他喝奶的那副神态，虔诚得让我忍不住想祈祷。多么严肃的神情啊！现在该给他拍张照片，他整个儿像是孩子。是因为像他们一样喝奶，您才得以保持像他们一样油光滑亮的肤色？啊！多年轻！啊！多美的皮肤！您永远不会老。您真有福气，从来用不着动手去指使人家，因为您的两只眼睛就善于强加自己的意志。瞧他又生起气来了。他站起来了，笔直笔直的，明摆着的嘛。”

弗朗索瓦丝一点也不喜欢这两个女人来跟我这样瞎聊，她管她俩叫女骗子。经理总是委派手下的店员监视店内发生的一切，他甚至严肃地向我指出，跟女使者闲谈，有损客人体面。可是，我觉得这两位“女骗子”比旅社里所有的女客人都高一等，所以对经理只是嗤之以鼻，心想无论我怎么解释，他都明白不了。就这样，两姊妹经常来我处。“瞧，玛丽，他的线条多么清秀。啊，尽善尽美的肖像细密画，比橱窗里见到的最珍贵的画还更美，因为他会动，会说，听他说话，几天几夜都听不够。”

竟有一位外国太太能把她俩带走，真是奇迹，她俩既不知道历史也不了解地理，凭着自信心，对英国人，德国人，俄国人，意大利人，总之对一切外国“虫”全都厌恶，喜欢的只是法国人，当然也有例外。她们的面孔完全保持着家乡河流中黏土的湿润，富有可塑性，每当人们谈及旅社里的某位外国人，塞莱斯特和玛丽便模仿外国人的腔调，面孔、嘴巴和眼睛骤然一变，活脱脱一副外国人的嘴脸，一副副舞台面具相继出现，令人赞叹不已，真恨不能收藏起来。塞莱斯特甚至还假装重复经理或我哪位好友的谈话，但复述中掺入不少凭空捏造的话，极尽嘲弄之能事，将布洛克或首席院长的种种缺陷描绘一番，讲得煞有介事。她看似在汇报她乐于承担的某桩普通差事，可描绘出的却是一副难以描摹的画像。她俩从不读书看报。可是有一天，她们在我床头发现了一部书。这是圣莱热·莱热的一部诗集，诗歌美妙，但较玄奥难懂。塞莱斯特读了几页，对我说道：“您肯定这是诗，而不更像是谜语吗？”对一个在孩童时代只读过《世间的丁香全已枯死》这一首诗的人来说，显然如此。其中缺少过渡。我觉得她们这种什么也不学的倔强性格在一定程度上归咎于她们家乡的愚昧。不过，她们不乏诗人的才华，且比较谦逊，而诗人们却往往没有自知之明。之所以这样说，是因为塞莱斯特有时妙语惊人，我一时又没记清，请她再说一遍，她却断然肯定她自己也忘了。她们存心永不读书，自然也绝无成书之美。

弗朗索瓦丝听说这两个如此普通的姐妹竟有两个不凡的兄弟，一个娶了图尔大主教的侄女，另一个与罗德兹主教的亲戚结了婚，心里相当激动。可对经理来说，这引不起他任何兴趣。塞莱斯特常常抱怨丈夫不理解她，可我倒感到纳闷，她丈夫竟能容忍她。有时，她发起火来，浑身发抖，碰到什么砸什么，让人好不厌恶。人们都说人体的血液是咸的液体，而这种液体只不过是原始海洋元素的内核残余。我也认为，塞莱斯特不仅在动怒的时刻，而且在郁郁寡欢的时刻，都保留了她故乡溪流的节奏。当她精疲力竭之时，表现出的也是河流干涸的状态，浑身真的没有一丝生机。每到这时，什么都无法让她恢复生机。可突然，在她那颀长、轻盈、优美的躯体内，循环运动又开始了。河水在她白皙、透明而又略显蓝色的肌肤中流淌。她迎着阳光微笑，全身愈来愈蓝。此时，她便成了名副其实的蓝天塞莱斯特[1]。

布洛克的家人尽管从不怀疑叔父决不在家用午餐的原因，打一开始便认定这不过是一位单身老翁的怪癖，或许是因为与哪位

---

[1] 塞莱斯特原文为“Céleste”，意为“天上的，天堂的”。

女戏子有私情，他不得不这么做，但是，对巴尔贝克旅馆的经理来说，有关纳西姆·贝尔纳先生的一切均为“禁忌”，不得非议。正因为如此，经理甚至都没有把那位侄女的事跟她叔父提一下，他自己思虑再三也没敢责备她，只是关照她处事要小心谨慎才是。那位年轻姑娘及其女友开始几天以为会被大旅社的娱乐场逐出门外，可后来见一切均得到妥善解决，好不开心，遂向把她俩撇在一边的家长们炫耀，显示她们绝不会受到任何制裁，完全可以为所欲为。毫无疑问，她们还不至于再在众目睽睽之下干那种事情，引起众人愤慨。可是，她们无意中又故态复萌。一天夜晚，我与阿尔贝蒂娜及我们遇见的布洛克一起走出灯光灭了大半的娱乐场，正好碰到她俩搂着腰走过来，她俩不停地搂呀，亲呀，等走到我们身边时，又是咯咯怪叫，又是哈哈浪笑，声音下流。布洛克垂下眼睛，以免露出已经认出妹妹的神态，可我一想到这种不堪入耳的特殊语言有可能是冲着阿尔贝蒂娜的，心里痛苦极了。

另一件意外的小事更引起了我对蛾摩拉那一边的忧虑。我在海滩上发现了一位年轻貌美的女子，她身段苗条，肤色白皙，双眼炯炯有神，从中心点向四周发出极为对称的光芒，她的目光，不禁令人想起星座。我暗自思忖，她比阿尔贝蒂娜漂亮得多，为她而放弃阿尔贝蒂娜，该是比较明智的做法。不过，这位漂亮的年轻女子，脸上经过荒淫无耻生活的无形削刮，留下了屡屡接受庸俗满足的印记，以至于她的眼睛虽然比脸面的其他部位多几分庄重，但闪烁的恐怕只是贪婪的欲火。而恰恰就在第二天，我们在娱乐场，离我们很远处，站着这位年轻女郎，我发现她目光似火，一时交叉，一时旋转，不停地投在阿尔贝蒂娜身上。看那架势，仿佛她在借用一架信号机，向阿尔贝蒂娜频频发出信号。我忍受着痛苦，唯恐女友发现他人对她的如此关注，担心这不停闪烁的束束目光是约定的暗号，表示次日幽会。谁知道？也许这已不是第一次幽会。这位秋波横溢的年轻女郎有可能在哪年已经光顾过巴尔贝克。莫非阿尔贝蒂娜已经屈从于这位女人或她的哪位女友的欲望，她才胆敢向阿尔贝蒂娜频频发出信号。由此看来，这信号不仅仅要求现在搞点什么名堂，而且还要重温旧时美梦，温故而尝新吧。

若情况如此，那么此次约会恐怕就不是首次了，而是过去岁月中共同消受的聚会的继续。确实，那目光分明不是在探询："你乐意吗？"年轻女郎一瞥见阿尔贝蒂娜，立即整个儿转过头来，向她射出忆旧的目光，唯恐我女友回想不起来，阿尔贝蒂娜看得一清二楚，可表情漠然，无动于衷，直到对方像一位男子，发现昔日的情妇另有新欢，是跟新情人在一起时，便相机行事，不再看她一眼，不再对她有丝毫的理会，仿佛她不曾存在过。

几天后，我获得了证据，证明那位年轻女郎确有特殊癖好，而且她很可能早已与阿尔贝蒂娜结识。在娱乐场的大厅里，当两位姑娘渴望得到对方时，往往出现闪烁的奇观，一条长长的似磷光的光线由一个人射向另一个人。这里附带说几句，尽管这种物质化的光芒如何难以估量，但居民四散的蛾摩拉城正是通过这些光束，通过映红整个一片太空的天体信号，试图在每一座城镇，每一个乡村，召回离散的成员，重建《圣经》中记载的城市，而与此同时，处处都有人在坚持不懈地做同样的努力，哪怕通过思乡的游子，虚伪的小人，有时甚至通过所多玛勇敢的流亡者，在断断续续地重建家园。

一次，我碰见了那位陌生女郎，阿尔贝蒂娜假装没有认出她来，当时，布洛克妹妹凑巧经过那儿。妙龄女郎的目光顿时若灿烂星光，可看得出，她并不认识这位犹太小姐。她俩是首次相遇，但她却欲望顿起，毫不躲闪，当然也不像对阿尔贝蒂娜那样死心塌地。她本来多么希望得到阿尔贝蒂娜的友情，万万没有想到阿尔贝蒂娜对她冷若冰霜，使她好不惊诧，就好似一位常来巴黎而不在巴黎寓居的外国人，当他光临巴黎准备再度过数个星期，到他常去消受美妙夜晚的小剧院时，惊愕地发现小剧院已不复存在，原地修建了一家银行。

布洛克的表妹来到一张餐桌前坐下，读起画报来。不一会儿，妙龄女郎漫不经心似的坐到了她的身旁。可在桌底，人们也许很快就能目睹她们双脚纠缠在一起的场面，紧接着，就可看到她们的双腿与双手紧紧地贴在一起，难解难分。话匣子打开了，交谈开始了，可那位少妇的幼稚的夫君在四处找她，不料却发现她正在与一位他素昧平生的少女策划晚间行动，不禁大吃一惊。妻子向丈夫介绍了布洛克的表妹，说她是孩童时代的女友，可做介绍时，名字说得含混不清，因她忘了问女友的芳名。然而，丈夫在场，反倒促进了她俩的亲密关系，她们彼此以“你”相称，说两人是小时在修道院结识的。事后，她们谈起这件事时，忍俊不禁，对那位受骗的丈夫也是大加耻笑，那开心的劲儿又引发了一次相互亲热的良机。

至于阿尔贝蒂娜，我不能说她在娱乐场或在海滩的某个地方与哪位年轻姑娘有什么过分放肆的举动。我甚至觉得她举止行为过分冷漠，过分谨小慎微，显得不仅仅是一种良好的教养，而像是狡猾的伎俩，目的在于消除他人疑心。比如对某某少女，她会冷漠、敷衍而又不失分寸地扯大嗓门回答道："对，我五点钟左右去打网球，明晨八点左右去洗海浴。"说罢，她会立即离少女而去——可她脸色非同寻常，故意声东击西，看样子像是约会，或者不如说低声约定之后，故意大声说上这么一句无关紧要的话，以"遮人耳目"。然而过不了多久，我便发现她骑上自行车，飞速行驶，我顿生疑团，猜想她准是去与那位刚才几乎没有怎么搭理的姑娘幽会。

有时，当哪位年轻貌美的女子在海滩边下车，阿尔贝蒂娜最多也不过情不自禁地扭过头去。她往往紧接着做一番解释："我在看浴场上方新插上的旗帜。他们该多破费一点。另一面旗已经够寒酸了。可我觉得这一面更失体面。"

一次，阿尔贝蒂娜打破界限，一改那副冷冰冰的神态，弄得我倍感悲伤。她心里清楚，我之所以烦恼不安，是因为她要去会她姨妈的一位女友，此人"行为不端"，时不时上邦当夫人家小住两三天。阿尔贝蒂娜很客气，曾向我保证再也不与她打招呼。可当这位女人来安加维尔时，阿尔贝蒂娜对我说："噢，您知道她上这儿来了。是别人告诉您的？"仿佛是想向我表白她没有偷偷摸摸去见过她。有一天，她又跟我提起这件事，说罢补充道："对，我在海滩上遇见了她，我经过时与她几乎擦肩而过，故意撞了她一下。”当阿尔贝蒂娜跟我说这些时，我脑中想起了邦当夫人的一句话，在这之前我从未曾想过，当时，邦当夫人当着斯万夫人的面，向我数落她外甥女阿尔贝蒂娜如何如何无礼，仿佛在赞颂一种优良品质似的，还告诉我，说阿尔贝蒂娜如何奚落我不知其姓名的官员的妻子，耻笑她父亲当过厨房小学徒。但是，我们心爱的女子的某一句话不可能永久地保持其纯洁无瑕的状态；它会渐渐变质，腐烂。一两个夜晚之后，我脑中又浮现出阿尔贝蒂娜的那句话，这次，在我看来，阿尔贝蒂娜的所作所为不再是我当初认为其中所表现出的不良教养，对此，阿尔贝蒂娜反而常引以为骄傲——这只能令我付之一笑——而是别的因素，甚或阿尔贝蒂娜压根儿就没有明确的目的，只是想刺激一下那位夫人的器官，或不怀好意，想提醒对方注意先前也许欣然接受过的某种主张，这才飞快地与那位夫人擦肩而过，也正因为是当众所为，阿尔贝蒂娜心想我或许已经有所耳闻，所以想抢先做个说明，以免引起不良的解释。

尽管如此，我的妒心将很快平息，那是阿尔贝蒂娜可能爱着的那些女人激起的嫉妒之心。

我和阿尔贝蒂娜来到了地方经营的巴尔贝克小火车站。因为天气恶劣，我们由旅社的公共马车送至车站。离我们不远处，站着纳西姆·贝尔纳先生，他的一只眼睛又青又肿。近来，他瞒着“阿达莉”合唱队的那位小子，偷偷与附近农庄的一个小伙子往来，这家农庄相当兴旺，叫作“樱桃树之家”。小伙子脸膛红红的，形容粗鲁，脑袋活像一只大番茄。他的孪生弟弟也长着一个一模一样的番茄脑袋。这对双胞胎长相酷似，难分你我，仿佛大自然一时实现了工业化，生产出了一样规格的产品，这对旁观者来说，确实不乏美妙之处。不幸的是，纳西姆·贝尔纳先生的观点迥然不同，认为他俩只是外表相似而已。番茄二号专爱与太太们厮混淫乐，达到了疯狂的地步；而番茄一号则并不讨厌接受某些先生的情趣，尽管有失尊严。然而，每当贝尔纳先生回想起与番茄一号共度的美好时光，由于条件反射，心头便直痒痒的，忍不住又去“樱桃树之家”，但是这位犹太老人眼睛近视（不过并不因为近视就必然将两兄弟搞混），无意中竟扮演起安菲特律翁的角色，面对孪生弟弟，问道：“今晚相会好吗？”他总免不了狠狠地挨上“一顿揍”。甚至在当天同桌用餐时，又重演了他挨揍的场面，当时，他刚跟老大接上了活，却错跟老二往下谈。由于动不动挨揍，久而久之联想作怪，他对番茄兄弟，甚至对可食用的番茄产生了极度的反感，以至于每当他在大旅社听到身边有客人要番茄时，便小声对他说：“先生，我与您素昧平生，请原谅我冒昧与您说话。我刚才听到您点了番茄。今天番茄可全都是烂的。我告诉您，这是为了您好，反正与我无关，我从不吃番茄。”陌生客人激动地向身边这位仁慈、无私的先生道谢，喊来跑堂，装模作样，像是改变了主意：“不，说定了，不要番茄。”埃梅把这一幕看在眼里，暗自发笑，心想：“好一个老奸巨猾的贝尔纳先生，竟然使点子让人把订的菜换了。”贝尔纳先生在等着晚点的火车，由于眼睛被打得又青又肿，他故意避开，没有向阿尔贝蒂娜和我道安。我们俩正求之不得，避免跟他搭腔。然而，正当我们不可避免要打个招呼时，一辆自行车向我们飞冲而来。电梯司机跳下车子，上气不接下气。原来，我们刚刚离开旅社不久，维尔迪兰夫人来了电话，邀我两天后去吃晚饭；其中的原因，下面自可看到。电梯司机一五一十，将来电话的细枝末节全都如实说了一遍，然后离开了我们，那劲头就像某些民主“雇员”，装出一副样子，仿佛与资产者保持着相互独立的关系，但其实，他们中间建立了服从与被服从的原则，只听得电梯司机补充了一句：“因为我上司的关系，我得赶紧回去。”意思是说，若他迟迟不归，门房和车夫会不满意的。

阿尔贝蒂娜的女友们全都外出了，需要一段时间。我想让阿尔贝蒂娜开开心。即使可以假设，她会为独自与我在巴尔贝克共同度过每日下午的时光感到些许幸福，可我心里清楚，幸福是绝不会任人全部占取的，而且阿尔贝蒂娜尚处于不谙世事的年龄（有的人永远跨越不了这个年龄），尚未领悟到，幸福难以十全十美，其原因并不取决于施与幸福的一方，而在于感受幸福的一方，因此，她有可能会令我产生新的欲念，再次探寻她失望的原因所在。相比较而言，我更乐意她把失望归咎于环境，归咎于经过我精心安排的环境，因为这种环境不容我们俩轻易单独相会，同时又妨碍她独自去娱乐场，去海堤。就说这天，我要去东锡埃尔见圣卢，请她陪我同行。可是，我却又劝她去作画，以前，她曾学过绘画，我出于同样的目的，不想让她闲着。一忙起来，她就不会考虑她到底是幸福还是不幸福了。我也很乐意经常携她去维尔迪兰或康布尔梅家吃晚饭，这两家人也许也乐意接待我举荐的女友，可我每次领她去之前，都必须首先有把握普特布斯夫人肯定还未光临拉斯普利埃。我并非足不出户就可将情况掌握得一清二楚，因我事先获悉两天后阿尔贝蒂娜得陪姨妈去郊外，于是抓紧机会给维尔迪兰夫人发了一封快信，问她能否在周三接待我。若普特布斯夫人在那儿，我将想方设法见一见她的侍女，弄清楚她是否有来巴尔贝克的危险，如果确有这种可能，就要弄清是什么时间，以便到那一天把阿尔贝蒂娜支得远远的。地方经营的小铁道建了回转线，当初与外祖母乘坐时，回转线还没有影子，可如今，铁道一直通到了东锡埃尔－拉古比尔，那是一个大站，许多重要的列车都从该站发车，其中特别值得一提的是巴黎来的那列快车，我当初来看望圣卢以及回家乘的就是这趟车。可是，由于天老爷作怪，大旅社的公共马车把我和阿尔贝蒂娜送到了巴尔贝克海滨小火车站。

小火车尚未到站，可已见它在行进途中释放的缕缕青烟清闲自在地悠悠飘忽，接着像一朵几乎静止的云彩，全凭自身的力量，慢腾腾地攀登克利克多悬崖的绿色陡坡。由青烟开道并掌握垂直方向的小火车终于缓缓地开过来了。乘车的旅客纷纷向旁边退去，给火车让道，可一个个不紧不慢，知道与之打交道的是一位性格温厚，几乎通人性的行者，它受到司机强有力的控制，听从站长宽容的信号的指挥，就像一辆新手骑的自行车，不会冒险去撞人，人们想它在哪儿停，它就会在哪儿停。

正是因为我去了快信，维尔迪兰家才打来了电话，此信去得

普桑

《宁静的风景》

正巧，因为星期三（两天后便是星期三）是维尔迪兰夫人举办盛大晚宴的日子，无论在拉斯普利埃还是在巴黎都是如此，可我对此却不知道。维尔迪兰夫人举办的并非“晚宴”，而是“星期三”。星期三是艺术之作。维尔迪兰夫人深知世上任何地方都不存在与此相同的星期三，尽管如此，她还在自己的各个星期三之间输入细微的色彩差异。“这个星期三不如上一个，”她常说，“可我相信下一个星期三将是我有生以来办得最为精彩的一个。”有时，她也承认：“这个星期三我自愧不如以往的。不过，下个星期三我要让你们大吃一惊。”在巴黎居住季节的最后几个星期，女主人行将出发去乡村度假之前，动不动就宣布星期三要停办了。这成了她刺激忠实信徒们的良机：“只剩下三个星期三了，只剩下两个星期三了。”她宣布道，那语调就好比宣布世界末日就要来临。“您千万不要放弃下一个收场的星期三。”但是，收场是假，因为她往往又通告大家：“现在，再也没有正式的星期三了，这是本年度的最后一个。不过，星期三我还在这儿。我们大家一起欢度星期三；谁知道呢？知己之间小聚的星期三，也许是最愉快的。”在拉斯普利埃，星期三必然受到种种限制，由于有朋友路过，就得邀请他在这个或那个晚上来做客，所以几乎天天都过星期三。“我记不太清被邀的客人的姓名，可我知道有德·卡芒贝尔侯爵夫人。”电梯司机对我说。我们有关康布尔梅的解释并没有给他留下深刻的印象，无法彻底取代卡芒贝尔这一古老的名字在他记忆中的位置，每当他因回忆那个难记的姓氏感到为难时，卡芒贝尔一词那通俗而又意味深长的音节便前来搭救年轻的店员，并立即受到他的喜爱，被他重新采纳使用，而这并非由于他生性懒惰，就像成了老习惯，难以根除，而是因为这几个音节满足了逻辑和简明的要求。

我们加快步子，想占个空包厢，以便整个旅途中我可以拥吻阿尔贝蒂娜。可我们未能如愿以偿，无奈进了一间分隔的小车厢，里面已经坐了一位老太太，面孔又大又丑又老，一副男子相，可身上穿着花里胡哨的衣裳，正在阅读《两个世界评论》。尽管她俗不可耐，可一举一动，处处显得自命不凡，我揣摩着她有可能属于哪个社会阶层，聊以消遣。我很快做出结论，这女人十有八九是哪家大妓院的老板娘，是个外出为妓女拉客的鸨母。她的形容举止在高声地宣布这一点。我在此之前竟然还不知这些太太还读《两个世界评论》呢。阿尔贝蒂娜讪笑着向我指了指她，眼睛少不了眨动几下。那位太太神气活现，可我心里却一直挂念着第二天的事，我将应邀去小火车的终点站，到闻名遐迩的维尔迪兰夫人家做客，在其中的一站，罗贝·德·圣卢等着我，要是再走远一点，我还可以到费代纳小住数日，定会给德·康布尔梅夫人带去莫大的欢乐，一想到这些，我的双眼禁不住闪烁起讥讽的目光，打量着这位自视甚高的太太，她似乎以为，凭她那身考究的服饰，帽上饰着羽毛，以及那本《两个世界评论》，自然成了大人物，比我要更举足轻重。我希望这位太太在车上待的时间不要比纳西姆·贝尔纳更久，起码在图丹维尔下车。但事与愿违。列车在埃格勒维尔停下，但她还坐着不动。列车过了蒙特马丁海滨站，巴维尔-拉班加尔站，又过了安加维尔站，她仍然坐着，当车子离开了东锡埃尔前一站圣费里舒时，我再也不管那位太太，开始跟阿尔贝蒂娜又搂又抱。在东锡埃尔，圣卢已在车站恭候。“没有比见您一面更难了。”他对我说，因他住在婶母家，我的电报他刚刚才收悉，未能事先安排时间，所以只能给我一个小时。不幸的是，这一个小时对我来说实在太漫长了！原因是一下火车，阿尔贝蒂娜就只注意圣卢。她不跟我交谈，若我找她说话，她勉强作答，当我挨近她，她便把我推开。相反，她对罗贝总是笑眯眯的，煞是诱人，跟他说起话来滔滔不绝，还与他带来身边的小狗玩耍，逗弄时，还故意触碰一下主人。我回想起阿尔贝蒂娜第一次让我拥吻时，我曾会心一笑，感激我这位素昧平生的色诱者引起了她心中如此深刻的变化，极大地简化了我的任务。但如今，我想到他就心怀恐惧。罗贝兴许意识到阿尔贝蒂娜对我来说并非无足轻重，因为尽管她极力挑逗，他并不理会，弄得阿尔贝蒂娜对我满肚子不高兴。再说，他跟我交谈时，仿佛身边就我一人似的，当阿尔贝蒂娜最终意识到了这一点，我便又赢得了她的敬重，罗贝问我是否想设法会一会还留在东锡埃尔的那些朋友，我在东锡埃尔逗留那段时日，他每天晚上都安排我和他的那帮朋友一起吃晚饭。可是，由于他表现出一副连他本人也经常谴责的自命不凡、惹人不快的神态，似乎在发问：“如果你现在都不乐意再见他们一面，当初又何必一味取悦于他们呢？”我谢绝了他的建议，一来因为我不愿冒险离开阿尔贝蒂娜，二来我与他们已经断绝往来。摆脱了他们，亦即超脱了自我。我们都热切希冀能拥有另一种生活，在这一生活中，我们能和尘世中的自我保持不变。可是，我们没有考虑到，即使并不期待另一种生活，但在尘世生活中，我们要不了几年，也会背叛了我们过去的自我，背叛了我们试图永远保持不变的形象。即使我们并不以为，与生命过程中发生的种种变化相比较而言，死亡更能使我们改变，但是，假如我们在另一种生活中与我们过去的“我”不期而遇，我们也许会对过去的自我不屑一顾，扭开头去，就像对待过去有过交往但久未见面的人——比如就像圣卢的那些朋友，过去每晚在锦鸡饭店与他们聚会，曾给过我多少欢悦，可如今要与他们交谈，对我来说实在腻烦、难受。从这方面看，正因为我宁可不去那儿重新获得曾给我欢乐的一切，所以去东锡埃尔漫游一番，在我看来，倒像是有将进天堂的预兆。人人都十分梦想天堂，抑或梦想众多的、相继出现的天堂，但是，这些天堂，早在人们去世之前就一一失去，在这样的天堂里，谁都会有失落的感觉。

圣卢把我们留在车站。“你可能还要等个把小时。”他对我说，“要是你在此等候，一会儿兴许能见到我舅舅夏吕斯，他要换车去巴黎，那趟车比你的早十分钟。我已与他道过别，因为不等他的车到，我就得赶回去。我还没有来得及告诉他你来了呢，当时我还没有收到你的电报。”圣卢刚离开我们，我便埋怨起阿尔贝蒂娜来，可她回答我说，她之所以对我冷冰冰的，是担心刚才停车时，万一圣卢看见我倚在她身上，胳膊搂着她的腰，会产生什么想法，她这样做，正是想消除圣卢的想法。圣卢确实看到了我搂腰的模样（我没有发现这一点，不然我在阿尔贝蒂娜身边会放规矩些），方才还慢条斯理地对我附耳说道：“你跟我提过的那些一本正经，认为德·斯代马里亚小姐行为不端，不愿与她多来往的姑娘，就是这副样子？”在这之前，我从巴黎去东锡埃尔看他，两人谈及巴尔贝克时，我确实跟他说过对阿尔贝蒂娜无从下手，她简直就是美德的化身，而且我说得也很诚恳。可天长日久，我自己终于醒悟这是假的，既然如此，我反更希望罗贝能信以为真。而这只需要我对他说一声，我爱着阿尔贝蒂娜。他这种人，为了免除朋友的痛苦，不惜牺牲自己的欢乐，总是把朋友的痛苦当作自己的痛苦。“对，她很孩子气。可你对她真的一无所知？”我忐忑不安地追问了一句。“什么都不知道，只看见你们俩搂着腰，像一对恋人。”

“您那种态度什么也消除不了。”等圣卢一离开我们，我便对阿尔贝蒂娜说。“不错。”她回答我说，“我表现笨拙，让您伤心了，我心里比您还难过。以后看吧，我决不对您这样了。请宽恕我吧。”她黯然神伤地向我递过手来，对我说。这时，从我们在座的候车室的深处，我发现德·夏吕斯先生慢悠悠地走过来，身后不远的地方跟着一个雇员，拎着他的旅行箱。

在巴黎，我只在晚会上与他相遇，他总是身着黑色服装，腰身裹得紧紧的，一动不动，加之他老是神气活现地昂首挺胸，热情洋溢地取悦他人，滔滔不绝地神吹海聊，整个躯体通常保持着垂直的架势，这次见面，我真想象不到他竟苍老得成了这副样子。此刻，他身着一件浅色旅行外套，显得比过去臃肿，走起路来东摇西摆，晃动着便便大腹和近乎成为象征的臀部，只见他两片嘴唇涂唇膏，鼻尖冷霜凝香粉，描画的胡子乌黑发亮，与斑白的头发恰成鲜明对比，一切都想打扮得年轻活泼，光彩夺目，但在无情的光天化日之下，统统都走了样。

由于他正要上车的缘故，我跟他只聊了简短的几句，我边聊边看着阿尔贝蒂娜坐的车厢，向她示意我马上过去。当我向德·夏吕斯先生转过头，他开口请我帮个忙，去喊一喊铁道另一侧的一位军人（那人是他的一位亲戚，似乎德·夏吕斯先生要乘的正是我们这趟车，不过是朝相反的地方，即朝远离巴尔贝克的方向而去）。“他是军团乐队的。”德·夏吕斯先生向我解释道，“您有福气，相当年轻，我老了，过铁道不方便，您可以帮个忙，免得我受这份罪……”我权当义务，向他指点的那位军人走去，果然发现他领章上绣着竖琴标志，真是位军乐队员。可是，正当我要转达口信时，我认出了那人原来是莫雷尔，此人是我外叔祖父的贴身男仆之子，多少往事顿时浮现在我脑海，他的出现令我好不惊诧，可以说给我带来了欢乐！我一下把德·夏吕斯先生托办的事丢到了脑后。“怎么，您在东锡埃尔？”“对，我被征入了军团乐队，在炮兵部队服役。”可回话时，他口气生硬而又傲慢。他变得十分“装腔作势”，显然，我的出现令他想起了他父亲的职业，不会给他带来愉快的。突然，我发现德·夏吕斯先生朝我们飞奔而来。我迟迟没有返回，肯定让他等急了。“我今晚想听点音乐，”他劈头对莫雷尔说，“我为晚会出价五百法郎，若您在乐队有朋友，这恐怕会令他产生点兴趣吧。”尽管我对德·夏吕斯先生的放肆早有了解，可他对他年轻的朋友竟然连声好都不问候，我感到惊愕。再说，男爵也没有给我细心琢磨的时间。他深情地向我递过手来，说道：“再见，我亲爱的。”仿佛向我示意，让我赶紧走开。确实，我把亲爱的阿尔贝蒂娜孤单一人搁在那儿，时间也太长了。“您瞧，”我回到车厢对阿尔贝蒂娜说，“海浴生活和旅行生活使我恍然大悟，世界这个舞台拥有的布景不如演员多，而演员又不如‘情节’多。”“您跟我说这些，为的是哪门子事？”“因为德·夏吕斯先生刚才请我给他喊一声他的一个朋友，可我恰好在车站的月台上认出了那人原来是我的一位家人。”我边说边琢磨着男爵何以觉察出社会地位的悬殊，而我对此连想都未想过。开始，我思忖肯定是受絮比安的影响吧，诸位还记得，絮比安的女儿似乎热恋上了小提琴手。然而，令我惊诧莫名的是，男爵在就要乘车去巴黎的最后五分钟，竟然提出要听音乐。当我记忆中浮现出絮比安女儿的形象，我开始觉得，倘若善于摸到真正的罗曼史的底细，那么“久别重逢，认出对方”，反而会揭示出生活的重要一部分，就在这时，我豁然开朗，醒悟到自己太幼稚可笑了。德·夏吕斯先生根本就不认识莫雷尔，莫雷尔与他也素不相识，只是德·夏吕斯先生为一位军人所诱惑，虽然军人佩戴着竖琴标志，但也令他畏惧，激动之中，于是求我将军人给他引来，可万万想不到我竟认识此人。虽然他们两人在这之前毫无瓜葛，但不管怎样，那提供的五百法郎对莫雷尔来说也许能填补这方面的空白，我见他俩还在继续交谈，可没想到他们就站在我们的车旁。我回想起德·夏吕斯先生朝莫雷尔和我快步奔来的架势，突然发现这与他的某些亲戚在街头拈花惹草的举止何等相似，只不过瞄准的目标性别不同。人到一定年纪之后，即使身上完成了不同阶段的变化，但人的个性愈强，家族的特征就愈突出。殊不知大自然在和谐地编织自己的锦绣图景的同时，凭借它所截获的丰富多样的图案，打破了创造的单调。再说，从人们普遍接受的观点看，德·夏吕斯先生打量小提琴手的傲慢姿态是相对的。也许上流社会中四分之三的人都能识别这种自负的神态，并表现出顺从的意思，但几年后遣人监视德·夏吕斯先生的那位警察局长则不以为然。

“开往巴黎的车已经到了，先生。”拎行李的雇员提醒道。“我不乘这趟车了，把这些东西全存到行李寄存处去吧，该死的！”德·夏吕斯先生嚷道，边把二十法郎递给了雇员，雇员为他突然变卦感到奇怪，又被那份小费给迷住了。如此慷慨的施与立即招来了一位卖花女郎。“请买石竹花吧，瞧，这朵美丽的玫瑰，我的好先生，它会助您交上好运的。”德·夏吕斯先生好不耐烦，给了她四十个苏，卖花女郎报以祝福，并再次送上花。“天哪，她让我们安静一下就好了。”德·夏吕斯先生像个神经质的人，用讥讽中含着哀叹的口吻对莫雷尔说道，觉得求助于他，倒有几分温馨的感觉，“我们要谈的事就已经够复杂的了。”也许那位铁路雇员还没有走远，德·夏吕斯先生不愿让很多人闻见底细，或者这番附带的话可以容他不失既含蓄又傲慢的神态，免得过分露骨地提出相会的请求。军乐队员毫不客气地朝卖花女郎转过身去，显得态度果断，不可抗拒，朝她抬起手掌，将她推开，向她表示他们不愿要她的花，让她尽快滚开。德·夏吕斯先生出神地目睹了这只纤美的手所完成的威严而又充满阳刚之气的动作，也许对这只手来说，这动作还太笨重，太粗暴，但它带着早熟的坚毅和灵巧，给这位嘴上还无毛的少年陡添了年轻的大卫的威风，堪与歌利亚[1]交锋。男爵在赞叹中无意间伴着一丝微笑，我们感到好像在一位孩童的脸上发现了与其年龄很不相配的严肃神情。“我要的就是这样的人，我多么喜欢由他作为旅伴，帮我做事！他该会给我的生活带来多少便利！”德·夏吕斯先生暗自说道。

开往巴黎的车子（男爵未乘）离站了。我和阿尔贝蒂娜进了我们那趟列车，德·夏吕斯先生和莫雷尔后来到底忙了些什么，我不得而知。“我们永远不要再斗气了，我再次请求您宽恕。”阿尔贝蒂娜影射圣卢那段插曲时又对我说。“我们俩什么时候都该亲亲热热。”她满怀深情地对我说道，“至于您朋友圣卢，如果您认为他会引起我什么兴趣，那您错了。他身上唯有一点惹我高兴，那就是他显得那么爱您。”“那是个好小伙子。”我尽量避免凭自己想象说罗贝身上具备多少优良品质，可要是换了别人，面对的不是阿尔贝蒂娜，我准免不了会出于友情，对他大加赞美：“那是个完美无瑕的人，直率、忠诚、正直，对他呀，什么都可以信任。”我说这番话时，妒心奋起阻挠，所以，只限于谈些圣卢的实际情况，再说，我讲的确也是实情。想当初我还没有认识罗贝时，曾想象他如何与众不同，如何傲慢不逊，心想：“大家都认为他好，那是因为他是位大老爷。”德·维尔巴里西斯夫人跟我谈起他的情况时，用的正是我刚才讲的那番话。后来，我在旅社前看见了他，他当时正准备驾车离去，德·维尔巴里西斯夫人对我感叹了一句

[1] 《圣经》故事里的人物，身材高大，作战时所向无敌，后被大卫所杀。

"他该是多么幸福"，我猜想他婶祖母说的纯粹是上流社会的客套话，目的在于奉承我。可事后，我想到了自己的兴趣所在，想到了自己的读书爱好，我意识到她说的是由衷之言，因为她知道圣卢喜爱的正是这一点，就像遇到有人想撰写自己的祖辈《箴言录》的作者拉罗什富科的历史，希望去请教罗贝时，我也会真心诚意地说上一句："他该是多么幸福。"这是因为我认识他也有个过程，不过，我初次与他见面时，真不相信一个与我的颇为相似的精神世界，竟会拥有如此风雅、做作的外表。我仅凭他的外表，便判定他属于另一类人。可是现在，也许多少由于圣卢出于对我的善良，待阿尔贝蒂娜冷冰冰的缘故，反倒由阿尔贝蒂娜道出了我以前的想法："哼！他会忠心耿耿到这个程度！我发现只要是圣日耳曼区的人，人们总会把他们说得十全十美。"然而，这些年来，我一次也未曾想过圣卢是圣日耳曼区的人，他渐渐剥去了威望所构成的外表，向我展现了他内心世界的美德，审视人的角度常会变化，这在普通的社会关系与友好交往之间引起的差别就已经比较明显，在爱情之中就更为惊人了。在爱情中，欲望将细微的冷淡的表示置于极大的比例尺上，扩大得显著至极，以至于即使阿尔贝蒂娜不像圣卢初次见面时那样冷漠，我开始时也几乎觉得自己为她所蔑视，想象她的那些朋友都是些不可思议的薄情女郎，当埃尔斯蒂尔怀着德·维尔巴里西斯夫人感叹圣卢时的同样情感，对我说那一帮女子"是些好姑娘"时，我觉得他这样评价只是出于宽容，人们普遍把宽容当作美，视作某种风雅。然而，当我听到阿尔贝蒂娜说："不管忠诚不忠诚，我反正希望再也别见到他的面，因为他造成了我们俩之间的不和。我们俩再也不该吵架。这不好。”我不是也情不自禁地对她做出同样的评价吗？既然她似乎渴望着圣卢，那么我感到自己过去以为她爱着女人的想法一时几乎消除了，因为我认为这两者之间是不可调和的。阿尔贝蒂娜身着胶布雨衣，仿佛变成了另一个人，在雨天里不知疲倦地游荡，而那身雨衣此时紧紧地贴在她身上，富有弹性，看去灰不溜秋的，似乎不是在保护她的衣着免受雨淋，而被雨淋之后，那雨服好像紧粘着我的女朋友的躯体，仿佛要为一位雕塑家取下她体形的印模，面对这身雨服，见它令人嫉妒地紧紧贴着一个令人渴望的怀抱，我猛地将它扒了下来，一把将阿尔贝蒂娜朝我拉了过来，用双手捧着她的脑袋说道：

可你，麻木不仁的旅人，难道不愿
把额头倚在我的肩上做份甜梦？

同时，我让她细细观看窗外那辽阔的牧场，牧场水汪汪一片，静悄悄的，在夜色渐浓的黄昏中一直伸向天际，与远处高低起伏的黛色山峦连成一体。

两天后，是非同寻常的星期三，我刚从巴尔贝克乘坐了小火车，去拉斯普利埃去吃晚餐，我在车上盘算着千万不要在格兰古尔-圣瓦斯特错过与戈达尔见面的机会，维尔迪兰夫人在这之前曾又来电话，告诉我可在那儿与他见面。他该从格兰古尔-圣瓦斯特登上我这趟车，指点我该在哪一站下车，去乘坐从拉斯普利埃派出接站的马车。格兰古尔是东锡埃尔过后的第一站，由于停靠时间很短，我没有到站就提前立在车门口，多么担心看不见戈达尔或他发现不了我。这担心纯粹多余！我确实未曾想到小圈子根据同一的类型，把所有“常客”塑造到何等相像的程度；他们都身着气派的晚礼服，在月台等车时，只要凭着他们的某种神态和目光，很快就可认出他们，他们一个个都带着某种自信、风雅和随意的神态，那目光穿过平民百姓的拥挤人群，犹如越过一片旷野，对任何东西都不屑一顾，但却密切窥视着某个在前一站上车的常客的到来，为即将开始畅谈而闪闪发亮。一起聚餐的习惯在小团体成员的身上打下了这一选择的标记，唯有在他们人数众多、济济一堂时，这一标记在他们身上才不怎么突出，他们在旅人的群体中——布里肖称之为“群畜”——只不过组成了一个较为明亮的光点，在这些旅人阴沉沉的脸上，看不出与维尔迪兰家发生过任何关系的迹象，也见不着想去拉斯普利埃参加晚宴的意思。再说，若有人在他们面前提起那些信徒的大名，这些平平庸庸的旅客也许比我还更不感兴趣。据我的耳闻，早在我降生之前，那时代已经相当遥远，也较难以确定，我不禁夸大事实，说那个年代已经十分久远，反正，早在那个时期，那些忠实信徒中间就已经有数位常去城里聚餐了，如今，他们一如既往，还继续参加聚餐，令我见了好不惊诧。这些人不仅生命还在继续，而且始终体魄强健，但又有多少友人精力耗尽，在此处、彼处相继去世，为我亲眼所见，这两者之间恰成鲜明的对比，给我造成了一种感觉，当我们在报纸的最新消息栏读到的正是我们最料想不到的新闻时，感受到的正是这种感觉，比如某人突然夭折，我们甚觉意外，因其致死的原因我们始终一无所知。这种感觉，就像死亡给人们的打击并非是均衡的，而像一排刀片，悲剧性地向前推进，其中一片较为凸起，夺走了某个生命，而处在同一水平线上的其他生命却幸免于难，还能长时间安然无恙。而且，我们在后面还将看到，死神四处游荡，来无影去无踪，形形色色的死正是报上的讣告具有特殊的意外效果的原因所在。我继而发现，真正的天赋有可能与交谈中最可恶的庸俗气味相并存，但随着时间的推移，它们会渐渐露出峥嵘，令人敬服，不仅如此，连一些平庸之辈也会占据崇高地位，在我们儿时的想象中，如此崇高的地位只属于少数几位声名显赫的长者，想不到多少年过后，当这些长者的弟子成为师爷，像他们当年感受到的那样令人敬畏时，他们也会成为显赫的名人。但是，即使这些忠实信徒的大名不为“群畜”所知，他们的外表也可向平民百姓显示出自己的身份。哪怕在列车上（他们每天各自要做的事情把他们偶然汇集在一起），需在下一站接一位独行的同伴，他们全体乘坐的车厢也会远远地开花吐艳，有雕塑家茨基弯肘的标记，也有戈达尔《时代》杂志的装饰，如同一辆豪华轿车，在指定的车站接走姗姗来迟的朋友。唯一可能错过这些福地标志的只有布里肖，因为他的眼睛几乎半瞎。但是，准会有哪位常客自告奋勇，为这位瞎子担当起观察哨的职责，一旦发现他的草帽、绿伞和蓝眼镜，就连忙轻轻地把他领向选定的车厢。因此迄今尚未有过先例，有哪位信徒在途中未能与其他信徒相会，要不准会引起他人极其严重的怀疑，怀疑那人是个矮小的畸形人，或者压根儿就没有“乘火车”来。偶尔也会发生相反的情况：某位信徒下午要去较远的地方，因此在小圈子的人会合之前，不得不独自走一段路程；但是，即使他如此孤独，别无同类相伴，也往往少不了产生某种效应。他走向的未来使坐在对面座席上的旅客对他另眼相看，寻思“这恐怕是个人物”，而且通常会在戈达尔或雕塑家茨基的软帽四周发现一圈隐隐约约的光晕，因此，当下一站到达终点，一伙风雅之士在车门迎接这位信徒，簇拥着走向一辆已在恭候的马车，受到多维尔车站的雇员低声问候时，或在下一个中转站，一群雅士拥进车厢时，对面座位上的旅客就不那么大惊小怪了。停靠的列车就要离站，恰在这时，由戈达尔跑步率领的一伙人马朝我乘坐的车厢奔来，他刚从车窗发现了我的信号，由于好几位常客姗姗来迟，他们不得不快步奔跑。布里肖也在这批信徒之中，这些年来，不少人每次聚会必到的劲头渐渐低落，但他却有增无减。由于他的视力不断减弱，即使在巴黎，他也不得不逐渐减少晚间的工作。再说，他对新索邦大学没有多少好感，在那儿，德国式的追求科学准确性的思想已经开始压倒人文主义。现在，他只做授课和考试委员会的工作；这样一来，他用于社交活动的时间就更充裕了，所谓社交，就是参加维尔迪兰家的晚会或参加这位或那位信徒激动得浑身发颤地为维尔迪兰夫妇举办的晚会。确实，有过那么两次，爱情险些促成了研究工作难以办成的事：把布里肖拉出小圈子。但是，维尔迪兰夫人“时刻防备不测风云”，并为了她沙龙的利益养成了这种习惯，她精心筹划，最终从类似的悲剧和表演中获得了一种毫无利害关系的乐趣，不失时机地挑唆他与危险人物发生纠葛，拿她的话说，这种危险人物善于“把一切整治得秩序井然”，“用烧红的烙铁往伤口里戳”。最危险的人物中有一位普普通通，是布里肖的洗衣女佣，对付这种人，维尔迪兰夫人就更得心应手了。她经常光顾教授居住的六楼，每当她俯首拾级登楼时，总是洋洋自得，满面红光，她不费吹灰之力，便把那位无足轻重的女佣撵出了门外。“到底怎么回事，像我这样的女性来您府上是您的荣幸，可您却接待那种女人？”女护主责问布里肖。布里肖永远忘不了维尔迪兰夫人对他的帮助，这使他的垂暮之年免于落个卑贱的结局，为此对她日渐情深，而与这种旧情复萌形成反差的是，这很可能是他自己造成的，女护主对一个顺从有余，肯定会对她俯首帖耳的忠心男子开始感到厌倦。不过布里肖与维尔迪兰家过从甚密，从而满面生辉，在索邦的所有同事中显得引人注目。他常跟同事们谈起晚宴的盛况，因为从未有人邀请他们参加过，所以他们一个个听得入迷，惊叹杂志中经常提到他的大名，赞叹某某作家或某某声名显赫的大画家为他写书作画，为他专作的画像在画展中展出，对画家的才华，连文学院其他系科的教授也给予高度评价，却无望引起他的注意，这位时髦哲学家的优雅穿着也令同事们赞叹不已，开始，他们错把他的这种风雅视作衣冠不整，直到他们的这位同事后来善意点拨，对他们解释再三，说在一般造访中，高顶礼帽可随意放置在地上，可若参加乡村晚宴，不管晚宴有多风雅，戴高顶礼帽也不合时宜，应换上一顶软帽，再配上无尾常礼服，那便大为增色。当小班人马钻入车厢之后，开始那几秒钟，我甚至都不能与戈达尔说话，因他透不过气来，这并非因为他快步奔跑以免错过火车的缘故，而主要是因为他惊叹自己竟如此恰巧地赶上火车。他从中感受到的不只是成功的喜悦，而几乎像是经历了一场欢乐的闹剧那般快活。“啊！棒极了！”一俟透过气来，他说道，“就差一点点！哟，这才叫正赶巧呢！”他一眨眼睛，添了一句，这次眨眼睛并不是想询问用词是否准确，因为如今他已经自信有余，而是自鸣得意。最后，他终于能够开口，把我介绍给了小圈子的成员。见他们几乎全都一身被巴黎人称作无尾常礼服的装束，我感到生厌。我忘了维尔迪兰夫妇正开始畏畏缩缩地向社交界靠近，曾因德雷福斯事件放缓了速度，又得益于“新”音乐加速了步子，而他们自己却矢口否认，看样子将继续否认，直至达到渐近的目的，就像那些军事目标，只有命中后，将军才会公之于众，以免万一错过目标，给人看到吃败仗的惨样。不过，就社交界这方面而言，已时刻准备向他们靠拢。目前在社交界看来，他们仍旧是那种虽无上流人士光顾，但却不引以为憾的人。维尔迪兰沙龙被公认为音乐殿堂。据说，正是在此殿堂，凡德伊才获得了灵感与鼓励。然而，如果说凡德伊的奏鸣曲完全不为人理解，几乎鲜为人知的话，那他的大名则是响当当的，就像当代最伟大的音乐家，拥有非凡的威望。巴黎市郊终于有了那么几个年轻人，意识到应像城里人那样富有教养，其中三位学过音乐，凡德伊的奏鸣曲在他们那儿享有巨大声誉。他们回到家中，跟督促他们读书学习的聪慧的母亲谈起了凡德伊的奏鸣曲。出于对儿子学业的关心，母亲们全都参加了音乐会，在音乐会上，她们怀着某种敬意，看着坐在头等包厢观赏演奏的维尔迪兰夫人。迄今，维尔迪兰夫妇如此隐秘的社交生活唯在两件事上有所反映。其一，维尔迪兰夫人谈到加普拉罗拉公主时说："啊！这个人聪明，是个令人愉快的女人。我受不了的是蠢蛋，碰到让我讨厌的人，简直会烦得我发疯。"只要有点聪明的脑瓜，谁都可以从中有所领悟，猜想出加普拉罗拉公主这个上流社会最顶端的女人曾拜访过维尔迪兰夫人。斯万夫人的丈夫去世后，公主上门对斯万夫人表示慰问，当时还提到了维尔迪兰的名字，问斯万太太是否认识。"您说什么？"奥黛特黯然神伤地问。"维尔迪兰。""啊！那我知道，"她伤心地继续说道，"我不认识，或者说我认识，但不熟悉，过去在朋友家见过他们的面，那是很久以前的事了，他们惹人喜欢。"加普拉罗拉公主一走，奥黛特恨不得当时说的全是实情。可是，那脱口而出的谎言并非她暗要心计的结果，而是她内心恐惧与欲望的反映。她否认的不是机灵人理应否认的东西，而是恨不得它不存在的东西，哪怕一个小时之后，对方就可得知那东西事实上是存在的。片刻后，奥黛特恢复了镇静，甚至不问自答，以免显露出害怕他们的神态，说道："维尔迪兰夫人，怎么了，我对她非常熟悉。"话中故意装出一种谦卑的口气，仿佛一位贵妇人在说自己乘过有轨电车。"近来，人们对维尔迪兰夫妇议论很多。"德·苏夫雷夫人说道。奥黛特露出十足公爵夫人派头的鄙夷的笑脸，说道："可不是嘛，我确实觉得大家对他们议论很多。时不时总有些新人像这样踏入上流社会。"她压根儿没有想一想自己就是刚刚厕身其间的新人之一。"加普拉罗拉公主在那儿用了晚餐。"德·苏夫雷夫人继续说道。“啊！”奥黛特的笑脸又拉开了几分，答道，“我对此并不感到奇怪。这等事总是从加普拉罗拉公主那儿开始，然后再轮到另一位，比如德·莫莱伯爵夫人。”说这话的时候，奥黛特似乎对那两位习惯在新开张的沙龙丢人现眼的贵妇人表现出深深的鄙视。听她的口气，感觉得出她言下之意是说她奥黛特跟德·苏夫雷夫人一样，别人怎么都无法把她们拉进那种鬼地方。

除了维尔迪兰夫人亲口吐露加普拉罗拉公主如何聪慧之外，维尔迪兰夫妇意识到未来命运的第二个迹象，就是他们迫切希望（当然未明确提出）别人身着晚礼服上他们府上共进晚餐；如今，维尔迪兰先生也可以接受他那位陷入“困境”的表亲的敬意，而不感到屈辱了。

在格兰古尔站上车进入我所在车厢的人中，有萨尼埃特，以前，他曾被其表兄福什维尔挤出维尔迪兰家，如今又回到了他们中间。用社交生活的观点看，他的缺陷——尽管也有一些优良品质——跟戈达尔过去的缺点有点类似，胆小怕事，渴望讨人喜欢，但却劳而无功，一事无成。可是，生活却给戈达尔披上了冷峻、傲慢、严肃的外表（在维尔迪兰家则不然，当我们置身于熟悉的环境，往昔的时光每每给我们起到暗示的作用，由于该作用的缘故，他几乎依然故我，至少在他的病人中间，在医院值班，在医学科学院工作时如此），当他面对俯首帖耳的弟子，滔滔不绝，大做文字游戏，这种外表格外突出，倘若说生活在今日的戈达尔和往昔的戈达尔之间挖掘了一条真正的鸿沟的话，那么恰恰相反，萨尼埃特身上的诸多缺点始终存在，他越想改正，缺点便越明显。他感觉到自己经常惹人生厌，谁也不听他说话，遇到这种情况，他不是像戈达尔那样采取对策，放缓说话速度，显示出尊严的神态，以吸引注意力，相反，他不仅拿出一副打趣的口吻，极力想让人原谅他言谈过分一本正经，而且还加速语流，可有可无的话一带而过，满嘴缩略词，以便在说正经事时显得不那么啰唆，而是更亲切些，然而，最终却弄得谁也不明白他说些什么，像是唠叨个没完没了。他的自信也与戈达尔的有别，戈达尔的自信往往使他的病人不寒而栗，若有人当那些病人的面吹嘘戈达尔在社交场合如何彬彬有礼，他们便会回击："当他在诊所接待您，您处在亮处，他逆光瞪着两只刺人的眼睛时，那可不再是同一个人了。"这种自信蒙骗不了人，人们感觉得出它遮盖着过分的怯懦，不费吹灰之力，就足以使之消失。而萨尼埃特呢，朋友们总责备他过分怀疑自己，确实，他常以小人之心揣度他人，看见他们轻而易举便可获得成功，而他却始终被拒之门外，因此，每当他开口说什么事时，总免不了要嘲笑一番，说这件事如何荒诞不经，担心一本正经的神态无助于自吹自擂。有时，他摆出一副样子，坚信自己要说的东西肯定滑稽，别人要抬举他，都作不得声。可他说的却平淡无奇。偶尔，哪个好心肠的宾客报以称道的一笑，给萨尼埃特私下送去几近秘密的鼓励，并偷偷地将此番鼓励送至对方，而不引起众人的注意，就像有人悄悄地塞给您一张票子。可谁也不去承担责任，哈哈大笑，冒险公开表示赞许。故事讲完后毫无反响，萨尼埃特甚为遗憾，过了很久之后，他还独自待在那儿对自己发笑，仿佛在为自己品尝故事中的喜悦之情，并装模作样，似乎感到获得了足够的乐趣，而其他人却毫无感受。

至于雕塑家茨基，之所以这样称呼他，是因为他的波兰名字难叫，也因为自他在某个上流圈子生活后，便假扮出一副样子，似乎不愿意与他的那帮亲戚混为一谈，他的亲戚都很有身价，但有那么点儿令人讨厌，而且人数众多。如今，他年纪四十有五，相貌丑陋，但却仍然保留着过去的某种淘气劲头和想入非非的任性，在十岁之前，他一直是社交界最为迷人的神童，为贵妇人们所宠爱。维尔迪兰夫人认定他比埃尔斯蒂尔更富于艺术才华。再说，他与埃尔斯蒂尔纯粹只是外表相似而已。但正因为这样，埃尔斯蒂尔一见茨基的面，便对他深为反感，就好比遇到了与我们有着相似短处的人，他们身上暴露出了我们早已改正的短处与缺陷，令我们很不愉快地回忆起昔日的模样，在我们以如今这种形象出现之前，在某些人眼里我们很可能是另一副模样，与那些和我们迥异的人相比，这种相似的人往往更让我们反感。但是，维尔迪兰夫人认为茨基比埃尔斯蒂尔更具个性，因为无论对哪门艺术，茨基都可轻易入门，她坚信如果他不那么懒惰，那就可将此能力发展成才华。即使懒惰，这在女护主眼里也成了一种天赋，因为懒惰是勤劳的对立物，而她认为勤劳是毫无才气之人的品质。茨基作起画来随心所欲，如在袖扣或门头饰板上画画。他唱起歌来，用的是作曲家的嗓子，到轻奏的乐段处，他给人以管弦乐队在演奏的印象，倒不是因为他唱功精湛，而是因为他用假嗓子唱出低音，表示手指弹奏减弱，从而指明此处为短号吹奏，且用自己的嘴巴拟音模仿。他说话时专拣让人好奇的词语，好比他发出的“嘭”的一声，延长用力弹奏的和弦，以使人感觉出铜管乐器；他自以为聪明过人，可他的种种思想归纳起来，实际上只有两三条，而且都极端肤浅。他对自己古怪任性的名声感到烦恼，拿定主意，要显示出自己是一个实实在在、讲究实际的人，由此而自鸣得意地故作记忆准确，见多识广，但无不是虚假的，因为他没有记忆力，获悉的消息又总不确切，所以结果是糟上加糟。倘若他如今还只是九岁，满头棕色鬈发，开着花边高领，脚蹬小红皮靴，那他摇头摆尾，伸脖投足，可能倒还可爱。他与戈达尔及布里肖到达格兰古尔车站后，时间还早，便让布里肖一人待在候车室，外出转一转。戈达尔想回车站去，茨基回答说：“不急。今天不是地方小火车，是省里的火车。”见如此细微的准确性对戈达尔起到了作用，茨基高兴极了，随即自我表白，添上一句：“哎，因为茨基酷爱艺术，因为他搞泥塑，所以大家都以为他不实际。谁也不比我更了解这条线路的情况。”他们还是回头往车站走去，突然，戈达尔发现了正到站的小火车在冒烟，他“啊”的一声，叫嚷起来：“我们只得拼命跑了。”他们确实勉强才赶上，地方火车和省里火车的差别只不过存在于茨基的脑中。“公主不在火车里？”布里肖声音颤抖地问道，两片硕大的眼镜熠熠发光，像是喉科医生系在额头用以探照病人喉咙的反光镜，仿佛将自己的生命注入了教授的眼睛，也许是他极力协调视力与眼镜的缘故，哪怕在最微不足道的时刻，那两片眼镜似乎也极度聚精会神，坚持不懈地凝视着自身。再说，疾病渐渐夺去了布里肖的视力，从而向他展示了视觉的美，正如我们非得下决心扔掉某件物品，比如决意将它当作礼品赠予他人，方会好好看看这件物品，为之惋惜和赞叹。“不在，不在，公主送维尔迪兰夫人的客人到梅恩维尔去了，他们乘的是巴黎的火车。维尔迪兰夫人到圣马尔斯有事，也许就跟公主在一起，这并不是没有可能！要是她像这样跟我们一道走，大家在路上结伴同行，那该多诱人。到了梅恩维尔，可要留心，要好好注意！啊！这没关系，可以说我们险些没赶上火车。当我瞧见火车，都吓呆了。这就叫作在最适当瞬间赶到。要是我们错过了火车，您瞧会怎么样？要是发现接人回去的马车里没有我们，维尔迪兰夫人会怎么样？那场面！”激动得尚未静下心来的大夫又添了一句，“这可是一次非凡的游逛。哎，布里肖，您觉得我们刚才忙中偷闲，小游一番，怎么样？”大夫带着几分自豪感问道。“毫无疑问，”布里肖回答道，“若你们没赶上火车，那就会如已故的维尔曼所说，准是糟糕透顶，让人笑话！”开始几分钟，我被这些素未谋面的人分散了注意力，可突然间，我回想起了戈达尔在小娱乐场舞厅跟我说的那番话，仿佛一节无形的链环将某个器官和记忆中的形象连接在一起，阿尔贝蒂娜和安德烈乳房贴乳房的镜头刺得我心头剧痛。疼痛没有持续多久：自从前天我女友向圣卢主动献媚，在我心头激起新的嫉恨，使我忘却了先前的醋意之后，阿尔贝蒂娜可能与别的女人发生关系的想法在我看来似乎再也不可能存在了。我就像那些以为一种癖好必定排斥另一种癖好的人一样天真。在阿朗布维尔站，因车子拥挤不堪，一位身着蓝布衫、持三等车厢车票的农夫进了我们的包厢。大夫见已不可能让公主与自己同行，于是喊来了列车员，亮出一家大铁路公司的医生证，硬逼车站站长把农夫赶下车。萨尼埃特生来胆小怕事，这场面叫他不忍目睹，令他惊恐不安，以至于刚见事情闹开，因站台上农民人多势众，他便担心事态发展，闹到扎克雷农民造反的地步，于是假装肚子疼，且为了避免他人可能谴责他在大夫的粗暴行径中负有部分责任，悄悄上了过道，佯装去找被戈达尔称为“les waters”[1]的地方。那地方没找着，他便在小火车的另一尽头独自观赏风景。“先生，若您在维尔迪兰夫人府上是初次露面，”布里肖对我说道，极力想对一个“新成员”显示其才华，“那您准会发现世上再也没有别的地方比她那儿更能让人感受到如同某个新词创造家所说的‘生活的温馨’，那些新词创造家创造了许多以‘主义’结尾的词，如涉猎主义、不在乎主义等等，这在我们那些专赶时髦的人中间十分流行，我是想指德·塔列朗亲王先生。”每当他提及过去的那些贵族大老爷，他觉得在他们的封号之后加上先生两字既风趣又独具“时代色彩”，于是便称呼什么德·拉罗什富科公爵先生，德·雷兹红衣主教先生，他时不时还称：“那个‘拼命鬼’[2]德·贡迪，那个‘布朗热分子’德·马西亚克。”当他说到孟德斯鸠，那他绝不会忘了称呼他为“德·孟德斯鸠‘次席院长’先生”。一个风趣的上流人士本应对这种散发着学究气的卖弄感到恼火。但是，在上流人士完美无瑕的言谈举止之中，当谈

[1] 这里意为厕所。

[2] 原文为不纯的英语“struggle for lifer”，此处意译。

及某个亲王时，恰也有某种卖弄，显示出另一种等级的存在，如在威廉的名字之后必加“皇帝”两字，对殿下说话需用第三人称。“啊！这一位，”谈到“德·塔列朗亲王先生”时，布里肖继续说道，“必须向他脱帽致敬。他是位先辈。”“那是个诱人的圈子。”戈达尔对我说道，“您可以一饱眼福，因为维尔迪兰夫人并不唯我独尊：那儿有像布里肖那样杰出的学者，有显赫的贵族，如谢巴多夫亲王夫人，她是一位俄国贵夫人，欧多克西大公夫人的好友，欧多克西大公夫人在不接待任何来访者的时候，唯独接待她。”确实，谢巴多夫亲王夫人早已不受欢迎，欧多克西大公夫人不愿在府上有宾客的时候让她撞上门来，于是便允许她在大清早入门，此时，殿下身边没有别的朋友，不然，无论是她的朋友遇到亲王夫人，还是亲王夫人见到她的朋友，双方都可能会不愉快或尴尬。三年来，谢巴多夫夫人像个指甲修剪师傅，一离开大公夫人，便直奔维尔迪兰夫人府上，此时，维尔迪兰夫人醒后才不久，进了她家门，谢巴多夫夫人便再也不离她的左右，可以说亲王夫人的耿耿忠心远远超过布里肖，尽管布里肖每逢周三必到，从不间断，并自得其乐，以为自己在巴黎就像夏多布里昂在奥布瓦修道院，给自己造成一种印象，身置乡村，就好比“德·伏尔泰先生”（他称呼时总带着文人的狡黠与自得）生活在德·夏特莱夫人府上。

正因为谢巴多夫亲王夫人别无交往，所以近年来因此而得以向维尔迪兰夫妇表现出耿耿忠心，借此成为一位非凡的“忠实信徒”，一位典型的理想的忠实信徒，维尔迪兰夫人在很长一段时间内曾以为这种理想难以企及，可是到了更年期，终于发现它在这位新成员身上得到了体现。不管女护主经受怎样的嫉恨和折磨，即使最勤快的信徒也少不了“甩手”。最深居简出的动了心，要出游；最不贪心的发了大财；最身强力壮的感染了流行性感冒；最游手好闲的忙得目不暇接，最冷漠无情的也去给他们垂死的母亲送终了。这时，维尔迪兰夫人便会俨然一副女皇的派头告诫他们，说她是将军，手下的人马只能听她指挥，她就好比是基督或皇帝，说什么要是有人像爱她一样爱自己的父母，不准备为了她而抛弃父母，那就配不上她，还说什么他们最好还是待在她身边，免得卧床伤了身子或被哪个荡妇勾引了去，因为她是唯一有效的良药和独一无二的享受，可说归说，总是白费口舌。但是，命运往往乐于给长寿之人的晚年带来美满幸福，使维尔迪兰夫人有幸与谢巴多夫亲王夫人相遇。谢巴多夫亲王夫人与家人闹翻，离开故国，流落他乡，如今只认识普特布斯男爵夫人和欧多克西大公夫人，因为她不愿遇见前者的朋友，而后者又不希望让自己的友人与她相遇，所以她总是趁维尔迪兰夫人还在睡觉的时候，一大清早到她们府上去；自从她十二岁那年得了猩红热之后，她记不得有过闭门不出的日子，十二月三十一日那天，维尔迪兰夫人担心身边无人陪伴，问她是否会突然改变主意，待在家中睡觉，然而，尽管翌日便是新年，她还是回答维尔迪兰夫人说：“不管什么日子，有什么能阻止我登门呢？再说，这一天，合家团聚，您的家就是我的家。”她一直寄人篱下，如今改换门庭，维尔迪兰夫妇到哪里度假，她就跟随到哪里，确实，亲王夫人为维尔迪兰夫人实现了维尼的那一诗句：

该诗句体现得如此完美，以至于小圈子的女主人渴望拥有一位死心塌地的“忠实信徒”，要求她务必做到，两人中后离世者一定葬到先去世的那位墓旁。当着外来人的面——外人中，任何时候都应包括自己，因为我们还是对自己撒谎撒得最多，我们最忍受不了的，也是自己瞧不起自己——谢巴多夫亲王夫人总是挖空心思，炫耀她仅有的那三个交情——大公夫人、维尔迪兰家和普特布斯男爵夫人——之所以仅有这三个交情，并非降临了不以她意志为转移的灭顶之灾，摧毁了世间的一切，唯留下这三户人家，而是她自由选择，择优入选的结果，且她有着某种情趣，自甘寂寞，性喜简朴，使她一直只限于与这三家交往。“除此之外，我不见任何人。”她说道，着力渲染其不可更变的性质，仿佛涉及的是必须强迫自己遵守的规矩，而不是万般无奈的处境。她又补上一句：“我只与这三家往来。”就好像那些剧作家，担心自己的戏演不了四场，于是便宣布只演三场。不管维尔迪兰夫妇是否相信这一假象，反正他们助了亲王夫人一臂之力，将她的这一形象灌输到了信徒们的脑中。信徒们深信不疑，在千万个主动与她接近的关系中，亲王夫人只选择了维尔迪兰夫妇，同时，他们也坚信，不管上流贵族如何恳求，也无济于事，维尔迪兰夫妇只恩准特殊照顾亲王夫人，下不为例。

在他们看来，亲王夫人远远超越了她出身的环境，在那儿不可能不感到厌倦，她本来可有众多交往，可她觉得唯独维尔迪兰夫妇讨人喜欢，反之亦然，维尔迪兰夫妇对整个贵族阶层对他们的主动表示视而不见，听而不闻，只准许为比其同类要更聪慧的贵妇人谢巴多夫亲王夫人破例一次。

亲王夫人极为富有；每逢首演，剧场楼下都有她的大包厢，经维尔迪兰夫人首肯，她偕信徒们前往，从不带别人参加。人们纷纷指点这位脸色苍白的谜一般的人物，她人已老，但头发却未发白，反而渐添红色，看似历时经久、干瘪起皱的野果子。人们赞叹她的能耐，也惊叹她的谦卑，因为她身边总是跟着科学院院士布里肖，声名显赫的博学者戈达尔，当代第一号钢琴家以及后来的德·夏吕斯先生，然而她故意挑选了一个最不起眼的包厢，藏身匿影，丝毫不关心剧场里的一切，专为小圈子而活着，每当演出临近结束时，小圈子的人便尾随这位女君主退场，女君主虽说古怪，但却不乏羞怯、迷惑、陈腐之美。然而，如果说谢巴多夫夫人无视满堂观众，隐身于昏暗之中，那是为了尽量忘却存在着一个她无比渴望但却难以厕身其间的活生生的世界；“包厢”里的“小圈子”对她来说起着某种作用，就好比某些动物面临危险，便假装已经死去，几乎像僵尸一样一动不动。不过，猎奇的癖性作用于上流人士，致使他们反倒更关注这位神秘的无名氏，而不去留心二楼包厢里那些人人都可登门拜访的显赫人物。人们想象她与他们的那些熟人迥然不同；以为她独具惊人的智慧，并有先知的品质，因此身边只留下这一个由杰出人物所组成的小圈子。若有人向亲王夫人提起或介绍什么人，她必定装出十分冷漠的神态，以维持她厌恶社交界的假象。然而，在戈达尔或维尔迪兰夫人的举荐下，有几位新成员得以成功地与她结识，而她往往为认识一位新人而陶醉，把自甘寂寞的神话丢诸脑后，疯了般地为新成员尽心尽力。如果这位新人是个平庸之辈，那谁都会感到惊讶。“真怪，亲王夫人谁也不愿结识，竟破例跟一个如此缺乏个性的人交往！”不过，这种成功的结识机会相当难得，亲王夫人不越雷池一步，只在信徒们中间生活。

戈达尔更是经常挂在嘴上：“等星期三到了维尔迪兰府上，我再看。”“等星期二到了科学院，我再看。”谈起周三的聚合，他简直像在谈论一种职业，它举足轻重，不可推卸。再说，戈达尔属于不太受欢迎的人，若受到邀请，无异于受领了一道命令，如同接到军事号令或法庭传票，当作不可推卸的责任，前往赴约。非得有非同寻常的出诊任务，他才会“撂下”维尔迪兰府上星期三的聚会，至于出诊的重要性，是指病人的身份而言，而与病情的严重程度无关。尽管是个善心人，但戈达尔绝不会为一个突然患病的工人放弃星期三的温馨，可为了某位部长的鼻炎，却可以忍痛割爱。即使遇到这种情况，他还要嘱托妻子：“代我向维尔迪兰夫人表示歉意。告诉她我迟一会儿到。那位阁下完全可以另择日子感冒呀。”一个星期三，戈达尔的老厨娘把手臂的静脉割破了，这时，戈达尔已经穿上无尾常礼服，准备去维尔迪兰府上，当妻子怯生生地问他能否给受伤的厨娘包扎一下，他一耸肩膀说：“我不行，莱翁蒂娜，”他哼哼哧哧地嚷叫道，“你明明看见我身上穿着白背心。”为了避免惹丈夫恼火，戈达尔夫人差人以最快速度把诊所主任叫来。诊所主任想尽快赶到，便开了车子，可当他的车子进院子时，送戈达尔去维尔迪兰家的车子碰巧往外走，于是，倒进，倒出，整整花掉了五分钟。戈达尔夫人知道诊所主任已看见丈夫身穿晚礼服，感到很尴尬。兴许是由于懊恼的缘故，戈达尔为推迟了出门大发雷霆，走时情绪极为恶劣，非得享受到星期三的种种乐趣，方能消除。

若戈达尔的哪位病人问他："您有时是否遇到盖尔芒特家族的人？"那教授便会拿出上流社会最为真挚的诚意回答道："也许不仅仅盖尔芒特家族的人，我说不清楚。可在我朋友府上，我见的人何其多。您肯定听说过维尔迪兰夫妇。他们谁都认识。他们至少不是死要面子的人。他们有金钱做后盾。一般估计维尔迪兰夫人有三千五百万家资。天哪，三千五百万，那可是个大数目。她才不在乎什么呢。您跟我说德·盖尔芒特公爵夫人。那我这就告诉您两者的差别：维尔迪兰夫人是位伟大的贵妇人，而德·盖尔芒特公爵夫人则可能是个穷光蛋。您完全明白这之间的微妙差别，对吗？不管盖尔芒特家族的人是否去她府上，反正维尔迪兰夫人有宾客上门，这样反而更好，上门的有德·谢巴多夫夫妇，德·福什维尔夫妇，tuti quanti[1]，都是上流社会最顶端的人，法兰西和纳瓦尔的贵族都包括在内，您可以看到，我跟他们说话完全是以平等的地位。再说，这类人巴不得与科学王子结交。"他添了一句，露出自尊心得以满足的笑容，并扬扬自得，咧开了嘴唇，他如此得意，不只是因为"科学王子"这一专用于博丹、钱戈等人的词

[1] 意大利语，意为之流。

语如今用到他的头上正合适不过，更是因为经过长时间的钻研，他终于彻底领会，且能恰到好处地运用语法准许运用的那些词语了。在维尔迪兰夫人接待的客人中，戈达尔跟我提到了谢巴多夫亲王夫人，紧接着一眨眼睛，补充道："您明白那家的派头吧，您理解我说的意思吧？"他是想说那一家雅致至极。然而，接待一位唯独结识欧多克西大公夫人的俄罗斯太太，那太微不足道了。但是，即使谢巴多夫亲王夫人不认识大公夫人，那也丝毫影响不了戈达尔关于维尔迪兰沙龙当属最雅的看法，也丝毫破坏不了他受此沙龙接待所感受到的欢悦心情。在我们眼里，凡跟我们结交的人，身上似乎都光彩四溢，但是，这种光彩并不比舞台人物的辉煌外表更富有内在价值，舞台人物的服饰，实在用不着让经理花费数十万法郎，购置货真价实的服装首饰，一位伟大的布景师只需将一道虚光照射在饰满玻璃珠的粗布紧身短上衣或硬纸外套上，便可给人以华丽千倍的感觉，相比之下，真正的服饰反而黯然失色。就好比有人一辈子生活在世上最尊贵之人的圈子里，在他看来，那些亲朋好友无不让人生厌，令人感到乏味，原因在于打从孩提时代起，他对这一切便已习以为常，致使他们在他眼里失却了任何尊严的外表。与之相反，由于偶然的机遇，无名鼠辈得以身价倍增，女流之辈被封以爵位，于是，数不胜数的戈达尔之流便会被迷住心窍，认为只有她们的沙龙才是贵族优雅之所在，然而，这些妇人甚至都不及从前的德·维尔巴里西斯夫人及其女友（全是些失势的贵妇人，多亏她们而得以起家的贵人们却与她们断绝了往来）；与这些妇人交往，曾是多少人的骄傲，倘若他们发表回忆录，列举这些妇人以及她们所接待的客人的名字，那恐怕谁也没有能耐弄清她们是否确有其人，哪怕德·康布尔梅夫人和德·盖尔芒特夫人亲自鉴别，也无济于事。可这无关紧要！戈达尔之流往往就是这样拥有了他的男爵夫人或侯爵夫人，对他来说，只有这位妇人才是“男爵夫人”或“侯爵夫人”，好比马里沃剧中的男爵夫人，从不提其姓名，弄不清楚她到底是否有名有姓。戈达尔更是认为他的这位妇人是贵族的化身——而贵族根本不知她为何许人——更何况，贵族封号愈是可疑，就愈是对其大肆粉饰，玻璃器皿上，银器上，信笺上，行李上，无不标上皇冠印记。无数的戈达尔，他们自以为生活在圣日耳曼中心区，鬼迷心窍，大做封建帝王之美梦，其迷恋程度也许超过真正在王公贵族之间生活过的人们，同样，一个小商贩有时在星期天去参观“古代”建筑，尽管这些建筑用的都是我们所处时代的石料，其拱穹也被维奥莱-勒迪克的弟子漆成了蓝色，饰满了金星，可小商贩却往往从中获得对中世纪最强烈的感受。“亲王夫人准在梅恩维尔。她一定会跟我们一起旅行。可我不会马上介绍。还是由维尔迪兰夫人来介绍为好。除非我找到了适当时机。请相信我一有机会，定会抓住不放。”“您在说什么呢？”萨尼埃特问道，假装走了神。“我在对先生说件事，”布里肖说道，“此事你们都很熟悉，与一个依我看来为‘世纪精英’（应理解为十八世纪）之首的人物有关，此人为德·贝里戈尔修道院院长，名叫夏尔-莫里斯。他本来发誓一定要成为一名出色的记者。可是阴差阳错，我是想说他最后却成了公使！生活就是这样充满不幸，他毕竟是个不择手段的政客，虽然以高贵的大老爷自居，盛气凌人，但却毫无顾忌，时刻准备为普鲁士国王效劳，这样说他恰好合适，死时，他又是一个左翼的中间派角色。”

在圣皮埃尔德伊夫站，上来了一位光彩照人的年轻姑娘，可惜她不是小圈子的成员。我两只眼睛怎么也离不开她那玉兰花般的肌肤，乌黑闪亮的眼睛和她那令人赞叹的高贵身段。片刻后，她意欲打开一扇车窗，因为包厢里确实有点热，她没有征求众人同意的意思，由于就我没有穿外套，她问我道：“有点儿风您不会感到不舒服吧，先生？”声音轻快、凉爽，含着融融笑意。我真恨不得对她说：“请您跟我们一起去维尔迪兰府吧。”或是“请告诉我您的芳名与地址”。可我回答道：“不，风不会让我不舒服，小姐。”接着，她坐在自己的座位上，身子也未抬一下，问道：“有烟不会让您的朋友讨厌吧？”说罢点燃了一支香烟。到了第三站，她轻轻一跳，下了车。翌日，我问阿尔贝蒂娜那姑娘会是谁呢。我好愚蠢，总认为一个人只能钟爱一件东西，见阿尔贝蒂娜对罗贝那副姿态，心里好不嫉妒，因此，提起女人，我倒很踏实。阿尔贝蒂娜告诉我她不知道，我认为她的回答还是十分真诚的。“我多么想再见到她！”我高声道。“放心吧，总会再碰到的。”阿尔贝蒂娜回答道。具体到这一特殊情况，阿尔贝蒂娜说得就不对了。我既没有再次碰到那位年轻貌美的抽香烟姑娘，也未弄清她的身份。下面诸位自可看到，我为何不得不在很长一段时间内停止寻觅那位姑娘。但是我未曾忘却她。我经常一想起她，浑身便燃起疯狂的欲火。可是，这种欲望的反复出现，迫使我们静心思考，如果想要带着同样的欲望与姑娘相见，那就得回到十年前去，然而经历十载春秋，那位年轻姑娘花容早已憔悴。有时是可以与某人邂逅重逢，但间隔的时间却无法一笔勾销。直到后来，像寒夜般凄凉的日子突然降临，您再也不去寻觅那位年轻姑娘或别的姑娘，您甚至会为寻找她们感到恐惧。因为您再也不觉得自己尚有相当的魅力可以惹人喜爱，有足够的力量去爱了。当然，这并不是您已经到了那种本来意义上的无能程度。谈到爱，完全可以比以往任何时候爱得更深。但是，您感觉到自己所存的力量微乎其微，已经无力去从事那一伟大的爱的事业。长眠早已留下间隙，在此期间，您已无力出门，也已无力说话。能把脚踏在该落的台阶上，便是一种成功，就好比别人翻空心跟斗没有失手。若在这种状况下被哪位心爱的姑娘看见，哪怕您还保持着年轻时的容颜和满头棕发，该多难堪！您再也经受不起与年轻人同步行走所造成的疲惫。要是肉体的欲望非但不减，反而倍增，那活该！别人会领来一位他们无须再讨其欢心的女人，与您同床共枕一夜，然后终生不再与她相逢。

“也许一直没有小提琴家的音讯。”戈达尔说道。在小圈子里，当天的轰动事件，就是深得维尔迪兰夫人宠爱的小提琴家突然甩手。此人在东锡埃尔附近服役，平常每星期三都来拉斯普利埃用晚餐，因他获准可在半夜十二时归营。然而在前天，信徒们第一次怎么也没有在火车上找到他。大家猜想他错过了车子。维尔迪兰夫人先后又派马车去接第二班车以及末班车，可还是空车而归。“他肯定被关了禁闭，不然，他不见人影别无解释。啊！哎，你们知道，军队里，要对付这些放荡不羁的人，只要有个倔脾气的军士就足够了。”“要是他今晚再甩手，可要更丢维尔迪兰夫人的面子了，”布里肖说道，“因为我们可爱的女主人今晚恰好第一次接待把拉斯普利埃出租给她的近邻，康布尔梅侯爵夫妇。”“啊，今晚接待康布尔梅侯爵夫妇！”戈达尔惊叹道，“我可绝对不知道。当然，我和你们大家一样，知道他们总有一天会来的，可没料到来得这么快。嗳，”他朝我转过身来说道，“我跟您说过什么了：谢巴多夫亲王夫人，康布尔梅侯爵夫妇。”他念叨这些姓氏时，不由得随旋律摇头晃脑，他对我说：“您看见了吧，咱们都运气不错。不管怎么说，您一矢中的，来了个开门红。相聚的将是无与伦比的杰出人物，可谓济济一堂。”他接着又朝布里肖转去身子，补充道：“女主人可能要生气了。我们早该到达助她一臂之力。”自从维尔迪兰夫人到拉斯普利埃之后，当着信徒们的面，她总是装模作样，似乎万般无奈，不得不邀请一次房主。这样，她来年就可占有较好的条件，她说，她这样做，纯粹是出于利益考虑。但是，她再三表示讨厌跟小圈子之外的人一起用晚餐，简直视之为猛兽，因此一推再推。如果说一方面，这次晚餐由于她宁愿不明言的某些附庸风雅的原因，令她欣喜的话，那另一方面，她夸大其词，一再表白的那些理由确实让她有点儿恐惧。因此，她至少有一半诚意，她向来认为，这个小圈子独一无二，为稀世珍品，需要几个世纪的努力，才可能建立类似的团体，以至于一想到小圈子里就要挤入外省人，不由得浑身发颤，那些外省人对四联剧，对“大师巨匠”一无所知，在普普通通的交谈中也无法担当自己的角色，他们如来维尔迪兰府上，岂不搅黄了非凡的星期三聚会，这星期三是无与伦比、极易损坏的杰作，宛若威尼斯的彩绘大玻璃，只要走个音，就足以将其震碎。“再说，他们很可能都是最为强硬的反派，是些挂军衔佩饰带的家伙。”维尔迪兰先生说。“啊！这事呀，我才不在乎呢，人们议论这件事的时间已经够长的了。”维尔迪兰夫人回答道，她是一个诚心诚意的德雷福斯支持派，不过其目的是想在她这个德雷福斯支持派占优势的沙龙里得到某种社交生活的回报。然而，德雷福斯派在政治上获得了胜利，在社交生活方面则不然。对上流人士来说，拉普里、雷纳克、皮卡尔和左拉仍是叛国贼，只能被排斥在小核心之外。因此，维尔迪兰夫人介入政治之后，一心想回到艺术中去。再说，丹第和德彪西在事件中不是“处境维艰”吗？“就事件而言，我们只需将他们置在布里肖一边。”她说道（在信徒中，这位大学教授是唯一拥护参谋部的，这使他在维尔迪兰夫人心目中的地位大大降低）。“没有必要非得没完没了地谈论德雷福斯事件。不，事实上，是康布尔梅夫妇让我感到厌烦。”至于信徒们，他们一方面受到内心那种不可明言的欲望的刺激，渴望结识康布尔梅夫妇，另一方面又被维尔迪兰夫人伪装厌烦的假象所蒙蔽，她口口声声说讨厌接待康布尔梅夫妇，因此，每天与夫人交谈，他们都要重新搬出夫人自己曾经提过的那些有助于发出邀请的卑劣理由，尽量使这些理由变得难以驳斥。“请您最后定夺吧，”戈达尔重复道，“这样您在租金方面就可得到让步，由他们负担花工的工钱，您尽可坐享草坪带来的欢乐。为了这一切，烦一个夜晚也很值得。我说这些是为了您好。”他补充道，尽管有一次，他乘坐维尔迪兰夫人的马车，曾在路上与老德·康布尔梅夫人的车子相遇，再加上在车站他待在侯爵身边，被当作铁路雇员，感到丢脸，心脏怦怦直跳。至于康布尔梅夫妇，由于他们的生活圈子距社交活动甚远，因此丝毫体味不到几位时髦女子谈及维尔迪兰夫人时往往带着某种敬意，以为维尔迪兰夫人就是这种只能跟放荡的女人结交的人，也许都没有合法结过婚，至于“出身高贵”的人，她这一辈子可能就见过他们夫妇俩。因此，他们纡尊降贵，去她那儿用晚餐，纯粹是为了与一位女房客处好关系，指望她在度假季节多来几次，尤其当他们在上个月获悉她刚刚继承了一笔数百万的遗产之后，更是打着如此算盘。他们默默地准备着这个不可避免的日子的到来，从未开过一句趣味低级的玩笑。然而，维尔迪兰夫人多少次当着信徒们的面定下日期，却一改再改，弄得他们毫无指望，以为这一天不再来临了。她装模作样，朝令夕改，其目的不仅仅在于公开显示这次晚宴给她造成的烦恼，而且还在于引起那些住在附近，有时意欲甩手的小圈子成员的担心。这并非因为女护主猜透了这一“伟大的日子”对他们来说就像对她一样令人愉快，而是因为一旦使他们坚信这次晚宴对她是个最为可怕的苦差，她便可唤起他们的耿耿忠心。“你们总不至于让我独自一人跟那些中国人在一起吧！相反，我们人应该多一点，聚在一起分担厌烦。自然，我们到时不可能谈我们感兴趣的东西。必定是一个糟糕的星期三，您有什么法子呢！”

“确实，”布里肖对着我回答道，“维尔迪兰夫人很聪明，为准备她的星期三倾注了巨大的热情，我认为她很不乐意接待那些出身高贵但毫无思想的乡绅。她实在下不了决心邀请那位享有亡夫遗产的侯爵夫人，但还是屈尊请了她儿子与儿媳。”

“啊，我们可见到德·康布尔梅侯爵夫人？”戈达尔说道，脸上露出一个微笑，尽管不知德·康布尔梅夫人是否漂亮，但自以为应在微笑中投入几分淫荡与些许故作风雅的殷勤。但是，侯爵夫人这一称号本身在他脑中激起了一个诱人、风流的形象。“啊！我认识她。”茨基说道，他有一次与维尔迪兰夫人一起漫步，曾与她路遇。“您说认识她，并不是《圣经》意义上的认识吧？”大夫说道，从长柄眼镜下方瞟出一眼，他这是在开一句他尤为喜爱的玩笑。“她聪明。”茨基对我说道。“当然，”他见我什么都不说，便微笑着加重每一个字的分量，继续说道，“她聪明又不聪明，她缺乏修养，浮浅，但生来对美的东西富有鉴赏力。她宁肯一声不吭，也绝不说一句蠢话。再说，她俏丽，很有几分姿色。若要为她作幅肖像，说不定挺有趣。”他半眯着眼睛添了一句，仿佛她就端坐在他的面前，他正在细细打量。我的看法与茨基以如此微妙色彩所表达的恰恰相反，于是，我只告诉他，她是一位杰出的工程师勒格朗丹先生的姐妹。“呃，您瞧，您就要被介绍给一位漂亮的妇人。”布里肖对我说道，“谁也料不到会引起怎样的结果。克莉奥佩特拉连贵妇人都算不上，是个地位卑微的小女子，是我们的梅拉克笔下一个轻佻、可怕的小女子，可结果呢，不仅对那个傻瓜安东尼，而且对古代世界都产生了影响。”“我早已被介绍给德·康布尔梅夫人了。”我回答道。“啊！这样一来，您就是去老熟人的家乡了。”“我为将见到她感到格外高兴。”我答道，“因为她曾允诺给我一部出自贡布雷以前那位神甫之手的有关这一地区地名的书，我可以借机提醒她许过的诺言。我对那位神甫挺感兴趣，对词源也有兴趣。”“您别太信他提出的那些词源，”布里肖回答我说，“那部书在拉斯普利埃就有，我曾玩着浏览了一番，没有值得我感兴趣的东西，里面谬误百出。我这就给您举个例子。‘Bricq’（布利克）一词在我们周围地区的地名构成中用得很多。那位勇敢的神职人员一时闪出一个稀奇古怪的念头，认为该词源于‘Briga’（布利加），意为高地，防地。他在克尔特部落中已经考证出这一点，如 Latobriges（拉托布利克），Nemetobriges（纳梅托布利克），等等，甚至在 Briand（布利昂）、Brion（布利翁）等一类词中也如此。言归正传，就我们有幸与您一起穿过的这个地区而言，Bricquebosc（布利克波斯克）意为高地树林，Bricqueville（布利克维尔）意为高地居处，我们在抵达梅恩维尔前一站要停靠的 Bricquebec（布利克贝克）意为溪边高地。然而，根本就不是这么回事，因为 bricq 是古斯堪的纳维亚语的一个古词，意思只是指：桥。同样，就 fleur（弗勒尔）一词而言，德·康布尔梅夫人的宠儿煞费苦心，一会儿说它与斯堪的纳维亚语中的 floi、flo 两词有关，一会儿又说它源自爱尔兰语中的 ae、aer 两词，恰恰相反，该词无疑出自丹麦语的 fiord，意为：港口。还有，那位仁慈的教士认为拉斯普利埃附近的 Saint-Martin-le-Vêtu（圣马丁勒维蒂）意为 Saint-Martin-le-Vieux（vetus）（圣马丁勒维厄，即老圣马丁）。可以肯定，Vieux 一词在这一地区的地名组合中起到了很大作用。Vieux 一般源自 vadum，意为浅滩，如那个称作 les Vieux 的地方。这正是英国人所说的'ford'（如 Oxford, Hereford）。但是，在个别情况中，vieux 并非源自 vetus，而是来自 vastatus 一词，意思是荒芜，一毛不长的地方。附近就有个地方叫 Sottevast，即为 vast de Setold; Brillevast 即为 vast de Berold。我认定神甫考证错了，何况 Saint-Martin-le-Vieux 以前就叫作 Saint-Martin-du Gast，甚至还叫过 Saint-Martin-de Terregate。不过，这两个词中的字母'v'和'g'为同一个字母。大家说 dévaster（毁坏），也说 gâcher（糟蹋）。Jachères（休闲地）与 gâtine（出自古德语的 wastinna，贫瘠的沼泽地）意义同一。因此，Terregate，即指 terra vastata。至于 Saint-Mars，以前（持非正统观点者得受指责！）叫 Saint-Mard，即为 Saint-Medardus，有各种叫法，如 Saint-Medard、Saint-Merd、Saint-Marc、Cinq-Mars，甚至还叫过 Dammas。此外，不应忘记附近有一些地名也都带有 Mars 一词，明确地证明了源自异教（其神为 Mars），该词源在这一地区仍具有生命力，但那位圣人却拒不承认。奉献给神祇的高地尤其多，如朱庇特山（Jeumont）。你们的那位神甫对此置若罔闻，无论基督教在何处留下痕迹，都引不起他的注意。他甚至到 Loctudy 游历过，他说那是一个蛮族的地名，可实际上，该地名为 Locus Sancti Tudeni，他也未在 Sammarcoles

一词中看出 Sanctus Martialis 来。你们的那位神甫，”布里肖见我感兴趣，便继续说道，“他认为以 hon、hom、holm 结尾的词盖出自 holl（hullus）一词，意为山丘，可该词实际上源于古斯堪的纳维亚语的 holm，意思是岛，该词您十分熟悉，如在 Stockholm（斯德哥尔摩）中，它在这个地区广为流行，如 la Houlme、Engohomme、Tahoume、Robehomme、Néhomme、Quettehon 等等。”这些地名使我回想起了那一天，阿尔贝蒂娜本来想去昂弗勒维尔-拉比古（布里肖告诉我该地名得之于该地先后几位领主中两位的名字），后来又建议我一起去罗布奥姆（Rebohomme）吃晚餐。“纳奥姆（Néhomme）离卡尔克蒂伊特和克利图尔普斯不近吧？”我问道。“完全对。Néhomme 就是 le holm，意思就是那位赫赫有名的子爵尼谢尔的岛或半岛，他的名字也尚在 Néville 这一地名中。您刚才跟我说卡尔克蒂伊特（Carquethuit）和克利图尔普斯（Clitourps），对德·康布尔梅夫人的宠儿来说，又是一个机会，谬误迭出。毫无疑问，他极为清楚地看出了 carque 之义为教堂，亦即德国人的 Kirche。您熟悉 querqueville 吧，更不用提 Dunkerque 了。我们最好还是稍停片刻，谈谈 Dun 这个众所周知的词，对克尔特人来说，该词意为高处。这个词，法国各地都可找到。你们的那位神甫就在 Duneville 面前被迷住了，在厄尔-卢瓦尔省境内，也有 Duneville 这个地名，他本来还可以在歇尔省找到 Châteaudun、Dun-le-Roi；在萨尔特省找到 Duneau；在阿里埃日省找到 Dun；在涅夫勒省找到 Dune-les-Places；等等地名。Dun 一词使他在考证 Doville（多维尔）这个地名时又犯了一个可笑的错误，我们等会儿就要在多维尔下车，维尔迪兰夫人舒适的马车正在那儿恭候。Doville，拉丁文中为donvilla，”他说道，“实际上，Douville就坐落在高山下。你们的神甫无所不知，他总该意识到自己闹了一个差错。他确实在以前的一本教区清册中读到过Domvilla一词。于是，他便改变看法；依他之见，Douville是圣米歇尔山神甫的一个世袭封地，即Domino Abbati。他为此发现感到欣喜，可是，自克莱苏埃普特教士会议之后，圣米歇尔山的人们过的是一种丑闻百出的生活，只要考虑到这一史实，那他的发现就相当荒诞了，若要目睹该海岸线的君主国丹麦国王在那一带大搞奥丁神祭礼，而很少祭祀基督的话，那就没有比这更离奇的了。此外，臆想n变成了m，我对此并不感到奇怪，其要求的变化幅度远比不上Lyon一词正规演变的幅度大呢，Lyon一词也是源于Dun（Lugdunum）。但是，神甫最终还是搞错了。Douville从未叫过Donville，而叫Doville，即Eudonis Villa，意为Eudes（欧德）的村寨。Douville从前叫Escalecliff，意为陡坡之阶。大约在1233年，Escalecliff的领主欧德·勒布代耶赴圣地；出发时，他把教堂交给了布朗施朗德修道院。于是有了礼尚往来：村寨改称为他的名字，几经演变，成了今日的Douville。不过，我补充一句，地名学，在这一领域我也极为无知，并不是一门真正的科学；倘若没有这一历史见证，那Douville也有可能源自Ouville一词，亦即泉水的意思。ai（如Aigues-Mortes）的形式源自aqua，通常演变为eu或ou。然而在Douville附近，恰有一些闻名遐迩的泉水，如Carquebut。您想象神甫一定会为在那儿发现基督教的痕迹感到无比高兴，尽管在那一地区传教似乎很难，因有不少圣人不得已去那儿布道，先后有圣乌萨尔，圣戈弗鲁瓦，圣巴萨诺尔，圣洛朗·德·布雷夫当，后者最终与博贝克的修道士握手言和。但是，就 tuit 而言，作者错了，他将之视作 toft 这一形式，意为破房子，如在 Criquetot、Ectot、Yvetot 等地名中，而实际上是 thveit，意思指采伐地，开垦地，如在 Braquetuit、le Thuit、Regnetuit 等词中。同样，如果说他承认 Clitourps 一词源自诺曼底方言 thorp，意为村寨，他却坚持认为该地名的前一部分由 clivus 派生而来，意为山坡，可它实际上来自 cliff，为悬崖的意思。不过，他闹出了最大的差错，并非因为他无知，而是因为他固执己见。作为一个法国人，不管他有多出色，可有必要否认明摆的事实，把圣洛朗-昂-布雷当作赫赫有名的罗马教士吗？然而，那涉及的是圣劳伦斯·奥图尔，都柏林的大主教。但是，您那位朋友的宗教偏见比爱国热情更为强烈，出了许多显而易见的错误。比如，离我们的主人居住的拉斯普利埃不远的地方，有两个 Montmartin，一个叫 Montmartin-sur-Mer，另一个叫 Montmartin-en-Graignes。关于 Graignes 一词，仁慈的神甫未闹出差错，他清楚地看出了 Graignes 在拉丁文中为 Grania，在希腊文中为 crêné，意为池塘，沼泽地；类似 Cresmays、Groen、Gremeville、Lengronne 等例子不胜枚举。可关于 Montmartin，您那位所谓的语言学家非认为这是以圣马丁命名的堂区。他以圣人是他们的主保为依据，但没有意识到那位圣人是后来才被奉为主保圣人的；或者毋宁说他因对异教怀着刻骨仇恨，而丧失了判断力；他不想明白，如果涉及的真是圣马丁，那何不像说 Mont Saint-Michel（圣米歇尔山）那样取名为 Mont-Saint-Martin 呢？而 Montmartin 一词以带有浓重的异教痕迹的方式，专指祭祀 Mars 神（玛斯战神）的神殿，确实，我们迄今尚未掌握这些神殿的遗迹，但是，附近地区那些宽敞的罗马营地的存在无可置疑，证明那些神殿很有可能存在过，尽管考证不出 Montmartin 这一地名，以彻底消除疑问。您瞧，您到拉斯普利埃将得到的那本小册子，并不是写得最好的。”我提出异议，说在贡布雷时，神甫经常教给我们一些颇有趣味的词源。“他对自己的地盘很可能会熟悉些，诺曼底之行令他陷入迷惘境地。”“也未治好他的病，”我添了一句，“他带着精神衰弱症来，又拖着风湿病去。”“啊！那是精神衰弱症造成的。正如我的恩师波克兰可能会说的那样，他是在文献学中患了精神衰弱症。哎，您说，戈达尔，您是否觉得精神衰弱症有可能会对文献学产生不良影响，文献学又可能会对精神衰弱症产生镇静作用，而精神衰弱症的治愈最终会有可能导致风湿病？”“完全如此，风湿病和精神衰弱症是神经–关节病的两种替代形式。人有可能因为转移作用，由一种病症转化为另一种疾病。”“杰出的教授说起话来，”布里肖说道，“请上帝宽恕我，用的法语也掺杂着拉丁语和希腊语，拥有莫里哀式记忆的浦尔贡先生本人也可能以如此方式说话！允许我说一句，我的叔父，我是想谈我们民族的萨尔塞[1]……”他话未说完，教授惊跳起来，嚷叫道：“哎呀。”他终于以发音清晰的语言高声道：

[1] 萨尔塞（1827—1899）：法国戏剧批评家。

“我们已经过了梅恩维尔（哎！哎？），连雷纳维尔也过了。”他刚刚发现火车停靠在老圣马斯站，几乎所有旅客都下了车。“他们可不该跳站的。也许我们谈论康布尔梅夫妇时没注意。”“请听我说，茨基，等一等，我这就告诉您‘一件好事情’，”戈达尔故意拿出一副在某些医学圈常见的神态说道，“亲王夫人可能就在列车上，她也许没有见到我们，进了另一个包厢。我们去找找她。但愿这不会引起事端！”说罢，他便领着我们大家寻找谢巴多夫亲王夫人。他终于在一节空荡荡的车厢的一角发现了她，她正在阅读《两个世界评论》。在漫长的人生岁月中，她因害怕遭受非礼对待，渐渐养成了习惯，安于自己的落足之地，无论在生活中还是在列车上，总是待在自己的那个角落，等别人先向她道安再伸手还礼。当信徒们进了车厢，她还在继续看杂志。我马上认出了她；这位女子，尽管有可能丧失了自己的地位，但仍不失出身之高贵，无论怎么说，像在维尔迪兰夫人这样的沙龙里，准是颗珍珠，可是，她正是两天前我在同一趟列车上遇到的那位太太，我还以为她有可能是哪家妓院的老板娘呢。她的社会身份曾那么难以捉摸，一旦我得知她的姓名，一切便水落石出了，就好比猜谜语，大伤了一番脑筋之后，最后得了谜底，模模糊糊的一切因此而变得一清二楚，就人而言，这个谜底就是姓氏。坐在一位女子的身边，与之同车旅行，怎么也猜不透她的社会地位，可两天后，突然弄清了她为何许人，此中引起的惊诧，较之在新杂志中看到上期字谜的谜底而带来的惊喜，要有趣得多。大餐馆、娱乐场和“小火车”是揭开这些社会之谜的家族博物馆。“亲王夫人，我们在梅恩维尔错过了您！您允许我们在您的车厢就座吗？”“当然可以。”亲王夫人说道，她听见戈达尔对她说话，只从她那本杂志上抬了抬眼睛，那眼睛如同德·夏吕斯先生的一样，尽管相比较而言，更温柔一些，但明明看清了面前的人，却装着没有发现；戈达尔考虑到我与康布尔梅夫妇同时受到邀请，这对我来说本身就是具有相当分量的举荐，稍过片刻，他便做出决定，把我介绍给亲王夫人，亲王夫人彬彬有礼，弯了弯腰，可看她脸上显出的神色，好像是第一次听说我的姓名。“见鬼，”大夫嚷叫道，“我妻子忘了让人给我的白背心换纽扣。啊！这些女人，什么都想不到。您永远都别结婚，明白了吧。”他对我说道。这是他见别人无话可说时常开的玩笑之一，自以为开得适时，不由得用眼角瞟了亲王夫人和其他信徒一眼，因他身为教授，又是科学院院士，他们都微微一笑，对他情绪愉快、毫无架子表示欣赏。亲王夫人告诉我们，那位年轻的小提琴家又找到了。他昨日因犯偏头痛困卧病榻，今晚一定到场，届时还将偕来他父亲的一位好友，是他在东锡埃尔遇到的。亲王夫人是从维尔迪兰夫人处获悉了这些情况，早上，她与维尔迪兰夫人一起进了餐，亲王夫人对我们说，那声音快速，带有俄罗斯音调的小舌颤音 r 在喉咙眼里发得含糊而又轻微，仿佛不是 r，而是 l。“啊！您早上与她一起进餐！”戈达尔对亲王夫人说道，可眼睛却盯着我看，因为此番话的目的在于向我显示亲王夫人与女护主的关系亲密无间。“您，您可是一位忠实的信徒！”“对，我喜欢这个聪明的小圈子，它令人愉悦，毫无恶意，也不赶时髦，里面的人个个才智横溢。”“哎呀！我可能把车票弄丢了，怎么也找不着。”戈达尔嚷道，不过并未显露出过分的不安。他心里清楚，有两驾双篷四轮马车在多维尔迎候我们一行，即使无票，铁路雇员也会给他放行，甚至还会脱帽以表敬意，对自己的宽容做出解释，即他已清楚地认出戈达尔是维尔迪兰家的一位常客。“他们不会因此把我抓到警察所去。”大夫下结论道。“您刚才说，先生，”我问布里肖道，“这一带有闻名遐迩的泉水，您是怎么知道的？”“下一站的站名对此就是个证明，此外还有许多别的证据。下一站叫作 Fervaches（费尔瓦施）。”“我不明白他想说的是什么意思。”亲王夫人咕哝道，那声调像是对我表示客气，“他烦我们，是吗？”“可是，亲王夫人，Fervaches 的意思是温水，即 fervidae aquae……噢，提起那位年轻的小提琴家，”布里肖继续说，“戈达尔，我倒忘了告诉您一条大新闻。您是否知道原来那位深得维尔迪兰夫人恩宠的钢琴家，我们可怜的朋友德尚布尔不久前已经过世？可怕啊。”“他还年纪轻轻的，”戈达尔回答道，“也许肝脏出了问题，出了麻烦，前段时间他的脸色就难看得要命。”“他可并不怎么年轻，”布里肖道，“早在埃尔斯蒂尔和斯万去维尔迪兰夫人府上那段时间，德尚布尔就已经闻名京城，令人惊诧的是，他在国外竟未得到成功的洗礼。啊！据圣巴诺姆说，他生前可不是福音书的信徒，这个人。”“您搞混淆了，那个时候他不可能去维尔迪兰府上，他当时还是个吃奶的孩子呢。”“可是，除非我这只老脑袋瓜的记忆靠不住，我记得德尚布尔常为斯万弹奏凡德伊的奏鸣曲，当时那个圈子与贵族闹翻了，谁也料想不到斯万有朝一日竟会成为我们民族的奥黛特的夫君，成为资产阶级化了的女王之夫。”“那不可能，凡德伊的奏鸣曲在维尔迪兰夫人府上演奏时，斯万早就不再踏进她的家门。”大夫说道，他就像有的人，忙得不亦乐乎，自以为记住了不少有用的东西，可却丢三落四，末了倒赞叹那些无所事事的人有一副好记忆。“连您的熟人都记错了，您又没有得记忆衰退症。”大夫笑微微地说。布里肖承认自己有误。列车停靠了。是拉索尼（La Sogne）站。对该地名，我感到莫名其妙。“我多么希望弄清所有这些地名的意义所在。”我对戈达尔说。“您就请教一下布里肖，他兴许知道。”“La Sogne，意思就是鹳，学名 Siconia。”布里肖回答道。我非常渴望就别的一些地名求教于他。

谢巴多夫夫人忘了自己向来珍惜自己的“角落”，亲切和蔼地主动跟我换了位置，以便我跟布里肖交谈更方便些，我对别的一些词源颇感兴趣，希望向布里肖讨教，亲王夫人说得很肯定，坐车旅行，无论正坐，反坐，还是站着，她都无所谓。因她对新成员的内心想法一无所知，所以仍处于戒备状态，不过当她认清了他们的善良用心之后，便想方设法讨大家的欢心。火车最后停在了多维尔-费代纳站，该站距费代纳与多维尔差不多远，鉴于这一特殊原因，便取这两个地名为站名。“见鬼，”当我们来到检票口的栅栏前，戈达尔大夫装出一副刚刚才发现的样子，嚷叫道，“我怎么也找不着我的票了，可能弄丢了。”可是铁路雇员立刻摘帽子，说没关系，还毕恭毕敬地微微一笑。亲王夫人（像是维尔迪兰夫人府的一位女官，正在细细吩咐马车夫。由于康布尔梅夫妇的缘故，维尔迪兰夫人未能来车站，平常，她也很少来车站）让我和布里肖与她同上一辆车。大夫、萨尼埃特和茨基上了另一辆车。

车夫尽管年纪轻轻，却是维尔迪兰府的大把式，唯他一人是名副其实的正式车夫；白天里，他领他们夫妇俩四处游逛，因为他熟悉这儿的大道小径，晚上，他负责把信徒们接回府上。需要时，他身边带上个“临时佣工”（由他选择）。这是个优秀的小伙子，朴实，机灵，不过一脸苦相，目光呆滞，说明他这人多愁善感。但是，眼下他心绪极佳，乐滋滋的，因他终于如愿以偿，为他兄弟在维尔迪兰府上谋了一个位置，他兄弟跟他一样，也是个优秀的老好人。我们首先穿过了多维尔。绿草茂密的山丘顺势而下，延伸至海边，形成一片辽阔的牧场，空气湿润，饱含盐分，给牧场带来勃勃生机，绵延的牧草，长势茂盛，色彩纷呈，强烈而鲜艳。里夫贝尔小岛纵横，海岸犬牙交错，较之巴尔贝克，小岛之间贴得较近，在我看来，给这片海域增添了新的气象，看似立体镜头。我们经过了一座座小别墅，别墅为瑞士山区木屋形状，几乎全被画家们租用了；接着，我们上了一条小路，路上，几头无人看管的奶牛受惊不小，挡住了我们的去路，整整耽搁了十分钟，之后，我们才又继续循路沿峭壁而行。“可是，通过不朽之神，”布里肖突然说道，“我们还是再谈谈那个可怜的德尚布尔吧；您觉得维尔迪兰夫人是否已经知道消息？是否有人跟她说过？”维尔迪兰夫人与差不多所有的上流人士一样，正因为她需要与人交往，所以谁要是死了，不能再来参加星期三或星期六聚会，或来吃顿家庭晚餐，她便再也不把他们放在心上，一天也想不到他们。

既然人一去世，便似未曾存在过，那自然也就不能说此小圈子中死人多于生者，就此而言，所有沙龙的形象与这个小圈子别无二致。但是，为了避免谈论死者带来的懊恼，甚或由于某人的丧事，导致晚餐中断，造成不快，这是女护主万万不能答应的，维尔迪兰先生往往装模作样，似乎信徒去世，令他妻子无比悲哀，为了她的健康着想，不该谈论此类事情。再说，他人之死在他看来不过是一场普普通通的意外事故，人生如斯，一了百了，所以，一想到自己的末日，便惊恐不已，凡是可能与之发生联系的想法，他一概避免。至于布里肖，他为人善良，被维尔迪兰先生有关妻子的那番话彻底蒙骗，真的担心女友获悉如此悲哀之事，伤心不已。“对，她今天上午什么都知道了。”亲王夫人说道，“大家未能瞒住她。”“啊！哎呀呀，”布里肖高声嚷道，“一个二十五年交情的朋友，打击该不小！我们中又一个离去了！”“当然！当然，您有什么法子呢。”戈达尔说道，“这种情况总是很痛苦的，可维尔迪兰夫人是个女强人，她善于控制自己的感情，并不那么多愁善感。”“我并不完全赞同大夫的看法。”亲王夫人说道，那快速的语流，低沉的音调，看样子既像生气，又像在开玩笑。“维尔迪兰夫人外表冷酷，可内心珍藏着丰富的感情。维尔迪兰先生告诉我，她非要去巴黎参加葬礼，他好不容易才拦住了她，不得不设法让她相信，葬礼是在乡下举行。”“啊！噢哟！她一心要去巴黎。我完全知道她是个好心肠的女人，也许太有心肠了。可怜的德尚布尔！不到两个月前，维尔迪兰夫人还在说：‘无论是普朗岱，巴德雷夫斯基，还是里斯莱，在他身边，简直会感到无地自容。’那个自我炫耀的尼禄，竟想法子把德意志的科学界愚弄了一番，德尚布尔完全比他更有资格宣称：Qualis artifex pereo！[1]可是，德尚布尔，他准是在司其神职之时，在贝多芬式的虔诚氛围中以身殉职；说老实话，我对此毫不怀疑；若论公道，这位德意志音乐的主祭师完全有资格在主持大弥撒时谢世。但是，他毕竟是一位以颤音迎接死亡的勇士，作为巴黎化了的香槟人后裔，这位天才的演奏家经常可从自己的血统中发现王室卫队员的英勇与风雅。”

从我们所处的高度远远望去，大海一改巴尔贝克的景观，不再是高低起伏的山峦，而是别有洞天，险峰山路间，蓝灰色的冰川和耀眼夺目的平原脱颖而出，仿佛处在很低的海拔高度。在那儿，汹涌的海浪似乎凝固不动，构成了一个个永久不变的同心圈；海面不知不觉中变幻着色彩，海湾深处，那片似三角港的地方呈现出鲜奶般的蓝白色，一艘艘不见前行的小渡轮黑乎乎的，看似落入白奶中的苍蝇。我仿佛觉得走遍天下也难得一见如此壮阔的景象。然而，每转一道弯，便添一方景色，待我们到达多维尔入市税征收处，迄今挡住了我们半边海湾的山嘴突然凹了进去，在我左侧，又一个港湾赫然入目，与方才展现在我眼前的那一海湾一般深远，但大小一变，美色倍增。处于如此海拔高度，空气变得新鲜而清纯，令我飘飘欲仙。我喜欢维尔迪兰一家；他们给我们派了一辆马车，在我看来，这是莫大的好意，令人感动不已。我恨不得拥抱亲王夫人。我跟她说，我从未见过这般美丽的景色。

[1] 拉丁语，意为多么伟大的艺术家与我同去了！

她声言世上再也没有任何地方比这地方更令她喜爱。但是，我清楚地感觉到，无论对她还是对维尔迪兰一家，重要的事情并非作为游客赏心悦目，而是要在此处准备美味佳肴，招待慕名而来的四方宾客，并让他们在此写信，读书，简言之，是要在此生活，沉浸在良辰美景之中，而不是如游客般急功近利地观赏美景。

由于车子停靠的地方居高临下，距海面很远，从入市税征收处极目远眺，犹如从山巅俯瞰，只见一个蓝灰色的深潭，不由得令人头晕目眩，我打开玻璃车窗；阵阵波涛，浪花四溅，其音清晰可辨，柔和与明晰中蕴含着某种极致的东西。它就像一种测定标志，打破了我们的习惯感觉，向我们展示，垂直距离可与水平距离浑然一体，与我们大脑习惯表现的相去甚远；同时显示了这些距离一旦将天际与我们拉近，便不那么遥远了；而且对于穿越其间的声音，如细浪声，距离会更缩短，因它需穿越的环境更为清纯，难道不是吗？确实，若从入市税征收处仅仅后退两米之遥，便听不清那海浪声，然而那高达两百米的悬崖峭壁并未夺走那柔和、细微、美妙而清晰的声音。我暗自思忖，面对此景此情，外祖母定会赞叹不已，无论是自然的还是艺术的任何表现，都会激起她的赞美之情，从其平凡中发现伟大之处。我情绪振奋到了极点，将我周围的一切席卷而去。维尔迪兰一家派车到车站迎接我们，我为此而感动。我将自己的心情告诉了亲王夫人，可她觉得这不过是极普通的礼节，我未免过奖了。我知道此后不久，她曾向戈达尔祖露心迹，说她觉得我为人十分热情；可戈达尔回答她说，我这人太爱激动，需要服镇静剂，打打毛线好让自己心平气和下来。我指点亲王夫人注意每一棵树木，每一座小屋，只见小屋花团锦簇、摇摇欲坠；我让她欣赏这一切，恨不得把她也紧紧地贴在心口。她对我说，她发现我富有绘画天赋，说我应该绘画，而且很奇怪别人居然没有向我提出这一点。她承认这地方确实风光秀丽。我们穿过了小村昂格莱斯克维尔（布里肖告诉我们此村叫 Engleberti Villa），村子高高坐落在小山顶。“亲王夫人，您觉得尽管德尚布尔去世，今日的晚宴也一定会如期举行？”布里肖随口就问，也不想想派马车接站，况且我们又已坐在车里，这本身就是个答案。“是的，”亲王夫人回答道，“维尔迪兰先生之所以坚持这次晚宴绝不后推，正是为了避免妻子‘怀念’旧人。再说，多少年来，她星期三从未中断过接待来客，若这样突然改变她的习惯，岂不让她受到震动。这段日子，她心情极为烦躁。维尔迪兰先生为你们今晚前来共进晚餐感到特别高兴，因为他知道这可以让她好好散散心。”亲王夫人说道，忘了刚才还假装从未听别人提起过我。“我认为你们在维尔迪兰夫人面前还是什么都别说为好。”亲王夫人又添了一句。“啊！您这样提醒我，做得对。”布里肖天真地说，“我定向戈达尔转达这一忠告。”车子稍停了片刻，接着继续前行，可经过小村时的咯咯车轮声消失了。原来，我们已经进入拉斯普利埃的迎宾道，维尔迪兰先生已在石阶上方恭候。“我穿上无尾常礼服是对的。”他说道，发现信徒们全都身着无尾常礼服，好不高兴。“我的客人个个都风度翩翩。”可是，当我为身着西服上装表示歉意时，他又说道：“噢，这很好。这儿是同人聚会，大家一起吃顿晚餐。我倒很乐意把我的无尾常礼服借给您一件，可也许不合身。”踏入拉斯普利埃的前厅，为对钢琴家的逝世表示悼念，布里肖充满激情地与男主人 shake hand[1]，却没有引起对方任何反应。我向主人表达了对这个地方的赞美之情。“啊！再好不过了，您还什么都没见到呢，我们一定让您好好看看。您为何就不愿来这儿住几个星期？这儿空气好极了。”布里肖唯恐他的握手之意得不到理会。“哎！那个可怜的德尚布尔！”他说道，可声音极低，生怕维尔迪兰夫人就在不远处。“是可怜。”维尔迪兰先生答得很轻松。“年纪那么轻。”布里肖继续说道。维尔迪兰先生为谈论这类无关紧要的事情耽搁时间感到不快，于是给予反击，声调急促，伴着一声尖尖的呻吟，然而它表达的并非悲哀，而是恼怒与不耐烦：“哎，是呀，可您有什么法子呢，我们对此无能为力，凭我们几句话，并不能让他死而复生，不是吗？”说罢，他又和颜悦色，其中不乏快活的劲头：“哎哟，我的好友布里肖，赶紧把随身携带的东西放下来。我们熬了普罗旺斯鱼汤，等不及了。尤其，以苍天的名义，千万不要跟夫人提起德尚布尔！您知道，她对自己的内心感受，大多加以掩饰，但她真的得了多愁善感的毛病。噢，不，我向您发誓，当她得知德尚布尔去世的消息，她都快哭了。”维尔迪兰先生含讥带讽地说道。听他的口气，仿佛只有得了精神错乱症，才会沉痛悼念一位有三十年交情的朋友，此外，大家也隐隐约约地感觉到，就他而言，在维尔迪兰夫妇的永久的结合中，丈夫动辄对妻子评头论足，妻子动不动惹丈夫生气，

[1] 英语，意为握手。

这些都是难免的。“若您跟她提起，她准又会弄出毛病来。支气管炎好了才三个星期，真不幸。遇到这种情况，就得由我护理病人了。您明白，我不久前才摆脱了那倒霉的差事。在您心底，您愿意怎么惋惜德尚布尔的命运都行。心里尽管去想，但不要说。我很喜欢德尚布尔，可您不能责怪我更爱自己的妻子。哟，戈达尔来了，您可以去问问他。”不错，戈达尔心中有数，一位家庭医生，自然善于提供诸多的小方便，比如劝告人们不该抑郁悲伤。

言听计从的戈达尔大夫对女主人说：“您像这样子闹腾下去，您明天非得给我搞到三十九度高烧不可。”就好像他对厨娘说：“您明天非得给我搞到点儿牛肉不可。”医学，不用来治病救人，竟然管起改变动词和代词的词义来了。

维尔迪兰先生高兴地看到，萨尼埃特，尽管在前天晚上遭到无礼的对待，但并没有背弃小圈子。的确，维尔迪兰夫人及其丈夫在闲极无聊之中养成了残忍的品性，但很少有大场合可以发泄，一旦逮住大好时机就发作个没够。他们尽可以挑拨奥黛特和斯万、布里肖和他的情妇的关系。他们对别人也可以再来这一套，这是肯定无疑的。但并不是每天都有空子可钻。而另一方面，由于萨尼埃特动不动爱激动，由于他胆小怕事却又容易恼羞成怒，他便成了他们日常的出气筒。但他们也怕他泄气不干，因此注意好言相劝，将他请回来，就好像在中学里，留级生哄骗新生，又像在部队里，老兵哄骗新兵，一把将其抓住，在其无法挣脱的情况下，对其极尽逗笑戏弄之能事。“千万注意，”戈达尔大夫没有听到维尔迪兰先生的话，提醒布里肖说，“在维尔迪兰夫人面前什么也不要说。”“不要害怕嘛，戈达尔，您是在与一位圣贤打交道，正如忒奥克里托斯[1]所说。况且，维尔迪兰先生言之有理，我们何苦怨天尤人呢？”他补充道，他对维尔迪兰先生的言语形式和思想倒也能心领神会，但却缺乏精明细致，赞赏他话中最大胆的禁欲主义。“不管怎样，那是一个陨灭的大才子。”“怎么，您还在谈论德尚布尔？”维尔迪兰先生说，他本来走在我们的前面，看我们没有跟着他，便往回走来了。“听我说，”他对布里肖说，“万事切勿言过其实。这并不成一个理由，因为他死了，就把他封为天才，可他并不是天才。他演奏得好，这没问题，他在这里得天独厚；要是挪到别的地方，他就完蛋了。我妻子迷恋上了他，才造成了他的名声。你们知道她这人怎么样。我还要说，就是为他的名望着想，他死得正是好时候，赶点了，就像一只只卡昂的闺秀鹤，经邦比耶绝技的烧烤，味道恰到好处，但愿如此（除非您在这四面透风的宫堡里叫苦连天而永垂不朽）。您还不至于因为德尚布尔死了，就想把我们大家都气死吧，一年来，他在举办音乐会之前，不得不进行音阶练习，以便暂时，仅仅是暂时，恢复他的灵活性。何况，今晚您将会听到，至少可以遇见一个人，因为那家伙晚饭后动不动就撂下艺术去玩牌，此人是德尚布尔以外的又一位艺术家，我妻子发现的一位小艺术家（就像她发现了德尚布尔、巴德雷夫斯基和其他人那样）：莫雷尔。他还没有来，这个家伙。我不得不派一辆车子为他去接最后一班火车。他同他家的一个老朋友一块

[1] 忒奥克里托斯（约公元前 310—约前 250）：古希腊诗人，西方田园诗派创始人。

儿来，是他重新找到这位老友的，可那位老朋友死缠着他，无奈，为了不得罪父亲，只好同他在一起，否则就得留在东锡埃尔，与他做伴：那就是德·夏吕斯男爵。”老主顾们一一进来了。维尔迪兰先生同我留在后头，我正在脱衣服，他开玩笑地挽起我的胳膊，活像晚宴的主人没有配女宾为你引路，便亲自出马一样。“您一路顺风吧？”“是的，布里肖先生让我学到一些使我很感兴趣的东西。”我想起那些离奇古怪的词源不由得说道，而且我还听说维尔迪兰夫妇很赞赏布里肖。“他要是对您毫无教益，我倒要觉得奇怪了，”维尔迪兰先生对我说，“他是一个谦谦君子，知之甚多而言之甚少。”这样的恭维我都感到不公正。“他样子很迷人。”我说。“和颜悦色，优雅可人，不是见钱眼开的小人，也不异想天开，举止轻浮，我妻子钟爱他，我也钟爱他！”维尔迪兰先生回答说，口气夸张，如背书一般。此时我才明白，他对我谈及布里肖的话有讥讽之意。于是我寻思，许久以来，打我听说的时候起，维尔迪兰先生是否真的没有动摇过他妻子的管制。

雕刻家得知维尔迪兰夫妇同意接待德·夏吕斯先生，感到大为惊讶。当时，在圣日耳曼区，德·夏吕斯先生是极有名的，但人们绝不谈论他的德行（大多数人对他的德行不了解，而另一些人则对他的德行表示怀疑，他们多以为那是狂热的友谊，但属柏拉图式的精神恋爱，不过是有失检点，但这种种不检点行为到底被那仅有的几个知情人精心加以掩饰，如果有个不怀好意的姓加拉东的女人稍加暗示，他们便耸耸肩膀以示不屑一理），这些个德行，几个至爱亲朋几乎一无所知，相反，在远离他生活的地方，却成天价受到人们的诋毁，犹如有些炮弹爆炸，只有在静默区受到干扰后才能听得见。况且，在资产者阶层和艺术界，他被视为同性恋的化身，而其头面之大雅，出身之高贵，人们却全然不知，类似这样的现象无独有偶，在罗马尼亚人的心目中，龙萨之姓被看作大贵族之姓已尽人皆知，而龙萨诗作却鲜为人知。更严重的是，龙萨在罗马尼亚的贵族地位原来是建立在一种谬误之上的。同样的道理，如果说在绘画界，在喜剧界，德·夏吕斯先生早已声名狼藉，追根究底，其源盖出于人们将他与勒布卢瓦·德·夏吕斯伯爵混为一谈的缘故，夏吕斯伯爵与夏吕斯男爵无亲无故，即使有瓜葛也是极久远的事了，前者在一次有名的警察大搜捕中被抓了起来，也许是误抓吧。总之，人们叙及德·夏吕斯先生的故事，件件都与假夏吕斯有关。许多专业行家断言与德·夏吕斯先生有过关系，并且出于真诚，以为假夏吕斯即是真夏吕斯，而假的也许有利，一半用以炫耀尊荣，一半用以掩饰恶习，真假混淆，对真的（我们所认识的男爵）来说，长时期都是有害无益的，但后来，随着他愈来愈走下坡路，倒变得称心如意起来，因为这样真真假假也就允许他这么说："这不是我。"眼下，的确不错，人家说的不是他。最终，这就导致了对一件真实的事实（男爵的嗜好）的种种评论错上加错，他原是一位作家亲密无间、纯洁无瑕的朋友，这位作家在戏剧界竟莫名其妙地得了这种名声，其实他压根儿就不配。当人们发现他们双双出席一次首演式时，便说："您晓得吧。"犹如人们以为德·盖尔芒特公爵夫人与帕尔马公主有不道德的关系，简直成了颠扑不破的神话，因为这种神话只有在两位贵妇人身边才会销声匿迹，但那些嚼舌之人实际上永远接近不了她们，顶多在剧院里瞟上她们几眼，向邻座诽谤她们几句。雕刻家对德·夏吕斯先生的德行不加犹豫便得出了结论，男爵在上流社会的处境可能的确这般糟糕，因为他对德·夏吕斯先生所属的家族，对其头衔，对其姓氏，未曾掌握任何种类的情报。戈达尔大夫认为，众所周知，医学博士的头衔并没有什么了不起，住院的实习医生的头衔却能派上点儿用场，与戈达尔的看法如出一辙，上流社会的人们也是自欺欺人，自以为所有的人，对他们姓氏的社会重要性的概念，与对自身和本阶层的概念，一律等量齐观。

德·阿格里让特亲王在小圈子里的一个跟班眼里，成了一个“黑道老爷”，因为亲王欠了他二十五个路易，亲王只有在圣日耳曼区才重振威风，因为他在那里有三个姐妹皆是公爵夫人，大贵族发挥若干影响，并不在平民百姓身上，而在达官显贵身上，因为在平民百姓看来，大贵族没有多少可以指望，而达官显贵则对其来历了如指掌。况且，德·夏吕斯先生当天晚上就会明白，男主人对公爵名门望族的观念肤浅。雕刻家深信，维尔迪兰夫妇竟然让一个有污点的个人涉足他们的“精粹”沙龙，会一失足铸成千古恨，因此认为有必要把女主人叫到一边来。“您完完全全错了，何况，我对那些个事情压根儿就不相信，再说，假如这是真事儿，我可要告诉您，这对我也不会有多大损害！”维尔迪兰夫人气急败坏地回答说，因为，莫雷尔是星期三聚会的主要成分，她无论如何不能先使他扫兴。至于戈达尔，他不会发表自己的意见，因为他告辞一会儿上“圊溷”去“办一点小事”去了，而后在维尔迪兰先生房间里为一个病人写一封火急的信。

巴黎的一个大出版商登门造访，他原想人家会留他，但当他明白自己的风雅不足以受小圈子欢迎时，便一怒之下甩袖而去。这是一个高大强壮的汉子，面色棕褐，认真，有那么点干脆麻利的劲头儿。他的样子，就像是一把乌木裁纸刀。

维尔迪兰夫人，为了欢迎我们到她的大沙龙里，在里面摆好了当天采摘的禾本科植物、丽春花、野花，这些花经过精心陈列，显得错落有致，构成双层双色图案，与两百年前一位格调高雅的艺术家的图画有异曲同工之妙，她正同一位老朋友在打牌，一时起身，请求允许在两分钟之内打完这轮牌，一边同我们聊着天。不过，我对她谈了我的印象，只有一半话她听得顺耳。首先，我感到气愤，看到她和她的丈夫每天在夕阳西沉时刻之前就早早回来了。都说这里的夕阳美妙极了，从这悬崖峭壁看过去美不胜收，从拉斯普利埃的平台观赏就更是美不可言了，为了饱览这夕照胜景，我可以走他几十里地。“是的，的确无与伦比。”维尔迪兰夫人说得倒挺轻松，瞥了一眼作为玻璃门的落地大窗扇。“我们虽然天天都看，但还是百看不厌。”她把目光收回到她的牌上。哦，我的热心竟使我苛求他人。我埋怨从沙龙看不到达纳塔尔巉岩，埃尔斯蒂尔告诉过我，说此时此刻的巉岩美极了，折射出斑斓绚丽的色彩。“啊！您在这里是无法领略到的，得到公园的头上去，到‘海湾风光’上去。那里有一张板凳，从那里您可以把全景饱览无遗。但您不能单独去那里，您会迷路的。我给您带路吧，如果您乐意的话。”她懒洋洋地补充道。“那不行，哎，那天你吃的苦还不够多吧，是不是还想吃点新的苦头？他肯定还要来，改日再去看海湾风光吧。”我也就作罢了，心里明白，只要维尔迪兰夫妇知道就行了，那轮夕阳，挂在他们的沙龙或餐厅，多像一幅美妙的绘画，多像一件珍贵的日本瓷器，他们有理由高价租下家具齐备的拉斯普利埃，可他们却很少抬眼看一看夕阳；他们在这里的大事就是舒舒服服地生活，散散步，吃好的，聊聊天，接待讨人喜欢的朋友，让他们打几场有趣的台球，吃几顿美味佳肴，尝几样令人欢乐的点心。不过，后来我发现，他们有多么聪明，学会了认识这个地方的价值，让他们的客人们去做“见所未见”的游览，犹如让他们的客人去听“闻所未闻”的音乐。拉斯普利埃的鲜花，沿海的条条道路，古色古香的府第，鲜为人知的教堂，在维尔迪兰先生的生活中所起的作用太大了，以至于那些在巴黎才看见他的人，以及那些以城市豪华取代海滨生活和乡间生活的人，是很难理解他对自己的生活所抱定的主意，简直难以理解他喜欢亲睹为快的重要性。这种重要性益发得到发挥，因为维尔迪兰夫妇以为，他们打算买下来的拉斯普利埃，是世界上独一无二的房地产。在他们看来，他们的自尊心驱使他们赋予拉斯普利埃的这种独占鳌头的优越性，说明我的热心不无道理，不然的话，我的热心就可能给他们造成些许的不快，因为我的热心中带着失望（就像过去听拉贝玛的演奏会令我失望那样），我对他们直言不讳地承认了自己大失所望的心情。

“我听到车子回来了。”女主人突然念叨起来。一言以蔽之，维尔迪兰夫人除了年龄产生了不可避免的变化之外，也再不像当年斯万和奥黛特在她家听小乐章时她那副模样了。即使当人们演奏旧时的乐章，她也大可不必硬着头皮像过去那样装出欣赏得疲乏不堪的样子，因为她已满脸疲惫不堪了。在巴赫、瓦格纳、凡德伊、德彪西的音乐给她造成的数不清的神经痛的折磨之下，维尔迪兰夫人的前额大幅度开阔了，就像风湿病最终导致四肢变了形。她左右两个太阳穴，如同两个美丽的发烫的球面，疼痛难忍，形同双乳，里面翻滚着和声，分别从两边甩下几绺银发，不用女主人说话，就郑重为她声明："我知道今晚等待我的是什么。"她已不必强颜欢笑以不断表示强烈的美的感受，因为她的颦笑本身在已经憔悴了的美貌里好像已有固定的表达方式了。甘心忍受痛苦，而下次的痛苦又总是由"美"强加的，刚听完最后一段奏鸣曲竟然下狠心匆忙去穿一件裙袍，这种态度使得维尔迪兰夫人即便在听最严酷的音乐时，她的脸上总要保持住高傲的无动于衷的神色，暗地里却偷偷地吞咽两小匙阿司匹林镇痛剂呢。

"啊！是的，他们来了。"维尔迪兰先生喊了起来，只见门开处，莫雷尔后面跟着德·夏吕斯先生，不觉松了一口气。德·夏吕斯先生呢，对他来说，在维尔迪兰夫妇家吃晚餐，根本就不是去上流社会，而是去一个下流的场所，他像一个中学生第一次涉足妓院，心里忐忑不安，对老板娘毕恭毕敬。德·夏吕斯先生平常有表现男子气概和冷漠的欲望（当他在门开处露面时），这种欲望也受到传统的礼貌观念所左右，一旦胆怯心理摧毁了矫揉造作的态度，并求救于无意识的才智，传统的礼貌观便随之显现。在这样一个夏吕斯身上，姑且不论他是贵族还是资产者，一种这样的祖传感情、对陌生人的本能的礼貌感情竟然发生了作用，那就是，总有那么一个女性亲人的灵魂，活像一位女神或下凡的仙女化身那样行善助人，负责把他带进一个新沙龙里，并负责塑造他的态度，一直管到他来到女主人面前。就像一位被虔诚的亲戚养大的青年画家，进来时歪着个颤抖的脑袋，眼睛朝天，双手紧紧地抓着一个无形的手笼，手笼的形状是回想起来的，守护神仿佛就在眼前，定会护佑这位诚惶诚恐的艺术家消除恐惧症，跨越从候客室到小沙龙之间的万丈深渊。今天根据回忆引导他的那位虔诚的女亲戚，好几年前曾经来过，哀怨的表情令人寻思她是来宣布什么不幸的事吧，待她开口说话人们方才明白她不过是来做一次礼节性的回访，而画家现在也是这副模样。根据这一同样的法则，要求生活为尚未完成的行为着想，在蒙受长年累月的凌辱中，去支配、利用过去最为可敬、有时最为圣明、偶尔又最为清白的遗产，改变其天然性质，尽管生活因此面目全非，倒像是戈达尔夫人的外甥，女人气十足又常常光顾，使家里伤透了脑筋，他在门口一亮相，总是喜气洋洋，仿佛他会让你喜出望外，或者是来宣布让你继承一笔可观的遗产，闪耀着幸福的光芒，却大可不必动问他何以有此洪福的原因，其源盖出于他那无意识的继承权和性倒错。他踮着脚尖走路，无疑，连他自己都感到奇怪，手里竟然没拿着一本名片册，只见他张着撒娇的心形嘴巴，一边伸出手去，就像他看到他姨妈做出来的那副模样，他把唯一不安的目光投向镜子，虽然他光着头，却似乎想对镜检查一下他的帽子是否歪戴着，就像有一天戈达尔夫人问斯万她的帽子是否戴歪了那样。至于德·夏吕斯先生，在这关键的一分钟里，他所经历过的这个社会，向他提供了形形色色的范例和别有风味的殷勤的方式，直到最后提供了普普通通市民在一定的场合应当知道的，可以公之于众的，用来为其风流雅致服务的行为准则，这种种风雅最为难能可贵，平常是深藏不露的，只见他扭扭捏捏，向维尔迪兰夫人走来，矫揉造作的幅度之大，简直可与女人撅高屁股穿衬裙却又受到衬裙束缚的姿态相媲美，一副得意扬扬、受宠若惊的神气，简直可以说，对他而言，被介绍到维尔迪兰夫人府上，可谓最高的宠幸了。只见他半前倾着脸，满足之情与文雅风度争风吃醋，硬是折出许多和颜悦色的细细皱纹来。大家似乎以为，眼看着走上前来的是德·马桑特夫人，一次阴差阳错将女胎投进男胎，长成了德·夏吕斯先生的体态，此时此刻，女性的特质又脱颖而出了。当然，这种阴差阳错，男爵煞费苦心加以掩饰，装出阳刚气质。可是，就在他勉强装出男子气派的同时，虽然保留着同样爱好，但那自我感觉是女人的习惯又使他露出了新的女性外表，这不是遗传基因所致，而是由个人生活造成。久而久之，他终于达成女性思考，甚至对社会事物也不例外，而自己对此竟不曾觉察，因为他不仅欺人太多，而且善于自欺，致使觉察不出是在自欺欺人，尽管他请求自己的身体极力表现出（在进维尔迪兰夫妇家门的当儿）大贵族的谦恭礼貌，但这身体早已明白德·夏吕斯先生之所勿欲，于是便使出浑身解数，施展贵妇人的全部魅力，以至于男爵不愧“lady-like”（娘们）的外号。况且，人们怎么能完全将德·夏吕斯先生的外表与下面的事实分开呢？由于儿子不一定总像父亲，即使不是阴差阳错，但由于一味追求女人，他们在自己的脸上刻上了对自己母亲的亵渎。但这需要另写一章：受凌辱的母亲们。这里暂且按下不表。

尽管还有其他的原因在主宰着德·夏吕斯先生的这一变态，尽管是纯生理的因素让物质在他身上“劳作”，让他的身体逐渐过渡到女人的范畴，然而，我们这里所提出的变化则是出自精神的病根。老以为自己有病，于是真的病了，瘦了，没力气起床，患上神经性肠绞痛。老多情地怀恋着男人，于是便变成了女人，一条想象出来的裙袍便束缚住自己的脚步。固定的意念可以在上述情况下改变性别（在其他情况下也可以改变健康）。莫雷尔跟着他，过来向我问好。打从此时此刻起，由于他身上发生了双重的变化，他给我（可惜！我不善于有先见之明）留下一个坏印象。原因是这样的。我说过，莫雷尔自从摆脱他父亲的奴仆身份之后，每每热衷于倨傲地表示亲善。那一天，他给我带来照片，跟我说话，居然没有一次称呼我先生，他居高临下，对我态度傲慢。而在维尔迪兰夫人家里，我是多么惊讶，他居然当着我的面，而且只当着我的面，对我顶礼膜拜，只听他放着别的话不说，先来一套敬语，可谓毕恭毕敬——这些个敬语，我原以为无论如何不会出自他的笔下或嘴唇——居然是冲着我来的！我马上得出他有求于我的印象。过了一会儿，他把我叫到一边：“有劳先生大驾了，”他对我说，这次居然用第三人称与我说话，“千万不要对维尔迪兰夫人和她的客人们说出我父亲在您外叔祖父家究竟是从事什么职业的。最好是说，他在您家是大家大业的总管，这样可以使他与您父亲的亲属们平起平坐。”莫雷尔的要求使我极为反感，倒不在于他逼我抬高他父亲的地位，其高低贵贱于我都是一样的，而在于他逼我虚张了我家的财产，我感到这很可笑。可他的神色那样可怜，那样迫不及待，弄得我不好驳回。“不，吃晚饭前，”他低声下气地说，“先生随便找个借口就可以把维尔迪兰夫人叫到一边嘛。”我的确这样做了，千方百计抬高莫雷尔父亲的荣耀，而又没有过分夸张我父母的“阔气”和“荣华富贵”。此事就像上邮局寄一封信那样过去了，虽然维尔迪兰夫人感到奇怪，因为她对我外叔祖父多少有点印象，但由于她不分青红皂白，憎恨所有家族（这小核心的溶解剂），她说过，她过去曾瞧见我的外曾祖父，在同我谈起我外曾祖父时，仿佛在谈论一个对小核心一无所知的近乎白痴的人，按她的说法，叫“局外人”，她说：“况且，太讨厌了，这家族那家族，大家恨不得离家出走。”她话锋一转，讲起有关我曾外祖父为我所不知的特点，虽然在家里我怀疑过（但我没见过他，但大家对他的议论颇多）他那出奇的吝啬（与我外叔祖父有点过分奢华的慷慨相反，我的外叔祖父是粉衣夫人的男朋友，又是莫雷尔父亲的老板）：“既然您外叔祖父家有一个这么棒的管家，这就说明，在各个家族里，形形色色的人都有。您曾外祖父吝啬得要命，以至于在快死的时候，几乎糊涂了——只在我们之间谈谈，他从来就没有精神过，您把那些都弥补上了——他舍不得花三个苏坐车。弄得人家不得不让他跟着，不得不另付车夫工钱，并让老守财奴相信，他的朋友德·贝西尼先生，国家部长，已获准让他不花钱坐车兜风。再说，我很高兴，我们的莫雷尔的父亲原来这么好。我原以为他是中学教师，这没什么关系，我听错了。但这无关紧要，我可要告诉您，这里，我们只看重自身的价值，个人的贡献，我管这叫参与。只要属于艺术圈子，一句话，只要属于团体，其余的就无关宏旨了。”莫雷尔现在的态度——尽我所能得知的——是，他爱女人也爱男人，从男人身上取得经验以取悦女人，又从女人身上取得经验去讨好男人；后面自有热闹看。但是，这里着重要说的是，一旦我承诺要在维尔迪兰夫人面前美言他几句，特别是我果然这么做了，说出的话再也无法收回了，莫雷尔对我的“尊敬”马上像施过魔法似的顿时不翼而飞了，一套一套的敬语也烟消云散了，甚至有好一阵子，他避不见我，故意显示对我不屑一理的神气，以至于当维尔迪兰夫人请我对他说点儿什么事，请求他演奏某一段乐曲时，他竟然继续只顾与一位常客说话，接着又与另一个常客交谈，我若向他走去，他就索性换一个地方。人家不得不一而再，再而三地告诉他，我有话对他讲，他这才回答我，样子很勉强，三言两语应付了事，除非我们俩单独在一起谈。在单独的情况下，他的感情是外露的，友好的，因为他的性格自有动人之处。从那第一个晚会上，我少不了得出结论，他生性卑鄙，该退让时，他从不惜卑躬屈膝，但不知道感恩。在这方面，他倒像一般人。但由于我身上有点像我外祖母，我喜欢形形色色的人而对他们又毫无所求，或者说对他们不怀怨恨，我忽略了他的卑劣品性，却喜欢他的欢乐性格，当他表现出欢乐的时候；我甚至喜欢我原以为是出自他的真挚友谊的东西，当他环顾一圈他对人性的错误认识之后，他却发现（断断续续地，因为他不时地莫名其妙地恢复到原始的盲目的野蛮中去）我对他的温和是无私的，我的宽容并不是因为缺乏明察秋毫的眼力，而是出于他所谓的好意，特别是因为我喜欢他的艺术，其精湛的演技令人叹为观止，使我（从智力意义上讲，他并不是一个真正的音乐家）得以重温或见识到这么多美妙的音乐。况且一个经纪人（在德·夏吕斯先生身上我并没有发现这些个才能，尽管德·盖尔芒特夫人年轻时就看出他非同小可，说他曾为她组织演奏过一部奏鸣曲，画过一把扇子，云云），虽然就其真正的优势而言是一个寒酸的经纪人，但却是第一流的，善于用这手精湛的技艺为各色各样的艺术方向服务，五花八门，应有尽有。可以想象某个俄罗斯芭蕾舞艺术家，灵巧至极，经德·贾吉列夫先生指点，训练有素，修养丰富，在各个方面都得到了发展。

我刚把莫雷尔托我捎的话转告维尔迪兰夫人之后，便同德·夏吕斯先生谈起圣卢来了，就在此时，戈达尔走进沙龙，急匆匆的，报告康布尔梅夫妇来了。维尔迪兰夫人面对我们的新客人，像德·夏吕斯先生（戈达尔没有看见他）啦，像我啦，听到康布尔梅夫妇到了，故意不露声色，不以为然，不动身子，对这条消息的宣布不做出反应，只顾同大夫谈话，优雅地扇着扇子，操着法兰西剧院舞台上一个侯爵夫人假惺惺的腔调说道："男爵正是这么对我们说……"这对戈达尔来说太过分了！虽然他的言辞没有过去激越，因为研究和优越的职业减缓了他的语速，但却带着在维尔迪兰家失而复得的激动："一个男爵！在哪儿，一个男爵？”他失声叫了起来，东张西望寻找这个男爵，大惊小怪中露出怀疑。维尔迪兰夫人装出若无其事的样子，犹如一个家庭主妇对待一个当着客人的面打破贵重杯子的仆人，装出不在乎的姿态，又像音乐戏剧学院一等奖获得者出演小仲马作品时那样拿腔拿调，用手中的扇子指着莫雷尔的保护人说：“可不是，德·夏吕斯男爵呗，我正把您的大名介绍给他呢……戈达尔教授先生。”维尔迪兰夫人很是乐意，趁机表演一番贵妇人角色。德·夏吕斯先生伸出两个指头，教授握住他的手指，露出“科学王子”尽义务的微笑。但他一看到康布尔梅夫妇进来，断然收敛笑容，而德·夏吕斯先生却把我拉到一个角落，无非用手捏一捏我的肌肉，表示有话对我说，这是德国人用的一种方式。德·康布尔梅先生一点也不像老侯爵夫人。他正如老侯爵夫人温情脉脉地说的那样，“完全是他爸爸的模样”。对于那些久仰他的大名，久闻他遒劲有力、精当得体的文采的人来说，他的相貌却令人不胜惊讶。当然，人们必须见怪不怪才行。只见他的鼻梁歪歪斜斜地落脚于嘴巴之上，也许他父母有意在这张脸蛋上绘下许许多多其他的斜线，但他的鼻子在那么多斜线里，唯独挑选了这条斜线，使自己歪长在嘴巴之上，它是庸俗愚蠢的象征，再加上周围一片诺曼底苹果红相衬，就显得益发俗不可耐了。有这样的可能，德·康布尔梅先生的眼睛，在自己的眼皮中间，保存了一点科唐坦的蓝天，在阳光明媚的日子里，天气是那样暖和，散步之人在丽日蓝天下兴致勃勃地观赏着，路边数以百计的杨树落下团团阴影，但是，这沉重的眼皮长有眼屎，开合别扭，有碍智慧之光通过。这样一来，由于这蓝色浅薄目光令人窘迫，人家便想起动用大歪鼻子来了。由于感觉上的阴差阳错，德·康布尔梅先生仿佛是用歪鼻子看你。德·康布尔梅先生的鼻子并不丑，倒是有点儿美过头了，确实过头了，对自己的重要性自豪过度了。它形如鹰钩，抹得锃亮，闪闪发光，焕然一新，随时准备弥补目光中智力之不足；不幸的是，若说眼睛有时是智慧自我表现的器官，那么鼻子（尽管各种线条彼此抱成一团，亲密无间，前呼后应而心领神会）呢，鼻子一般来说则是愚蠢最容易自我炫耀的器官了。

德·康布尔梅先生老穿着深色服装，即便在大清早也不例外，服色虽然得体，却很难让路人心里踏实，因为他们被素不相识的海滨游客身上穿着的惹人注目、闪光怪异的服装弄得眼花缭乱、怒不可遏了，人们不能理解，法院首席院长的妻子竟然摆出一副明鉴与权威的神态，俨然以阿朗松上流社会世故自居，似乎比你更有经验，宣称在德·康布尔梅先生面前，即使人们还不知道他姓甚名谁，但人们会顿时感到，自己面对的是一位高官显贵，是一位一改巴尔贝克颓风的有崇高教养的贤士，是一位与之相处可轻松呼吸的人物。他对于她，简直像一瓶味精盐花，熙熙攘攘的巴尔贝克旅游者并不了解她的世界，简直要把她闷死了。相反，我倒觉得，他属于这样一类人，若是被我外祖母看到了，她一眼就会看穿这人“很坏”，而且，由于她不会附庸风雅，倘若得知他最终把勒格朗丹小姐娶到了手，她一定会大惊失色的，勒格朗丹小姐可能很难崇高达雅，可她兄弟是“极好”的。谈到德·康布尔梅先生的平庸丑陋，人们顶多可以这么说，他的丑有点儿地方性，有些东西具有历史悠久的乡土色彩；看到他的相貌有缺陷，人们恨不能为之矫正，不由得想起诺曼底小城镇的地名来，关于那些地名的词源，我的神甫常常弄错，因为农民们发音含混，要么就是望文生义，把标明城镇地名的诺曼底词汇或拉丁语词汇理解歪了，将错就错，像布里肖说的那样，以讹传讹，最终把错误的词义和发音固定在不规范的词语里，人们已经在教堂的档案文件里找到这些不规范的词语。不过，在这些小城镇里，可以过得舒舒服服，而且，德·康布尔梅先生自有优越之处，因为，虽说老侯爵夫人喜欢自己的儿子胜过自己的儿媳妇，可她却生了好几个孩子，其中至少有两个孩子是没有出息的，她每每声称，依她的看法，家族中最好的还是侯爵。他曾在军队里当过几天兵，他的战友们嫌康布尔梅太长说起来费事，便给他起了个外号叫“康康”，其实他对康康舞毫无建树。人家请他赴晚宴，上鱼（哪怕是臭鱼）或上第一道正菜的时候，他很会为晚宴添油加醋，说：“咳，您瞧瞧，我觉得，这真是一只漂亮的畜生。”而他的老婆呢，自从进入他家那天起，就千方百计使自己成为这个世界的一部分，合其潮流，将自己提高到丈夫的朋友们的水平上，甚至想方设法像情妇那样讨他的欢心，仿佛在他还是个单身汉时就与他厮混在一起，她与一些军官谈到她丈夫时，每每不加掩饰地说：“你们会见到康康。康康去巴尔贝克了，但他今晚一定会回来。”今晚她很生气，在维尔迪兰家里受到了牵连。她这样做，纯粹是应婆婆和丈夫的要求，为收租才来的。但是，她受到的教育不如他们高，不掩盖事情的动机，而且半个月来，她就跟女友们咬舌头根，大谈特谈这顿晚饭。“您晓得吧，我们要去我们租户家里吃晚饭。这等于增加了租金。实际上，他们究竟会把我们可怜的老拉斯普利埃糟蹋成什么样子（好像她是在那里出生，可以在那里找到亲人们的所有回忆似的）。昨天，我们那看门老人还告诉我说，那儿早已面目全非，无法辨认了。我不敢想象那里究竟发生了什么事。我觉得，在我们重新住进去之前，还是要里里外外消毒一遍为好。”她高傲地来了，而且闷闷不乐，那神气，犹如一个贵妇人，因为打仗，她的城堡被敌人霸占了，可她仍觉得是在自己家里，务必向战胜者表明，他们是入侵者。德·康布尔梅夫人开始看不到我，因为我在侧门门洞里，同德·夏吕斯先生在一起，他告诉我，他从莫雷尔口里得知，莫雷尔父亲曾在我家当过“管家”，他，夏吕斯，据此可以充分相信我的聪明和宽宏（他和斯万共同的字眼），可以使我拒绝那下流低级的淫乐，而一些下作小白痴（我已心中有数），倘若他们是我的话，兴许会趋之若鹜，并向我们的客人们细细披露出来，而我们的客人们也许会以为是小题大做呢。“我对他感兴趣，并把他纳入我的保护范围，仅这件事就非同小可，我把过去一笔勾销了。”男爵一锤定音。我洗耳恭听，许之以沉默，我本来就可以保持沉默，但并不希望以此换来聪明和宽宏的美名。我看了看德·康布尔梅夫人。我这才认出了这易溶可口的东西，不日前我曾在巴尔贝克平台上品尝过，那玩意儿夹在诺曼底的硬饼里硬得像一个鹅卵石，维尔迪兰家的老客人一个个都下不了牙齿。她对丈夫从生母身上继承下来的十足憨气极为恼火，当人们向他一一介绍维尔迪兰家的老客人时，只见他憨态可掬，露出不胜荣幸的神色，不过，她愿意履行上流社会贵妇的职责，当人们向她指名道姓介绍布里肖时，她又乐意让他去认识自己的丈夫，因为她曾见过更高雅的女友们就是这么做的，但盛怒或高傲压倒了社交礼仪上的炫耀心理，她本应该这么说："请允许我向您介绍我的丈夫。"可她却说："我把您介绍给我丈夫。"这样，她虽高举起康布尔梅家的大旗，却无视康布尔梅家族成员，因为侯爵向布里肖鞠躬，头低得跟她预见的一样低。但德·康布尔梅夫人一见到德·夏吕斯先生，她这一套脾气说变就变，她一眼就把德·夏吕斯先生认出来了。她曾想方设法让人把他介绍给自己，但从不成功，即使在她与斯万有关系的时候也是如此。因为德·夏吕斯先生总是站在妇女一边，支持他的嫂子与德·盖尔芒特先生的情妇们作对，支持当时尚未结婚但却和斯万有老关系的奥黛特，与斯万的新关系们作对，作为家庭严正的卫道士和忠实的保护人，向奥黛特许诺——并说话算数——不让人家指名道姓把自己介绍给德·康布尔梅夫人。德·康布尔梅夫人当然未曾料到会是在维尔迪兰家里最终结识这个无法接近的男人。德·康布尔梅先生知道她会大喜过望，以至于他自己也动了感情，看着妻子，他那表情似乎在说："您决定来高兴了吧，是不是？"不过，他说的极少，知道他娶了一个高级老婆。"鄙人，不配。"他无时无刻不这么说，也爱说一则拉封丹的寓言和一则弗洛里安的寓言，感到这两则寓言正适合他的无知，另一方面，可以使他以种种倨傲的奉承形式，向不是小圈子里的学者们表明，他有能力涉猎而且读过寓言，不幸的是，他只知道这两则寓言。于是常常挂在嘴上。德·康布尔梅夫人并不笨，但她有种种习惯极令人讨厌。在她脑子里，对人名的曲解绝无任何贵人倨傲的意思。她可不像德·盖尔芒特公爵夫人（公爵夫人因家庭出身的原因应该比德·康布尔梅夫人更不乏这种滑稽可笑的手段），为了不露出知道不雅姓名的神色（而今这名字已成了一个最难得一见的女人的名字了），提到朱利安·德·蒙夏多时说："一个小太太……比克·德·拉米朗多尔。"不，当德·康布尔梅夫人说错一个姓名时，这完全是出于善意，是为了不露声色，与此同时，出于真心实意，就连她也供认不讳，以为一经她的剽窃，这名字也就掩盖住了。倘若，譬如说，她为一个女人辩护，她千方百计遮遮掩掩，却又不愿意对哀求她说出真相的人撒谎，不直说某某夫人现在是西尔万·莱维先生的情妇，可她却说："不……我对她一无所知，我听说，有人指责她与一位先生调情，可我不知道这先生姓甚名谁，好像叫卡恩，科恩，库恩什么的；何况，我以为，这位先生早已去世了，他们之间从来没什么嘛。"这是类似撒谎者手法的手法——而且是反其道而行之——撒谎者对一个情妇或随便一个朋友讲自己的所作所为时，总是口是心非，加以篡改，心想，情妇也罢，朋友也罢，是绝不会一眼看出自己说出的话（诸如卡恩，科恩，库恩之类）是节外生枝的，是与谈话内容风马牛不相及的，是有双重谜底的。

维尔迪兰夫人附在她丈夫耳朵上问："我是不是可以把胳膊伸给德·夏吕斯男爵？你右边将拥着德·康布尔梅夫人，大家本来可以礼尚往来嘛。""不，"维尔迪兰先生说，"因为另一个人身份更高（他想说德·康布尔梅先生是侯爵），德·夏吕斯先生充其量也是他的下风。”“那好吧，我把他安排到亲王夫人身边。”于是，维尔迪兰夫人将谢巴多夫夫人介绍给德·夏吕斯先生；他俩彼此欠身致意，一言不发，看样子他们像彼此都知道底细，而且彼此许诺过相互保密似的。维尔迪兰先生把我介绍给德·康布尔梅先生。他操着重嗓门，带有轻微的口吃，话尚未出口，他那魁伟的身材和满面的红光就摇摆波动起来，表现出一个长官的优柔寡断，长官想方设法让您放心并对您说：“有人对我说过，我们会做出安排的；我会让人取消对您的惩罚；我们又不是吸血鬼；一切都会好的。”然后，他握着我的手：“我以为您认识我母亲。”他对我说。况且，他觉得初次见面用动词“以为”为妥帖，但绝非表示一种怀疑，因为他又补充道：“再说我有一封她的信要交给您。”德·康布尔梅先生旧地重游，像孩子一般高兴，他曾在这里度过了漫长的岁月。“我又回来了。”他对维尔迪兰夫人说。说着，他的目光露出惊叹的神色，重新辨认出门上那一幅幅花卉图画和一尊尊高底座的大理石半身塑像。不过，他难免有人地生疏之感，因为维尔迪兰夫人带来了她拥有的大量美丽的古董。从这点来看，在康布尔梅夫妇眼里，维尔迪兰夫人虽然把一切都弄得乱七八糟，但她并不是革命者，而是聪明的保守派，个中的意义他们并不明白。他们还错误地指责她糟践了老府邸，给府邸丢了脸，放着富贵的长毛绒不用，却偏爱用普普通通的粗布做装饰，犹如一位无知的神甫责怪教区的建筑师将丢弃一边的古旧木雕重新修归原处，那神甫自以为用圣絮尔皮斯广场上买回的装饰物取而代之还挺不错呢。在城堡前面，一个神甫花园到底开始取代了那一个个花坛，这些花坛不仅仅是康布尔梅一家的骄傲，而且也是他们园丁的骄傲。他们的园丁只把康布尔梅一家视作自己的主人，却在维尔迪兰一家的奴役下呻吟着，就好像土地暂时被一个入侵者及一帮土匪军占领着，他暗地里去向被剥夺了财产的女主人鸣冤叫屈那样，为他的南洋杉，为他的秋海棠，为他的长生草受到冷遇而感到愤愤不平，他们竟然敢让春黄菊、维纳斯秀发草之类的普通花卉闯入如此富丽的府邸里乱长一气。维尔迪兰夫人已感到这潜在的对头，已经横了心，如果她得以把拉斯普利埃长期租下来，或者索性买下来，那一定得提出条件，解雇掉这个园丁，然而老女主人却相反，非保住他不可。他曾在困难时期为她卖力而不图任何报酬，对她恭恭敬敬，但平民百姓的下人们的闲言碎语很奇怪，最深刻的精神蔑视同最痴情的敬仰镶嵌在一起，而最痴情的敬仰又叠印在不可磨灭的旧恨上；说起德·康布尔梅老太太，她，七十高龄，在东边拥有的一座城堡突然遭到入侵，不得不忍受了一个月同德国人打交道的痛苦，他常常这样说："人家最恨侯爵夫人的地方，就是在战争期间，她站到普鲁士人一边去了，甚至让他们住进她的家里。要是换一个时候，我可以理解；但在战争期间，她就不应该了。这不好。"他对她可谓忠心耿耿，至死不渝，崇敬她的善良，但却使人相信，她因背叛而有罪。德·康布尔梅先生口口声声说他把拉斯普利埃旧貌全都认出来了，使维尔迪兰夫人很生气。"不过，您总该发现多少有点变化吧，"她回敬说，"首先，有高大的巴布迪安纳铜像，而那些长毛绒无赖小座椅，我早就把它们打发到顶楼上去了，放在那上面还太便宜它们了。”对德·康布尔梅先生给予尖刻的回击之后，她才向他伸出胳膊让他挽着准备就席。他犹豫了片刻，心里嘀咕起来：“我总不好抢在德·夏吕斯先生之前吧。”但，一想到德·夏吕斯先生是世交老友，此时他又没有贵宾席，便决定挽起伸过来的胳膊，对维尔迪兰夫人称，他是多么自豪，终于被接纳进了小团体（他就是这样叫小核心的，得知这一名堂颇为得意，不无一点好笑）。戈达尔呢，就坐在德·夏吕斯先生身边，只见他透过单片眼镜看了看德·夏吕斯先生，想与他结识，也想打破冷场的僵局，不由得频频眨起眼睛，比以往眨得更为有劲，不因羞怯而中断。他的目光一旦行动，微笑推波助澜，夹鼻眼镜容纳不下，只好四溢而出了。男爵呢，像这样的人他到处可见，肯定戈达尔也不例外，戈达尔肯定在跟他挤眉弄眼呢。顿时，他向教授显示了同性恋者们的冷酷性，一方面对喜欢自己的人冷眼相看，而对自己喜欢的人却热心急切。当然，尽管每个人都谎称被爱的甜美，但命运总是将被爱的甜美拒之门外，我们不爱此人，可此人偏爱我们，我们会觉得受不了，这是一条普遍的规律，但这条普遍的规律远未威镇夏吕斯一类人，其实也仅仅是这一类人而已。这种人，这样的女人，我们谈及她时，我们绝不会说她爱我，而说她缠着我，我们不喜欢这种人，我们宁可与任何其他的人打交道，虽然这些人没有她的妩媚，没有她的可爱，没有她的思想。只有当她停止爱我们的时候，她在我们眼里才重新变得妩媚，变得可爱，变得有思想。在这个意义上，人们也许只能看到这一普遍规则形式上的怪诞变异，一个同性恋者恼火了，因为有一个男人使他不快，可这个男人偏偏追求他，他就益发恼羞成怒了。一般人往往在生气的同时，极力掩饰心中的恼怒，但同性恋者非让惹恼他的人感到恼火不可，就像他定然不会使一个女人感到恼火一样，比如说，德·夏吕斯先生肯定不会使德·盖尔芒特亲王夫人恼火的，亲王夫人的爱恋之情令他讨厌，但却使他得意。但是，当他们看见另一个男人向他们表示一种特殊的兴趣时，那么这种特殊的兴趣往往就会被视为一种恶癖，或者是因为不理解他们的兴趣本来就是一路的；或者是因为想起来就生气，这种被他们美化了的兴趣恰恰又是他们自己表现出来的；或者是希望在不费代价的情况下，堂而皇之地为自己恢复名誉；或者是出于一种恐惧，怕被人猜中隐秘，当欲望不再牵着他们的鼻子走，蒙上眼睛，草率行动时，他们顿时惧怕起来了；或者是不堪忍受因另外一个人的暧昧态度而受到的损害，但倘若他们喜欢这另外一个人，他们则出于他们自己的暧昧态度，也就不怕给他造成损害了，这并不妨碍他们跟踪一个年轻小伙子一追就是几法里，并不妨碍他们在剧场里眼睛老盯住小伙子看，即使年轻人同朋友在一起也照看不误，不怕年轻人因此与他们闹僵，只要有另一个人看他们一眼，而这另一个人又不讨他们喜欢，人们就可以听到他们说：“先生，您把我当成什么人了？（那简单，因为，他们原来是什么人，就把他们当什么人。）我不明白您是什么意思，再解释也没有用，您可做错了。”甚至要扇他几个耳光，面对认识这言行不慎家伙的人，会气冲冲地问道：“怎么，您认识这讨厌的家伙？这家伙看您有一股嗲气！……成何体统！”德·夏吕斯先生还没走这么远，但他已气得板起面孔，冷若冰霜，那脸色，就像有些女人，看样子人们觉得她们轻佻，可她们实际上并不轻佻，如果她们果真轻佻，那么她们就更气歪了脸。况且，同性恋者遇见了另一位同性恋者，他看到的不仅仅是一种自己讨厌的形象，半死不活的样子，只会伤害自己的自尊心，而且，他还看到了另外一个他自己，活生生的，感同身受的，这样，也就可能使他在情爱上受罪。这样一来，出于本能的维护感，对于可能的竞争对手，他可就要讲坏话了，或者同那些可以损害可能的竞争对手的人去讲（除非1号同性恋者在如此这般攻击2号同性恋者时，旁观者却有自己的情报渠道掌握情况，因而1号担心露馅被人当作造谣者），或者同受他“抬举”的年轻人讲，这个年轻人很可能从他手里被人拐走，因此，务必使年轻人相信，虽然都是同样的事，同他一起干则大有好处，但如果他心甘情愿同另外一个人去干，那就可能造成一生的不幸。德·夏吕斯先生也许想到了危险（纯属想象），他误解了戈达尔的微笑，以为戈达尔的出现会危及莫雷尔，对德·夏吕斯先生来说，一个不讨他喜欢的同性恋者不仅仅是自己漫画式的形象，更是一个注定的冤家对头。一个商人，经营的是稀罕买卖，所以才到省城来落脚谋生，倘若看到在同一个场地上，面对面，有一个竞争对手也做同样的生意，其狼狈程度，比起这样一个夏吕斯来，也是望尘莫及的，这样一个夏吕斯，正要到一个僻静地方去偷情窃爱，可是，就在他到达的当天，在那里发现了当地的那位绅士和理发师，他们的形容和举止不容他有丝毫不相信的地方。商人常常恨自己的竞争对手；这种憎恨有时蜕变为忧郁，而只要他有点儿病根子，人们在小城镇里便会看到商人开始气得发疯的情形，治他疯病唯一的办法就是狠心卖掉他的“老底”，一走了之。同性恋者的疯狂还要更讨厌。他心里明白，从第一秒钟开始，那绅士和理发师已经爱上了自己的年轻小伙子。他就是一天上百次来回规劝自己的年轻伙伴也无济于事，说什么理发师和绅士都是土匪，通匪会使他身败名裂，那模样活像吝啬鬼阿巴贡[1]，念念不忘守护着自己的财富，夜里总要起来查看一下是否有人来偷他的财宝。这种心理，无疑比欲望，或者比共同习惯的舒适感有过之而无不及，几乎可以同这种亲身的体验相提并论，因为自己的体验是唯一真切的，正是因为这种心理，同性恋者得以迅速发现同性恋者的行踪，而且是十拿九稳，不出什么差错的。他可能一时受骗上当，但敏锐的直觉使他回到真相。因此，德·夏吕斯先生的错误历时很短。神妙的洞察力顿时向他表明，戈达尔不是他这路人，而且他不必害怕戈达尔的主动接近，既不必害怕戈达尔主动接近自己（这本会激怒他自己），也不必害怕戈达尔主动接近莫雷尔（这本来在他看来更严重）。他又恢复了冷静，好像他仍然在阴阳维纳斯两性转变的影响之下，有时对维尔迪兰夫妇莞尔一笑，嘴都懒得张一张，只不过扯平了一边唇角的皱纹，顿时他的眼睛温存地亮了一下，他是多么迷恋男子汉气概，所作所为与他的嫂子德·盖尔芒特公爵夫人毫无二致。“您经常出去打猎吧，先生？”维尔迪兰夫人怀着

[1] 阿巴贡原是莫里哀喜剧《悭吝人》中的主角名，后成了守财奴的代名词。

蔑视问德·康布尔梅先生。“茨基是否对您讲过，我们有过一次绝妙的狩猎？”戈达尔问女主人。“我最爱在尚特比[1]森林打猎。”德·康布尔梅先生回答。“不，我什么也没讲。”茨基说。“那森林名副其实吗？”布里肖用眼角瞟了我一眼，对德·康布尔梅先生说道，因为他已答应我谈词源，却同时要我对康布尔梅夫妇不表现出他对贡布雷神甫的词源的鄙视。“这是无疑的，我不能理解，但我没抓住您的问题。”德·康布尔梅先生说。“我是说：是不是有许多喜鹊在那里叽叽喳喳歌唱？”布里肖问道。戈达尔却很难受，维尔迪兰夫人竟不知道他差一点误了火车。“讲呀，瞧瞧，”戈达尔夫人鼓励丈夫说，“讲讲你的历险吧。”“的确，这段奥德赛非同寻常。”大夫说着，便又从头开始讲他的故事。“当我看见火车已经进了站时，不觉傻眼了。这一切都怪茨基弄错了。您的情报真见鬼了，我亲爱的！可布里肖还在站上等我们呢！”“我以为，”教授说，用余光瞄了四周一眼，薄唇含笑，“我以为，如果您在格兰古尔迟迟不来，那一定是您惹上了闲花野草了吧。”“您给我闭上嘴好不好？要是我妻子听到您的话就糟了！”教授说。“老子的老婆，他是阴性醋罐子。”[2]“啊！这个布里肖，”茨基欢叫了起来，布里肖轻薄的玩笑唤醒他内心传统的欢快，“他还是那个样子。”说实话，他未必知道教授曾几何时淘气过。为了给惯常的玩笑话配上习以为常的动作，他装着忍不住要捏他的大腿一把。“他

[1] 法语“Chantepie”（尚特比）可以拆成“Chante”和“pie”，意为唱歌的喜鹊。
[2] 戈达尔故意为之，该用阴性的代词用阳性，该用阳性的形容词用阴性。

没变，这家伙，”茨基接着说，并没想到教授有意无意在这几个词中道出了难言的可悲可笑。他又补充道：“老是用一只小眼睛看女人。”“瞧瞧，”德·康布尔梅先生说，“与学者相见就是不一样。我在尚特比森林里打猎已有十五个年头了，可我从来没思考过它的地名有什么讲究。”德·康布尔梅夫人对她丈夫狠狠瞪了一眼；她可不愿意他在布里肖面前这般卑躬屈膝。后来她就更不满意了，康康每次用“现成”的惯用套话时，戈达尔竟对自认笨拙的侯爵表明，那些现成的套话没什么意思，因为他曾下功夫学过这些套话，知道其意义的强弱深浅：“为什么说笨得像白菜？您认为白菜比其他东西更笨吗？您说：同一件事重复了三十六遍。干吗偏偏要三十六遍？为什么说：睡得像一根木桩？为什么说：布雷斯特惊雷？为什么说：放荡四百下？”可布里肖却挺身而出为德·康布尔梅先生辩护，对每一个熟语都讲出了它的来龙去脉。但德·康布尔梅夫人却主要忙于检查维尔迪兰夫人一家到底给拉斯普利埃带来了什么变化，想要从中找出差错加以批评，又想把另一些变化引进费代纳，或者也许来个全盘照搬。“我在寻思，这盏歪歪斜斜的吊灯是什么玩意儿，我很难认出我那老拉斯普利埃的真面目了。”她补充道，露出亲切的贵族气派，好像她是在谈论一位侍者，她不太愿意指出侍者有多大年纪，却愿意说他亲眼看见她出生的。由于她说话有点儿书本气：“我还是觉得，”她小声补充道，“我要是住在别人家里，把人家像这样弄得面目全非，我可没脸做出来。”“真糟糕，你们没有同他们一起来。”维尔迪兰夫人对德·夏吕斯先生和莫雷尔说，希望德·夏吕斯先生“后会有期”，并遵守大家同乘一次火车的约定。“您敢肯定，尚特比的意思是唱歌的喜鹊吗，肖肖特？”她接着说，以表明她是家里的大主妇，谁的谈话她都得同时兼顾到。“那么，请您跟我谈谈这位小提琴师吧，”德·康布尔梅夫人对我说，“他令我感兴趣，我酷爱音乐，我好像听人说起过他，替我打听打听。”她已经得知，莫雷尔是同德·夏吕斯先生一块儿来的，她想通过把前者请来，设法与后者联系上。可她又补充了一句：“布里肖先生也令我感兴趣。”目的是为了让我摸不着这个意图。因为她极有教养，就像有些肥胖型的人，尽管吃得极少、成天走路，却眼看着长膘，她也是如此，虽然想深化一种越来越玄奥难解的哲学，深化一种越来越高明的音乐，特别是在费代纳，但这却是徒劳的，这类研究的结果只能是用来策划阴谋，这些阴谋诡计可以使她与青少年时代的资产阶级情谊“一刀两断”，重新结交一些关系，开始，她以为这些关系只不过是婆家社会的一部分，后来，她才发现，这些关系的地位要高得多，也要深远得多。有一位哲学家，在她看来并不十分现代派，叫莱布尼茨，他说过，心智的里程是漫长的。这心智的里程，德·康布尔梅夫人并不比她兄弟有能耐，谅她也无能力跑完全程。她不是阅读拉施利埃的著作，就是阅读斯图亚特·穆勒的著作，随着她越来越不相信外部世界的真实性，她就益发用功从中寻求处世良方，至死不渝。她酷爱现实主义艺术，在她看来，没有任何对象会这么低三下四来充当画家或作家的模特儿。描写上流社会社交生活的一幅绘画或一部小说都可能引起她的恶心；托尔斯泰笔下帝俄时代的庄稼汉和米勒笔下的农民已经是社会的极限，她不允许艺术家越此雷池一步。但是，超越她自己社会关系的局限，平步青云去结交公爵夫人们，则是她拼命追求的目标，然而，研究杰作进行精神治疗，却始终抵挡不住天生病态的附庸风雅的情结，这情结在她身上有愈演愈烈之势。附庸风雅的结果，可以治好某些贪财、通奸倾向，想当初她风华正茂，对此可是倾心向往的，在这上面，故作风雅恰似奇特的却常有的病理状态，似乎得一病可免生其他的毛病。她说话，极讲究表达方式，我可不禁要违心为她说公道话了。这是在特定的一个时代里，在同一知识水平上的人们常用的熟语套语，精辟的习语一出口，就好像可以根据弧线画整个圆周似的。这些惯用语还有这样的效应，使用者犹如熟人熟面，一下子就把我弄烦了，但却也抬高了他们的身价，让他们顿时高人一等，往往作为尚未定评的名媛雅士被引荐到我身边来。“您不知道，夫人，森林地区的地名，往往用森林里出没的动物命名。在‘唱喜鹊’森林旁边，您晓得有‘唱王后’树林子吧。”“我不知道指的是哪个王后，但您没对王后献殷勤。”德·康布尔梅先生说。“抓住，肖肖特。”维尔迪兰夫人说。“除此之外，旅途愉快吧？”“我们遇到的尽是下里巴人，挤满了一火车。可我得回答德·康布尔梅先生的问题，这里的王后，不是指国王的老婆，而是指青蛙王后。这个美名，在当地已经有悠久的历史了，就像‘雷那维尔’站，本应写成‘雷娜维尔’[1]站，可引以为证。”“我觉得，您做了一只漂亮的畜生。”德·康布

[1] 该词由 Reine（王后）和 ville（城市）组成。

尔梅先生指着一条鱼对维尔迪兰夫人说。这是他常用的一句恭维话，他以为说句这样的恭维话，就等于付了晚宴的份子钱，而且还了礼了。（“邀请他们没有用。”他对妻子谈起他们的朋友时，常常爱说这样的话。“他们能请到我们就很高兴了。是他们该感谢我们。”）“而且，我应当告诉您，多少年来，我几乎每天都去‘雷娜维尔’，可我看不到比别的地方有更多的青蛙。德·康布尔梅夫人曾经把一个教区的神甫请到这儿来，她在那个教区有很多财产，这位神甫跟您有不相上下的才智，看样子似乎是这样。他写了一部著作。”“我完全相信，我读过这本书，饶有趣味。”布里肖虚伪地答道。德·康布尔梅先生的虚荣心从这一回答中间接得到了满足，久笑不止。“啊！那好，作者，我怎么说呢，这部地理著作，这部方言词典的作者，对一个小地名穷源考证，它叫古勒夫尔蛇桥，我们过去曾是这小地方的老爷，如果可以这么说的话。显然，在这口科学井旁边，我不过是胸无点墨的庸才，但是，我到古勒夫尔蛇桥不下千次，而他只去过一次，我要是曾见过哪怕只有一条如此坏的蛇，那就是见鬼了，我说坏，尽管善良的拉封丹对它称赞不已（《人和蛇》是他知道的两则寓言中的一则）。”“您没看见恶蛇，您观察正确。”布里肖回答。“诚然，您说的那位作家鞭辟入里，他写了一部了不起的书。”“何止了不起！”德·康布尔梅夫人欢呼起来，“这部书，名不虚传，应该说是一部细针密缕的精品。”“当然，他查阅了几本教会清册（指的是收益的清单和每个主管教区的花名册），上面可能向他提供了世俗老板和教会权威的姓名。但有其他来源。我的最博学的朋友中，有一个对此追根溯源加以考证。他发现正是此地被命名为基勒夫尔桥。这古怪的地名激使他刨根究底，终于在一篇拉丁文中找到了这座桥叫Pons cui aperit[1]，就是您的朋友以为受到了古勒夫尔蛇骚扰的那座桥。这是一座关闭的桥，付过合理的买路钱才开放通行。”“您谈到青蛙。我呢，置身于满腹珠玑的才子中间，简直成了名流学者面前的癞蛤蟆了（这是第二则寓言）。”康康说，每当他开这句玩笑，总要大笑一通，他以为通过这句玩笑，显得自己既谦恭，又机智，既表现自己虚怀若谷，又卖弄自己博学广见。至于戈达尔，被德·夏吕斯先生的沉默弄得没有动弹的余地，便极力装出另有他顾的样子，他转向我，向我提了一个问题，如果他碰巧说准了，这类问题就可以打动他的病人，表明他对病人的病情了如指掌；假如，与此相反，他弄错了，他也可以修正某些理论，发展原来的旧观点。“当您来到这些比较高的地势上来，就像此刻我们所在的此地，您是否发现，这增加了您气喘的倾向？”他问我说，肯定不是想让人赞赏他的学识，就是要填补他学识的空白。德·康布尔梅先生听到了他提的问题，笑了。“我不好对您说，听说您有哮喘病，我感到有趣。”他的话穿桌而过向我抛过来。他这样说并不是说这样使他高兴，尽管这也是毋庸置疑的。因为这位善良的人听到人家讲别人的不幸时，虽说难免有幸灾乐祸之感，但幸灾乐祸之后很快就动起恻隐之心来了。可他的话另有一层意思，他紧接着做了解释。“我感到很高兴，”他对我说，“因为我姐妹恰好

[1] 拉丁语，意为开放的桥。

也有哮喘病。”总之，这使他高兴，就好像他听我提起一个经常出入他们家的人，就像这个人是我的一个朋友一样。“世界太小了。”这是他的内心思考，可我却看到这话刻画在他的笑脸上，就在戈达尔跟我谈起我的哮喘病的当儿。我的哮喘病，打从这顿晚宴之日开始，竟然成了某种共同的关系，德·康布尔梅先生总是不失时机地打听我哮喘的有关消息，哪怕这仅仅是为了转告他的姐妹。

在回答他妻子向我提出的有关莫雷尔的问题时，我顿时想起我和母亲在下午的一段谈话。是的，她并不劝阻我去维尔迪兰家，如果去那里可以让我散散心的话，不过她提醒我，那个地方，我外祖父肯定不喜欢，一提那地方他非叫起来不可：“当心！”我母亲又说：“听我说，杜勒伊院长和他的妻子对我说过，他们曾与邦当夫人一起吃过午餐。人家没对我提出任何要求。但我心领神会，她姨妈可能做梦都想让阿尔贝蒂娜与你结婚。我想，真正的原因在于你对他们大家都十分热情。还有，他们以为你可以给她带来豪华生活，他们还或多或少知道我们的社会关系，我想这一切与这桩亲事不无关系，尽管是第二位的。我本不想同你说这事，因为我拿不准，但我料想人家迟早会对你谈开这件事，我还是有言在先为好。”“那你呢，你觉得她怎么样？”我问我母亲道。“我呀，又不是我要娶她做妻子。婚姻大事，你可以挑一个强千倍的对象。但我想，你外祖母要在的话，肯定不喜欢人家对你施加影响。眼下，我不能对你说阿尔贝蒂娜如何如何，我说不上来。我像德·塞维尼夫人那样告诉你：‘她有许多优点，至少我是这样认为的。但是，事情刚开始，我只会以贬来褒她。她一点也不是这样的人，她一点也没有雷恩的腔调。过一段时间，我也许会说：她是这样的人。’只要她能使你幸福，我永远都会觉得她好。”但就这几句话本身，要我自己把握自己，推迟决定我自己的终身大事，我母亲弄得我左右为难起来，我曾经有过这样的疑虑，那时，我父亲允许我去看《淮德拉》，最主要是允许我当文人，我顿时感到我责任过大，唯恐使父亲难过，再加上过去听话惯了，一下子不必言听计从，难免产生惆怅，想当初左一个嘱咐右一道命令，天长日久，使自己看不到前程，此时却明白，终于可以像一个大人那样，真正地去过像样的生活，由我们每个人自己去支配的别人无法替代的生活。

也许，还是再等一等为妙，得先看一看阿尔贝蒂娜，就像过去那样，以便尽可能弄清楚，我是不是真的爱她。我可以带她到维尔迪兰家里去，让她散散心，这下我想起来了，今晚我自己来维尔迪兰家的唯一目的就是想知道普特布斯夫人是否住在这里或即将来这里。但不管怎么说，吃晚宴时她不在。“关于您的朋友圣卢，”德·康布尔梅夫人对我说，用了一句套话，以表明她思路连贯，但说出的话却叫人难以相信这一点，因为，如果说她跟我谈的是音乐，可她想的却是盖尔芒特一家，“您知道，大家都在议论他与德·盖尔芒特亲王夫人的侄女的婚事。我要告诉您，我这个人，对社交界那些个飞短流长，我一丁点儿也不去管。”我感到后怕，竟当着罗贝的面，不怀好感地议论起那位故作奇特的年轻姑娘，其思想之平庸与脾性之暴烈简直可以等量齐观。我们听到的新闻几乎没有一件不使我们为自己说过的任何一句话感到懊悔。

我回答德·康布尔梅夫人，这倒是一点不假的，我对此一无所知，而且我觉得这个未婚妻还很年轻。“也许正因为这样才没正式办呢；但不管怎么说，人们议论很多了。”“我得对您有言在先，”维尔迪兰夫人冷言冷语地对德·康布尔梅夫人说，因为她听到德·康布尔梅夫人对我谈到莫雷尔，而且，当德·康布尔梅夫人压低声音对我谈到圣卢订婚的事时，维尔迪兰夫人还以为她还在对我谈莫雷尔呢。“人家不是在这里哼一哼小调就算了。在艺术上，您晓得，我的星期三老客们，我管他们叫我的孩子，他们冒进得真叫人害怕，”她盛气凌人地补充道，“有时候，我对他们说：‘我的小乖乖，你们走得比你们的老板娘还快，人家敢作敢为，但从不让人害怕。’每年，总要有所长进；我看这一天很快就会到来，追求瓦格纳，追求丹第，他们就再也走不动喽。”“但进步是好事，进步没有足够的时候。”德·康布尔梅夫人说着，仔细观察餐厅的每个角落，极力辨认出她婆婆留下的东西，见识见识维尔迪兰夫人带来的东西，挖空心思要当场抓住维尔迪兰夫人在情趣上的差错。然而，她变着法子同我谈她最感兴趣的话题，就是德·夏吕斯先生。她觉得他保护一个小提琴师是很感人的。“看样子他很聪明。”“一个已经多少上了岁数的男人兴致未免过度了吧。”“上了岁数？可他看起来并不老，您瞧，头发丝还挺嫩呢。”（因为三四年以来，“头发”一词一直使用单数形式，是一个无名氏开的头，这些个无名氏好标新立异推动文学新潮，于是乎像具有德·康布尔梅夫人那样活动半径的人都讲单数形式的“头发丝”，还要无可奈何地装出一丝干笑。现在人们还讲“头发丝”，但物极必反，单数用滥了必恢复复数。）“尤其是在德·夏吕斯先生身上，我特别感兴趣，”她接着说，“在他身上我感到了天赋。我要告诉您，我对学问可不看在眼里。学来的东西我不感兴趣。”这些个话与德·康布尔梅夫人的特殊价值并不矛盾，这种特殊的价值正是模仿得来的。但正好有一件事情，人们此时此刻非知道不可，知识无足轻重，与独创性相比，还不如一根麦秆重。德·康布尔梅夫人倒也跟其他人一样学有所得，知道什么也不要学。“正因为如此，”她对我说，“布里肖嘛，他虽然有奇特的一面（因为我才不屑某种逗趣的博学），不过，我对他的兴趣大减。”可布里肖呢，此时此刻，只担心一件事：一听到人家谈音乐，他就不寒而栗，唯恐一席话勾得维尔迪兰夫人想起德尚布尔之死。他想插点话岔开这伤心的回忆。德·康布尔梅夫人给他提供了时机，他提了这样的问题：“那么，有树林的地方总是以动物命名喽？”“噢，不。”布里肖回答道，在如此多的新交面前，他可乐意施展自己的博学，在这众多的新知之中，我告诉他无论如何会有一个对他感兴趣。“只要看一看，在人的姓名里头，就不乏树的名称，就像煤炭里藏着蕨类植物一样。我们有一位元老叫德·索尔斯·德·弗雷西内先生，如果没错的话，这名的意思是指种有索尔柳树和弗雷娜梣木的地方，学名为 salix et fraxinetum；他的侄子德·塞尔夫先生，他名字中集中的树就更多了，因为他叫塞尔夫，即热带雨林，学名 Sylva。”萨尼埃特看到交谈如此热烈，感到很高兴。既然布里肖讲个没完，他就可以一言不发，免得成为维尔迪兰夫妇的笑柄。他沉浸在解脱的喜悦之中，变得更为敏感，听到维尔迪兰先生不顾如此盛宴的隆重气氛，嘱咐饭店领班放一大瓶水到萨尼埃特身边，知道他除了水不喝别的饮料，感激之情油然而生。（将军要士兵卖命，就要让士兵吃好。）维尔迪兰夫人到底对萨尼埃特笑了一次。归根结蒂，他们都是些好人。他也许不会再遭折磨了。此时，一位宾客打断了晚宴，我忘了提这位客人，他是一位著名的挪威的哲学家，他的法语讲得很好，但很慢，出于两个原因，首先是因为刚学的法语，又不愿意讲错（可他还是出了几个差错），他说出的每个单词都仿佛查过内心词典似的；其次，因为他作为玄学家，说话时总在思考他要讲什么，这样一来，即使是一个法国人，也会变得慢条斯理起来。而且，他是一位有趣的人，虽然看上去与其他人没什么两样，但有一点除外。此人说话极慢（每个单词之间有一段静默），但刚说了声告辞便拔腿就走，动作之快令人摸不着头脑。他那急不可耐的样子，乍一看人家以为他吃坏了肚子，也许还有更迫不及待的事呢。

“我亲爱的——同人，”他对布里肖说，经过再三斟酌“同人”一词是否妥帖方才说出口，“我有一种——愿望想知道是否有其他的树在——你们的美丽语言的专业术语里——法语的——拉丁语的——诺曼底语的。夫人（他想说维尔迪兰夫人，虽然不敢看她一眼）对我说过您无所不知。难道不正是时候吗？”“不，这是吃的时候。”维尔迪兰夫人眼看着晚宴没完没了地吃下去，便打断了他的话。“啊！那好，”斯堪的纳维亚人说着，就把头埋进盘子里，屈从地苦笑了一下。“但是，我得让夫人观察到，我是否可以作为这种施问者——对不起，这样的问答题——这是因为明天我得回巴黎，在银塔饭店或者在默里斯饭店那里吃晚宴。我的法国的——同人——布特鲁先生，要在那里给我们讲几场招魂术——对不起，酒精招魂会由他掌握。”“银塔饭店，并不像人家说的那么好嘛，”维尔迪兰夫人气恼地说，“我在那里吃了几顿晚餐，简直糟糕透了。”“这么说难道我弄错了，难道在夫人家里吃的食品不是法国精美烹调之最？”“我的上帝，的的确确不坏，”维尔迪兰夫人答道，口气软了下来，“要是您下星期三再来，那就更好了。”“可我星期一出发去阿尔及尔，从那里我还要去海角。一旦到了好望角，我就再也见不到我的著名的同事——对不起，我就再也见不到我的同人了。”做了这一串道歉之后，他便顺从地飞快地吃了起来。但布里肖得意忘形，得以向人家提供其他的植物词源，并回答问题，挪威人听得津津有味，以至于再一次停下顾不得吃饭，却做了一个手势，表示可以撤掉他那满满的盘子，换下一道菜上来。“四十名院士中有一个姓乌塞伊的，意思是冬青地，”布里肖说，“一位外交老手叫德·奥默松，您发现他的姓中有榆树的成分，榆树对维吉尔是宝贵的，于是他命名了乌尔姆榆树城；在其同僚的姓中，德·拉布莱先生，桦树；德·奥内先生，桤树；德·比西埃先生，黄杨；阿尔巴雷先生，边角料（我决计将此告诉天主）；德·肖莱先生，白菜；还有苹果树长在德·拉波姆雷姓上，我们听他做过报告，萨尼埃特，那时候，善良的博雷尔被派到天涯海角去，到奥代奥尼亚去当行省总督，您还记得吗？”当布里肖点到萨尼埃特的名时，维尔迪兰先生对他妻子和戈达尔使了一个嘲讽的眼色，使怯生生的二人变得不知所措。“您刚才说肖莱一姓源于白菜，”我对布里肖说，“我到东锡埃尔，路经的前一站，叫圣弗里肖，是否它也源于白菜呢？”“不，圣弗里肖源于 Sanctus Fructuosus，就像 Sanctus Ferreolus 变成了圣法尔若一样，但这根本就不是诺曼底语。”“他知道的东西太多了，烦死我们了。”亲王夫人咯咯一笑道。“还有许许多多姓氏我都感兴趣，但我不能一口气向您问个水落石出。”于是我转向戈达尔：“普特布斯夫人在这里吗？”我问他。“不，谢天谢地，”维尔迪兰夫人听到我的提问回答道，“我曾极力劝她改变方向到威尼斯去度假，今年我们总算摆脱了她。”“我自己也要拥有两种树的权利，”德·夏吕斯先生说，“因为我已经差不多得到了一幢小屋子，就在橡树圣马丁与紫杉圣皮埃尔之间。”“这么说离这儿近得很，我希望您常来，由夏利·莫雷尔作陪。乘车的问题，您只要同我们小团体谈妥就行了，您离东锡埃尔才两步路。”维尔迪兰夫人说，她最讨厌人家不乘同一趟火车来，派车去接不到人。她很清楚，上拉斯普利埃是多么艰难，何况在费代纳之后还得七拐八弯，这就得推迟半个小时，她怕那些独自行动的客人找不到车来送他们，甚至他们实际上还待在家里没有动身，却可以借口在多维尔-费代纳找不到车子，托词徒步来走不动。面对维尔迪兰夫人的邀请，德·夏吕斯先生只是无言地欠了欠身。“想必他未必天天好说话。他脸绷起来了。”大夫对茨基附耳嗫嚅道，大夫虽表面上装出一种高傲的样子，但实际上仍很朴实，他并不极力掩饰这样的事实：夏吕斯在他面前摆老爷架子。“他当然不知道，在所有的海滨城市里，甚至在巴黎诊所里，我自然是医生们的‘大领袖’，他们不胜荣幸之至，能将我介绍给在场的所有尊贵的客人，贵宾们见到我一个个毕恭毕敬。这样一来，我每到一个海水浴疗养院小住，过得都很舒服，”他说得十分轻松，“甚至在东锡埃尔，团部的那位军医，他是负责为上校治病的，他邀请我同他一起共进午餐，他对我说，我可以同将军共进晚餐。而这位将军叫德·什么的，反正是德高望重的先生。我不知道他的贵族头衔比起这位男爵的头衔来，是资格老呢还是浅了。”“您算了吧，这头衔够可怜巴巴的了。”茨基半低嗓子回答道，接着又说了句什么，含糊不清，我只听到动词最后的几个音节是“燃烧”，因为我忙着听布里肖和德·夏吕斯先生的谈话。“不可能吧，我遗憾地告诉您，您只有唯一的一种树，如果说橡树圣马丁显然是 Sanctus Martinus juxsta quercum，那么正相反，紫杉‘if’一词，很可能不过是词根而已，什么‘ave’啦，‘eve’啦，说的都是潮湿的意思，像阿韦龙（Aveyron）啦，洛代夫（Lodève）啦，伊韦特（Yvette）啦，就是现在我们厨房‘下水沟’（éviers）一词，您也可以看到残存有潮湿（ev）的词根。在布列塔尼语里，‘斯特尔’（Ster）说的是‘水’，什么‘斯特尔玛丽娅’啦，‘斯特尔拉埃’啦，‘斯特尔布埃斯特’啦，‘德勒尚斯特尔’啦。”我没把话听完，因为，尽管我颇愿意听到“斯特尔玛丽娅”的名字，但我不由自主地听到戈达尔的讲话，我就坐在他的旁边，他悄悄地对茨基说道：“啊！可我不知道呀。那么说，这是一位知道生活的先生喽。怎么！他是同伙的！不过，他的眼睛又不是用火腿包起来的。我得当心点桌底下我的脚，他缠上我了不成。然而，我还是将信将疑。我看到好些个显贵洗淋浴，像亚当那样一丝不挂，他们多少是腐化堕落分子。我不同他们讲话，因为，我好歹是公职官员，若那样会坑害我的。但他们清楚我是什么人。”萨尼埃特，刚才被布里肖的招呼吓坏了，现在终于松了一口气，那副模样，就像有人怕打雷，可光看到闪电却没听到雷声。他听到维尔迪兰先生询问他时，感到忐忑不安。只见维尔迪兰先生的眼睛直盯住他看，那目光抓住倒霉的人就不肯放松，只要他敢说话就下不来台，只要他敢回嘴就脑子转不过弯来。“可您老瞒着我们，您经常去奥代翁剧院看日场戏，萨尼埃特？”就像新兵受到了老兵的刁难那样，萨尼埃特浑身哆嗦着，尽可能长话短说，这样也许有幸免得挨揍：“一次，在拉谢谢兹。”“他说什么？”维尔迪兰先生吼了起来，恼羞成怒，紧皱眉头，仿佛挖空心思仍旧百思不得其解。“首先，人家听不懂您说的话，您嘴里含着什么东西？”维尔迪兰先生问，语气愈来愈激烈，影射萨尼埃特发音有缺陷。“可怜的萨尼埃特，我不愿意您惹得他不愉快。”维尔迪兰夫人说，用的是假惺惺的怜悯口气，以免任何人对她丈夫蛮横无理的计较留下丝毫的疑问。“我在拉施……，施……”“舍……舍……尽量讲清楚，”维尔迪兰先生说，“我简直听不见您说什么。”在座的常客们几乎个个忍俊不禁，而且，他们简直成了一帮吃人肉的土匪，在匪窝里，只要一个白人身上破了一道伤口，他们的嗜血之癖便忍无可忍。因为模仿的本能和勇气的缺乏控制着芸芸众生，也支配着上流社会。一人受嘲笑，人人皆笑之。即使十年后，他在圈子里受推崇，人人皆敬之。这与人民赶走国王或欢呼国王如出一辙。“瞧，这又不是他的过错，”维尔迪兰夫人说，“那也不是我的错，话都说不清楚，就休想在城里吃晚宴。”“我是看法瓦的《精神的女探索者》[1]。”“什么？您所谓的拉谢谢兹就是《精神的女探索者》？啊！太妙了，我就是思来想去个一百年也休想弄明白。”维尔迪兰先生嚷嚷道，不过，倘若他听人说出某某作品的全名时，他也许一下子就能断定，某某人不是文人，不是艺术家，“不够格”。比如应该说《病者》,《贵人》，可有人却补足全名《没病找病》,《贵人迷》，这样就证明了他们不是“圈子里的人”，同样，在一间沙龙里，有人把德·孟德斯鸠先生说成德·孟德斯鸠–弗桑萨克，便表明他不是上流社会的人。“但这没那么了不得。”萨尼埃特说，激动得气都喘不过来，可他笑了，尽管他并不想笑。维尔迪兰夫人炸开嗓子：“哟！不。”她嚷了起来，皮笑肉不笑：“您要知道，世上没有人会想到，原来他讲的是《精神的女探索者》。”维尔迪兰先生又开口了，语气温和，既对萨尼埃特，又对布里肖说：“况且，那是一出好戏,《精神的女探索者》。”这句普普通通的话，说出的腔调一本正经，人们找不出有恶语伤人的痕迹，既给了萨尼埃特好感，又让他觉得亲切，既激起了他的感激，又焕发了他的亲热。他一句话也说不出来，美滋滋的默不作声。布里肖却更为多嘴。“这倒是真的，”他回答维尔迪兰先生，“倘若把此剧看作是萨尔马特[2]或斯堪的纳维亚的某个作家的著作的话，人们

[1] 法瓦（1710—1792）：法国戏剧家和导演，法国喜歌剧创始人之一。主要剧作有《三个苏丹后妃》、《精神的女探索者》和《巴斯蒂安与巴斯蒂安娜》。

[2] 萨尔马特：公元前4世纪至公元4世纪生活在俄国（欧洲部分）南部地区至巴尔干东部地区一带的民族。

也许可推荐《精神的女探索者》去填补杰作的空缺。但是，对尊贵的法瓦的亡灵不好说三道四，他没有易卜生的气质。（一想到挪威哲学家，他顿时脸红到耳根，挪威哲学家面有难色，因为他无论如何弄不清楚黄杨到底是什么样的植物，布里肖刚才谈到比西埃其人时就提到此人的姓氏中有黄杨树。）何况，博雷尔省如今被一位托尔斯泰的忠实信徒所统治，那我们就有可能在奥代翁剧院里看《安娜·卡列尼娜》或《复活》。”“你们说的法瓦，我知道他的肖像画，”德·夏吕斯先生说，“在德·莫莱伯爵夫人家里，我看到一张他的肖像画，很漂亮。”德·莫莱伯爵夫人的名字给维尔迪兰夫人留下了很深的印象。“啊！您去德·莫莱夫人家了。”她惊叫起来。她心里想，人们说“德·莫莱伯爵夫人”，简而化之为“莫莱夫人”，就像她听说的罗昂家族一样，或者出于轻蔑，像她自己说的那样：拉特雷默伊耶夫人。她丝毫也不怀疑，德·莫莱伯爵夫人因为认识希腊女王和加普拉罗拉公主，不比任何人逊色，同样有权利拥有表示贵族身份的介词“德”（de），有一次，她决定将贵族介词赐予一个极光彩、对她又十分亲热的人。于是，为了充分显得她是故意这么说的，而且不同伯爵夫人讨价还价介词“德”，她又说：“可我一点儿也不知道您认识德·莫莱夫人呀！”这样一来，就达成了双重非同小可了，一是德·夏吕斯先生认识这位太太，二是维尔迪兰夫人却不知道他认识她。不过，上流社会，抑或至少德·夏吕斯先生如此说，构成了比较清一色的封闭的整体。同样也就不难处理，在资产阶级畸形的广阔天地里，一位律师对某个认识他自己同行的一位志同道合者说：“真是见鬼了，您怎么交上了那样的人？”相反，如果对法国人明白“寺庙”或“森林”的词义感到大惊小怪，那反倒没什么更非同小可之处，莫如去赞叹德·夏吕斯先生与莫莱伯爵夫人竟能有缘巧遇更妙些。再者，即使他们这样互相认识并非完全顺乎上流社会交际的自然法则，倘若他们相识纯属偶然，那么维尔迪兰夫人不知道此事又有什么奇怪呢？既然她才第一次见到德·夏吕斯先生，既然事关德·夏吕斯先生，他与德·莫莱夫人的关系远非她所不知道的唯一事情，对他，老实说，她毫无所知。“什么人扮演这个《精神的女探索者》呀，我的小萨尼埃特？”维尔迪兰先生问。虽然我感到风暴已经过去，但老档案保管员迟迟不敢回答。“可你又这样吓唬他，”维尔迪兰夫人说，“他说什么你都嘲笑，可你又要他回答。哎，您说呀，谁演的这个？人家要给您点肉冻带回去。”维尔迪兰夫人说，含沙射影那破产的事，萨尼埃特想把友人一家从破产中拉出来，却使自己也陷入破产的境地。“我只记得是萨马里夫人扮演塞比娜。”萨尼埃特说。“塞比娜？这是什么玩意儿？”维尔迪兰先生嚷道，仿佛火烧着屁股似的。“这是保留剧目的一个角色，去看看《弗拉卡斯上尉》，吹牛侃大山的人会说他像书呆子。”“啊！书呆子，您就是书呆子。塞比娜！可他有点神经兮兮的。”维尔迪兰先生叫道。维尔迪兰夫人笑着看了看自己的宾客，好像是为了原谅萨尼埃特。“塞比娜，他以为大家马上就会明白这是什么意思。您跟德·隆比埃尔先生是一路货色，是我认识的头号笨蛋，有一天，他亲切地对我们说‘巴纳’，谁也弄不清他想说什么。最后，人们才明白，原来是指塞尔维亚的一个省。”对萨尼埃特的折磨该结束了，我看了比萨尼埃特本人还难受，我便问布里肖是否知道巴尔贝克是什么意思。“巴尔贝克很可能是达尔贝克蜕变而来的，”他对我说，“应该可以查一查英国历代国王的典章，诺曼底封建君主的宪章，因为巴尔贝克从属于德·杜弗尔男爵领地，正因为如此，人们经常说海外巴尔贝克，陆上巴尔贝克。但德·杜弗尔男爵领地本身又隶属于贝叶主教管辖区，尽管当时圣殿骑士团骑士们暂时对修道院拥有权力，从路易·德·阿尔古开始，他是耶路撒冷主教又是贝叶主教，正是这一教区的主教们对巴尔贝克的财产有支配权。多维尔的元老是这么对我解释的，此人秃头，雄辩，爱空想，而且讲究美食，生活在对布里亚-萨瓦兰的信奉之中，他用有些晦涩难懂的语言向我阐述了一丁点儿没有把握的教学法，一边请我吃可口极了的油炸土豆。”布里肖笑容满面，表现自己足智博学，可以熔风马牛于一炉，笑谈同条共贯之事，此时，萨尼埃特却搜索枯肠想道出一句妙语以挽回刚才的一败涂地。这句妙语就是所谓的“谐音游戏”，但形式已经变了，因为“谐音游戏”与文学体裁一样都在演变，旧风俗过时了，新时髦流行了，如此等等。过去，“谐音游戏”的形式是“登峰造极”。但这种形式已经过时了，谁也不再用了。只有戈达尔在玩“皮克牌”时不时冒出几句：“您晓得心不在焉登峰造极的事吗？就是把南特敕令当成一个英国女人[1]。”昔日“登峰造极”的游戏已经被别的绰号

[1] 法语“l'édit”（敕令）一词，与英语“lady”（夫人、小姐）一词可以构成谐音，由于心不在焉，把南特敕令当作英国女人，自然就成了风马牛不相及的登峰造极的笑话。所谓“南特敕令”就是指1598年法国国王亨利四世在南特城颁布的宗教宽容的法令。

所取代。但实际上，还是那“谐音游戏”老一套，但由于叫绰号成了时髦，人们也就不以为然了。不幸的是，对萨尼埃特来说，如果他的那些个“谐音游戏”不是他自己编的，而且通常又是小核心所没听说过的，他怯生生地说了出来，虽然以笑带笑以表明文字游戏的幽默性，但没有一个人明白个中的奥妙。可是，如果反过来，谐音词是他编造的，一般都是跟一个老常客交谈时找到的，这位老常客搬弄多遍竟据为己有了，于是乎谜底也就尽人皆知，也就不像是萨尼埃特的创造了。同样，当他悄悄地说出自己编的文字游戏，但因为他是作者，人们反指控他剽窃了他人的作品。“那么，”布里肖接着说，“‘贝克’（bec）在诺曼底方言里是小河的意思；有贝克修道院；莫贝克（Mobec），沼泽小河之谓也（莫尔〔Mor〕或梅尔〔Mer〕意为沼泽，如在莫尔维尔〔Morville〕里，或在布里克梅尔〔Bricquemar〕、阿尔维梅尔〔Alvimare〕、康布尔梅尔〔Cambremer〕里）；布里克贝克（Bricquebec），高河之谓也，源于‘布里加’（Briga），即加固之地，比如在布里克维尔（Bricqueville）里，在布里克博斯克（Bricquebosc）、勒布里克（le Bric）、布里扬（Briand）里，或者源于布里斯（brice），桥之谓也，如同德语的‘bruck’（Innsbruck），英语的‘bridge’，英语许多地名以此作后缀（Cambridge，等等）。在诺曼底，还有许多别的‘贝克’：科德贝克（Caudebec），博尔贝克（Bolbec），罗贝克（Robec），勒贝克-埃卢安（le Bec-Hellouin），贝克雷尔（Becquerel）。这是日耳曼语的诺曼底方言的形式，日耳曼语称‘贝克’为‘Bach’，所谓‘Offenbach’、‘Anspach’云云；瓦拉格贝克（Varaguebec），源于古词盐田进水口‘varaigne’，相当于禁猎区，树林子，蓄水塘。至于达尔（Dal），”布里肖又说，“是‘thal’的一种形式，即山谷的意思：什么达尔纳塔尔（Darnetal）啦，罗藏达尔（Rosendal）啦，甚至可以一直推广到卢维埃附近，贝克达尔（Becdal）。况且有贝克达尔芳名的那条河流也是富有魅力的。从悬崖上看（德语为 fels，甚至离此不远，在一个高地上，您看得到美丽的悬崖城），它与教堂的钟楼塔楼尖近在咫尺，但实际上相去天涯，似乎将它们和盘衬托出来了。”“我总觉得，”我说，“这是埃尔斯蒂尔十分喜欢的效果。我在他家里看到过好几幅那样的画稿。”“埃尔斯蒂尔！您认得比施吗？”维尔迪兰夫人惊叫起来。“可您晓得，最近情交深处我才认清了他的真面目。老天保佑，我再也看不见他了。不，可您问戈达尔，问布里肖，我家餐桌上总摆着让他用的全套餐具，他过去每天都来。可以说，他是一个无论如何也不会离开我们小核心的人。待会儿，我给你们看看他为我画的花；你们会看到，与他今天画的竟有天壤之别，他今天的画我一点儿也不喜欢，压根儿不喜欢！噢，当然！我曾让他画过一幅戈达尔的肖像，且不说他按我的意图所画的一切了。”“可他给教授画了一头淡紫色的头发。”戈达尔夫人说，忘了她丈夫那时甚至连大学教师资格都没有。“我不知道，先生，您是否发现，我丈夫长着淡紫色的头发。”“那没关系，”维尔迪兰夫人说着，抬起下巴，对戈达尔夫人表示蔑视，而对她谈论的人儿则表示赞赏，“这是一位了不起的善用色彩的画家，一位卓越的画家。同时，”她又跟我攀起话来，“自从他不来我家之后，他展出了一个个捏造出来的女妖精，一台台高大的机器，我不知道您是否把那些玩意儿也称作绘画。要我说，我把这玩意儿叫胡画，老一套，而且缺乏立体感，缺乏个性。里面无奇不有。”“他恢复了十八世纪的优雅，可又是现代派的，”萨尼埃特迫不及待地说，由于受到我亲切的鼓励，便重整旗鼓。“但我更喜欢埃勒。”“与埃勒风马牛不相及。”维尔迪兰夫人说。“不，这是狂热的十八世纪的东西。这是一台瓦托蒸汽机[1]。”他说着笑了起来。“噢！听说过，早就听说过，几年前，人家就对我提到过。”维尔迪兰先生说，的确不错，茨基曾经对他讲过这个谐音笑话，但好像是他自己编的似的。“真不巧，您就这一次说了一个让人听得懂的有趣的东西，可惜又不是您自己编的。”“这使我很难过，”维尔迪兰夫人又说，“因为那是个有天分的人，可他糟践了一个本来很不简单的画家个性。啊！如果他还留在这里的话，他完全有可能成为当代首屈一指的风景画家！都是那个女人害得他如此下作！然而，这并不令我惊讶，因为这男人很可爱，但也很庸俗。实际上，这是个平庸之人。我告诉您，我一开始就感到这一点。打心眼里说，他从来没有打动过我的心。我很喜欢他，如此而已。首先，他很脏！你们喜欢这样是吗？你们，你们这些人从来就不洗一洗自己？”“我们吃的这东西色香味多美，是什么东西？”茨基问。“这叫草莓烘掼奶油。”维尔迪兰夫人说。“实在美——极——了。应该让人开

[1] 这又是一道谐音游戏。华托（Watteau）是法国18世纪的著名画家，与蒸汽机发明家瓦特（Watt）构成谐音。

几瓶马尔戈堡、拉菲特堡、波特酒才是。”“我不好对你们说他让我有多高兴，他光喝水。”维尔迪兰夫人说，谈笑风生中搪塞过去，如此暴饮挥霍令她咋舌。“可这又不是为了喝酒，”茨基又说，“您斟满了我们大家的酒杯，我们大家会给您带来鲜美的蜜桃、硕大的油桃：啊，面对西沉的夕阳，简直可与一幅美丽的委罗内塞的画比华丽。”“这也一样费钱。”维尔迪兰先生喃喃道。“把这些干酪撤下去吧，都不成颜色了。”他说着就去拉老板的碟子，但主人却竭尽全力来保卫自己的格律耶尔干酪。“您明白吧，我并不恨埃尔斯蒂尔，”维尔迪兰夫人对我说，“埃尔斯蒂尔可有天赋了。埃尔斯蒂尔就是勤奋的化身，他只要想绘画，干起来就不知疲倦。真是好学生，比赛用的马。茨基，他呀，只会心血来潮，您看好了，吃晚宴中间他非抽支烟不可。”“可是，我弄不明白，您为什么不愿意接待他的妻子，”戈达尔说，“不然的话，他就会像往常一样来这儿了。”“瞧您说的，请您礼貌点好不好？我说的是您，我不接待的是荡妇，教授先生。”维尔迪兰夫人说，其实她正相反，曾想方设法把埃尔斯蒂尔请来，甚至带他老婆来也行。但在两口子结婚以前，她千方百计挑拨他们的关系，她曾对埃尔斯蒂尔说，他爱的女人又笨，又脏，又轻佻，偷过东西。但这一次没有挑拨成功。埃尔斯蒂尔反而与维尔迪兰沙龙决裂了；他庆幸因祸得福，犹如皈依的人们庆幸得病或遭受了挫折，是疾病和挫折把他们抛进隐修院，让他们看到了灵魂得救的道路。“无懈可击，教授，”她说，“还不如公开声明，我的沙龙是幽会之家。但似乎您不晓得埃尔斯蒂尔夫人是什么东西。我宁可接待正经姑娘中的丑八怪！啊！不，我才不吃这个臭面包。而且我要告诉您，既然丈夫已不再与我有牵连，我若把心思转到他妻子身上，那就未免太蠢了，时过境迁，何必旧话重提呢。”“一个男人有此才气着实非同寻常。”戈达尔说。“噢！不，”维尔迪兰夫人回答道，“即使当时他有才能，那无赖，他确实有才，才智过剩，但他身上可气的，也正是他一点也不开窍。”维尔迪兰夫人不等他们闹翻脸，不等自己对埃尔斯蒂尔的画失去兴趣，就匆匆对埃尔斯蒂尔下了这样的评判。这是因为，即使那时候，他还是小团体里的人，常有这样的事，埃尔斯蒂尔成天价与此等婆娘混在一起，姑且不论有理无理，维尔迪兰夫人总觉得这婆娘是“蠢妇”，这一点，在她看来，就不是一个聪明男人的行为。“不，”她一脸公正的神气说，“我看，他老婆和他走在一起，真是天生的一对。上帝晓得，我在世上从没见过比她更讨厌的造物了，要是让我同她一起待两小时，我非气疯不可。但据说，他觉得她聪明伶俐。的的确确必须承认，我们的比施真是愚不可及了！我看到他被一些人弄得惊慌失措，这些人您都想象不到，他被一些大傻瓜弄蒙了，在我们的小圈子里绝不会要他们。嘿可好！他竟然给他们写信，他与他们讨论开了，他，埃尔斯蒂尔！这也不碍有迷人的方面，啊！迷人的，迷人的，而且自然也是荒唐透顶的。”因为维尔迪兰夫人相信，真正杰出的人物会干出千种蠢事。一念之差之中也有某种真理。当然，人们干“蠢事”是不能容忍的。但有一种精神失常，人们只有经过长时间的观察才能发现，它是一个人的脑海里开始了高深莫测的微妙变化的结果，人不是生来就能适应这种变化的精微奥妙，以至于可爱的人们的古怪令人恼火，但是可爱的人们几乎没有一个不古怪的。“啊，我可以立刻让您看他画的花。”她对我说，因为她看到她丈夫向她暗示可以离席了。于是她又挽起德·康布尔梅先生的胳膊。维尔迪兰先生一离开德·康布尔梅夫人，就想请德·夏吕斯先生加以原谅，就想向他讲明原因，尤其愿意同一位有爵位的人物谈论上流社会交际的微妙所在，这个有贵族头衔的人，眼下比那些为其指定位置的人的身份低，但他们认定他有权占据他们给他指定的那个位置。但首先，他要向德·夏吕斯先生表明，他在精神上对德·夏吕斯先生推崇备至，想也不敢想他会注意这区区小事。“原谅我同您谈这些鸡毛蒜皮的事，”他开始讲开来了，“因为我猜想您对此不屑一顾。市侩小人才对此斤斤计较，但其他人，艺术家们，那些名副其实的‘门内汉’却对此毫不在乎。然而我们才谈几句话，我就明白了，原来您就是‘门内汉’！”德·夏吕斯先生呢，对这一熟语做了弦外之音的理解，不由得吓了一大跳。适才大夫的眼色，现在男主人带有侮辱性的坦率弄得他目瞪口呆。“别谦虚嘛，亲爱的先生，您是‘门内汉’，就像青天白日明摆着的，”维尔迪兰先生说，“请注意，我不知道您是否习艺什么的，但这没有必要嘛。总也没有满足的时候。刚死的德尚布尔，演奏天衣无缝，技巧极其刚劲有力，但还不是‘门内汉’，人家一听就觉得他不是行家里手。布里肖不是行家里手。莫雷尔可是行家里手，我的妻子很内行，我觉得您很内行嘛……”“您要告诉我什么意思呢？”德·夏吕斯先生打断了他的话，对维尔迪兰先生想表示的意思开始放心了，但他希望对方说这样的双关语千万别这么大声嚷嚷。“我们刚才只是把您安排到左边。”维尔迪兰先生说。德·夏吕斯先生脸上挂着一丝笑容，宽容体谅，慈眉善目地答道：“算啦，这没什么了不起，在这里嘛！”他微微一笑，这一笑是他的祖传秘方——也许是他的一个巴伐利亚或是洛林的祖母遗传下来的，而祖母又是从祖母那里原封不动地继承了下来，以至于一代传一代，一成不变地传了几个世纪，照样在欧洲的古老宫廷内响亮如故，人们欣赏其美妙的音质，犹如欣赏某些罕世古乐器的音质一样。有一些时候，为了全面地描绘一个人，就得音容笑貌一起写，描写德·夏吕斯先生这样的人物，若不加上这一声极精细极轻薄的微笑，恐怕会有美中不足之嫌了，好比巴赫的某些作品，压根儿就未曾被准确地表现过，因为各家乐队都缺少这类奇音“小号”，而作曲家专为这类小号精心写了几段乐谱。“但是，”维尔迪兰先生挨了刺，连忙解释道，“那是有意安排的。我对贵族头衔毫不在意。”他补充道，轻蔑地笑了笑，这种笑我见多了，我认识多少人，在迎候我外祖母和我母亲的时候，凡见他们不拥有的东西就露出这样的微笑，就当着那些人的面，他们寻思，那些人绝不可能借光造成比自己更优越的地位。“但归根结蒂，既然德·康布尔梅先生正好在场，既然他是侯爵，而您只是男爵……”“请允许我说说，”德·夏吕斯先生露出一副高傲的神气，回敬维尔迪兰先生，弄得他惊恐不安起来，“我也是德·布拉邦特公爵，蒙达日小骑士，德·奥莱龙亲王，德·卡朗西亲王，德·维亚尔吉奥亲王，德·迪纳亲王。不过，这绝对没什么关系。别折磨自己了，”他补充道，又露出了他那精明的微笑，说到最后几个字，索性笑逐颜开：“我一下子就看出来了，您不习惯。”

维尔迪兰夫人来让我看埃尔斯蒂尔画的花，如果说我早就对此举大不以为然，那么进城赴晚宴则相反，竟令我如醉如痴，花样焕然一新，沿着海岸游览，乘车扶摇直上，高出大海二百米，痴情醉意到了拉斯普利埃尚未消。“瞧，看我这个。”女主人对我说着，让我看埃尔斯蒂尔雍容大雅的玫瑰画，但由于插玫瑰的花坛油彩有点儿过重，玫瑰的鲜红煞白反黯然失色了。“您以为他还会有这一手吗？真够棒的！而且，颜料有多美，涂抹起来可真有意思。我不能告诉您看他画这些东西多有意思。人们感到他喜欢追求这样的效果。”女主人的目光茫然地停留在艺术家的这件赠礼上，这件礼物，不仅凝聚着他的伟大才华，而且凝结着他们长期的友谊，这种深情厚谊，除了他给她留下的这些纪念品外，都已荡然无存了；这一朵朵鲜花，是昔日他为她本人采摘的，在花的后面，她仿佛又看到了画花的那只妙手，时值清晨，花刚摘下来，花放在桌子上，人靠在餐厅的扶手椅上，人面对鲜花而坐，待女主人吃中饭时，玫瑰花依然鲜艳，玫瑰画也真容半露了。只是真容半露，是因为埃尔斯蒂尔先得把花移植到我们不得不老待在里面的内花园来，然后才能看花作画。在这幅水彩画里，他表现了他看到的，而且若没有他，别人绝对看不到的玫瑰花的显圣；因而，可以说，这是一个新品种，这位画家，犹如一位精于创造的园艺家，用这一新品种丰富了玫瑰家族。“自从他离开小核心那天起，他这人就完蛋了。好像我的晚宴浪费了他的时间似的，好像我妨碍了他才能的发挥似的。”她用挖苦的口吻说。“似乎经常结交像我这样的女人不会对一个艺术家有益！”她自负地嚷了起来。紧挨着我们的德·康布尔梅先生早已坐下来了，他看到德·夏吕斯先生站着，便略微做了一下起身的动作，以示给他让座。这样让座，在侯爵的思想里，也许谨表礼貌而已。但德·夏吕斯先生偏要赋予此举一种尽义务的含义，犹如一个普通的绅士知道自己对一位亲王负有这种义务，而且并不认为，要建立自己的在先权，最好莫过于谢绝让座。因而他嚷了起来：“这是怎么回事！请别客气！呀呀！”这种强烈而诡谲的抗议口气颇有“盖尔芒特”大家气派，加上命令式的、没有用的、亲切的动作，就更锋芒毕露了，而德·夏吕斯先生正是用的这套动作，把自己的双手搭在德·康布尔梅先生的肩上，好像强逼他重新坐下，其实他本来就没有站起来。“啊！瞧瞧，我亲爱的，”男爵加重语气说，“就缺少这一套了！没有道理嘛！这年头，大家把这一套留给了血统亲王们去了。”对于他们的府邸，我没有表示多大的热情，所以既没有感动维尔迪兰夫人，也没有让康布尔梅夫妇激动。因为，面对他们向我指点的美妙之处，面对他们激发我隐约回忆的美好东西，我漠然无动于衷；甚至有几回，我向他们直言不讳，承认我感到失望，这里的地名曾引起我浮想联翩，可我却找不到名副其实的东西。我惹恼了德·康布尔梅夫人，因为我对她说，我觉得这儿倒更像是在乡下。相反，从门口吹来的穿堂风却令我驻足。“我看您喜欢气流。”他们对我说道。一块窗玻璃坏了，用一块绿色金丝光亮塔夫绸封上，我对这块布赞美了一番，可也没取得更大的成功。

“多可恶！”侯爵夫人叫了起来。更糟糕的是，我说：“我最大的欢乐是刚来的那阵子。当我听到我的脚步在走廊里回响的时候，我弄不清是否进入村政府的哪个办公室，上面挂着边区地图，我以为到了僻静的乡下。”这一回，德·康布尔梅夫人断然转过脸去。“您并不觉得这一切安排得太糟吧？”她丈夫爱怜地问她，体贴关怀之情就好像是他得知妻子受了一次怎样悲惨的对待。“有漂亮的东西嘛。”就好比说，您在别人家里受到人家的排挤，恶意顿生，当可靠的好恶定规框不住公平的界限，就会觉得人家家里人和房子一无是处：“是的，但它们放的不是地方。而且，说得那么漂亮，原来就这样子呀？”“您已经看到了，”德·康布尔梅先生说，伤心中含有几分坚定，“有几幅儒伊的画都露出了线头，还有沙龙里那些破烂的东西！”“还有这块大玫瑰花布，就像乡下婆娘的盖脚布。”德·康布尔梅夫人说，她那完全用于装点门面的文化堪称理想主义哲学、印象主义绘画和德彪西音乐。她不仅仅图奢华的美名，而且图情趣的雅号，她又说：“他们竟挂上了小窗帘！风格乱了套！您有什么办法！这些人呀，他们不懂，他们是从哪儿学来的呀？可能是些歇业的大商人。这对他们已经不坏了。”“那副烛台我看挺漂亮的。”侯爵说，人们却不知道他为什么把烛台排除在外，同样，每当人们谈到教堂，无论是沙尔特尔大教堂、雷姆斯大教堂、阿米安大教堂，抑或是巴尔贝克教堂，他总是不可避免地争着赞美的，也不外乎是“管风琴的外观、布道台和仁慈的事业”。“至于花园，就别提了，”德·康布尔梅夫人说，“太煞风景了。不过是些歪歪扭扭延伸的小道。”

我趁维尔迪兰夫人上咖啡之机，看了一眼德·康布尔梅先生交给我的那封信，信中他母亲请我去赴晚宴。寥寥数语，笔法却颇有个性，此后我一看便能从别的字迹中将它辨认出来，大可不必求助于特殊识别技术，就好比画家，用不着按秘方制造出来的稀有颜料来表现自己别出心裁的想象。即使是一个残疾人，因受过冲击而患了失写症，落得个看字如看画、读也读不懂的地步，他也会明白，德·康布尔梅夫人是属于一个古老家族的人，热心于文学和艺术的家族文化给贵族传统吹来了一点新鲜空气。他也可以猜想出侯爵夫人大致在哪个年头学会写字并同时学会演奏肖邦的作品。在那个时代，富有教养的人们都遵循讲客套的准则，遵循说话连用三个形容词的准则。一个赞美的形容词对她是不够用的，她又紧跟着用了第二个（破折号之后），然后再接第三个（破折号之后）。但是，与众不同的是，在德·康布尔梅夫人的便笺中，接连三个修饰语不是层层渐强，而是层层渐弱。德·康布尔梅夫人在第一封信里对我说，她看到了圣卢，对他的“独一无二的——难能可贵的——实实在在的”品质从来没有如此推崇过，还说，他可能要同他的一个朋友（准确地说是爱上了儿媳的那位朋友）再来，又说，如果我愿意来费代纳吃晚饭，有他们没他们在场都行，她将感到“欢欣——高兴——满意”。也许是因为在她脑海里，想象的肥沃和词汇的丰富与好客之心不相称，这位贵妇人好一赞三叹，一次比一次无力，二叹三叹竟成了一叹渐弱的回音。只要再有第四个形容词，原来的好客之心恐怕就荡然无存了。末了，想来一个言简意赅，这就不可能不在家族里甚至在关系圈子内产生深刻的印象，德·康布尔梅夫人养成了一种习惯，好以“真正的”一词取代“真诚的”一语，因为真诚最终都有“假意”的样子。为了充分表达实际上是真诚的某种东西，她往往打破传统的词汇搭配，按照惯例，“真正的”本应放在名词之前，可她却大胆地放在名词之后。她的信每每这样收笔：“请相信我的友谊真正的。”“请相信我的热情真正的。”糟糕的是，如此这般弄成了固定的格式，以至于这种故作坦率反给人以虚假礼貌的印象，比旧套语有过之而无不及，因为人们不再去抠旧套话的含义了。况且，我读信时受到了干扰，传来模模糊糊的交谈声，其中德·夏吕斯先生的高嗓门威镇四座，他抓住自己的话题不放，对德·康布尔梅先生说：“您要让我坐到您的座位上，使我想起了一位先生，他今天早上寄来一封信，简直像贺信：‘德·夏吕斯男爵殿下启’，信的抬头是‘爵爷’。”“说实在的，您的通信人有点言过其实。”德·康布尔梅先生回答道，审慎地大笑一声。德·夏吕斯先生把他逗笑了；却没有跟他一起笑。“但实质上，我亲爱的，”德·夏吕斯先生说，“请您注意，从字面上看，正是他说了实话；我不涉及任何人的问题，您想对吧。我说这事，就好像涉及另外一个人似的。但您有什么办法，历史就是历史，我们对历史无可奈何，又不由我们来修改历史。我姑且不跟您提威廉皇帝他在基尔，一个劲地封我为‘爵爷’。我听说，他对所有的法国公爵都这么称呼，这是过分了，但这也许很简单，是一种超越我们头上对准法兰西的微妙的关注。”“微妙而且多少是诚挚的。”德·康布尔梅先生说。“啊！我不同意您的看法。您注意到了吧，从我个人讲，一位最末位的贵族像这个霍亨索伦，而且又是个新教徒，他剥夺了我侄辈汉诺威的王位，像他这样是不会让我高兴的，”德·夏吕斯先生补充道，似乎在他心目中汉诺威比阿尔萨斯-洛林更重要，“但是，我相信这样的倾向，皇帝诚心实意想与我们亲善。傻瓜们才会对您说，他是一个逢场作戏的皇帝。相反，他聪明绝顶。他不懂绘画，强迫丘迪先生从国家博物馆中撤走埃尔斯蒂尔的作品。但路易十四不喜欢荷兰画师，却也爱好富丽堂皇，到底还是一位伟大的君主。还有威廉二世，从陆、海军方面看，他武装了自己的国家，可路易十四没这么干，我希望他的统治绝不会重蹈覆辙，如今俗称太阳王的那位君主的统治就因屡遭挫折而在末期黯然失色了。依我所见，共和国犯了一大过错，拒绝了霍亨索伦的好意，或只在礼尚往来上斤斤计较。他对此了如指掌，并以他特有的表达天才说道：‘朕之所欲，握手也，非举帽也。’作为人，他是卑鄙的；他抛弃、出卖、否认心腹密友，将他们打入冷宫，他自己不动声色，朋友们却有苦难言。”德·夏吕斯先生继续说道，口若悬河，舌尖一滑扯到奥伊伦堡事件[1]上来了，想起了一位居庙堂之高的被告人对他说过的一句话：“难道皇帝相信我们这样的精明，

---

[1] 德皇威廉二世身边有两个奥伊伦堡。一个是菲利浦·奥伊伦堡（1847—1921），德国外交家，威廉二世的密友和顾问。1890年俾斯麦下台后，他成为对德皇最有影响的顾问。1894年拒绝就任首相，遂任驻维也纳大使。另一个是波托·奥伊伦堡（1831—1912），他担当普鲁士总理时与帝国首相卡普里维伯爵发生冲突，卡普里维伯爵试图放宽普鲁士选举权，而总理则要求帝国立法，反对社会民主党，并劝说威廉二世限制国会议员的普选制。1894年，德皇以突然将两人同时免职的办法来“解决”问题。

竟敢同意打这样一场官司吗？！不过，再说，他相信我们的审慎态度却没有错。一旦上了断头台，我们也许都不张口了。”“况且，所有这些与我想说的意思毫不相干，我想说的是，在德国，我们这些附属国的亲王，只是杜希劳希特徒有虚名而已，而在法国，我们的‘殿下’地位得到公开的承认。圣西门声称是我们滥用了这一头衔，这点他是大错特错了。他举的理由，说什么路易十四有令，禁止叫他虔诚基督王，命令我们称他国王就行了，这不过表明我们是从属于他的，而丝毫不证明，我们没有亲王的身份。如若不然，早就应否认德·洛林公爵和许许多多其他人的这一身份了！何况，我们许多头衔皆出自洛林家族，由我的曾祖母德雷丝·德·埃斯比诺瓦继承的，她是德·戈梅西少爷的女儿。”德·夏吕斯先生发觉莫雷尔在听他讲话，益发得意扬扬，索性借题发挥开来。“我让我兄弟注意，我们家族的小传不该列在《哥达》[1]的第三部分，而应该列在第二部分，且不说在第一部分。”他只管吹，却不晓得莫雷尔竟不知《哥达》是什么东西。“但这恰恰与他有关，他是我的长兄，既然他觉得这样蛮好，既然他置之不理，我只好闭上眼睛了。”“布里肖先生很让我感兴趣。”我对正向我走来的维尔迪兰夫人说，连忙将德·康布尔梅夫人的信塞进了口袋。“他是一个学问家，又是一个大好人。”她冷冷地回答我说。“他显然缺乏创新精神和欣赏情趣，可他记忆力惊人。大家刚才谈到今晚在座诸位的‘祖宗’，就是移民了，说他们什么也忘不了。

[1] 即《哥达年鉴》，列有欧洲名门望族的家谱。

但他们至少有托词,”她说，借了斯万的一句话为她所用，“他们什么也没学到。可布里肖什么都知道，吃饭时劈头盖脸地向我们扔过来一摞一摞大词典。我想，您再也不会对某城某村的地名到底是什么意思感到一无所知了吧。”维尔迪兰夫人说话时，我正寻思我准备问她点什么事情，可一下子又记不起到底想说什么事。“我肯定您是在谈布里肖。嗯，唱喜鹊啦，弗雷西内啦，他可什么也没饶过您。我刚才看着您，我的小老板娘。”“我早就看到您了，我差一点要喊起来。”我今天说不好维尔迪兰夫人那天晚上是如何穿着打扮的。也许当时我并无更多印象，因为我没有观察的头脑。但是，我感到她的衣着并非不讲究，我便对她说了一番客气话，少不了赞美几句。她同差不多所有的女人一样，以为人家对她们说的恭维话是千真万确的大实话，以为这是人家公正地必然会做出的一种裁决，就好像是在评论一件不属于任何人的艺术品似的。于是她向我提出了这样一个合情合理、自豪而天真的问题：“这您喜欢吗?”她问得一本正经，弄得我因虚伪而脸红。“你们在谈唱喜鹊吧，我打包票。”维尔迪兰先生说着，向我走来。我老想着我那绿色的丝光塔夫绸和一种木头的味道，我万万没有注意到，布里肖罗列的词源，反使他成了人们的笑柄。赋予事物价值的印象，在我看来颇为重要，但其他人或者不说出口，或者无意中搁到脑后，以为微不足道，因此，我即使能向别人表达这些印象，也不会被别人所理解，或者说很可能受到人们的冷落，这些印象我全然利用不得，弄得不好还会招致麻烦，在维尔迪兰夫人眼里我被看成了大傻瓜，她看我“器重”布里肖，就像我已经向德·盖尔芒特夫人表明过的那样，因为我在德·阿巴雄夫人家里感到惬意。然而，对布里肖来说，则有另一番道理。我不是小圈子里的人。而凡是小圈子里的，社交界的也好，政界的也罢，文学界也行，人们约定俗成，总是容易得出奇，可以在一次交谈中，在一篇正式讲话里，在一篇小说或在一首诗歌里，发现诚实的读者根本无法想象能从中看出的种种名堂。多少回，我遇到这样的情况，读着一个善于用词、颇见老朽的院士写的一篇短篇小说，一时激动起来，情不自禁要对布洛克或德·盖尔芒特夫人说："写得多精彩！"可我还来不及张嘴，他们便会异口同声地叫起来："如果您想开心一阵子，您就读一读某某人的小说。人之愚蠢登峰造极了。"布洛克表示蔑视，主要是因为某些本来原有的颇佳的风格效果，却有点黯然失色了；而德·盖尔芒特夫人之所以蔑视，则是因为，小说要说明的似乎恰恰与作者的愿望背道而驰，实际上是她精心推理所致，我是万万想不到的。我又大吃一惊，看到维尔迪兰夫妇表面上对布里肖客客气气，却暗含着讽刺挖苦，就像几天前，在费代纳，我听到康布尔梅夫妇，冲着我对拉斯普利埃热情洋溢的赞美，向我大发感慨说道："他们搞成什么样子，您言不由衷吧。"的确，他们承认，餐具很漂亮。我反正没看见，刺眼的小窗帘更没看在眼里。"好了，现在，您如果回到巴尔贝克，您就知道巴尔贝克意味着什么。"维尔迪兰先生挖苦道。恰恰是布里肖教给我的东西我才感兴趣。至于他的所谓思想，纯粹是老调重弹，想当初在小圈子里，人们听得津津有味。他说起话来还是那样口若悬河，令人讨厌，他的言论再也难以打中目标，却必须克服一种敌视的沉默或讨厌的反响；发生了变化的东西，并不是他滔滔不绝散布的东西，而是沙龙的听觉和听众的情绪。“当心！”维尔迪兰夫人指着布里肖半压嗓门悄声说。而布里肖呢，其听力保养得比视力更敏锐，他瞟了女主人一眼，旋即转开，既是近视者又是哲学家的目光。若说他的肉眼欠佳，那他的神眼则甚妙，看事物每每投去更开阔的眼光。他从炎凉世事中看到了情如纸薄，而他也就逆来顺受了。当然，他为此感到痛苦。有时候会有这种情况，有这样的人，到一个他惯于讨喜的地方，哪怕只有一个晚上，他感觉到人家觉得他不是太浅薄便是太学究，抑或太拙笨甚至太放肆，等等，回到家里会悻悻然不好受。往往因为一个观点上的问题，一个方式方法上的问题，他给别人留下荒谬或老一套的印象。他也往往心知肚明，其他人岂能同他等量齐观。他可以轻而易举地解剖诡辩术，而人们正是利用这种诡辩术心照不宣地对他加以谴责，他要做一次登门拜访，写一封信，更明智的办法就是自己不动声色，静候下星期别人来请他。也有时候，这种种失宠，并非一夕之间就能结束的，往往得持续数月之久。由于社交场合评头论足变幻不定，屡屡失宠便增加了这种不稳定性。因为，一旦某人知道X夫人瞧不起他，而又感到在Y夫人家里得到人们的尊重，便声称Y夫人至高无上，并投到Y夫人的沙龙里。再说，这里不是描绘这类人物的场合，他们高于社交生活之上，却又不善于在社交生活之外自我发展，受到接待就高兴，得不到赏识便扫兴，每年，他们总会发现，他们顶礼膜拜的女主人原来浑身都有毛病，而被他们贬低了价值的女主人却是才华横溢，其实第二个女主人也有瑕疵，待他们忍受不了时，便又不惜回到第一个女主人的身边，而原先女主人的毛病也就淡忘些许了。人们可以通过这一次次短暂的失宠，想象到这次失宠给布里肖造成的苦恼有多大，他知道这次失宠是决定性的。他不会不知道，维尔迪兰夫人不时公开笑话他，甚至笑话他的弱点，他明知道人情薄如纸，但他只好忍气吞声，这样一来，他反一如既往把女主人看作他的最好的女朋友。但是，维尔迪兰夫人从大学究涨红的脸上弄明白了他听到了她的讲话，于是想在今晚对他亲切一些。我忍不住对她说，她对萨尼埃特可没这么客气。“怎么，不客气！但是，他可喜欢我们了，难道您不晓得我们在他心目中是什么吗？！我丈夫有时候被他的愚蠢弄得有点发火——应当承认的确有些可气，但在那样的时刻，他干吗不再反抗一下，何必露出满脸走狗样呢？真不老实。我不喜欢这样。尽管如此，我还总是尽量劝我丈夫冷静些，因为，要是他太过分，萨尼埃特很可能只好不来了；这样我可不愿意，因为我要告诉您，他身上连一个苏也没有了，他总得吃饭吧。但是，总之，如果他生气，叫他别回来好了，我可不管这份闲事，当他需要别人的时候，他最好不要这样愚蠢。”“奥马尔公国在进入法兰西王室领地之前，长期是我们家族的。”德·夏吕斯先生当着莫雷尔的面，向德·康布尔梅先生解释道，莫雷尔不胜惊讶，说实话，这篇宏论，即使不是直接说给莫雷尔听的，至少也是为他而发的。“我们压倒了所有外国亲王；我可以给您列举上百个例子。克罗瓦公主在王弟的葬礼上，想跟在我高祖母之后行跪礼，我高祖母叫人对她严厉指出，她没有用方垫的权利，当即请执勤官撤掉，并禀报了国王，圣上即传旨令德·克罗瓦夫人到德·盖尔芒特府上向夫人赔礼道歉。德·勃艮第公爵偕自己的传令官来到我们这里，一个个威风凛凛，我们得到圣上的恩准，煞了他们的威风。我知道谈自家人的美德有些不雅。但尽人皆知，我们家族的人在危险时刻总是一马当先。当我们放弃了德·布拉邦特众公爵的旗号后，我们的战斗口号是‘一马当先’。这种处处优先的权利，虽然我们经过多少世纪的浴血奋战而求之不得，但后来终于在宫廷上得到了，而且也是相当合法的。当然喽，在宫廷里，当着我们的面，这种权利始终是得到承认的。我还可向您举巴登亲王夫人为例加以论证。由于她忘乎所以，竟想与德·盖尔芒特公爵夫人比高低，我刚才已经对您说过德·盖尔芒特公爵夫人的事，在晋见国王时，可能是我的老祖宗犹豫了一下（虽则根本就不应该有这回事），她竟然要先进入王殿，国王立即高喊道：‘进来，进来，御表妹，德·巴登夫人明白她欠了您的情。’其实，她有像德·盖尔芒特公爵夫人那样的地位，她出身本就十分高贵，因为从母系家谱算，她是波兰王后、匈牙利王后、巴拉丹选帝侯、德·萨瓦-卡里尼安亲王和德·汉诺威亲王，继而是英国国王的外甥女。”“Mœcenas atavis edite regibus！”[1] 布里肖致意德·夏吕斯先生说，德·夏吕斯先生微微点了点头以为答礼。“您说什么？”维尔迪兰夫人问布里肖，她真想设法修补她刚才对他说的一席言辞。“我是说，上帝饶恕我吧，我是说一个纨绔子

[1] 拉丁语，意为皇族后裔的米西纳斯。

弟，他是上流社会之花（维尔迪兰夫人紧蹙眉头），大约是奥古斯都时代（维尔迪兰夫人听说年代久远，放了心，露出更为安详的表情），说的是维吉尔和贺拉斯的一个朋友，他们溜须拍马，把他捧上了天，说他的出身比贵族、王族还更高贵，一句话，我说的是米西纳斯，说的是一个只会钻图书馆的书耗子，是贺拉斯、维吉尔、奥古斯都的朋友。我敢肯定，德·夏吕斯先生无论从哪方面都很清楚谁是米西纳斯。”他亲热地用眼角看了看维尔迪兰夫人，因为他听到她约莫雷尔第三天会面，又担心自己未被邀请。“我想，”德·夏吕斯先生说，“米西纳斯嘛，有点像古董维尔迪兰什么的。”维尔迪兰夫人乍一听喜笑颜开，猛一想敛笑不及，只收了一半笑容。她向莫雷尔走去。“他很可爱，您的亲戚们的那位朋友，”她对他说，“可以看出，他是一个知书识礼、富有教养的人。他在我们小核心大有可为。他在巴黎家住何处？”莫雷尔傲然沉默了一会儿，只要求打一局牌。而维尔迪兰夫人硬是请他奏几段小提琴。令满座皆惊的是，德·夏吕斯先生过去从来不曾谈起他有奇才妙艺，竟然以最纯粹的风格，给福雷的钢琴伴奏小提琴奏鸣曲的最后乐章（不安，烦恼，舒曼式的，但到底在弗朗克[1]奏鸣曲之前）伴奏。我觉得，莫雷尔先生虽然富有音乐才华，又有一手精湛的演奏技巧，但恰恰缺乏文化素养和风格修养，而德·夏吕斯先生正好弥补了莫雷尔的不足。但我好生奇怪地寻思，在同一个人身上，是什么东西能把一种生理的缺陷和一种精神的才智

[1] 塞扎尔·弗朗克（1822—1890）：法国作曲家和管风琴演奏家。

结合起来。德·夏吕斯先生与其兄德·盖尔芒特公爵并无很大区别。甚至，刚才（但这是罕见的），他说的法语与他兄弟一样糟糕。他责怪我（无疑是因为我热情洋溢地对维尔迪兰夫人谈起莫雷尔）从来没去看他，而我提出要慎重考虑考虑，他便回答我说："不过，既然是我向您提出的这一请求，那只有我才能对此不高兴呀。"这话德·盖尔芒特公爵也可能说出来。说到底，德·夏吕斯先生不过是盖尔芒特家族之一员。但是，他天生神经系统失常，仅此就足以使他有别于公爵哥哥的所作所为，不是去喜欢一个女人，而是宁愿去喜欢一个维吉尔的牧童或柏拉图的学生，德·盖尔芒特公爵所未曾有的品性，每每与这种不平衡有关联，顿时使德·夏吕斯先生摇身变成一位美妙的钢琴家，一位不无情趣的业余画家，一位雄辩的演说家。德·夏吕斯先生演奏福雷奏鸣曲舒曼式乐段那急切、焦虑、迷人的风格，谁能看得出来，这种风格竟然有其内应——人们不敢道破天机——分布在德·夏吕斯先生若干纯属肉体的部位内，安插在他的神经缺陷之中？我们将在下面解释"神经缺陷"一语是什么意思，将解释因何道理一位苏格拉底时代的希腊人，一个奥古斯都时代的罗马人，能为今天人所共知，能作为绝对正常的人，而不是作为我们今天所看到的那种阴阳人。正如实际的艺术才能尚未枯源断流，德·夏吕斯先生比公爵有过之而无不及，爱他们的母亲，爱自己的妻子，甚至在若干年后，当有人对他提起她们时，便会眼泪汪汪，但却是做表面文章，就好像大胖子出虚汗，稍一动作，额头上就汗水涔涔了。不同的是，人们对流汗的人如此说："您太热了吧！"可人们看别人流眼泪，却像没看到似的。所谓人们，就是讲的上流社会；因为老百姓看到人家哭是很不安的，仿佛流泪比流血还严重。丧妻之后的悲哀，幸亏有了撒谎的习惯，并没有将德·夏吕斯先生排斥在与其身份不相符的生活之外。甚至后来，他不知廉耻，传闻在葬礼期间，他找到办法，向唱诗班的那个孩子打听其姓名和地址。而这可能确有其事。

一曲奏毕，我不揣冒昧，要求再奏弗朗克的曲子，这似乎令德·康布尔梅夫人如丧考妣，致使我只好作罢。“您不可能喜欢那玩意儿。”她对我说。她换点了德彪西的《节日》，第一个音符才出弓，只听得一声喝彩：“啊！真妙！”但莫雷尔已经意识到他只会第一小节，于是来了一个恶作剧，却毫无故弄玄虚之意，他马上开始奏梅耶比尔的一首进行曲。可惜，由于他转得天衣无缝，又没有事先打招呼，大家还以为他拉的还是德彪西的作品，于是人们继续喝彩：“妙！”可莫雷尔却道破作曲家不是《佩利亚斯》[1] 的作者，而是《恶魔罗贝》[2] 的作者，致使大家有些不自在。德·康布尔梅夫人还来不及对此做出反应，因为她刚发现斯卡拉蒂的一个本子，正怀着歇斯底里的冲动一头扎在上面。“嚯！拉这个，奏下去，这个，真神。”她不住地叫好。然而，这位作曲家长期受到冷遇，不久前才时来运转身价百倍，她在兴奋不已的焦躁

---

[1] 《佩利亚斯》全名《佩利亚斯与梅丽桑德》，是德彪西唯一完成的歌剧作品，德彪西自称该剧深受埃德加·爱伦·坡恐怖故事的影响。

[2] 《恶魔罗贝》是德国歌剧作曲家梅耶比尔的一部杰作，1831 年上演，成为法国大歌剧的典范。

中挑选的这位作曲家的作品，恰恰是一段该死的曲子，这类可恶的曲子老是弄得你睡不好觉，一位女学生就在你隔壁的楼层房间里无情地、没完没了地重弹这支老调。但是，莫雷尔已拉够了音乐，由于他坚持想打牌，而德·夏吕斯先生也想一起打，主张打惠斯特。“他刚才对老板说他是亲王，”茨基对维尔迪兰夫人说，“然而这不是真的，他出身于普通市民，小建筑师家庭。”“我想知道您刚才对米西纳斯怎么看。我感兴趣。”维尔迪兰夫人对布里肖说，口气亲切，弄得布里肖飘飘然起来。既为了炫耀给女主人看，也可能是要炫耀给我看，他说道：“不过说老实话，夫人，米西纳斯令我感兴趣，主要是因为他是中国神第一尊贵的使徒，这一尊中国神今天在法兰西拥有的信徒超过了婆罗贺摩[1]，也超过了基督自己，是尊法力无边的逍遥神。”在这样的情况下，维尔迪兰夫人不再只顾用手捂着头了。她冷不防失去平衡，像被称作蜉蝣的昆虫那样，猛地向谢巴多夫亲王夫人扑将过去；若谢巴多夫亲王夫人离她不远，女主人便死抓住亲王夫人的腋窝，指甲都嵌了进去，就像孩子捉迷藏似的，把头埋藏好一阵子。有这道保护墙掩饰，人家以为她笑出了眼泪，而她却可以因此不动任何心思，就像有的人做长时间的祈祷时，谨慎生智，用双手巧掩脸面。维尔迪兰夫人仿效这些祈祷者，听着贝多芬的四重奏就像郑重祈祷，却又不让人看出她在睡觉。“我说话极认真的。”布里肖说。“我看，今天这种人太多了，他们成天价以自我为中心，觉得老子天下第一。

[1] 亦称“大梵天”，是印度教的创始之神。

论正理，我对涅槃无异议，我也弄不清哪家涅槃欲将我等灭度在大千世界（此界，犹如慕尼黑与牛津，比起阿尼埃尔或哥隆布森林，离巴黎要接近得多），但它不仅与法国良民无缘，而且也与欧洲良民无份，而日本人也许已经登临我拜占庭城门了，此时此刻，社团化了的反军国主义人士正板起面孔，争论自由诗的根本道德问题呢。”维尔迪兰夫人以为可以放开亲王夫人被她碰伤了的肩膀，重又露出粉面，不无装模作样地拭拭眼睛，重新喘了两三下气。可布里肖却要我大饱耳福，摆开论文答辩的架势，亲自出马主持，立论就是，人们绝不吹捧青年人，只能严加教训，晓以利害，不惜被他们视作反动派：“我可不愿意亵渎青春神明。”他说着，偷偷地瞟我一眼，那目光，多像报告人偷偷瞟听众中的某人一眼，然后点他的名。“我可不愿意在马拉美的小教堂里被打成异教徒或回归异教徒而永世不得翻身，在他的教堂里，我们的新朋友，像我们的所有与他同龄的朋友一样，都得为秘密弥撒效劳，至少得像唱诗班的孩子那样，显得未老先衰，或者像蔷薇十字会[1]会员那样神秘莫测。但的确，这类酷爱带大写字母‘A’的‘艺术’（Art）的知识分子，我们见识得也太多了，他们把左拉当酒喝尚嫌不过瘾，便在自己身上打魏尔伦的麻醉剂。他们崇拜波德莱尔染上了乙醚瘾，一旦祖国需要他们一展雄风时，他们兴许再也无能为力了，他们已经麻木不仁，得了严重的文学神经官能症，处在暖烘烘、懒洋洋、沉甸甸的乌烟瘴气里，象征主义的鸦片烟

---

[1] 19 世纪末法国作家和艺术家的美学运动。

氛围之中。”对于布里肖这番荒谬杂乱的高谈阔论，我实在难以伪装出一丝的苟同，于是转向茨基，断然肯定他在德·夏吕斯先生门庭家族问题上绝对弄错了；他回答我说他断然没有错，并说我本人曾经告诉过他，他的真实家姓是冈丹，勒·冈丹。“我告诉过您，”我回答他说，“德·康布尔梅夫人是一位叫勒格朗丹先生的工程师的姐妹。我从来就没有对您谈起过德·夏吕斯先生。论亲戚关系，他与德·康布尔梅有瓜葛，就像老孔代与拉辛有牵连那样不相上下。”“啊，我以为呢。”茨基悄声说道，还不肯大胆地承认自己的错误，几个小时前，他弄错了，差一点使我们误了火车。“您是否打算在海滨多住一些时日？”维尔迪兰夫人问德·夏吕斯先生，她预感到他可以作为一名忠实的门客，眼看他过早地要回巴黎不禁恋恋不舍地哆嗦起来。“我的天，谁也说不准，”德·夏吕斯先生拖长着鼻音回答道。“我很想待到九月底。”“您说得对，”维尔迪兰夫人道，“正是欣赏暴风雨的时节。”“实话实说吧，并不是气候决定我的去留。最近以来，我对我的主保圣人，圣米歇尔大天使过于怠慢了，我想报答他一下，一直在蒙山修道院待到他的节日，九月二十九日。”“您对此很感兴趣吗？那些个事儿？”维尔迪兰夫人问，要不是她觉得一次如此长途漫游会使小提琴手和男爵“放松”四十八个钟头，她兴许会成功地命令自己受了伤害的反教权主义感情保持沉默。“您可能有间歇耳聋的毛病吧，”德·夏吕斯先生盛气凌人地回答道，“我刚才对您说过，圣米歇尔是我的一个非凡的主保圣人。”说着，他露出迷人的和蔼可亲的微笑，眼睛则盯住远处看，激动地抬高了嗓门，我觉得，他的激动超出了审美的范畴，已经进入了宗教的领域："献祭礼美极了，米歇尔站在祭台的旁边，身着大白袍，摇动着金香炉，团团清香，青云直上，飘飘然直到上帝跟前！""大家可以结伴而行嘛。"维尔迪兰夫人建议道，尽管她讨厌教士的圆帽子。"此时此刻，祭礼一开始，"德·夏吕斯先生接着说，他虽另有原因，却与议会中杰出的报告人采取的方法如出一辙，绝不回答打断演讲的提问，听而不闻，"看我们的年轻朋友演奏巴勒斯特里纳的作品，乃至演奏一段巴赫的咏叹调，那该是多么令人陶醉的事。善良的修道院院长，他也会乐疯的，因为我向我的主保圣人报以最崇高的敬意，至少是公开的最崇高的敬意。这对信徒们是多大的感化！待会儿，我们要对年轻的安吉利科谈及此事，他像圣米歇尔一样，既是音乐天使，又是军事天使。"

萨尼埃特被叫来当明家，可他声称不会玩惠斯特。戈达尔眼看离火车开车时间不多了，便同莫雷尔赶紧玩一盘双人牌。维尔迪兰先生气急败坏地朝萨尼埃特走去："您什么也不会玩！"他嚷嚷道，因三缺一打不成惠斯特而大动肝火，却为能找到痛骂老档案保管员的借口而心花怒放。萨尼埃特吓蒙了，却露出幽默的神色："不，我会玩钢琴。"他说。戈达尔与莫雷尔面对面坐着。"您先请吧。"戈达尔说。"我们往牌桌那边靠靠吧。"德·夏吕斯先生对德·康布尔梅先生说，看到小提琴手与戈达尔在一起不禁着了急。"这就像那些标牌问题一样有趣，可现在，牌子已没多大意义了。给我们留下的国王，起码在法兰西是如此，只剩下牌中之王了，我看，国王们纷至沓来，正光临年轻的乐坛高手的手。"他马上补上一句，对莫雷尔美言一番，对他玩牌的姿态也很欣赏，同时也是有意吹捧他一下，最终是为其向小提琴手肩上靠去的动作进行辩解。“俄毙了。”戈达尔操着外国佬的腔调说，孩子们听到这种腔调准会哈哈大笑，犹如医学大师来到一位重病号床边，一脸无动于衷的表情，却开了一个习惯性的玩笑，弄得身边的学生们和临床医生捧腹大笑。“我不太懂该怎么玩。”莫雷尔请教德·康布尔梅先生说。“随您的便吧，不管怎么说您败局已定，这样那样反正都一样。”“加利-马里埃？”大夫说着，瞅了德·康布尔梅先生一眼，目光讨好而且友善。“此乃我等所谓真正著名歌唱家是也，简直是美梦，一个再也见不着的卡门。这是旦角。我还想听听昂加莉（已婚的）的演唱呢。”侯爵站了起来，怀有出身名门望族之人常有的鄙视他人的鄙俗之气，但他们并不明白，他们侮辱了主人，因为他们露出了勉强的神色，对能否与主人的客人来往不置可否，往往以英国习惯致歉，用语不敬：“打牌的这位先生何许人也？他干的是何营生？他卖的什么货色？我很想知道我与何人同处，为的是不随便与人交往。不过，您刚才赏光将鄙人介绍给他时，我没听清其姓氏。”倘若维尔迪兰先生的的确确抓住这后面几句话，把德·康布尔梅先生介绍给自己的宾客，那么德·康布尔梅先生也会觉得维尔迪兰先生太不地道。但由于知道发生的情况正好相反，他觉得装出一副乖孩子的样子，做个谦谦君子，岂不亲和大度。大夫成了名教授之后，维尔迪兰先生从和戈达尔大夫的亲密交往中滋长起来的骄傲情绪与日俱增。但这种自豪感的表露形式不像过去那么幼稚了。想当初，戈达尔才初露头角，若有人对维尔迪兰先生谈起他妻子的面部神经痛，他便说："有些人有幼稚的自尊心，往往以为他们知道的东西都是名牌，以为自己闺女的声乐教授一定家喻户晓名扬天下。如果给她看病的是一个二流医生，那倒可以另寻良方；但如果来的医生是戈达尔（他指名道姓时，仿佛是指布夏或钱戈大夫似的），那只好撤梯拉倒了。"维尔迪兰先生明知德·康布尔梅先生肯定听说过名教授戈达尔，便来个反其道而行之，露出天真之气。"他是我们的家庭医生，一个好心人，我们可喜欢他了。他为我们可以不惜五马分尸；这哪儿是医生，简直是好朋友，我想您不认识他，您也不知道他有多大名气；但无论如何，对我们来说，他是鼎鼎有名的大好人，赫赫有名的亲密朋友，戈达尔。"这姓，经他神态谦逊地喃喃一念，竟使德·康布尔梅先生迷糊了，他还以为是另外一个人呢。"戈达尔？您不是说戈达尔教授吧？"大家恰好听到所说教授的声音，他一时尴尬，抓着纸牌说："雅典人在此受创。""啊！可不是嘛，多巧，他正是教授。"维尔迪兰先生说。"什么！戈达尔教授！您没弄错吧，您很有把握，他就是那位住在渡船街的戈达尔教授！""对呀，他住在渡船街四十三号。您认识他？""可大家都知道戈达尔教授。这是个权威！这好比是，您问我是否认识布夫·德·圣布莱士，或者古杜瓦－絮菲。我一听他说话，就看出来了，这可不是一个寻常人物，正因为如此，我才冒昧问您。""喂，该出什么？王牌？"戈达尔问。可转瞬之间，戈达尔俗气外冒，即使是在英勇壮烈的场合，这类粗俗之气也令人瞠目，一个战士在战场上可以用一句粗话表示视死如归，但在甩牌消遣没有危险的时刻，说这种粗话就未免倍加愚蠢了，戈达尔决心亮王牌，阴沉下脸来，“孤注一掷”，大有赴汤蹈火在所不辞的气概，玩牌如玩命，大喊一声：“豁出去了，老子不在乎！”他不该出这张牌，但精神上得到了安慰。在客厅中央，在一把宽大的扶手椅上，戈达尔夫人抵挡不住晚饭后在她身上产生的不可抗拒的效应，强打精神仍无济于事，屈服于茫茫飘飘的睡意，束手就擒了。她枉费心机，几次挺起身子，笑一笑，不是用以自嘲，就是提心吊胆，生怕有人对她客气地说话，自己却不搭理人家，但她万般无奈，重又陷入无情而香甜的瞌睡病的魔掌。但她猛然悟醒，只不过一秒钟，倒不是被声音吵醒，而是被目光看醒（即使闭上双眼，她也温情脉脉地看到并预见到这种目光，因为每天晚上都要上演同样的戏，纠缠着她的睡梦，就像时钟打点该起床那样），教授老是用这种目光，告诉在场的人们，他夫人睡着了。开始时，他只是看看她，笑一笑，因为，如果说，作为医生，他反对晚饭后就打瞌睡（至少他先讲清科学道理后再生气，但他也没有把握是否在理，因为他对此也有不同的看法），但作为男子汉大丈夫，而且又好逗人，他喜欢嘲弄自己的妻子，开始只是催她半醒，以便让她再睡过去，然后再重新把她弄醒，以此为乐。

此时，戈达尔夫人已酣然入梦。“可以了！莱翁蒂娜，您睡着了。”教授大声对她叫道。“我听斯万夫人说话呢，我的朋友。”戈达尔夫人有气无力地回答道，又迷糊了过去。“荒唐，”戈达尔嚷嚷道，“待会儿她还会向我们宣称她没有睡。多像来看病的病人，他们硬说他们从来没睡着觉。”“他们也许自己是这么想的。”

德·康布尔梅先生笑着说。但大夫既喜欢唱反调，也喜欢逗人玩，就是容不得一个门外汉敢在他面前谈医道。“人们不能想象自己不睡觉。”他以武断的口气发布他的论断。“啊！”侯爵毕恭毕敬地欠了欠身，颇似戈达尔过去的举止。“看清了吧，”戈达尔接着说，“您不曾像我那样下药，甚至用了两克‘trional’[1]仍达不到半睡眠状态。”“的确，的确，”侯爵神气自负地笑着说，“我从来没有用过 trional，也没有服用过任何诸如此类的麻醉品，这些玩意儿一会儿就失效，反而把您的胃弄坏了。像我吧，人家整夜在尚特比森林里狩猎，我向您保证，人家无须用 trional 来安眠。”“无知的人才说这样的话。”教授回答道，“le trional 有时可以有效地消除神经紧张。您说 trional，可您是否晓得这是什么东西吗？”“可……我听说是一种催眠药品。”“您没有回答我的问题。”教授以教训人的口吻接着说，他一星期三次在医学院里搞“考查”。“我没问您这是否会催眠，而是问您这是什么东西。您能告诉我它包含多少戊基和乙基的成分吗？”“不。”德·康布尔梅先生尴尬作答。“我宁可来一大杯白兰地，甚至来一大杯 345 波特酒也行。”“这些酒毒性大十倍。”教授打断说。“关于 trional，”德·康布尔梅先生贸然说，“我妻子就习惯用那些玩意儿，您最好同她说。”“她知道的恐怕与您不相上下。但不管怎么说，假如您的妻子服用 trional 来安眠，那您可见，我的妻子就大可不必了。喂，莱翁蒂娜，挪动挪动，你迷糊过去了，你见我吃过晚饭就睡觉吗，我？现在就睡

---

[1] 药名，音译“台俄那”，那三乙眠砜，二乙砜。

得像个老太婆那样，待到花甲之年，你该怎么办才好？你会发胖的，你会停止血液循环……她已经听不见我说话了。”“这样对健康有害，晚饭后就这样打瞌睡，是不是，大夫？”德·康布尔梅先生说，企图在戈达尔面前挽回点面子。“酒足饭饱之后，应当做点锻炼。”“奇谈怪论！”大夫回答道。“有人分别从一只静躺着的狗的胃里和一只奔跑过的狗的胃里提取等量的食物，发现静躺着的狗的消化更快。”“那么睡眠切断消化吗？”“这要看是食管消化，还是胃腔消化，或是肠腔消化；跟您解释也白搭，反正您不明白，因为您没学过医。喂，莱翁蒂娜，前进……奋勇前进！该走了！”但他说的不是实话，因为大夫非把这局牌打下去不可，他只希望这样冷不防地打断悄然无声的妻子的瞌睡，他刚才对她晓之以理，好言相劝，却没得到回答。或许，在戈达尔夫人脑子里，一种抵制睡觉的毅力仍在坚持抗争，即使在睡眠状态中也未曾松懈，或许是扶手椅未曾为她的头颅提供依托，她的脑袋机械地在空中忽左忽右忽高忽低地晃动着，仿若惯性运动的物体，只见戈达尔夫人摇头晃脑，忽而像听音乐，忽而进入垂死挣扎的最后阶段。凡是她丈夫愈益激越的告诫失败之处，便是她自己愚蠢的感情成功之时。“我的澡洗得真舒服热乎，”她喃喃道，“可词典的羽毛……”她嚷嚷着挺起身子。“噢！我的上帝，我多蠢！我说什么来着？我刚才想到了我的帽子，我可能说了一句蠢话，我差一点睡着了，这该死的火。”大家都笑了，因为身边并没有火。

“你们笑我吧，”戈达尔夫人自己说着也笑了，她用手抹去额上刚刚留下的睡痕，手姿轻捷，如给动物磁疗那样飘逸，像少妇梳理头发般灵活，“我要向亲爱的维尔迪兰夫人道歉，从她那里知道真相。”但她的笑容转眼变成了愁容，因为教授明知道他妻子千方百计讨他的喜欢，唯恐拍马屁拍不到点上，可他却对她嚷嚷道：“你去照照镜子吧，你脸红得像长了粉刺，乡下老太婆的模样。”

“你们晓得吧，他很可爱，”维尔迪兰夫人说，“他有好心挖苦人的妙着。再说，他把我丈夫从坟墓门口领了回来，当时全医院都说我丈夫没救了。他在我丈夫身边守了三夜，不曾睡觉。因此，戈达尔对于我，你们晓得吧，”她补充道，口气严厉，几乎近于威胁，同时把手举向优美的白发云鬓，好像我们刚才要动手打大夫似的，“他是神圣的！他可以愿意要什么就要什么。而且，我不叫他戈达尔大夫，我叫他上帝大夫！我即使这样说也是诽谤他了，因为这个上帝还尽可能地补救一部分他人造成的不幸。”“出王牌。”德·夏吕斯先生和颜悦色地对莫雷尔说。“王牌，得看看。”小提琴手说。“先得亮出您的王牌，”德·夏吕斯先生说，“您心不在焉，可您打得很棒！”“我有王牌在手。”莫雷尔说。“真是个美男子。”教授回答道。“那玩意儿是怎么回事，这么些小杠杠？”维尔迪兰夫人指着壁炉上雕刻精致的纹章问德·康布尔梅先生说。“这就是你们的纹章！”她补充道，带有一点奚落人的味道。“不，这不是我们的，”德·康布尔梅先生回答。“我们佩戴对称堞口三横带金纹章，对着五个堞口，每口对嵌一朵金三叶花。不，那上边，是阿拉施贝家族的标志；不属于我们这一支家族，而是属于房主的，我们继承了他们的房产，我们家族的人始终不愿意动它。阿拉施贝家族（据说，昔日叫贝菲兰）佩戴五堞口对五金尖桩纹章。他们同费代纳家族联姻后，盾形纹章就变了，不过仍保留二十枚小十字图饰，又用金桩小十字垫底，右边双翼银底黑纹。”“骗人。”德·康布尔梅夫人悄声说。“我的曾祖母是阿拉施贝家或拉施贝家的人，随您怎么说都行，因为两个姓在旧家谱上都有记载，”德·康布尔梅先生接着说，弄得满脸通红，因为只在此时此刻，他才想起是他妻子给他带来的荣耀，他生怕维尔迪兰夫人听了这番话多心，其实这话根本不是冲着她说的。“历史是这样的，在十一世纪，出现了第一个阿拉施贝人，叫马塞，人称贝菲兰，在围城拔桩中表现得敏捷能干，遂得阿拉施贝拔桩能手的称号，他因此受封为贵族，您看到的那些个桩桩，也就在纹章中代代留传下来了。那些个木桩，是为了使城堡更加难以接近而安插的，请原谅我使用这种说法，一根根安插在城堡前的土地上，然后又把它们一根根连接起来，您刚才恰如其分地称为小杠杠的就是这些东西，它们与善良的拉封丹笔下的漂浮的小棍子毫无关系。因为人们以为，它们可以使地盘固若金汤。显然，有了现代炮兵后，这样的防线未免令人好笑。但应当记住，那是十一世纪的事。”“这玩意儿现在已不时兴了，”维尔迪兰夫人说，“不过，小钟楼倒别具一格。”“您交上了……滴儿溜滴滴的好运气。”戈达尔说，这个拟笛声词儿他故意来回重复以避开莫里哀用的那个词。“您晓得为什么方块王[1]被废黜了吗？”“我巴不得代他受过。”莫雷尔说，因为服兵役使他讨厌死了。“啊！刁民也。”德·夏吕斯

[1] 即方块老K。

先生叫了起来，他忍不住掐了掐小提琴手的耳朵。“不，您不晓得为什么方块王被废黜了？”戈达尔又问，仍在开他的玩笑，“那是因为他只有一只眼睛。”“您遇上了厉害的对手，大夫。”德·康布尔梅先生说，用以向戈达尔表明他知道他是何许人。“这个年轻人了不得，”德·夏吕斯先生指着莫雷尔天真地打断说，“他出牌如有神。”这话大夫听了大为不快，答道：“死不了，走着瞧。抓滑头，就得更滑头。”“王后，阿斯[1]。”莫雷尔吉星高照，得意扬扬地宣告。大夫低下头，好像无法否认自己命运多舛，只好目瞪口呆地承认：“真漂亮。”“同德·夏吕斯先生共进晚餐，我们过得十分愉快。”德·康布尔梅夫人对维尔迪兰夫人说。“您以前不认识他？他够可爱的，他与众不同，他是属于过去一个时代的（难为她一语道破）。”维尔迪兰夫人答道，满意地笑着，带着音乐爱好者、判官和主妇兼得的满足。德·康布尔梅夫人问我是否要同圣卢一起去费代纳。当我看到一轮明月，如同一盏橘黄灯笼，悬挂在城堡橡树林圆拱形树梢上时，情不自禁地欢呼起来。“这还不算什么了不起；待会儿，等月亮升高一些，照在山谷里，那比现在美千百倍。这是您在费代纳看不到的！”她口气轻蔑地对德·康布尔梅夫人说，弄得德·康布尔梅夫人不知如何回答是好，她特别不愿意在房客面前贬低自己房地产的价值。“您还要在此地逗留一段时间吧，夫人？”德·康布尔梅先生问戈达尔夫人说，这话可以被看作有邀请她的含糊的意向，现在却不说死具体的约会时

[1] 王后即纸牌Q，阿斯即A。

日。“噢！当然，先生，为孩子们着想，我们珍惜这一年一度的大流动。说什么也没有用，他们需要乡野的空气。学院想把我派到维希去；但那里太闷热了，等这些大小伙子再长大一点，我得注意自己的肚子了。还有，教授负责主考，总是忙得不亦乐乎。闷热把他累坏了。我觉得像他那样一年忙到头，也该彻底地轻松一下。无论如何，我们还要待足足一个月。”“啊！这么说我们后会有期。”“再说，我丈夫要去萨瓦巡诊，半个月后他才能回到这里的固定诊所，我只好留下来了。”“山谷边与海边相比，我更喜欢山谷边。”维尔迪兰夫人又说。“明媚的风光欢迎你们回来旧地重游。”“如果您非今晚回巴尔贝克不可，还得看马车是否备好了，”维尔迪兰先生对我说，“可我看没有这个必要。明天早上用车子送您回去就是了。肯定是个大晴天。沿路美不胜收。”我说那是不可能的。“但不管怎么说还不到时候。”女主人提出了异议。“让他们放心吧，他们还有时间。现在提前走就要提前一小时到达车站。他们在这里总比在车站强。那您呢，我的小莫扎特，”她对莫雷尔说，却不敢直接问德·夏吕斯先生，“您不想留下来？我们在海边有漂亮的住房。”“不过他不能。”德·夏吕斯先生替局中人回答，局中人正全神贯注地玩牌，没有听见女主人的问话。“他必须在午夜之前赶回去。他得回去睡觉，像一个听话的乖孩子。”他补充道，用的虽是开玩笑的口气，但装腔作势，不留余地，仿佛他使用这句纯洁的比喻可以得到些许施加性虐待的快感，同样，在涉及莫雷尔时顺便加重了口气，若不能动手动脚，便用近似触摸的挑逗语言去抚摸他，从而得到同样的享受。

从布里肖对我的喋喋不休的说教中，德·康布尔梅先生得出结论，我是德雷福斯分子。他十有八九是反德雷福斯派，但出于对一个宿敌的礼貌，他竟对我称赞起一位犹太上校来。这位上校对谢弗勒尼家的一个表兄弟很够意思，给予他当之无愧的提拔。“我的表兄弟处在截然对立的思想之中。”到底指什么思想，德·康布尔梅先生故意滑动其词，但我觉得这些思想跟他的面目一样陈旧，一样丑陋，是某些小城镇几个家族也许早就有的旧观念。“那好哇！您晓得吧，我感到这太美了！”德·康布尔梅先生下结论道。一点不错，他很少在美学意义上使用“美”一词，在审美意义上，对他母亲或妻子来说，它兴许是指形形色色的作品。不过是指艺术作品。德·康布尔梅先生好用这个形容词来赞美，比如说，赞美一个有点发福的妙人儿。“怎么，您在两个月之内长了三公斤？您晓得吧，这太美了！”清凉饮料、时鲜水果已经上桌。维尔迪兰夫人请先生们去选择自己爱喝的饮料。德·夏吕斯先生去喝了自己的一杯，连忙回到牌桌上，再也没动窝。维尔迪兰夫人问他：“您喝了我调的橘子水了？”只见德·夏吕斯先生优雅地一笑，用一种他罕有的清脆口气，又是噘嘴又是撇嘴，腰肢扭来扭去，回答道：“不，我偏爱旁边的那种，小草莓，我觉得很可口。”真是怪事，某些秘密行为的性质竟通过言谈举止的方式方法披露出来，产生了外部的效果。一个先生信不信圣母的无玷始胎，信不信德雷福斯的清白无辜，信不信多元的世界，只要他守口如瓶，人们就休想从他的话音里或从他的举止上，找到任何可以让人发现他思想深处的东西。但当人们听到德·夏吕斯先生操着这尖尖的嗓音，推出这微微笑脸，打着这种种手势，说什么：“不，我偏爱旁边的那种，小草莓。”人家可就要说话了：“瞧，他喜欢雄性。”口气之肯定，犹如审判官在判决不肯坦白交代的罪犯，又如医生宣判一个全瘫病人得了不治之症，病人也许不知道病痛，但因说不清话致使医生断定他活不过三年。也许，人们从他说那句话的腔调“不，我偏爱旁边的那种，小草莓”，不难得出这是一种所谓的性倒错的结论，这并不需要太多的科学知识。当然，这是因为，在这里，迹象与隐秘之间，有更直接的关系。即使不说一针见血，人们也总可以感到，这是一个和颜悦色的女士在答您的话，但她又显得矫揉造作，因为她故意装出男子汉模样，可人们看不惯男人这般忸怩作态。也许，这样想更雅观些吧，就是长久以来，有一定数量的天使女人投错了胎，混到男性行列中，她们拍打着翅膀逃亡，徒劳无益地向男人飞去，却从肉体上对男人产生反感，她们善于整理客厅，料理“内务”。德·夏吕斯先生心安理得地让维尔迪兰夫人站着，自己仍然坐在扶手椅上，以便挨紧莫雷尔。“难道您不觉得，”维尔迪兰夫人对男爵说，“这岂不是一种罪过，那个人本来可以用他的小提琴为我们助兴，却厮守着双人牌桌。要是有人像他那样拉琴！”“他打牌很漂亮，他干什么都行，他极聪明。”德·夏吕斯先生说，一边看着牌，好替莫雷尔出谋划策。然而，他在维尔迪兰夫人面前竟然坐在扶手椅上不站起来，这并不是唯一的原因。他以其形形色色的社会观烩成一盘独特的大杂烩，贵族大老爷和艺术爱好者的风味兼而有之，不是像他所处的上流社会的男士那般彬彬有礼，而是效法圣西门自作种种活画；而此时此刻，他兴致勃勃地塑造出于格塞尔元帅，元帅之所以令他感兴趣，还有另外一方面的原因，他说起元帅时，说他面对宫廷中比他更尊贵者，根本不把他们看在眼里，甚至都懒得起身。“那么说，夏吕斯，”维尔迪兰夫人说，顿时亲热起来，“难道在您的那个区，找不到一个破落的老贵族来给我看门吗？”“当然可以……当然可以……”德·夏吕斯先生笑着说，像个老好人，“但我不推荐您这么做。”“为什么？”“我为您担心，衣冠楚楚的贵客们到了门口就不想往里走了。”这是他们之间第一次小冲突。维尔迪兰夫人对此几乎没有在意。不幸的是，他们在巴黎有可能发生过摩擦。德·夏吕斯先生还是没有离开座位。他不禁感到好笑，竟会如此轻而易举地使维尔迪兰夫人屈从了，他那套有利于贵族特权和资产者的格言得到了确认。女主人对男爵的态度一点儿也不见怪，她离开他，仅仅是因为她看到我又被德·康布尔梅先生死死缠住而感到不放心。但在这之前，她想弄清德·夏吕斯先生与莫莱伯爵夫人的关系。“您曾对我说过，您认识德·莫莱夫人。您去她家？”她问，赋予“去她家”以“在她家得到接待”“得到她的允许去看她”的意义。德·夏吕斯先生的回答，则带着轻蔑的变调，言简意赅的矫揉造作，他拿出唱圣诗的腔调说：“有那么几次。”这“几次”使维尔迪兰夫人顿生疑团，便问道：“您是否在她家见过德·盖尔芒特公爵？”“啊！我记不得了。”“啊！”维尔迪兰夫人感叹道，“您不认识德·盖尔芒特公爵？”“可我怎么会不认识他呢？”德·夏吕斯先生回答道，一丝微笑牵动着嘴唇起伏波动起来。这是冷嘲热讽的微笑；但由于男爵生怕被人看到嘴里的一颗金牙，讥诮尚未出嘴便被唇刀抿碎了，形成的蜿蜒曲折的笑纹变成了莞尔一笑。“您为什么说：我怎么会不认识他？”“因为他是我的兄弟呀。”德·夏吕斯先生漫不经心地说，却使维尔迪兰夫人陷入惊愕和困惑，弄不准自己请来的客人是否在耻笑自己，弄不清德·夏吕斯先生是否是私生子，或是偏房所生。她万万没有想到，德·盖尔芒特公爵的兄弟竟叫德·夏吕斯男爵。她朝我走了过来：“我刚听说，德·康布尔梅先生请您吃晚宴。我嘛，您晓得，这对我来说无关紧要。但是，为您着想，我还是希望您不去为好。首先，那儿尽是讨厌鬼。啊！要是您愿意与外省一些无人知晓的伯爵、侯爵们共进晚餐，您一定会吃得如愿以偿。”“我想，我不能不去应酬一两次。然而，我不太有空，因为我有一个年轻的表妹，我不能把她一个人撂下不管（我以为拉上亲戚关系可以使事情简单化，以便名正言顺地同阿尔贝蒂娜一起外出）。但对康布尔梅夫妇来讲，由于我已经在她们面前介绍过她……”“您愿意怎么办就怎么办。可我要告诉您的是，那里极不卫生；您一旦染上胸部炎症，或落下类似风湿痛之类好些个小毛病，您想后悔也来不及了吧？”“可不是说那地方很秀丽吗？”“湿、湿、湿乎乎的……可以这么说。我呀，说白了吧，我百般偏爱从这里饱览山谷的风光。首先，人家即使倒贴我们钱，我们也不会要那座房子，因为，海风对维尔迪兰先生是致命的。您的表妹只要稍有点过敏性怕风寒……不过，再说，您本来就对风寒过敏，我想……您有哮喘病。那好了！您瞧吧。您去一回试试，保管您八天睡不着觉，可这就不是我们的事了。”可她没考虑到自己的后语会与自己的前言自相矛盾：“如果您高兴看看房子，房子不坏，秀丽谈不上，但的确很好玩，有旧壕沟，有旧吊桥，我不得不履行一次义务，无论如何得到那里去吃一顿晚饭，那好吧！到那一天您一定去。我尽量把我的小圈子都带去。那就太好了。后天。我们要乘车去阿朗布维尔。那一路可美了。有美味的苹果酒。来吧。您，布里肖，您也来吧。还有您，茨基。反正这是我丈夫分内的事。他本来就该事先做出安排。我不太清楚他邀请了谁？德·夏吕斯先生，您是否在邀请之列？”男爵只听到最后这一句话，而且不知道人家说的是去阿朗布维尔游览之事，不禁跳了起来：“怪问题。”他以嘲讽的口气喃喃道，维尔迪兰夫人听了觉得不是滋味。“再说，”她对我说，“在康布尔梅家晚宴之前，何不把她带到这儿来，把您的表妹？她喜欢聊天，喜欢才子吗？她可爱吧？是的。那就好，很好，带她一起来吧。世上不只有康布尔梅一家。我明白，他们很高兴邀请她，可他们却请不到任何人，在这里，她可以呼吸新鲜空气，始终有才情做伴。总之，我指望您不会使我泄气，下星期三。我听说，您曾同您的表妹，同德·夏吕斯先生，在里夫贝尔吃点心，还有谁我就不得而知了。您可以设法把这一帮人都挪到这儿来嘛，皆大欢喜，来那么一小帮子。联络是再容易不过的，大道小路美极了；如有必要，我会派人接你们。不过，我不知道是什么东西吸引你们到里夫贝尔，那地方外国阔佬们泛滥成灾。你们可能相信那地方的烘饼有名气。我的厨师做饼更是拿手。我一定请你们吃饼，我请客，诺曼底饼，地地道道，油酥饼，我只说这些。啊！您如果硬要吃里夫贝尔的肮脏饭菜，这，我可不干，我不暗算我的客人们，先生，而且，即使我想下手，我的厨师也不愿干那种难以启齿的卑鄙勾当，他宁可改换门庭。那地方的酥饼，弄不清是什么玩意儿做的。我认识一个可怜的姑娘，就因为吃了这东西得了胸膜炎，三天之内就一命呜呼了。她年仅十七岁。她可怜的母亲有多伤心，”维尔迪兰夫人补充道，饱经沧桑与痛苦的两颊露出不胜忧虑的神色，“不过，说白了，要是您乐于被人敲竹杠，高兴把钱往窗外扔，那您不妨去里夫贝尔尝尝滋味。只是，有劳大驾，我要给您下一道信得过的使命：六点钟一响，您把您的全部人马带到我这儿来，千万不要让大家各自回家，各奔东西。您可以随便带谁来。我并不是对所有的人都讲这样的话。但我对您放心，您的朋友们都是可爱的，我一眼就看得出来，我们彼此心心相印。除小核心成员外，星期三准还有可亲可爱的人来。您不认识可爱的德·隆邦太太？她长得美极了，而且才华横溢，但一点也不附庸风雅，您看吧，她会讨您喜欢的。她也会带一整帮朋友来。”维尔迪兰夫人补充道，目的是为了向我表明，这是好人相聚，举例来鼓励我。“大家会看到，到底什么东西最有影响，谁带来的人最多，是巴布·德·隆邦带来的人多，还是您带来的人多，而且我认为，还得把贝戈特带来。”她补充道，看样子神色茫然，因为名人能否赏光大成问题，早上各家报纸发表了一条简讯，称这位大作家的健康状况令人深感不安。“您最终会看到，这将是我最成功的星期三聚会之一，我不要令人讨厌的女人。别因为今晚的这个星期三就下结论，今晚是一败涂地了。您别说了，您岂能比我更烦恼，我自己都觉得烦死人。哪会永远像今晚这样子，您知道！再说，我且不说康布尔梅两口子，他们真叫人受不了，可我认识一些上流社会的人，他们个个都是可亲可爱的，嘿！除了我的小核心，哪儿也找不着这样的人。我听您说过，您觉得斯万是聪明人。首先，我看这太言过其实了，姑且不论此人的个性，我总觉得他暗地里讨厌死了，阴险极了，星期三他常来我这里吃晚餐。好了，您可以问问别人，甚至可以与布里肖比一比，布里肖远不是才智出众鹤立鸡群，只不过是一个二流好教授，还是我把他拉进科学院的呢，斯万与布里肖相比，只好无地自容了。他属于平庸之辈！”但由于我发表了相反的意见，她便改口说：“是这样。我可不愿对您说任何他的坏话，既然他是您的朋友；何况，他很喜欢您，他对我提到您，说起来美滋滋的，不过，问问这些人好了，他在我们的晚宴上，有没有说过一点有意思的事情。这可是试金石呀。那好了！我不知道为什么，斯万呀，在我府上，既无所予，也毫无所得。但凡他还有一点值得称道的都是在这里弄到的。”我肯定他很聪明。“不，您就相信这一点，那是因为您认识他的时间比我短的缘故。其实，人家很快就对他了如指掌。我呀，他烦死我了。（意为：他常去拉特雷默伊耶府上和盖尔芒特府上，他明知道我不去那儿。）我一切都能忍受，就是忍受不了心烦。啊！这个，不行！”恐烦症现在已经成了维尔迪兰夫人心头上赖以解释小核心组成的理由。她尚未接待公爵夫人们，因为她不能自寻烦恼，就像因为会晕船不敢到海上去旅行一样。我扪心自语，维尔迪兰夫人所说的并非全然没有道理，虽然盖尔芒特家声称布里肖是他们所见到的最愚蠢的男人，但我仍然说不清他事实上是否高于他人，即使不高于斯万本人，至少高于有盖尔芒特精神的人，那些人虽然因他那学究式的玩笑而脸红，但竟然没有羞耻心，我心里寻思着，仿佛聪慧的天性可以在某种程度上得到我自问自答的启明似的，其严肃的程度犹如一个受波尔罗亚尔隐修院影响的基督徒向自己提出圣恩的问题。“您瞧吧，”维尔迪兰夫人继续说，“如果有人接待上流社会的人，接待有真才实学的人，接待我们圈子里的人，那就应当到那儿去看一看，瞎子王国里最有才华的上流社会人士在这里只不过是一个独眼龙而已。更有甚者，他对别人冷若冰霜，别人一下子心就凉了。以至于到了这种程度，我考虑是不是不要搞类似的活动，就是因为讨厌这些人，不要鱼龙混杂，把一切都搞糟了，以便好生享用我的小核心。说定了：您一定带您的表妹来。一言为定。好。至少！在这里，你们俩有吃的。在费代纳，又是饥又是渴的。啊！相反，假如您喜欢吃耗子，那您赶紧去，您将如愿以偿。只要您愿意，人家留您多久都行。到头来，您非饿死不可。不过，我要是去，我动身之前得吃好晚饭。若要更热闹一点，您得来找我。我们好生尝一尝，回来时再吃个夜宵。您爱吃苹果塔吗？爱吃，太好了！我们的大师傅做苹果塔与众不同。您看我说得对吧，您生来就适合在这里生活。那就来这里住吧。您晓得，我家的空床位看样子不多实际上不少。我不说就是了，免得招讨厌鬼来。您可以把您的表妹带来住。她会感到这里的空气与巴尔贝克大不相同。靠这里的空气，我断言我可以治好不治之症。我发誓，我真的治过，但不是现在。因为，过去我就住在附近，好不容易我才发现这点儿名堂，一片面包的代价就搞到手了，比他们的拉斯普利埃可别具一格。我们要是出去散步，我会指点给您看。但我认为，这地方，空气的确益身养神。尽管我不愿意大谈特谈，但巴黎人一眼就会喜欢上我这小块世外桃源。这可一直是我的吉星。最后，您把这一切告诉您表妹吧。给你们两间漂亮的房间，面对山谷，您会看到这良辰美景，雾中的太阳！那么，您说的那个罗贝·德·圣卢是什么玩意儿？”她神色不安地说，因为她听说我要到东锡埃尔去看他，恐怕他会让我泄气。“您不如把他带到这儿来，如果他不是一个讨厌鬼的话。我听莫雷尔谈起过他；我似乎觉得是他的一个老朋友。”维尔迪兰夫人说道，一派胡言乱语，因为圣卢与莫雷尔彼此素昧平生。但当她听说圣卢认识德·夏吕斯先生时，她想，准是小提琴手拉的线，便装出知情的神气。“会不会碰巧了，他不搞医，也不搞文学？您晓得，您要是需要考试方面的参考意见，戈达尔全可以办，而我要把他捏成什么样子就是什么样子。至于科学院，那是后话，因为我想，他还不到年纪，我掌握着好几票。您的朋友到这里兴许是旧地重游，看看房子也许他会高兴。东锡埃尔，可不怎么好玩。总之，您可以为所欲为，包您称心如意。”她话说透了却不强求，以免露出设法巴结“名门望族”的神色，因为她的意图是，她要让众常客生活在专制制度之下，却美其名曰自由。“嗳，你怎么啦。”她看到维尔迪兰先生便说他，只见他不耐烦地指手画脚，来到木板平台上，平台从沙龙的一侧伸出去，下面就是幽谷，看样子他气得喘不过气来，需要呼吸一点新鲜空气。“又是萨尼埃特气你了？可你既然知道他是大笨蛋，你死了这份心就是了，何必自作自受弄成这个样子……我不喜欢这样，”她对我说，“因为这对他不好，会使他脑充血的。但我还得说，还真应当有天使的耐心才能忍受萨尼埃特的愚蠢，尤其应当记住，收容萨尼埃特是一种慈悲。可我啊，我说实话，他蠢得出奇反成了我的欢乐。我想，饭后您听到他说的话了吧：‘我不会玩惠斯特，但我会玩钢琴。’真够妙的！简直太伟大了，然而却是一个谎言，因为他既不会玩牌，也不会弹钢琴。可我丈夫，表面上粗鲁厉害，实际上心肠很软，很善良，可萨尼埃特自私自利，老是想要一鸣惊人，气得他死去活来的……喂，我的小乖乖，消消气，你很明白，戈达尔早就对你说过，这对你的肝没好处。到头来，一股脑儿往我头上出气。”维尔迪兰夫人说。“明天，萨尼埃特又要来闹一场小小神经病，一把鼻涕一把泪的。可怜的人！他病得很重了。但无论如何他不能因此坑害别人呀。而且，即使是在他痛苦不堪的时刻，即便是在人们可怜他的时候，他的愚蠢言行也会把人家的同情心打杀光的。他蠢到家了。你只有好言好语劝他，这样闹下去你们俩都会得病的，叫他别再来了；因为他最担心的就是这一着，这也许对他有镇定神经的效果。”维尔迪兰夫人对丈夫耳语打气。

从右边的窗子远眺，大海依稀可见。而凭左边的窗门，幽谷尽收眼底，月光如雪，现在正飘落山野。人们不时听到莫雷尔和戈达尔的声音。“您有王牌吗？”“Yes。”“啊！您有许多奴婢呀，您这家伙。”德·康布尔梅先生对莫雷尔说，回答着他的问题，因为他已经发现，大夫已经胜券在握。“这是个方块，上面有个女的。”大夫说。“这也是王牌呀，懂吗？哦压上，哦逮了。”“但索邦[1]已不存在了，”大夫对德·康布尔梅先生说，“此地空余巴黎大学。”德·康布尔梅先生坦白承认他弄不明白医生为何对他这般挑剔。“我刚才以为您说的是索邦呢。”大夫又说。“我刚才听到您说：您给我们来索邦，”他眨巴着眼睛补充道，以表明这是一个词。“且慢，”他指着对手道，“我给他来一个特拉法尔加的晴天霹雳[2]。”可这次打击正中大夫下怀，只见他喜笑颜开，肉麻地摇动着双肩，这种举动已经到家了，属戈达尔之“类”，几近兽性满足的行为。在上一代，搓手的动作，就像擦肥皂洗手一样，伴随有这种动作的开始时，戈达尔同时运用了这双重动作，但后来有一天，不知道是因为中途出了什么变故，不是夫妻生活从中调节，可能就是强行干预，摩擦玩手的动作不见了。这位大夫，即使在玩骨牌的时候，在他逼着对手“摸”牌，抓双六的当儿，这对于他是最痛快淋漓的事了，不过也只是摇摇肩膀而已。可当他——极难得地——去老家住几天，与堂弟又见了面，发现堂弟还有玩手的习惯，回来后便对戈达尔夫人说：“我感到这可怜的勒内很低级。”“您有没有小女混子？”他说着转向莫雷尔。“没有？那么我出这个老大卫。”“这么说您得五，您赢了！”“Si Signor。”[3]“打了

---

[1] 即索邦神学院，巴黎大学的前身。

[2] 典出“特拉法尔加战役”。1805 年 10 月 21 日，拿破仑帝国的舰队在加的斯和直布罗陀海峡之间的特拉法尔加角与英国舰队进行了一场空前规模的大海战，法国海军惨败，拿破仑不得不放弃入侵英格兰的计划。

[3] 意大利语，意为“是，先生”。

一个漂亮仗，大夫。”侯爵说。“一次皮洛士的胜利[1]。”戈达尔说着转向侯爵，目光越过夹鼻眼镜，看看他的话会引起什么效果。“倘若我们还有时间，”他对莫雷尔说，“我给您报复的机会。该我来了……啊！不，车来了，星期五再干，我给您露一手绝招。”维尔迪兰夫妇把我们送出门外。女主人对萨尼埃特格外亲热，目的在于确保他第二天再来。“我看，您穿的看样子并不多，我的乖乖。”维尔迪兰先生对我说，在他的心目中，他这么大年纪了，可以像父辈那样叫我。“好像变天了。”这话字字令我喜气洋洋。仿佛一语道破大自然的深刻生机，道出了分分合合的风起云涌，可能预兆着别的变故，由于这一切发生在我的生活之中，就有可能给我的生活创造新的可能。临走之前，只需打开朝园林的门，便可感到另有一种“气候”顿时开始了登台表演；习习清风，消暑销魂，从冷杉林中吹来（往昔，德·康布尔梅夫人在林中做着肖邦梦呢），几乎是神不知鬼不觉地，如蜿蜒流水般温存，似心血来潮般逆反，开始拉开轻飘飘的夜幕。我不要盖被子，但以后的夜晚，若阿尔贝蒂娜在场，我也许就要了，与其说是免受风寒之险，毋宁说是为了藏云遮雨。大家没找到挪威哲学家。他会不会拉肚子了？他是不是怕误了火车？难道有飞机来接他？圣母升天时把他带走了不成？反正，大家还来不及发现，他已无影无踪了，真神了。“您这就不对了，”德·康布尔梅先生对我说，“外面天气

[1] 皮洛士（公元前319—前272）：伊庇鲁斯国王，曾不惜惨重牺牲取得对马其顿和罗马的军事胜利。“皮洛士的胜利”一语由此成为代价惨重的代名词。

鸭冷。”[1]“为什么鸭冷？”大夫问。“当心哮喘，”侯爵又说，“我妹妹晚上从不出门。况且，她现在身体很糟。无论如何不要这样光着脑袋，快把头套戴上。”“哮喘又不是冷出来的。”戈达尔用教训人的口吻说。“啊！这么说，”德·康布尔梅先生道，“既然这是您的劝告……”“告读者！”大夫道，目光溜出夹鼻单片眼镜微微一笑。德·康布尔梅先生笑了，但自信自己是对的，仍坚持己见。“不过，”他说，“我妹妹每次晚上出门，都要发作一次。”“何必吹毛求疵。”大夫回敬道，并没意识到自己出言不逊。“再说，我又不是来海滨行医，除非有人叫我去出诊。我是来此地度假的。”不过，他人在这里，也许心早就不在这里了。德·康布尔梅先生同他一起上车时，曾对他说：“我们有幸，就在我们附近（不是在海湾这边，而是那一边，不过那地方海湾很狭窄就是了），也有一个名医，迪·布尔邦大夫。”戈达尔出于医学伦理道德，一般力戒批评自己的同行，但这一次却禁不住叫了起来，就像我们去小游乐场那扫兴的一天，他在我面前嚷嚷那样：“可他不是医生。他搞的是文医，荒唐疗法，江湖骗术。不过，我们相安无事。若不是我非外出办事不可，我真想乘船去看他一回。”但从戈达尔对德·康布尔梅先生谈到迪·布尔邦所露出来的神色看，我感到，他自愿要去找迪·布尔邦所要乘的“船”很像是这样一只“船”，萨莱诺[2]的大夫们租用这只“船”去毁坏另一个文学医生发现的水路，

---

[1] 法语常用“鸭冷”“狗冷”“狼冷”来形容严寒，类似汉语的“猴冷”。

[2] 意大利南部城市，建于公元前 197 年。因有欧洲最早的医科学校，在历史上占有重要地位。

这个文医就是维吉尔（他也把同行们的顾客都抢走了），但在渡海时他与他们都沉没了。“再见了，我的小萨尼埃特，明天一定得来，您晓得我丈夫很喜欢您，他喜欢您的幽默，您的聪明；但是，您很清楚，他虽然爱突然生气，但要是他见不着您，他委实受不了。他每次见到我问的第一个问题就是：‘萨尼埃特来了吗？我真想见到他！’”“我从来没说这样的话，”维尔迪兰先生对萨尼埃特说道，故作坦率，似乎与女主人哄骗萨尼埃特的话一唱一和配合得天衣无缝。他接着看了看表，无疑是为了避免在暮色潮气中为道别而耽搁时间，他吩咐马车夫们不要拖延，但下坡时务必小心，保证我们不误火车。火车会把常客们一个个送到各自的站头，最后一个是我，没有一个人坐到巴尔贝克这么远，而最早下车的是康布尔梅夫妇。他们为了不让自己的马走夜路上拉斯普利埃，便同我们一起坐火车去多维尔－费代纳。这一站实际上不是离他们府上最近的车站，它离村庄颇远，到城堡就更远了，离家最近的实际上是拉索尼站。到多维尔－费代纳车站时，德·康布尔梅先生坚持要给维尔迪兰家的车夫（恰巧是那个精神忧郁，可爱却敏感的车夫）“钱币”，如弗朗索瓦丝所说，德·康布尔梅先生乐善好施，这不如说是从“他妈妈那边”继承下来的品质。但是，或许是“他爸爸方面”的基因在这里进行了干预，他一边给钱，一边又后悔刚才犯了一个错误，不觉犹豫起来——也许是因为他自己没看清楚，竟把一个苏当一个法郎送了出去；也有可能得利者未曾发现他施舍的分量。因此，他提醒受惠者注意他的慷慨：“我给您的是一个法郎吧，是不是？”他对车夫说，故意把钱币在阳光下晃出光辉来，目的是要老常客们将这事传给维尔迪兰夫人。“对不对？这足足二十个苏，只不过才跑几步路呀。”他和德·康布尔梅夫人在拉索尼站离开了我们。“我要告诉我妹妹，”他对我旧话重提，“您有哮喘病，我保证会使她感兴趣。”我明白他是想说：会使她高兴。至于他的妻子，她在向我告辞时，用了两句省略语，这类省略语居然写进一封信里，当时弄得我实在反感，但久而久之也就司空见惯了，但这两句省略语一旦说出口来，我似乎觉得，即使是在今天，仍然有令人难以忍受的卖弄学问之嫌，因为它们故作草率，是学来的亲切随便的口气。“很高兴，与您度过良宵，”她对我说。“致圣卢普友好之情，您若见到他的话。”德·康布尔梅夫人对我说这句话时，居然把圣卢说成圣卢普[1]。我始终不得而知，究竟有谁在她跟前如此发音，也弄不明白到底是何缘故致使她相信非这样发音不可。有好几个星期，她居然开口闭口圣卢普，而且还有一个对她崇拜得五体投地、与她一个鼻孔出气的男人也这样发音。只要别人称圣卢，他们则非加重口气说圣卢普不可，或者是为了间接地教训一下别人，抑或是为了表明自己高人一等。但很可能，一些比德·康布尔梅夫人更显赫的贵妇人告诉过她，或间接地使她明白，不应该那样发音，并告诉她，她自以为标新立异的东西实际上是一个错误，这一错误有可能导致她对世事潮流不敢相信了，因为没过多久，德·康布尔梅夫人又改

---

[1] 法语 Saint-Loup 最后一个辅音字母“p”不发音，可德·康布尔梅夫人却违反规则，发音了。

口称圣卢了，而她的男崇拜者也同样停止了一切抵抗，也许是因为她斥责过他，也许是他发现她已经不再发尾音了，他心想，有这等身价，有这等效力，有这等雄心的女人尚且都让步了，还是谨慎行事为妙。她的崇拜者中的糟糕者就是她的丈夫。德·康布尔梅夫人好戏弄他人，往往极其无礼。她一旦发出这样的攻击，德·康布尔梅先生或对着我，或冲着别人，马上笑嘻嘻地看着受害者。由于侯爵有斜眼瞟人的毛病——这就给人一种傻瓜逗乐的幽默——这一笑不要紧，却把瞳孔拉到眼白上，但又留有余地，这样一来，云团如絮的天空豁然亮启一线蓝天。而且，单片眼镜，就像一块玻璃蒙罩着珍藏的名画一般，保护着这妙不可言的行动。至于笑的动机，说不太清楚是否可爱："啊！无赖！您可以说您是令人羡慕的。您得到了一个厉害女人的垂青。"也说不太清楚是否辛辣："那好吧，先生，我希望有人揍您一顿，您只得忍气吞声往肚子里咽水蛇。"也弄不太清楚是否助人为乐："您晓得，我在场，我一笑了事，因为这纯粹是开玩笑，但我不能让您受到虐待。"也弄不太清楚是否沆瀣一气："我没必要插一手乱撒盐面，但是，您瞧，凡是她给您造成的侮辱，我却笑破肚皮。我像驼子寻开心，捧腹大笑，当然我是赞成的，我，丈夫嘛。因此，您若异想天开想反抗，您得明白是在跟谁说话，我的小先生。首先扇您两记耳光，而且很响亮，然后我们到尚特比森林去，拔剑比比高低。"

尽管丈夫进行了种种开心的表达，妻子的冲动却很快消失了。于是乎，德·康布尔梅先生也随之收起笑脸，刚刚露出的眼珠子也就消失，而且由于有几分钟失去了翻白眼的习惯，便赋予这位红发诺曼底人某种既苍白无力又心醉神迷的东西，仿佛侯爵刚动过手术，又仿佛是在单片眼镜里，向老天乞求殉道者的棕榈奖。

第三章

我困得站不住了。我乘电梯直达我住的那层楼，电梯不是由电梯司机驾驶，而由斜眼服务员掌握，他跟我攀谈起来，告诉我说，他的姐姐一直同那位极富有的先生一起过，有一回，她想回自己的娘家来，过腻了一本正经的生活，她的先生就来找斜眼服务员的母亲，母亲另有几个孩子，更有些福气，母亲二话没说，当即把不知好歹的女儿送回她的朋友家。“您晓得吧，先生，我姐姐是一位贵妇人。她会弹弄钢琴，讲西班牙话。您可能不相信，给您开电梯的普通伙计的姐姐有这般能耐，她对自己一点儿也不抠门；夫人有她自己的贴身女佣，我才不会大惊小怪呢，有朝一日她会有自己的车子。她很美丽，要是您见到她，她可有点盛气凌人，娘的！这是可以理解的嘛。她很有心眼。她在离开公馆之前，不在大衣橱或五斗橱里给女佣留点小玩意儿让她擦拭擦拭，是绝不会轻易出门的。甚至有时候，在一辆马车里，她也干这种事，付过了车费，仍躲在一个角落里，看着车夫急着擦车生气，以此取乐。我父亲把他过去认识的这位印度王子当作是我的小弟弟，当时也闹过笑话。当然，这是另一种派头。但气派是呱呱叫的。要是没有外出旅行过，这也是梦里的事。至今只有我留在这一块天地里。但人们不可能知道。运气就在我家里转悠；谁晓得我会不会有朝一日当上共和国总统？可我让您絮絮叨叨个没完（我未曾说过一句话，而且听着他的喋喋不休都开始昏昏欲睡了）。晚安，先生。噢！谢谢，先生。要是所有的人都有您这样的好心肠，世上就不再会有不幸的人了。但是，正如我姐姐所说，因为我现在富了，我就可以让他们有一点气恼憎恶的东西了，就这么回事。请原谅我说话不恭。晚安，先生。”

也许，每天晚上，睡梦中我们可以历尽我们认为只不过是子虚乌有的苦难，因为这些苦难是在我们自以为无意识的睡梦中依稀感觉到的。

的确，这些个晚上，我从拉斯普利埃回来得晚了，十分的困倦。但是，冷天一到，我就不能很快入睡，因为炉火照着，就像有人点着了一盏灯。只是，这不过是一阵火焰——也像一盏灯，也像暮霭降临时分的夕照——耀眼的光芒很快奄奄欲息了；于是我步入梦乡，梦乡犹如我们拥有的第二套间，我们撂下了我们自己的居室，进入第二居室去睡觉。它有自己的门铃，我们有时候被一阵铃声骤然吵醒，我们的耳朵听得清清楚楚，可是，却没有任何人拉门铃。它有自己的仆人，有客人们特地找上门来叫我们出门去，当我们准备起床，就要搬回另一套居室，即昨晚睡前的套间时，无奈发现房间空无他人，没有任何人进来过。住在室内的种族，犹如最原始的人种，原来是阴阳二性子。一会儿，一个男人在屋里出现，却形如女流。屋里的东西有一种天生的本领，可以变成人，变成友人和敌人。对睡眠者来说，在睡梦中度过的时光，与清醒之人忙碌生活的时光是截然不同的。忽而，似水光阴流得要快得多，睡一刻钟似乎过了一昼夜；而有时却细水长流要漫长得多，以为才打个轻盹，实际上已经睡了一整天。是的，登上睡眠之车，人们越走越远，越陷越深，连记忆都跟不上自己了，失去了记忆，思想只好走回头路。

睡眠之车，活像太阳之车，在任何干扰都无法阻挡的气氛中跬步前进，以至于需要有一块天外陨石（被天上哪位陌路神仙扔出？）向我们砸过来，才会打中正常安稳的睡眠（否则，它绝无任何理由止步，而是步步深入循序渐进，持续千年万年不肯苏醒），使它来个急转弯，回转到现实中来，十万火急，迅速穿越一个个与生活毗邻的地区——在那里，睡眠者顿时听到生活的嘈杂声，虽然有点模糊，隐隐约约，但却依稀可辨——冷不防在清醒之地着陆。于是乎，人们从沉睡中苏醒过来，沐浴在曙光里，不知自己为何人，反正谁也不是，脱胎换骨，焕然一新，准备迎接一切，脑子里把过去倒得一干二净，所谓过去就是在此之前的生活。恐怕，比这还要更为美妙，当强行发生苏醒着陆的时候，我们睡梦中的思想被一件遗忘的斗篷所掩盖，在睡眠停止之前还来不及渐渐回味过来。我们（但我们甚至不说是我们）经历了这场似乎已经穿越过的黑色风暴之后，我们成了一尊尊没有思维的卧像：一个可能没有内容的“我们”。此时此地的生灵或事物到底受到怎样沉重的打击，竟会弄得晕头转向，全然无知，何以必须等到疾步跑来的记忆还原其意识或个性的时刻为止？何况，为有这两类清醒状态，就得破除习性法则，不能昏睡，更不能深睡。因为凡习惯网罗的东西，它都加以监视；必须摆脱它的监视，只有觉得自己不是在睡觉的时刻才睡眠，一句话，成眠不受先见之明的保护，也不必由思考来陪伴，哪怕是悄悄地陪伴。

我刚才描写的这两种清醒状态，我在拉斯普利埃颇有感受，每当头天晚上我在那里用晚餐，第二天醒来时每每就处于这两种清醒状态之中，至少一切仿佛就是像这样过来的，我可以做证，我这个怪人，正期待着死神前来解救，只见百叶窗关得严严实实，自己对世界一无所知，像一只猫头鹰木然不动，也像猫头鹰一样只在黑夜中才看得到一点明亮。一切都似乎像这样发生，但很可能只有一层乱麻堵阻睡眠者听清回忆的内部对话和睡眠的连篇废话。因为（这诚然可以在第一系统里，在更广阔、更神秘、更漫无边际的范围之内自圆其说），因为正当觉醒发生之时，睡眠者听到一种内部的声音对他说："今晚您来赴这席晚宴吗，亲爱的朋友？那该多么愉快！"心想："是的，那有多么愉快，我去！"继而，头脑愈来愈清醒，他猛然想起："我外祖母没几星期活头了，大夫说得很肯定。"他连忙打铃，不由得哭了，因为一想到，就要跟过去不一样了，进来答话的不是他的外祖母，他那死之将至的老外祖母，而是一个无所谓的随身仆人。何况，睡眠将他带出回忆和思想居留的世界，有十万八千里之遥，穿越太空，孤苦伶仃，举目无亲，甚至无自己的身影可以相吊，他置身于时间和自己的活动空间之外了。随身仆人已经进屋，可他不敢问仆人时刻，因为他不知道自己是否睡过，不知道自己睡了多少小时（他寻思是不是有好几天了，因为苏醒过来浑身慵懒，头脑清醒，心里眷恋过去，似乎十万八千里的漫长旅行时间过得并不长）。

诚然，人们可以硬说只有一种时间，道理极其简单，只要看看挂钟便一目了然，您以为过了一昼夜实际上只过了一刻钟。但是，当您看清了时刻，您已经完全是一个清醒的人，沉浸在清醒人的时间海洋里，脱离了另一种时间，也许脱离的不仅仅是另外一种时间，而是另外一种生活。睡梦中享有的种种欢娱，人们是不会把它们记在现实存在里享受到的欢娱账上的。别的姑且不论，只说最通常的感官享乐吧，我们大家谁在醒来时没有某种茫然若失的不适感？睡梦中，已经领略到一种欢乐，这种欢乐，若不想使自己精疲力竭，是不能在当天没完没了地一再品尝的。这好比损失了的财产。人们在另外一种生活中有了欢乐，但这另外的生活并不是属于我们的生活。梦中的痛苦与欢乐（一般来说，觉醒时迅速怒放），倘若我们将其记入预算中去的话，那也不在我们日常生活预算的账本里。

我说过有两种时间，也许归根结蒂只有一种，不是因为觉醒之人的时间对睡眠者有价值，而可能是因为另一种生活，即人睡时的生活——在沉睡那部分时间里——不从属于时间的范畴。每次，在拉斯普利埃晚宴之后的第二天，我睡得香极了，我就想象另外一种生活的意境。原来是这么回事。我一觉醒来，发现一连打了十次铃，却不见随身仆人进屋来，我开始绝望了。但打第十一次铃时，仆人进来了。实际上这只是第一次响铃。前十下只不过是睡梦中虚构的腹稿而已，因为睡梦一直延续到我想打铃的那一刹那。只是我那冻僵的双手没有动就是了。然而，那几天清晨（而正是由此我才说睡眠可能不懂得时间的法则），我努力使自己清醒过来，而其中最主要的，是要极力把我刚才经历的不确定的睡梦黑团赶进时间的范围之内。这可不是轻而易举的事情；睡梦并不知道我们到底睡了两小时还是两天，不能向我们提供任何方位标。倘若我们在外头找不到方位标，因而也就回不到时间中去，于是我们又睡过去五分钟，可我们似乎觉得已经过了三个小时。

我早就说过——经验之谈——最有效的催眠剂是困倦。在酣然入梦两小时之后，在与众巨人轮番搏斗之后，在与朋友结下生死之交之后，一觉睡去是很难苏醒过来的，比吃许多片巴比妥要强得多。经过由此及彼的推理，我不胜惊讶，从挪威哲学家口里得知，而挪威哲学家又是从“他卓越的同事”——对不起，应当是“他的同人”——布特鲁先生那里听来的，我得知柏格森先生对服用安眠药会使记忆力明显衰退有他的看法。如果相信挪威哲学家的话，柏格森先生也许曾对布特鲁先生说过这样的话：“当然，偶尔服用少量安眠药对我们日常生活强有力的记忆力是没有什么影响的，因为这种记忆在我们脑海里根深蒂固。但是，还有另外一些记忆，更高级，也更不稳定。我的一位同事上古代历史课，他对我说过，如果头天晚上吃一片药用以安眠，到课堂上就很难记起他需要引用的希腊语录。而给他开药的大夫却向他保证药片对记忆力没有影响。”“这也许是因为您没有必要背诵希腊语录的缘故。”历史学家回答他说，自负嘲弄之情无不溢于言表。

我不知道柏格森先生和布特鲁先生之间的这段谈话是否准确无误。挪威哲学家虽然精深，明察，专心致志，但也可能完全理解错了。就个人而言，我自己的经验给了我相反的结果。

服用某些麻醉药后的第二天出现的健忘的时刻，与平时酣睡的夜晚充满遗忘的时候，虽只有部分相似，但却达到以假乱真的程度。然而，不论是吃药后还是睡着后我所失记的东西，并不是搅得我心烦意乱的波德莱尔的哪句诗，比如“像一把扬琴”之类[1]；我忘掉的也不是被人称道的哲学家的某些观点，而是我身边平平常常事物的现实本身——倘若我睡着了——因我对身边的现实事物竟一无所知，人家以为我是白痴；倘若我醒了，并从人为的睡眠状态中走了出来，我遗忘的不是波菲利[2]或普罗提诺[3]体系，对这类哲学，我完全可以同昔日一样进行讨论；而我忘掉的却是对某次邀请的答谢，对那次宴会只留下一片纯粹的空白。崇高的理念则坚守其位；安眠药使之失灵的东西，不过是区区小事中的行动影响能力，这种能力，只表现在，倘若要及时恢复、掌握日常生活中的某件事情的回忆，就非得付诸行动不可。尽管可以对脑子坏了以后的苟延残喘问题做这样那样的种种议论，可我发现，每次脑力的衰竭都导致部分的死亡。我们拥有我们的全部记忆，要不便是拥有回想这种种记忆的能力，伟大的挪威哲学家根据柏格森先生的言论这样说，可我未曾试想模仿哲学家的言辞，

[1] 指波德莱尔挺身而出为黑白混血儿让娜·迪瓦尔辩护的无题诗。此诗在法国几乎家喻户晓。

[2] 波菲利（约233—约305）：古罗马哲学家，新柏拉图主义者，普罗提诺的门徒。

[3] 普罗提诺（205—270）：古罗马哲学家。新柏拉图主义最重要的代表。主要著作有波菲利编纂的《九章集》。

以免延误时间。要不便是回想这种种记忆的能力。但是，什么算作回想不起来的记忆？要不，干脆扯远一点。我们回想不起来我们这三十年的往事；但我们却完全泡在这种种记忆之中；为什么到三十年就止步不前，为什么不把以前的生活延伸到出生以前的岁月？自从我记不起我身后一大部分往事，自从这些往事成了我看不见的东西，自从我无能为力呼唤这一桩桩往事，谁敢对我说，在这一片我一无所知的黑洞里，我人生之外就难道没有可追根溯源的往事？既然我脑中和我周围能有那么多我回想不起来的往事，那么这种遗忘（至少是事实上的遗忘，因为我没有能力看到任何东西）就有可能涉及我在另外一个人身上，甚至在另外一个星球上经历过的生活。同样一种遗忘会把一切抹杀得一干二净。那么，挪威哲学家信誓旦旦肯定的灵魂不死的现实究竟意味着什么呢？死后我这个灵魂没有能力回忆出生后我这个人，就像我现在这个人回想不起我出生前的事一样。

仆人进屋。我没有告诉他我曾打过好几次铃，因为我发现，直到打铃的时候，我只不过做着打铃的梦罢了。不过，一想到这梦竟然如感觉一样清晰，我不禁不寒而栗。难道感知会有相应的梦中虚幻？

相反，我问仆人，这一夜到底是谁老打铃？他回答我说：没有任何人，肯定没错，否则，打铃的“表”上会有记录的。然而，我分明听到了阵阵铃声，那铃声几乎不耐烦了，怒气冲冲，声犹在耳，而且一连好几天仍然依稀可辨。然而，稀罕的是，睡梦竟将不随睡梦消亡的回忆投向清醒时的生活。简直像天外陨石那样

莫奈

《鲁昂大教堂》

屈指可数。倘若这是睡梦铸造的一个意念，那么这个意念会很快分解成碎片，无法重新觅回。然而，在那儿，睡梦却制造了声响。这种种音响，更物质化，而且更简单，持续时间也就更长。

我的家仆告诉我时间尚早，我不胜惊讶。我休息得并不短啊。这属于梦长的轻觉，因为轻觉是清醒与睡眠的中间过渡状态，对清醒时的概念虽有所模糊，但却始终不会忘记，我们若要得到休息，就非常有必要花更多的时间轻睡，而熟睡的时间可以是短暂的。我之所以感到心情舒畅还有另一番道理。人们只要一想起自己受累了就会觉得疲惫不堪，而只需自言自语："我休息过了。"就足以振作精神。况且，我曾做了个梦，梦到德·夏吕斯先生已经一百一十岁高龄了，可他竟打了他的生身母亲维尔迪兰夫人两记响亮的耳光，因为她花了五十亿重金买了一束蝴蝶花；我于是深信昨夜自己睡得很熟，做的梦与我清醒时的概念牛头不对马嘴，完全违背了日常生活的可能性；这足以使我感到精力充沛。

倘若（正好也是在那一天，给阿尔贝蒂娜订购了那顶女帽，却对她只字未提，好让她喜出望外，受宠若惊）我告诉我母亲，说德·夏吕斯先生同谁一起来巴尔贝克大旅社的一个沙龙里共进晚餐，我母亲一定会大吃一惊，她无论如何理解不了德·夏吕斯先生在维尔迪兰家里何以那么殷勤。客人不是别人，只不过是德·康布尔梅家的一个表姐妹的听差而已。这个听差穿着高雅，与男爵一起穿过门厅时，在旅客们眼前"表现出上流社会人士的风度"，圣卢若是看到了，准会这么说。此时正好是大换班的时候，就连那些身着统一制服的小厮，就连那些步出殿堂，从台阶上一步一步往下走的“贵人”，都未曾注意到这两位来者，而其中一个就是德·夏吕斯先生，只见他低眉垂眼，故意表现出对他们不屑一顾。他看样子要在他们之间穿行而过。“旗开得胜吧，神圣民族可贵的希望。”他想起拉辛的诗句脱口说道，然而诗句的引用与原意大相径庭。“请再指教一遍好吗？”听差要求道，他对古典一窍不通。德·夏吕斯先生不屑搭理，他向来自视清高，对下人的提问听而不闻，只顾径直往前迈步，仿佛旅社里没有其他顾客似的，仿佛世界上只有他德·夏吕斯男爵的存在似的。他接着又朗读起若萨贝的诗句：“过来，过来，我的姑娘们。”但读了之后，他感到乏味，没有像她那样再添上一句：“得把她们叫来。”因为这些年轻姑娘还不到年龄，性还没有完全成熟，还不能讨德·夏吕斯先生的欢心。

再说，他之所以事先写信给德·谢弗勒尼夫人的这个听差，那是因为他不怀疑听差言听计从的秉性，他倒希望此人更具有阳刚之气。可是一见面，他觉得此人娇柔之气过多，这并不符合他的意愿。他对听差说，他原以为是与另外一个人打交道，因为他亲眼看到德·谢弗勒尼夫人的另外一个随从，而且的确在车子上看到过这个人。那是一位土里土气的乡巴佬，与现在这个听差完全相反，现在这个听差反以为自己娇滴滴地高人一头，相信正是这种上流社会的派头才把德·夏吕斯先生迷住了，他甚至弄不明白男爵想说的到底是谁。“可是，我没有任何一个同伙会得到您的垂青呀，除了那个长相吓人的伙伴，他一副庄稼汉模样。”一想到男爵看上的可能就是那个乡下佬，听差的自尊心受到了刺激。男爵看出了他的内心活动，便连忙加以试探：“但我并没有表示一种特别的愿望非认识德·谢弗勒尼夫人手下的人不可。”他说，“既然您马上就要走，您能不能把您在这里或在巴黎的伙伴多给我介绍几个？无论这一家或那一家都行。”“噢！不！”听差回答道，“我才不同我的同等下人有任何来往。只是为了侍候需要我才同他们说话。不过有个很好的人，我可以把您引荐给他。”“谁？”男爵问。“德·盖尔芒特亲王。”德·夏吕斯先生生气了，弄了半天就只给他提供这般年纪的男人，再说，为了此公，他也用不着让一个跑腿的仆人引见。于是，他谢绝了听差的推荐，同时又不让狗腿子徒慕虚荣而扫了自己的兴，便又开始对他解释他要的是什么东西，种呀，类呀，比如小马夫什么的。他担心此时正走过来的公证人听见了他说的话，便自以为精明，表现出自己说的与人家可能以为的压根儿就不是一回事，用强调的口气说话，仿佛随便与人闲聊，不过又像是一味继续交谈的架势：“是的，尽管我上了年纪，我仍然保留着收集小玩意儿的爱好，喜欢漂亮的小玩意儿，一件古铜器，一个古灯架，会使我高兴得如痴如狂。我酷爱美的东西。”

但是，为了让听差明白他急转话题的良苦用心，德·夏吕斯先生每个字都加重了语气，甚至，为了让公证人能听到他讲的话，每个字都是扯着嗓子喊出来的，以至于这全套把戏足以把他掩饰的东西暴露出来，耳聪的人一听便知一二，可这位司法官员耳朵一点不灵。公证人竟丝毫觉察不出来，旅社里也没有任何其他顾客看出破绽，他们看到这位听差衣冠楚楚，大家还以为他是一位外国风流雅士呢。但是反过来，如果说上流社会人士受了骗上了当，把他当作美国名士，那么，只要他在仆人面前一亮相，仆人们一眼就能看清他的本来面目，就像一个苦役犯认出另一个苦役犯一样容易，甚至人未到就嗅出他身上的味道了，犹如一只野兽很容易被某些野兽闻出身上的气味一样。头目们抬起了眼睛。埃梅投以怀疑的一瞥。饮料总管耸了耸肩，用手捂着嘴道出了一句很难听的话，但大家都听到了，他自以为捂嘴说话是讲礼貌呢。

就连我们的老弗朗索瓦丝，她正垂眉低眼走过楼梯口准备到“邮厅”吃晚饭，此时也不由得抬起头来，一眼认出了饭店宾客不加怀疑的一位仆人——犹如老奶娘欧律克勒亚早在入席宾客（求婚者）之前就认出了奥德修斯[1]一样——并看到德·夏吕斯先生正亲亲热热地同这个仆人一起走着，不觉一愣，仿佛她早有耳闻但不肯相信的丑言恶语突然间就在她眼前变成了令人痛心的真实。她一直没有对我谈起这件意外的事故，也没有向任何其他人透露过，但此事肯定使她伤透了脑筋，因为后来，每当她在巴黎有机会看到她此前极为爱恋的“朱利安”时，她对他总是彬彬有礼，但这种礼貌已经降温，而且每次都增加一大味“保留”的剂量。不过，这同一场变故却导致另外一个人对我说了心里话，这人便是埃梅。当我与德·夏吕斯先生交臂而过，此公原没料到会同我不期而遇，便举手朝我喊道：“晚上好。”说话漫不经心，至少表

[1] 典出希腊神话。英雄奥德修斯回到伊塔后，奶妈欧律克勒亚为他洗脚，看到他膝上的伤疤，一下子便认出了他。

面上是如此，俨然像个贵族大老爷，自以为可以为所欲为，觉得不如装出坦荡为妙。没想到埃梅，他，此时此刻，正用怀疑的目光观察着他的言谈举止，他看到我正向那位一眼就看得出是仆人的同伴致意，当天晚上就问我此人是何许人。

因为最近以来埃梅爱同我交谈，或者如他所说，喜欢与我“讨论”，这也许可以为我们的交谈标以哲学的性质。我常对他说，在我吃晚饭时，他可以坐下来，同我共享晚餐，可他偏要站在我身边，我对此感到不自在，他声称他从来未曾见过“如此通情达理”的顾客。这时他正同两个小厮谈天。他们向我问好，我不知为什么；他们的脸我觉得眼生，尽管他们对话时那吵吵闹闹的劲头我并不感耳生。埃梅为他俩定亲的事教训了他俩，因为他不同意他们各自的婚事。埃梅要我出面，我说我不能出什么主意，因为我不认识他们。他们对我重报了姓名，再次提醒我，他们在里夫贝尔经常伺候我。但其中一个长长了胡子，另一个则刮光了胡子并让人推了平头；正因为如此，尽管仍然是他们往昔的脑袋安在他们的双肩之上（而不像巴黎圣母院修复过程中换错了人物的头面），可我竟然视而不见，就像胡乱放在壁炉上的东西，纵有众目睽睽，竟无一人发现，任凭怎么找也找不着。但一旦得知他们的姓名后，我马上就准确无误地辨认出他们那隐隐约约音乐般的嗓音，因为我重新看到了他们本来的面目，见其面如闻其声吧。“他们要结婚，可他们连英语都不懂！”埃梅对我说，他没想到，我对旅社这行不甚了了，很难理解，若是不会外语，人们就休想指望有什么好差事。

我呢，我以为他很容易知道，新来用晚餐的人就是德·夏吕斯先生，我甚至料定他应该能够记起他来，因为上次他曾在饭厅侍候过他，那是在我初到巴尔贝克小住期间，男爵来看望德·维尔巴里西斯夫人，我介绍过他的大名。然而，埃梅不仅记不起德·夏吕斯男爵，而且听到此名深有触动。他对我说，他衣服里有一封信，第二天他就可以找来，也许我可以帮他解释一下。尤令我吃惊的是，第一年，在巴尔贝克，德·夏吕斯先生曾想要送我一本贝戈特的书，他特地让人来要埃梅去帮忙，后来他应当在巴黎的那家餐馆又见到过埃梅，当时，我与圣卢及其情妇正在那家餐馆共进午餐，而德·夏吕斯先生去那里窥探过我们的动静。不错，埃梅未能亲自去效劳，因为，有一次，是他已躺下睡觉了，而另一次，则正好当班。不过我对他的诚实大有疑问，他竟然声称他不认识德·夏吕斯先生。但是，他又不得不迎合男爵。如同巴尔贝克旅社各层管事一样，如同德·盖尔芒特亲王的好些个随身仆人一样，埃梅归属一家名门所有，这支望族比亲王家资格更老，因而也更尊贵。当人们要求开一间餐厅时，开始还以为形单影只呢。但在配膳间却猛然发现一位雕像般英俊的领班，满头伊特鲁立亚人的红棕头发，同埃梅如出一辙，只是由于饮香槟酒过量而稍见衰老，眼看着到了该喝孔特塞维尔矿泉水的时候了。并非所有的顾客都只要求他们为自己服务就行了。那些年轻的小招待，一个个都很谨慎，匆忙，城里有情妇在等着他们，一个个都偷偷溜走了。埃梅为此责怪他们不成体统。他有这种权力。一本正经，他就是如此。他有一个妻子和几个孩子，有勃勃野心也是为了妻子儿女。如果有哪个外国男女与他主动接近，他是不会拒之门外的，哪怕需要通宵达旦应酬。因为一切都要从工作出发。他风度翩翩可讨德·夏吕斯先生的欢心，埃梅竟然对我说他不认识德·夏吕斯先生，我怀疑他是在撒谎。可我搞错了。千真万确，那小厮曾对男爵说过，埃梅（第二天他狠狠地训斥了那小厮一顿）已经上床睡觉（或出去了），而另一次则说正在跟班做事。但想象超过了真实。小厮虽然一个劲地坦诚道歉，但其左右为难的尴尬相可能激起德·夏吕斯先生的疑心，这种怀疑伤了他的感情，而埃梅对这种感情却毫无觉察。人们还看到，圣卢不让埃梅往马车走去，我不知道德·夏吕斯先生是怎样打听到饭店领班的新地址，他坐在马车里再度感到失望。埃梅却没注意到这一点，所以我同圣卢及其情妇共进午餐那天晚上，当他收到一封封口盖有德·盖尔芒特纹章的信时，他感到不胜惊讶，这是可以理解的，在此，我不妨略引信的数段文字，作为聪明才子对一个大智若愚的傻瓜想入非非单相思的典范。“先生，我未能成功，尽管做过努力，这种种努力很可能使那些千方百计想得到我接待和问候而求之不得的人深感震惊，他们想方设法让您能听听解释，可您又未曾对我提出这样的要求，但我考虑到您和我的尊严，认为有必要向您做某些解释。我于是在此写下了本来可以当您的面一吐为快的心里话。恕我直言，第一次在巴尔贝克见到您，坦率地说您的相貌令我反感。”接着便引起似曾相识的思考——第二天才发现——原来您与一位已故的朋友长得很像，德·夏吕斯先生与这位作古的朋友曾有绵绵交情。“因此，我一度有过这样的念头，您可以在毫不妨碍您的职业的前提下，来与我一起打牌，打牌之乐可以为我消愁解闷，给我故友不故的幻想。您可能有这样或那样的猜测，尽管这种猜测多少在本质上有些愚蠢，而且对一个侍者（甚至不配这个称号，既然他不愿意侍候人）来说，已超出了他管事的范围，对如此崇高的感情竟理解不了，您可能以为可以抬高自己的身价，却不知道我是什么人，不知道我是干什么的，当我派人请您去取一本书时，他竟叫人回话说您已经上床睡觉了；以为要要花招就可以摇身变成风流雅士，那就大错特错了，何况您浑身上下找不到半点文雅气。若不是第二天上午，出于偶然的原因，我能同您说上话，我早就与您到此一刀两断了。您与我那可怜的朋友长相相似至极令人叹为观止，就连您那令人难以忍受的突出下巴的丑模样也无影无踪了，我终于明白过来，正是故人此时此刻赋予您他那美不胜收的表情，使您能把我重新抓到手里，以免您错过您千载难逢的良机。的确，既然所有这一切不再有追求的对象，既然此生此世不再有机会与您相会，尽管我不愿意在任何环节上夹杂粗暴的利害问题，但我也许会感到不胜荣幸之至，如果我能服从死者的祈求（因为我相信众圣之灵，相信他们有干预活人命运的薄愿），让我能像对待他那样对待您，想当初，他也有他自己的马车，他自己的仆人，可我把我的绝大部分收入都花在他的身上了，这是很自然的事，既然我爱他就像爱我的儿子。可您却另作打算。我要您给我带一本书来，您却让人回话说您要出门去。今天早上，我让人请您到我车上来，请允许我不揣冒昧说句没有恶意的话，您第三次不给我面子。您定会原谅我在这封信里没有装进高额的小费，而在巴尔贝克我本打算慷慨解囊的，但要我给我一度认为可以同甘共苦的人小费，我实在于心不忍。顶多，当我在您的餐厅里，在您的身旁，做第四次尝试时，您会再次避开我，使我枉费心机，可我的耐心必是鞭长莫及了。（至此，德·夏吕斯先生留下自己的地址，指明何时可以去找他等等。）再见吧，先生。我觉得，您太像我那位已故的朋友，您当然不会愚不可及吧，否则，面相术就可能是一门伪科学了，我坚信，总有一天，您若想起这起事故，您将会不无遗憾，不无内疚。而在我这方面，您尽管放心，我不会对此怀有任何苦涩。我倒更愿意能留下一个不像第三次徒劳的活动那样坏的回忆，然后再和你分道扬镳。那次活动很快就会被忘掉。我们就像那一条条大船，您从巴尔贝克不时可以看到，它们有时在此交错而过；要是都能稍事停留，互相打个招呼，本来对大家都有好处；但其中一条偏另作主张；于是它们各奔东西，在海平线上很快就谁也看不见谁了，萍水相逢的印象也就随之消失了；但是，在这最后离别之前，彼此总得相互致意吧，先生，德·夏吕斯男爵在这里向您致意了，祝您交上好运。”

埃梅连信都没有读完，便堕入五里雾中，怀疑写信人在故弄玄虚。当我对他讲明男爵是何许人后，他若有所思，正如德·夏吕斯先生预言的那样感到遗憾起来。我甚至不敢打赌，说他未曾写信向这个赠车给友人的人表示过歉意。不过，在此期间，德·夏吕斯先生认识了莫雷尔。但他与此人的关系，充其量可能只不过是柏拉图式的精神恋爱，偶然有一天晚上，德·夏吕斯先生正好在寻求伙伴，就像我刚才在门厅遇见他正陪着伙伴一样。但他再也无法从莫雷尔身上转移开自己激烈的情感，几年前，这种激情还在自由奔放，一心一意要倾注在埃梅的身上，冲动之下欣然提笔写了这封信，饭店领班把信给我一看，我都替德·夏吕斯先生感到难为情呢。由于德·夏吕斯先生的爱恋是反社会的爱恋，这封信便成了格外触目惊心的一个例证，证明情欲冲动有一股不知不觉的强大的力量，情人心血来潮时，就像泳者不知不觉被卷进大海，顿时看不见大陆一样。无疑，一个正常的男子，如果迷恋上一个自己素不相识的女子，对她一味想入非非，梦寐以求，忙不迭地后悔，无休止地失望，却又总不死心，硬编出一大部天方夜谭，那么，这种爱恋也就离正常人的爱恋相去甚远，犹如圆规拉大了距离。同样的道理，由于德·夏吕斯先生与埃梅地位悬殊，一种爱恋得不到普遍分享而成了单相思，这种本来就格格不入的距离也就格外扩大了。

每天，我都同阿尔贝蒂娜一起出门。她终于下决心重操画笔，并首先选择拉埃斯圣约翰教堂作画，这座教堂已不再有人问津，知道它的人寥寥无几，很难得有人指点迷津，若无向导带路是无法发现的，孤零零的一座教堂，离埃普维尔车站有半个多小时路程，走很长时间才能到达格特奥尔姆村最远的几幢房屋，这些房屋年久失修，早已黯然失色了。关于埃普维尔这个地名，我发现本堂神甫教志的说法与布里肖提供的情况不符。一个说，埃普维尔即过去的斯普维拉；另一个则指出此名源于阿普维拉。我们第一次乘上与费代纳背道而驰的小火车，也就是说是朝格拉特瓦斯特方向开去。正值酷暑，吃完中饭马上出发着实可怕。我本来不想这么早就出门；明亮而滚烫的热空气唤醒了心头懒怠和渴望清凉的意识。热气腾腾充满了我们的房间。我母亲的和我的房间的位置不同，室温也就不一样。妈妈的盥洗室阳光照耀，洁白夺目，在四面灰泥墙上竞相炫耀，形同深井一般，上头，方形天窗洞开，只见一方青天，似有碧波荡漾，且因欲望使然，错把这一方青天看作是满满的一池碧净的浴水（浴池也许就在平台前，也许是通过某一面窗镜反照出来）。虽然炎热难当，我们还是乘一点钟的火车。就是在车厢里，阿尔贝蒂娜感到热得很，长途走路就更受不了，可我却担心她会着凉，因为暴晒之后要待在那个太阳晒不到的潮湿的空洞里，一动不动。另一方面，打从我们初访埃尔斯蒂尔开始，我就已经发现，她不但羡慕豪华，而且贪图舒适安逸，但她又没有足够的钱来享用，于是，我便同巴尔贝克的一位租车商约好，要他每天派一辆车来接我们。为了避开暑气，我们沿尚特比森林前行。有无数看不见的鸟儿，有些可能是半海鸟，躲在树丛里，就在我们的身边啁啾唱和，给人以闭目养神的效果。我坐在车子后头，紧挨着阿尔贝蒂娜，她的两只胳膊紧搂着我，我听着大洋神女们纵情歌唱。偶尔，我看见一个“乐师”从一片树叶上跳到另一片叶子下，表面上看不出他与他的歌声有丝毫的联系，我真不敢相信，这一曲曲美妙的歌声原来就是从这小巧的、蹦蹦跳跳的、卑微的、受惊的、不起眼的小鸟嘴里唱出来的。车子不可能一直把我们送到教堂。出了格特奥尔姆，我让车子停下，向阿尔贝蒂娜说声再见。因为她对我谈起这座教堂、谈起几幅画时，把我吓得够呛，其实这座教堂与其他名胜古迹差不多，她说：“要是能同您一起观赏该有多愉快！”这种愉快，我自感不能满足她。对于美的东西，只有当我形单影只、孤寂一身或旁若无人的时候，我才能感受到它们的存在。可是，既然她认为，只有同我在一起才能感受到艺术美，而艺术美感却不能这样传达的，我觉得还是谨慎一点为好，便对她说，我先走，傍晚前来接她，但又说，在这一段时间里，我得坐车子往回走，拜访一下维尔迪兰夫人或康布尔梅一家，甚或还要在巴尔贝克陪我妈妈一个小时，但绝对不会跑得更远。至少，开始时是这样。因为有一次，阿尔贝蒂娜心血来潮，对我说：“真讨厌，大自然造化太糟，把拉埃斯圣约翰教堂搁在这一边，却把拉斯普利埃撂到那一头，致使人们只好成天囚禁在自己选择的地方。”一俟我收到女帽和面纱，我便为我那不幸的囚犯在法尔若（据教志是 Sanctus Ferreolus）预订了一辆汽车。当时，阿尔贝蒂娜被我蒙在鼓里，她来找我时，听到旅馆前有马达声响，不胜惊讶，又听说这辆汽车是我们用的，高兴极了。我让她上我房间里来一会儿。她欢跳了起来。“我们去拜访维尔迪兰家？”“是的，最好别做这身打扮，既然您即将有自己的汽车。拿着，您戴上会更好看。”我说着掏出藏好的帽子和纱巾。“这是给我的？啊！您真好！”她欢叫着跳过来勾着我的脖子。埃梅在楼梯口遇见我们，为阿尔贝蒂娜衣着漂亮和我们的交通工具感到骄傲，因为当时在巴尔贝克，小汽车是稀罕之物，他兴致勃勃地跟着我们下来了。阿尔贝蒂娜有意想显露一下她的新打扮，求我让人把顶篷支起来，可后来又让我请人降下来，以便我们俩能自由自在地待在一起。“喂，”埃梅对司机说道，他还不认识司机，可司机却一动不动，“你没听见人家叫你把车篷掀起来吗？”因为埃梅被旅馆生活泡得肆无忌惮了，况且，他在旅馆里谋得了杰出的地位，不像车夫那样胆怯，在车夫的眼里，弗朗索瓦丝都成了“贵妇人”了；尽管事先没有介绍，凡是从未见过面的平民百姓，他一律以“你”相称，弄得人们莫名其妙，不知是出于上层贵族的蔑视呢还是下里巴人的亲热。“我没空，”司机说，他并不认识我，“我是西莫内小姐叫来的。我不能带先生。”埃梅放声哈哈大笑。“瞧你说的，大傻帽，”他回答司机道，而且很快说服了他，“就是西莫内小姐呀，要你抬高车篷的那位先生正是你的主顾呀。”从个人感情上讲，埃梅对阿尔贝蒂娜并没有多少好感，只是看在我的面上，才对她的穿着打扮感到骄傲，只听他悄悄地对司机说：“要是你每天有机会为这样的公主王妃开车，嗯，那是你的造化喽！”这还是第一回，我再也不能无牵无挂独自一个人去拉斯普利埃了，不能像往日那样趁阿尔贝蒂娜作画之机独往独来了；她要同我一道去。她原以为我们可以沿路且开且停，但相信无论如何不能先走拉埃斯圣约翰教堂这条路，也就是说不能走另一个方向做一次漫游，若要漫游似乎非改日进行不可了。然而，她却从司机嘴里得知，要到圣约翰教堂再容易不过了，只要二十分钟即可到达，只要我们愿意，我们还可以在那里待他好几个小时，也还可以再往前推进，从格特奥尔姆到拉斯普利埃，顶多不超过三十五分钟。我们终于明白了他的话，车子一起动就往前冲，一冲就是二十步远，胜过一匹千里马。距离不过是时空关系罢了，而且随着时间的变化而变化。我们要去一个地方，往往以多少古法里，以多少公里计程，表明一路有多困难，一旦行程变得轻松，古法里或公里的计程体系就变得不地道了。表达艺术也会随之改变，比如一个村庄，对于另一个村庄来说，简直是陌生的另一个世界，但随着周围环境的比例发生了变化，两个村庄就成了轻车熟路的邻村了。不管怎么说，如果听说，可能存在这样的世界，在那里，二加二等于五，在那里，直线未必是从一点到另一点的最短途径，阿尔贝蒂娜未必会觉得如此难以置信，倒是听司机对她说什么，只要一个下午，就可以轻易地去圣约翰教堂和拉斯普利埃，她反而会大惊小怪了。多维尔与格特奥尔姆，老圣马尔斯与圣马尔斯，古维尔与老巴尔贝克，图维尔与费代纳简直就像昔日的梅塞格利丝与盖尔芒特，老死不相往来，直到此前仍被禁锢在不同的天日之下，任何人的眼睛都休想在一个下午兼顾两地的风光，现在却被七法里天足巨人解放了出来，只消下午吃点心的片刻，就足以饱览两地的钟楼、尖塔和古老的花园，只见花园四周绿树林立，更让人迫不及待前去一探究竟。

来到科尔尼什公路坡下，汽车一下子就冲了上去，发出不断的吼叫声，就像挨了刀割一样大喊大叫，此时，只见退潮的大海在我们的脚下扩展开去。蒙叙旺古旧的乡村房屋一幢幢迎面奔来，房前屋后葡萄和玫瑰满园簇拥着；拉斯普利埃的青松棵棵都动了感情，比晚风吹起时节还激动几分，只见它们从四面八方向我们跑来，可到了眼前又闪躲开去，一位我还从来没见过面的新仆人来到台阶前为我们开门，而园丁的儿子则流露出早熟的欢快，两眼死盯住汽车停放的地方恨不能一眼吞进去。那天不是星期一，我们不知道能否找到维尔迪兰夫人，因为，除了这一天她接待客人外，即兴去见她是很冒失的行为。当然，她“基本上”在家，但这“基本上”的说法，是斯万夫人常用的字眼，每当维尔迪兰夫人自己千方百计要组成自己的小圈子的时候，每当她想方设法稳坐家中招引顾客上门的时候，就用“基本上”来表达（哪怕她因此每每白费心机），但她往往将这种表达方式曲解为“原则上”，只表示“在一般情况下”的意思，也就是说有许许多多例外。因为，她不仅喜欢出门，而且往往把女主人的义务置之脑后，当她有客人吃午餐时，品过咖啡，喝过饮料，抽过香烟（尽管天热和消化过程使人昏昏欲睡，在这种情况下，倒不如透过平台树荫，观看泽西大客轮横渡碧海的景象），当即安排一连串的散步，宾客们硬是被请上车去坐好，身不由己地被拉到这个或那个观光点上，这样的观光点在多维尔四周比比皆是。话虽这么说（尽管有起驾登车之劳），这第二部分的游览活动并不完全令客人扫兴，佳肴美酒或苹果汽水酒落肚之后，清风拂面，景色宜人，很容易令人悠然陶醉的。维尔迪兰夫人让外地人参观这些风景点，就像让人参观她家（或远或近的）附属地产似的，既然大家来到她家吃午宴，那就不好不去看这些地方，话又说回来，倘若不到女护主家里做客，大家也就不会认识这些地方。这种窃取散步专利权的企图，就像窃取莫雷尔游戏专利权，又如过去德尚布尔游戏专利权，这种强行把海上风光划归她的小圈子的企图，乍一看似乎不近情理，其实，并非那样荒诞不经。维尔迪兰夫人岂止是在嘲笑，而且简直是在揶揄，据她看来，康布尔梅家不仅在拉斯普利埃有着乏味的室内陈设和庭园置景，而且他们在附近散步或请别人散步的安排也缺少创新。同样，在她看来，拉斯普利埃只有从它变成小圈子的庇护地之日始才能不负造化，同样，她认定，康布尔梅一家，只晓得成天价坐在自己的马车里，沿着铁道，沿着海边，在附近也许是绝无仅有的坎坷马路上来回颠簸，长期身居本地，却不认识本地的本来面目。她说的倒也有几分根据。来来回回，司空见惯，对一个似乎踏烂了的地区，这地区就近在咫尺，屡见不鲜了，康布尔梅一家一出门老是去那几个地方，而且走的老是那几条路。自然喽，他们也常常笑话维尔迪兰一家好为人师，居然在老住户面前充当起导游来了。但是，如果真的逼着他们领路，他们，乃至他们的车夫，还真没有本事把我们带到幽深胜景去，而维尔迪兰先生只消打开一处早已荒废的私宅栅栏，便引导我们入胜探幽，别的人是万万想不到可来此问津的；此地只好下车，因为必经之路车子过不去，不过有所失方有所得，可以领略一路旖旎风光。不过，应当承认，拉斯普利埃花园简直是周围风景之集大成者，在园中散步可以同方圆数公里览胜相媲美。首先，是因为它居高临下，一边可以看到峡谷，另一边则可以看到大海，其次还因为，即使从一边看，比如说放眼大海，绿树丛中开辟出几条通道，这里海天一色尽收眼底，那里则一色海天一览无余。每个观光点上都配有一条长凳；游人每到一处都可坐下观赏一阵，不是巴尔贝克扑入眼帘，便是巴维尔依稀可见，或是多维尔遥遥在望。即使朝一个方向一意孤行，悬崖峭壁上不时可见一条长凳，或高或低，或前或后，摆在那里。从那上头极目远眺，第一眼看到的是一片葱茏和似乎已经不能再开阔的水面，但是，如果继续沿着羊肠小道往前走，直到下一张长凳，便可发现海面顿时扩展，浩浩渺渺，无际无涯，汹涌澎湃的大海和盘托在眼前。在那里，游人可以清晰地听到波涛翻滚的声浪，但在园林深处则相反，涛声传不进来，波浪虽依然历历在目，却听不见它的声音了。这些休憩的地点，对于拉斯普利埃的房主来说，素有“景观”之称。的确，它们在城堡周围，荟萃了周围地区、河滩和森林中最优美的“景观”，愈远景物愈小愈隐约，正像哈德良皇帝[1]那样，将各地名胜缩小简化兼收并蓄于自己的行宫里。根据“景观”一词所得名称并非专指海边某一地名，而往往是指港湾对岸的景观，游人纵览全景，发现对岸景物奇异，留下某种深刻的印象。就像人们从维尔迪兰先生的书架上拿一本书，到“巴尔贝克景观”那里读他一小时，同样地，倘若天气晴朗，人们也可以去“里夫贝尔景观”那里喝几杯清凉饮料，只是不能刮大风，因为，尽管两边都种了树，但那里却是猛烈的风口。下午，维尔迪兰夫人再次组织乘车游览，回府时，女主人若发现有哪个上流社会的“海边过客”留下名片，她便会装出喜出望外的样子，而对未能接待来访者一事深表遗憾（尽管客人只是顺便来看看“家”，以便有一天抽空来认识一下拥有著名艺术沙龙但在巴黎不是经常能让人出入其间的妇女），于是马上让维尔迪兰先生邀请他来赴下星期三的晚宴。但往

[1] 哈德良（76—138）：古罗马皇帝（117—138 年在位）。

往旅游者不得不在星期三以前动身，或者担心回去晚了，维尔迪兰夫人则有言在先，每星期一下午吃点心的时刻肯定可以找到她。下午吃点心的习惯并不太多见，我在巴黎德·盖尔芒特亲王夫人家、德·加利费夫人家或德·阿巴雄夫人家吃到极富丽堂皇的风味点心。但恰恰此地不是巴黎，对我来说，环境的优雅与否不仅影响到聚会的雅兴，而且影响到客人的素质。与这等上流社会人士交往，在巴黎我毫无兴趣，但在拉斯普利埃，其人远道经费代纳或穿尚特比森林来到这里，其性质就变了，重要性也变了，成了一次愉快的小插曲。有时候，冒出一个老熟人，我对他了如指掌；若是在斯万家，我一步也懒得走动去找他。但此公大名在这悬崖绝壁上可格外铿锵作响，犹如一个演员的姓名，在某个剧场里往往可以听到，而一经印在广告上，颜色格外醒目，介绍非同凡响，赫赫扬扬，竟然因意料不到的机遇而一鸣惊人，身价百倍。在乡村，大家无拘无束，上流社会人士往往自告奋勇，住在谁家便把主宾朋友带去，好像道歉一样悄悄对维尔迪兰夫人说，他在他们家住，总不能把朋友们甩掉不管吧；与此相反，他对这些客人，则装得似乎是客客气气，让他们在单调的海滩生活里见识一下这种娱乐消遣活动，去一家宗教中心，参观一座富丽的建筑，吃一顿美味可口的点心。这一下子就凑足好几个人组成二流人士的聚会；倘若花园的一个角落长有几棵绿树，这在乡村是司空见惯不足为奇的，但在加布里埃尔大道或蒙梭街就显得格外优美了，在巴黎市区，只有腰缠数百万的大富豪方能享有一小片园地，反过来讲，在巴黎晚会上的二等老爷们，每星期一下午，则可在拉斯普利埃充分显示自己的价值了。他们刚刚坐成一桌，只见桌面蒙着一块绣有红色图案的台布，窗间墙上挂着几幅单色画，这时，人家马上就给他们端上来一块块烘饼，诺曼底的千层酥，船形馅饼，只见馅饼里包满珍珠玛瑙般的红樱桃，还有素有“外交官”美称的“蜜饯布丁”，一扇扇窗户敞开着，面向碧海蓝天，幽深的蓝图呈现在面前，大家有目共睹，不可能不同时看在眼里，于是乎，这些二等老爷摇身一变，身价大增，变成若干炙手可热的珍珠宝贝了。更有甚者，即使还没有看见他们之前，当人们每星期一来维尔迪兰夫人家的时候，就连那些在巴黎看腻了豪华饭店门前停留的大马车的人，如今看到在拉斯普利埃门前那排大冷杉树下停着两三辆破马车，也抑制不住内心的激动，感到心怦怦直跳。也许，这是因为乡村环境不同，物换星移，上流社会索然无味的感受，随着时间环境的变化，竟然又变得新鲜起来。还有一个原因，那就是，坐破车子去看维尔迪兰夫人，往往会唤起某一次游山玩水的美好回忆，想起有一次与车夫约好的昂贵的承包活动，车夫包一天活简直是“漫天要价”。但是，那些新来乍到的客人，还不可能弄清他们的身份，大家总有些许的好奇心，因为每个人心里都在嘀咕：“这会是谁呢？”这个问题是很难回答的，弄不清谁会来康布尔梅府上或在另一家府上住上八天时间，乡村生活孤寂无聊，大家喜欢提此类问题，遇到一个久别重逢的人，或介绍一个陌生的人，这在巴黎生活里是件令人厌烦的事情，但在乡村则不然，它打乱了与世隔绝的生活的真空，填充了美妙的气氛，就连邮差到达的时刻也成了一大快事。就在我们坐汽车到达拉斯普利埃的当天，因为那天不是星期一，维尔迪兰夫妇想必有看热闹的需要，只见全村男女老少人来疯，恨不得冲到窗口争看那位远离亲人、被禁锢在孤零零的温泉疗养院的病人。那个腿脚颇快的新仆人，已经习惯那些套话，他回答我说，“要是夫人不出门的话，她很可能在‘多维尔景观’上”，他说“他去看看”，却立刻回告我们说，她立即接待我们。我们看见她时，她的头发有点散乱，因为她刚从花园、家禽饲养场和菜园子转回来，她去那儿喂她的孔雀和母鸡，捡蛋，摘果，采鲜花，以便“为餐桌铺路”，那餐桌的布置，犹如花园小径的微缩，不过在桌上，她却别有讲究，不让桌面一味摆满实用的和好吃的东西；除了园中那些现成的花样，如梨子啦，雪花蛋啦什么的，还摆着高杆兰蓟、康乃馨、玫瑰花和金鸡菊，透过招展的花枝凭窗远眺，犹如透过花标杆，但见渡船来往穿梭。听说有客人来访，维尔迪兰夫妇当即停止布置鲜花准备迎客，但一看来访者并不是别人，而是阿尔贝蒂娜和我，显得出乎意料，我一下就看出问题来了，原来那位新仆人，虽然满腔热情，但还不熟悉我的姓名，禀报错了，维尔迪兰夫人一听好生耳生，还是请进来吧，不管是谁总得看看吧。那新仆人呢，站在门口，打量着这场面，好弄明白我们在家中到底扮演的是什么角色。而后，他大步跑远了，因为他前一天才被雇来。阿尔贝蒂娜将帽子和面纱让维尔迪兰夫妇好生看过，便对我递了个眼色，意思是提醒我，我们眼看没有太多时间来干我们想干的事情。维尔迪兰夫人留我们等着吃下午的点心，可我们谢绝了，但冷不防她突然披露了一个打算，差点把我和阿尔贝蒂娜游山逛水所指望的全部兴致一扫而空；这个女主人，由于不好下狠心离开我们，也可能是舍不得一次新的消遣的机会，想同我们一起往回走。她早就惯于这么干，自告奋勇提此类建议让人扫兴，而且她不可能有把握，她自告奋勇提出的建议会给我们带来愉快，因此她在向我们提建议时，装出一副极其自信的样子，极力掩饰她表现出来的难为情，甚至看不出她曾想到，我们的回答会有什么问题，她没有直接向我们提出要求，而是在向她丈夫谈到阿尔贝蒂娜和我时，仿佛是她优待我们一次似的顺便说说："我送他们回去吧，由我来。"此时此刻，她嘴上挂起一丝微笑，这种微笑并不属于她自己的专利，我已经在某些人身上领教过这一种微笑，他们对贝戈特狡黠一笑说："我买了您的书，就是这样子的。"这是一种人笑亦笑的笑，一种千篇一律的共相，只要他们有必要这样子——像人们共用铁路和搬运车那样——仿效他人嘴脸，但只有几个高雅之士例外，比如斯万和德·夏吕斯先生，我从来没看见在他们的嘴唇上挂着那种微笑。打从她那一笑开始，我的拜访便大败其兴了。我故意装作不明白她的意思。过了片刻，事情变得明朗了，维尔迪兰先生似乎也要一起凑热闹。"但这可让维尔迪兰先生太费时了吧。"我说。"才不呢，"维尔迪兰夫人和颜悦色、慷慨施恩地对我说，"他说，与这等风华男女重温往昔的路线会令他格外高兴；必要时他可以上电车，这吓不倒他，然后我们俩老老实实坐火车回来，就像一对恩爱的好夫妻。瞧，他笑逐颜开了。"她仿佛是在谈论一位和蔼可亲的大名鼎鼎的老画家，画家比小孩还小孩，以乱画奇形怪象逗自己的小孙孙们取乐。令我倍添烦恼的是，阿尔贝蒂娜似乎不与我分忧，反为能与维尔迪兰夫妇一起坐着车子兜遍全区而感到兴致勃勃。可我呢，我本指望与她一起寻欢作乐，而且早已迫不及待了，我岂能容忍女主人扫我们的兴；我编造了种种谎言，维尔迪兰夫人听了恼羞成怒，发出咄咄逼人的威胁反倒使我的谎言成了情有可原的了，可阿尔贝蒂娜呢，真是气死人！她却与我唱反调。“不过，我们要去拜访一个人。”我说。“拜访谁？”阿尔贝蒂娜问。“我会对您做出解释，这非去不可。”“那好！我们等着你们就是了。”维尔迪兰夫人说，什么条件她都可以屈从。直到最后一分钟，我真担心有人会夺走我那梦寐以求的幸福，于是心一狠，也顾不得失礼了。我断然加以拒绝，贴着维尔迪兰夫人的耳朵，借口说阿尔贝蒂娜有心事，她想问我如何是好，绝对必须我单独同她在一起。女主人沉下脸来：“那好吧，我们不去了。”她说，气得声音都发抖了。我感到她很不高兴，不得不装装样子做点让步：“不过，也许可以……”“不，”她又说，反而火上添油，“我说不，就是不。”我以为同她闹翻了，可她却站在门口提醒我们，叮咛我们千万不要“放弃”第二天的星期三聚会，不要开着这玩意儿来这里，这玩意儿夜里可危险了，千万坐火车，同小圈子的其他人一起来，汽车已经在园林斜坡上行驶，她到底还是把车叫停了下来，因为仆人忘了把她叫人为我们包好的一方水果塔和一叠油酥饼放到车上去。我们重新上路，只见一幢幢小农舍簇拥着鲜花迎面跑来为我们送行了一程。我们觉得这地方已变得面目全非，与我们对每一个地方留下的印象大不相同，空间的概念远非那种神通广大的概念。我们说过，时间的概念大大扩大了各个地方的差别。但时间的概念也不是唯一的。有些地方，我们老觉得它们孤零零的，与其余的世界似乎没有共同的尺度，几乎与世隔绝，有点像我们人生特定阶段认识的那些人物，比如在部队里，在我们童年时代里认识的人，如今与我们已毫不相干了。在巴尔贝克寄居的第一年，有一个高地，德·维尔巴里西斯夫人喜欢带我们去那里登临，因为从那里放眼，非水即林，高地名叫博蒙秀峰。她选择登秀峰的那条道，一路古树参天，她认为美不胜收，只是全是上坡，她的马车不得不慢吞吞前行，走很长时间。一旦上了高地，我们又立即下山，散散步，再上车，沿着老路回去，前不见村庄，后不见城堡。我晓得，博蒙有一点令人莫名其妙，似乎很远，仿佛很高，我弄不清它到底在什么方向，因为从前从未取道博蒙秀峰到别的地方去过；况且，要坐很长时间的马车才能到达高地。此地显然与巴尔贝克同属一个府（或同一个省），但在我看来，它地处另外一个世界，享有治外法权的特权。然而汽车却对神秘世界大不敬，虽过了安卡维尔，但安卡维尔的房舍仍然历历在目，由于我们下到横向的海岸，直通巴维尔，来到一道土堤上，顿时看见了大海，我问这是什么所在，司机尚未来得及回答，我猛然认出了博蒙秀峰，我每次乘小火车，就这样绕博蒙而过，竟有眼不识秀峰，其实它离巴维尔仅有两分钟的路程。不妨打个比方，我服役的军团里有一位军官，我原以为他是一个特别人物，他心肠太好，过于朴实，以至于看不出他是豪门贵族出身，时间距离太久远了，而且简直神秘莫测，以至于不仅仅是名门望族的后代问题，但我后来却得知，他是某某君的叔伯兄弟，或堂表兄弟，而我又同此君在城里共进过晚餐，与这位军官留下的印象相类似，博蒙一旦与我原以为有天壤之别的地方混为一谈，它顿时失去了神秘的色彩，并在当地明确了位置，令我想起来都感到后怕，倘若我在一部小说封闭的氛围之外遇到了包法利夫人和桑塞维利纳夫人类似的人物，我兴许会觉得她们与其他人没什么两样。可能有人以为，我热衷于美妙的铁路旅行，因此很难分享阿尔贝蒂娜见了汽车那美滋滋的心情，即使汽车上坐着一位病人，但病人想到什么地方它就可以开到什么地方，却不允许——像我迄今做的那样——把某地看作是个人的标记，看作是完美无缺的不可取代的佳境。无疑，这个地点，汽车不会像当年我从巴黎来巴尔贝克时的铁道那样将此当作一个目的地，可以摆脱琐碎的日常生活，作为出发站颇为理想，而作为到达站又何尝不是呢，开到这大站点，里面却不住任何人，上面只标有城市的名字，即某某火车站，看样子到了车站就意味着终于可以进入城市，因为它很可能是城市灵魂的化身。不，汽车可不同，它把我们带进一座城市，并没有这么神妙，因为我们下火车首先是从整体上看这座城市，这个整体，城名做了概括，顾名思义含有观众闭门造车异想天开的色彩。而汽车则把我们带进大街小巷里转，不时停下向居民打听一下情况。但是，作为轻车熟路往前开的惩罚，就连司机对自己的路都没有把握，只好摸索着走，甚至走回头路，前面走错了岔道，一座古城堡有百年老树绿荫遮面，但随着我们向它逼近，终于显现出来，只见它依山傍海，与一座教堂相映成趣，汽车环城一圈又一圈往里兜圈子，城市吓得魂飞魄散，向四面八方逃脱开去，汽车最后单刀直入，直插山谷深处，只见城市就横卧在山谷的土地上；这所在，是独一无二的地点，汽车似乎已经揭开了特别快车赋予的神秘面纱，却给人这样的印象，似乎是我们自己发现了这地点，明确了它的位置，而且好像用圆规测量过那样准确无误，用更精密的准确性，帮我们体会到真正几何学的奥秘，“大地测量”的美妙。

那时，有一件事可惜我并不知道，只是两年多以后方才听说，那就是，司机的雇主之一就是德·夏吕斯先生，莫雷尔负责给司机付钱，却为自己留下一部分钱（让司机增加两倍乃至四倍的公里数），与司机打得火热（在众人面前却装模作样假装不认识他），经常用他的车子跑远程。要是当时我知道此事，要是维尔迪兰夫妇与这位司机一拍即合的信任源于此，而且他们可能又不知道内情，那么，我第二年在巴黎生活的种种苦闷，与阿尔贝蒂娜的种种不幸，也许就可以得到避免；可是我当时完全被蒙在鼓里。德·夏吕斯先生与莫雷尔一起乘小车外出兜风，就事情本身而言，与我并无直接的利害关系。更何况，他们到外面游山玩水，更多的是到海滨去吃一顿午餐或一顿晚餐，德·夏吕斯先生装出破产老侍从的模样，而负责算账的莫雷尔，却俨然像一位落落大方的绅士。我不妨举一餐晚饭为例，这样可以举一反三，触类旁通。事情发生在圣马尔斯一家椭圆形的饭店里。“难道不可以将这个收起来吗？”德·夏吕斯先生问莫雷尔，好像对一个中间人说话，这样就不必直接问跑堂的了。他所谓“这个”是指三朵枯萎了的玫瑰花，是饭店侍应部领班好心好意放在桌子上以为可以装饰桌面的。“可以……”莫雷尔尴尬地说，“您不喜欢玫瑰？”“哪里话，我指出刚才那个问题，恰恰证明我喜欢玫瑰花，既然此地并没有玫瑰花（莫雷尔感到莫名其妙），但实际上，我并不很喜欢玫瑰花，我对姓名极敏感；一看到一朵玫瑰花有几分姿色，便得知她叫德·罗特希尔德男爵夫人或叫尼埃尔元帅夫人，这无异于吹来一股寒气。您是否喜欢指名道姓？您是否为您的音乐会小曲段找到标致的标题？”“有一首《愁诗》。”“真糟糕。”德·夏吕斯先生答道，嗓音很尖，像耳光一样响亮。“可我要的是香槟吧？”他对领班说，领班满以为端上来的就是香槟，实际上是为两位顾客倒满了两杯根本不是香槟的汽酒。“不过，先生……”“撤走这该死的东西，它同最差劲的香槟都沾不上边。简直是催呕药，叫‘Cup’（混酒），一般用三颗烂草莓泡在醋和塞尔茨矿泉水混合液之中……是的，”他接着转身对莫雷尔道，“您好像不知道标题是什么名堂，甚至，在您表演最得意的节目之中，您似乎没有发现事情通灵的一面。”“您是说？”莫雷尔问，他对男爵的一席谈话一点也没听明白，生怕丢掉一条有用的信息，比如，举个例子，邀请吃饭之类，德·夏吕斯先生有所疏忽，没有把“您是说？”当成一个问题来处理，莫雷尔因此得不到回答，以为该换换话题，于是给他耍了一个花招：“瞧，那个卖花的金发小娘子，她卖的就是您不喜欢的花；又是一个准有宝贝女友的女人，那个老娘，在里面桌上吃饭的那个，也肯定有。”“可你怎么知道得一清二楚？”德·夏吕斯先生问道，对莫雷尔的先见之明赞佩不已。“噢！只消一秒钟我就把她们看透了。要是我们俩双双夹在人群中溜溜达达，您就会发现，我不会两次上当。”谁要是在此时看一看莫雷尔，看看他满身阳刚之美中却有着小娘们的一脸媚气，就会明白那种阴暗的猜度心理，与其说是将他指给某些女人，还不如说是用那些女人来影射他，他渴望取代絮比安，有意无意想用裁缝从男爵那里挣得的收入，来弥补他的“固定收入”。“谈到小白脸，我更了解底细，我保您万无一失，眼看快到巴尔贝克集市，我们会找到许多好东西，那时要在巴黎，您瞧好了，您可以玩个痛快。”但是，奴才天生就谨小慎微，使他已经说出口的话徒添了另一种含义，以至于德·夏吕斯先生以为他说的是年轻姑娘的事。“知道吧，”莫雷尔说，真想使出一个高招，既要无伤自己的大雅，又要激起男爵感官的兴奋（尽管这一招事实上不道德），“我的梦想，是找一位黄花姑娘，使我得到她的爱，从她身上得到她的童贞。”德·夏吕斯先生早已按捺不住，不由得轻轻掐了掐莫雷尔的耳朵，天真地补充道：“这对你有什么用？你既然想要她的童贞，那你就非娶她为妻不可。”“娶她为妻？”莫雷尔嚷了起来，他感到男爵已经飘飘然忘乎所以了，要不就是他没想到与之对话的这个男子比他想象的还要认真，“娶她为妻？万万不行！我可以满口应承，不过，一旦小动作很利索，当天晚上我就把她甩掉。”只要吹牛能够引起他暂时的快感，德·夏吕斯先生一般总要介入，哪怕云散雨收之后，马上收回全部的兴趣，“真的，你要干这事？”他笑着对莫雷尔道，紧紧地搂着他。“那又怎么！”莫雷尔道，发现自己并没有使男爵不悦，便直言不讳地继续向他做解释，他的确有一种什么样的欢情。“这危险。”德·夏吕斯先生说。“我事先就准备好开路，然后溜之大吉，连地址都不留。”“可我呢？”德·夏吕斯先生问。“我带您一块走，那还用说，”莫雷尔连忙道，没考虑到男爵会落成什么样子，根本就没有把男爵放在心上，“嘿，有一个小娘们，真讨我喜欢，就在这方向，她是一个小裁缝，在公爵先生的府邸里开了一个小店铺。”“絮比安的侄女儿！”男爵失声叫将起来，正好饮料总管进来，“哟！绝对不行，”他接着说道，要么是因为出现了一个第三者来使他变得冷淡，要么，即使在黑色弥撒之际，他都会津津乐道于玷污最神圣的事物，但却下不了狠心让与他有交情的人卷进去，“絮比安是个好人，小姑娘模样很迷人，给他们制造痛苦，叫人于心何忍。”莫雷尔感到他已经扯得太远了，便闭口不言，但他的目光仍然空盯在年轻姑娘的身上，他早就希望有朝一日，我会当着她的面，称他“亲爱的伟大艺术家”，他本人曾经向她定做过一件背心。小姑娘非常勤快，也没休过假，但后来我才知道，正当那位小提琴手在巴尔贝克地区的时候，她心里就老也放不下他那堂堂仪表，因为她看到莫雷尔同我在一起，便把他当作是一位“先生”，他因此脸上沾了不少光。

“我从来没听人演奏过肖邦的曲子，”男爵说，“不过我本来是可以听到的，我同斯达马蒂一起上过课，但他不让我到我的姨妈希梅家去听‘夜曲’大师的演奏。”“多愚蠢，他在那干了些什么名堂！”莫雷尔嚷嚷道。“相反，”德·夏吕斯先生尖着嗓子，激动地进行辩解，“他显示了自己的聪明才智。他早就明白，我是一个‘纯朴的人’，我容易受肖邦的影响。这毫无用处，因为我从小就放弃了音乐，其余的一切反正也付之东流。后来，想了一想，”他补充道，语音发鼻囊，慢慢吞吞，“总有人听到过，总有人给您讲个大概。但说到底，肖邦只不过是回返通灵那边的一个借口，而您却轻视了通灵方面。”

人们终会发现，经过一席庸俗言语的穿插之后，德·夏吕斯先生的言辞顿时又变得同他平时说话那样优雅、傲慢。这是因为：想到莫雷尔准备“甩掉”一个被奸污的姑娘而心安理得，他顿时尝到了一阵淋漓痛快。快感一过，他的感官暂时平静了下来，一度取代德·夏吕斯先生的性虐待狂（他，的确是通灵的）已逃之夭夭，让真正的德·夏吕斯先生重操人语，只见他浑身充满艺术家的文雅，洋溢着多情和好意。“还有一天，您弹了改编的钢琴曲，四重奏第十五号作品，这已经够荒唐的了，因为没有比这更缺乏钢琴味的了。它是专门为这样一些人改编的，那个自命不凡的伟大聋子弦绷得过紧，把他们的耳朵都震痛了。然而，恰恰是这类近乎庸俗的神秘主义才是神圣的作品。反正您演奏得很糟糕，改变了所有的乐章。您演奏这部作品，要像是演奏您自己作的曲子那样。”年轻的莫雷尔只觉得一阵震耳欲聋，为自己是一个毫无价值的天才而痛苦不堪，好一阵子呆若木鸡；后来，一种神圣的狂热涌上心头，他试了试，作出了第一小节的乐曲；可是，由于起拍就极其费劲，他已精疲力竭，不由得耷拉下脑袋，落下一绺俏丽的头发，以讨维尔迪兰夫人欢心；继而，他得寸进尺，如法争取时间，再创造数量可观的大脑灰质[1]，他刚才挥霍了大量的细

[1] 大脑灰质即大脑皮层，是神经系统的高级中枢，是高级神经活动的物质基础。

胞以表现自己德尔菲竞技场获胜者的胆略；于是乎，他恢复了元气，灵机一动，产生了一种新的灵感，全力以赴扑向那雄伟壮丽永垂不朽的乐句，就连柏林钢琴演奏高手（我们以为德·夏吕斯先生是指门德尔松）恐怕也得孜孜不倦地仿效它了。“就是要用这种方式，独一无二的、真正出类拔萃的、生机勃勃的方式，我才要让您到巴黎去演奏。”正当德·夏吕斯先生给他提出此类忠告的时候，莫雷尔却更是大惊失色，眼看领班将遭到冷落的玫瑰花和非香槟“汽酒”收了回去，不由得惶然自问，这对“等级”会产生什么样的后果。但他没有时间深思熟虑，因为德·夏吕斯先生激动地对他说：“问问领班，他有没有‘好基督徒’。”“弄点‘好基督徒’？我不明白。”“您一清二楚，我们正在用水果，那是一种梨。放心好了，德·康布尔梅夫人府上有这种梨，因为德·埃斯加巴尼亚斯伯爵夫人曾有过，而她就是德·埃斯加巴尼亚斯伯爵夫人。蒂博迪埃先生派人把这梨送给她，她说：‘这就是好基督徒梨，美极了。’”“不，我不知道。”“我看，反正，您什么也不知道。难道您连莫里哀的戏都没读过……那就算了，既然您不懂得指挥，其余的更甭说了，那就干脆要一个梨子吧，就近摘的，叫阿弗朗施的路易丝女仆[1]。”“啊……什么？”“等等，您也太笨了，我只好亲自要别的，我更爱吃的。领班，您有科密的长老[2]吗？夏利，您该读过埃米尔·德·谢尔蒙-托内尔等的有关这种梨动人

[1] 一种水蜜晚梨。

[2] 一种甜酥梨。

的一页吧。”“没有，先生，我没有。”“那您有若杜瓦涅的凯旋梨吧？”“没有，先生。”“弗吉尼亚芭蕾？帕斯科尔玛？没有，算了，既然您什么都没有，那我们只好走了。‘德·昂古莱姆公爵夫人’还未成熟；算了，夏利，开路吧。”

不幸的是，德·夏吕斯先生，此人难得通情达理，也许是因为他与莫雷尔关系纯洁，他打此时开始，就千方百计地对小提琴手曲意修好，弄得小提琴手自己都莫名其妙，其人天性疯疯癫癫，忘恩负义而且好斤斤计较，对德·夏吕斯先生奇怪的好意只报以冷酷和粗暴，而且愈演愈烈，这就使德·夏吕斯先生——想当初何等飞扬跋扈，而如今竟如此低三下四——每每陷入真正的失望之中。下面读者会看到，莫雷尔何以会往往以比德·夏吕斯先生强千倍的德·夏吕斯先生自居，可就连芝麻小事，也不过是望文生义，从而完全曲解了男爵有关贵族阶级那套高傲的宏论。就说眼下吧，正当阿尔贝蒂娜在拉埃斯圣约翰教堂等我之际，如果说有一件事将其置于高贵身份之上（这原则上颇为高贵，尤其是来自乐于去寻找小姑娘的某个人——“无影也无踪”[1]——与司机同往），那就是他的艺术名声，而且可想而知他是第几把提琴手了。无疑，他是很丑恶的，因为他满以为德·夏吕斯先生全归他所有，却装模作样加以否认，百般嘲弄他，其手法与我所领教的完全一样，我刚答应保守他父亲在我外叔祖父家干什么行当的秘密，他立刻居高临下把我看矮了。但是，另一方面，他的出师艺名莫雷

---

[1] 典出法国诗人保尔·瓦雷里的名诗《风灵》中的名句。

尔，在他看来比家“姓”更高级。德·夏吕斯先生正做着柏拉图式的温柔的梦，想给他冠以他家族的封号，莫雷尔却断然拒绝了。

阿尔贝蒂娜觉得，还是留在拉埃斯圣约翰教堂作画更明智些，我趁机坐上汽车，在回来接她之前，我不仅可以去古维尔，去费代纳，而且可以去老圣马尔斯，直到克利克多。我故意装出不理睬她，而去关心其他的事情，故意装着另有新欢，不得不撂下她不管了，其实我心中只想着她一个人。常常是，我走得并不远，顶多不超过古维尔的一马平川，古维尔大平原与贡布雷上方展开的大平原有点类似，在梅塞利里斯方向，即使离阿尔贝蒂娜有相当远的距离，但我却乐在其中，心想，虽说我的眼力不够，不能直接看到她的倩影，但这强盛而温柔的海风从我身边吹过，直向格特奥尔姆铺陈而下，畅通无阻，吹动着掩护拉埃斯圣约翰教堂的青枝绿叶，爱抚着我的女友的面庞，在这广袤无垠的迷藏之地上，就这样把她和我双双联系在一起，没有任何风险，就好像两个孩子做游戏，一时间谁也听不见谁的声音，谁也看不见谁，彼此似乎远隔千山万水，但两颗心却紧紧连在一起。我沿路回程，一路可以看见大海，路上，若是在以往，树枝挡住了大海，我就索性闭上眼睛，好好想一想，我要去看的，不正是大地怨声载道的老海祖宗吗，她像在生物不存在的荒漠时期，继续她的亘古未息的汹涌澎湃。而今，这一条条道路，对我来说，不过是去找阿尔贝蒂娜的途径罢了；我认清了这些道路，原来如此这般，知道它们直奔什么所在，在什么地方可能拐弯抹角，此时，我记起来了，这几条路我曾走过，当时正思念着斯代马里亚小姐，而且还记起来了，就像现在去接阿尔贝蒂娜一样迫不及待，我走进巴黎街道就找到了斯代马里亚小姐，德·盖尔芒特夫人常在巴黎街头招摇过市；我看，这条条道路已变得单调乏味了，但赋予我性格特征所追随的轨迹以精神意义。这是很自然的，然而并不是无关紧要的；条条道路提醒我，我的命运只是追求幻影，我梦寐以求的生灵，很大一部分是我想象出来的现实；的确有些生灵——我从小就是这种情况——对他们来说，凡有固定价值的东西，别人可以看得见摸得着的东西，什么财富呀，功绩呀，高官厚禄呀，都是身外之物；他们所需要的，恰恰是幻影。他们为此耗尽了余生，不惜一切代价，千方百计去与幻影见面。但幻影稍纵即逝；于是又追求另一个幻影，哪怕再回过头来重新追求第一个幻影也在所不惜。我追求阿尔贝蒂娜已不是第一次了，第一年看见她是在海边。其他的女人，老实说，是我初恋的阿尔贝蒂娜与此时此刻我形影不离的阿尔贝蒂娜之间的插曲而已；所谓其他的女人，特别是指德·盖尔芒特公爵夫人。但是，有人要说，为什么要挖空心思在希尔贝特身上打主意，替德·盖尔芒特夫人吃尽苦头，如果说成为德·盖尔芒特夫人的朋友，唯一的目的只是为了不再想她，但难道只想阿尔贝蒂娜吗？斯万，在他临死之前，也许可以回答这一问题，他曾是幻影的热心追求者。幻影形形色色，有被人追求的，有被人遗忘的，有被人重新寻觅的，也有只求一晤的，目的在于接触一种不现实的生活，这种虚无缥缈的生活一纵即逝，巴尔贝克的条条道路到处有幻影神出鬼没。一想到沿路的树木，梨树呀，苹果树呀，柽柳树呀，在我死后它们仍然生机盎然，我似乎从它们的身上得到了教益，把精力扑到工作上吧，趁长眠的钟尚未敲响的时候。

我在格特奥尔姆下车，沿着又陡又硬的洼路跑去，通过一道独木桥过了小溪，终于见到了阿尔贝蒂娜，她正在教堂前作画，教堂钟塔林立，像一朵带刺的盛开的红玫瑰。教堂大门上的三角楣匠心独运，浑然一体；石面浮雕赏心悦目，对称而出的天使栩栩如生，面对我们这一对二十世纪的青年男女，照例手持大蜡烛，举行十三世纪的宗教庆典。阿尔贝蒂娜摊开画布，苦心临摹的正是这些天使的形象，她仿效埃尔斯蒂尔的画法，大笔重彩，努力把握崇高的神韵，大师曾对她说过，这崇高的神韵使他妙笔生花，得以创造出这一对对标新立异的天使，与他所见到的任何天使迥然不同。她收拾好画具。我们俩互相依偎着，重新上了洼路，留下小教堂，让它得到安宁，就像没看见我们俩那样，让它倾听小溪永不停歇的潺潺流水声。顿时，小汽车飞奔起来，不回原路，却改道送我们回家。我们从马古维尔－奥格约兹面前驶过。夕阳照在半新半旧的教堂之上，铺洒上一层经世不衰的美丽色泽。若想看清大浮雕的真面目，似乎非透过这层流动着的珠光玉液不可；圣母，圣伊丽莎白，圣若阿香，仍然在不可捉摸的急流漩涡中漂游，然而却滴水不沾，或浮游在水面上，或沐浴在阳光下。一座座现代塑像屹立在一根根大柱上面，从热浪滚滚的尘嚣中抛头露面，与夕阳的金帆齐腰。教堂前一棵大柏树活像祝圣场里的圣物。我们下车看了片刻，踱了几步。阿尔贝蒂娜似乎被意大利草帽和绸巾缠住手脚（草帽和绸巾并没有给她带来丝毫舒服的感觉），当我们绕着教堂走时，她从中得到了另一种冲动，表现出懒洋洋的满足，但在我眼里，这神态却优雅动人；绸巾和草帽不过是我的女友外在的新花样罢了，可我却觉得可亲可爱，我用目光追逐着草帽和绸巾在暮色苍茫中映在翠柏上的倩影。她本人是不可能自我欣赏的，但却意识到自己楚楚动人，因为她朝我笑了笑，弄了弄头姿，整了整头饰："我不喜欢它，它修复过了。"她手指着教堂对我说，顿时想起了埃尔斯蒂尔论及古石雕美之珍贵和不可模仿的言论。阿尔贝蒂娜一眼就看出是否修复过。真叫人不可思议，她对音乐的无知达到可悲可叹的地步，而对建筑艺术的鉴赏则胸有成竹。别说埃尔斯蒂尔，就连我也不喜欢这座教堂，教堂正面抹上夕晖展现在我的眼前，却引不起我的兴趣，我下来看看纯粹是为了讨好阿尔贝蒂娜。不过，我觉得，印象派大画师未免自相矛盾；为何对客观的建筑如此推崇备至，却对夕照中教堂的变容漠不关心？"不错，"阿尔贝蒂娜对我说，"我不喜欢它；可我喜欢它的名字奥格约兹，多骄傲。不过，倒是应当请教一下布里肖，为何管圣马尔斯叫'衣冠'。圣马尔斯。我们下次去吧，好不好？"她用黑眼睛看着我说，草帽压在眉眼之上，就像过去戴马球帽那样。她的面纱飘拂着。我同她一起上了汽车，真高兴明天能同她一起去圣马尔斯，冒着这炎炎盛暑，在这样的天气里，人们一心只想泡在水里，只见教堂的两个古老钟塔，活像两条玫瑰色的鲑鱼，身披菱形瓦片，稍许向内弯曲，活灵活现，犹如披满鳞片的老尖鱼，身上长满了苔藓，红澄澄一片，双鱼看样子一动不动，却在清澈透明的碧水中浮现出来。离开马古维尔，为抄近道我们来到十字路口，路口有一家田庄。阿尔贝蒂娜几次叫停车，请我独自一人去弄点苹果白酒或苹果甜酒来，拿回车来让她喝，人家肯定说不是汽酒，于是我们喝了个痛快淋漓。我们彼此紧紧依偎着。阿尔贝蒂娜关在汽车里，村民们轻易看不清她，我退还了酒瓶；我们重新上路，似乎要继续我们这种成双成对的生活，他们可以想象，我们正过着恋人的生活，中途停车喝酒，不过是无足挂齿的一会儿工夫；倘若他们后来发现，阿尔贝蒂娜竟喝掉了她那一大瓶苹果甜酒，猜测也许就更走了模样；她那阵子好像确实忍受不了她与我之间保持着的距离，这种距离若在平时并不使她感到难受；她穿着布短裙，裸露的双腿紧紧地靠着我的双腿，她把她的脸贴到我的脸上，只觉得她的两颊一阵子苍白，一阵子发热，泛着红晕，兼有某种热烘烘到软绵绵的味道，就像近郊的姑娘们常有的那种表情。每到这种时刻，她的个性往往突变，嗓音立刻失去常态，发哑发嗲，言辞放肆，近乎放荡起来。夜幕降临。多么痛快，只感到她依偎在我的怀里披着她的绸巾，戴着她的草帽，不由得使我联想到，一路上遇见的对对情侣，不正是这样相亲相爱，肩并着肩形影不离吗？！我对阿尔贝蒂娜也许有了爱慕之情，但又不敢让她有所觉察，我不露神色，即使我心里产生了这种爱，也不过是一种无价值的真实，可以在实际行动中严加控制；我总觉得，这种爱是无法实现的，它被排斥在生活场景之外。可我的嫉妒心老在作怪，它促使我对阿尔贝蒂娜寸步不离，尽管我知道，根治我的妒病的唯一妙方，就是与她一刀两断，各奔东西。我甚至可以在她身边加以验证，但我得设法不让那种在我心头唤醒妒火的情景重新出现。事情就这样发生了，一天，天气晴朗，我们到里夫贝尔吃午饭。形如长廊的茶馆饭厅，玻璃大门敞开着，门外是一片接一片阳光镀金的草地，光彩夺目的大饭厅似乎与草地融为一体了。男招待长着玫瑰般的脸，黑发折曲如火焰，就在这大庭广众之中跑堂，但动作却没有往常快捷，因为他已不再是普通的伙计，而是跑堂的领班；但由于他行动自如，时而走远，在餐厅里，时而走近，但在室外，为那些偏爱在园中就餐的顾客服务，人们看他一会儿在这儿，一会儿又到那儿，像一个跑动着的英俊天神的连环塑像，一串立在饭厅里面，只见楼内灯火通明，楼外绿草如茵，草地呼应着楼厅，另一串罗列于绿树荫下，沐浴着野外生活风光。他在我们身边应酬了一阵子。阿尔贝蒂娜心不在焉地应付着我对她说的话。只见她瞪大眼睛盯着跑堂小伙子。有好几分钟，我顿感所爱之人近在咫尺却求之不得。只见他们眉来眼去，神秘莫测，当着我的面似乎有口难言，很可能是昔日约会隐私的继续，可我却被蒙在鼓里，也可能是他曾经给她暗送过的秋波的余波——这么说我已经成了碍事的第三者了，对第三者人们总是藏藏掖掖的。甚至当老板厉声叫唤他，他应声离去后，虽然阿尔贝蒂娜仍在继续埋头吃饭，但看她那副样子，像是把饭店和花园只看作是那位跑堂的黑发的神，在五光十色的背景下，里里外外现形的光明圣道。一时间，我寻思自问，她会不会跟他而去，把我一个人留下空守着饭桌。但没过几天，我就把这苦不堪言的印象抛到九霄云外去了，我决计再也不重登里夫贝尔，而且，虽然阿尔贝蒂娜让我放心，说她上次是第一次去里夫贝尔，但我还是让她许了诺，保证也决不再去里夫贝尔。我也否认了快腿跑堂的小伙子只看她，目的是不要让她以为，我陪伴她反剥夺了她的一次欢情。可我偶尔还是去了里夫贝尔，不过就我独自一人开怀畅饮，就像上次那样干。正当我喝干最后一瓶酒时，我看了看画在白墙上的蔷薇花饰，我把满心欢喜移向花饰。世界上唯有她为我而存在；我轮番用不可捉摸的目光去追逐她，抚摸她，失去她，我对前程麻木不仁，一心只关心我的蔷薇花饰，她像一只蝴蝶，围绕着另一只停落的蝴蝶翩翩起舞，准备与他在尽欢极乐的行动中了此终生。时刻可能选择得特别的凑巧，正好是要与一个女人绝交的时候，对这样一位女人，虽然我近来为她受尽痛苦的折磨，但绝不会因此求她给我一剂清凉油来慰藉我的痛楚，她们造成了别人的痛苦，却掌握着镇痛剂。这样出来走走，使我的心平静下来，散散步，虽然我当时只不过把这当作是对第二天的期待，而第二天本身，虽然它激起我向往明天的欲望，但与第一天该不会有什么两样吧，即便是散散步，自有一番滋味，我举手投足的地方，阿尔贝蒂娜曾直奔这里，而我现在却没同她在一起，既没在她姨妈家，也没在她的女友们的家里。这般滋味，虽然并非出自内心的喜悦，而是因为烦恼的减轻，但却很强烈。因为事隔几天之后，每当我回味起我们喝苹果酒的那个农庄，抑或只想想我们在衣冠圣马尔斯前踱过的几步，记得阿尔贝蒂娜戴着无边女帽在我身边走着，她就在我的身边，这种感情顿时给整修一新的教堂那无动于衷的形象平添多少贞洁，以至于阳光照耀的教堂门面也就自然而然在我记忆中站稳了脚跟，犹如有人在我们的心口上敷上一大帖镇痛药剂。我把阿尔贝蒂娜送到巴维尔，不过是要傍晚去找她，伸开手脚躺在她的身边，在夜幕的笼罩之下，在沙滩之上。当然，我并不是每天都看见她，但我可以告慰自己："假如她谈到她的时间安排，还是我占据最多的位置。"我们一起接连度过了很长的时刻，弄得我日日夜夜如醉如痴，心里甜滋滋的，以至于我把她送到巴维尔，她跳下汽车一小时之后，我在车上再也不感到孤独，仿佛她下车之前，就在车上留下几朵鲜花。我也许可以不用每天见到她；我会高高兴兴地离开她，我感到，这种幸福的慰藉效果可以延续好几天。但是，当她与我告别之时，我听她对她姨妈或她的一位女友这么说："那么，明天八点三十分见。不准迟到，他们八点十五分就准备好了。"我所爱的一个女人，她的谈话像一片隐瞒着凶流恶水的土地；人们随时都能感觉到，话里话外有一层无形的暗流存在叫人冷透了心；人们到处可以发现暗流无耻的渗水，但暗流本身则深藏不露。一听到阿尔贝蒂娜那句话，我内心的平静顷刻之间就被摧毁了。我想要求她第二天早上与我见面，目的在于阻止她去赴这神秘的八点三十分的约会，他们竟当着我的面谈及这次约会而且用的全是暗语。头几次，她无疑得听从我，只是恋恋不舍地放弃了她原来的计划；而后，她兴许发现，我是存心要打乱她的计划；于是人家事事都瞒着我，我成了聋子瞎子了。但是，也有这样的可能，我被排斥在外的这些盛会没什么了不起，她大概是怕我觉得某某女客浅薄庸俗或令人讨厌，怕引起我的难堪。不幸的是，这样的生活已经紧紧地与阿尔贝蒂娜的生活纠缠在一起，它不仅仅对我个人发生作用了；它给了我冷静；可对我母亲却造成了不安；母亲承认了她内心的不安，一下子又反过来摧垮了我内心的平静。我回家时高高兴兴，痛下决心准备随时结束眼下这段生活，我自以为了结这种生活全看我自己的意愿，没料到母亲听到我叫人让司机去找阿尔贝蒂娜，便对我说："你花多少钱！（弗朗索瓦丝语言简明生动，说得更为有力："花钱如流水。"）千万不要像查理·德塞维尼，"妈妈接着说，"他母亲曾说：'他的手是只坩埚，银一到手就化了。'再说，我觉得，你同阿尔贝蒂娜出去也够多的了。我肯定告诉你，这已经过分了，即使对她来说，这也似乎是可笑的。这样能给你排解忧愁，我是很高兴的，我不要求你不再去见她，但到头来你们人见心不见不是不可能的。"我与阿尔贝蒂娜的生活，毫无大欢大乐——至少是感觉到的大欢大乐——可言，我本指望选择一个心平气和的时刻，总有一天加以改变，未曾想听妈妈这么一说，这种生活顿时对我来说反又变得不可或缺的了，因为这种生活受到了威胁。我告诉我母亲，她的话反倒把她在话中要求我做出的决定推迟了两个月，若不是她的这番话，这个决定周末之前也许就见眉目了。妈妈笑了起来（为的是不让我伤心），笑自己的劝告立竿见影产生了效果，并答应我不旧话重提，免得我又节外生枝。但自从我外祖母死后，妈妈每次禁不住暗自发笑，然而每每才笑辄止，最后竟痛苦地几乎咽泣起来，也许是因为自责暂忘而内疚，也许是因为即忘即忆，再次激发心病的大发作。她一回想起我们的外祖母，犹如固定的观念在我母亲心头扎根，总是给我母亲造成了一块心病，我感到，这次旧病未除，反增添了新的心病，这块心病与我有关，与母亲为我与阿尔贝蒂娜亲密关系的后果担忧有关；但她又不敢对我们的亲密关系横设障碍，因为我刚才已跟她摊了牌。但她似乎并不相信我不会受骗上当。她想起来了，多少年里，我外祖母和她没有跟我谈起我的工作，也没有谈起一条更有利于身体健康的生活规则，我常说，她们的一味的劝导，弄得我六神无主，妨碍我独自开始工作，而且，尽管她们默许了，我也没有把那一条生活规则坚持下去。

晚饭后，汽车把阿尔贝蒂娜带了回来；天还有点亮；空气也不那么热了，但是，度过了热辣辣的一天，我们俩都渴望超爽的风凉；只见一弯新月先进入我们激动的眼帘（我去德·盖尔芒特亲王夫人家那天晚上，还有阿尔贝蒂娜给我打电话的那天晚上，月亮也是这个样子），像又轻又薄的果皮，后来，又像一块四分之一瓣的新鲜水果，似乎有一把无形的刀开始在天穹中为它削皮。还有几次也是这样，是我去找我的女友，稍晚一点就是了；这样一来她就得在梅恩维尔市场拱廊前等我。最初，我认不出她来；我实在乱了方寸，她大概不会来了，她很可能理会错了。正在这时我看见了她，她穿着束腰蓝点白罩衫，只见她轻盈地一跳，登上了汽车，坐在我的身边，那轻捷的一跳，与其说是像个小姑娘，不如说像一只小动物。她一上车，就没完没了地亲抚我，简直像只小母狗。当夜幕全面降落，当夜空缀满了星斗，正如旅馆经理对我说的那样，倘若我们不带一瓶香槟到林中去散步，我们便伸开手脚躺在沙丘下面，大可不必担心微弱光线下的大堤上还有人在散步闲逛，他们在黑魆魆的沙滩上什么也看不清楚，虽然离自己不过两步远；我看见姑娘们第一次在水天苍茫的背景前走过，婀娜的体态洋溢着女性的风韵，大海的柔情，健美的丰姿，我抓住同样的玉体，紧紧地抱在我的怀里，我们身上覆盖着同一顶夜帐，紧挨着海边，大海风平浪静，被一道颤抖的光线分成两半；我们不知疲倦地静聆大海的吟唱，共同欢乐，大海顿时屏声静气，久久停止了呼吸，简直像退潮煞住了奔涌；忽而，盼等着的海潮终于姗姗来迟了，就在我们的脚下窃窃私语。我最后把阿尔贝蒂娜带回到巴维尔。到了她家门前，我们不得不中断亲吻，生怕被人看见；她没有睡意，于是又随我一起回到巴尔贝克，我又从巴尔贝克最后一次把她送回巴维尔；早期出租汽车的司机睡觉是不看钟点的。实际上，我回到巴尔贝克，正是晨露初湿的时候，这一回，虽只剩下我一个人，但我的女友似在我的身边，一个接一个的长吻像取之不竭的源泉把我灌醉了。桌上，有我的一封电报，要不然就是明信片。又是阿尔贝蒂娜的！那是当我离开她坐小车回来时，她在格特奥尔姆写的，告诉我她在想我。我一边读着一边上床。此时，我发现条绒窗帘上头天已经大亮了，我自言自语，我们搂抱着过了一夜仍然相亲相爱。第二天早上，当我在大堤上看到阿尔贝蒂娜时，心里直打鼓，生怕她回答我这一天没空，不能接受我的邀请一起出去散步，这个邀请，我欲言又止，一拖再拖，久久不敢启齿。令我尤为不安的是，她神情冷淡，忧心忡忡；她的一些熟人走了过来；无疑，她已经安排好下午的活动计划，而我却被排斥在外。我看着她，看着阿尔贝蒂娜这优美的体态，这玫瑰花般的容貌，她当着我的面，推出了她内心的企图之谜，不知将做出何种决定，我下午是福是祸，就由它定夺了。一个年轻姑娘，她的整个心灵状态，她的整个生存前景，采取具有讽喻意义的致命形式在我面前和盘托出亮了相。当我最后下了决心，当我极力不动声色地问她："我们马上一起去散步，直到晚上，好吗？"当她回答说："很愿意。"我绯红的脸顿时风停云散，久久不得安宁的心绪一下子美滋滋地平静了下来，还了我本来的更为甜丝丝的面目，惬意，沉静，在暴风雨过后人们往往会有这种表现。我喃喃自语："她真好，多可爱的人儿！"沉浸在激情之中，虽不如醉酒的迷痴，但毕竟比友谊更深沉，而上流社会的激情只好望尘莫及了。只有当维尔迪兰家设晚宴和阿尔贝蒂娜没空同我一块儿出去的日子里，我们才辞去小汽车，我可以利用这些时日，通知那些想见我的人，说我还在巴尔贝克。我允许圣卢在这些日子来这里，但仅这些日子而已。因为一旦他不期而至，我宁可不见阿尔贝蒂娜，也不愿冒风险让他与她见面，不愿让最近以来我保持的愉快平静的心态受到损害，不愿我的嫉妒心故态复萌。只有圣卢一走我才会放下心来。他也感到遗憾，强制着自己，没有我的召唤，绝不来巴尔贝克。想当初，德·盖尔芒特夫人同他一起度过的时刻，我是多么羡慕，我往往不惜代价要看到他！人人都在不断地改变着与我们关系的位置。人们在不知不觉地然而也是永不停歇地前进着，可我们常常看他们一成不变，观察的时间太短了，以至于带动他们前进的运动难以被发觉。但是，我们只要在自己的记忆里，选择他们的两个形象，这两个形象是他们在不同的然而是比较接近的时刻留下的，他们本身并没有什么变化，至少变化不明显，但这两个形象的差异却可以衡量出他们对我们冷热亲疏关系的位移。他对我谈到维尔迪兰一家时令我惶惶不安，唯恐他对我提出请求，也要在维尔迪兰家做客，这一点就足以把我同阿尔贝蒂娜一起在那儿尝到的全部欢乐搅得一塌糊涂，因为我妒忌，我总感到妒火在不断燃烧。不过，谢天谢地，罗贝明确告诉我，与我的担心恰恰相反，他无论如何也不想去结识他们。“不，”他对我说道，“我觉得这种教权主义的圈子讨厌极了。”开始，我不理解修饰维尔迪兰家的形容词“教权主义的”是什么意思，但圣卢句末画龙点睛，令我茅塞顿开，遣词造句奇特，是聪明才子惯用的手法，每每叫人惊诧莫名。“就是在这些地方，”他对我说，“大家拉帮结伙，抱成一团。你不要对我说那不是一个小宗派；对圈子里的人甜如蜜，对圈子外的人则冷若霜。问题不在于像哈姆雷特，是活下去还是不活下去，而在于是不是属于这个宗派里的人。你是小圈子的人，我舅舅夏吕斯也是小圈子里的人。你要怎么样？我呀，我从来就不喜欢这一套，这不是我的过错。”

当然，我把强加给圣卢的未经我的招呼不许来见我的清规戒律，索性推而广之，在拉斯普利埃，在费代纳，在蒙舒凡以及其他地方，不论是什么人，凡我与之逐渐有所交往的人，我都严正声明我这条清规戒律；但当我从饭店楼上看见三点钟通过的火车拖着滚滚的烟雾，在巴维尔的深崖峡谷里，留下痴滞的云缕，在郁郁苍苍的半山坡上久久流连忘返，我便毫不迟疑，欢迎即将来同我一起品尝点心的客人，客人此时仍同我捉着迷藏，仙游于这片缥缈的云带里。我不得不承认，这位客人，是事先得到我的应允才来的，但来者并不是萨尼埃特，我每每于心不忍。然而，一想到萨尼埃特老是惹人不愉快（如果不是来讲故事而是来做客那就更令人扫兴了），虽则他比许许多多其他人更有文化，更聪明，为人也更好，但同他在一起，似乎非但毫无欢乐可言，而且，除了难受之外，什么也得不着，弄得你一个下午都感到败兴。也许，如果萨尼埃特索性承认，他不来正是怕给人造成苦恼，大家也就大可不必害怕他的来访了。烦恼，在人们不堪忍受的种种毛病里，不过是最不严重的一种毛病，他的烦恼兴许只存在于别人的想象之中，或许是受到别人的启示方才受到感染，这种启示能对他的谦虚发生影响。但他极力不让人看出无人理他，以至于不敢自举自荐。诚然，他不像有些人那样应酬自有道理，那些人在公共场合，总爱逢人就行举帽礼，要是他们和你久违，突然在一家门厅里发现你同他们不认识的显贵们在一起，他们便会冷不防向你抛来一声响亮的问好，却又连忙道歉不迭，千万别对他们的高兴和激动见怪，久别重逢，发现你欣然叙旧，气色甚佳，难免喜出望外，等等。然而，萨尼埃特却相反，他太缺乏胆量。在维尔迪兰夫人家里，或者在窄轨火车里，要是他不怕打扰我，他本来可以对我说，他很愿意来巴尔贝克看我。这样的提议不会吓坏我的。可他偏不这么说，他什么也不主动对我提出，可是，却愁着眉苦着脸，目光坚不可摧，与烧在瓷器中的釉彩无异，不过，在他的目光里，有一种急于见你的迫切愿望——除非他找到一位更有意思的人——可又掺和着不让人发现自己有迫切见人的愿望的意志，他满不在乎地对我说："您不晓得这些天您忙些什么事了？因为我可能要去巴尔贝克一带。不过，不，没什么了不起的事，我只是随便问问您。"这种神色骗不了人，而那些反话的符号，我们可以反其意而用之来表达我们的感情，其实一目了然，人们不由得寻思，怎么还会有这种人说类似下面的话："我受到邀请太多了，弄得我不知如何是好。"实际上是为了掩盖他们没有受到邀请的事实。而且，更有甚者，这无所谓的神色，可能由于在其混杂的成分里掺和进口是心非的意愿，给你招惹来的难受，就远非害怕烦恼或直截了当的想见你的愿望所能做得到的，也就是说，那难受，那厌恶，属于普通社会礼貌关系的范畴，相当于在爱情方面，一位恋人向一个不爱他的女士提出了一个伪装的建议，说什么第二天去看她，却又马上改口，说什么他并不是非这样做不可，甚至不一定坚持刚才的建议，却保持着假冷淡的态度。顿时，有一种令我莫名其妙的东西从萨尼埃特这里流露出来，让人不得不和颜悦色地回答他道："不，可惜，这个星期，我改日向您解释……"于是我便让别人来此地，他们虽然远不如他的身价高，但也没有他那忧心忡忡的目光，也没有他那苦涩张不开的嘴，他心里倒想走东家串西家，但每次登门拜访人家，总是哑着嘴不说话。糟糕的是，萨尼埃特在小火车上很少不遇见来看我的客人，而客人在维尔迪兰家又很少不对我说："别忘了，星期四我要去看您。"也恰好是那一天，我告诉萨尼埃特我没有空。因此，他最终把生活想象成为充满了背着他故意策划的玩笑，即使不是故意与他作对的话。另一方面，人们岂能始终一成不变，过分谨小慎微便会变为病态的冒冒失失。那次是绝无仅有的一次，他未经我的允许不速而至来看我，正好有一封信，我不知道是谁寄的，撂在桌子上。过一会儿，我发现他听我说话时心不在焉。那封信，他全然不知道来历，竟使他着了迷，我老觉得他那一双像上了釉似的眼珠子就要脱离自己的运行轨道投向那封不知是什么人寄来的信上，眼看着那封信正被他的好奇心磁化着，犹如一只老鹰见蛇就扑过去。他实在忍耐不住了，便先给信换了个位置，好像帮我整理房间似的。他觉得这样仍不过瘾，于是拿起信，翻过来，掉过去，好像机械手的动作。他冒失的另一种表现形式，那就是，一旦拴在你身上，他就不走开了。因为那一天我很难受，我请他乘下班火车，再过半小时就动身。他不怀疑我身体难受，但却回答我说："我要待一小时一刻钟，过后我就动身。"此后，我感到内疚，因为每次我都可以叫他来做客，但却没有这样做。谁晓得呢？也许，即使我消除了他的厄运，别人也会邀请他，他也会立即改换门庭弃我而去，使我的邀请达到双份好处，一则给他以欢乐，二则我也摆脱了他的纠缠。

我接待客人之后的那些日子里，我自然不等人来访了，小车又来接我们，阿尔贝蒂娜和我。当我们回店时，埃梅站在旅社的第一道台阶上，抑制不住眼红、眼热而且眼馋起来，看着我给司机多少小费。纵然我紧紧地握住手，也没能掩盖住严封在手心里的硬币或纸币，埃梅的眼力掰开了我的手掌。转眼间，他转过头去，因为他为人谨慎，有教养，甚至知足于小恩小惠。不过，钱落到另外一个人的手里，会激起他内心一种无法抑制的好奇心，引出他满口垂涎。就在这短暂的时刻里，他的神情，简直像一个在读儒尔·凡尔纳的小说的孩子，全神贯注，入了迷着了魔，抑或像一位吃晚饭的食客，就在一家饭店里，坐在离你不远的地方，眼睁睁地看着有人为你切野鸡肉，可他却没有能力或意愿也要一份，于是便暂时把他严肃的思想抛开，目光死死盯住那只野禽，这样贪婪的目光，只有爱情和贪欲能使之眉开眼笑。

就这样，一天天接连坐车外出兜风。不过，有一次，我乘电梯上楼，电梯司机对我说："那位先生来过了，他留下一个口信让我转告您。"司机对我说这句话时，声音微弱发颤，冲着我咳嗽，溅了我一脸唾沫星子。"我伤风厉害！"他接着说，好像我自己看不出来似的。"大夫说我是百日咳。"说着，他又冲着我咳嗽溅唾沫。"您别说话累了身子。"我态度和善地对他说，这种神态是装出来的。我害怕染上百日咳，万一得了这种病，再加上我容易气闷，那可要我的命了。但他反炫耀起来，像一位不愿意戴病号帽子的强者，嘴仍不停地说着，溅着唾沫星子。"没事，没关系。"他说（对您可能没关系，我想，但对我可有关系）。"再说我马上就要进巴黎了。"（好极了，但愿他走之前别把百日咳传染给我）"听说，"他又接上茬，"巴黎漂亮极了，比这里，比蒙特卡洛都漂亮得多，尽管有一些跑堂的，甚至顾客，还有领班，他们都去蒙特卡洛度假，他们常对我说，巴黎比不上蒙特卡洛漂亮。他们可能弄错了，可是，作为领班，他不应该是一个笨蛋；要掌握所有的订单，保证客饭供应，得有头脑才行！人家告诉我，这比写戏写书还厉害呢。"眼看着就要到我住的那层楼了，可司机又把我降到底层，因为他觉得按钮不灵，可转眼他又弄好了。我对他说，我宁可爬楼梯上去，其实就是不好说出口，我不想得百日咳。但司机在一阵传染性的然而又是友好的咳嗽中，一把将我重新推进电梯。“再也不会出毛病了，现在，我弄好了按钮。”看他没完没了地唠叨，我急于知道来访客人的姓名和他留下的话，在他比较巴尔贝克、巴黎和蒙特卡洛究竟谁美的当儿，我对他说（好像一个唱邦雅曼·戈达的男高音歌唱家使你听腻烦了，你就对他说：还是给我唱一段德彪西吧）：“到底谁来看我了？”“就是昨天同您一块儿出去的那位先生。我去取一下他的名片，就在我的门房里。”因为，前一天的晚上，我在去找阿尔贝蒂娜之前，曾把罗贝·德·圣卢送到东锡埃尔车站，我以为电梯司机讲的是圣卢，但实际上是汽车司机。由于他用了这样的字眼来指司机：“同您一块儿出去的那位先生。”他就同时告诉了我，一个工人同样也是先生，跟上流社会的人一样是先生。上了一堂词汇课而已。因为，实际上我从来不分等级。若说我听到有人把一个汽车司机称为先生感到奇怪，就像获得封号才八天的X伯爵听到我对他说：“公爵夫人好像累了。”他转过头来，看着我说的到底是谁，原因其实很简单，那就是还缺乏尊称的习惯；我从来不区分工人、资产者和贵族，我兴许会毫不在乎地把他们彼此都当作朋友看待。我对工人有一种偏爱，其次是对贵族，不是出于兴趣，而是知道，人们可以要求贵族对工人要有礼貌，比从资产者那里得到的还多，或者说，贵族不像资产者那样鄙视工人，抑或因为贵族对谁都愿意彬彬有礼，犹如美丽的女人欣然施笑，因为她们知道一笑讨千欢。

我把老百姓与上流社会人士平等看待的态度虽然得到上流社会的认可，尽管如此，但我还不能说，反过来总会让我母亲完全满意。并不是说她在人道上把人做若干区分，只要弗朗索瓦丝心情不快或身有病痛，总会受到妈妈的安慰和照料，论情意论信赖不亚于对她最好的朋友。但我母亲是我外祖父的掌上明珠，很难不社会性地接受等级的存在。贡布雷家族的人徒然有胆有识，欢迎人类平等最漂亮的理论，当一个家奴争取解放时，他公然开口用“您”相称，而且，不知不觉地，跟我说话再不用第三人称了，我母亲对这种私自改变尊称的行为极为不满，与圣西门在《回忆录》里的描写无异，每次，当一位老爷，他本无这等权利，却抓住一个借口，在一份经过公证的文件上取得了“殿下”的尊称时，或者他抓住一个借口，可以不还公爵所欠或拖着的租债并逐渐将其据为己有时，这种不满便爆发出来了。当时有一种顽固不化的“贡布雷精神”，需要几个世纪的善良（我母亲的善良是无限的）和平等理论的宣传，才能使之解体。我不敢说，在我母亲的头脑里，某些“贡布雷精神”是可以冰消雪化的。她怎么也伸不出手让家奴一吻，却心甘情愿给他十个法郎（何况，十个法郎更令家奴高兴）。在她看来，不管她承认还是不承认，主人就是主人，而仆人则是只配在厨房里吃饭的人。当她发现一位汽车司机竟同我一起在饭厅里吃晚餐，她就不太满意了，于是对我说：“我觉得，交朋友哪个不比司机好。”犹如，若是关系到婚姻大事，她就会说：“门当户对的对象你会觉得更好。”司机（幸亏我从没想到邀请他）是来告诉我，派他来巴尔贝克赶旅游季节的汽车公司，让他第二天赶回巴黎去。这一理由，尤其因为司机长得富有魅力，说话干脆明了，似乎讲的都是福音书里的话，因而我们也就信以为真了。但这理由只对了一半。事实上，他在巴尔贝克已无事可干了，不管怎样，公司对依靠圣轮的年轻的福音主义者的诚实半信半疑，希望他尽快回巴黎去。的确，如果说年轻的使徒在向德·夏吕斯先生算车公里数时奇迹般地完成了乘法，那么反过来，一旦跟公司交账时，则把他收的钱除以六报上去，据此得出结论，公司合计，要么没人再到巴尔贝克游览，旅游季节的确已过，要么就是有人占公司的便宜，不管哪种情况，最好的办法是把他召回巴黎，其实在巴黎，也没什么大事可干。司机的意图则是，只要有可能，就要避开淡季。我说——当时我并不知道此事，要是知道此事可以避免许多烦恼——他与莫雷尔过从甚密（但在别人面前他们始终装出不相识的样子）。从他被叫回去那天起，还不知道他竟有办法不走，我们不得不将就租了一辆车子出去逛逛，或者有时候，为了让阿尔贝蒂娜散散心，而且，因为她喜欢骑马，我们便租几匹鞍马骑骑。车子破旧不堪。“什么破车！”阿尔贝蒂娜怨声载道。我倒是每每想独自一个人待在车里。我虽然不愿给自己规定好死期，但我希望了结此生，我怨此生不了了之，不但使我失去了工作，更使我失去了欢乐。不过，也有时候，左右我的习惯突然被废除了，我往往故态复萌，一个充满寻欢作乐的旧我暂时取代一个现在的我。我尤显得喜欢游山玩水，有一天，我把阿尔贝蒂娜留在她姨妈家里，我则骑马去看望维尔迪兰一家，我走的是林中野路，因为维尔迪兰夫妇在我面前把这一路风光吹得天花乱坠。野路沿着悬崖峭壁蜿蜒而上，而后，两边茂林叠翠，林险路窄，直陷深峡野谷。不一会儿，我被光秃秃的怪石所包围，透过嶙峋石林的空隙可见大海，怪石和大海一起在我眼前浮动，仿佛是另外一个世界的残山剩水：我认出了埃尔斯蒂尔为两幅妙不可言的水彩画取景的原始山水风光，一幅名为《诗人遇缪斯》，另一幅为《少年遇马人》，我在德·盖尔芒特公爵夫人那里看过这两幅画。回忆画中的景象，眼前景物油然生情浑然入画，我是如此超尘脱俗，以至于倘若我像埃尔斯蒂尔所画的史前时代的少年那样，在我云游之际，遇见了一位神话人物，那我也不会大惊小怪的。突然，我的马仰头惊立，它听到一阵莫名其妙的声响，我好不容易才勒住惊马，差点儿没被摔到地上，我抬眼向声响传来处看去，不禁热泪盈眶，发现在我头上五十米左右，在阳光照耀之下，在两只闪闪发光的钢铁翅膀之间，载负着一个生灵，其容貌虽模糊不清，可我觉得颇像一个人的面孔。我激动不已，犹如一个希腊人平生第一次看到了半神半人的神人。我禁不住哭了，我一旦看清楚了，那奇妙的声响就来自我的头上——当时飞机还是极罕见的——心想，我平生第一次看到飞机了，叫我怎么不热泪沾襟。此时此刻，就像那时候，耳际传来了一张报纸上读到的一句动人的话，我见飞机泪始流。然而，飞行员似乎在自己的航道上流连忘返；我觉得，在他的面前——也在我面前，倘若我没有囿于成见，那么一条条通天之路和人生之路都是开放的；他愈飞愈远，在海面上盘旋了一会儿，然后断然下了决心，似乎被天外的某种吸引力所打动，摆脱地心引力，如同重返家园，只见金翅膀轻轻一动，便扶摇直插云天。

回过头来再讲汽车司机，他不仅要求莫雷尔让维尔迪兰夫妇改用汽车，换下他们那辆敞篷大马车（鉴于维尔迪兰夫妇对其圈子里的老常客一向慷慨大方，这事比较容易办到），但是，比较不好办的事，是得由他，即汽车司机，取代他们的驾车大把式，即那位多愁善感、思想灰暗的年轻人。这事在几天之内就以如下的方式解决了。莫雷尔先让人陆续偷走马车夫套马车用的全套必备的马具。一天，他找不到马嚼子；又一天，找不着马衔索。再过几天，他的坐垫不翼而飞，马鞭不明下落，盖布、掸衣鞭、马蹄铁、麂皮接二连三不见踪影。但他总有办法东拼西凑；只是常常迟到，弄得维尔迪兰先生对他十分恼火，使他陷进了苦闷和悲观的境地。司机迫不及待要打进去，对莫雷尔扬言他就要回巴黎去了。一不做二不休。莫雷尔振振有词，说服维尔迪兰先生的众仆从，说年轻的马车夫曾扬言，要让他们一个个落入一个圈套，他自以为了不起，他一个人可以制服他们六个人，莫雷尔唆使他们不能对他善罢甘休。可他自己呢，他可不能介入，只是先向他们报个信，好让他们先下手。他们算计好了，待维尔迪兰先生偕夫人陪他们的朋友们出去散步时，奴仆们就冲向马厩那里向年轻人猛扑过去。我后面还要谈到——尽管事情马上就要发生，但由于我后来才对那些人物很感兴趣——那一天，有一个维尔迪兰家的朋友在他们家度假，在他告辞之前，大家想让他出去逛逛，因为他当晚就要动身。

当大家出去散步时，令我大为吃惊的是，正好那一天，莫雷尔同我们一起出来散步，而且本该在树丛中演奏小提琴，可半路上却对我说：“喂，我胳膊疼，我不愿告诉维尔迪兰夫人，不过，劳驾您请夫人将她的仆人带一个来，比如说霍斯勒，要他来给我提乐器。”“我认为叫另外一个更合适，”我回答道，“吃饭要用霍斯勒。”莫雷尔脸上怒形于色：“算了吧，我不愿把我的小提琴交给任何人。”我后来才明白个中缘故。霍斯勒是年轻车夫心爱的兄长，要是他留在家里，岂不会助小弟一臂之力。在散步途中，莫雷尔低声对我说话，生怕大霍斯勒听见。“这是个好小子，”莫雷尔说，“而且，他弟弟也是好样的。要是他没有那要命的酒瘾就好了。”“什么，喝酒？”维尔迪兰夫人问道，未曾想自己竟有一个好喝酒的车夫，脸色顿时气得煞白。“您没看见罢了，我心里老嘀咕，他给你们驾车，竟没出过事故，真是一个奇迹。”“难道他捎过别人？”“您只要看看他翻了多少回车就够了，他今天满脸青一块紫一块的。我不明白他怎么没有呜呼哀哉，他把车辕都摔断了。”“怪不得我今天看不到他，”维尔迪兰夫人说，想到那场大祸可能临到自己的头上，不禁不寒而栗，“您让我好伤心。”她想草草收场回家，可莫雷尔却挑了一首巴赫的曲子，变着花样拉个没完。她一回到家里，连忙赶到车库，发现车辕是新的，霍斯勒也头破血流。她不问青红皂白，当即告诉他，她不再需要马车夫了，给了他点钱，然而车夫自己却不想指控他那些可恶的同行伙计，他认定正是自己的伙计们接二连三地偷了他的一应车马具，而且自己也知道，要是忍气吞声，只能被当作死鬼看待，于是他只求一走了之，这样才得以相安无事。汽车司机第二天便登堂入室，没多久，维尔迪兰夫人（她只好另找一个）对他极为满意，她竟然将他当作绝对可靠的人，并热情地把他推荐给我。我不明底细，便在巴黎雇他打短工，按日计薪；我实在太性急了，整个详情将全部写进阿尔贝蒂娜的故事里。此时我在拉斯普利埃，我第一次带着我的女朋友到那儿吃晚饭，而德·夏吕斯先生由莫雷尔陪同也在那里，莫雷尔冒充一个“总管家”的儿子，那“总管家”挣固定年薪三万法郎，有一辆车子，好些小管家、园丁、财产代管人和佃农归他指挥。可是，我这个人就是沉不住气，我怎么能让读者得出莫雷尔坏透了的印象。其实倒不如说他这人充满了矛盾，有些时日，还真有点儿可亲可爱呢。

听说马车夫被撵出了门，我自然不胜惊讶，尤令我惊愕不已的是，取代马车夫者正是那位开车带我们——阿尔贝蒂娜和我——到处游山玩水的司机。但他在我面前滔滔不绝地编了一段故事，讲得神乎其神，人家听了以为他真的回到了巴黎，而且人家是从巴黎把他请来为维尔迪兰夫妇开车似的，我对此未曾闪过一秒钟的怀疑。解雇车夫是莫雷尔同我攀谈几句的原因，为的是向我表白，那个好小子走了之后他有多么难过。况且，除了我独处以外的时间，除了他喜气洋洋连蹦带跳朝我扑过来的时候，莫雷尔在拉斯普利埃，眼看人人都热情洋溢地欢迎我，顿感自己却故意疏远了对自己无害的人，因为他曾对我过河拆桥，自断后路，剥夺了我对他露出保护神色的任何可能性（其实，我压根儿就没想采取这种神态），于是他便不再与我保持距离了。我则把莫雷尔态度的变化归结到德·夏吕斯先生的影响上，的确，在他的影响下，在某些方面，莫雷尔已不那么狭隘迟钝了，更像个艺术家了，但在另一些方面，他对主子滔滔不绝的吩咐言听计从，哪怕通篇是欺人之谈，而且是信口开河，这反倒使他更加笨拙了。德·夏吕斯先生能告诉他的东西，实际上就是我预料到的这码事。我何以能未卜先知，猜到人家后来才告诉我的事情（我对此一直没有把握，安德烈所提供的有关阿尔贝蒂娜的种种证词，特别是后来提供的，我总觉得很不可靠，因为，正如我们过去有目共睹的那样，她打心眼里并不喜欢我的女朋友，甚至妒忌她），但不管怎么说，倘若确有其事，那么这两个人都瞒着我这样一个问题：阿尔贝蒂娜对莫雷尔很熟悉。正当马车夫即将被解雇之际，莫雷尔对我一反常态，使我改变了对他的看法。我总认为他生性卑鄙，当他需要我的时候，这个年轻人便对我奴颜婢膝，过后，一旦帮了他的忙，他却翻脸不认人，我这才形成了对他的看法。对此，还要补充的是，他与德·夏吕斯先生有明显的卖淫关系，还有并无后果的兽性本能，当兽性得不到满足（当兽性发作时），或由此引起了并发症时，他便会闷闷不乐；但这种个性并非一成不变地永远那么丑陋，而是充满了矛盾。它好比中世纪的一部旧书，错误百出，通篇是荒谬的传说和淫秽阴暗的内容，但堪称杰出的大杂烩。开始我以为，他的艺术，在他真正被视为大师的领域，给了他超出演奏者技巧的优势。有一次，我说了我要开始工作的愿望，他不假思索地对我说："干吧，干出名堂来。""这话是谁说的？"我问他道。"德·冯塔纳对夏多布里昂说的。"他还知道拿破仑的一封情书。"不错，"我心里想，"他有文学修养呢。"不过，这句话，我不知道他是在什么地方读到的，恐怕是他对全部古今文学所知道的唯一的一句话，因为他每天晚上都对我重复它。还有一句话，他在我面前翻过来倒过去地重复，为的是不让我向任何人谈及有关他的任何事，这句话，他也以为是文学语言，其实只勉强算句法国话吧，或者至少可以说不表达任何种类的意义，也许只对一个故弄玄虚的仆人才有用，这句话就是："疑人若可疑。"其实，从这句愚蠢的箴言到德·冯塔纳对夏多布里昂说的话，莫雷尔的性格可见一斑，虽然变化多端，但也不像表现得那样矛盾。这小子，为了几个小钱，什么事情都可以干，而且没有内疚感——大概并非没有莫名其妙的气恼，有时甚至气得发疯，但内疚一词与此风马牛不相及——这小子，只要有利可图，他不惜乘人之危火中取栗，这小子把金钱放到高于一切的地位，却不讲普通人类最天然感情之上的善良，还是这小子，却把他获得的音乐戏剧学院一等奖证书置于金钱之上，在笛子班或对位法作品班，谁也不能说他一句不是的话。他怒火中烧，发起无名火又阴又毒，原因大概是他所谓的普遍的尔虞我诈（可能他将他遇到的怀有敌意的人的某些特殊情况加以普遍化了）。他绝不谈论任何人，却暗中玩弄自己的把戏，对任何人都不信任，从而以摆脱普遍的欺诈为荣。我的不幸在于，由于我回巴黎后势必引起的后果，他的不信任并没有对巴尔贝克的司机"表演"过，在司机的身上，他可能发现了一个同类人，也就是说，与他的箴言相反，一个褒义的多疑者，一个在诚实人面前装聋作哑，却可与流氓恶棍一拍即合的多疑者。他感到——但这并非绝对错误——这样防人一手大有好处，永远使他可以大事化小，小事化无，逢凶化吉，在贝尔热街的院楼里，人家休想抓住他任何把柄，对付他更是一筹莫展。他只要干下去，也许会干出点名堂，有朝一日会成为久负盛名的音乐戏剧学院大赛小提琴评判委员会的大师，人人将对他毕恭毕敬。

但是，在莫雷尔的脑子里发现这样那样的矛盾之处，这也许是极符合逻辑的事。实际上，他的本性，就好比是一张揉皱的纸，折痕走向乱七八糟，以至于不可能恢复正常状态。他似乎有比较高的道德标准，而且写得一手极漂亮的字，美中不足的是错别字众多，他一写信就是几个小时，对他兄弟说，他待妹妹们不好，可他是她们的兄长，他是她们的支柱；对妹妹则说，她们对兄长也有礼貌不周之处。

转眼间，夏日将尽，我们在多维尔下火车时，只见太阳，受朦胧云雾的温存，在一色淡紫的天空中，只脱落成一盏红轮了。傍晚，一派平和静谧的气氛降临到这一片片草木茂盛的盐碱草地上，吸引许多巴黎人到多维尔来度假，其中大都是画家，潮气初泛，却把这些巴黎人早早赶回他们自己的小小木屋别墅里去了。好几家灯火已上。只有几只奶牛望着大海哞哞叫着，另有几只奶牛，对人类更感兴趣，将它们的注意力转向我们的车子。只有一位画家，在一个陡峭的高坡上架起了画架，试图将这大片的宁静，这柔和的光线尽收画中。抑或，这一头头奶牛，正无意识地尽义务似的去为画家充当模特儿，因为它们举目凝视的神态，它们逍遥自在的身姿，在人们回家之后，正以自己独特的方式，为傍晚散发出来的休憩气氛平添强有力的印象。几星期后，优美的风光并不逊色，秋意渐浓，日短夜长，路经此地已是夜间了。我若下午出去转一圈，那么最晚五点就得回去添加衣服，此时，又圆又红的太阳落入倾斜的明镜，而过去这面歪镜有多可恶，可现在，夕阳酷似希腊火硝，在我的书橱玻璃上，燃起了大海的战火。我匆忙穿上我那身无尾常礼服，做出了活像念咒者的举动，唤出了机警而轻佻的爱，就是同圣卢一同去里夫贝尔吃晚饭的我，就是那天晚上我以为把德·斯代马里亚小姐带到林中之岛去吃晚饭的我，我无意识地哼起了当时也哼的同一个小调；我对镜照影，方从歌曲中认出了那个且唱且停的歌者，歌者，其实，他只会这首歌。我第一次唱这首歌，那是我刚刚爱上阿尔贝蒂娜的时候，但我当时觉得，我也许永远还摸不透她的心。后来，在巴黎也唱了一回，那就是我中止爱她的时候，即第一次占有她后没几天。现在我又唱了起来，是在我重新爱上了她，将同她一起去吃晚饭的时候，旅社经理为此深感遗憾，他以为，我最终会住到拉斯普利埃，不再住他的店，他口口声声说听人说过，那边热病流行，病源来自“渡船”沼和沼中的“死”水。我喜欢这种多样性，我的生活向三个平面铺开，就这样我看到了生活的丰富多彩；而且，当人们暂时变回过去的一个人，就是说，与长期以来的自己不同，其感觉的灵敏度，由于不被习惯所削弱，可以接受极其强烈的印象最微妙的刺激，使以前的一切统统黯然失色，而且由于这些印象勾魂夺魄，我们便会像一个醉汉那样一度且痴且狂。我们上公共马车或普通车子时天一般都黑了，车子把我们送到车站去乘小火车。在候车室里，首席院长对我们说：“啊！你们去拉斯普利埃！该死，她真不像话，维尔迪兰夫人，她竟让你们在夜间坐一个小时的火车，只是为了吃一顿晚饭。然后，晚上十点还要迎着群魔乱舞的鬼风再往回走。可见，你们是没事找事干。”他搓着手补充道。也许，他这样说话，是因为不满意自己没受到邀请，也可能是“忙”人——哪怕是瞎忙——通常有的满足，“没时间”去干你们闲极无聊的事。

当然，这的确合乎情理，一个人整天拟订报告，整理账目，答复事务信函，密切注视着交易所的行情，当他冷嘲热讽地对你说：“您真舒服，成天无所事事。”自觉高人一等的得意之情溢于言表。但是，这种高人一等的优越感，也完全可以用来表示蔑视，甚至还要更厉害一些（因为进城吃晚饭，忙人也照吃），假如您的消遣是写《哈姆雷特》或只是读一读而已。对《哈姆雷特》写也罢读也罢，忙人是很少考虑的。他们对文化不感兴趣，当人家搞文化活动时偶然被他们碰上了，他们总觉得文化不过是游手好闲之徒们消磨时间的游戏，他们可能会这么想，在他们自己的行业里，正是同样的文化使一些可能本来不如他们的行政长官或管理人员脱颖而出，面对这班青云直上的幸运儿，他们佩服得五体投地，口中念念有词道：“看来，他是个大文豪，一个杰出的人物。”不过，首席院长怎么也弄不明白，我之所以喜欢在拉斯普利埃吃晚饭，那是因为——他的所言极是，尽管是批评中提及——一席席晚餐“代表一次次真正的旅行”，我认为是一种具有强烈吸引力的旅行，因为旅行本身并不是目的，人们不是在旅途中寻欢作乐，因为大家赴会才是欢乐的所在，旅行的魅力是很难被整个气氛所左右的。现在天已经黑了，我离开了旅社的热窝——已经成了我的家店——登上了火车厢，同阿尔贝蒂娜同行，当喘着气的小火车进站时，车窗玻璃上便有灯的反光在闪烁，说明车已经到达一个站点了。我生怕戈达尔大夫发现不了我们，又没听到报站的呼叫，于是我打开车厢门，但呼地冲进车厢的，并不是老常客们，而是风、雨和寒冷。在茫茫黑夜，我看得出阡陌田野，听得到大海澎湃，我们正在茫茫原野中穿行。阿尔贝蒂娜从随身携带的一个金盒子里取出了一面小镜子照了照，准备与小圈子里的人相聚。的确，开始几次，吃晚餐之前，维尔迪兰夫人让阿尔贝蒂娜到她的盥洗室去整理整理，我虽然像我近来生活那样平心静气，但仍然有一点不安和嫉妒，我不得不在楼梯脚下就与阿尔贝蒂娜分开，我独自一人留在沙龙里，与小圈子里的人应酬，感到极度的心烦意乱，心想，我的女友在楼上干什么呢，第二天，我连忙请教了德·夏吕斯先生，怎样才能打扮得更风流些，而后，我即在加蒂埃店里订购了一套梳妆必备品，它是阿尔贝蒂娜的欢乐，也是我的欢乐。它于我是一种心理安宁的保证，它对我的女友则是一种关怀抚慰。因为她肯定猜到了，在维尔迪兰家里，我不高兴她离开我，于是，在车厢里，她就做好了赴晚宴前的全部打扮了。

在维尔迪兰夫人的常客里，如今也包括德·夏吕斯先生，他加入圈子已有好几个月了，是常客中的常客。很有规律，每星期有三次，在西东锡埃尔站的候客室里或月台上，进出站的旅客们可以看到这位胖子走过，只见他长着灰头发，黑胡子，双唇涂脂，这胭脂在季末不如炎夏时夺目，因为炎夏强烈的阳光照得它更突出，而酷热又使它有点化了。他径直朝小火车走去，情不自禁地（只是出于行家的习惯，因为他现在已有一种感情，可以使他行为端正，抑或，至少是在大部分时间里，可以使他行动可靠）瞟一眼苦力们、大兵们、着网球服的青年人，那目光既蛮横又胆怯，看后他立即拉下眼皮，眼睛几乎闭上，怀有教堂祭司做祷告时的热心，又有用情专一的贤妻或大家闺秀的持重。老常客们坚信，他肯定没看见他们，因为他上了另一个包厢（谢巴多夫亲王夫人也常常这么干），活像这样的人，他弄不清人家被人发现与他在一起是满意还是不满意，但只要你有意找他，他就会给你留下找到他的可能性。最初那几回，大夫并没有找他的意愿，要我们让他一个人待在他的车厢里。自从他在医学界获得显赫地位之后，犹豫不定的性格就益发显露出来了，只见他满面笑容，后仰着身子，从单片眼镜上头看着茨基，不是故意嘲弄，便是转弯抹角使同人们的舆论为之一惊：“你们明白吧，假如我孤身一人，还是个小伙子……不过，由于我妻子的缘故，听了你们告诉我的那事之后，我考虑是否能让他跟我们一起旅行。”大夫低语道。“你说什么？”戈达尔夫人问道。“没什么，这与你无关，这不是给女人听的。”大夫眨着眼睛回答道，对自己有一种庄严的满足，神色分寸适中，介乎于对其学生和病人板着脸孔说笑话的表情与在维尔迪兰家里夹杂着俏皮话的不安表情之间，接着又低声说着话。戈达尔夫人只听清了两个单词，一个是“善会”，另一个是“舌头”，在大夫的语言里，前者指犹太种族，后者指饶舌多嘴，戈达尔夫人便想当然得出结论，德·夏吕斯先生可能是一个多嘴多舌的以色列人。她实在不理解，大家凭这一点就把男爵排斥在外，作为小圈子里的元老，她有责任要求大家别让他一个人待着，于是我们大家都往德·夏吕斯先生的包房走去，由戈达尔大夫带头，他总是茫然不知所措。德·夏吕斯先生靠在角落里，正在读一部巴尔扎克的书，他已经发觉来人踟蹰不前，但他连眼睛都没抬一下，就像聋哑人根据正常人无法感觉的气流就能知道有人来到身后那样，他对人家冷淡待他的态度，有一种真正的神经过敏的感觉。这种神经过敏，由于它形成习惯，无处不有，便给德·夏吕斯先生酿成许多想象出来的痛苦。就像那些神经过敏患者，感到稍有凉意，便怀疑楼上有人打开窗户，进门时怒气冲冲，并打起喷嚏来，德·夏吕斯先生也一样，只要有人在他面前显得忧心忡忡，他便断定有人把他议论此人的话告诉了对方。但是，人们大可不必露出不在乎的神色，也大可不必阴沉着脸或故意嬉皮笑脸，他却可以一一想象出来。相反，真诚实意反而很容易向他掩盖他不明底细的诽谤的真相。他一眼就看出戈达尔的犹豫，老主顾们以为那个埋头看书的人还没有发现他们，待他们站好位置，距离恰到好处时，他突然向他们伸出手去，弄得老伙计们大为惊讶，然而他对戈达尔大夫只是欠欠身子，但马上又昂首挺胸，不屑用戴着瑞典手套的手去握大夫已经向他伸出的手。“我们坚持要与您同行，绝不能让您像这样孤单地待在您的小角落里。这是我们的一大快事。”戈达尔夫人善意地对男爵说。“我不胜荣幸。”男爵欠身冷着脸念念有词。“我很高兴，听说您决定选择这个国家扎下你们的帐……”她是要说古代犹太人在沙漠中搭的“圣帐篷”，但她似乎记得这词是希伯来语，这个字眼对一个犹太人来说是一种大不敬，可能有含沙射影之虞。于是，她挖空心思选择另一种她认为是亲切的表达方式，也就是说一种庄严的表达辞令：“在这片国土上安下你们的，我是说‘你们的宅神’（的确，这些“宅神”“灶神”不属于基督教的上帝，而是属于一种早已死亡了的宗教，它已经没有门徒相传，因此也就不必担心有冒犯之虞了）。可我们，不幸得很，学校开了学，大夫要看病，我们始终不得在同一个地方定居下来。”她指着一个纸盒子对他说：“况且您看，像我们这些女人，我们不如男子汉幸福；就连到维尔迪兰朋友家这么近的地方去，我们也不得不随身带一大堆累赘。”就在这当儿，我看了看男爵手上那部巴尔扎克的书。这可不是一本随便买来的装订书，像第一年他借我的那部贝戈特的书。这可是他书架上的一本藏书，就像带有题铭的那种：“德·夏吕斯男爵珍藏”，有时候，为了表现盖尔芒特家族勤奋读书的爱好，用“In prœliis non semper”[1]，以及另一个座右铭“Non sine Labore”[2]取而代之。但我们发现这些题铭很快又被别的题铭所取代，尽量迎合莫雷尔的喜欢。不一会儿，戈达尔夫人找了一个她觉得对男爵更带有个人色彩的话题。“我不知道您是否同意我的意见，先生，”她稍停片刻后说，“可我这人想得开，照我说，既然人们真诚实意信仰，一切

---

[1] 拉丁语，意为战无定势。

[2] 拉丁语，意为不劳无获。

宗教都是好的。我不像那些人，看见一个新教徒……就像得了恐水症似的。”“人家告诉我，我所信奉的宗教是真的。”德·夏吕斯先生说。“这是一位盲信者，”戈达尔夫人想：“斯万，除了最后，都是比较仁慈宽容的，他的确已经皈依了。”然而，恰恰相反，男爵不仅是基督徒，正如大家所知道的那样，而且怀有中世纪的虔诚。对他而言，犹如对十三世纪的雕刻家一样，基督教堂，就该词活生生的词义上讲，里面居住着众多的生灵，而且被认为千真万确的：先知、使徒、天使、各路圣人，都簇拥在降世的圣子、圣母和圣父、上帝、所有的殉道者和圣师的身边，犹如他们的教民，形象鲜明突出，挤满了门廊，充满了礼拜堂。在他们中间，德·夏吕斯先生选择了米歇尔、加百列和拉斐尔作为主保圣人，他与他们常有晤面，请求他们在上帝的宝座前，转达他对上帝的祈祷。因此，戈达尔夫人的阴差阳错令我们很是开心。

宗教领地暂且不表，再说大夫吧，他来到巴黎，随身携带着寒酸的箱子，装着一位农民母亲的叮嘱，一心扑在学业上，几乎都是实打实的东西，谁想用功推进自己的医业，就不得不牺牲为数可观的岁月，因而他就顾不得文化修养了；他取得了愈来愈高的威望，而不是愈来愈多的经验；他按字面理解“荣幸”一词，既感到满足，因为他好虚荣，同时又感到苦恼，因为他是好小子。“这可怜的德·夏吕斯，”当晚他对妻子说，“当他对我说，同我们一起旅行，他感到很荣幸时，我听了很难受。感觉出来，这个可怜鬼，他没什么关系可拉，自己瞧不起自己。”

但很快地，老常客们终于控制住了刚来到德·夏吕斯先生身边多少表现出来的尴尬局面，他们没有必要听任慈悲的戈达尔夫人的指引。无疑，有他在场，他们思想上就会不断保持对茨基启示的回忆，就会不断想到他们的旅伴身上有人性古怪。而且，正是这种性古怪对他们施加了一种诱惑力。在他们看来，这种性古怪赋予男爵的言谈那么一种滋味，何况他的谈话是很动听的，但也有些部分他们不敢过奖，然而那番滋味使得布里肖本人的谈笑风生的妙趣也索然乏味了。而且，从一开始，大家都欣然承认，他是聪明的。“天才可与疯狂为邻”，大夫高见，然而，假如亲王夫人求知若渴，要求他再说下去，他可再没什么可说的了，因为他对天才的知识，充其量不过这一条箴言而已，再说，这一条箴言对他来说似乎论证不足，不像他对伤寒和关节炎那样了如指掌。而且，虽然他变得地位显赫，但教养仍然很差：“别问了，亲王夫人，别问我了，我到海滨是来休息的。再说，您也不明白我的话，您不懂医道。”亲王夫人连忙道歉后一言不发了，觉得戈达尔是一个有魅力的男子汉，终于领悟到，知名人士不总是好接近的。在开始那一阶段，人们最终感受到德·夏吕斯先生是聪明的，尽管他有毛病（或大家一般都这么称呼的东西）。现在，正是因为他有这种毛病，大家反觉得他比别人高明一头，自己却闹不清是什么道理。一条条最简单明了不过的格言，经学者或雕刻家巧妙加以鼓吹，经德·夏吕斯先生就爱情、嫉妒、美色加以阐述，由于他具有独到的、隐秘的、细腻的而又畸形的体验，在身体力行中消化吸收，这对老常客们来说，便具有一番迷人的风味，这种风味，源于一种心理状态，类似于我们的悲剧文学历来向我们描写的那种心理状态，体现在一部俄罗斯或日本的戏剧里，那里的艺术家们表演出了这种风味。趁他没听见，大家贸然开了一个恶意的玩笑。“咳！”雕刻家低声耳语道，因为他看到一位年轻的列车员，长着印度寺院舞女那样的长睫毛，只见德·夏吕斯先生情不自禁地盯住他看，“要是男爵开始向那位查票员暗送秋波，我们就到不了终点站了，火车就要倒着开了。瞧瞧他看他的那个姿态，我们坐的简直不是小火车，倒成了缆绳牵引车了。”但实际上，要是德·夏吕斯先生不来的话，一路上只跟普普通通的人们在一起，身边没有这么一位油头粉面、大腹便便而又闭关自守的人物做伴，大家会感到大失所望的，这个人物颇像一箱从异国进口的某种可疑的东西，从中发出一种稀奇的水果香味，只要一想到能亲口尝尝，心里就恶心起来。就这点看，从德·夏吕斯先生上车的橡树圣马丁站到莫雷尔跟上来的东锡埃尔站为止，这段路程虽短，但男性老主顾们一个个都感到比较痛快的满足。因为只要小提琴手不在场（而且假如女士们和阿尔贝蒂娜为了不碍他们交谈有意离开大家避而远之），德·夏吕斯先生便无拘无束，不必装模作样回避某些话题，谈起“那些人们约定俗成称之为伤风败俗之类的事情”。阿尔贝蒂娜不碍他的事，因为她总同女士们在一起，年轻姑娘识趣，不愿意自己在场而约束了别人谈话的自由。不过，她不在我身边待着，我较易忍受得了，但她必须同我在一个车厢里。因为我对她既不再表示嫉妒，也不再表示任何爱恋，不去想我没看到她的那些日子里她的所作所为了，相反，即使我就待在那里，一道简单的隔板，说不定就能掩盖住一次背叛行为，那对我来说才是不堪忍受的，不一会儿，她果真同女士们到隔壁包厢里去了，因为她们无法再在原地待下去，否则就可能妨碍说话的人，像布里肖啦，戈达尔大夫啦，还有夏吕斯什么的，对他们我又不便讲明我躲开的原因，于是我起身，把他们丢在原地不管，想看看那里面是否有什么不正常的行为，我就到隔壁包厢里去了。直到东锡埃尔以前，德·夏吕斯先生一路上肆无忌惮，有时竟直言不讳地谈论起他公然声称的在他看来无所谓好也无所谓坏的德行。他巧言令色，以示他胸襟豁达，坚信自己的德行不会唤醒老主顾们内心的丝毫疑云。他以为，世上只有几个人，正如后来成了他的一句口头禅所说的，“对他心中有底”。但他设想，这些人不超过三四人，而且没有一个在诺曼底沿岸。一个如此精明、如此不安之人得出这个假设，可以震惊满座了。即使是那些他认为多少有点知情的人，他也自鸣得意地以为，他们不过是隐隐约约知道点事罢了，而且自以为是，只需对他们如此这般一说，就可以使某某人摆脱某对话者的猜疑，而谈话对手出于礼貌，对他说的装出称许的样子。他甚至估计到我对他有所了解和猜测，但他心里想，这种舆论完全是大而化之，他觉得我的意见比实际情况要陈旧得多，只要他对这样或那样的细节加以否认，人家就会信以为真，然而相反，若说认识概况总先于认识细节，那么，它对调查细节却提供了极大的方便，因为它摧毁了隐形的能力，不允许虚伪之徒掩饰其嗜爱之物。自然喽，当德·夏吕斯先生得到某个老常客或老常客们的某个朋友的邀请去赴晚宴时，他总是挖空心思弯弯绕，一连提出十个人名，其中必带出莫雷尔的大名，他一点也不糊涂，总要提出五花八门的理由，说什么晚上若能同他一起受到邀请，那该多么高兴和惬意，而东道主们，看样子言听计从，但只用了一个理由便可把他提出的全部理由取而代之，而且这唯一的理由总是一成不变的，那就是说他爱他，可他自以为他们对此还一无所知呢。同样地，维尔迪兰夫人似乎总是神态大方地全面接受德·夏吕斯先生对莫雷尔感兴趣的半艺术半人性的动机，一再热情洋溢地感谢男爵，她说，感谢他对小提琴师的一片好意。然而，有一天，莫雷尔与他迟到了，因为他们没坐小火车来，只听得女主人说："我们就等那些小姐了！"男爵若听了这话恐怕会大吃一惊，目瞪口呆，因为他只要一到拉斯普利埃就不想动了，给人一副管小教堂的神甫或管目录卡片的教士们的面孔，有时候（当莫雷尔获准请假四十八小时）在那里接连睡上两夜。维尔迪兰夫人于是给他们安排两间紧挨着的房间，让他们称心如意，说："要是你们想拉点音乐，你们可别不好意思，墙厚得像城堡，你们这一楼没有其他人，我丈夫睡得像铅一样沉。"那几天，德·夏吕斯先生接替亲王夫人到车站去欢迎将来的客人，她有失远迎是因为贵体欠安，由于他把她的健康状况说得神乎其神，以至于客人进门个个为夫人健康担心而忧形于色，万万没料到女主人穿着半遮半露的裙子，体态轻盈，亭亭玉立在眼前，大家不由得失声惊叫起来。

因此，德·夏吕斯先生一时间已成了维尔迪兰夫人心腹中的心腹，成了谢巴多夫亲王夫人第二。维尔迪兰夫人对自己在上流社会的地位并没有多大的把握，比之亲王夫人的地位就差多了，心想，亲王夫人如果一心想看看小核心，那是因为她瞧不起别的人，而偏爱小核心。这一虚情假意正是维尔迪兰夫妇的本性所在，凡他们不能与之来往的人都一概被他们说成讨厌鬼，简直令人难以相信，女主人会相信亲王夫人长着铁石心肠，见了美男子不动心。但她固执己见，并坚信，就是对贵妇人也一样，她不愿与讨厌鬼打交道是坦诚相见并追求理智。何况，对维尔迪兰夫妇来说，讨厌鬼的数目在减少。在海浴生活中，一次引见不至于对日后造成麻烦的后果，而在巴黎人们对这种后果有可能十分恐惧。一些显赫人物，未偕同自己的妻子来巴尔贝克，这就为一切活动大开方便之门，他们主动接近拉斯普利埃，于是讨厌鬼们摇身一变成了风流雅士。德·盖尔芒特亲王便是这种情况，倘若德雷福斯主义的吸引力没有如此强大，可以使他一口气就登上通往拉斯普利埃的上坡路，那么即使亲王夫人不在也不至于使他下决心以“单身汉”的身份去维尔迪兰家，不巧的是那天正赶上女主人外出不在家。再说，维尔迪兰夫人也不敢肯定，他和德·夏吕斯先生是否属于同样的上流社会。男爵确实说过，德·盖尔芒特公爵是他的兄弟，但这很可能是一位冒险家的谎言。尽管他表现得那么风流潇洒，那么可亲可爱，对维尔迪兰夫妇又是那么“忠心耿耿”，但女主人还是犹豫再三，不知道是否该邀请他和德·盖尔芒特亲王一起来。她请教了茨基和布里肖：“男爵和德·盖尔芒特亲王，行不行。”“我的天，夫人，要请两个中的一个，我认为可以说……”“请两个中的一个，那还用我来问？”维尔迪兰夫人生气了，又说，“我问你们请他们一块儿来是否可行？”“啊！夫人，这些个事是很难说清楚的。”维尔迪兰夫人话里没有任何恶意，她对男爵的作风确信无疑，但当她这么说时，心里却根本不这么想，而只想知道可否同时邀请亲王和德·夏吕斯先生一起来，只是想知道这样做是否会合拍，她使用这些现成的用语不带丝毫的恶意，这些用语在艺术的“小圈子”里是很上口的。为了用德·盖尔芒特先生来抬高自己的身价，她想在午饭后，带他去参加下午的一个行善节，节上，一些沿海船员将表演出航盛况。但由于她没有时间样样都管，便委派其心腹中的心腹男爵行使她的职责。“您晓得，不应该让他们像铸模似的待着不动弹，应当让他们来来往往，表现出繁忙的场面，我弄不清那里的种种名堂。可您呢，您常到巴尔贝克海滨码头，您可以让他们好好练练，反正累不了您。您可能比我更内行，德·夏吕斯先生，您更懂得如何使唤小船员们。不过，我们毕竟是为德·盖尔芒特先生自找苦吃。他说不定是赛马场上的大笨蛋。哟！我的上帝，我说赛马骑师的坏话，对了，我好像记起来了，您就是骑师。哎！男爵，您没有回答我，您是不是骑师？您不想和我们一起出去吗？拿着，这是我收到的一本书，我想它会使您感兴趣。这是鲁雄的书。书名很别致：《男人之间》。”

至于我，我对德·夏吕斯先生常常取代谢巴多夫亲王夫人感到尤为高兴，因为我与亲王夫人合不来，为一件微不足道但积怨甚深的事闹翻了。有一天，我坐在小火车上，同往常一样，我对谢巴多夫亲王夫人体贴入微，这时，我看到德·维尔巴里西斯夫人上车来了。她的确是来卢森堡公主家住几个星期的，但由于我每天都要去见阿尔贝蒂娜，因而一直没有答复侯爵夫人及其王室女主人的邀请。我见到我外祖母的朋友感到内疚，出于纯粹的义务（并未离开谢巴多夫亲王夫人），我同她聊了很长时间。再说，我根本就不知道，德·维尔巴里西斯夫人却知道得一清二楚我旁边坐的女友是何许人，但她却不愿认识她。到了下一站，德·维尔巴里西斯夫人离开车厢，我甚至责备自己没去扶她下火车。之后，我又坐到亲王夫人身边。然而，好像是——处境不牢靠，而又怕人听到别人说自己的坏话，生怕被人瞧不起的人常有的灾难——眼看说变就变。谢巴多夫夫人埋头看她的《两个世界评论》，回答我的问题时朱唇都懒得动一下，最后竟说我使她感到头疼。我一点不明白我到底犯了什么罪。当我向亲王夫人告辞时，习惯的微笑照不亮她的面子，冷冷的客套拉下她的下巴，她甚至连手都不伸给我，而且此后再也不同我说话了。可她不得不对维尔迪兰夫妇说话——但我不知道说什么——因为我一问维尔迪兰夫妇我对谢巴多夫亲王夫人是否有所失礼，他们便异口同声争着回答："不！不！不！才不是！她不喜欢亲热！"他们不愿从中挑拨引起我同她的不和，但她最终使人相信，她对殷勤体贴无动于衷，是一个与这个上流社会的虚荣心格格不入的人物。只有见识过这样的政客，他自上台以来，被认为是最全面、最强硬、最难接近的政坛人物，然而失势时，却面带恋人般容光焕发的微笑，卑躬屈膝地乞求某个记者那高傲的敬意；只有目睹了戈达尔大夫的复兴（他的新病号把他看作僵硬的铁杠子）；而且只有弄清楚了谢巴多大亲工夫人处处表现出的高傲、反时髦，乃是多么痛苦的爱恼，乃是多么时髦的惨败所酿成的苦酒，方才可以悟出这样的道理，就是，在人类社会，法则——它自然包含着例外——必然是这样的：顽固是不甘示弱而逞强，而强者则不顾褒贬，其独具的柔情往往被庸人视为软弱。

再说，我不该对谢巴多夫亲王夫人妄加评论。类似她的这种情况太常见了！一天，在安葬盖尔芒特家族的某个人时，站在我身边的一位要人向我指了指一位身材瘦长、面貌英俊的先生。“在全盖尔芒特家族里，”我身边的那个人对我说，“这个人是最出奇、最特别的。他就是公爵的兄弟。”我贸然直言相告，他弄错了，这位先生，与盖尔芒特府无亲无故，他叫富伦埃-萨洛费丝。那要人立即转过身去，此后就再也不同我打招呼了。

一位大音乐家，学院院士，达官贵人，他认识茨基，因外甥女在阿朗布维尔而路过此地，来参加维尔迪兰家的一次星期三聚会，德·夏吕斯先生与他格外亲热（应莫雷尔的请求），主要是为了回巴黎以后，院士能让他出席各种有小提琴师参加演奏的私人音乐会、排练之类的活动。院士受到了吹捧，何况又是风流男子，便满口应承并说到做到。男爵对这位人物（况且就此君而言，他是只深爱女人）感激涕零，此君对他关怀备至，为他提供了诸多方便，使他得以在种种正式场合看到莫雷尔，在这种正式场合，外行人是不能涉足的，著名艺术家为年轻有为的演奏高手提供了一次又一次的机会，在才能相当的小提琴手之间，对他格外偏爱，点名要他在想必有特殊影响的音乐会上亮亮相，使他得以登台表演，露面扬名。但德·夏吕斯先生并未意识到，这一切应当归功于这位恩师，大师对他可谓功上有功，或者不如说罪上加罪，因为他对小提琴手及其尊贵的保护人之间的关系无所不知。他对他们的这种关系大开方便之门，当然不是指他对此热衷，他除了理会女人的爱恋之外，理会不了别的什么恋爱，因为女人的爱情曾激起他全部的音乐灵感，他对他们的关系大开方便之门，是由于道德上的麻木，职业上的纵容与热心，以及上流社会社交的热情和时髦。至于这种关系的性质，他丝毫不加怀疑，以至于初来乍到拉斯普利埃赴晚宴，就谈起德·夏吕斯先生和莫雷尔，仿佛是谈论一个男人和他的情妇，他问茨基：“他们在一起是不是很久了？”但是，堂堂上流社会人士，岂能让有关人员看出蛛丝马迹，万一在莫雷尔的同伙里传出了闲言碎语，他准备好加以抑制，准备让莫雷尔放心，慈父般地对他说：“如今人们对谁都这么议论。”他一再说男爵的好话，男爵听得很顺耳，而且很自然，不可能在名师身上联想到有多大毛病，或者有多少美德。因为，人家背着德·夏吕斯先生说的那些个话，以及有关莫雷尔那些“似是而非”的话，谁也不会那么卑鄙，对他搬弄一番。不过，这简单的情况就足以表明，甚至这件事受到普遍的诋毁，却无论如何找不到一个辩护士：“闲话”，它也一样，或者它针对我们自己，我们因此觉得它特别的难听，或者它告诉我们有关第三者的什么事，而我们对此又不明真相，因此有其心理价值。“闲话”不允许思想躺在其虚伪的目光上面睡大觉，以虚伪眼光观察问题，以为事情如何如何，不过是事情的表面现象而已。“闲话”又用唯心主义哲学家的魔术妙法将事物的表象掉了个面，顿时让我们看到魔术蒙布反面不容置疑的一角。德·夏吕斯先生也许想象得到某个温柔的女亲戚说过的这番话："怎么，你要麦麦爱上我？你忘记我是一个女人了吧！"不过，她对德·夏吕斯先生确有一种情真意切的爱慕。对维尔迪兰夫妇来说，他没有任何权力指望他们的喜欢和善意，他们远离他时说的话（岂仅是说说而已，下面即可看到），与他想象中听到的话，也就是说当他在场时听到的那些议论的回响，相差何止十万八千里，怎么不令人惊讶？唯有他在场时听到的那些话，才用绵绵情意的题词装点着理想的小楼阁，德·夏吕斯先生不时来这里独温美梦，此时，他往往在维尔迪兰夫妇对他的看法里掺进一阵子他自己的想象。那里的气氛多么热情，多么友好，休息得多么舒服，以至于德·夏吕斯先生在入睡之前，非来这里消除一下烦恼不可，他从小楼出来，没有不带微笑的。但是，对我们每个人来说，这种楼阁是相对的双排座，我们以为是独一无二的那幢楼阁的对面，还有另一幢，可我们一般都看不见，但却是实在的，与我们认识的那幢恰成对称，但却截然不同，其装饰与我们预想要看到的大相径庭，仿佛是居心叵测的敌意与令人发指的象征所构成，令我们惊恐不已。德·夏吕斯先生恐怕要吓破胆的，设若他由着某种闲言的纵容，进入反向的一幢楼阁，那闲言犹如侍从仆役上下的楼梯，只见楼梯上，房门上，被那些心怀不满的送货人和被解雇了的仆人乱涂着一些猥亵的字画！但是，正如我们没有某些飞鸟所具有的识别方向的感觉，我们也没有识别能见度的感觉，就像我们缺乏测距的感觉一样，我们总以为周围的人们对我们密切关注着，其实恰恰相反，人们根本就未曾想到我们，而且也不去揣测，此时此刻，别的人是否只关心我们。就这样，德·夏吕斯先生在受骗上当中生活，就像鱼缸里的鱼，它以为它游的水一直延伸到鱼缸玻璃的外面去，其实，鱼缸给它造成了水的映象，与此同时，它却没有看见在它身边，在暗处，游人正兴致勃勃地看它尽情嬉戏，也看不见拥有无限权力的养鱼人在意外的倒霉的时刻，毫不留情地把它从它喜欢生活的地方拽出来，又把它扔到另一个地方去，眼下，对男爵的这一时刻推迟了（对男爵来说，在巴黎的养鱼人，将是维尔迪兰夫人）。再说，民众，说到底只不过是个体的集合体，可以更大范围地提供个体实例，其中每个部分又属同类整体，都具有这种深刻的、顽固的和令人惶惑的盲目性。至此，如果说这种盲目性使得德·夏吕斯先生在小核心里的言辞弄巧成拙，或者大胆得令人暗笑，那么，在巴尔贝克，这种盲目性尚未曾，也不该对他造成严重的麻烦。一点蛋白质，一点糖，一点心律不齐，尚不致妨碍那些自己感觉不到的人继续过正常的生活，而唯有医生才能从中发现大病将至的先兆。目前，德·夏吕斯先生对莫雷尔的爱好——柏拉图式或非柏拉图式的——只是在莫雷尔不在的时候，驱使男爵情不自禁地说，他觉得他很美，心想这话大家听了，只会做清白无辜的理解，他就可以像精明人那样应付自如，即使被传到庭做证，也不怕深追细究，追究细节问题表面上看似乎对他不利，但实际上，正是因为细节本身的缘故，反比装腔作势的被告传统的抗议要来得更为自然，更不同凡响。在西东锡埃尔至橡树圣马丁——或回程反方向——之间，德·夏吕斯先生总是那么无拘无束，爱谈论那些似乎有怪习惯的人，他甚至故意添上一句：“总而言之，我说怪，我也不知道为什么，因为这并没有什么可大惊小怪的。”以便自我表现一番，显示他与他的听众在一起是多么惬意。他们确很惬意，条件是他必须掌握行动的主动权，而且他必须心中有数，知道听众由于轻信或受过良好的教育会对此沉默不语，一笑了之。

当德·夏吕斯先生不谈他对莫雷尔美貌的赞赏时，仿佛这种赞赏与一种所谓的恶癖的嗜好毫无关系似的，这时，他便谈论起这种恶癖，但似乎这种毛病与他毫无干系。有时候，他甚至毫不犹豫地直呼其名。由于他看了几眼他那卷巴尔扎克的漂亮的精装书，我便问他，在《人间喜剧》里，他比较喜欢的是什么，他一边回答我，一边把他的思路引向固有的概念：“这一整部，那一整部都喜欢，还有那一部部小袖珍本，像《本堂神甫》《被抛弃的女人》，还有一幅幅巨型画卷如《幻灭》系列书。怎么，您不知道《幻灭》？美极了，卡洛斯·埃雷拉乘自己的四轮马车路经城堡之前问城堡名的当儿，漂亮极了：这就是拉斯蒂涅克他过去爱过的那个年轻人的住宅。而神甫则掉进一种幻想里，斯万管它叫‘鸡奸的《奥林匹奥忧伤》’，真是妙趣横生。还有吕西安之死呢！我已经记不起哪个风流雅士，有人问他在一生中最使他痛苦的事件是什么，他做了这样的回答：‘《交际花盛衰记》里吕西安·德·吕邦普雷之死。’”“我知道这一年巴尔扎克走红运，就像上一年悲观失望一样，”布里肖插语道，“但是，我冒着冒犯巴尔扎克卫道士的风险，上帝惩罚我吧，我并不想追求文学宪兵的角色，为语法错误开违警通知书，我承认，我看您对他们令人惊慌失措的胡言乱语推崇备至，认为是生花妙笔，可我总觉得他不过是一位不甚严谨的誊写员。我读过您跟我们谈到的《幻灭》，男爵，我拼命挣扎着要达到入教的虔诚，可我头脑极其简单地忏悔说，这些连载小说，通篇是夸张的辞藻，编成双倍、三倍的大杂烩（《幸福的爱丝苔丝》《邪道通何处》《老年得爱值几何》），老是给我造成《罗冈博尔》那种神秘的效果，这部作品受到了一种不好明言的宠爱，才被推上岌岌可危的杰作的地位。”“您这么说，那是因为您不了解生活。”男爵倍加恼火，因为他感到，布里肖既不明白像他这样的艺术行家的道理，也不懂得别的道理。“我明白，”布里肖说，“您摆出弗朗索瓦·拉伯雷的架势说话，是想说我是索邦神学院派的古板，呆板，死板。然而，我跟同学们一样，我喜欢一本书给人真诚的印象和生活的气息，我并不是学院派……”“拉伯雷的时刻[1]。”戈达尔大夫插了一句，脸上已不再有疑色，却显得风趣而胸有成竹。“……那些学院派立志根据听命于德·夏多布里昂子爵的林中修道院院规从事文学，那可是装腔作势的大师，他们按人文主义者的严格规则从事。德·夏多布里昂子爵先生……”“土豆烤牛排[2]吗？”戈达尔大夫又插了一

[1] 据传，文艺复兴时期法国作家拉伯雷从罗马回巴黎，途经里昂，住在一家客店里，可他没有钱付账。于是他在房间明眼处放一个小包，上写：“给国王的毒药”，店老板见了，惊恐万状，连忙通知骑警队，把拉伯雷解到巴黎。国王看到拉伯雷，笑着请他吃饭，使他摆脱了困境。后来，这一典故引申为令人恼火、使人不快的时刻。

[2] 法语“Chateaubriand”（夏多布里昂）有烤牛排之意，与作家夏多布里昂同音。

句。“他就是兄弟会的老板。”布里肖只管接着往下说，未曾理会戈达尔大夫的玩笑，但戈达尔大夫却相反，他被学者的话弄得惶惶不安，焦虑地看着德·夏吕斯先生。布里肖刚才对戈达尔的话似乎缺乏敏感，因为戈达尔那句同音异义文字游戏倒引出谢巴多夫亲王夫人的丹唇微微一笑。“同教授在一起，完美无缺的怀疑论者尖酸刻薄的讽刺永远不会丧失他的权利。”她亲热地说，以表示医生的“话”她并非听而不闻。“智者必然是怀疑论者，”大夫答道，“我知道什么呢？ γνωθι σεαυτου[1]，苏格拉底是这样说的。这是很正确的，凡事过分则成弊。但我万分惊讶，心想，凭这句话就足以使苏格拉底留名至今了。这种哲学里有什么呢？没什么东西嘛。人家想，钱戈大夫和其他人岂不劳苦功高上千倍了，他们起码靠点本事，靠着治疗像全瘫综合征消除瞳孔放射的本事，可他们几乎被忘光了！总之，苏格拉底，他并没有什么出奇。他属于那些无所事事，成天游手好闲、争论不休的人。这好比耶稣基督说：你们要彼此相亲相爱，讲得很漂亮。”“我亲爱的……”戈达尔夫人请求道。“自然喽，我妻子抗议了，一个个都得了神经官能症。”“可是，我可爱的大夫，我没得神经官能症。”戈达尔夫人嘟哝着。“怎么，她没患神经官能症？她儿子生病的时候，她出现了失眠症状。不过，我承认，苏格拉底及其同类，对于高层文化，如果要具有陈述的才能，那还是有必要的。我给我的学生上第一课，我总是先引 γνωθι σεαυτου。布夏老头懂得这话，对我称道

[1] 希腊语，苏格拉底名言，意为认识你自己吧！

了一番。”“我不是为形式而形式的追随者，更不会积万年古韵去作诗，”布里肖又说，“但是，《人间喜剧》——却很少人情味——仍然是与那些艺术超过内容的作品太背道而驰了，正如奥维德那首高明的讽刺诗所说的。可以选择半山腰上的一条小路，它可以通往默东本堂区，或通往费尔内的幽静去处，与去狼谷距离相等，勒内就是在狼谷出色地完成了一个严厉主教的使命，它与雅尔迪的距离也相等，在那里，奥诺雷·德·巴尔扎克虽受到通达吏助手们的纠缠，仍继续作为虔诚的使徒，为一个波兰女人[1]涂写莫名其妙的大白字。”“夏多布里昂比您说的更富有生气，巴尔扎克也毕竟是一个伟大的作家，”德·夏吕斯先生答道，他至今与斯万志趣相投，不可能不被布里肖所激怒，“大家不懂得的情感，或大家加以研究只是为了将其摧残的这种情感，巴尔扎克却通通了如指掌。且不重提不朽的《幻灭》《撒拉逊女人》《金眼姑娘》《荒漠里的爱》，乃至十分神秘的《假情妇》，也都一一证实了我说的话。当我对斯万谈到巴尔扎克在这方面‘非同寻常’时，他对我说：‘您跟泰纳意见不谋而合。’我没有荣幸认识泰纳先生，”德·夏吕斯先生补充道（带着上流社会人士常有的令人气恼的习惯，总要加上毫无用处的“先生”两字，似乎把一个伟大作家称作先生，就像为他颁发了荣誉奖章，或许可以保持差距，并想方设法让人知道，他们跟他素不相识），“我不认识泰纳先生，但我为能同他不谋而合感到不胜荣幸之至。”不过，尽管德·夏吕斯先生有这种庸

[1] 波兰女人指韩斯卡伯爵夫人，巴尔扎克曾长期与她通信，然后娶她为妻。

俗可笑的习惯，但他还是极聪明的，有这种可能，倘若某桩旧婚姻将他家与巴尔扎克家结成亲戚，他会感到（且不亚于巴尔扎克）一种满足，并会情不自禁地炫耀一番，好像是在炫耀一种令人羡慕的高贵的招牌似的。

有时候，在橡树圣马丁的下一站，有一些青年人上火车。德·夏吕斯先生总是情不自禁地看着他们，但由于他缩短了注视他们的时间，并掩盖起他对他们的关注，这种关注便披上了隐秘的神色，甚至比本来的面目更为非同寻常；他好像认识他们，不由自主地流露出来，在同意自己做出牺牲之后，转向我们，就像孩子们的所作所为一样，孩子们因父母吵了一架，就被禁止向同学们问好，可孩子们呢，遇到同学们的时候，总不免要抬起头来，然后又落入家庭教师的严厉管教之下。

听了引用的那句希腊文的话，就是德·夏吕斯先生刚才谈论巴尔扎克时，要让人理会的，在《交际花盛衰记》中用以影射《奥林匹奥忧伤》的高谈阔论，茨基、布里肖和戈达尔大夫相视而笑，笑里也许满足的成分多，而讽刺的成分少，这种满足，犹如晚宴食客们终于让德雷福斯谈德雷福斯事件，或者使女皇谈女皇自己的统治。大家打算纵容他就这个题目再多谈一点，但东锡埃尔站已经到了，莫雷尔就在这一站点上车找到了我们。在莫雷尔面前，他说话谨慎检点，当茨基想把他拉回到卡洛斯·埃雷拉对吕西安·德·吕邦普雷的爱情话题时，男爵神色矛盾，诡秘而且最终（看到别人不听他说话）严厉起来，一本正经，就像一个父亲听到有人在他女儿面前讲下流话那样。茨基却一口咬住他不放，气得德·夏吕斯先生眼睛瞪得很大，似要夺眶而出，他抬高嗓门，口气意味深长地指着阿尔贝蒂娜，然而阿尔贝蒂娜却听不见我们的说话，她忙于与戈达尔夫人和谢巴多夫亲王夫人聊天，只听他像某正人君子教训教养很差之徒那样语带双关地说："我认为，是谈点能使这位年轻姑娘感兴趣的事情的时候了吧。"但我很清楚，对他而言，年轻的姑娘不是指阿尔贝蒂娜，而是指莫雷尔；况且，不久，他证实了我解释的正确性，他要求大家在莫雷尔面前不再做此类谈话，他使用的表达方式说明了这一点。"您晓得，"他对我说到小提琴手，"他根本不是您所能想象的那样子，他是一个很诚实的小伙子，他始终很理智，很严肃。"从这话里，人家感到，德·夏吕斯先生把性倒错看作是对青年人的一种危险的威胁，跟卖淫之于妇女无异，人们感到，如果说他对莫雷尔使用"严肃"这一形容词，那么，其意思是用于修饰小女工。这时，布里肖想换话题，问我是否还打算在安加维尔待很长时间。我多次请他注意我不住安加维尔而是巴尔贝克，但毫无作用，他一错再错，因为，他总是把这一带沿海地区称作安加维尔或巴尔贝克-安加维尔。是有这样一些人，明明跟我们讲的是同样的东西，可叫的名称却截然不同。有那么一位圣日耳曼区的女士，当她想说德·盖尔芒特公爵夫人时，却老这样问我，是否很长时间没见到塞纳伊德，或奥丽阿娜-塞纳伊德，她这么说，我开始怎么也不明白。可能过去德·盖尔芒特夫人曾有一个亲人叫奥丽阿娜，为了避免混淆，大家便叫她奥丽阿娜-塞纳伊德。也可能先前开始只有在安加维尔有一个火车站，从那里再坐马车到巴尔贝克。"你们说什么来着？”阿尔贝蒂娜对德·夏吕斯先生刚刚以她家父那般庄重的口气说话感到诧异。“说的是巴尔扎克，”男爵连忙答道，“今晚您正好穿加迪尼昂公主服装，不是第一套，晚宴服，而是第二套。”这次会面与阿尔贝蒂娜挑选服饰有关，我从她的情趣中得到启迪，她养成这种情趣，还得归功于埃尔斯蒂尔，他欣赏朴素无华，也许可以称为大不列颠质朴，若不是与法兰西柔和更贴近的话。他最喜欢的裙服，往往让人看到各种灰颜色和谐搭配，像迪安娜·德·加迪尼昂穿的那种服色。除了德·夏吕斯先生，几乎没有什么人懂得评价阿尔贝蒂娜服色的真正的价值。他一眼就发现她的服色稀罕而昂贵，他兴许就从来未曾弄错过面料的名称，而且认得出出自谁家的做工。只不过他比埃尔斯蒂尔更显宽容，比较喜欢为女人们着急，欣赏色彩更鲜艳夺目一点。因此，那天晚上，她递给我一个忧喜参半的眼色，皱着她那母猫般的小玫瑰鼻子。真的，她里面穿着灰色双绉裙，外面套着紧腰灰上衣，上衣两襟对叠，给人以阿尔贝蒂娜浑身皆灰的感觉。她示意让我帮她一下，因为她那鼓袖要弄平才能套进她的紧身上衣，或者重新鼓起以便拉出来，她脱掉了上衣，她的袖子由很软的苏格兰呢制成，玫瑰色、浅灰色、暗绿色、鸽脖闪色相映成趣，宛若在灰色的天空架起了一道彩虹。她心里想，不知道这样是否会博得德·夏吕斯先生的赞赏。“啊！”德·夏吕斯先生欢呼起来，“这是一道光彩，一架多棱色镜。我衷心赞美您。”“不过，这一切都应当归功于先生。”阿尔贝蒂娜指着我亲热地说，因为她喜欢向人显露我给她的东西。“唯有不会穿衣打扮的女人才害怕颜色，”德·夏吕斯先生又说，“她们可以光彩夺目而不流于俗气，温馨淡雅而不平淡乏味。况且，您与德·加迪尼昂夫人不同，没有理由要装得不食人间烟火，因为她想通过穿灰色衣装对德·阿代斯反复灌输她的思想。”阿尔贝蒂娜对这无声的裙袍语言产生了兴趣，便向德·夏吕斯先生询问加迪尼昂公主的情况。“嗬！她可是一个新尤物，”男爵用像做梦一样的口气说道，“我熟悉迪安娜·德·加迪尼昂和德·埃斯巴夫人一起散步过的小花园。这个花园是我们一个表亲的。”“有关他表亲花园的这种种问题，”布里肖对戈达尔交头接耳道，“都可以像他的家谱一样，对这位尊贵的男爵有价值。但是，我们没有在里面散步的特权，又不认识那位夫人，也没有贵族的头衔，这与我们有何相干？”因为布里肖未曾料到，人家会对一件裙子和一个花园感兴趣，就像欣赏一部艺术作品一样，没有料到德·夏吕斯先生像是在巴尔扎克的作品里重新看到了德·加迪尼昂夫人脚下的花园小径。男爵接着说：“但您认识她吧。”他对我说，说的是他的那位表亲，对我讲话是奉承我，好像是对一位被放逐到小圈子里的某某人说话，此人对德·夏吕斯先生来说，若不是属于他那个世界，起码也是就要走进他那个世界里去的人。“不管怎么说，您很可能在德·维尔巴里西斯夫人家里见过她。”“是拥有博克勒城堡的德·维尔巴里西斯侯爵夫人吗？”布里肖问，露出听得入迷的神色。“是啊，您认识她？”德·夏吕斯先生冷冷地问道。“根本不认识，但我的同行诺布瓦每年都要到博克勒度一部分假期。我有机会给他写信寄到那儿。”我对莫雷尔说，心想会使他感兴趣，德·诺布瓦先生是我父亲的朋友。但他脸上毫无表情可以证明他听进了我的话，他简直把我父母视作草芥了，不似跟我外叔祖父远攀时那么套近乎，他父亲曾在我外叔祖父家当过贴身仆人，而且，我外叔祖父与家里其他人不同，很喜欢“假客气”，给仆人们留下醉心的回忆。“据说，德·维尔巴里西斯夫人是一位高贵的女人；但我从来不敢自作主张妄加评论，而且我的同行们也不敢。因为，诺布瓦在学院里虽然彬彬有礼，和蔼可亲，可没有把我们中的任何人介绍给侯爵夫人。我只知道，受到她接待的只有我们的朋友迪罗－当香，他与她祖上有亲戚关系，还有加斯东·布瓦西埃也受到了接待，因为在一次引起她特别感兴趣的研究之后，她想认识他。他在她家吃了一顿晚餐，回来美滋滋的。尽管布瓦西埃夫人也没有受到邀请。”一听到这些人的姓名，莫雷尔温情脉脉地笑了：“啊！迪罗－当香，”他对我说，那关心的神气，与他听人说到德·诺布瓦侯爵和我父亲时所表现出来的无动于衷，恰成正比，“迪罗－当香，跟您的外叔祖父是一对好朋友。当有一位女士想参加一次法兰西学院新院士入院演说会，要一张中心位置的票，您的外叔祖父说：‘我给迪罗－当香写封信。’自然喽，票马上就寄来了，因为您很清楚，迪罗－当香有求必应，不好拒绝，否则您外叔祖父很可能对他伺机报复。听到布瓦西埃的名字我也很高兴，就是在那里，您的外叔祖父在元旦时节为太太们张罗买这买那。我知道这事，因为我认识当年负责买东西的人。”岂止是认识，那人就是他父亲。莫雷尔回忆我外叔祖父某些亲热的暗示，涉及这么一件事，我们当时不打算老待在盖尔芒特府里，我们寄住在那儿，纯粹是因为我外祖母的缘故。大家几次谈到可能搬家的事。然而，要明白夏尔·莫雷尔在这方面给我的劝告，就得知道，过去，我外叔祖父是住在马尔塞布大街40号乙。由此引出这么件事，由于我们经常去我外叔祖父阿道夫家，直到注定的倒霉的那一天，我弄得我父母与我外叔祖父闹翻了脸，因为我讲了粉衣夫人的故事。于是在家里，父母不说“在你们外叔祖父家里”，而说“在四十号乙”。妈妈的表亲们说得就更干脆了：“啊！星期天人家留不住你们，你们在四十号乙吃晚餐。”我若去看一个亲戚，人家就嘱咐我先去“四十号乙”，先从外叔祖父那儿开始，免得他生气。他是房主，但老实说，他挑选房客很挑剔，房客本来就是朋友，也有的熟了变成朋友了。上校德·瓦特里男爵每天来同他一起抽支雪茄烟，目的在为修房打开方便之门。通马车的大门老是关着。如果在一扇窗口上发现挂有一件内衣，晾着一条地毯，他就会怒气冲冲地冲进门，马上就叫取下来，比如今的警察行动还迅速。但他到底还是把他的一部分楼房租了出去，而他自己仅留两层外加那几间马厩。尽管如此，房客们善于讨他的高兴，盛赞楼房维修保养得好，交口赞誉“小公馆”起居设备舒适，仿佛我外叔祖父是“小公馆”的唯一占有者，他随人说去，不做正式辟谣，而他本该加以否定才是。“小公馆”当然是舒适的（我外叔祖父把当时流行的新花样统统引进来了）。但它毫无非同寻常之处。唯有我的外叔祖父，常常怀着假谦虚，得意扬扬地称“我的小寒舍”，自以为是，无论如何总要对他的贴身仆人，以及对仆人的妻子、对马车夫、对厨娘，反复灌输这样一种观念，就是在巴黎，论舒服、论豪华、论娱乐，什么也比不上小公馆。夏尔·莫雷尔从小就是在这样的信念中长大的。他仍然怀有这样的信念。因此，在那些日子里，即使他不跟我聊天，我要是在火车上同某个人谈起搬家的可能性，他马上就会朝我微笑，眨眼睛，一副配合默契的神态，对我说："啊！您需要的，就是类似40号乙的什么东西吧！您在那儿一定会称心如意！可以说，您外叔祖父对这方面十分内行。我打包票，全巴黎没有任何地方可与40号乙相媲美。"

刚才说到加迪尼昂公主，德·夏吕斯先生面色忧郁，我顿时感到，这一消息并不仅仅使他想起一个无足轻重的表亲的小小花园。他陷进了深思，好像是在自言自语："《加迪尼昂公主的隐私》！"他叫了起来，"非凡的杰作！多么深刻，多么痛楚，这名声扫地的迪安娜，她那么惧怕她所爱的男人知道她的坏名声！多么不朽的真实性，比表面具有的真实性更真切！可谓一泻千里，影响深远！"德·夏吕斯先生慷慨陈词时却流露出伤感，不过，大家感到，他并不觉得这种感伤有失大雅。当然，德·夏吕斯先生尚估摸不透，对他的德行，人家到底了解还是不了解，究竟到了何种程度，因而，最近以来，他老是担心，他一旦回到巴黎，人家一旦看到他同莫雷尔在一起，莫雷尔的家人就会出来干预，担心这么一来，他的幸福就会受到危害。这种或然性，对他而言很可能出现，直到现在仍然像是令使他不快和痛苦的心头病。但男爵很会演戏。刚刚，他把自己的情景与巴尔扎克描写的情景混为一谈，现在，他又略施小计，躲到新的情景里，面对有可能威胁到自己的厄运，无论如何不能让它吓倒自己，在惶惶不安之中进行自我安慰，找到斯万还有圣卢曾经称之为“很巴尔扎克的”某种东西。这样识别加迪尼昂公主身份，对德·夏吕斯先生而言，已变得轻而易举了，因为他对心理上的移花接木早已习以为常，而且他已提供过多种先例。况且，这种心理上的移花接木，只要把作为爱物的女人换成一个年轻小伙子，马上就会在这小伙子身边造成一系列的社会纠纷，并围绕着一种平常的关系愈演愈烈。当人们为了某种原因，采取一劳永逸的办法，对日历或时刻表做某些改变，比如说推迟几星期过年，提早一刻钟敲午夜钟，而一昼夜仍然是二十四小时，一个月仍然是三十天，时间度量万变不离其宗。一切都可以变化却不带来任何混乱，因为数目间的关系总是不变的。因此，有些生平传记采用“中欧时”或东方历。在这种关系中，身边供养一位女演员时，其自尊心似乎也起着作用。当从第一天开始，德·夏吕斯先生打听莫雷尔是何许人时，当然他得知他出身卑贱，但是，我们所喜欢的一个半上流社会的女人，对我们来说，并没有因为她是穷苦低贱人的女儿而失去她的魅力。相反，那些知名的音乐家，他曾让人写信给他们，他们也曾回信答复过男爵——并非出于兴趣爱好，而是像朋友们将斯万介绍给奥黛特那样，当着他的面，把她描绘得比她本来更难能可贵，更求之不得——出于名人抬举新秀的惯用俗套写道：“啊！高才生，大有作为，自然因为他年纪轻轻就受到行家们很高的评价，前程无量。”而不谙同性恋的人们，出于狂热的爱好，也讲起了男性美：“而且，看他演出真过瘾；在音乐会上他干得比谁都漂亮；他有美丽的头发，有高雅的姿态；容貌美极了，那气派，像画中的小提琴家。”德·夏吕斯先生也一样，被莫雷尔刺激得神魂颠倒，莫雷尔则顺水推舟让他明白，他是多么抢手的邀请对象，德·夏吕斯先生庆幸能把莫雷尔带在自己的身边，在顶楼上为他建一个小窝，他经常可以来。剩下的时间呢，他希望他是自由的，他的行为要求他这样，德·夏吕斯先生不管该给他多少钱，就是要莫雷尔继续干这一行，要么是因为有这种很强的盖尔芒特观念，一个男子汉总要干点事，全凭自己的才干做点事，而贵族地位或金钱不过是个零，是一种可以增值的零；要么是因为他担心，小提琴手老厮守在自己身边，无所事事，会产生厌倦情绪。最后，他不想失去已有的乐趣，在出席某些大型音乐会时，他可以自言自语：“此时受到喝彩的人，今宵将在我家里过夜。”风流雅士们，当他们恋爱的时候，不管以什么方式进行，都难免虚荣心发作，喜新厌旧，而旧有的虚荣曾使自己心满意足。

莫雷尔觉得我对他并无恶意，与德·夏吕斯先生关系真诚，而且对他俩在肉体上绝不感兴趣，最终对我表现出热情洋溢的感情，犹如一个小宝贝女人，知道人家不要她，但也知道她的情人把你当作真挚的朋友，不会设法挑拨他同她的关系。他不仅跟我说话的腔调酷似当时的拉谢尔，即圣卢的情妇，而且，根据德·夏吕斯先生一再对我重复的话，在我不在的时候，他对他议论我说的事与拉谢尔对罗贝议论我的事毫无二致。德·夏吕斯先生终于对我说：“他很喜欢您。”犹如罗贝说：“她很喜欢您。”又如外甥以其情妇的名义发出邀请，我外叔祖父以莫雷尔的名义经常请我来同他们一起吃晚餐。不过，他们之间发生的风暴并不比罗贝与拉谢尔之间的争吵逊色。诚然，夏利（莫雷尔）一走，德·夏吕斯先生便对他赞不绝口，一再得意扬扬地说小提琴师对他如何如何的好。然而，却可以看得出来，即使在常客们面前，夏利也每每面有愠色，并不像男爵希望的那样总是高高兴兴和服服帖帖的。由于德·夏吕斯先生的软弱所致，他对莫雷尔不识抬举的态度表示谅解，后来，小提琴师的恼火，竟发展到毫不掩饰甚至溢于言表的地步。我眼看德·夏吕斯先生进入一节车厢，在那节车厢里，夏利正同自己的军人朋友们在一起，音乐家对他耸耸肩以示欢迎，同时对战友们眨巴一下眼睛。要不，他就假装睡觉，好像此人的到来使他烦透了。要不，他索性咳嗽起来，旁边的人则大笑着，借机取笑，模仿像德·夏吕斯先生这样的人那种矫揉造作的说话，把夏利引到一个角落里去，最后，夏利才又掉过头来，好像迫不得已的样子，回到德·夏吕斯先生身边，那挖苦的俏皮话就像万箭刺穿着德·夏吕斯先生的心。实在不可思议，他竟然忍受下来了；而这种痛苦的形式，每次都花样翻新，再次对德·夏吕斯先生提出了幸福的问题，不仅硬逼他得寸进尺，而且还另有所欢，后怕的回忆足见先手之龌龊。然而，不管后来这一幕幕场面有多么令人难受，应当承认，最初，法兰西民族的天才人性为莫雷尔描绘尊容，赋予他迷人外表，简朴，开诚布公，有独立自豪感，这种独立的自豪感似乎得益于无私精神。尽管这些都是假象，但姿态的优雅对莫雷尔尤为有利，因为，恋爱之人老想得寸进尺，一求再求，不得不出手更加慷慨；无恋爱之人则喜欢直来直去，潇洒自如。这条路线，通过名门的特权，存在于心眼极封闭的莫雷尔那张极开放的脸上，这张脸，粉饰着新希腊的风雅，这种风雅在香槟方形大教堂大放异彩。尽管他装得很高傲，但当他在意想不到的时刻发现了德·夏吕斯先生时，他往往被小圈子里的人弄得很尴尬，红着脸，低垂着眼帘，而男爵却心花怒放，从中看到了一大部罗曼史。这不过是恼火和羞愧的表示。恼火时有表现，因为，尽管莫雷尔平常表现得极为冷静，极为稳重，但也难免不时露出马脚。甚至有时候，男爵对他说几句话，莫雷尔立即口气强硬地进行咄咄逼人的反驳，弄得大家都感到别扭。而德·夏吕斯先生则往往伤心地低下头，一声不吭，自以为是地相信，受到崇敬的父亲，对其孩子的冷淡和粗暴完全不会介意的，因此，一如既往，对小提琴家极尽颂扬之能事。德·夏吕斯先生也并非总是这样逆来顺受，但他的反叛一般达不到目的，尤其因为，他从小与上流社会的人们一起生活，得考虑他可能唤起的反应，不妨来个低三下四，如果说这种卑躬屈膝不是天生的，至少也是教育养成的。然而，他在莫雷尔那里，偏偏遇到了暂时无所谓的庸人薄愿问题。可惜，德·夏吕斯先生，他并不明白，对莫雷尔来说，凡涉及音乐戏剧学院和音乐戏剧学院名声有关的问题，一切都必须让步（但音乐戏剧学院也许更为严重，暂时不会提出来）。因而，比如说吧，资产者出于虚荣心而轻易改姓，大贵族则出于势利的考虑。对年轻的小提琴家而言，正好相反，莫雷尔的姓与他获得的小提琴一等奖是紧紧地联系在一起的，因而不可能更改。而德·夏吕斯先生本想要莫雷尔一切都离不开他，即使姓名也不例外。他考虑到莫雷尔的名为夏尔斯（Charles），与夏吕斯（Charlus）相似，而且他们碰头的地方叫夏尔姆斯（Charmes），便企图说服莫雷尔，一个朗朗上口的美名本身就是艺术名声的一半，演奏高手理应当机立断取名“夏梅尔”（Charmel），暗指他们幽会的地点。莫雷尔耸了耸肩。德·夏吕斯先生挖空心思，不幸冒出一个念头，说他曾有一个内室侍从就是叫这个姓的。一句话气得年轻人火冒三丈。“过去有一个时期，我祖上以王宫侍从和侍从领班为荣，”莫雷尔骄傲地回答道，“过去有一个时期，我祖上下令杀过您祖上的头。”德·夏吕斯先生也许会大惊失色，倘若他能预料到，即使不用“夏梅尔”，而是心甘情愿地收养莫雷尔，并赐予他拥有的盖尔芒特家族的一种头衔，但情况也会像人们看到的那样，不允许他将这样的头衔恩赐给小提琴家，即使允许，小提琴家也会拒绝接受，因为他想他的艺术声望是与他的姓莫雷尔紧紧地联系在一起的，与评论水平的“级别”紧紧地联系在一起的。他竟将贝尔热街高高凌驾于圣日耳曼区之上！德·夏吕斯先生出于无奈，只好作权宜计，让人为莫雷尔做几只象征性的戒指，上面刻有古文字：PLVS VLTRA CAROLVS[1]。当然，面对某种他不认识的对手，德·夏吕斯先生本该改变一下策略。但谁能办得到呢？况且，若说德·夏吕斯先生有些拙笨，那么莫雷尔也不缺乏笨拙。除了导致破裂的本身情况之外，使德·夏吕斯先生失去他的一个原因，起码是临时的原因（但这临时的原因最终变成了决定性的了），恐怕是，在他身上，

---

[1] 意为前进。

不仅仅是那种卑鄙的东西使他在强硬态度面前一味卑躬屈膝，而对温柔体贴则报以蛮横无理。与这种下流本性相平衡，还有一种因受不良教育而造成的综合萎靡症，在犯有过失或成为负担之时，这种萎靡症便随处会作起孽来，甚至，为了讨男爵的欢心，他有必要说尽甜言蜜语，做尽温情柔态，献尽欢颜笑貌，然而就在这样的时刻，他却变得阴沉、恼怒，极力要展开讨论，而他明明知道，争论起来人家是不会同意他的看法的，但他仍坚持自己怀有敌意的观点，道理软弱无力，言辞却激烈锋利，从而更显示其道理的软弱无力。因为一旦论据短缺，他马上就胡编一气，愈是胡编乱造，其无知和愚蠢就愈铺展得开。当他客客气气，一味谄媚逢迎的时候，其无知和愚蠢就不容易暴露出来。相反，当他脸上阴云密布时，人们除了看到他的无知与愚蠢之外，就什么也看不见了，此时，他的无知与愚蠢便由无害而变得可憎可恨了。于是乎，德·夏吕斯先生感到苦恼不堪，只好把希望寄托于次日的好转，可莫雷尔呢，竟忘记了是男爵让他享受荣华富贵，反露出悲天悯人的嘲笑，说："我从来不接受任何人任何东西。因此，我无须向任何人道一声谢。"

在此期间，仿佛他是在与一位上流社会人士打交道，德·夏吕斯先生继续发泄他的愤愤不平，不管是真的还是装的，但已经无济于事了。不过也不总是这样。比如，有一天（就在第一阶段之后），男爵同夏利和我一起在维尔迪兰家吃午餐回来，以为可以同小提琴家在东锡埃尔度黄昏和良宵，未曾料到一下火车，小提琴家就与他告别，并答道："不，我有事要办。"弄得德·夏吕斯先生大失所望，尽管他极力试图逆来顺受，我还是看到了他的眼泪溶化了眼膏，呆若木鸡地站在火车前。这种痛苦真叫人于心不忍，以至于由于我们，她和我，本打算在东锡埃尔打发一天时间，我便对阿尔贝蒂娜耳语说，我实不忍心让德·夏吕斯先生孤零零一个人待着，我不知道为什么，他似乎大伤其心。亲爱的小宝贝宽大为怀，接受了我的建议。我便问德·夏吕斯先生是否愿意由我陪他一会儿。他也接受了，但不想因此打扰我的表妹。我口气变得温柔起来（可能是最后一次，既然我下决心与她一刀两断），就像她是我的妻子似的，我温柔地命令她："你先回去吧，我今晚再找你。"我也甜甜蜜蜜地听她说了，就像夫唱妇随似的，允许我做愿意做的事，并对我表示，她很喜欢德·夏吕斯先生，如果他需要我的话，她同意我去陪他玩。男爵同我，我们向前走着，他摇摆着他那肥胖的身躯，低垂着虚伪的眼睛，我跟着他，直到一家咖啡店，人家给我们端上啤酒。我感到德·夏吕斯先生的眼睛不安地在盘算着什么。突然，他要来纸和墨水，神速地写将起来。他洋洋洒洒写了一页又一页，眼睛因狂思怒想而冒着火星。他一口气写了八页。"请您帮个大忙行吗？"他对我说，"原谅我写了这封短信。但必须这么做。您坐上一辆车，最好要一辆汽车，如果可能的话，这样可以快点。您肯定还可以在莫雷尔的房间里找到他，他去房间换衣服去了。可怜的小伙子，他离我们而去那阵子是想摆架子，但我向您保证，他一定比我更伤心。您把这封信给他，要是他问您在什么地方看到了我，您就告诉他，您在东锡埃尔下车（况且这是实情），要去看罗贝，也许不是这么回事，但要说您同一个您不认识的人一起遇见了我，说我当时怒气冲冲，说您似乎听到了要人派证人之类的话（不错，我明天决斗）。千万不可告诉他，是我要求这样做的，不要勉强把他带回来，但如果他愿意同您一起来，不要阻拦他这样做。去吧，我的孩子，这是为他好，您可以使一大悲剧避免发生。您一走，我就要写信给我的证人。我已经妨碍了您同您的表妹一起散步。但愿她不会埋怨我，我也是这么认为的。因为她是一位高尚的人，我知道她是属于那种通情达理的人。您应当替我感谢她。我个人对她感激不尽，这样做真使我高兴。”我对德·夏吕斯先生大发慈悲；我似乎感到，夏利本可以阻止这场决斗，他可能就是决斗的起因，果真如此，我可抱不平了，他竟会这样漠不关心地走了，不陪伴他的保护人。我来到莫雷尔住的房屋时，我的怒火升得更高了，我听出了小提琴家的嗓门，他出于倾吐满腔欢乐的需要，唱得好不开心：“星期六傍晚，干完活以后！”要是可怜的德·夏吕斯先生听到他的歌唱该做何感想，可他硬要人家相信，他也许仍然相信，此时此刻，莫雷尔正在伤心呢！夏利一看到我，索性高兴得手舞足蹈起来。“噢！我的老伙计（原谅我这样叫您，过了可恶的军队生活，养成了肮脏的习惯），看到您真走运！我晚上正没事可干。我请求您，我们一起消遣吧。或待在这儿，如果这使您高兴，或去划船，如果您更喜欢的话；或者搞点音乐，我没有任何特别的要求。”我告诉他，我得在巴尔贝克吃晚餐，他巴不得我邀请他去，可我不乐意。“既然您这么匆忙，那您干吗来呀？”“我给您捎来德·夏吕斯先生的一封书信。”一听到这个姓名，他的满腔欢喜一扫而光；顿时愁了眉苦了脸。“怎么！要他来缠着我不放！那我岂不成了奴隶了！我的老伙计，行行好。我不打开信。您告诉他您没找到我。”“最好还是打开吧，我想里面有严重的事情。”“说一百遍也没有，您没领教过这老贼的连篇谎言和多端诡计。这是他要我去看他的一招。那好吧！我不去，今晚我要清静。”“难道明天没有一场决斗？”我问莫雷尔，我以为莫雷尔也知道这码子事。“一场决斗？”他大惊失色地说，“我一点儿也不知道。总之，我才不在乎呢，这老混蛋，如果高兴，尽可以让别人给杀掉。不过您瞧，您让我糊涂了，我还是看看他的信吧。您就对他说，您已经把信留下了，我回家就能看到。”就在莫雷尔跟我说话的当儿，我简直看呆了，那一本本可观可叹的书，都是德·夏吕斯先生送给他的，充斥着整个房间。由于小提琴家拒绝接受带有“我为男爵珍藏……”之类题词的书籍，因为这类题铭，在他看来，对他本人似乎是一种凌辱，像是寄人篱下的标志，男爵就变化着花样，巧妙地抒发着感情，洋溢着得意的苦恋，按照感伤情谊的气氛变化，向精装书装订工一一定做。有些时候，题词简短而充满信赖，比如“Spes mea”[1]，又如“Exspectata non eludet”[2]；有时候以顺从的口气，像“我期待着”；有些就风流了：“Mesmes plaisir du mestre”[3]，或者是劝人贞洁，像是从西米阿纳那儿借用过来的，堆砌着蓝天白云、百合花簇拥的辞藻，转弯抹角表达良苦用意：

[1] 拉丁语，意为我之希望。

[2] 拉丁语，意为期望不会嘲弄人。

[3] 中世纪法语，意为与主（师）同乐。

“Sustentant lilia turres”[1]；最后，还有一些则悲观失望，与那个不愿在地上相许的人儿约会在天上：“Manet ultima cœlo”[2]；犹如，吃不到葡萄便觉得葡萄太生涩了，对得不到的东西便装出不屑一顾的样子，德·夏吕斯先生在一本题铭上说：“Non mortale quod opto”[3]。可惜我没有时间将所有的题献都浏览一遍。

莫雷尔打开信封：“Atavis et armis”[4]跃入眼帘，上面加盖狮形纹章，一边一朵唇形玫瑰，德·夏吕斯先生刚才是怎样受尽灵感恶魔的熬煎，令他奋笔疾书，才将这封信写出来的啊，只见莫雷尔迫不及待地读起信来，其狂热程度，不亚于刚才德·夏吕斯先生写信时的表现，只见他的目光在这一页页字迹潦草的一片黑乎乎的信纸上扫描，其速度之快不亚于男爵的生花快笔。“啊！我的上帝！”他叫了起来，“他就差这个了！可到哪儿去找他？上帝知道他现在在哪里。”我暗示，如果抓紧的话，兴许还可以在一家啤酒店里找到他，刚才他在那儿要了啤酒，歇了一会儿。“我不知道我是不是回得来。”他对他的女佣说，并 in petto[5]补充道：“这要看事态发展情况而定。”几分钟后，我们来到咖啡店。我注意到德·夏吕斯先生发现我那时刻的神色。他看到我不是一个人回来，我感到他的呼吸和生命都恢复过来了。那天晚上，他心情不

[1] 拉丁语，意为城堡护塔楼。

[2] 拉丁语，意为一切皆天意。

[3] 拉丁语，意为吾之所欲乃不瞑之欲。

[4] 拉丁语，直译为祖先和武器，意为一靠祖宗，二靠武功。

[5] 意大利语，意为在心底。

好，无论如何不能没有莫雷尔，便杜撰一通，说有人向他报告，原来军队里的两个军官在谈到小提琴家时说了他的坏话，他要派证人对质。莫雷尔见过丑恶，看到了他在军队的生活已变得不可能，于是便跑来了。在这件事上，他并不是绝对弄错了。因为，德·夏吕斯先生为了使自己制造的谎言更为逼真，已经向两位朋友（一位是戈达尔）写信，要求他们做证。要是小提琴家不来的话，可以肯定，德·夏吕斯先生非气疯不可（恼羞成怒），那就很可能派他们的两个证人唐突找其中一个军官对质，与这个军官决斗，这对他来说可能是个安慰。在此期间，德·夏吕斯先生回忆起来了，他的出身比法兰西名门世家还要纯正，心想，为一位饭店侍应部领班的儿子而神魂颠倒已够意思了，可他竟然可能不屑与其主子来往。另一方面，倘若他只一味在光顾荒淫无耻之徒中寻欢作乐，这种荒淫无耻之徒有一种积习，不回人家来信，不赴约，事先也不打招呼，事后又不道歉，由于每每涉及欢爱，曾给他带来多少激动，然而，过后，又给他带来多少气恼，多少难堪，多少愤怒，以至于有时甚至为一件鸡毛蒜皮的小事连篇累牍地写信而懊恼，为大使们和亲王们一丝不苟、有函必复的认真态度而叹息，如果说他们的惋惜对他来说无足轻重，但不管怎么说，他们毕竟给了他一种宁静。德·夏吕斯先生对莫雷尔的手法已习以为常，知道自己实在没有多少办法可以控制他，又不好混到底层生活中去，在下层生活里，庸俗的称兄道弟司空见惯，占去了过多的时间和空间，以至于人家挤不出一小时来奉陪这位被排斥在外的、高傲的然而又徒然苦苦哀求的大老爷，德·夏吕斯先生已经死了心，觉得音乐家是不会来了，他诚惶诚恐，唯恐走得太远，与他彻底闹翻，以至于一见到莫雷尔，欢呼声抑制不住破喉而出。但是，一感到自己是战胜者，他便谋求把媾和条件强加于人，并从中尽可能为自己谋利。“您来这里干什么？”他对他说。“还有您？”他看了看我补充道，“我刚才特别嘱咐您不要把他带回来。”“他刚才不愿把我带回来，”莫雷尔说（天真地打情卖俏，骨碌碌地朝德·夏吕斯先生频递目光，眼神照例多愁善感，颓丧得不合时宜，看样子肯定是不可抗拒的，似乎想拥抱男爵，又好像要哭的样子），“是我自己要来的，他也没有办法，我以我们友谊的名义来向您下跪求求您千万别干这种荒唐事。”德·夏吕斯先生喜出望外，对方的反应十分强烈，他的神经简直难以承受；尽管如此，他还是控制住自己的神经。“友谊，您提出来得很不是时候，”他冷冷地回答，“相反，友谊应当让您站出来为我做证才是，我岂能放过一个愚蠢的家伙胡言乱语。况且，倘若我乞求我深思熟虑早已心领神会的一种爱恋，我就会失去爱恋的能力。给我的证人的信都已经发出去了，我相信一定会得到他们的同意。您对我的所作所为一直像一个小傻瓜，我的确向您表示过偏爱，可您没有对此感到骄傲，您实际上有引以为荣的权利，您也没有千方百计让那一帮乌合之众明白，像我这样一种友谊，对您来说，是什么道理值得您感到无与伦比的骄傲，你们这帮大兵，要不就是一帮奴才，是军法逼着您在他们中间生活的呀，您却拼命地原谅自己，每每不以为耻，反以为荣，为自己不大懂得感恩辩护。我晓得，这里头，”他接着说，“为了不让人看出某些场面是多么丢人现眼，您的罪过就在于被别人的嫉妒牵着鼻子走。您怎么啦，您这么大年纪了，难道还是小孩（而且是很没有教养的小孩），难道您一下子看不出来，我选上了您，所有的好处因此都要被您独占了，岂不点燃别人的妒火？您的同伙们挑拨您跟我闹别扭，岂不是一个个都想取代您的位置？我收到这方面的信件不少，都是您最得意的伙伴们寄来的，我不认为有必要将他们的信拿来警告您。我既蔑视这帮奴才的迎合讨好，同样鄙视他们徒劳的嘲笑。我为之操心的只有一个人，那就是您，因为我很喜欢您，但钟爱是有限度的，您应该明白这一点。”“奴才”这个字眼对莫雷尔会是多么的刺耳，因为他的父亲曾当过“奴才”，而且恰恰因为他父亲当过“奴才”，由“嫉妒”来解释社会的种种不幸遭遇，虽然是简单化而且荒谬不经，但却经久不衰，而且在一定的阶层里准能“奏效”，这是一种很灵验的手法，与剧场感动观众的故技，与大庭广众之中以宗教危险相威胁的手段，实有异曲同工之妙，不仅让他信以为真，就是弗朗索瓦丝，抑或德·盖尔芒特夫人的所有仆人，个个都一样深信不疑，对他来说，这是人类不幸的唯一原因。他相信，他的伙伴们正想方设法窃取他的位置，对这一大难临头的决斗只会觉得更加不幸，况且决斗是想象中的事。“噢！多么令人失望，”夏利呼号起来，“我活不成了。可他们在去找这位军官之前不会先来见见您吗？”“我不知道，我想会的吧。我已经让人告诉他们中的一个，说我今晚留在这儿，我要给他点教训。”“但愿您从现在起到他来之前能听进道理；只是请允许我陪在您的身边吧。”莫雷尔温情脉脉地请求道。这正中德·夏吕斯先生的下怀。但他开始不肯让步。“您想在这里实行‘爱之深，责之切’的谚语，那您就错了，因为我爱得深的是您，而我准备严惩的，即使在我们闹翻之后，却是那些试图卑鄙无耻地给您造成伤害的家伙。他们竟敢问我，像我这样的人，怎样会同你们这一类出身无门的小白脸交往，直到现在，针对他们这种搬弄是非的含沙射影，我只用我的远房亲戚拉罗什富科的名言给予回击：‘我乐意。’我甚至多次向您指出，这种乐意，可能变成我的最大乐趣，并不因为您的青云直上而贬低了我。”说到这里，他趾高气扬几乎发狂，举起双手喊了起来：“Tantus ab uno splenbor！[1]屈尊不是沦落。”得意忘形之后，他更为冷静地说：“起码，我希望我的两个对手，尽管他们的地位不相称，但他们应有这样的血性，我可以无愧地让他们热血奔流。在这方面，我得到若干秘密情报，给我吃了定心丸。如果您对我怀有一点感激之情，那您反而能骄傲地看到，由于您的缘故，我又重拾祖上好战的脾气，在身临绝境的情况下（现在我明白了您是个小坏蛋），我像老祖宗那样说：‘死我即生’。”德·夏吕斯先生慷慨陈词，不仅仅是出于对莫雷尔的爱，而且还出于好争好斗，他幼稚地以为，好争好斗是祖上遗风，给他那战斗的思想带来莫大的欢欣鼓舞，以至于开始只是为了把莫雷尔骗来而阴谋策划的这场决斗，现在要放弃掉，他未免感到遗憾起来。每次大事临头，他无不自告奋勇，与著名的盖尔芒特王室总管可谓旗鼓相当，然而，若是换一个人，同样是赴决

[1] 拉丁语，意为因一人（或一事）而享尽荣华。

斗场的举动，他又觉得是倒数第一的微不足道了。“我觉得那场面才叫棒呢，”他坦诚地对我说，每个字眼的音调都很讲究，“看看《雏鹰》里的萨拉·贝尔纳[1]，是什么东西呀？屁屁。《俄狄浦斯》里的穆内-絮利[2]呢？屁屁。那事要发生在尼姆的决斗场，最多脸色显得有些苍白罢了。观看皇室的直系族亲争斗，与这件闻所未闻的事情相比，那又算什么东西？”只这么一想，德·夏吕斯先生便高兴得按捺不住，开始做起第四剑式的招架动作，这一招架，令人想起莫里哀的戏，我们不由得小心翼翼地把啤酒杯往身边拉，生怕初次交锋就伤了对手、医生和众证人。“对一个画家来说，这是多么富有吸引力的场面！您正好认识埃尔斯蒂尔先生，”他对我说，“您应当把他带来。”我回答说，他现在不在海边。德·夏吕斯先生暗示可以给他拍电报。“噢，我说这话是为了他好，”他看我沉默不语便补充道，“对一位大师——依我看他是一位大师——来说，把一个这样的家族中兴的典范画下来，肯定是很有意思的，也许百年难遇呢。”

然而，若说德·夏吕斯先生一想到要进行一场决斗便兴高采烈，尽管一开始他就认为这一场决斗完全是虚构的，那么莫雷尔一想到那阵阵风言风语就胆战心惊，这些风言风语，加上决斗的传闻，不啻火上添油，必从军团乐队一直传到贝尔热教堂。他仿佛已经看到，本“等级”的人已人人皆知了，于是他愈益迫切再

[1] 萨拉·贝尔纳（1844—1923）：法国悲剧女演员，以主演《茶花女》和《雏鹰》著称。

[2] 穆内-絮利（1841—1916）：法国悲剧演员，以主演《俄狄浦斯》而著名。

三恳求德·夏吕斯先生，德·夏吕斯先生则继续指手画脚，陶醉在决斗的意念里。莫雷尔苦苦哀求男爵允许他寸步不离他，直到大后天，即设想决斗的那一天，以便厮守着他，尽一切可能使他听进理性的声音。一个如此多情的请求终于战胜了德·夏吕斯最后几分犹豫。他说他将设法找到一个脱身之计，将推迟到大后天做出最后的决定。故意不一下子把事情搞妥，德·夏吕斯先生懂得，以这种方式，至少可以留住夏利两天，并充分利用这两天时间，要夏利做出今后的安排，作为交换条件，他才放弃决斗，他说，决斗是一种锻炼嘛，而锻炼本身就令他兴高采烈，一旦被取消锻炼的机会岂有不遗憾之理。也许在这方面他是诚实的，因为，一提到要同敌手比剑交锋或开枪对射，他总是兴致勃勃准备赴战场。戈达尔终于来了，尽管姗姗来迟，因为他巴不得充当证人，但由于他过于激动，一路凡有咖啡店或农庄，他都要停下问路，请求人家告诉他“一百号”或“小地方”在哪里。他一到那里，男爵便把他拉到一间孤立的房间去，因为，他觉得夏利和我不参加会晤更符合规则，而且他极善于给随便一间房间规定临时的职能，诸如御座厅或评议厅之类。一旦独自与戈达尔在一起，便对他热烈道谢，向他声明，似有这样的可能，重复车轱辘话来回说事实上并不落实，又称，在这种条件下，大夫想提醒第二位证人，事变已视为了结，除非事态恶化。危险排除了，戈达尔却失望了。他曾有一度想大发雷霆，但他想起了自己的一位导师，其医术在当时誉盖全行，第一次参加法兰西学院院士角逐，仅以两票之差落选，便来了个逆来顺受，与当选的竞争对手握手。于是，大夫把一句毫不能解决问题的气话硬是咽了下去，他虽然是世上最胆怯的人，却也嗫嚅道，有些事情，是不能放过的，但又连忙改口，说这样更好，这一解决办法使他很高兴。德·夏吕斯先生有意表明他对大夫的感激之情，其手法犹如他的公爵兄弟给我父亲整理外套衣领，尤其像一个公爵夫人去扶一位平民女子的腰身，只见他将自己的椅子挪得紧挨着大夫的椅子，顾不得对大夫有多么反感了。他不仅没有肉体上的快感，而且克服了肉体上的反感，俨然以盖尔芒特老爷派头，而不是以同性恋者的姿态，过来与大夫道别，拉起他的手，亲热地爱抚了一阵子，就像主人吹吹拍拍自己的马的嘴脸，给它点甜头吃。但是，戈达尔虽然从未露过声色让男爵看出，他很可能听到过男爵道德方面的风言风语，但他内心深处却一直把他看作“精神不正常”阶级的组成部分（甚至，惯于用词不当，口气最为严厉，他谈到维尔迪兰先生的内室男仆时说：“难道不是男爵的情妇？”），他对这些人物很少接触，心想，这样摸手是即将进行强奸的前奏，为了得手，决斗只不过是一种借口，他因此被人拉进了陷阱，让男爵带到这间孤立的沙龙里，他将不得不逆来顺受。他又不敢离开椅子，吓得屁股动弹不得，恐怖地转动着眼珠，好像落进一个野蛮人之手，搞不清楚这野蛮人是不是吃人肉的。终于，德·夏吕斯先生松开了他的手，并索性客气到底：“您同我们一起吃点东西吧，像大家说的，过去叫一杯冷淡咖啡，或者来一杯烧酒咖啡，这种饮料，现在简直成了考古遗珍，只有在拉比什的戏里和东锡埃尔的咖啡馆里才能喝到。一杯‘烧酒咖啡’很适合此地此情，不是吗，您以为如何！”“我是戒酒团体的主席，”戈达尔回答说，“万一有一个江湖医生路过，人家就会说我不以身作则。Os homini sublime dedit cœlumque tueri[1]。”尽管这风马牛不相及，他还是补充了一句，因为他肚子里的拉丁语录少得可怜，但却足以使他的学生叹服不已。德·夏吕斯先生耸耸肩，又将戈达尔带到我们身边，来之前，他要求戈达尔严守秘密，这秘密对他尤为重要，因为这次流产决斗的动机纯粹是凭空捏造出来的，就一定不能让它传到被无端牵连进本案的那位军官的耳朵里。正当我们四个人喝着咖啡时，戈达尔夫人站在外面门前等她的丈夫，德·夏吕斯先生在门内看得一清二楚，但他不想招引她，可她却走了进来，向男爵问好，男爵向她伸出手去，就像是伸手给女总管，坐在椅子上岿然不动，部分像国王接受朝拜，部分像赶时髦的人不愿让一位逊色的女人坐到自己桌边来，部分像自私自利之徒，只乐意与朋友们在一起，却不愿受到打扰。戈达尔夫人只好站着同德·夏吕斯先生以及她的丈夫说话。但也许是出于礼貌，这个人们还得“讲究”的东西，它并不是盖尔芒特家族的专利，可以一下子启迪并指引最迟钝的脑瓜豁然开窍，抑或是因为，戈达尔对妻子欺骗太多，此时此刻，有必要反其道而行之，保护自己的妻子不受人家的轻慢，只见大夫突然紧蹙眉头，我从来没看他这么干过，他也不请教一下德·夏吕斯先生，便自作主张道：“啾，莱翁蒂娜，别站着呀，坐下吧。”“不过，我是不是打扰您了？”戈达尔夫人羞怯地

[1] 拉丁语，意为唯有人才有理想。

问德·夏吕斯先生，此公听大夫的口气不禁一惊，什么也没回答。这第二次，戈达尔没给德·夏吕斯先生回答的时间，再次自作主张：“我叫你坐下。”

过了一会儿，大家散去，德·夏吕斯先生对莫雷尔说：“这件事情的结局比您预想的要好，从整个事件中我可以得出结论，您不会做人，您服兵役结束时，我亲自把您带给令尊大人，就像上帝派大天使拉斐尔给小多比。”男爵说着微笑起来，神色威严，那种喜悦，莫雷尔似乎不与之分享，因为想到如此这般被送回家的前景使他很不高兴。德·夏吕斯先生得意扬扬地将自己比作大天使，而把莫雷尔当作多比的儿子，并不去想这句话的目的，它的目的是试探试探，想知道莫雷尔是否如他所愿，同意与他一起去巴黎。男爵被自爱心和自尊心所陶醉，看不见，要不就是装着看不见小提琴家噘着的嘴，因为，让小提琴家一个人待在咖啡店之后，他面带骄傲的微笑对我说：“您注意到了没有，当我将他比作多比的儿子时，他是多么高兴？这是因为，由于他生性聪明，他立刻就明白了，此后他将在其身边生活的父亲，并不是他的生身父亲（他的生身父亲可能是一个长着大胡子的丑陋的奴仆），而是他的精神之父，也就是我。他有多自豪！他多么骄傲地重新抬起了头！他一旦明白过来该有多高兴！我肯定他每天必挂在嘴上：‘哦，上帝啊，您献出真福大天使拉斐尔为您的虔诚的信徒多比当向导，进行一次漫长的旅行，答应我吧，答应您的虔诚信徒们，永远受到他的爱护，得到他的保佑。’我甚至没有必要告诉他，我是天之特使，”男爵接着说，坚信他有朝一日会在上帝御座面前占据一席之地，“他自己就会明白，而且暗暗为此而庆幸呢！”可德·夏吕斯先生（对他正相反，幸福并没有使他闭上嘴巴）没注意到几个人走过，他们转过头来，以为遇上了一个疯子，举起手，独自拼命喊了起来：“哈利路亚！”[1]

这次和解只是暂时解除一下德·夏吕斯先生的精神痛苦；莫雷尔经常去很远的地方参加军事演习，弄得德·夏吕斯先生不能去看他，也不好派我去跟他说话，莫雷尔不时给男爵来信，失望而委婉，说他不骗他，他活不下去了，因为一件可怕的事情，他需要两万五千法郎。可他没说到底是什么可怕的事情，即使说了，那十有八九也是虚构出来的。就钱本身，德·夏吕斯先生本愿意解囊寄去，但他感到，这会给夏利提供摆脱自己、同时得宠于他人的手段。因此他拒绝了，拍去的封封电报口气干冷，言辞严厉。当他证实了电报产生的效果时，他倒希望莫雷尔跟他彻底闹翻，因为，他以为，事情或许是相反相成的。他意识到了这一不可避免的关系中会产生的种种麻烦事。然而，一旦莫雷尔杳无回音，他又睡不着了，一刻也不得安宁，的确，有多少事情，我们历历在目，却不识其本来的面目，有多少内部的、深层的现实向我们隐藏着真相。于是，他对致使莫雷尔需要两万五千法郎的大荒谬形成种种猜测，并加以种种形式，轮番使之与许多专有名词相联系。我以为，此时此刻，德·夏吕斯先生（尽管在这个时期，他的自视高雅势头减弱，而对凡夫俗子的好奇心却越见高涨，至

[1] 音译自希伯来文的欢呼语：赞美耶和华！

少已经迎头赶上，若说尚未超过的话）应当怀着某种怀旧之情回想起上流社会聚会那色彩缤纷的优雅的旋风场面，在风头上，红男绿女追求他，只是因为他给了他们无私的欢乐，在那里，没有任何人想“骗他一下”，没有任何人想臆造一件“可怕的事情”，并为此去自找灭亡，假如马上收不到两万五千法郎的话。我认为，那时候，也许因为他仍然停留在贡布雷时代，比我有过之而无不及，将封建的骄傲与德国人的自大相嫁接，他应当感到，人们不能随心所欲地做一位仆人的精神情夫，应当感到，平民百姓不完全就是世界：总之，他“不信任”平民百姓，而我总是信任他们。

小火车的下一站是梅恩维尔，正好使我想起了一段有关莫雷尔和德·夏吕斯先生的插曲。在讲它之前，我应当声明，在梅恩维尔停留（有人将一个风流来客带到巴尔贝克，来客怕给人添麻烦，表示最好不住拉斯普利埃）的情景，比起我过一会儿要讲的场景，就是小巫见大巫了。来客把自己的小行李放在火车上，总觉得大旅社远了一点，但是，又由于在巴尔贝克之前，一路只有小海滩上那种蹩脚的别墅，因为来客向来追求豪华和享受，也就顾不得路远了，待到火车在梅恩维尔停站时，忽然看到一座豪华大饭店矗立在眼前，无论如何没想到这竟是一家妓院。“别往前走了吧。”他断然对戈达尔夫人说，戈达尔夫人是公认的讲求实际、肚里有好主意的女人。“我要的就是这种地方。何必一直坐到巴尔贝克呢？那里不一定比这里强。只要看看外表，我就断定里面起居设备一应俱全；我一定能把维尔迪兰夫人请到那里去，因为我打算礼尚往来嘛，举行几次小聚会欢迎她光临。免得她走那么多路，除非我住在巴尔贝克。我觉得这样做对她，对您的妻子，都是有百利而无一害，我亲爱的教授。里面应该有沙龙，我们可以把这些女士请到沙龙来。就我们之间说说，我不明白，维尔迪兰夫人为什么不出租拉斯普利埃，住到这儿来。比起拉斯普利埃那样的旧房子，这儿更有益于健康，拉斯普利埃太潮湿，况且也不干净；他们家没有热水，不是什么时候想洗就可以洗。我觉得，梅恩维尔要舒适得多。维尔迪兰夫人完全可以在这儿尽地主之谊。不管怎么说，每个人都有自己的爱好，我要在这里安营扎寨。戈达尔夫人，难道您不愿意同我一块儿下车吗？我们得快点，因为火车很快就要开了。在这座楼里，您为我掌舵，它将属于您，您应当经常来走动走动才是。这环境一切都非您莫属了。”大家都有难言之苦，无法让不幸的来宾住口，更无法阻止他下火车，他，生性固执，尽说些不合时宜的蠢话，一意孤行，取下自己的旅行箱，大家的话他一句也听不进去，直到大家对他把话说死了，不管是维尔迪兰夫人也好，还是戈达尔夫人也好，她们是绝对不会去那里看他的。“不管怎样，我要在这儿选个安家之所。维尔迪兰夫人只要给我往那里写信就是了。”

关于莫雷尔的回忆与一次性质更为特殊的意外事件有关。当然有别的插曲，但我在这里，随着小火车一站站停车，列车员唱站东锡埃尔、格拉特瓦斯特、梅恩维尔，等等，只想提提小海滩和驻军引起我回忆的事情。我已经谈到梅恩维尔，以及因有这家豪华妓院它才具有的举足轻重的地位，妓院刚建不久，并不是没有引起家庭母亲的抗议，可都没有用。但在讲述我记忆所及，梅恩维尔有哪些事情与莫雷尔和德·夏吕斯先生有瓜葛之前，我还要说明两者间的不相称（我下面还要深谈），一方面是莫雷尔强调一定时间的自由，另一方面，他奢望利用这些时间做些无足轻重的事情，但他经过权衡利弊，对德·夏吕斯先生做了另一种解释。莫雷尔对男爵耍冷落的把戏（可以没有风险地照耍不误，考虑到他的保护人的宽大为怀），比如，当他单方面想晚上去给人上课或去做别的什么事情时，他总是面带贪婪的微笑在自己的借口上加上这么几句话："再说，这样我可以挣到四十法郎。这可不是小数目。让我去上课吧，您晓得，这是我的利益所在。天哪，我没有您那样的收入，我有我的日子要过，该挣点钱了。"莫雷尔想给人上课，不完全是不老实。一方面，说钱无黑白之分是错误的。用一种新办法挣钱就可以使肮脏旧币增添新的光彩。如果真的是上一堂课所得，临走时一个女学生交给他的两个路易，就可能产生一种不同的效果，跟德·夏吕斯先生手里施舍下的两个路易大不一样。再说，最富有的人也会为两个路易奔波几公里，如果换成一个仆人的儿子，那就可以为两个路易跑几古里[1]。但是，德·夏吕斯先生每每对上提琴课的真实性大加怀疑，那是因为乐师常常提出另一种借口，这种借口从物质利益观上看完全是无私的，然而也是不可思议的。莫雷尔情不自禁要进行一种生活亮相，说心甘情愿也罢，说无可奈何也行，其生活如此隐晦的忧郁，以至于只有一部分让人看清面目。有一个月时间他听凭德·夏吕斯

[1] 一古法里约合四公里。

先生支配，其条件是晚上要保持自由，因为他想继续跟班上代数课。上完课来看德·夏吕斯先生？啊！这是不可能的。代数课有时拖到很晚才结束。“甚至后半夜二点以后？”男爵问道。“有几次。”“可代数看书照样可以很容易学会。”“甚至还更容易，因为课堂上我听不大明白。”“那么？再说代数对你毫无用处。”“我很喜欢这东西。这可以消除我的忧郁症。”“这不可能是代数导致他要求夜间请假吧，”德·夏吕斯先生思忖道，“他会不会与警察挂上了钩？”但不管怎样，莫雷尔不顾人家提出异议，总算保住几个小时的晚归权，或以上代数课为由，或以教小提琴课为借口。有一次，两种理由都不是，而是德·盖尔芒特亲王来海滨几天，拜访德·卢森堡公爵夫人，遇到了这位乐师，并不知道他是何许人，也不让他更多地了解自己，给了他五十法郎，同他一起在梅恩维尔的妓院过了一夜；这对莫雷尔是双重的乐趣，既得到了德·盖尔芒特先生的施舍，又得到烟花簇拥的淫乐，身边的妓女们一个个赤裸着棕色的乳房。我不知道德·夏吕斯先生对所发生的事情和所在的地点做何感想，当然不是对诱惑者而言。德·夏吕斯先生妒火中烧，为了弄清那位诱惑者的来历，他打电报给絮比安，两天后絮比安来了，而且，第二星期刚开始，莫雷尔就宣称回不来了，男爵便问絮比安是不是可以负责收买妓院的鸨母，争取人家把他和絮比安藏起来，潜入现场。“一言为定。我来管这件事，我的小唠叨鬼。”絮比安回答男爵道。人们不能理解，德·夏吕斯先生精神上竟然受到何等不安的折磨，并因此一时见多识广，胡思乱想起来。爱情就这样造成思想上的地层崛起运动。在德·夏吕斯先生的爱情里，几天前，还颇像一片坦坦荡荡的平原，就是站在最遥远的地方，也不可能发现地表上有一个主意存在，顷刻之间，一群山脉拔地而起，坚如顽石，而且是雕琢而成的群山，似乎有个能工巧匠，他不是把大理石运走，而是就地精雕细刻，形成规模壮阔的巨型群雕，愤怒，嫉妒，好奇，羡慕，怨恨，痛苦，高傲，恐怖和爱情纷纷忸怩作态。

然而，莫雷尔本该不在的那天晚上终于来临了。絮比安的使命马到成功。他和男爵约在夜十一点前到来，然后有人把他们藏了起来。穿过三条街，才到这富丽堂皇的妓院（人们从四面八方的花花世界赶到这里），德·夏吕斯先生踮着脚尖走路，放低嗓音，请求絮比安说话小声点，唯恐莫雷尔在里面听到他们的动静。可是，德·夏吕斯先生本来对这类地方就很不习惯，他蹑手蹑脚一进入门厅，一下子竟吓得目瞪口呆，他立足的地方，比交易所或拍卖行还热闹。他嘱咐围在他身边的侍女们说话小声点，但毫无用处；更何况她们的声音早被一位老“监管”的拉客拍卖的喊叫声所掩盖，只见女监管头戴深棕色假发，脸上碎裂着公证人或西班牙教士特有的一本正经的皱纹，她指挥各道门轮番开开关关，就像人们在控制车辆交通，每一分钟都要发出雷鸣般的口令：“把先生带到28号，西班牙香房。”“停止接客。”“再把门打开，这两位先生要见诺埃米小姐。她在波斯沙龙等他们。”德·夏吕斯先生惊慌失措，简直像外省的乡巴佬穿越大马路；不妨打个比方，其渎神程度远不及古利维尔老教堂门厅柱头上表现的主题，年轻侍女们不知疲倦地降低音量重复着女监管的命令，犹如乡村小教堂唱诗班的学生们响亮地背诵教理。他害怕极了，德·夏吕斯先生，他，在过道上，战战兢兢生怕被人听见动静，以为莫雷尔就依着窗口，听着宽阔的楼梯上的嗷嗷呼叫，难道不会同样可能胆战心惊吗？其实，大家晓得，楼梯上有什么动静，在房间里是一点也看不见的。终于，他结束了耶稣般的受难历程，找到了诺埃米小姐，她本应该把他们包括絮比安一起藏起来，然而，开始时，却把他关在一间高费用的波斯沙龙里，从沙龙里往外什么也看不见。她告诉他，莫雷尔要喝橘子水，待人家侍候他喝完橘子水后，人家就带这两位旅客到一间透明的沙龙去。在此期间，由于有人叫她，她就像在故事里似的，说为了让他们消磨时间，答应给他们送一名“聪明的小娘子”来。因为，她呀，人家唤她有事。“聪明的小娘子”穿着一件波斯晨衣，她正要把晨衣脱掉，德·夏吕斯先生连忙求她千万不可造次，于是她叫人取香槟酒来，每瓶四十法郎。而实际上此时莫雷尔正同德·盖尔芒特亲王在一起；可表面上，他装着弄错房间的样子，闯进了一间香房，里面有两个女人，她们连忙让两个先生单独待着。德·夏吕斯先生对此全然不知，他咒骂起来，要去开房间的门，要人再次把诺埃米小姐喊来，诺埃米小姐听说“聪明的小娘子”告诉德·夏吕斯先生有关莫雷尔的细节与她亲自告诉絮比安的细节不相吻合，便叫她滚蛋，马上派一个“温柔的小娘子”来取代“聪明的小娘子”，可“温柔的小娘子”也没让他知道更多的底细，却对他说，春宫是严肃认真的，并且，她也如法炮制，要了香槟酒。男爵怒不可遏，又把诺埃米小姐叫来，诺埃米小姐对他们说：“是的，是拖的时间长了点，这些娘子摆了点架子，他不像要搞点什么名堂。”最后，经不住德·夏吕斯先生软硬兼施，诺埃米小姐请他们放心，他们的等待不会超过五分钟，然后满脸不高兴地走了。这五分钟一拖就是一小时，诺埃米小姐这才蹑手蹑脚地带着气得发晕的德·夏吕斯先生和愁眉苦脸的絮比安来到一道微启的门前，对他们说：“你们将看得清清楚楚。不过，这个时候，并不是很有意思，他正同三个娘子在一起，他正向她们讲团里的生活呢。”终于，男爵可从门缝里往外看，也可以通过镜子看。但一种致命的恐怖给予他沉重的打击，致使他身子往墙上靠去。这分明是莫雷尔，他就在面前，仿佛是异教神秘和奇妙魔法仍然灵验，莫如说这是莫雷尔的影子，是莫雷尔的木乃伊；不像是拉撒路[1]那样复活了的莫雷尔，而是莫雷尔显圣，莫雷尔的鬼魂，是莫雷尔亡灵复归或被召回到此间房子来（在房间里，墙壁和长沙发，无处不在重演巫术的象征），莫雷尔离他仅有几米远，侧影在目。莫雷尔仿佛已经死过，黯然失色；在这一个个娘子们中间，他同她们似乎玩得极其开心，弄得面无人色，故作镇静而木然不动；为了喝他面前的那杯香槟酒，他那无力的胳膊慢慢试图伸出去，可又无可奈何地落了下来。此情此景令人产生模棱两可的感觉，仿佛一种宗教在谈论永生，但听其意思，却是指子虚乌有的某种东西。只见娘子们一个接一个向他提问题。“您瞧，”诺埃米小姐悄悄地对男爵说，“她们同他

[1] 拉撒路，《圣经》故事里的人物。相传耶稣在耶路撒冷传教时，常到拉撒路家做客。他是耶稣的好友，又是马利亚（与圣母同名）之弟。拉撒路病逝安葬后，耶稣使他复活。是一个现世痛苦，来世到天堂享福的人物。

谈他在团里的生活，有趣吧，是不是？”说着，她笑了，“您满意吗？他很平静，对不对？”她接着说，好像她是在说一位临死之人。女人的问题一个接一个，但莫雷尔死气沉沉，无力回答她们。甚至连喃喃说一句话的奇迹都没有发生。德·夏吕斯先生只迟疑片刻，便明白了真相，不是絮比安去串通之时言行拙笨，便是因为委办的秘事火势外烧，薄纸是包不住的，抑或是这班娘子们生性爱嚼舌头根，要不就是因为怕警察，有人通知了莫雷尔，说有两位先生，不惜付重金来看他，于是人家让德·盖尔芒特亲王摇身一变，混在三个脂粉中出去了，却把可怜的莫雷尔留下，只见莫雷尔战战兢兢，吓得浑身瘫软了，若说德·夏吕斯先生看他模模糊糊的话，那么，他，则把男爵看得一清二楚，以至于惊恐万状，话都说不出来，不敢去取酒杯，生怕拿不稳掉到地上。

然而，故事的结局对德·盖尔芒特亲王也并不佳。人家把他弄了出去，以免德·夏吕斯先生看见他，他为自己的倒霉事而恼羞成怒，也没去追究谁是罪魁祸首，反而哀求莫雷尔，却一直不肯让对方知道他到底是何许人，与他约好第二天夜里在他租住的小小别墅里相会，尽管他在那里住的时间可能很短。他也是旧习难改，这种怪习惯我们曾在德·维尔巴里西斯夫人家里已经领教过的，他在别墅里装饰了大量的家族纪念品，以便有在外如归的感觉。于是第二天，莫雷尔提心吊胆，五步一回头，生怕被德·夏吕斯先生跟踪监视，但没有发现任何可疑的过往行人，最后才溜进了别墅。一个仆人让他进入沙龙，并对他说，他就去禀告先生（其主子已嘱咐他不要道破亲王的姓名，以免引起怀疑）。

但是，正当莫雷尔一个人干等着，想从镜子里照照他的头发是否弄乱时，好像出现了幻觉。在壁炉上，一张张相片，小提琴家却认得出来，因为他在德·夏吕斯先生家里看到过，他们是德·盖尔芒特亲王夫人，德·卢森堡公爵夫人，德·维尔巴里西斯夫人，他被吓得直发愣。与此同时，他发现了德·夏吕斯先生的照片，它的位置稍靠后一点。男爵似乎死死盯住莫雷尔，目光古怪，直勾勾的。莫雷尔吓得疯了一般，从开始的那阵惊恐中清醒过来，以为这是德·夏吕斯先生事先安排好让他失落的陷阱，以考验他是否忠实，他连蹦带滚，几下子就下了别墅的台阶，拔腿就往马路上跑，待德·盖尔芒特亲王（原以为让一个萍水相逢的熟人进行必要的实习，并不是未曾想到这样做是否谨慎，会不会弄巧成拙）进入沙龙，连一个人影也找不着了。担心弄不好引狼入室，他抓起手枪，同仆人一起，把整个屋子搜查了一遍，别墅并不算大，小花园的旮旯角落、地下室全搜遍了，他那萍水相逢的伙伴不翼而飞了。第二个星期，他碰到过他几次，但每次都是莫雷尔这个歹徒躲逃保命，好像亲王还要更歹毒似的。莫雷尔疑心生暗鬼，心中的疑团始终难以消除，即使是在巴黎，只要一见到德·盖尔芒特亲王便逃之夭夭。德·夏吕斯先生反因祸得福，免除一桩令他绝望的不忠行为的折磨，莫名其妙地雪了耻，更想象不到是怎样报的仇。

但是，人家对我讲述过的有关此事的回忆已被别的往事所取代，因为小铁道重开“老爷车”，继续在下面各站对旅客们送往迎来。

在格拉特瓦斯特，有时候见皮埃尔·德·维尔朱先生上车，因为他的一个姐妹住在那里，他去同她一起度过一个下午，皮埃尔·德·维尔朱先生即德·克雷西伯爵（人们只叫他德·克雷西伯爵），是一个穷贵族，但出身极其高贵，我是通过康布尔梅一家才认识他的，不过他同康布尔梅一家往来甚少。他落泊到生活潦倒、几近穷酸的地步，我感到，哪怕抽一根雪茄，得一次“消费”，对他都是美得不得了的享受，以至于在我不能见阿尔贝蒂娜的那些日子里，我养成了这样的习惯，总要邀请他到巴尔贝克来。他是个白面书生，一双蓝眼睛富有魅力，说话精巧雅致，表达尽善尽美，只见他两片嘴唇一动，妙语连珠，他最爱谈当年他显然领略过的贵族生活的阔气，也爱谈家谱的来龙去脉。由于我问起他戒指上刻的是什么玩意儿，他谦卑一笑，告诉我：“这是一株青葡萄。”他怀着品酒师的愉快又补充道：“我们的纹章是一株青葡萄——象征性的，因为鄙人姓维尔朱[1]——绿色图案纹章的枝叶。”但我认为，倘若在巴尔贝克，我只让他喝酸葡萄汁，他定会感到失望的。他喜欢喝最名贵的酒，无疑是因为落泊，因为对所失了如指掌，因为他养成了嗜好，也可能是因为过分夸大自己的偏爱。因此，当我邀他到巴尔贝克吃晚宴时，他点起菜来总是食不厌精，就是吃得太多了一点，喝得更是过了头，只见他指示这个去把酒温了，其实这类酒本来就非温不可的，又见他指使那个去把酒冰镇了，而那类酒本来就应当冰镇。饭前饭后，他要一瓶波尔图葡

[1] 法语，意为青葡萄。

萄酒或白兰地，都要点明酿造日期或编号，就像他是在为一块侯爵领地竖牌子，别人一般不知道怎么回事，可他却是行家里手。

对埃梅来说，我是一位理想的顾客，因为，当我每次招待这种特等的晚宴时，他都非常高兴，只听他对跑堂伙计吆喝道：“快来，给我备二十五号桌！”他甚至不说“备”，而说“给我备”，仿佛是他请客似的。又因饭店侍应部领班的语言与一般领班、副手、店员等人的语言不尽相同，我提出要算账时，领班便反复挥动反手劝导，好像要安抚一匹怒不可遏的野马似的，对跑堂伙计说：“别太急了（去算账），要心平气和，十分心平气和。”正当伙计带着这份账单要走时，埃梅恐怕他的嘱咐得不到准确执行，便又把他叫回来：“等等，我要亲自去算账。”我对他说这没什么关系时，他便道：“我有这样的原则，就像俗套话里说的那样，不应该敲顾客的竹杠。”至于经理，他看我的客人衣着简朴，总是老一套，而且十分陈旧（假如我的客人有办法的话，恐怕没有人比得上他那讲究华装丽服的穿戴艺术，简直可以同巴尔扎克笔下的风流人物相媲美），但经理看在我的面上，远远地审视一番，看看是否一切准备停当，并使了一个眼色，叫人给不平的桌子腿下塞垫一小块木片。并不是他不会像别人那样亲自动手干，虽然他隐瞒他早先也是干过刷洗餐具的营生的。不过，也有例外的情况，一天，他亲自动手切火鸡。我正好出去了，但我知道他动起手来，怀有一种神圣的威严，在离餐具柜恰如其分的位置上，毕恭毕敬地站着一圈侍从伙计，他们围在那里，与其说是学习厨艺，倒不如说是做给经理看看，一个个赞叹不已，心满意足。经理看着他们（同时，一个慢动作刺向供品的肋部，眼睛充满崇高的使命感，盯住伙计们不肯移开，非从他们脸上看出几分庄严的表情不可），但他们毫不领会。祭司竟然没发现我当时不在场。待他知道后，这使他很懊恼。“怎么，您没看到我亲自切火鸡？”我回答他说，时至今日，我还未能看到罗马、威尼斯、西埃纳、普拉多、德累斯顿博物馆、印第安人、《淮德拉》中的撒拉，我知道顺从，并准备在我的单子上添上由他切火鸡这一项。用悲剧艺术（《淮德拉》中的撒拉）做比喻，似乎是他唯一能理会的比方，因为我告诉他，他方才知道，在大型演出的日子里，大戈克兰同意演艺徒的角色，这种角色在台上只有一句台词，甚至一句话也不说。“一回事，我为您感到遗憾。我什么时候再切一次？这可得遇上大事件，遇上一场战争才有的事。”（确实遇到停战才又切了一次。）打这一天起，历法变了，人们这样计算：“那是我亲自切火鸡那天的第二天。”“那正好是经理亲自切火鸡八天以后。”就这样，这次火鸡解剖就成了与众不同历法的新纪元，好像是基督诞辰，或是伊斯兰教历纪元，但它却不具有公元或伊斯兰教历的外延，也不能与它们的经久实用相提并论。

德·克雷西先生生活苦恼，既因为不再有高头大马，失去了美味佳肴，也因为只能与那些竟认为康布尔梅和盖尔芒特是一家的人来往。当他发现我知道，勒格朗丹，此公现在自称勒格朗·德·梅塞格利斯，在那里没有任何种类的权利，加上他喝酒喝得满脸通红，他便产生了一种被感染的快乐。他的姐妹理解地对我说：“我兄弟能同您交谈，他从来没有这样高兴过。”自从他发现，竟然有人知道康布尔梅的平庸和盖尔芒特的高贵，发现大千世界为某某而存在，他才感到自己确实存在于人间，他就像一个拉丁语学者，在全世界所有图书馆都被烧为灰烬之后，在一个完全愚昧无知的种族高升之后，听到有人为他念诵贺拉斯的诗句，便重新鼓起生活的勇气，要在生活中站稳脚跟。因此，他每次下火车就问我说：“我们的小聚会定在何时？”这可以说是食客的贪婪，也可以说是博学者的知味，因为他把巴尔贝克的聚餐看作是一次交谈的机会，所谈论的问题，对他来说简直如数家珍，而他又不能跟别的任何人谈，在这方面，我们的聚会与联盟俱乐部、珍本收藏协会定期的特别丰盛的晚宴有类似的地方。有关他自己的家族，他是很谦卑的，并不是德·克雷西先生告诉我我才知道，他家是一个很大的家族，是封有克雷西头衔的英国家族在法国的一脉相传的分支。当我知道他是地道的克雷西家族传人时，我就告诉他，德·盖尔芒特夫人的一个侄女嫁给一个名叫查理·克雷西的美国人，并对他说，我想，此人与他毫无关系。“毫无关系，”他对我说，“别的也一样——何况，尽管我家名气没有这样大——许多美国人叫蒙哥马利、贝里、钱多斯或卡贝尔，但却与彭布罗克、白金汉、埃塞克斯家族没有关系，或者与德·贝里公爵没有关系。”我几次都想告诉他，以便让他高兴高兴，我认识斯万夫人，她作为轻佻的女人，过去曾以奥黛特·德·克雷西之名而出了名；虽然德·阿朗松公爵对人家与他谈论埃米利安·德·阿朗松不会生气，但我感到我与德·克雷西先生还没有熟到可以随便开玩笑的程度。“他出身于一个很大的家族，”一天，德·蒙絮方对我说，“他的姓是塞洛尔。”他补充道，他那屹立在安加维尔之上的老城堡，简直不能住人，并说，虽然当时富极一时，但现在已破败不堪、修不胜修了，可家族的古老铭言依然可见。我觉得这条铭言很美，当年实行这一铭言，兴许是适应巢居空谷的猛禽跃跃欲试的焦躁心理，早就该离巢鼓翅雄飞了，而今天实行这一铭言，也许是关注没落，在这居高临下的茫茫荒野的僻静之地，期待将至的死亡，的确，正是在这双重意义上，这条铭言与“识时”塞洛尔的姓相映成趣，这条铭言是：“勿识时”[1]。

在埃尔默依维尔站，有时候，德·谢弗勒尼先生上车，布里肖告诉我说，像加布里埃尔大主教阁下一样，他的姓意思是“山羊集中之地”。他是康布尔梅家的亲戚，而且错误评价他们风雅，所以康布尔梅家才不时请他来费代纳，但只是在他们已经没有客人可以炫耀的时候。德·谢弗勒尼一年到头生活在博索莱伊，比康布尔梅一家子更土气。因此，他去巴黎过几星期，没有一天浪费掉，“要看的东西”太多了；以至于达到这样的程度，五花八门的节目走马灯似的在眼前晃过，往往弄得他有点头昏眼花，当人家问他是否看过某出戏时，他有时候竟连自己也没把握了。但这种糊涂时候并不多见，因为他认识巴黎的事物，带有巴黎稀客少见多怪的仔细。他常推荐我去看“新东西”（“这值得一看”），不

[1] 法语 Saylor（塞洛尔）音谐“Sais l’heure”，意为识时；而铭言意为不识时，故相反相成，相映成趣。

过他只是从新鲜好看度良宵的观点才认为“新”的，而不懂从美学观点看问题，他根本看不出来，这些“新东西”往往在艺术史上的确可以构成“新东西”。这样，他无论谈论什么，老是停留在一个平面上，他对我们说：“有一次，我们去喜剧院，但节目并不出名。它名叫《佩利亚斯与梅丽桑德》。这没什么意思。贝里埃一向演得很好，但最好看他演别的戏。相反，在体育馆，人家演《领主夫人》。我们去看了两次；别错过机会，这值得一看；演得妙极了；您看得到弗雷法尔、玛丽·马尼埃、小巴隆这样的演员。”他甚至向我列举了一些我从来未曾听说过的演员姓名，他在演员名前也不加先生、夫人或小姐，不像德·盖尔芒特公爵那样称呼别人，德·盖尔芒特公爵总是以拿腔拿调的蔑视口气谈起“吉费特·吉尔贝小姐的歌曲”和“钱戈先生的经历”。德·谢弗勒尼先生可不用这种腔调，他说起戈纳里亚和德埃里，简直像在谈论伏尔泰和孟德斯鸠一般。因为在他心目中，对待演员就像对待巴黎的一切，贵族表现傲慢的欲望已被外省人显露亲热的欲望打败了。

记得我在拉斯普利埃与“新婚之家”吃的第一次晚宴，在费代纳，人们仍然称德·康布尔梅家为“新婚之家”，尽管他们的新婚时代早已一去不复返了，晚宴一过，老侯爵夫人就给我写了一封信，她的笔迹哪怕是混在千万封别的信里我也可以认得出来。她对我说：“把您的优雅的——妩媚的——可爱的表妹带来吧。这将是一种狂喜，一种愉快。”她的话始终缺乏收信人期待的渐强音，那是肯定无疑的，以至于我终于改变了“渐弱”性质的看法，以为这种“渐弱”效果是她刻意追求的，并从中发现了圣伯夫那种怪异的修辞爱好——被纳入上流社会的范畴——这种爱好每每促使他打破词汇搭配法则，对较为常用的短语一一加以变异。两种手法，无疑是不同教师教出来的，在这一书信体中恰成鲜明的对比，第二种手法使得德·康布尔梅夫人以下行音阶使用多种形容词，避免以完美的和谐收尾，从而弥补这些形容词的平庸乏味。相反，每次由她的侯爵儿子或她的表亲们使用时，我倒倾向于这种看法，就是在这些逆向渐强用法里，看到的不再是享受亡夫遗产的侯爵夫人的作品中所表现的刻意讲究，而是愚蠢拙劣的笔触。因为在整个家族里，乃至最远的亲戚，都一味模仿塞莉娅姑妈，三个形容词的规则大受提倡，一种热情说话换气法也颇受推崇，竟然模仿到血统里去了；在家族里，如果有一个小姑娘，从小开始，说着话就要停下来吞一下口水，大家就说：“她多像塞莉娅姑妈。”大家也就会觉得，她的双唇上下以后很快就会长出淡淡的女性汗毛，从而决心培养她可能生来就具有的音乐禀赋。康布尔梅一家与维尔迪兰夫人的关系比起与我的关系很快就由于种种原因而显得逊色。他们想邀请她。“年轻的”侯爵夫人倨傲地对我说：“我看不出我们为什么不能邀请她，这个女人；在乡下大家谁都见，这没什么了不得的。”但是，实际上，他们很着急，不断地向我询问他们应当如何实现表示礼貌的心愿。由于他们邀请我们——阿尔贝蒂娜和我——以及圣卢的几个朋友赴晚宴，因为他们是当地的风流人物，古维尔城堡的主人比诺曼底上流社会更有气派，别看维尔迪兰夫人表面上不动声色，心里其实是很喜欢与他们交往的，因此，我建议康布尔梅夫妇邀请“老板娘”同他们一道来。但是，费代纳的城堡主们生怕（他们多么胆小）使他们尊贵的朋友们不愉快，或者（他们多么天真）恐怕维尔迪兰夫妇与非知识界的人们在一起会感到厌烦，或者还担心（他们满脑子陈规陋习，见的世面太少）混进去不伦不类，做出“蠢事”，声称，这不好彼此捆在一起，这样“不合适”，最好另外再请维尔迪兰夫人（拟邀请她和她的全体小圈子的人）吃晚餐。下一次晚宴——雅士，以及圣卢的朋友们——他们只邀请小核心中的莫雷尔，以便让他们接待的显赫人物间接地告诉德·夏吕斯先生，况且乐师可作为客人娱乐的成分，因为他们请他带小提琴来。人家又给添了戈达尔，因为德·康布尔梅先生声称，戈达尔生动活泼，在晚宴上“表现好”；再说，万一有人病了，与医生有好交情，那就方便了。可是，他们只邀请他一个人，不要“一开始就请女人来”。维尔迪兰夫人得知小圈子里的两个成员得到邀请到费代纳赴“小范围”的晚宴，竟然把她排除在外，感到极为气愤。她授意大夫骄傲地答复说：“今晚我们要去维尔迪兰家赴宴。”大夫欣然从命，而且用的是复数我们，这对康布尔梅夫妇不啻是一次教训，明确告诉他们，他与戈达尔夫人不可分离。至于莫雷尔，维尔迪兰夫人没有必要为他指导无礼行为，他本来就有无礼的本性，原因就在这里。倘若说，在关系到男爵的欢娱问题上，他对待德·夏吕斯先生有一种令男爵苦恼的独立性，那么，我们已经看到，男爵在其他方面对他的影响则更是看得见摸得着了，比如说吧，男爵扩大了他的音乐知识，使演奏高手的风格更趋成熟。但这还仅仅是一种影响，至少在我们讲到这点时是如此。相反，有一个地方，德·夏吕斯先生说什么，莫雷尔都盲目相信并且盲目执行。盲目加狂热，不仅因为德·夏吕斯先生的教导是错误的，而且还因为，即使这些教导对一个大贵族有所裨益，但经过莫雷尔囫囵吞枣一用，就变得滑稽可笑了。在这个地方上，莫雷尔变得如此轻信，对他主人如此千依百顺，这就是上流社会。小提琴手，在认识德·夏吕斯先生之前，对上流社会毫无概念，囫囵接受男爵为他绘制的上流社会简单而又傲慢的草图："有一定数量地位优越的家族，而首屈一指数盖尔芒特家族，"德·夏吕斯先生对他说，"他们与法兰西王室算来有十四支联姻关系，不过这主要是法兰西王室的荣耀，因为法兰西王位本应归阿尔东斯·盖尔芒特，而不应归他的同父异母兄弟胖子路易；在路易十四统治下，我们为亲王先生仙逝挂过黑纱，好像与国王是同一个老祖母。盖尔芒特家族再再往下，人们还可以列举拉特雷默伊耶家族，那是那不勒斯历代国王和普瓦提埃历代伯爵的后裔；于塞斯家族，作为家族并不算古老，但他们是贵族院元老；吕伊纳家族，虽说是后起之秀，但都有显赫的联姻关系；舒瓦瑟尔家族，阿古尔家族，拉罗什富科家族。再加上诺阿耶家族，且不说德·图卢兹伯爵，还有蒙代斯吉乌家族，卡斯特兰家族，除了忘掉的，就这些了。至于那些小贵族，叫德·康布尔梅侯爵或德·瓦特费尔菲施侯爵什么的，他们与你们军团的最后一名小兵拉子没有任何区别。您到屁屁伯爵夫人家去尿尿，或者到尿尿男爵夫人家去屁屁，都是一回事，您会损害自己的名声，把一块屎尿布当作卫生纸。这是不干净的。”莫雷尔恭恭敬敬地接受了这堂历史课，也许还觉得粗略了一点呢；他判断事情的是非曲直，就好像他自己成了盖尔芒特家族的一员似的，希望有一个机会找冒充拉都·德·奥维尼家族的家伙算账，通过蔑视的一次握手，让他们知道，他根本不把他们看在眼里。至于康布尔梅家，现在可以向他们表明，他们“不比他军团的最后一名小兵拉子强”。他不答复他们的邀请，到当晚晚宴开始前最后一小时，才拍一封电报致歉，得意忘形，仿佛刚才是以纯血统的王子王孙的身份干的。而且，还得补充一点，人们简直难以想象，德·夏吕斯先生，在其性格缺陷充分表演的各种场合里，就其常理而论，会是这么叫人难以忍受，这么吹毛求疵，甚至，他本来是那么精明，而如今竟会如此愚蠢。人们可以说，的确，他的性格缺陷好像是一种断断续续的精神病。谁没见过有些女人甚至有些男人这样的情况，他们个个天赋聪颖，但却受尽神经质的折磨。当他们高兴、冷静，对周围感到满意时，他们的天资丽质便脱颖而出；这才是不折不扣地，真理通过他们的嘴在说话。但只要头一疼，自尊心稍受刺激，就可以使一切都变样。突然的、抽风的、狭隘的聪明才智只表现出一个恼怒的、怀疑的、打情卖俏的自我，所作所为无不令人讨厌。康布尔梅夫妇的愤怒是强烈的；而且，断断续续地，又发生了一些摩擦，导致他们与小圈子的关系有些紧张。由于有一次我们——戈达尔夫妇、夏吕斯、布里肖、莫雷尔和我——从拉斯普利埃吃晚宴后往回走，而康布尔梅夫妇到阿朗布维尔的朋友家吃午餐，去的路上有一段与我们同行，我对德·夏吕斯先生说：

“您那么喜欢巴尔扎克，而且善于从现代社会里面重新认识他，您应该会发现，这康布尔梅家族已经摆脱了《外省生活场景》。”没想到德·夏吕斯先生俨然成了康布尔梅家的朋友，似乎我的看法冒犯了他的尊严，他突然打断了我的话：“您这么说是因为妻子凌驾于丈夫之上吧。”他口气生硬地对我说。“噢！我不是想说这是外省的缪斯，也不是德·巴日东夫人[1]，虽然……”德·夏吕斯先生再次打断我的话：“不如说是莫索夫夫人[2]吧。”火车停下，布里肖下车。“我们刚才暗示您都没有用，您真叫人受不了。”“怎么啦？”“瞧，您没有发现，布里肖正疯狂地恋上德·康布尔梅夫人？”我通过戈达尔夫妇和夏利的态度看到，这在小核心里谁也不会相信。我认为他们是别有用心。“呶，您没发现，当您谈到她时，他多么心神不定。”德·夏吕斯先生又说，他喜欢显露自己有女人的经验，神色自如地谈论起女人们引起的情感，仿佛这种情感就是他平日里自己感受到似的。然而，他对所有年轻人讲话都用含混的父爱口吻——虽然他对莫雷尔的爱是排他性的——这就使得他发表的男人对女人的看法不攻自破：“噢！这些孩子，”他尖着嗓子，矫揉造作，抑扬顿挫地说，“什么都得教他们，他们像初生孩子一样是无辜的，他们体会不到一个男人什么时候恋爱上一个女人。在像你们这样的年纪，我更懂人事。”他补充道，因为他爱使用青皮世界的用语，也许是出于志趣爱好，也许是为了不

[1] 巴尔扎克小说《幻灭》中的人物。
[2] 巴尔扎克小说《幽谷百合》中的人物。

让人看出，因为故意避免使用这些用语，自己却承认经常出入这些用语经常使用的地方。几天以后，我不得不在事实面前承认，布里肖爱上了侯爵夫人。糟糕的是，他好几次接受邀请到她家吃午餐。维尔迪兰夫人认为，该是阻止胡闹的时候了。除了她看到对小核心政策干涉的效果之外，她对这些解释，对他们造成的悲剧，产生了一种越来越强烈的兴趣，这种兴趣是闲极无聊才产生的，不论是贵族世界，还是资产阶级世界，通通都是如此。那一天在拉斯普利埃真是太开心的日子，人们发现维尔迪兰夫人同布里肖一起失踪了一个小时，人们得知她对布里肖说，德·康布尔梅夫人取笑他，说他是她的沙龙的笑料，说他这样会败坏她晚年的名声，会有损于他自己在教育界中的地位。她不惜用动人心弦的语言同他谈起他以前在巴黎一起生活的那位洗衣女工以及他们生的小女儿。她占了上风，布里肖从此不再去费代纳了，但他忧郁成疾，有两天时间，人们以为他眼睛都快失明了，而且他的病大大加重了，成为后天性疾病。可是，康布尔梅夫妇对莫雷尔耿耿于怀，有一次，他们故意邀请德·夏吕斯先生，但就是不请莫雷尔，由于没收到男爵的答复，他们担心做了一件蠢事，感到积怨为邪谋，于是稍迟一些又给莫雷尔写了邀请信，曲意奉承，令德·夏吕斯先生笑逐颜开，向他显示自己神通广大。“您为我们俩答复，说我接受邀请。”男爵对莫雷尔说。到了晚宴那天，人们在费代纳的沙龙里等待着。康布尔梅夫妇举办晚宴实际上是招待风雅之花费雷夫妇的。但他们又生怕得罪德·夏吕斯先生，以至于尽管由德·谢弗勒尼先生引荐早已认识了费雷大妇，但德·康布尔梅夫人在举行晚宴那天，当看到德·谢弗勒尼先生来费代纳拜访他们时，不由得浑身紧张起来。他们编造出种种借口，尽快将他打发到博索莱伊，但又晚了一步，却不早不晚，他正好在院子里与费雷夫妇交臂而过，费雷夫妇目睹他被赶出来的狼狈相，不快的程度与他的羞愧的程度不相上下。但是，康布尔梅夫妇想不惜一切代价不让德·夏吕斯先生看到德·谢弗勒尼先生，认为后者是乡下人，原因在于举止言谈的微妙差别，家族里的人忽略了，而这些差别只有当着外来人的面人们才能发觉，然而，外人恰恰又看不出这微妙的差别。但人家不乐意向外人介绍此类亲戚，这些亲戚现在的模样，正是人家极力摆脱的模样。至于费雷先生和夫人，他们是最高层次上所谓“很好”的人家。在这样看待费雷夫妇的人的眼里，盖尔芒特家族，罗昂家族和其他家族无疑也是“很好”的人家，但他们的姓氏也就不必一一道来了。由于大家都不知道费雷夫人的母亲的大出身，加之她和她丈夫经常来往的圈子又极其封闭，人家称呼他们之后，为了说明情况，总要连忙补充一句话，说这是“最好不过”的人家。难道是他们卑微的姓氏致使他们不卑不亢吗？有些人也许与拉特雷默伊耶家常有来往，不过费雷夫妇是看不到他们的。需拥有海滨王后地位才能每年请费雷夫妇光临一个上午，而老侯爵夫人在英吉利海峡就有海滨王后的势头。他们请费雷夫妇吃晚宴，并十分指望德·夏吕斯先生对他们产生效应。人家暗中宣称他在宾客之列。恰巧费雷夫人并不认识他。德·康布尔梅夫人对此感到极其满意，脸上浮着微笑，这是化学家首次让两个特别重要的物体发生关系时特有的微笑。门开了，德·康布尔梅夫人只看到莫雷尔一个人进来，差点晕了过去。莫雷尔，像传令秘书负责为大臣道歉，又好像一个出身平民却嫁与皇族的女子为亲王的痛苦而表示遗憾（德·克兰尚夫人就用此向德·奥马尔公爵致歉），莫雷尔以最轻松的口吻说："男爵来不了，他有一点不舒服，至少我以为是因为这个……我这星期没碰见他。"他补充道，最后这几句话，实在令德·康布尔梅夫人失望，他刚才还对费雷夫妇说，莫雷尔白天无时无刻都可以见到德·夏吕斯先生。康布尔梅夫妇装模作样，似乎男爵不来反为聚会添了乐趣似的，他们不听莫雷尔那一套，对他们的客人们说："我们不管他，对不对，这样反倒更愉快些。"但事实上他们怒火中烧，怀疑是维尔迪兰夫人搞了阴谋诡计，于是，来了个针尖对麦芒，当维尔迪兰夫人再次邀请他们到拉斯普利埃时，德·康布尔梅先生已按捺不住，恨不得再看看自己的府第，同小圈子里的人聚一聚，于是他来了，不过是一个人，说侯爵夫人很抱歉，她的医生嘱咐她要静卧守房。康布尔梅夫妇以为，夫妇的半出席，既是对德·夏吕斯先生的一次教训，同时，又向维尔迪兰夫妇表明，他们对他们的礼貌是有限度的，就像往昔公主贵人们送客，只把公爵夫人们送到二道宫的半中间就留步不前了。几个星期以后，他们差一点闹崩了。德·康布尔梅先生对我就他们的不融洽做了这样的解释："我要告诉您，德·夏吕斯先生真难相处，他是极端的德雷福斯派……""然而他不是！""是……不管怎么说，他堂兄德·盖尔芒特亲王是这一派，人们为此骂他骂得够多的了。我有一些亲戚亲属对此很计较。我不能经常与那些人来往。不然，我这样会同全家族的人闹翻的。”“既然德·盖尔芒特亲王是德雷福斯派，这不更好嘛，”德·康布尔梅夫人说，“听说，圣卢娶他的侄女为妻，也是德雷福斯派。这甚至可能还是结婚的理由呢。”“喂，我亲爱的，不要说圣卢是德雷福斯派，我们很喜欢圣卢。不该随便到处给人下结论。”德·康布尔梅先生说。“不然，您会弄得他到军队里有好瞧的！”“他过去是，但现在已不是了。”我对德·康布尔梅先生说。“至于他与德·盖尔芒特-布拉萨克小姐的婚姻，您说的是真的吗？”“人家都这么说，不过您与他关系这么密切理应知道。”“但是，我对你们再说一遍，他确实对我说过，他是德雷福斯派。”德·康布尔梅夫人说。“何况，这是很可以原谅的，盖尔芒特一家有一半是德国血统。”“就瓦雷纳街上的盖尔芒特家族而言，您完全可以这么说，”康康道，“但圣卢，却是另一码事了；他枉有一大家族德国亲属，他的父亲首先要求得到法兰西大贵族的头衔，于一八七一年重新服役，并在战场上杀身成仁。我虽然对此看法很严厉，但不论从这样或那样意义上讲，都不应该夸大其词。In medio... vitus[1]，啊！我想不起来了。这是戈达尔大夫说的什么玩意儿。那是一个总有说头的人。您这里该有一部小拉罗斯词典吧。”为了避免就拉丁语名言表态，丢开圣卢的话题，因为她丈夫似乎觉得，一谈起圣卢她就缺乏分寸，因此不得不把话题转到“老板娘”上，她与他们的疙瘩更有必要做一番解释。“我们是自愿将拉斯普利埃租给维尔迪

[1] 拉丁语，意为中庸之道。

兰夫人的。”侯爵夫人说，“只是她似乎以为，有了房子，有了凡是她有办法弄归自己的东西，享有草地，有了旧的帷幔、挂毯和吊帘，有了租金里一点也不沾边的东西，她就有权利同我们联系在一起。这是明摆着的两码事。我们的错误在于没有随便请一个代理人或一个代办处来办事。在费代纳，这并不重要，但从这里，我却看到我那克努维尔的姨妈板起的面孔，如果在我的会客日里，她看到维尔迪兰大妈披头散发来的话。对德·夏吕斯先生来说，自然喽，他认识一些很好的人，但也认识一些很糟的人。”我问是谁。德·康布尔梅夫人在追问之下，最后不得不说：“人家肯定，说他养活了一位叫莫罗、莫里伊、莫吕什么的先生，别的我就不知道了。当然，与小提琴师毫无关系。”她红着脸补充道。“当我感觉到，维尔迪兰夫人自以为，因为她是我们在海峡的房客，她就有权利到巴黎来拜访我，我便明白要切断缆绳，断绝关系。”

尽管与“老板娘”有这段别扭，康布尔梅夫妇与老常客们却相处得挺不错，当他们与我们同一条路线时，乐意上我们的车厢来。火车快到多维尔站了，阿尔贝蒂娜最后一次抽出她的小镜子，几次觉得有必要换一副手套，或者把帽子脱下来一会儿，用我送给她的、平日插在头发里的那把玳瑁梳子，理理鸡冠头，提一提发顶，并且，如有必要的话，在波浪般垂至后脖根的鬈发下，重新盘起她的发髻。一登上来接我们的马车，我们就再也不知道东南西北了；车路没有路灯；车轮最响的时候，就知道是正穿越一个村庄，以为到了，实际上还在茫茫田野上，可以听到远处的钟声，忘了自己身上穿着常礼服，大家昏昏沉沉，已到昏暗边缘的尽头，由于长途旅行，火车一路难免出些意外事故，似乎把我们带到深夜里去，好像来到回巴黎的半道上，突然，马车在一段细沙地上打滑了一下，这才发现我们进入了花园，眼前突然出现了沙龙和餐厅闪耀的灯光，一下子将我们带回到社交生活中来，听到时钟打了八下，我们不禁猛地怔住，退了一步，我们原以为八点早就过去了，与此同时，一道道服务接踵而至，美酒斟了一巡又一巡，围绕着穿燕尾服的男宾和穿半裸晚礼服的女宾转来转去，堪称光彩夺目的晚宴，不亚于城里真正的晚宴，只是披上了双重深色的特殊的围巾，并因此改变了晚宴的特征，这围巾是夜间时刻编织而成的，由来时的乡间夜色和归时的海滨夜色交织而成，以上流社会最原始的隆重扭转了夜间的时刻。回去时，我们恋恋不舍地离开了明亮的沙龙，不得不与闪光的辉煌告别，但这种辉煌很快就被忘掉了，上了车，我设法同阿尔贝蒂娜坐在一起，不让我的女友离开我同别人在一起，这里面往往还有另外一个原因，那就是在一辆黑咕隆咚的车子里，下坡时又颠簸不止，我们俩可顺势做不少动作，即使一道闪光突然射了进来，照着我们紧紧搂抱在一起，那也情有可原。当德·康布尔梅先生还没有与维尔迪兰夫人闹别扭的时候，他问我说："您不感到，起这么大的雾，您会气喘吗？我的姐妹今天早上可气喘得厉害。啊！您也一样，"他满足地说，"今晚我要告诉她。我知道，一回家，她就会马上打听您是否已经很长时间不气喘了。"况且，他之所以同我谈我的呼吸困难，仅仅是为了谈他姐妹的呼吸困难，他让我描绘一通哮喘的基本特征，只是为了指出两者之间存在的区别。但是，尽管两者气闷有不同的特征，但由于他认为他姐妹的气闷应当具有权威性，因而他不能相信，对她的哮喘病有作用的东西，对我的哮喘病就没有反应，他甚至生气了，怪我没有试一试，因为有一件事比遵守饮食禁忌还难，那就是不把自己的禁忌强加于他人。“再说，怎么说呢，我说的可是外行话，您这里面对的是老权威，老鼻祖。戈达尔教授认为如何？”还有，另一次，我又去见他的妻子，因为她说我“表妹”样子怪里怪气的，我想知道她说的是什么意思。她否认她说过这样的话，但最终又承认谈到一个人，她好像见到这个人同我表妹在一起的。她不知道她姓甚名谁，最后她说，如果她没弄错的话，她是一个银行家的妻子，她叫莉娜、莉内特、莉泽特、莉娅，反正诸如此类什么的。我想，“银行家的妻子”只不过是用来更好地摆脱我的追问的托词罢了。我想问问阿尔贝蒂娜是否确有此事。但我更喜欢装出知情人模样，而不太愿意流露出盘问者的神气。何况，阿尔贝蒂娜什么也不会回答，或者说一声“不”拉倒，辅音“B”发音过于犹豫，而元音“u”又发得过于响亮。阿尔贝蒂娜从来不讲可能伤害自己的事情，而讲一些别的事情，但这别的事情又只能根据原来那些事情才能说清楚，因为真相并非人家告诉我们什么就是什么，而是一股无形的流，人家告诉了我们什么和我们听说到了什么，这只是了解真相的开始。因此，当我认定，她在维希认识的一个女人作风不正派时，她发誓说，这个女人绝不是我想象的那样子，从来没有企图指使她做坏事。又有一天，因为我提起对此类女人的好奇，她便补充说，维希女士也有一位女友，但她，阿尔贝蒂娜，并不认识维希女士的女友，但维希女士答应要让她认识她。既然是她答应她认识她，这就是说阿尔贝蒂娜有意认识她，要不就是维希女士主动向她献殷勤，善于讨她的欢心。但是，假如我当着阿尔贝蒂娜的面提出相反的看法，人家就会以为我的新发现只不过是从她口里得知的，我的情况来源马上就会中断，我从此就什么也休想知道了，我也就再也不能使人畏惧了。再说，我们住在巴尔贝克，而维希女士及其女友住在芒通；离得这么远，不可能造成什么危险，我的疑心顿时不攻自破。常有这样的事，当德·康布尔梅先生从车站呼唤我们的时候，我与阿尔贝蒂娜刚刚还在利用黑暗的掩护呢，但很难充分利用，主要因为阿尔贝蒂娜担心天没全黑，推多就少。“您晓得，我敢肯定，戈达尔大夫已经看见了我们；再说，即使没看见，他也听得清您气喘的声音，他们不是正说您有另一种气喘的事嘛。”阿尔贝蒂娜正说着，到了多维尔车站，我们从那里又上了小火车回家。但这次归程，与来程一样，如果说给我留下了某种诗情画意的印象，唤醒了我内心出门旅游的欲望，过新生活的欲望，并由此使我一改初衷，放弃了与阿尔贝蒂娜结婚的一切打算，甚至希望与她一刀两断，再加上我们俩生性水火难容，那么，它就使我更容易下决心与她断交。因为，来也罢，回也罢，每到一站，总有一些认识的人，或者同我们一起上车，或者站在月台上向我们问好；除了悄然而至的想象之乐外，占统治地位的是社交活动不断产生的欢乐，社交之乐何其慰人，又何其醉人。各站到站之前，站名本身（第一天听到后就一直令我浮想联翩，那天晚上，我与我外祖母一起旅行）一听就可以顾名思义的，但自从那天晚上，布里肖在阿尔贝蒂娜的请求下，更全面地向我们解释了站名的词源，此后，站名便失去了原来的特色了。我原来觉得以“弗洛尔”（花）为后缀的某些地名是很有魅力的，如菲克弗洛尔，翁弗洛尔，弗莱尔，巴弗洛尔，阿弗洛尔，等等，同时觉得以“伯夫”（牛）为词尾的布里克伯夫很有趣。但经布里肖一席考证，花落了，牛也跑了（第一天在火车上，他就说了来龙去脉），他告诉我们，所谓“弗洛尔”（fleur）者，乃是“波尔”（port）也（指的是海港，形同费奥尔［fiord］，峡湾的意思），而“伯夫”者（bœuf），诺曼底方言称“budh”，意为“窝棚”。由于他一连举了好几个例子，原来我感到别致的东西统统一般化了：布里克伯夫牛加入了埃尔伯夫窝棚的行列，甚至，在一个名字里，乍一听同地方一样是个别的，比如“佩纳德皮”（Pennedepie，喜鹊的羽毛），个中离奇古怪根本用道理讲不清楚，我似乎觉得，自上古以来，就像诺曼底的一种奶酪，混成又粗又硬又有味道的一个词儿，我很遗憾，其中又找到了一个高卢语“pen”，是“山”的意思，在“Pennemarch”和“les Apennins”两地都有山在坐镇。由于火车每停一站，我总感到，我们有许多友人的手要握，如果说谈不上接见人家来拜访的话，我便对阿尔贝蒂娜说：“快去问问布里肖您想知道的名字。您对我提到过‘高傲马古维尔’。”“对，我很喜欢这高傲，那是一个骄傲的村庄。”阿尔贝蒂娜说。“您还可能觉得它更骄傲，”布里肖答道，“您不用法语形式，甚至不用后期拉丁文化形式，像人们在贝叶主教的文集里看到的‘高傲壮丽的马古维拉’（Marcouvilla superba），而以更古老的形式，跟诺曼底方言更接近的形式‘Marculphivilla superba’，即是梅居尔夫（Merculph）村庄或庄园的来历。凡以‘维尔’为后缀的这些专有名词，您从中仍然可以看到，在海边，一个个粗暴的诺曼底入侵者的幽灵站了起来。在阿朗布维尔，站在车厢门口，您只看到我们杰出的大夫，而他显然同古斯堪的纳维亚人的首领毫无共同之处。但您一闭上眼睛，您就可以看到著名的埃里曼（Herimundivilla）。虽然，我不知道为什么，人们走这几条路，包括卢瓦尼与巴尔贝克海滨之间这一段，而不走从卢瓦尼到老巴尔贝克那风景极其优美的几条路段，维尔迪兰夫人也许已带你坐马车从那边逛过了。那么，你们看到了安加维尔或维斯卡尔，还有多维尔，在到维尔迪兰夫人家之前，那是迪罗尔德村。况且，那里不光住着诺曼底人。似乎德国人也拥到这里来了（Auménancourt, Alemanicurtis）；可别把这个告诉我看见的那位年轻军官；他知道了很可能不再愿意去表兄弟家做客了。还有一些撒克逊人，西索纳泉水就是证明（维尔迪兰夫人爱逛的目的地之一，而且理由无懈可击），就像在英国有 le Middlesex（米德尔塞克斯）和 le Wessex（韦塞克斯）。这是无法解释的事情，哥特人，像人们说的是些‘叫花子’，也可能来到这里，甚至摩尔人（Maures）也来过，因为莫尔塔尼（Mortagne）源于‘Mauretania’。在古维尔（Gothorumvilla）里就留有痕迹。拉丁人（Latins）有些文物遗迹犹存，如拉尼（Latiniacum）。”“我嘛，想请你解释一下‘Thorpehomme’。”德·夏吕斯先生说。“我明白‘Homme’的含义[1]。”他补充道（雕刻家和戈达尔互相交换了一个心照不宣的眼色），“但‘Thorph’是什么意思？”“‘Homme’与您想当然以为的那个意思风马牛不相及。”布里肖回答说，狡黠地看了戈达尔和雕刻家。“‘Homme’在这里与母亲给了我的那个性别毫不相干。‘Homme’者，‘Holm’也，意思是‘ilot’（小岛）。至于‘Thorph’，或叫‘village’（村庄），上百个单词里都可以找到。我刚才已经说得我们的年轻朋友不耐烦了。因此，在‘Thorpehomme’里，没有诺曼底首领的姓，但却有诺曼语词汇。您瞧整个地区都已经日耳曼化了。”“我觉得他言过其实了。”德·夏吕斯先生说。“我昨天去过奥土维尔（Orgeville）。”“刚才我在‘Thorpehomme’一地剥夺了您做‘homme’（男人）的资格，这一回还给您喽，男爵。且不必咬文嚼字了，罗贝一世在一张证书上给我们留下的是‘Orgeville Otgervilla’，即‘Otger’庄园。所有这些地名都是古代贵族的姓。‘Octeville-la-Venelle’是封给‘l’Avenel’家的。而‘l’Avenel’家族是中世纪出名的世家。有一天，维尔迪兰夫人把我们带到‘Bourguenolles’，写的是‘Bourg de Môles’（莫尔镇），因为这村庄，在十一世纪时，是属于‘Baudoin de Môles’家族的，‘la Chaise-Baudoin’也是；可是我们已经到东锡埃尔了。”“我的上帝，那么多军官争着上车！”德·夏吕斯先生故作恐慌地说，“我说的是为了你们，因为我嘛，这并不碍事，既然我下车了。”“您听到了吧，大夫？”布里肖说，“男爵

[1] 男爵心目中的“homme”的含义，旁人皆有意理解为男爵喜欢的那种“男人”。

怕军官们从他身上踩过去。不过，他们集中在这里是执行任务，因为东锡埃尔，就是圣西尔（Saint-Cyr），即 Dominus Cyriacus。有许多城市的名字，如 sanctus 和 sancta 已被 dominus 和 domina 所取代。再说，这座平静的军事重镇有时候有圣西尔、凡尔赛和枫丹白露的假象。”

在返程（如同去程）路上，我告诉阿尔贝蒂娜要穿好衣服，因为我很清楚，在阿默农古，在东锡埃尔，在堆普维尔，在圣瓦斯特，我们要接待一些临时拜访者，他们的短暂拜访并不令我不愉快，诸如，在埃尔默侬维尔（埃尔曼领地），德·谢弗勒尼先生利用来找客人的机会，顺便拜访我，请我第二天上蒙舒凡去吃午餐，又如，在东锡埃尔，圣卢的一个英俊朋友突然钻了上来，他是圣卢（如果他没空的话）派来的，特地转达德·鲍罗季诺上尉的邀请，或是在“勇敢的公鸡”食堂用餐的军官们的邀请，或是在“金色的火鸡”食堂用餐的士官们的邀请。圣卢往往亲自来看我，只要他在这儿，我必以我的目光看管好阿尔贝蒂娜，但又不让别人觉察出来，徒劳的警惕而已。不过，有一次，我中断了看护。由于停车时间较长，布洛克向我们致意之后，立刻要去找他的父亲，他父亲刚继承其叔父的遗产，并租下了一座叫“骑士团封地”的城堡，觉得只有坐驿站快车，由穿着仆役衣装的马车夫驾着车走动方有贵族气派。布洛克请我一直陪他到他父亲的车子边。“请快走呀，因为四条腿的牲口性子急；上帝宠爱的人儿，你会让我父亲高兴的。”但我极难受，得让阿尔贝蒂娜同圣卢待在车厢里，等我把背一转过去，他们就可能互相搭腔，到另外一个包厢里去，眉来眼去，动手动脚，只要圣卢在场，我那贴在阿尔贝蒂娜身上的目光就不会离开她。然而，我看得清清楚楚，布洛克，他好像是求我帮他的忙，请我去对他父亲问个好，开始我觉得拒绝他很不够朋友，因为我没有任何障碍，列车员已经预报过了，火车至少停车一刻钟，而且，几乎所有的旅客都下车了，他们不上车，火车是不会开的；后来，他明白了，我这人——我此刻的行为是对他最终的回答——归根到底是附庸风雅。因为他并不是不知道和我在一起的那些人士的姓名。不错，德·夏吕斯先生为了与他套近乎，竟忘了或故意没注意到他已同他接触过一次，前不久他还对我说过："请您把您的朋友介绍给我吧，您连招呼都不打是对我缺乏尊重。"于是他同布洛克聊了起来，布洛克似乎使他极为喜欢，甚至赏给他一句话："但愿后会有期。""这说不过去，您不愿走几百米路去对我父亲道一声好，这一声问候会使他多高兴？"布洛克对我说。我真糟糕，我当时的神态好像不够朋友，而且布洛克认为我不够朋友事出有因，而我的神色越发被他言中了，我感到，他有这样的想法，当我有"出身"高贵的人在身边时，我就把我的小市民朋友小看了。打从那一天起，他对我就不再像以往那样友好了，我感到更为难过的是，他对我的性格不再像以往那样尊重了。但是，为了消除他对我之所以留在车厢里的动机的误会，我本来应该跟他说点什么——就是我嫉妒阿尔贝蒂娜——可这些个事儿若说出来岂不令我更加痛苦，还不如索性听之任之，就让他认为我是一味追求上流社会生活的迂腐之人好了。事情就是这样，从理论上讲，人们觉得总应该坦诚，免得误会。但是，生活往往把种种误会天衣无缝地组装在一起，以至于为了消除误会，只有在可能的极罕见的情况下，要么有必要挑明——现在不属于这种情况——某些事情，这些个事很可能使我们的朋友受到更大的伤害，还不如任其将错就错，将莫须有的罪过强加于我们自己，要么，需泄露某一隐私——我刚才遇到的正是这种情况——但我们又觉得泄露隐私比误会更糟糕。何况，即使不向布洛克解释我何以不陪他下去的原因，因为我实在不便启口，如果我光请求他不要生我的气，那我就会给他火上添油，表明我是明知故犯。除了向“命运”屈服之外别无他法了！命该阿尔贝蒂娜在场，不让我离开她去送他，命该他以为，恰恰相反，正是显贵们在场，即使他们再高贵一百倍，我才更应该一心一意照顾布洛克才是，将他捧为座上宾。如此这般，只要意外地、荒谬地在两个命定之间来个节外生枝（这里，就是阿尔贝蒂娜与圣卢面对面），就能使本应聚焦的光线产生折射，反倒互相偏离愈演愈烈，永远休想接近。有比布洛克对我的友谊更美好的友谊吗，然而它却被摧毁了，肇事者并非有意制造别扭，因而绝不会向受伤害者解释清楚原委，不然，这就有可能治好他的自尊心创伤并恢复他那正在丧失的好感。再说，比布洛克更美好的友谊也许是言过其实吧。他使我讨厌至极的缺点应有尽有。我对阿尔贝蒂娜的柔情节外生枝，使得他的缺点变得令我忍无可忍了。因此，就在那次匆忙一会时，我一边同他谈话，一边用眼睛监视着罗贝，布洛克告诉我，他在邦当夫人家吃过午餐了，说每个人都对我赞不绝口，佩服到“太阳神赫利俄斯的沉落”。“好，”我想，

“邦当夫人认定布洛克是一个天才，他献给我的热情洋溢的誉美之词，别人的话是无论如何比不上的，一定会传到阿尔贝蒂娜的耳朵里。她随时随地都可以打听到，我是一个‘人上人’，令我奇怪的是，她的姨妈还没对她重提此事。”“是的，”布洛克接着说，“大家都赞扬你。只有我一个人保持沉默，好像吃的不是人家招待我们的饭菜，只不过饭菜也不太好就是了，而好像吃的是罂粟，罂粟对死神塔那托斯和忘神莱塞的真福兄弟、神圣的睡神希普诺斯是珍贵的，他用缕缕柔丝缠住身体和口舌。我对你的赞佩并不亚于那群饿狗，人家邀请我时连贪吃的狗群一起请来了。但我嘛，我赞佩你，是因为我理解你，而他们赞赏你却不理解你。说白了吧，我太赞佩你了，以至于不在大庭广众中这样谈论你，高声颂扬我内心最深处的钦慕之情，我简直感到那是对神圣的亵渎。人们枉费口舌向我询问有关你的事情，一个神圣的廉耻女神，宙斯的女儿，叫我沉默不语。”我没有外露不满情绪的不良爱好，但这号廉耻女神，我觉得像——比宙斯还像——那种羞耻心，它不让一位欣赏你的批评家对你发表评论，因为，你端坐其间的神秘殿堂，有可能被一伙无知的读者或新闻记者们所侵犯；像政治家的廉耻那样，政治家不给你授勋是为了不让你与那些与你不相配的人混在一起；像学士院的廉耻那样，他不投你的票，是为了使你免受与才疏识浅的某君为伍的耻辱；说到底像孝子们更可敬也更可恶的廉耻那样，他们请求我们不要写他们的值得大书特书的已故父亲，以保可怜的死者的寂静和安息，不让人们复活他，不让人们为他歌功颂德，但可怜的死者也许更喜欢人们用口念叨他的名字，而不是用花圈，虽然这些花圈是毕恭毕敬地安放到坟墓上来的。

若说，布洛克不能理解我不去问候他父亲的原因已使我心情难过，而向我承认他在邦当夫人家降低我的人望就激怒了我（我现在明白阿尔贝蒂娜为何对这顿午宴只字未予暗示，而且在我谈起布洛克对我的友情时，她噤若寒蝉），那么，这位年轻的犹太人在德·夏吕斯先生身上产生的印象与恼羞成怒无异了。

是的，布洛克现在以为，我不仅不能须臾远离风流雅士，而且认为，我对风流雅士们能够主动向他接近（如德·夏吕斯先生）感到嫉妒，于是千方百计在设置路障，阻挠他与他们联系，而从男爵方面又遗憾不能更多地看到我的伙伴。按照他的习惯，他含而不露。开始，他不动神色地询问我关于布洛克的几个问题，但语气是那样若无其事，装模作样关心备至，以至于人们难以相信他正等着回答。他神情冷漠，单调的旋律表现得比无动于衷还无动于衷，比心不在焉更心不在焉，似乎对我稍许客气一番："他看样子是聪明的，他说他在写作，他有才气吗？"我对德·夏吕斯先生说，他对布洛克说希望后会有期真太好了。男爵方面没有任何表情表明他听懂了我的话。由于我重复了四次而不见回答，我终于怀疑我是不是出现了听力幻觉，因为我觉得听到了德·夏吕斯先生对我说过的那句话。"他住在巴尔贝克？"男爵低声吟唱道，全然不像提问，怪只怪法兰西语言只有问号而无别的标点为这些似问非问的句子收尾。不错，这种标点除了为德·夏吕斯先生所用外没有什么用场。"不，他们在附近租了'骑士团封地'。"在得知他意欲何为之后，德·夏吕斯先生装作瞧不起布洛克。“多么可怕！”他叫了起来，竭尽全力吹响喇叭嗓门。“所有称之为‘骑士团封地’的房地产都是马耳他骑士团的骑士们（其中就有我）建造并占有的，犹如所谓‘圣殿’地盘，或者叫‘圣殿’骑士团封地。要是我住在骑士团封地，倒是理所当然的。但一个犹太人！然而，这并不使我奇怪；这源于一种渎圣的奇怪的爱好，是这个种族特有的爱好。一个犹太人一旦有钱买一座城堡，往往选择‘隐修院’‘修道院’‘寺院’‘教堂’之类的。我与一位犹太官员有联系，您猜他住在哪里？在‘主教桥’。由于失宠，他被发配到布列塔尼，在‘修院长桥’那儿。在圣周，当人们演出所谓的耶稣受难的亵渎的节目时，大厅里挤了半屋子犹太人，想到他们就要第二次把基督钉在十字架上，至少是把画像钉上去，不禁欣喜若狂。在‘恋人’音乐会上，有一天，坐在我旁边的是一位富有的犹太银行家，乐队演奏柏辽兹的《基督的童年》，他感到很懊丧。但一听到《圣星期五奇迹》，他立刻露出他平日那种福乐的神态。您的朋友住在骑士团封地，不幸的人，多么残酷！您告诉我路。”他接着说，又装出满不在乎的样子，以便让我找一天去看一看，我们古代领地受到了这般糟蹋。“真是不幸，因为他有礼貌，好像很精明。也许他就差没在巴黎的‘圣殿街’住了！”德·夏吕斯先生说这些个话，看样子只是想借助他的理论，找到一个新的例证；但他向我提出了一个问题，实际上要达到两个目的，其中主要的目的是要知道布洛克的地址。“不错，”布里肖提醒道，“圣殿街原来叫圣殿骑士团封地。在这方面，您允许我做个说明吗？”

学者道。“什么？什么意思？”德·夏吕斯先生冷冷地问道，因为这一说使他套取情报受到了阻碍。“不，没什么意思，”布里肖胆怯地答道，“是关于巴尔贝克的词源问题，人家问过我。圣殿街过去叫作‘贝克的巴尔’，因为诺曼底的贝克修道院在巴黎那里有它的法庭巴尔（旁听席）。”德·夏吕斯先生没有搭理他，装出没有听到的样子，这是他蛮横无理的一种表现形式。“您的朋友住在巴黎的什么地方？街名四之有三取自一座教堂或一座修道院的名字，这就为渎神行为继续下去提供了机会。人们不能阻止犹太人住玛德莱娜大街，圣奥诺雷区，或圣奥古斯丁广场，总主教教区码头，修女街，还有圣母经街，但得让他们看到难处。”我们无法告诉德·夏吕斯先生布洛克现在的住址，因为我们也不知道。但我知道他父亲的办公室在“白大衣街”。“吓，简直邪恶到极点。”德·夏吕斯先生嚷了起来，似乎在自己讥讽与愤懑交加的嚷叫声中，得到了一种内心的满足。“白大衣街。”他笑着重复道，每个音节像用凝乳酶凝结住一般。“何其下作！想想看，这一件件被布洛克先生污染了的‘白大衣’，是乞丐兄弟的白大衣呀，乞丐兄弟被称作圣母的奴仆，是圣路易安置在那儿的。而且这条街一直教事不断。尤为毒辣的亵渎就是在‘白大衣街’两步远的地方，有一条街巷，街名我记不起来了，全让给了犹太人，店面上标有希伯来文字，有一些做死面饼的作坊，有一些犹太肉店，真是不折不扣的巴黎犹太胡同。布洛克先生可能就住在那里。自然喽，”他又说，语气夸张而且骄傲，搬弄美学辞藻，通过一种不由自主的遗传反应，给人一种路易十三老火枪手抬头仰面的神气，“我之所以关心所有这些事，完全是从艺术观出发。政治不是我管的事情，我不能谴责一大片布洛克，因为这个布洛克，后面有一个民族，在这个民族一群出类拔萃的孩子里，就有斯宾诺莎这样的人物。而且，我极其欣赏伦勃朗的画，领略到经常出入犹太教堂所能感受到的美感。但是，一个犹太区，愈是清一色，愈是一应俱全，说到底就愈美。放心好了，况且，这个残虐的民族，其功利本能与爱财如命已融为一体，以至于我说的希伯来街近在咫尺，以色列肉店伸手可得，才使您的朋友选择了'白大衣街'。实在太可笑了！何况，住在那儿的，正是一个古怪的犹太人，正是他煮开了圣体饼，接下来，我想人们要把他自己煮开，这可能就更离奇了，因为这似乎意味着，一个犹太人的身体可以同仁慈的上帝的圣体相提并论了。也许可以同您的朋友商量一下，让他带我们去看'白大衣'教堂。想想看，正是在那儿安放着路易·德·奥尔良的尸体，他是被无畏者约翰谋杀的，不幸的是，无畏者约翰没把我们从奥尔良人手中解救出来。再说，我个人同我的堂兄弟德·夏尔特尔公爵相处很好，但到底是一个篡权者的家族，指使谋杀路易十六，剥夺查理十世和亨利五世的王权。况且，他们因为祖上是亲王殿下，人们这样称呼可能是因为这是一个最惊人的老太太吧，他们可像摄政王及其余党了。什么家族哟！"这一席反犹太人或亲希伯来人的演说——人们尽可从字面上也可从言外之意里去推敲——却在我耳朵里被莫雷尔对我的一句附耳低语切断了，这句话使德·夏吕斯先生大失所望。莫雷尔，他并不是没有发觉布洛克产生的印象，附耳感谢我把布洛克"打发走了"，并别有用心地补充道："他很想留下来，所有这一切都是嫉妒，他想取代我。真是十足的犹太佬！""也许可以利用停车的机会，看来要延长时间，向您的朋友提出要求，对某些宗教仪式做些解释嘛。难道您不能把他找回来？"德·夏吕斯先生问我说，因怀疑而心急如焚。"不，这不可能，他坐车走了，而且生我的气了。""谢谢，谢谢。"莫雷尔对我耳语。"岂有此理，马车总可以追上嘛，您可以不费吹灰之力要一辆汽车嘛。"德·夏吕斯先生回答道，活像惯于颐指气使那种人，全世界都得对他言听计从。但他发现我不说话了："他那辆是什么了不起的车子，多少是想象出来的吧？"他傲慢地对我说，怀着最后一线希望。"那是一辆敞篷驿站快车，它现在也许已到骑士团封地了。"眼看希望落空，德·夏吕斯先生泄气了，装出开玩笑的样子。"我明白了，他们被一杯对酒吓得坐四轮马车败退了。若是一杯再对酒，恐怕就驷马难追了。"[1] 终于，人们发现，火车又起动了，圣卢离开了我们。但是，这一天，唯有这一天，我们上车之后，他害得我好苦，可他竟毫无意识，因为我想到，为了陪布洛克，我得让他与阿尔贝蒂娜待一会儿。其他的日子，他的出现没有折磨我。因为，阿尔贝蒂娜她自己，为了使我免除一切不安，总是以某种借口，想方设法，即使并不情愿，尽可能不紧挨着罗贝坐，甚至故意离得远远的，以至于连伸手都够不着，她的眼睛从他身上转开，从他到来那刻开始，她就不加掩

[1] 法语"coupé"（双座四轮轿式马车）与"混合酒"同音同形，构成谐音，德·夏吕斯由马车联系到"混合酒"，又从"混合酒"发展到"再对酒"（recoupé）。

饰地，几近矫揉造作地同其他的某一个旅客聊起话来，这把戏一直玩到圣卢下车为止。这样，在东锡埃尔，他对我们的拜访没有给我造成任何痛苦，甚至没带来任何为难，同其他的所有拜访一样使我感到愉快，从这块土地上给我带来这样那样的问候和邀请，无一不是如此。已是夏末秋初季节，在我们从巴尔贝克至多维尔的旅途上，当我远远望见紫杉圣皮埃尔站时，正值傍晚时分，有一阵子，悬崖峭壁顶上霞光闪烁，犹如夕阳雪山，顿时令我想起（我且不说我想到那第一个傍晚它那奇特景观给我造成的惆怅，使我迫不及待地想重登火车回巴黎，而不愿直奔巴尔贝克）埃尔斯蒂尔对我说过的，早上，人们可以在那儿看到的壮观景象，就在太阳即将升起的时刻，彩虹在峥嵘怪石上争辉斗艳，就在这样的时刻，有多少回，他唤醒了那个小男孩，让他在沙滩上光着屁股，为他作画，那男孩子为他当了一年的模特儿。紫杉圣皮埃尔的地名告诉我，一个五十来岁的、古里古怪的、才智横溢而又装模作样的人即将出现，同他在一起，我可以谈论夏多布里昂和巴尔扎克。而现在，在暮霭笼罩下，在安加维尔绝壁后面，它过去曾令我浮想联翩，似乎眼前它那古砂岩顿时变成了透明体，我看到的，正是德·康布尔梅先生的一个叔叔的漂亮府邸，我知道，倘若我不愿在拉斯普利埃吃晚饭，或者不愿回巴尔贝克的话，府里的人们是会欢迎我的。因此，不仅仅是此地的地名丧失了开始的神秘，而且地方本身也变得平淡无奇了。地名本来就已经失去了一半的神秘色彩，加之词源学以推理取代神秘，其神秘程度又降了一个等级。在我们回埃尔默依维尔、圣瓦斯特、阿朗布维尔的路上，在火车停站的时刻，我们发现了开始未曾辨清的影子，布里肖一点也没看到，若在夜间，他会把这些影子当作是埃里曼、维斯卡、埃兰巴的鬼魂。但影子已向车厢走来。原来是德·康布尔梅先生，他与维尔迪兰夫妇已经彻底闹翻，他出来送客，并代表他母亲和妻子，来问我是否乐意让他把我半路“劫”走，留我在费代纳暂住几天，有一位美妙的女歌唱家可以为我演唱全部格鲁克的作品，还有一名著名棋手，我可以同他好生厮杀几盘，而且下棋并不影响到海湾去随波垂钓和驾舟击浪，也不影响到维尔迪兰家吃晚宴，对此，侯爵以名誉作担保，保证将我“借”给他们，叫人找上门来给我带路，岂不更方便更稳妥。“但我不能相信，去那么高的地方对您会好受的。我姐妹就受不了。她回来会成什么样子，不过，此刻她感觉还不太坏……真的，您已经发作过一次，那么厉害！明天，您也许挺不住！”他前仰后合，并不是出于恶意，而是出于同样的原因，比如他在街上看到一个瘸子在一个聋子面前自夸或故意同他聊天时，他不会不笑吧。“那么，之前呢？怎么，半个月来您没发作过？您晓得这有多美！说真的，您应该住到费代纳来，您可以同我姐妹谈谈您的哮喘病。”在安加维尔站，是德·蒙贝鲁侯爵来“赶火车”，他没能去费代纳，因为打猎耽误了，只见他穿着长靴，帽子上插着野雉翎，与上车的人一一握手，并趁此机会通知我说，在我不感到不方便的星期几，他的儿子要来拜访我，感谢我能接待，若能让他儿子读点什么，那他就太高兴了；要不就是德·克雷西先生来“做礼节性回访”，他一边说着，一边抽着烟斗，接受一支甚至好几支雪茄，对我说：“好哇！难道您就不说一下，哪一天我们下一次在卢库卢斯聚会吗？难道我们没什么可谈谈的吗？请允许我提醒您，我们在火车上曾留下蒙戈梅里两家的问题没有谈。我们应该谈完它。我就看您了。”别的人来只是买他们要看的报纸。也有不少人同我们闲聊，我总怀疑，他们来到自己的小城堡最近的车站，待在月台上，只是为了会一面熟人而已，除此之外并没有什么事情要做。总之，上流社会的生活场景一幕如同另一幕，与小火车过了一站又一站相仿，但两者不能相提并论。小火车自身似乎意识到自己担任的人们赋予它的角色，养成了人类一种可爱可亲的品性：它性情温顺，耐心地等待着那些迟迟不上车的旅客，他们愿意赖多久就等多久，而且，即使开了车，只要有人打招呼，便停车欢迎光顾；于是，这些半路拦车的旅客便跟在它屁股后气喘吁吁地跑来，在喘气方面与小火车颇像，但不同的是，他们追火车全速奔跑，而小火车只是理智地放慢速度。因此，埃尔默侬维尔、阿朗布维尔、安加维尔无论如何再也不会让我想起诺曼人征服的伟大野蛮了，它们不满意不可名状的缠身愁云一扫而空，过去我曾看到它们沉浸在暮色苍茫的惆怅气氛之中。东锡埃尔！对我来说，即使在让我认清了它的真面目，将我从梦幻中唤醒之后，这一地名，长期以来，仍然使我联想到那些可爱的冰冷的街道，明亮的玻璃橱窗，味道鲜美的家禽！东锡埃尔！现在只不过是莫雷尔上车的车站而已；埃格勒维尔，现在只不过是我们在此等待谢巴多夫亲王夫人上车的车站罢了；梅恩维尔，则是晴朗的傍晚阿尔贝蒂娜的下车站，每当她觉得不太累，还想跟我在一起再待一会儿，就在那儿下车，穿过一条斜坡，比她在巴维尔下车多走不了多少路。这样一来，我不仅不因孤独而惶惶不安——那种孤独感在第一个傍晚就紧箍着我的心——而且，我也不必担心故态复萌，也就再也没有人地生疏之虞了，在这片不仅盛产栗树和柽柳，而且洋溢着友谊的土地上，足迹所至，友谊一脉相承，犹如青山不断，蜿蜒起伏，时而隐藏于峥嵘怪石之中，时而潜伏在马路两旁的椴树林背后，不过，每一站都派有一位可爱的绅士，热情地握一下手，替我洗一下风尘，以免让我产生路遥的疲乏感，如有必要，则往往自告奋勇，陪我继续行路。到了下一站，另一个绅士也许已在站上等着了，前呼后应妙极了，以至于小火车鸣笛催我们辞行一位朋友，却又允许我们寻回其他的朋友来了。倘若城堡与城堡之间的距离较远，小火车路经城堡时以快步行人的速度前进，小火车与城堡的距离挨得那么近，以至于主人们站在月台上，站在候车室前呼唤我们，我们竟以为他们是站在自家的门槛上、窗户前跟我们打招呼呢，仿佛省级小铁道只不过是全省的一条街，而孤零零的贵族乡间别墅，只不过是一家城市公馆似的；即使在少有的几个车站，我没听到任何人来问“晚安”，四周万籁俱寂，因为我晓得，这片寂静是朋友的梦乡，他们就在附近的小别墅里，早早上床睡觉了，假如我有必要把他们叫醒，请他们帮忙接待一下，那么我的登门一定会受到欢迎的。习惯充斥了我们的时间，以至于几个月后，在城里竟没有一刻的闲暇，我们一到城里，一天给我们十二小时的自由支配权，倘若其中一小时偶尔有空，我就再也不想利用这一小时去看一座什么教堂了，而我过去是专为看教堂才来巴尔贝克的，也不想把埃尔斯蒂尔画的一幅风景画与我在他家看到的原始画稿进行一番比较对照，却宁可到费雷先生家去再下一盘棋。不错，正是巴尔贝克这地方有着可耻的影响，如同也具有魅力一样，才真正成为我熟悉的地方；若说，其领土的分布，沿海一路各种农作物粗放的播种，硬是使我对形形色色的朋友们的拜访赋予旅游的形式，那么，它们同样强使这种旅行只具有一连串拜访的社会乐趣。同样的地名，过去对我而言是何等的撩人，以至于我翻普通的《别墅年鉴》到芒什省这一章时，竟激动万分，犹如火车时刻表，我现在对它是何等的熟悉，以至于我驾轻就熟，很容易翻到巴尔贝克经东锡埃尔至多维尔这一页，就像查通讯录那样不慌不忙，顺手拈来。在这个太社会化了的山谷里，我感到，在半山腰上，隐约可见悬挂着一个众多朋友的集团，晚间诗的呼声不再是猫头鹰和青蛙的鸣叫，而是德·克里克多先生的“怎么样？”或者布里肖的“再会！”。在这里，气氛再也不会引起惶惑不安，而是充满了地地道道的人情味，呼吸起来沁人肺腑，甚至过分富有镇静解忧之效。我从中受益匪浅，至少可以说，从今往后看问题，只从实际观点出发了。同阿尔贝蒂娜的婚事，我看简直是一种疯狂。

第四章

我只等一有机会便一刀两断。正好，一天晚上，由于妈妈第二天去贡布雷，她的一个姨妈病危，她去那里准备料理后事，留下我，正如外祖母所愿，我可以享用大海的空气，我已明确告诉母亲，我的决心已下，决不反悔，不娶阿尔贝蒂娜为妻，下次再也不与她见面了。我很高兴，在母亲动身前夕，能说这几句话，让她感到满意。她并不对我隐瞒，她听了的确极为满意。我还要当面与阿尔贝蒂娜讲清楚。我同她一起从拉斯普利埃回来，老主顾们一个个下了车，有的在衣冠圣马尔斯站下，有的在紫杉圣皮埃尔站下，另一些人在东锡埃尔下，我感到格外的高兴，故意冷落她，现在车厢里只剩下我们俩，我横下决心与她摊牌。再说，实际上，在巴尔贝克的年轻姑娘中，我所爱的那个姑娘是安德烈，虽然此时她与她的女友们都不在，但她即将回来（我喜欢同所有姑娘在一起，因为每一个姑娘，在我看来，如同第一天那样，都有别人身上某种精华的东西，仿佛属于一个出类拔萃的种族）。既然再过几天，她就要再到巴尔贝克来，她一定会立刻来见我，到那时，为了保持自由自在，我若不愿意就不娶她，目的是为了去威尼斯，但从现在到出发前这段时间，她整个属于我，我所要采取的办法就是，待她一到，千万不能对她有过于亲近的表示，我们若在一起说话，我就对她说："真遗憾，没能提早几星期见到您！否则我就会爱您了；现在，我的决心已下。但这没什么关系，我们会经常见面，因为我正为另一段爱情而伤心，您会帮我安慰我吧。"想起这段对话，我也许会暗自发笑，这样一来，我就给安德烈造成错觉，她感到我并不真心爱她；这样，她也许就不会厌烦我，于是我就可以兴高采烈而又不知不觉地享用她的柔情。但为了所有这一切，最终更有必要对阿尔贝蒂娜严肃讲清楚，以免鲁莽行事，而且，既然我已下决心献身于她的女友，就应当让她心中有数，让她，阿尔贝蒂娜明白，我不爱她。应当马上告诉她，安德烈很可能近一两天就要来。但由于我们已快到巴维尔，我感到当晚已来不及了，最好把现在不可改变的决定推迟到明天去实行。于是，我只跟她谈我们在维尔迪兰家吃的晚宴。她重新穿上大衣的时候，火车刚开出安加维尔，即巴维尔的前一站，她对我说："那么明天，重返维尔迪兰吧，您别忘了，是您来接我。"我情不自禁地冷冷回敬道："不错，除非我'算了'，因为我猛然感到，这样生活着实愚蠢。反正，假如我们去那里，为了使我在拉斯普利埃的时间不至于白白浪费掉，我有必要向维尔迪兰夫人要求一点令我感兴趣的事情，可作为研究的对象，给我点欢乐，因为这一年我在巴尔贝克欢乐的事的确太少。""您对我太无情了，但我并不怪您，因为我知道您心烦。那您的欢乐是什么呢？""但愿维尔迪兰夫人让人为我演奏一个乐师的玩意儿，她对他的作品了如指掌，我也领略过其中的一部，但似乎还有别的东西，我有必要知道是否已经问世，是否与前几部有区别。”“哪个乐师？”“我的小宝贝，我要是告诉你他叫凡德伊，你是不是还要得寸进尺？”我们可以海阔天空无所不谈，但实质却一直未曾触及，而且往往是人们最没料到的外围，它却猝不及防地狠狠咬我们一口，给我们留下永久的伤痛。“您不知道您让我多开心。”阿尔贝蒂娜回答着站了起来，因为火车快停下了。“这不仅告诉我许多您不敢想象的事情，而且，即使没有维尔迪兰夫人，您要知道什么情况，我可以统统告诉您。您还记得吧，我对您谈到过一个比我年龄大的女友，她既当我的母亲又当我的姐姐，我同她一起在的里雅斯特度过了我最美好的岁月，而且，再过几个星期，我就要在瑟堡与她重逢，我们将从瑟堡出发一起去旅行（这有点怪，但您知道我多么喜欢大海），嘿，好啦！这位女友（噢！绝不是您想象的那种女人！），瞧这多么非同寻常，她正好是凡德伊女儿最好的朋友，而我与凡德伊的女儿差不多一样熟悉，我只不过始终把她们当我的两个大姐姐。我不揣冒昧向您表明，您的小阿尔贝蒂娜在音乐玩意儿上可以帮您的忙，尽管您说过，而且言之有理，我对音乐一窍不通。”一席话说完，我们已进巴维尔站了，离贡布雷和蒙舒凡是那么遥远，凡德伊去世已经太久了，但一个形象却在我心头躁动，一个形象保存这么多年我都念念不忘，尽管过去也曾猜想到老记住这种形象有害无益，但我总以为，久而久之，它的有害性早就消失得无影无踪了；这个形象活在我的内心深处——犹如俄瑞斯忒斯，众天神使他免于一死，让他在共谋的日子里回故里惩罚谋杀阿伽门农的凶手[1]——来折磨我，来报复我，谁晓得？因为我听任我的外祖母死去了；这个形象也许会突然从深夜里冒了出来，它似乎老隐藏在黑夜里，像一个复仇者那样动人心魄，目的是为我开创一种可怕的、应得的新生活，或许也是为了在我眼前爆发一下灾难性的后果，所谓恶有恶报没完没了，不仅仅对准那帮犯有罪恶行为的人，而且还殃及那些幸灾乐祸的旁观者，比如我，唉！在这个远离蒙舒凡的傍晚，隐藏在一片荆棘丛后面，那里（就像当时我正津津有味地听人讲述斯万的爱情故事），我信马由缰，冒险拓宽了那条注定是惨不忍睹、苦不堪言的“知道”之道。与此同时，在极度痛苦之中，我产生了几近高傲、几近欢乐的感情，犹如一个人，受到严重的打击，舍命一跳，可以跳过任何努力都无法跳过的高度。阿尔贝蒂娜，凡德伊小姐的女朋友，又是她的女朋友的女朋友，而她的女朋友又是女同性恋中的老手，经我疑神疑鬼几番胡思乱想，阿尔贝蒂娜便成了一八八九年展览会上小音响器材里的玩意儿，人们勉强指望它走家串户，而当时的电话已经可以走街串巷，串通城镇、田野和海洋，可以使国家与国家相联系。我刚刚着陆的土地，是一片可怕的“terra incognita”（无名的土地），在我眼前展现的是意想不到的痛苦的一个新阶段。然而，这淹没我们真相的洪流，如果说它与我们的胆

[1] 典出希腊神话。俄瑞斯忒斯是古希腊远征特洛伊的统帅阿伽门农的儿子。特洛伊战争结束后，阿伽门农回国重新执政，其妻与情夫谋杀了阿伽门农，夺取统治权。阿伽门农幼子俄瑞斯忒斯从小被迫逃亡。父亲遇害后，儿子回国杀了母亲及其情夫，为父报了仇。这段神话故事常被西方文学津津乐道。

怯和疑团思绪相比有浩荡难挡之势，那么胆怯和疑思却预感到洪水将至。我刚才听到的也许就是这类玩意儿，阿尔贝蒂娜与凡德伊小姐之间的情谊就是这类玩意儿吧，这玩意儿是我的思想难以杜撰的，但是，当我看到阿尔贝蒂娜在安德烈身边的时候，心里忐忑不安，我隐隐感到害怕。往往只是因为缺乏创造精神才不至于苦海无边。最严酷的现实，在造成痛苦的同时，往往因有美妙的发现而喜出望外，因为它以新的明快的形式解开了我们百思不得其解的纠结。火车在巴维尔停站，但由于车厢里只剩下我们几个旅客，列车员觉得已无事可做，公事习以为常，这种习惯既使他准确报站，又造成懒散疲沓，甚至昏昏欲睡，只听得他有气无力地喊道："巴维尔！"阿尔贝蒂娜就坐在我的对面，眼看着她就要到站了，便从我们车厢里头往外走了几步，打开门。她这样下车的举动撕裂着我的心，着实叫人于心不忍，阿尔贝蒂娜离我虽只有两步，但她的身子与我却若即若离，我独立自在，她似乎以身相许，与我难舍难分，合为一体，这种空间距离，写实画家只能画出表面，但画家若有心计，就应根据真实情况进行再创作，现在无论如何不该让阿尔贝蒂娜与我保持一定的距离，非把她画到我身上来不可。她这一走我痛心极了，我不顾一切冲上去，一把抓住她的胳膊，拼命往回拽。"今晚您来巴尔贝克睡觉，难道真的不行吗？"我问她。"真的不行。我困死了。""您就帮我个大忙吧……""那好吧，尽管我不明白是什么意思；为什么您不早说呢？算了，我留下吧。"我让人把阿尔贝蒂娜安置到另一层楼的一间卧室后，回到自己的卧室，我母亲正在睡觉。我坐在窗前，强忍着伤心的哭泣，生怕被母亲听见，她与我只有一道薄墙之隔。我也未曾想到关百叶窗，因为，猛然，我抬眼看到，面对着我的，在天上，就是那同样的血红残阳小光轮，就是在里夫贝尔餐馆看到的，埃尔斯蒂尔专门研究过的一轮夕阳。我不由得想起我第一次到达巴尔贝克从火车上看到这同一景象的激动心情，那不是夜幕降临前的黄昏，而是预示着新的一天即将来临，但现在，对我来说，任何一天都不可能是崭新的了。再也不可能唤起我追求一种未知幸福的欲望，而只会延长我的痛苦，直到我没有力量忍受为止。戈达尔大夫在安加维尔游乐场对我点破的事实真相，对我而言已不成问题了。长期以来，我对阿尔贝蒂娜感到担心、隐约怀疑的东西，我的本能要清除她的存在的东西，还有我的欲望指导下的推理使我逐渐加以否定的东西，原来都是真的呀！在阿尔贝蒂娜的背后，我再也看不到大海上的蓝色群山，看到的只是蒙舒凡的香房，只见她倒进凡德伊小姐的怀抱，发出咯咯咯的陌生浪笑。因为，阿尔贝蒂娜是多么娇媚，而凡德伊小姐本来就有这方面的嗜好，她怎么会不要求阿尔贝蒂娜给予满足呢？阿尔贝蒂娜没有因此生气，反而同意了，证据就是，她俩并没有闹翻。相反，她们的亲密程度却与日俱增。阿尔贝蒂娜的下巴贴在她的粉肩上，笑吟吟地看着她，在她香脖上亲吻，这样亲热的举动不由得使我联想到凡德伊小姐，然而对这一举一动的表演，我却迟迟不敢做出这样的假设，一个动作画出来的同样的线条必然源于同样一种习惯，谁晓得阿尔贝蒂娜的一举一动就不是从凡德伊小姐那里学来的呢？渐渐地，暗淡的天空亮了起来。我这个人，时至

德加

《后台舞者》

今日，从来没有醒过来不笑对最微不足道的东西，诸如一碗牛奶咖啡，淅淅沥沥的雨声，咆哮如雷的风声，可我感到，即将来临的白昼，以及接踵而来的日子，绝不会再给我带来对未知幸福的希望，而只会延长我的磨难。我仍然眷恋着生活；我知道等待我的，除了残酷无情的生活之外将别无所有。我跑向电梯，尽管还不到时候，却去敲负责守夜的电梯司机的门，请他去阿尔贝蒂娜房间，告诉她我有要紧事要跟她说，如果她肯接待我的话。“小姐更愿意自己来一趟。”他回来答我道，“她过一会儿就到。”很快，真的，阿尔贝蒂娜穿着睡袍进来。“阿尔贝蒂娜。”我悄悄对她说，并叮嘱她不要提高嗓门，以免吵醒我母亲，我们同她就隔着这道薄薄的墙板，这墙实在太薄了，今天真讨厌，逼着我们窃窃私语，可过去它却像一种共鸣箱，我的外祖母的心事在这里流露得淋漓尽致，“我真不好意思打扰您。是这么回事，为了让您明白，我要告诉您一件事，一件您并不知道的事。当我来这里时，我离开了一个女人，我本该娶她，她已做好准备为我抛弃一切。今天早上她可能出发去旅行了，一个星期以来，我每天都问我自己有没有勇气不打电报告诉她我已经回来了。我顿时有了这种勇气，可我是这样的不幸，以至于我认为不如自杀算了。正是为了这个我昨晚才问您是否能来巴尔贝克睡觉。如果我该死的话，总希望向您道一声永别了。”我任眼泪夺眶而出，我编的故事使眼泪流得自然真切。“我可怜的小宝贝，要是我知道了，我就来您身边过夜了。”阿尔贝蒂娜失声叫了起来，在她的脑子里，她甚至压根儿就没产生过这样的念头，我可能娶那个女人，而她本人与我结成“美满姻缘”的机会会化为乌有，她真诚地为一种伤心事大动感情了，我虽然可以向她掩饰造成她伤心的原因，但却掩盖不了她伤心的事实和程度。“何况，”她对我说，“昨天，从拉斯普利埃站以来的整个旅程上，我就感到您的烦躁和忧伤，我怕有事。”实际上，我的烦恼只是从巴维尔才开始的，而烦躁，则完全是另外一回事，幸好阿尔贝蒂娜弄混了，实际上是还得同她一起生活几天的厌恶情绪引起的。她补充道：“我再也不离开您了，我要一直留在这里。”她正好送给我——只有她才能送给我——独一无二的解毒药，那毒药正熬煎着我，只不过毒即药，药即毒就是了；一个是甜的，一个是苦的，两者都是阿尔贝蒂娜派生出来的。此时此刻，阿尔贝蒂娜——我的坏水毒根——正对我制造痛苦，而却让我——是她，阿尔贝蒂娜这一神丹妙药让我——像一个正在康复的病人那样得到抚慰。但我想，她即要动身离开巴尔贝克去瑟堡，又从瑟堡去的里雅斯特。她的故态即将复萌。我当务之急，就是不让阿尔贝蒂娜取道海上，要想方设法把她带到巴黎去。当然喽，从巴黎出发比从巴尔贝克出发更容易到达的里雅斯特，只要她愿意的话；但在巴黎，我们还要看情况；也许我可以请德·盖尔芒特夫人间接对凡德伊的女朋友施加影响，让她不要待在的里雅斯特，而让她接受另一个地方，比如可以在某亲王府上，我在德·维尔巴里西斯夫人府上见过她，在德·盖尔芒特府里也碰到过她，即使阿尔贝蒂娜想到她家去见她的女友，亲王得到德·盖尔芒特夫人的通知，也会不让她俩相会的。当然，我也可以这么想，在巴黎，倘若阿尔贝蒂娜有此类嗜好，她可以找别的人来满足她的这种要求。但是，每个嫉妒举动都有特别之处，并带有始作俑者——此次则是凡德伊的女友——的标记，正是她激起了我的嫉妒心。凡德伊小姐的女友已成为我的一大心病。过去，我曾怀着神秘的爱恋想到奥地利，因为阿尔贝蒂娜就来自这个国度（她的姨父曾是使馆参赞），奥地利的地理特点，居住在那里的民族，它的名胜古迹，它的旖旎风光，我都可以在阿尔贝蒂娜的音容笑貌里，在她的举止风度里（也可以在地图集里，在风景画册里）一饱眼福，这种神秘的爱恋，我颇有体验，但却是用符号在恐怖的领域里加以表示。是的，阿尔贝蒂娜正是从那里来的。正是在那地方，在每家每户里，她肯定可以重新找到，或者是凡德伊小姐的女友，或者是其他的女友。童年的习惯会故态复萌，再过三个月就到圣诞节团聚了，接着就是元旦，这些节日本身早已令我伤感，无意中回想起当年过节时那苦恼的滋味，因为过节，在新年假期，自始至终，我一直都跟希尔贝特分开的。吃过久久不散的晚宴，吃过节日午夜聚餐，大家都喜气洋洋，兴高采烈，阿尔贝蒂娜即将同她在那地方的女友们厮混在一起，那亲热的姿态，定然是故技重演，同我看到她与安德烈在一起的举止一模一样，可是，阿尔贝蒂娜对她的友情是无辜的，谁晓得？也许，在我之前更接近凡德伊小姐的女朋友们可以知道，凡德伊小姐在蒙舒凡受到她的女朋友们的追求。她的女友在向她身上扑去之前，总要先挑逗她迎合她，现在，我献给凡德伊小姐的是阿尔贝蒂娜那火焰般的媚脸，只听得阿尔贝蒂娜半推半就时发出的奇怪而深沉的笑声。我再次感到了痛苦，与这种痛苦相比，原来我体验到的嫉妒又算什么呢？那天，在东锡埃尔，圣卢碰见我同阿尔贝蒂娜在一起，她与他眉来眼去，我感受到这种嫉妒。还有，那一天，我正盼着德·斯代马里亚小姐的信，我回想起那未曾见面的启蒙导师，她在巴黎给了我那一阵初吻，我可能还得感谢她吧，我领教了嫉妒的滋味，会不会是这类嫉妒？由圣卢挑起来的，或由某一位年轻人挑起来的是另外一种嫉妒，实际上并没有什么了不起。在这种情况下，我无非害怕多了一个情敌，我想方设法战胜他就是了。但这里的对手却与我大不一样，她的武器不一样，我不能站在同一个决斗场上与之决斗，不能给阿尔贝蒂娜同样的欢娱，甚至难以真切地加以想象。在我们一生的许多时刻，我们往往不惜将一生的前途去换取本身没有意义的一种权利。过去，我可以不惜放弃一切生活的优厚条件以认识布拉当夫人，因为她是斯万夫人的一位女朋友。今天，为了不让阿尔贝蒂娜去的里雅斯特，我可以受尽种种痛苦，倘若这还不够的话，我或许会把痛苦加到她的身上，我可以把她隔绝开来，关在家里，我可以把她身上仅有的一点钱全拿走，使她身无分文，没办法去旅行。过去，我想去巴尔贝克，促使我动身的原因，无非是想看一座波斯教堂，一阵凌晨暴风雨；而现在，一想到阿尔贝蒂娜可能要去的里雅斯特，令我撕心裂肺的原因，就是她将同凡德伊的女友一起在那里度过圣诞之夜：因为想象一旦改变了性质，转变成感觉，就很难为此想象出更多同时出现的形象。要是有人告诉我说，她此时不在瑟堡或的里雅斯特，她不可能看到阿尔贝蒂娜，我可能会悲喜交加而泪流满面！我的生活和她的未来该会发生多大的变化！但我心里明白，我的嫉妒之心只限于那个地方是武断的，倘若阿尔贝蒂娜真有这种嗜好，她完全可以找别的女人求得满足。况且，甚至可能有这样的情况，即使还是这帮姑娘，但如果可以在别的地方与她见面，那她们也许不会如此厉害地折磨我的心，我感到，阿尔贝蒂娜寻欢作乐的地方，正是的里雅斯特，正是在那陌生的世界里，有她童年的回忆，童年的友谊，童年的爱情，正是从的里雅斯特，从这个陌生的世界，散发出莫名其妙的敌视的气氛，犹如往昔，我待在贡布雷我的卧室里，听到妈妈在刀叉叮当声中与客人们又说又笑，可她总也不来对我说声晚安，那敌视的气氛从饭厅一直升腾到我的房间里；又像是奥黛特夜间出去寻找不可思议的欢乐，她所到的房子，对斯万来说，都充满着类似的敌视气氛。我现在想到的里雅斯特，可不是向往一个美好的地方，因为那里的民族多思，夕阳铄金，钟声寡欢，而是，想到的里雅斯特，就像想起一个该死的城市，恨不得立即将它烧成灰烬，恨不能马上把它从现实世界中清除掉。这座城市像一支利箭深深地刺进了我的心。过不了多久，就要让阿尔贝蒂娜去瑟堡，去的里雅斯特，这叫我惶惶不可终日；即使留在巴尔贝克也是一样的呀。因为现在，在我看来，我的女朋友与凡德伊小姐的隐私大暴露已是蛮有把握的事了，我感到，每当阿尔贝蒂娜不同我在一起的时候（有几天因为她姨妈的原因，我整天都看不到她），她一定委身于布洛克的小姐妹们了，也可能委身于其他的女密友。一想到就在今晚她可能去看布洛克的小姐妹们，我都气疯了。因此，她一说几天之内她不离开我，我便回敬她道："但那是因为我想动身去巴黎。您不同我一道走吗？难道您不愿意来巴黎同我们一起住一小段时间吗？”要不惜一切代价阻挠她独自行动，至少几天之内，非把她留在我身边不可，保证她看不到凡德伊小姐的女朋友。这样一来，她实际上只能单独同我在一起，因为我母亲利用父亲即将进行视察旅行的机会，认为自己有必要服从我外祖母的一个遗愿，因为她曾希望我母亲到贡布雷住几天，陪伴外祖母的一个姐妹。妈妈不喜欢她的这个姨妈，因为外祖母对她是那样温柔体贴，可她对外祖母却没有姐妹的情分。事情就是这样，孩子们长大了，回想起过去对自己不好的人，总是耿耿于怀。不过，待她变成了我的外祖母，就不记旧仇了；她母亲的一生对她来说简直就是天真无邪的童年，她后来常常回忆起小时候的事情，个中的甘苦，可以调节她对这样或那样一些人的行动。我的姨婆也许可以给妈妈提供某些珍贵的细节，但现在她是很难得到了，她姨妈病倒了（听说是癌），而妈妈呢，责怪自己光顾陪我父亲，却没有早一点去看望她，只好再找一个理由，做她的母亲在世时会做的事情；外祖母的父亲是极坏的父亲，但在他的诞辰纪念之际，母亲为他上坟献花，因为我外祖母有上坟献花的习惯，就这样，妈妈来到快开裂的墓边，说点孝顺的话，可我的姨婆却没有来补慰一下我的外祖母。我母亲若在贡布雷，必去张罗我外祖母一贯爱干的事情，只不过这些活儿都是在她的女儿关照下做的就是了。但她并没有开始动手去做这些事，因为妈妈不想先于父亲离开巴黎，以免父亲因丧事过于悲痛，但父亲的悲痛岂能与母亲的悲痛等量齐观呢。“啊！就这时候不可能。”阿尔贝蒂娜回答我说，“再说，您何必这么急着回巴黎，既然那位女士已经走了？”“因为，在我认识她的地方，我也许会更加平静，比在巴尔贝克更平静，她从来没见过巴尔贝克是什么模样，而我见到巴尔贝克就感到恐怖。”阿尔贝蒂娜后来是否才明白过来，这另一个女人并不存在，那天晚上我要死要活的，是因为她冒冒失失地向我透露了她与凡德伊小姐的女友有来往？这是可能的。有些时候，我觉得有这种可能。但不管怎么说，那天早上，她相信确有其人存在。“那您就应该娶那位女士，”她对我说，“我的小乖乖，您会幸福的，她也肯定会幸福的。”我回答她说，我会使这个女子幸福这个念头，的确差一点导致我下了决心；最近，我继承了一大笔遗产，允许我给我的妻子许多奢华，许多欢乐，我差一点接受我所爱的女子的献身。阿尔贝蒂娜刚刚给我造成残酷的痛苦，而现在她的通情达理又令我感激万分，飘飘然陶醉了，犹如咖啡店里的男招待在为你斟第六杯白酒时，你就主动夸口要给他一笔钱。我告诉她说，我的妻子将会拥有一辆汽车，一艘游艇；既然阿尔贝蒂娜那么爱坐汽车，那么爱乘游艇，从这点上看，她若成不了我的所爱，岂不可悲；我对她来说，本可以是十全十美的丈夫，但得走着瞧，也许可以愉快地见面。不管怎样，活像喝醉了酒，生怕招呼路人反遭一顿打那样，我没有像在与希尔贝特要好时那样冒失从事（如果说这也是一种冒失的话），对她说，我爱的正是她，阿尔贝蒂娜。“您看，我差一点要娶她。可我却不敢这样做，我不忍心让一个年轻的女子生活在一个极度痛苦、极度烦恼的人的身边。”“可您疯了，所有的人都愿意在您身边生活，您看，大家是多么需要您。在维尔迪兰夫人家里，大家开口闭口离不开您，在上流社会的上上层也是如此，大家都这么对我说。准是她，那位女士，对您不客气，给了您怀疑自己的印象？我看准是这么回事，这是一个坏女人，我恨死她了，呵！要是我处在她的位置上……”“不不，她很乖，太乖了。至于维尔迪兰家，我才不把他们看在眼里呢。除了我所爱的然而我又拒绝了的她，我只依恋我的小阿尔贝蒂娜，只有她，经常来看我——至少头些日子是如此，”我补充道，以免把她吓坏了，这样我就可以在这些日子向她提出更多的要求——“可以使我得到一点安慰。”我只是含糊其词地影射有结婚的可能性，却又改口说这是不可能实现的，因为我们的性格不合。一想到圣卢与“从上帝身边来的拉谢尔”的关系，一想到斯万与奥黛特的关系，我便嫉妒不止，不能自已，极容易产生这样的想法，我爱之时，却不能得到爱，唯有利益才能把一个女人同我拴在一起。也许疯了才会把阿尔贝蒂娜与奥黛特和拉谢尔相提并论。但不是她疯了，而是我；我自身可以激励的感情，却被我的嫉妒心大加贬低。从这种可能是错误的判断出发，无疑会产生许多不幸，这种种不幸将劈头盖脸地向我们扑来。“那么说，您拒绝我的邀请，不去巴黎喽？”“我姨妈不愿让我这个时候走。再说，即使以后我可以去，我现在就这样到您家，脸面不可笑吗？在巴黎，人家会弄清楚，我并不是您的表妹。”“那么，我们就说，我们刚刚订过婚。怎么样，反正您知道，这又不是真的。”阿尔贝蒂娜的脖子完全裸露在衬衣之上，强劲，色如镀金，挂着大珠项链。我拥抱她，心地纯洁，就好像我拥抱我母亲一样，以安慰孩子的伤心，我当时以为，这种伤心是永远不可能从我心上抹掉的。阿尔贝蒂娜离开我去穿衣服。何况，她的忠诚已开始退却；刚才，她还对我说，她一秒钟也不离开我。（而且，我总感到，她的决心不会持久，因为我害怕，假如我们留在巴尔贝克，她甚至在当天晚上，就会背着我去看布洛克的一帮小姐妹。）可她刚刚才告诉我，她想路经梅恩维尔，下午可能再回来看我。她昨夜没回去，那里可能有她的信；再说，她姨妈也会不安的。我回答说："要是就这么点事，完全可以叫电梯司机转告您的姨妈，说您在这儿，把您的信找来就是了。"她既想表现得听话，但又讨厌被人控制，只见她皱了皱眉头，突然，欣然改口道："是这么回事。"于是，她派电梯司机去了。阿尔贝蒂娜没有离开我，过了一会儿，电梯司机便来轻轻敲门。我未曾料到，就在我同阿尔贝蒂娜说话这段时间里，他竟然来得及去梅恩维尔跑了个来回。他来告诉我，说阿尔贝蒂娜曾写一张便条给她姨妈，还说，假如我愿意的话，她可以同一天去巴黎。而且，她犯了个错误，大声委托他办事，尽管是大清早，弄得经理都知道了，他十分恐慌，来问我是不是有什么不满意的地方，是不是真的要走，是不是至少还可以等几天，因为今天风够怕人的（是人怕风）。我不想对他解释，只要布洛克那班小姐妹仍在巴尔贝克散步游玩，只要安德烈不在那儿，而只有安德烈能护着阿尔贝蒂娜，我就要不惜一切代价，让阿尔贝蒂娜离开巴尔贝克，我也不想对他解释，巴尔贝克类似这样的地方，在那里的一个正在咽气的病人，无论如何不肯多住一个夜晚，宁可死在半路上。何况，我还要去同类似的请求做斗争，首先是在饭店里，玛丽·希内斯特和塞莱斯特·阿尔巴莱眼睛都红了。不过，玛丽泪如泉涌，啜泣有声；塞莱斯特比她还懦弱，要她冷静下来；玛丽口里念念有词，是她唯一熟悉的诗句：人世间丁香全枯萎[1]，塞莱斯特忍不住了，她那丁香色的脸上涕泪横流；不过我想，当天晚上她们就把我忘掉了。继而，在地方办的小火车上，尽管我想方设法不被人看见，但我还是遇上了德·康布尔梅先生，他一看见我的行李箱子，脸色顿时变得煞白，因为他指望我两天后去做客呢；他使我很恼火，因为他说，我的哮喘与天气变化有关，说十月份可能是哮喘发作最凶的时候，他问我，无论如何，“是否可以推迟个把星期再走”，这等愚蠢的说法也许会把我气死，因为他的建议实在叫我难受。在车厢里，他只顾同我谈话，可我每到一站，总是提心吊胆的生怕见到德·克雷西先生，他比埃兰巴或吉斯加还讨厌，厚着脸皮乞求别人邀请他，我也怕见到维尔迪兰夫人，她就更烦人了，非请我去做客不可，但这些个事过几个小时才可能发生。我还没有到达那地步呢。我现在只是要对付经理失望的怨言。我把他打发走了，因为我怕他叽叽咕咕个没完，最终会把我妈妈吵醒。我独自待在房间里，想当初初来乍到，也就在这间房子里，天花板高高在上，我是多么的不幸；也就是在这间房子里，我怀着多少柔情蜜意思念德·斯代马里亚小姐，暗中监视着阿尔贝蒂娜和她的女友们来来往往，她们像一群迁徙的候鸟在海滩上

---

[1] 这是首届诺贝尔文学奖得主、法兰西学士院院士絮利·普吕多姆的一首名诗的首句，该诗经法国著名作曲家福莱谱曲，遂成脍炙人口的经典流行歌曲。

栖息；也就在这间房子里，我叫电梯司机去把她找来，我拥有了她，却又那么无动于衷；还是在这间房子里，我体会到外祖母的善良，后来得知她仙逝的消息；这一扇扇百叶窗，从窗脚下落进晨光，我第一次打开百叶窗，第一阵涛峰奔涌而来（但阿尔贝蒂娜却让我关上百叶窗，以免让人看见我们拥抱接吻）。与事物的原始面目相对照，我才意识到自己变了。不过，人们对于事如同对于人一样容易习惯成自然，但突然间，人们回味出其事其人具有不同意义时，或当其事其人失去全部意义时，回想到与其事其人有关的与今天迥然不同的事件，就在同一块天花板下，在同样的玻璃书橱间，演过的形形色色的活剧，并由此引起的心中的变化和生活中的变化，却由于周围环境依旧似乎显得更加激烈，由于地点的统一而得到了加强。

有一阵子，我两次三番产生这样的念头，在这间房子和这些书橱构成的世界里，阿尔贝蒂娜夹在里面是何等的微不足道，这也许是知识的世界，是唯一的现实，是我的忧愁，有那么点像阅读小说的滋味，只有傻瓜才会被弄得愁肠百结，久久难以解忧，一辈子形影相吊；也许，我的意志只要稍许动作就可抵达这现实的世界，只消将纸包捅破，就可以超越我的痛苦，回到这现实世界中来，再也不去更多地考虑阿尔贝蒂娜的所作所为，就好比我们读完一部小说后，不再多思考小说中虚构的女主人公的情节。况且，我最喜欢的情人与我对她们的爱情始终无缘。这种爱是真实的，因为我不顾一切去看她们，把她们拥为我一个人所有，因为，只要有一天晚上她们让我久等了，我就会伤心地哭泣。但是，与其说她们代表爱情的形象，倒不如说她们拥有唤醒这种爱情并将这种爱情推向顶峰的特权。当我看到她们时，当我等待她们时，我在她们身上找不到与我的爱情有丝毫相像的东西，找不到丝毫可以解释我的爱情的东西。然而，我唯一的欢乐就是看到她们，我唯一的烦躁就是等待她们。似乎有一种与她们毫不相干，却是自然赋予她们的附属的效能，这种效能，这种仿电能，在我身上产生了激发爱情的效果，也就是说，指挥着我的一举一动，造成我的种种痛苦。与此相比，这些女子的美貌，或智慧，或善良就完全不同了。就像有一股电流在推动着你似的，我被爱情震撼了，我体验过爱情的深浅，感受到爱情的滋味：但始终未能一见钟情，始终未能称心如意。我甚至倾向于认为，在这种种爱情里（我且不谈肉体的交欢，肉体交欢往往伴随着爱情，但又不足以构成爱情），在女人的外表下，身上有种种无形的力量，如影随形，才让我们去追求，就像追求暧昧女神那样投入。在这种种无形力量中，就有我们需要的仁慈慷慨，其中就有我们求之不得实际欢心的正在追求的接触交际。幽会时，女人只是将我们与这些女神拉到一起，并无更多的作为。我们如同许愿祭品，答应给首饰，去旅游，讲些套话，意思是我们有多爱，讲些相反的套话，意思是说，我们根本无所谓。我们使出了我们浑身的解数才取得一次新的约会，而且对方竟欣然同意了。倘若女人不附带有这种种神秘的力量，难道，我们是为了女人本身才吃如此多的苦头，而当她走了，我们竟然说不清楚她穿的是什么衣服，我们才发现，我们甚至都没看她一眼，是不是？

视觉是何等骗人的感觉！一个人体，甚至是所爱的身体，比如阿尔贝蒂娜的玉体吧，离我们虽然只有几米，几厘米，可我们却感到咫尺天涯。而属于她的灵魂也是如此虚无缥缈。只是，只要某件事猛然改变着这个灵魂与我们之间的位置，向我们表明，她爱的是别人，而不是我们，此时此刻，我们的心跳散了架，我们顿时感到，心爱的造物不是离我们几步远，而就在我们心上。在我们心上，在或深或浅的地方。但“这个女朋友，就是凡德伊小姐”这句话已经成了芝麻开门的咒语，我自己原是无法找到这个秘诀的，是它让阿尔贝蒂娜进入我那破碎的心的深处。她进门后即重新关严的石门，我即使花上百年时间，也弄不懂到底怎样才能重新把石门打开。

这几个字的咒语，刚才阿尔贝蒂娜待在我身边的那阵子，我却听不到了。我像在贡布雷拥抱我母亲那样拥抱了她，以缓和我的痛苦，我差点相信阿尔贝蒂娜是无辜的，要不，至少，我没有继续想我发现她有坏毛病这件事。但现在，我孤零零一个人，那些个咒语又在我耳边回响，就像人家对您说完话后，您听到耳内仍有声音回荡一样。现在，她的毛病对我来说已不成其疑问了。即将升起的太阳的光辉，一边改变着我身边的事物，就像暂时移动了我与她关系的位置，进一步严酷地令我意识到我的痛苦。我从来未曾看到，一天的早晨开始是如此美好，又是如此痛苦。想起那麻木不仁的历历风景即将吐艳生辉，而在昨晚，它们还一味让我产生一睹为快的欲望，我便止不住哭了起来，同时，机械地做了一个奉献祭品的动作，我觉得这是象征流血牺牲之举，每个早上都做，直至生命终了为止，我都会尽兴献祭，曙光初照，我以日常的忧伤和创伤的热血，反复地、隆重地欢庆一番，太阳浑如金蛋，在凝固过程中因密度的迅速改变而导致平衡的失控，金蛋和盘托出，犹如画中带火焰的红轮，喷薄而出冲破一道天幕，在这道天幕的背后，人们已经感到它跃跃欲试了一阵时间，准备好进入舞台，横空出世，以其光的波涛，将神秘的僵化了的大红天幕抹去。我听到我自己在哭泣。但此时此刻，完全出乎意料，门开了，心儿怦怦直跳，我似乎看到了我的外祖母站在我的面前，过去也有过类似的情景，但只是在睡梦中才出现的。这一切难道不过只是一场梦？然而，我分明是醒着的。“你觉得我像你那可怜的外婆。”妈妈对我说——因为这是她——语气温和，好像是为了消除我的恐惧，况且，承认了这种相像，嘴上挂着甜美的微笑，出于谦虚的骄傲，与撒娇卖俏毫不沾边。她的头发散乱，银灰的发绺毫不掩饰，在焦虑不安的眼睛周围和苍老的两颊上弯曲散落着，她穿的睡衣跟我外婆的一模一样，在一瞬间，我简直不敢认她，不觉犹豫起来，是不是我还在睡梦之中，或者，是不是我外祖母复活了。已有许久了，我母亲越来越像我外祖母，反而不像我童年所熟悉的年轻的笑眯眯的妈妈了。但我已经不再去想这事了。这么说吧，当人们看书看久了，心不在焉，也不知时间过去了，突然，看见身边有阳光，而昨天傍晚在同样的时刻也有太阳，朝阳唤醒了朝晖朝霞，朝夕和谐往来，朝气变成了晚霞，护送着夕阳西下。母亲以微笑向我表明是我自己产生了错觉，因为她为自己与自己的母亲竟然如此相像而感到愉快。“我来了，”我母亲对我说，“因为睡梦中，我觉得听到有人在哭。这就把我吵醒了。可你怎么还没睡觉！瞧你眼泪汪汪的。怎么啦？”我抱住她的头：“妈妈，是这样的，我怕你以为我朝三暮四。可首先，昨天，我对你谈到阿尔贝蒂娜，有点言不由衷；我对你说的不对头。”“可又如何是好？”我母亲对我说着，发觉太阳已经升起，她想起了自己的母亲，不由得凄然一笑，我外祖母曾为我从未仔细看看一幕壮丽的景象而惋惜，为使我不致错过一次观光的现成良机，妈妈对我指了指窗外。妈妈指给我看巴尔贝克的海滩、大海和旭日，可我却怀着失望的情绪——我母亲早已看在眼里——在那风景背后，看到的却是蒙舒凡的房间，只见阿尔贝蒂娜色如玫瑰，像一只大母猫那样委着身子，淘气地吸着鼻子，占据了凡德伊小姐的女朋友的位置，只听她浪言浪语地咯咯大笑说：“嘿嘿！要是有人看到我们，那就再好不过了。我！我岂不敢朝这老猴子身上呸一口？”窗外展现的景象背后，我所看到的原来就是这么一场戏啊，另一个场面则是一叶惨淡的风帆，像一道掠影重叠在上面。的确，这情景本身似乎几乎是不真实的，活像画出来的景观。在我们面前，在巴维尔的悬崖峭壁突兀之地，便是这片小树林，我们曾在里面做过传环游戏，只见小树林沿着斜坡直倾大海，镶着海水的金边，这是一幅绿树叠翠的图画，它每每出现在薄暮向晚的时候，我当时常与阿尔贝蒂娜进小树林午休，起来时，正见夕阳西下。朦胧的夜雾仍然在水面上拖着残破不堪的玫瑰红和海蓝色的彩裙，而水面上却已曙光初照，珠贝鳞光闪耀在海面上，一只只行船笑对斜晖驶过，斜晖染黄了风帆和桅顶，恰似归航晚景：虚幻的、哆嗦的、荒凉的场面，纯粹是夕阳的浮现，此情此景，不像午后时近黄昏转天黑那么天经地义，而我只习惯于把薄暮看作是天黑前的先兆，而此情此景，纤巧机灵、逢迎穿插，比起蒙舒凡的可怕形象更加稀薄缥缈，根本不可能将蒙舒凡的可怕形象消除出去，掩盖起来，隐瞒下去——这是回忆与幻想的诗一般的无可奈何的形象。“可是，瞧，”我母亲对我说，“你没有对我说过她一句坏话呀，你告诉我说她有点使你烦恼，你说你很高兴放弃娶她的念头。你哭成这个样子，这不成一个理由。你想想，你妈妈今天就要动身，留下妈妈的大宝贝如此伤心，妈妈怎么放心得下。再说，可怜的小宝贝，我没有一点时间来劝慰你。行李即使准备好了也白搭，出门这一天，时间总是不够用。”“不是这码事。”于是，盘算着未来，好生掂量掂量我的意愿，终于明白了，阿尔贝蒂娜在那么长的时间里，对凡德伊小姐的女朋友，竟然如此温柔体贴，是不可能清白无辜的，终于明白了，阿尔贝蒂娜原来是行家里手，正如她的一举一动向我表明的那样，而且生来就有这种癖好，我早有预感，多少次为此惴惴不安，可她也许恶习难改，长期沉迷不醒（也许此时此刻，她趁我不在之机，正重温旧梦呢），我于是对母亲说，明知道我使她为难，但她却不让我看出她的痛苦，只是她身上那严肃的焦虑神色有所流露罢了，每当她感到事情严重，会使我烦恼，或令我痛苦时，她便有这种严肃的焦虑的神色，而她的这一神色的首次流露是在贡布雷，即当她终于答应在我身边过夜的时候，此时此刻她的神色与我外祖母允许我喝白兰地时的神色何其相像，我于是对母亲说：“我知道我一定会使你为难。首先，与你的愿望相反，我不留在这里，我要跟你同时动身。但这还没什么。我在这里感到难受，我更想回去。你听我说，别太为我操心。是这么回事。我弄错了，我昨天好心骗了你，我想来想去思考了一夜。我们一定一定要，赶快拿定主意，因为我现在终于明白了，因为我再也不会改变主意了，因为我不这样就活不下去了，我一定一定要娶阿尔贝蒂娜。”

图书在版编目（CIP）数据

追忆似水年华.第四卷，所多玛与蛾摩拉／（法）马塞尔·普鲁斯特著；许钧，杨松河译.—南京：译林出版社，2022.9（2026.2重印）

ISBN 978-7-5447-9088-8

Ⅰ.①追… Ⅱ.①马… ②许… ③杨… Ⅲ.①长篇小说－法国－现代 Ⅳ.①I565.45

中国版本图书馆 CIP 数据核字（2022）第 038117 号

追忆似水年华（第四卷）所多玛与蛾摩拉　［法国］马塞尔·普鲁斯特／著
许　钧　杨松河／译

责任编辑　唐洋洋　鲍迎迎
装帧设计　山川制本workshop
插图绘制　Moeder Lin
校　　对　蒋　燕
责任印制　董　虎

原文出版　Gallimard, 1984
出版发行　译林出版社
地　　址　南京市湖南路 1 号 A 楼
邮　　箱　yilin@yilin.com
网　　址　www.yilin.com
市场热线　025-86633278
排　　版　南京展望文化发展有限公司
印　　刷　南京爱德印刷有限公司
开　　本　880毫米 ×1240毫米 1/32
印　　张　121.875（全七卷）
插　　页　10
版　　次　2022 年 9 月第 1 版
印　　次　2026 年 2 月第 5 次印刷
书　　号　ISBN 978-7-5447-9088-8
定　　价　780.00 元（全七卷）